HEYNE <

Das Buch

Seit zwölf Jahrhunderten tobt der Krieg gegen die Graken. Nur ein Dutzend Systeme kann sich noch zur Wehr setzen, und auch ihre Situation wird immer hoffnungsloser. Zwar wollen die rasch wachsenden Maschinenzivilisationen das »Dutzend« durch ihre überlegene Waffentechnik unterstützen, aber Tamara, Meisterin der Tal-Telassi, und Impro Zacharias entdecken, dass die Graken im Ophiuchus-Graben eine gigantische Anlage errichtet haben: Sie sammeln die Energie von einundzwanzig Sonnen, um den Verteidigungsgürtel des »Dutzends« durchbrechen zu können ... Auf ihrer Suche nach den legendären Kantaki stoßen die Tal-Telassi-Rebellin Dominique und der ehemalige Brainstormer Rupert auf einen Humanoiden, der von den Insektenwesen vor Jahrtausenden in einem Stasisfeld gefangengesetzt wurde. Doch bei dem Versuch, ihn zu befreien und mit ihm zu kommunizieren, werden sie von dem Fremden überwältigt. Und als sie sich mit dem altersschwachen Kantaki-Raumschiff retten wollen, versagen die Bordsysteme. Sie stürzen ab – auf eine Welt in der nichtlinearen Zeit ...

Der Kantaki-Zyklus:

Diamant
Der Metamorph
Der Zeitkrieg
Feuervögel
Feuerstürme
Feuerträume

Der Autor

Andreas Brandhorst, 1956 im norddeutschen Sielhorst geboren, schrieb bereits in jungen Jahren phantastische Erzählungen für deutsche Verlage. Es folgten zahlreiche Heftromane – unter anderem für die legendäre Terranauten-Serie – sowie Fantasy- und Science-Fiction-Taschenbücher. »Feuerträume« ist der Höhepunkt seines groß angelegten Kantaki-Zyklus, der mit »Diamant« begann. Brandhorst lebt als freier Autor und Übersetzer in Norditalien.

Mehr Informationen zu Autor und Werk unter: www.kantaki.de

Andreas Brandhorst

FEUERTRÄUME

Roman

Originalausgabe

WILHELM HEYNE VERLAG
MÜNCHEN

Umwelthinweis:
Dieses Buch wurde auf chlor- und
säurefreiem Papier gedruckt.

Originalausgabe 2/08
Redaktion: Rainer Michael Rahn

www.heyne.de
Printed in Germany 2008
Innenillustrationen: Georg Joergens
Umschlagillustration: Stefan Theurer
Umschlaggestaltung: Nele Schütz Design, München
Satz: C. Schaber Datentechnik, Wels
Druck und Bindung: GGP Media GmbH, Pößneck

ISBN: 978-3-453-52299-2

Danksagung

Noch einmal gilt mein Dank Sascha Mamczak, der es möglich machte, und Rainer Michael Rahn für den Feinschliff. Und ich danke Marilu für ihre Geduld – es war ein hartes Stück Arbeit.

Inhalt

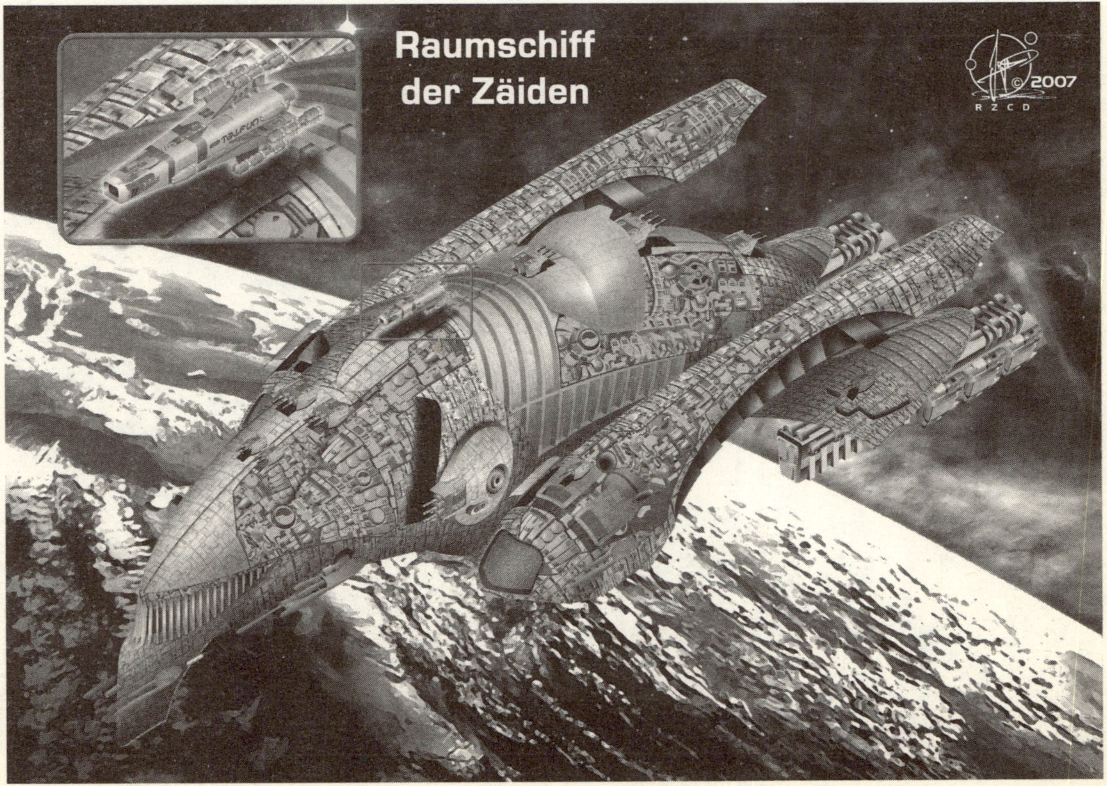
Raumschiff
der Zäiden
©2007
R Z C D

Das Konstrukt
der Graken
© 2007
R Z C D
A
Kalaho im Größenvergleich zu A

Prolog

Heres

Der Mann, den alle nur den »Weisen« nannten, trat aus seinem mobilen Haus in den Schein von zwei aufgehenden Sonnen, die eine rot, die andere blauweiß. Das leuchtende Band der dünnen Materiebrücke zwischen ihnen, für die Völker der vier Dominien der »brennende Weg«, verbarg sich noch halb im Dunst der Frühe. Die schlichteren Gemüter der verschiedenen Völker glaubten tatsächlich, dass es sich um einen Weg handelte, der von einem Gestirn zum anderen führte, aber der Weise wusste es besser. Die beiden Sonnen waren sich so nahe, dass die eine der anderen Materie stahl: brodelndes Plasma, Millionen von Grad heiß. Ein solches System war natürlich instabil. Irgendwann würde Adonai, der blauweiße Stern, den roten namens Jovis ganz verschlungen haben und sich aufblähen, was vermutlich das Ende von Heres bedeutete. In einigen Jahrmillionen würde diese Welt verbrennen, was den Weisen an die Vergänglichkeit allen Seins erinnerte, auch daran, dass ihm selbst nicht mehr viel Zeit blieb. Eine lange Reise lag hinter ihm, und der Weg war noch weit.

Die letzte Benommenheit des echten Schlafs fiel von ihm ab, als er über das Plateau schritt, zu einem Felsen, der wie ein Buckel aus der öden Landschaft ragte. Dort nahm er Platz, trotz der morgendlichen Kälte nur in einen dünnen Einteiler aus anpassungsfähigem Gewebe gekleidet, das aus dem Zweiten Dominium stammte, der am stärksten technisch ausgerichteten der vier bekannten Welten. Es enthielt Tausende von winzigen Solarzellen, die das Licht der beiden Sonnen empfingen und daraus wärmende Energie gewannen.

Ein Pfiff veranlasste den Weisen, zu seinem mobilen Haus zurückzusehen. Ein Schemen huschte durch die offene Tür und über die graubraune Felslandschaft, wurde dicht neben ihm zu einem etwa zwanzig Zentimeter großen Geschöpf, das wie eine Mischung aus Katze und Gürteltier aussah: Kiwitt. Das Wesen war ihm im Ersten Dominium zugelaufen und begleitete ihn seit Jahren. Der Weise hatte es inzwischen sehr lieb gewonnen.

Kiwitt sprang an ihm empor, nahm auf der Schulter Platz und reckte die schmale Schnauze den beiden Sonnen entgegen. Der Weise streichelte seinen treuen Begleiter, zog dann die Beine an, stützte die Arme darauf ab und schloss die Augen. Viele Leute, denen er im Verlauf seiner Reise begegnet war, glaubten, dass er meditierte, Kraft und wichtige Erkenntnisse aus der Meditation gewann. Das stimmte nur bedingt. Es ging ihm vor allem darum, diese Momente der Frühe zu genießen, die allein ihm gehörten, sich zu entspannen und die Traumbilder festzuhalten, die ihm der echte Schlaf gelegentlich schenkte. Manchmal, wenn er in der richtigen Stimmung war, meditierte er tatsächlich, und wenn sich ihm dabei Erkenntnisse offenbarten, so galten sie seinem Innenleben, dem komplexen Gleichgewicht zwischen Wünschen, Hoffnungen und den Notwendigkeiten des täglichen Lebens. Die *anderen* Erkenntnisse, die man oft von ihm erwartete, gewann er nicht auf diese Weise.

Die aufgehenden Sonnen vertrieben die Kälte der Nacht schon nach kurzer Zeit, und das anpassungsfähige Gewebe reagierte, indem es die Wärmeproduktion reduzierte. Von Kiwitt kam ein leises, zufriedenes Gurren, und nach einer Weile öffnete der Weise die Augen wieder und holte ein Gerät hervor. Die Symbole darauf waren ihm in den letzten Jahren vertraut geworden, aber von der Funktionsweise verstand er noch immer sehr wenig. Das Gerät war ein Artefakt der Dominanten, gab ihm Informationen über das Dominium, in dem er sich befand, und zeigte an, wann die Zeit *reif* war. Der Weise vertraute ihm – es verband ihn mit dem Ziel seiner Reise.

Er schaltete das Gerät ein und wartete, bis die Mitte transparent wurde. Farben und Formen bildeten sich dort, jede mit eigener Bedeutung, und der Weise tastete mit den Fingerkuppen danach, so vorsichtig, als könnte er etwas zerbrechen. Zwei Monate hatte er bei dem Sensitiven im Zweiten Dominium den Umgang mit diesem Gerät gelernt, und er erinnerte sich an Ausdrücke wie »direktes neurales Interface«, »Statusbewertung«, »Ereignispegel« und »autonomer Realitätsanalysator«. Er glaubte, eine recht klare Vorstellung davon zu haben, was sie bedeuteten, aber was wichtiger war: Er konnte das Wogen und Wallen im Display des Geräts deuten, wenn er sich darauf konzentrierte und ihm seinen Geist öffnete. Es bot ihm wertvolle Hinweise.

Einige Minuten später schaltete er das Gerät aus, und kurz darauf näherten sich Schritte. Der Kaufmann Arn Hannaratt blieb neben dem Felsen stehen, auf dem der Weise saß, streckte die Hand aus und streichelte Kiwitt.

»Das Wetter ist gut«, sagte er. »Wir sollten sofort aufbrechen und nach einer Furt suchen.«

Der Weise blickte über den Rand des Plateaus zum breiten Fluss, dessen braune Fluten ebenfalls eine lange Reise hinter sich hatten; sie entsprangen in den fernen Bergen im Osten. »Das ist nicht nötig. Ich kenne die Stelle, an der wir den Fluss überqueren können.«

»Gestern hast du nichts davon gesagt.«

»Heute weiß ich mehr, Arn.«

Der bärtige, kräftig gebaute Hannaratt schnaufte zustimmend. »Wie du meinst, Weiser. Ich gebe den anderen Bescheid.« Er stapfte fort, und die Hautlappen an seinem Hals wehten im aufkommenden Wind.

Der Weise blickte zu seinem mobilen Haus, das bereits damit begonnen hatte, sich zusammenzufalten, hob dann den Blick zum Himmel. Geistesabwesend kraulte er Kiwitt am Hals.

»Diesmal habe ich mehr gesehen als sonst, Kiwitt«, sagte er leise. »Ich bin auf der Suche nach dem letzten Element, aber jemand anders sucht noch mehr, und unsere Wege werden sich kreuzen.«

Das kleine Tier auf seiner Schulter gurrte leise.

1

Ein Flüstern aus der Vergangenheit

7. Juli 1147 Ära des Feuers (ÄdeF)

Der schwarze Zylinder des Kantaki-Nexus, dreißig Kilometer lang und fast einen Kilometer dick, hing mehr als fünftausend Lichtjahre über dem Orion-Arm der Milchstraße im All. Unter ihm drehte sich die Galaxis, unmerklich langsam für das menschliche Auge. Immer wieder fingen Vorsprünge und Kanten in der Außenhülle das Licht ferner Sonnen ein, funkelten kurz und verschwanden dann wieder in der Finsternis. Das große Kantaki-Schiff, das Dominique und Rupert nach einem fast zwei Monate dauernden Flug zum Nexus gebracht hatte, wirkte zwergenhaft neben dem gewaltigen Zylinder, der alles enthielt, was Raumschiffe der Kantaki für ihre langen Reisen bis zu anderen Galaxien brauchten. Doch wo einst die klickenden Stimmen der insektoiden Wesen erklungen waren, herrschte jetzt Stille.

Den ersten toten Kantaki fanden sie in einem peripheren Wartungszentrum, für kleine Schiffe bestimmt. Seine mumifizierten Reste lagen zwischen zerfetzten Verbindungsbrücken und inaktiven energetischen Transferleitungen ebenso zerschmettert wie ein großer Teil der automatischen Wartungsanlagen. Dominique ließ das Licht ihrer Lampe über Gliedmaßen streichen, die in der Kälte eine glitzernde Patina aus Raureif bekommen hatten – die ambientalen Systeme des Nexus arbeiteten auf minimalem Niveau. Der Kopf war zertrümmert wie von einem heftigen Schlag, die multiplen Augen wie Glas gesplittert.

»Was ist hier geschehen?«, fragte Rupert leise. Seine Stimme kam aus dem kleinen Kom-Servo in Dominiques Helm; sie trugen beide Schutzanzüge, ausgestattet mit bionischen Komponenten von Millennia.

»Hier hat ein Kampf stattgefunden.« Dominique richtete einen Sondierer auf die Reste des Kantaki, und der darin integrierte Datenservo begann sofort mit einer Analyse, bestätigte dann den Eindruck, den sie gewonnen hatte. »Vor fast achttausend Jahren.«

»Kurz nach der Flucht der damaligen Kantaki-Piloten«, sagte Rupert. Er sah sich um und leuchtete mit seiner eigenen Lampe durch das hyperdimensionale Labyrinth des Wartungszentrums. Zwar war das energetische Niveau des Nexus extrem niedrig, aber immer wieder kam es zu den perspektivischen Verzerrungen, wie sie für das Innere von Kantaki-Schiffen typisch waren. Wände schienen ein geisterhaftes Eigenleben zu entwickeln, sich zu verschieben und ineinander zu verkeilen. Gänge bildeten Spiralen, die sich nach oben wanden oder zur Seite neigten. Gelegentlich kippten Deckensegmente nach unten, als wollten sie an einer Stelle den Weg versperren und an anderen neue Verbindungen schaffen. Dominique hatte sich in den vergangenen beiden Monaten an die seltsamen Veränderungen an Bord des Kantaki-Schiffes gewöhnt und fühlte sich dadurch nicht mehr desorientiert. Eigentlich blieb alles starr. Es war ihre Wahrnehmung der Hyperdimension, die ihr Bewegung vorgaukelte, denn die menschlichen Sinne konnten nur einen geringen Teil ihrer Komplexität aufnehmen.

»Nach dem Dritten Konflikt der Konzepte, den Mutter Rrirk erwähnte«, fügte Rupert hinzu. Dominique beobachtete, wie er sich bückte und einige kleine Trümmerstücke aus der Nähe betrachtete. Er nahm eins, hielt es dicht vor die Helmscheibe und legte es wieder auf den Boden. »Ob hier Kantaki gegen Kantaki gekämpft haben?«

Dominique dachte an die seltsame Geschichte von einem »Schattenuniversum«, die Mutter Rrirk ihnen in der letzten Sekunde ihres Kantaki-Lebens erzählt hatte, und wieder sträubte sich etwas in ihr dagegen, jenen Worten zu glauben. Es klang alles zu ... abgehoben und absurd. Aber ob Mutter Rrirk nun bewusst gelogen oder unwissentlich die Unwahrheit gesagt hatte: Es blieb die Frage, was vor achttausend Jahren geschehen war.

»Vielleicht finden wir weiter im Innern des Nexus Antworten«, sagte Dominique. Sie betätigte die Kontrollen an ihrem Gürtel, und ein Levitationsfeld ließ sie aufsteigen und durch den Tunnel gleiten, der vom peripheren Wartungszentrum ins Innere der riesigen Raumstation führte. Rupert folgte ihr und blieb dicht an ihrer Seite.

Fast eine Stunde waren sie unterwegs, und in dieser Zeit verwandelte sich die Freude, die Dominique beim ersten Anblick des Nexus empfunden hatte, in Unbehagen und zunehmende Sorge. Immer wieder stießen sie auf Spuren der Gewalt: Stellenweise war der Kampf vor fast acht Jahrtausenden so heftig gewesen, dass ganze Sektoren des Kantaki-Nexus zerstört worden waren. Dominique und Rupert flogen durch einen riesigen Maschinensaal, in dem eine unbekannte Waffe Dutzende von Metern hohe Aggregate offenbar regelrecht pulverisiert hatte. Vielleicht war das der Grund, warum der Nexus fast tot wirkte: die Verheerungen in seinem Innern. Dominique befürchtete, dass sie hier nicht das Ausrüstungsmaterial fanden, das sie brauchten, um mit der Suche nach der Wahrheit und den verschwundenen Kantaki zu beginnen. Das Kantaki-Schiff, mit dem sie hierhergekommen waren, benötigte vor allem Energie, und genau daran schien es der Raumstation zu mangeln. Alles deutete darauf hin, dass ihre energetischen Reserven zur Neige gingen.

Auch in den administrativen Bereichen des Nexus stießen sie auf Zerstörungen, und dort fanden sie zwei weitere tote Kantaki, noch schlimmer zugerichtet als der erste. Das

Licht von Dominiques Lampe tastete über die zerfetzten Reste hinweg, glitt dann zu zerschmetterten Einrichtungsgegenständen. Eine Wand wies eine tiefe Delle auf, wie von der Faust eines Titanen geschaffen.

Dominique stellte fest, dass es hier nicht ganz dunkel war. Von einigen Leuchtelementen in Decke und Wänden kam ein mattes Glühen, gerade genug, um tiefe Schatten zu schaffen.

»Als es hier zum Kampf kam, befanden sich offenbar nur noch wenige Kantaki im Nexus.«

»Oder die anderen wurden verschleppt«, sagte Rupert, der damit begonnen hatte, die Delle zu untersuchen.

»Bisher haben wir nur drei tote Kantaki gefunden«, setzte Dominique ihre Überlegungen fort. »Aber nicht die Leichen von Akuhaschi und anderen Geschöpfen. In diesem Nexus müssen sich damals, als er zur Ausrüstung und Wartung von Kantaki-Schiffen gedient hat, mehrere tausend Personen befunden haben. Ich kann mir kaum vorstellen, dass die Angreifer sie alle fortgebracht haben. Nein, ich glaube, sie kamen hierher, als die letzten Kantaki damit beschäftigt waren, den Nexus stillzulegen.«

Dominique öffnete ihre Sinne dem Tal-Telas, dessen Kraft alles Existierende durchdrang. Diese Kraft existierte auch in der Hyperdimension der Kantaki, aber es fiel Dominique schwerer, dort mit ihr Kontakt aufzunehmen und sie so zu nutzen, wie sie es gewohnt war. Wie auch an Bord des Schiffes blieben die Muster in Gelmr unklar, und sie ahnte inzwischen, was das bedeutete: Es gab mehrere Wege, die in die Zukunft führten; die nächsten Ereignisse hingen davon ab, wie sie sich verhielten und welche Entscheidungen sie trafen, als stünden sie auf einer kleinen Insel im Strom des Geschehens, noch unbeeinflusst von dem, was um sie herum passierte. Aber schon der erste Schritt ins Wasser würde Wellen erzeugen, aus denen sich wechselseitige Wirkungen ergaben. Und dieser erste Schritt stand unmittelbar bevor, das fühlte Dominique ganz deutlich.

Und sie fühlte noch etwas anderes: ein Flüstern in der Stille, die den dreißig Kilometer langen Zylinder erfüllte, ein vages Raunen in der Ferne.

»Ich höre etwas«, sagte sie. »In Delm.«

Rupert wandte sich sofort von der Delle ab. »Eine telepathische Nachricht?«

»Nein, ein wortloses Flüstern, so leise, dass ich es bisher nicht bemerkt habe. Eine Präsenz. Der Nexus ist nicht ganz tot. Etwas lebt hier noch. Ähnlich fühlte es sich an, als wir in der alten Station am Meeresgrund von Aquaria Mutter Rrirk fanden.«

»Glaubst du, es könnte noch ein Kantaki am Leben sein, in einer Art Hibernation?«

Dominique trat in einen dunklen Gang, der in langen Windungen erst nach oben führte und dann nach rechts abknickte. Sie blieb mit Delm verbunden, der vierten Stufe des Tal-Telas, und ließ sich von dem fernen Flüstern leiten. Nach einigen Metern aktivierte sie wieder den Levitator, und Rupert folgte ihrem Beispiel. Seite an Seite flogen sie durch die Dunkelheit, in der nur gelegentlich einige Leuchtstreifen glühten.

»Nein, ich glaube nicht, dass es ein Kantaki ist«, sagte Dominique. »Das Wispern klingt … anders.«

Sie brachten die lange, kurvenreiche Passage hinter sich, an deren Ende offenbar ein besonders heftiger Kampf stattgefunden hatte. Die Wände waren aufgerissen, und es fehlten ganze Segmente in Boden und Decke. Die Reste mehrerer Kantaki lagen vor dem Zugang zu einem Raum, den Dominique vom Schiff her kannte.

»Das ist ein Meditationszentrum«, sagte sie und leuchtete mit der Lampe. »Dort drin haben die Kantaki das Sakrium aufgesucht, das Teil des Transraums ist, um mit dem Geist zu kommunizieren, der einst Materie wurde.«

»Sie scheinen den Raum erbittert verteidigt zu haben.« Rupert deaktivierte seinen Levitator und bewegte sich in der niedrigen Restschwerkraft des Nexus vorsichtig zwischen den Trümmern. »Und offenbar haben sie den Kampf gewonnen.«

»Diese Kantaki sind *tot*, Rupert.«

»Zumindest einer von ihnen muss überlebt haben.«

Dominique näherte sich ihrem Gefährten und sah sofort, was er meinte. Zwischen den Kantaki-Knochen und neben dem größten Riss in der nahen Wand standen mehrere schwarze Würfel, jeweils aus fünf Teilen zusammengesetzt. Die in Fünfergruppen angeordneten Symbole an den Seitenflächen schienen sich zu bewegen, als Dominique den Blick auf sie richtete.

»Ich verstehe, was du meinst«, sagte sie. »Es handelt sich eindeutig um Kantaki-Artefakte, und sie müssen nach dem Kampf aufgestellt worden sein. Was auch immer sich hier ereignet hat – diese Objekte hätten das Chaos sicher nicht unbeschädigt überstanden.« Dominique bückte sich und berührte einen der Würfel. Die Fünfergruppen aus Kantaki-Symbolen bewegten sich, und die Sensoren des Schutzanzugs registrierten geringe energetische Aktivität. Über dem Artefakt flirrte die dünne, eiskalte Luft, und Dominique hörte ein rhythmisches Klicken: die Stimme eines Kantaki. Ein instabiles Projektionsfeld entstand, und darin zeigte sich die Gestalt eines insektoiden Wesens. Das Klicken dauerte an.

Rupert kam näher. »Verstehst du was?«

»Nein. Der Kom-Servo des Schutzanzugs enthält natürlich einen Linguator, aber er ist nicht auf die Sprache der Kantaki programmiert. Kein Wunder: Bis vor Kurzem galten sie als Legende.«

»Aber wir haben Mutter Rrirk verstanden.«

»Ja. Weil sie ihre Gedanken projizierte.«

Das Projektionsfeld flackerte und verschwand, ohne dass Dominique und Rupert die fast achttausend Jahre alte Botschaft verstanden hatten. Dominique berührte die anderen schwarzen Würfel, aber für welchen Zweck auch immer sie einst bestimmt gewesen waren: Sie enthielten nicht mehr genug Energie, um ihn zu erfüllen.

»Sieh dir das hier an, Dominique.«

Rupert war in einen Seitengang getreten, und im Schein seiner Lampe sah Dominique die Reste eines weiteren mumifizierten, von Raureif bedeckten Kantaki. Doch es gab einen wichtigen Unterschied: Seine Gliedmaßen waren um eine zweite, kleinere Gestalt geschlossen.

Dominique trat näher, lauschte dabei mithilfe der bionischen Komponenten dem Datenflüstern der Anzugsensoren. Tot. Keine Energie.

Rupert berührte die kleinere Gestalt in den Armen des Kantaki, und ihre Kleidung zerfiel zu Staub. Bleiche Knochen kamen zum Vorschein. Dominique trat um die beiden Toten herum und betrachtete sie aus verschiedenen Blickwinkeln. »Ist das möglich? Ein *Mensch*?«

»Der Kantaki hat ihm das Genick gebrochen.« Rupert strich im Halsbereich über die Kleidung des Humanoiden, die daraufhin zu Staub zerfiel. Zum Vorschein kam das gebrochene Genick, direkt unter einer Gliedmaße des Kantaki. »Und dann ist er selbst gestorben. Freund und Feind blieben in dieser tödlichen Umarmung vereint.«

Dominique aktivierte den Levitator, stieg ein wenig auf und schwebte näher an die kleinere Gestalt heran. Sie war mumifiziert, wie auch der Kantaki, und eine dünne, ledrige Haut bedeckte die Gesichtsknochen. Haarbüschel ragten aus Rissen in einer Art Kapuze. Die linke Hand hielt einen konusförmigen, silbergrauen Gegenstand, der wie eine Waffe wirkte. Dominique löste ihn vorsichtig aus den vor fast acht Jahrtausenden erstarrten Fingern und hob ihn vors Helmvisier. Sie wischte den Raureif fort und entdeckte an der einen Seite des Objekts Schriftzeichen neben einigen Mulden, die für menschliche Finger bestimmt zu sein schienen.

Rupert schwebte an ihrer Seite. »Kannst du etwas damit anfangen?«

Dominique drehte das Objekt hin und her. »Nein. Wenn dies eine Waffe ist, so weiß ich nicht, wie sie funktioniert.

Und solche Schriftzeichen habe ich nie zuvor gesehen.« Sie blickte wieder zu dem Humanoiden. »Kann es sein, dass *Menschen* hierfür verantwortlich sind? Haben sie die Zerstörungen verursacht und gegen die Kantaki gekämpft?«

»Dies war kein gewöhnlicher Mensch«, sagte Rupert und betätigte die Kontrollen eines Sondierers. Ein matter Strahl wanderte über den Humanoiden und tastete ihn ab, erweiterte sich dann zu einer pseudorealen Darstellung, die den Knochenaufbau zeigte. Dominique nahm einmal mehr zur Kenntnis, wie schnell ihr Gefährte in den vergangenen Monaten gelernt hatte. Aus dem Mörder und Autisten war jemand geworden, auf den sie sich verlassen konnte. Einst hatte sie nur ein Mittel zum Zweck in ihm gesehen, sogar eine Gefahr für sich selbst, aber inzwischen wollte sie ihn nicht mehr missen.

»Das sind keine normalen Knochen«, sagte Dominique und betrachtete das Bild.

»Nein. Kortikalis und Kompakta sind mit synthetischem Material verstärkt, was den Knochen eine höhere Bruchfestigkeit gibt, und die Spongiosa enthält Metall- und Polymerfäden. Die Knochenmarkhöhle hat offenbar kein Knochenmark enthalten, sondern eine bionische Nährflüssigkeit auf der Basis halbsynthetischer Moleküle. Die Reste des Muskelgewebes deuten darauf hin, dass die Muskeln für einen besonders hohen Stoffwechsel optimiert waren.«

Dominique nickte langsam, den Blick auf die von Ruperts Datenservo eingeblendeten Informationen gerichtet. »Verstärkte Knochen. Aber der Kantaki hat diesem ... Menschen das Genick gebrochen.«

»Andernfalls hätte er ihn vermutlich völlig zerquetscht. Kantaki scheinen ziemlich stark zu sein.«

Ein seltsamer Gedanke ging Dominique durch den Kopf: Hatten sich damals, vor acht Jahrtausenden, Menschen auf den Kampf gegen die Kantaki vorbereitet, indem sie ihre Physiognomie verstärken ließen? Aber warum? Was steckte dahinter? Sie blickte noch einmal auf das silbergraue Objekt in ihrer Hand und betrachtete die seltsamen Schriftzeichen, die keine Ähnlichkeit mit der schriftlichen Form von InterLingua aufwiesen.

In Delm hörte sie erneut das Flüstern in der Ferne, wie ein Aufmerksamkeit verlangendes Kratzen an ihren Gedanken.

Dominique ließ den konusförmigen Gegenstand in einer Tasche ihres Schutzanzugs verschwinden. »Stellen wir fest, was hier noch lebt.«

»Ein Mensch, kein Zweifel«, sagte Rupert und sondierte die Gestalt im Stasisfeld.

Eine Falle der Kantaki, vermutete Dominique. An dieser Stelle wurde der Korridor schmaler und bot einem Menschen gerade genug Platz. Sie stellte sich vor, wie der Humanoide – sie war noch nicht ganz bereit, einen Menschen in ihm zu sehen – einen Kantaki hierher verfolgt hatte. An der schmalen Stelle war er langsamer geworden, was Projektoren in den Wänden Gelegenheit gegeben hatte, ihn mit einem Kraftfeld festzuhalten, lange genug, um ihn in Stasisenergie zu hüllen.

Hier in der zentralen Sektion des Nexus war die künstliche Schwerkraft ein wenig höher als in den peripheren Bereichen, und Dominique verzichtete auf ihren Levitator. Sie trat an das Stasisfeld heran und beobachtete den Mann, der einige Zentimeter über dem Boden schwebte und sich langsam, wie von unsichtbarer Hand bewegt, um die eigene Achse drehte. Er trug eine Art Overall, der aus mehreren streifenförmigen Funktionsteilen mit integrierten Objekten bestand. Alle wirkten fremdartig auf Dominique, in Form und Beschaffenheit kaum mit den Instrumenten und Waffen zu vergleichen, die ihr vertraut waren. Die einzelnen Streifen hatten unterschiedliche Farben – Blau- und Rottöne überwogen –, aber durch die Drehung schienen ihre Ränder manchmal zu zerfließen. Es fehlte ein Gürtel, doch dafür gab es in Hüfthöhe mehrere Schnallen im gleichen

Silbergrau wie der Gegenstand, den Dominique eingesteckt hatte, und dort bemerkte sie weitere Schriftzeichen.

»Das Stasisfeld ist sehr schwach.« Rupert sah auf die Anzeigen seines Sondierers. »Es gelang den Kantaki damals, einen ihrer Gegner gefangen zu nehmen, aber aus irgendeinem Grund kamen sie nicht mehr dazu, ihn fortzubringen.«

»Er blieb hier, fast achttausend Jahre lang«, murmelte Dominique nachdenklich. »Und die anderen Menschen, die damals in diesem Nexus waren ... Sie kümmerten sich nicht um ihn. Warum?«

»Vielleicht verfolgten sie die fliehenden Kantaki«, spekulierte Rupert. »Oder dies war der Letzte von ihnen.«

Dominique beobachtete den sich langsam drehenden Mann, der ihnen nun sein Gesicht zuwandte: Brauen, die eine dünne Linie bildeten, eine lange, gerade Nase und ein Mund mit dünnen Lippen. Es hätte das Gesicht eines gewöhnlichen Menschen sein können, wenn nicht die Augen gewesen wären. Sie waren geöffnet, nicht weit aufgerissen im Moment der Erkenntnis, in eine Falle geraten zu sein, sondern so wachsam wie die eines Raubtiers auf der Jagd, selbst in der Sekunde der Überraschung und Niederlage. Die Pupillen erschienen Dominique recht groß, vielleicht ein Zeichen von Erregung, und die Iris glänzte kobaltblau.

»Seine Knochen sind ebenfalls verstärkt«, sagte Rupert und blickte noch immer auf die Anzeigen des Sondierers. »Auch die inneren Organe scheinen modifiziert zu sein, aber Einzelheiten lassen sich leider nicht feststellen. Das Stasisfeld stört die Sondierungssignale.«

Dominique bemerkte ein kurzes Flackern in dem Kraftfeld, das den Mann gefangen hielt. Sie sah zu den Projektoren in den Wänden. »Wann wird die Stasisenergie endgültig instabil?«

»Schwer zu sagen. Vielleicht in einem Monat. Oder in hundert Jahren. Kommt darauf an, wie groß die energetischen Reserven des Nexus sind und welche Versorgungspriorität die Kantaki damals dieser Falle gegeben haben.«

»Er könnte uns bestimmt die eine oder andere Frage beantworten«, sagte Dominique.

Rupert trat näher und richtete einen besorgten Blick auf sie. »Willst du ihn aus der Stasis holen?«

»Er könnte uns sagen, was damals hier geschehen ist.«

»Er hat gegen die Kantaki gekämpft«, sagte Rupert. Dominique sah seine dunklen Augen hinter der Helmscheibe; das Flackern des Wahnsinns war aus ihnen verschwunden und einer Wärme gewichen, die ihr galt. »Er könnte sehr gefährlich sein, und wir sind unbewaffnet.«

»Wie fühlst du dich, wenn du nach dem Sprung durch eine Transferschneise aus der Hibernation erwachst? Zumindest ein wenig Benommenheit ist immer die Folge, selbst bei einem kurzen Sprung. Dieser Mensch hat die letzten *achttausend Jahre* in Stasis verbracht. Er dürfte geschwächt sein. Und außerdem, Rupert: Wenn wir mehr erfahren und die Wahrheit herausfinden wollen, müssen wir früher oder später etwas riskieren.«

Dominique trat noch etwas näher an die schmale Stelle im Gang heran. Vor ihr drehte sich der Mann im Kraftfeld, das ihn zu einem Gefangenen gemacht, ihn aber auch am Leben erhalten hatte, über den Abgrund der Zeit hinweg. Sie sah den Glanz in seinen Augen, als er ihr erneut das Gesicht zuwandte, gewann dabei fast den Eindruck, dass er sie *sah*.

»Ich kann hier keine Kontrollen für das Stasisfeld erkennen«, sagte Rupert.

»Ich versuche es in Crama.« Dominique konzentrierte sich trotz des störenden Einflusses der Hyperdimension auf die dritte Stufe des Tal-Telas und tastete mit ihren Gedanken nach den Materiestrukturen im Innern der dunklen Wände. Schon nach wenigen Sekunden fand sie einen komplexen Mechanismus und spürte einen schwachen energetischen Fluss, der gerade noch ausreichte, das Stasisfeld stabil zu halten.

Sie trat zurück. »In Ordnung, versuchen wir es.«

»Ich würde mich wohler fühlen, wenn ich jetzt einen Variator dabeihätte«, sagte Rupert. »So ganz ohne Waffen ...«

»Wir haben die Kraft des Tal-Telas. Das sollte Schutz genug für uns sein.« Dominique verband ihre Gedanken erneut mit Crama und schickte sie zu dem Mechanismus in der linken Wand. Einige kleine Veränderungen unterbrachen den schwachen Energiestrom, und von einem Augenblick zum anderen existierte das Stasisfeld nicht mehr.

Die langsame Drehung des Mannes fand ein Ende, und er fiel zu Boden, blieb reglos liegen. Einige Sekunden herrschte Stille, und dann erklang ein dumpfes Schnaufen, das von dem Menschen am Boden stammte, und in Delm stellte Dominique verstärkte geistige Aktivität fest.

»Er kommt zu sich«, sagte Dominique. Sie spürte, wie der Schutzanzug auf ihre wachsende Anspannung reagierte: Nanowurzeln der biologischen Komponenten bohrten sich tiefer in ihren Körper, verbanden sich mit dem Nervensystem und stimulierten ihr Denken.

Der Mann auf dem Boden winkelte die Arme an und stemmte sich langsam in die Höhe. Er bewegte sich wie jemand, der aus tiefem Schlaf erwachte und Mühe hatte, in die Realität zurückzufinden. Der Kopf kippte wie haltlos von einer Seite zur anderen. Das Haar hatte bisher einen Wulst im Nacken gebildet, fiel jetzt zur Seite und wurde zu einem wogenden seidenen Schleier, der wie Silber glänzte.

Dominique streckte ihre Gedanken in Delm vorsichtig dem Fremden entgegen und sah mit dem inneren Auge, wie sich das mentale Durcheinander im Selbst des Mannes ordnete. Seltsame Symbole entstanden, einzelne Sinnelemente eines völlig unvertrauten Denkens – und dann gab es plötzlich eine Barriere, die Dominique vom Bewusstsein des Mannes trennte.

»Er hat sich geistig abgeschirmt«, sagte sie. Ihre Worte galten Rupert, deshalb hatte sie den externen Lautsprecher des Schutzanzugs nicht eingeschaltet, aber der Fremde schien ihre Stimme zu hören. Er verharrte abrupt, halb aufgerichtet, und sein Kopf ruckte zur Seite, dem Licht der beiden Lampen entgegen.

Dominique hob langsam die rechte Hand. »Können Sie uns verstehen? Wir haben Sie aus dem Stasisfeld befreit.« Diesmal kamen ihre Worte aus dem externen Lautsprecher des Kom-Servos.

Wie in Zeitlupe richtete sich der Mann ganz auf, und seine kobaltblauen Augen bewegten sich – ihr Blick huschte zwischen Rupert und Dominique hin und her. Sein Atem kondensierte in der kalten Luft.

Dominique richtete den Lichtstrahl ihrer Lampe auf den Boden, um den Mann nicht zu blenden. Rupert folgte ihrem Beispiel und sagte: »Mit seiner Kleidung geschieht etwas. Meine Sensoren registrieren energetische Aktivität.«

Daten scrollten durch Dominiques Helmdisplay und gaben Auskunft über die gemessenen Emissionen, aber sie achtete nicht darauf und beobachtete, wie die farbigen Streifen des Overalls zusammenwuchsen und dabei offenbar ihre Beschaffenheit veränderten. An einigen Stellen versteifte sich das Material, an anderen wurde es flexibler. Und als sich der Mann dann bewegte, schien er teilweise durchsichtig zu werden.

»Ein Tarnanzug«, sagte Rupert.

Der Mann schwankte ein wenig, und Dominique staunte über seine Konstitution – die fast achttausend Jahre der Stasis schienen ihn kaum geschwächt zu haben, und er erholte sich schnell. Er trat näher, die ersten Schritte noch ein wenig unsicher, sah sich dabei um wie jemand, der Gefahr witterte. Dann richtete er einen forschenden Blick erst auf Rupert und anschließend auf Dominique. Das silberne Haar wogte, als er den Kopf von einer Seite zur anderen drehte. Er öffnete den Mund, und es erklangen Geräusche, mit denen weder Dominique noch ihr Linguator etwas anfangen konnten.

»Verstehst du was?«, fragte sie Rupert.

»Kein einziges Wort. Und das ist seltsam, findest du nicht, Domi? Die Algorithmen unserer Linguatoren sollten mit allen jemals von Menschen gesprochenen Sprachen fertig werden.«

Dominique warf einen Blick auf die ambientalen Anzeigen des Helmdisplays und öffnete dann das Visier. Eiskalte Luft schlug ihr entgegen.

»Wir haben keine feindlichen Absichten«, sagte Dominique, obwohl sie ziemlich sicher war, dass der Fremde sie nicht verstand. Aber irgendetwas musste sie sagen. Bevor sie noch etwas hinzufügen konnte, kniff der Mann die Augen zusammen, zischte etwas und schien auf eine Antwort zu warten.

»Es tut mir leid«, sagte Dominique und breitete die Arme aus. »Ich verstehe Sie nicht. Vielleicht können uns die Datenbanken der Kantaki bei der Kommunikation helfen ...«

Der Mann hielt plötzlich einen konischen Gegenstand in der Hand und richtete ihn auf Dominique. Sie fühlte, wie etwas in ihr Bewusstsein eindrang, blitzartig alle erreichbaren Gedanken packte und hin und her drehte. Mentale Hitze folgte, und sie schnappte erschrocken nach Luft.

»Dominique?«, entfuhr es Rupert. »Was macht er mit dir?«

Sie reagierte, baute eine Brücke zum Tal-Telas und errichtete in Delm eine Barriere, die sie von dem externen Einfluss schützte – er ging nicht vom Selbst des Mannes aus, sondern von etwas anderem in oder an ihm.

»Das war nicht besonders freundlich«, sagte sie und atmete tief durch, das Helmvisier noch immer offen. »Wir haben Sie befreit und möchten nur ...«

Die Verbindung zum Tal-Telas bestand noch immer, und in Gelmr sah Dominique ein Muster, das sie zu sofortigem Handeln zwang. Sie gab Rupert in Crama einen Stoß, der ihn zu Boden warf, und gleichzeitig hechtete sie selbst zur Seite. Etwas donnerte über sie beide hinweg, traf die dunkle Wand und riss sie auf. Dominique fühlte den Boden unter sich zittern, sah aus dem Augenwinkel, wie der Mann die Hände drehte und erkannte das neue Muster in Gelmr und seine Bedeutung. Sie sammelte die Kraft von Iremia, der neunten Stufe des Tal-Telas, manipulierte damit die physischen und energetischen Strukturen in ihrer Umgebung. Das Etwas, das zuvor einen Teil der Wand zerfetzt hatte, traf sie nur noch als ein heißer Hauch, der für eine Sekunde die Kälte verdrängte.

Die hohen Stufen, unter ihnen Iremia, waren anstrengend, und hinzu kam der störende Einfluss der Hyperdimension. Dominique sammelte neue Kraft, um Rupert und sich selbst vor den Angriffen zu schützen. Sie drehte den Kopf und sah, wie Rupert auf die Beine kam und sich dem Fremden zuwandte, mit einem gefährlichen Funkeln in den Augen. Sein Gesicht veränderte sich, wurde fast zu einer Fratze, und als er den Mund öffnete, krümmte sich Dominique aus einem Reflex heraus am Boden zusammen, kniff die Augen fest zu und formte die Kraft des Tal-Telas zu einem Schild, groß genug für sie selbst.

Rupert schrie und setzte seinen Zorn, der so oft den Tod gebracht hatte, ganz bewusst als Waffe gegen den Mann ein. Auch er konnte sich mit dem Tal-Telas verbinden, auf eine andere Weise als Dominique, und inzwischen hatte er gelernt, diesen Vorgang zu kontrollieren – er war nicht mehr das willenlose Werkzeug, zu dem ihn das Projekt Brainstorm hatte machen wollen.

Der Schrei brach abrupt ab.

Nach einigen Sekunden der Stille wagte es Dominique, die Augen wieder zu öffnen. Rupert stand wie erstarrt da, das Gesicht noch immer eine Grimasse, der Mund noch immer geöffnet. Das lange silberne Haar des Fremden bewegte sich wie in einem Wind, der nur für ihn wehte, als er langsam um Rupert herumging und ihn neugierig ansah. Schließlich wandte er sich von ihm ab, trat zu Dominique und blickte auf sie hinab. Er sagte etwas, das für Dominique wie eine Aneinanderreihungen von Knurrlauten klang. Diesmal wartete er nicht auf eine Antwort, drehte sich um und kehrte zu der engen Stelle im Korridor zurück. Dort löste er etwas von seiner Kleidung, das nach einer mehrere Zentimeter langen Nadel aussah, und warf es hoch.

Das nadelartige Objekt verharrte dicht unter der Decke wie von einer unsichtbaren Hand gehalten, und ein Wabern drang nach außen, bildete einen dünnen Vorhang in der Luft. Der Fremde warf Dominique und Rupert noch einen letzten Blick zu, trat dann ins Wabern hinein ... und verschwand.

Der Pilotendom des Kantaki-Schiffes war ein vertrauter Ort für Dominique, ein neues Zuhause, in dem die »Stimmen« des Schiffes sie willkommen hießen. Aber die Stimmen – die Statussignale der verschiedenen Bordsysteme – waren nicht mehr kraftvoll und laut, sondern schwach und leise. Mutter Rrirks Schiff brauchte dringend neue Energie.

Dominiques violett verfärbte Hände ruhten in den Sensormulden des Pilotensessels und empfingen Daten, die über den Zustand des Kantaki-Riesen Auskunft gaben. »Es sieht nicht gut aus«, sagte sie besorgt.

Rupert schien sie gar nicht zu hören. Er saß an einer der Konsolen, den Blick auf die Nadel gerichtet, die sie nach dem Verschwinden des Fremden auf dem Boden gefunden hatten. Langsam drehte er sie hin und her, hob sie dann vor ein Auge und blickte hindurch.

»Wie eine Patrone«, murmelte er.

»Was?«

»Wie die Hülse eines Geschosses. Leer. Was enthielt sie?« Rupert drehte die Nadel erneut, wie in der Hoffnung, irgendwo an ihr einen Hinweis zu finden.

»Keine Ahnung. Aber was auch immer das Objekt enthielt: Es ermöglichte dem Fremden, den Nexus zu verlassen.« Dominique steuerte Mutter Rrirks Schiff vorsichtig von der großen Raumstation über dem Orion-Arm der Milchstraße fort.

Rupert schüttelte den Kopf und steckte die Nadel ein. »*Wohin* ist er verschwunden? Nach all der Zeit ... Und wer war er?«

»Ich hoffe, das sind rhetorische Fragen, denn von mir kannst du keine Antworten erwarten.« Die fensterartigen Darstellungsbereiche an den gewölbten Wänden zeigten den Nexus der Kantaki – er schien immer mehr zu schrumpfen, als sich das Schiff von ihm entfernte. »Wir haben ein echtes Problem, Rupert. Unsere energetischen Reserven sind sehr gering.«

»Schaffen wir es bis zum nächsten Nexus?«

»Er ist fast neunzehntausend Lichtjahre entfernt«, sagte Dominique. »Es wird sehr, sehr knapp. Und wenn dort etwas Ähnliches geschehen ist wie hier ...«

Rupert verließ seinen Platz an der Konsole, stieg die fünf Stufen des Pilotenpodiums hoch und nahm im Sessel neben den Kontrollen Platz. Er wirkte noch immer sehr nachdenklich. »Er hätte dich fast getötet. Wenn doch nur eine Verständigung mit ihm möglich gewesen wäre ...«

In ihrer Erinnerung hörte Dominique noch einmal die letzte Äußerung des Humanoiden. Welche Bedeutung verbarg sich in den Knurrlauten?

Das Kantaki-Schiff wurde schneller. Es befand sich weit abseits der Transferschneisen, aber jene Verbindungen zwischen den Sternen brauchte es nicht. Dominique konzentrierte sich auf die Fäden im Transraum, die *alles* miteinander verbanden, und suchte nach dem, der sie zum nächsten Nexus bringen konnte. Sie fühlte sich noch immer ein wenig geschwächt, und außerdem fiel es ihr schwer, ihre Gedanken unter Kontrolle zu halten. Immer wieder kehrten sie zu den toten Kantaki im Nexus zurück, zu den Bildern der Zerstörung und zu dem rätselhaften Fremden, der fast achttausend Jahre in Stasis gefangen gewesen war.

Schließlich fand sie einen Faden, der ihr geeignet erschien, und machte sich daran, ihn mit dem Schiff zu verbinden. Die Bordsysteme reagierten mit ungewohnter Trägheit, und Dominique nahm noch mehr Kraft im Tal-Telas auf, um die notwendige Verbindung herzustellen und das Schiff in den Transraum zu bringen. Es war nicht annähernd so schnell wie sonst – der Flug zum nächsten Nexus würde einige Monate dauern. Viel Zeit, während der viele Dinge passieren konnten. Dominique fragte sich, was während der vergangenen zwei Monate in den ehemaligen Allianzen Freier Welten geschehen war und was dort in naher Zukunft geschehen würde. Griffen die Graken erneut an? Landeten vielleicht in diesem Moment Moloche auf den Planeten des Kernbereichs, um dort das gesamte intelligente Leben geistig zu versklaven? Dies war mehr als eine Suche nach Wahrheit, wusste Dominique. Wenn es Rupert und ihr gelang, die Kantaki zu finden ... Vielleicht konnten sich die Menschen und ihre Verbündeten mit der Hilfe jenes alten, weisen Volkes vor den Graken schützen.

»Wir könnten sie untersuchen.«

Dominique hob schwere Lider. »Was?«, fragte sie benommen und begriff, halb eingeschlafen zu sein.

»An Bord dieses Schiffes gibt es doch bestimmt ein Laboratorium oder so«, sagte Rupert. Er hielt erneut die Nadel in der Hand. »Dort könnten wir dieses Objekt analysieren. Vielleicht finden wir dabei etwas heraus.«

Dominique stand auf, um sich ein wenig Bewegung zu verschaffen. Sie trat zwei Schritte beiseite – und blieb abrupt stehen, als der Boden unter ihr erbebte.

Rupert taumelte. »Was war das?«

Die Vibrationen wiederholten sich und wurden stärker. Mit ihnen kam ein hochfrequentes Pfeifen, das Dominique fast als schmerzhaft empfand.

Sie begriff plötzlich, was geschah. »Der Faden löst sich vom Schiff!«

Mit einem Satz war sie wieder im Pilotensessel und legte die Hände in die Sensormulden. Fast hätte sie sie sofort wieder zurückgezogen – Mutter Rrirks Schiff schrie. Tausend Alarme heulten durch die Datenkanäle, als das energetische Niveau bestimmter Bordsysteme unter die kritische Schwelle sank. Dominique spürte, wie sie durch eine Verlagerung der künstlichen Gravitation im Sessel zur Seite gezogen wurde. Rupert rief etwas, aber sie achtete nicht darauf. Sie durfte sich jetzt nicht von ihm ablenken lassen, schloss die Augen und wies das Schiff an, die noch zur Verfügung stehende Energie in die Stabilisatoren zu leiten. Sie fuhr das Triebwerk auf die niedrigste Stufe herunter, erweiterte dann ihr Selbst im Tal-Telas und griff nach dem Faden, der sich draußen im Transraum wie eine Schlange hin und her wand. Als sie ihn festhalten wollte, löste er sich endgültig vom Schiff, und ein neuer Prioritätsalarm erreichte Dominiques Wahrnehmung: Ein unkontrollierter Transit fand statt. Wenn der Kantaki-Koloss jetzt in den Normalraum zurückkehrte, so gab es keine Möglichkeit, den Retransferpunkt zu bestimmen – schlimmstenfalls materialisierte er im Innern einer Sonne.

Als Meisterin der Tal-Telassi hatte Dominique die Gabe, ein Kantaki-Schiff zu fliegen, aber sie war alles andere als eine erfahrene Pilotin. Sie reagierte instinktiv, griff nach dem ersten Faden in der Nähe und verband ihn mit dem Schiff, in der Hoffnung, es auf diese Weise zu stabilisieren. Doch die Erschütterungen wurden noch stärker, und Sensoren teilten ihr mit, dass sich Risse in den peripheren Segmenten bildeten – ihre Bindungskräfte reichten nicht mehr aus, Kohärenz zu gewährleisten. Der neue Faden zuckte wie die Schnur einer Peitsche und schleuderte das Schiff in eine graue Zone, in der es nur noch wenige Fäden gab.

Die nichtlineare Zeit ...

Ein anderes Universum, voller Möglichkeiten und Alternativen zu dem, was in Dominiques Kosmos Realität war. In den beiden ersten Stufen des Tal-Telas, in Alma und Berm, sah sie hinaus in endlose Weiten, in ein Universum, in dem nur wenige Sterne leuchteten, einer von ihnen ... *ganz nah.*

Der zweite Faden löste sich wie der erste vom Schiff, und bevor Dominique etwas unternehmen konnte, verließ der dunkle Riese den Transraum. Sofort meldeten die Sensoren enorme Hitze: Das Schiff war nur zwanzig Millionen Kilometer von einer blauweißen Sonne entfernt in den Normalraum zurückgefallen, und seine Energie konnte die Schutzfelder nicht aufrechterhalten.

Dominique öffnete die Augen.

Stellares Plasma loderte in den fensterartigen Projektionsfeldern, und unter einem der Darstellungsbereiche lag Rupert reglos vor einer Konsole. Eine der Erschütterungen musste ihn zu Boden geworfen haben.

Dominique vergewisserte sich in Delm, dass er noch lebte und nicht ernsthaft verletzt war, konzentrierte sich dann auf die Steuerung des Schiffes und brachte es fort von der blauweißen Sonne, die über eine Materiebrücke mit einer roten verbunden war. Dadurch schwanden die energetischen Reserven so sehr, dass an eine Rückkehr in den Transraum nicht mehr zu denken war. Dominique reduzierte die Schwerkraft an Bord und legte einige nicht unbedingt notwendige Bordsysteme still. Die nächste halbe Stunde verbrachte sie damit, die Geschwindigkeit des Kantaki-Schiffes zu reduzieren: Es flog mit fast sechzig Prozent der Lichtgeschwindigkeit durchs All, ohne Kraftfelder, die es vor Asteroiden und Meteoriten schützten. Rupert kam wieder zu sich und wankte die Stufen zum Pilotenpodium hoch. An seiner Stirn bemerkte Dominique den roten Striemen einer Platzwunde.

Ein Planet erschien in den Projektionsfeldern: graubraun und türkis dort, wie Wolken nicht den Blick auf die Oberfläche versperrten.

»Es wird ziemlich knapp«, sagte Dominique.

Eine knappe Stunde später versagte das Triebwerk, weil es keine Energie mehr bekam.

»Wir sind noch immer zu schnell.« Dominique zog die Hände aus den Sensormulden; sie konnte den Kantaki-

Riesen ohnehin nicht mehr steuern. »Ich fürchte, Mutter Rrirks Schiff bricht in der Atmosphäre auseinander.«

»Gibt es Rettungskapseln an Bord?«

»An Bord eines Kantaki-Schiffes? Nein. Sie sind nie nötig gewesen.«

»Du kannst uns auf den Planeten teleportieren«, erwiderte Rupert.

»Und dann? Was machen wir auf einem Planeten mitten im Nichts, in der nichtlinearen Zeit? Wenn es dort Bewohner gibt, eine Zivilisation ... Teile des Schiffes könnten auf Städte stürzen.« Dominique lauschte kurz in Delm, hörte aber nichts. Ihre Gedanken fühlten sich seltsam an, wie in Watte gehüllt, und die Kraft des Tal-Telas schien nicht mehr so nah zu sein wie sonst.

Die Projektionsfelder an den Wänden verschwanden eins nach dem anderen, und Dominique spürte, wie das Schiff starb. Rupert kehrte zu den Konsolen zurück und bediente dort die Kontrollen, gab es aber nach einigen vergeblichen Versuchen auf. »Wir haben nicht einmal mehr genug Energie für die Sensoren.«

Dominique bemühte sich, die Muster in Gelmr zu erkennen, aber sie blieben undeutlich, wie halb verborgen in einem mentalen Nebel. Kurz darauf kehrten die Vibrationen zurück, diesmal nicht von einem Faden im Transraum verursacht, sondern von der Reibung in den obersten Atmosphäreschichten des namenlosen Planeten.

»Komm hierher zu mir, Rupert. Wir sollten das Schiff besser verlassen, bevor es schlimmer wird.«

Rupert eilte die fünf Stufen des Pilotenpodiums hoch und sank in den Sessel neben Dominique. Sein Gesicht zeigte keine Sorge, nur ruhige Zuversicht.

Das Kantaki-Schiff schüttelte sich, und in der plötzlichen Schwerelosigkeit verlor Dominique den Halt, schwebte empor. Rupert griff nach ihrer Hand und hielt sie fest. »Bring uns auf den Planeten«, sagte er mit fester Stimme. »Jetzt.«

Dominique konzentrierte sich auf Fomion, die sechste Stufe des Tal-Telas, fand jedoch nur einen kleinen Teil der Kraft, die für eine Teleportation auf die Welt unter ihnen nötig gewesen wäre. Erschrocken riss sie die Augen auf. »Es geht nicht, Rupert! Ich kann uns nicht in Sicherheit bringen!«

Ein Donnern hallte durch das Schiff, als die strukturellen Belastungen zu groß wurden. Der Kantaki-Riese brach auseinander.

Der Krieg: I

27. Januar 1150 ÄdeF

Aus der Hand des Knaben rann Blut, rot wie Rubin, aber es war nicht sein eigenes. Es gehörte seiner Mutter, die tot vor ihm in Staub und Asche lag. Die anderen freuten sich. Sie jubelten, denn sie hatten einen Sieg errungen. Aber für den Knaben war eine Welt zusammengebrochen. Er blickte auf die Tote hinab, sah nicht den von einem Splitter aufgerissenen Rumpf, sondern nur das reglose, unversehrt gebliebene Gesicht. In der Ferne grollten letzte Explosionen, und der Wind trug Rauchschwaden heran, aber der Knabe sah nur seine Mutter und hörte in der Erinnerung ihre Stimme.

Jemand näherte sich mit den schweren Schritten eines Soldaten. Eine Hand legte sich ihm erst auf die Schulter, glitt dann zum Arm und wollte ihn fortziehen. Doch der Knabe klammerte sich an seiner Mutter fest.

»Lass ihn«, sagte jemand. »Gib ihm Gelegenheit, Abschied zu nehmen. Wir haben bereits mit der Evakuierung begonnen.«

Wie konnten sich diese Leute freuen und einen Sieg bejubeln, wenn sie zusammen mit den Bewohnern von Enschall fliehen wollten?, fragte sich der Knabe, aber die Antwort spielte keine Rolle. Wichtig waren nur die beiden großen blauen Augen, die ihn ansahen, ohne ihn zu sehen. Nie wieder würde seine Mutter den Namen nennen, den sie ihm bei seiner Geburt vor sechs Jahren gegeben hatte und den er so sehr verabscheute. Er weinte nicht. Er fühlte sich leer und allein, und Tränen konnten die Leere in ihm nicht füllen.

Langsam stand er auf, ohne zu wissen, ob er selbst verletzt war. Erst vor einigen Tagen hatte er seiner Mutter bei einem Streit vorgeworfen, ihm einen *dummen* Namen gegeben zu haben. Jetzt hätte er ihr gern gesagt, dass nicht der Name dumm war, sondern der Streit.

Er hob den Kopf, sah zum Himmel hoch und blinzelte im Licht der Sonne, die durch eine Lücke zwischen grauen Wolken schien. Es kam ihm absurd vor. Wie konnte die Sonne scheinen, obwohl gerade seine Mutter gestorben war?

Ein klobiger Truppentransporter wartete in der Nähe und nahm überlebende Soldaten auf. Einige Kilometer entfernt brannten die Reste eines aus mehreren Dutzend Dornen bestehenden Kronn-Schiffes. Es war nicht besonders groß, aber die Krieger der Graken hatten bis zum Schluss erbitterten Widerstand geleistet.

Ein Mann näherte sich, in einen Kampfanzug mit den Insignien eines Offiziers, eines Keils, gekleidet. Der Knabe kannte die Rangabzeichen; sein Vater hatte sie ihm erklärt.

»Das war deine Mutter, nicht wahr?« Der Mann schob das Datenvisier vor den Augen beiseite, und in seinem Gesicht sah der Knabe müde Anteilnahme.

»Ja.«

»Gibt es jemanden, der sich um dich kümmern kann?«

Der Knabe schüttelte den Kopf.

»Dein Vater?«

»Er hat uns vor einem Jahr verlassen, um gegen die Graken zu kämpfen.«

»Er kam nicht zurück, wie?«, fragte der Offizier sanft.

»Nein.«

»Nun ...« Der Mann sah sich um. »Wir haben den Stützpunkt der Kronn vernichtet, und das gibt uns Zeit für die Evakuierung. Die Graken sind hierher unterwegs, mein Junge. Du solltest besser mit uns kommen.«

Der Knabe blickte noch einmal zu seiner Mutter, begleitete den Offizier dann zum Transporter. Die ihm dargebotene Hand lehnte er ab; immerhin war er kein kleiner Junge mehr.

»Warum habt ihr gejubelt?«, fragte er. »Warum freut ihr euch, wenn ihr doch fliehen wollt?«

Der Mann im Kampfanzug blickte auf ihn herab. »Unsere Mission besteht darin, Leben zu retten. Das mit deiner Mutter tut mir sehr, sehr leid. Auch andere Bewohner dieses Planeten sind bei den Kämpfen gestorben, aber die meisten leben und werden am Leben bleiben, weil wir sie fortbringen. Manchmal ist eine gelungene Flucht schon ein Sieg.«

Vor dem Zugang des Transporters blieb der Knabe stehen und sah sich ein letztes Mal um. Flammen loderten aus dem Wrack des Kronn-Schiffes, und er glaubte fast, ihr zorniges Zischen zu hören. Der Ort wirkte seltsam still und leer. Erstaunlicherweise waren nur wenige Gebäude von Splittern und herabfallenden Trümmerteilen beschädigt worden. Seine Mutter, so begriff er, hatte einfach nur Pech gehabt. Die Gleichgültigkeit des Schicksals verblüffte ihn und weckte Trotz. Die Graken. Sie waren an allem schuld.

»Wenn ich groß bin, werde ich einen bedeutenden Sieg erringen«, sagte er. »Nicht nur über die Kronn, sondern über die Graken.«

Der Offizier lächelte, aber das Lächeln verschwand sofort wieder von seinen Lippen. »Dann sollte ich mir besser deinen Namen merken, Junge. Wie heißt du?«

»Nektar«, sagte der Knabe. »Ich heiße Nektar, und es ist *kein* dummer Name.«

2

Sonnenfeuer

4. Februar 1229 ÄdeF

Tamara fühlte sich von falschem Leben umgeben, und manchmal regte sich fast so etwas wie Abscheu in ihr, obwohl sie ihre Emotionen schon als Schülerin der Tal-Telassi überwunden hatte, vor fast eintausendachthundert Jahren. Diese Daseinsform warf keinen Schatten im Tal-Telas und hätte eigentlich gar nicht existieren dürfen, aber jetzt konzentrierten sich die Hoffnungen des Konzils der Überlebenden darauf.

»Wir empfangen die Signale eines weiteren Spähers«, sagte einer der Neuen Menschen, die an der Mission teilnahmen. »Wir sind auf dem richtigen Weg.«

Tamara beugte sich in einem Sessel vor, der aus dem gleichen Material bestand wie der Rest des seltsamen Schiffes: aus semiautonomen Siliziumpartikeln. Sie konnten jede beliebige Struktur gewinnen und alle gewünschten Funktionen emulieren. *Selbst die von wahrem Leben,* dachte Tamara. »Liegen konkrete Ortungsdaten vor?«

In der Mitte des Raums, der mal größer und mal kleiner war, wuchs ein grauer Zapfen aus der Decke und verharrte dicht über dem Boden. Seine Partikel ordneten sich neu an, und es entstand ein quasireales Projektionsfeld, das Blick ins All gewährte. Auf der rechten Seite wurden Daten eingeblendet, und Tamara stellte fest, dass sie bereits in den Ausläufern der Dunkelwolke im Zentrum des Ophiuchus-Grabens unterwegs waren.

»Warum sollten sich die Graken ausgerechnet dort verstecken?«, fragte der neben Tamara sitzende Afraim Zacharias nachdenklich. »Es ist ein ziemlich ungemütlicher Ort.« Er sah sich mit offensichtlichem Unbehagen um, und Tamara brauchte sich nicht mit Delm zu verbinden, um zu wissen, welche Gedanken ihm durch den Kopf gingen. Kleinere, pseudoreale Kraftfelder – das *Ding* brauchte so etwas nicht; es hatte sie für die Menschen an Bord gebildet – gaben unter anderem Auskunft über die Eigenbewegung des Schiffes. Mit fast relativistischer Geschwindigkeit raste es durch die zunehmend dichter werdende Dunkelwolke, und an seiner Peripherie kam es ständig zu Mikrokollisionen mit Staubpartikeln. Wie das Schiff mit der enormen Reibungshitze und starken kinetischen Energie fertig wurde, ohne dass es beschädigt wurde oder verräterische Emissionen entstanden, blieb ein Geheimnis.

Tamaras eigentliche Aufgabe bestand darin, dieses Rätsel – und viele andere – für die unabhängige Republik Millennia zu lösen. Der technologische Vorsprung der Maschinenzivilisationen war in den vergangen achtzig Jahren zu groß geworden. Beim Schwesternrat machte man sich Sorgen und auch beim Konzil der Überlebenden, obwohl man es dort nicht zugab – zu groß war die Abhängigkeit des Dutzends von den Emm-Zetts.

Ein weiterer Neuer Mensch kam aus einer Wand, die bis eben den Eindruck erweckt hatte, massiv zu sein. Er war unglaublich dürr und fragil, trug einen silbrig glänzenden Overall mit Öffnungen für die Flügel auf dem Rücken. Die Jochbeine in seinem schmalen Gesicht standen weit vor und schienen die sich über ihnen spannende schiefergraue Haut zerreißen zu wollen. Jora hieß dieser Mann, dessen Gewicht Tamara auf höchstens dreißig Kilo schätzte. Er stammte von Nubbia, einem Planeten, dessen dichte Atmosphäre mehr Möglichkeiten bot als die karge Oberfläche. Dort lebten die Nubbi in großen Gemeinschaften, bauten Luftschiffe und züchteten Atmosphärenkrill.

Zwei Siliziumtentakel folgten Jora, als er sich mit federleichten Schritten durch den Raum bewegte, verbunden mit den Kontaktstellen an Hüfte und Hals. »Ein ungemütlicher Ort, ja«, sagte er und ging damit auf Afraims Frage ein. Das Schiff hatte sie gehört und antwortete über Jora. »Aber ein vorzügliches Versteck. Ich möchte nicht unhöflich sein, Impro Zacharias, aber selbst ein ganzer strategischer Verband des Dutzends würde hier vergeblich suchen. Die Dunkelwolke ist groß, und gewöhnliche Ortungssignale reichen hier nicht weit.«

»Gewöhnliche nicht«, sagte Tamara langsam und sah in Joras große Augen. »Aber Ihre schon.«

»Nicht meine. Die von Erasmus.«

Erasmus, dachte Tamara. *Sie haben dem Ding einen Namen gegeben. Als ob es dadurch zu einer Person werden könnte.*

»Gefällt Ihnen mein Name nicht?«, erklang eine neue Stimme. Neben Tamara geriet die Wand in Bewegung, und eine Gestalt zeichnete sich dort ab, mit vertrauten Proportionen wie der dreidimensionale Schatten eines Menschen. Das Gesicht blieb leer. Die Tal-Telassi wusste, was es damit auf sich hatte. Das Schiff – Erasmus, dieser Repräsentant der Maschinenzivilisationen – wollte ihr einen Fokus bieten, eine Richtung für Blick und Worte. Erasmus befand sich nicht dort in der Wand, sondern überall um sie herum.

»Es ist ein Name«, sagte sie schlicht.

»Ihre Biotelemetrie ist interessant. Als Meisterin der Tal-Telassi in Ihrer vierzehnten Inkarnation sollten Sie längst alles Emotionale überwunden haben, aber gewisse physische Reaktionen, die nicht Ihrer bewussten Kontrolle unterliegen, ergeben ein Muster der Ablehnung.«

»Meine Haltung ist bekannt«, erwiderte Tamara 14 kühl. »Ich habe nie einen Hehl daraus gemacht.«

»Das stimmt«, erwiderte die Gestalt in der Wand. Jora hörte interessiert zu, den Kopf ein wenig zur Seite geneigt; er schien mehreren Stimmen zu lauschen. Der andere

Neue Mensch, ebenfalls ein Nubbio, strich mit zarten Händen über die Wände, und seine Berührungen veränderten die Konfiguration der adaptiven Siliziumpartikel. »Sie sehen *falsches* Leben in uns. Als ob es richtiges und falsches Leben geben könnte.«

»Ich nehme an, Sie haben mich an dieser Mission teilnehmen lassen, um mir zu beweisen, dass ich mich irre«, sagte Tamara.

»Was Sie glauben oder nicht, spielt im großen Maßstab der Dinge keine Rolle, Tamara 14«, sagte Erasmus. »Bitte verzeihen Sie mir meine Direktheit, aber es gibt Wichtigeres als Ihre persönliche Meinung.«

»Der Grakenkrieg.« Tamara fragte sich, ob Erasmus sie beleidigen und damit aus der Reserve locken wollte. Die Vorstellung erschien ihr absurd.

»Unter anderem.«

Afraim Zacharias räusperte sich. »Sie sind auf den ausdrücklichen Wunsch des Konzils der Überlebenden hier, Ehrenwerte.«

Ich bin hier, weil es der Schwesternrat so wollte, dachte Tamara. Aber sie begriff, dass Zacharias – fünfzehn Jahre lang ein erfolgreicher Kommandeur, inzwischen ein erfahrener Diplomat und geschickter Politiker und mit seinen fünfzig Standardjahren der jüngste Impro, den es im Konzil der Überlebenden jemals gegeben hatte – vermitteln wollte. Die Bedeutung seiner Worte ging weit über die ihres Inhalts hinaus. Sie wechselte einen Blick mit ihm und sah in seinen grauen Augen die wahre Botschaft: *Bitte vermeiden Sie alles, was zu Spannungen mit den Maschinenzivilisationen führen könnte. Wir brauchen sie. Und Millennia braucht sie ebenfalls.* Tamara war nicht ganz dieser Meinung, aber es wäre dumm gewesen, auf einer Konfrontation zu bestehen.

»Sie haben recht, Impro Zacharias. Und dafür danke ich auch Ihnen.«

Es knackte in Tamaras Ohren, als sich der Luftdruck im Innern des Schiffes veränderte, für gewöhnlich das Zeichen einer umfassenden Rekonfiguration. Jora trat zum gesichtslosen Erasmus-Avatar in der Wand und schien auf etwas zu warten.

»Ich finde es erstaunlich, dass so viele Neue Menschen Verbindung mit Ihnen suchen«, sagte Tamara nach einer Weile, während sie spürte, wie sich das Schiff veränderte.

»Und ich finde es erstaunlich, dass Sie von ›neuen‹ Menschen sprechen«, erwiderte Erasmus. »Es bedeutet, dass es auch alte gibt. Sind Sie ein alter Mensch?«

»Sie kennen mein Alter.«

»Und Sie wissen, wie meine Frage gemeint war.«

»Ich ... neige zu bestimmten traditionellen Denkweisen. Es ist das Privileg wahrer Individuen: das Recht auf eine eigene, unabhängige Meinung.«

»Auch wenn sie falsch ist?«

»Menschen sind nicht perfekt. Sie lernen. Ich bin fast eintausendachthundert Jahre alt und lerne noch immer. Klar abgegrenztes Richtig und Falsch gibt es vielleicht nur in der Mathematik.«

»Nein«, widersprach Erasmus. »Nicht einmal dort. Richtig und Falsch hängen oft vom Blickwinkel ab. Die Quantenmechanik bietet gute Beispiele dafür. Und obwohl Richtig und Falsch nicht absolut sind, sondern relativ, abhängig von Kontext und kulturellen Perspektiven, halten Sie uns für ›falsches Leben‹, Tamara 14.«

»Sie werfen keinen Schatten im Tal-Telas.« Zacharias warf ihr einen mahnenden Blick zu, und sie beruhigte ihn mit einem kurzen Nicken.

»Das genügt Ihnen für eine solche Kategorisierung? Ein fehlender Schatten? Und deshalb sind wir, die Nachkommen der Megatrone, denen bereits in den alten Allianzen Freier Welten Personenstatus zuerkannt wurde, kein richtiges Leben für Sie?«

Tamara fand es seltsam, ein solches Gespräch in dieser Situation zu führen: an Bord eines Schiffes, das gar kein Raumschiff war, sondern eine überaus komplexe Künstliche Intelligenz, ein superadaptiver kybernetischer Organismus aus Myriaden von einzelnen Siliziumpartikeln, die sich zu jeder beliebigen Struktur konfigurieren konnten. Und dieses Schiff flog durch eine Dunkelwolke, die vielleicht das geheime Einsatzzentrum der Graken enthielt, eine Zentralwelt, nach der die Verteidiger des Dutzends seit vielen Jahren suchten.

Um sie herum fanden erhebliche Veränderungen statt, und Zacharias schien sie ebenfalls zu spüren, denn er sah sich um und suchte nach Hinweisen.

»Was geschieht?«, fragte Tamara und blickte kurz zu Jora, der noch immer wartete, die großen Augen jetzt halb geschlossen.

»Meine eigenen Späher haben vielversprechende Signaturen von Kronn-Schiffen geortet«, erwiderte Erasmus. »Die Wahrscheinlichkeit dafür, dass sich ein wichtiges Versteck der Graken in der Nähe befindet, ist damit gestiegen. Ich verändere meine Struktur, um einer Entdeckung vorzubeugen.«

»Können wir die Ereignisse beobachten?«

Vor Tamara und Erasmus verwandelte sich ein Teil des Bodens in einen Projektor, und es entstand ein quasireales Projektionsfeld mit einer Mischung aus taktischen und graphischen Darstellungen. Die Tal-Telassi sah, wie ein schwammiges, diffuses Gebilde – Erasmus in seiner bisherigen Form – schrumpfte, sich dabei verdichtete und in die Länge wuchs. Aus der Wolke innerhalb einer Wolke wurde ein fast hundert Kilometer langer Pfeil mit besonderen Materialeigenschaften. Mikrowandler in der Außenhülle machten aus Reibungshitze verwertbare Energie, die ins Triebwerk geleitet wurde, einen Verbund aus dreißig Mikrokümmern, die kaum mehr etwas mit den Krümmern gemein hatten, die die Raumschiffe des Dutzends verwendeten; sie gaben fast keine Emissionen ab. Von einem dünnen Kranz dicht unterhalb der Pfeilspitze gingen viele tausend Kilometer lange fadenartige Gebilde aus, Sensorranken aus

Mikropartikeln, die es Erasmus ermöglichten, selbst hier in der Dunkelwolke gut zu sehen und zu hören.

Neben der gesichtslosen Gestalt klappte die Wand auf, und gleichzeitig strebten die anderen Wände aufeinander zu, als wollten sie Tamara und Zacharias zerquetschen. Offenbar hatte Jora genau darauf gewartet, denn er öffnete die großen Augen ganz, breitete dünne, ledrige Flügel aus und sprang durch die Öffnung in einen Schacht, der durch die ganze Länge des Pfeils führte. Im gleichen Augenblick fühlte Tamara, wie sie selbst in Bewegung geriet. Die Seiten des »Sessels«, in dem sie bisher gesessen hatte, wölbten sich empor und umschlossen sie, wurden zu einer Art Kokon. Sie warf noch einen letzten Blick in das QR-Feld und bedauerte, dass es keine technischen Spezifikationen enthielt, bevor der Kokon Jora in den Schacht folgte. Er glitt dicht an der Wand entlang, zusammen mit einem zweiten, der Zacharias enthielt, und Tamara stellte fest, dass der humanoide Avatar verschwunden war – Erasmus schien sich um wichtigere Dinge kümmern zu müssen.

»Wohin bringen Sie uns?«, fragte sie.

»In einen geschützten Raum«, ertönte eine Stimme aus dem Nichts. »Meine Helfer verfügen bereits über ein hohes Adaptationspotenzial, aber Sie und Impro Zacharias brauchen Schutz, und deshalb bin ich bei meiner Restrukturierung zu Kompromissen gezwungen.«

»Ich bedauere, dass wir Ihnen zur Last fallen«, sagte Zacharias schnell und schien damit einer Bemerkung der Tal-Telassi zuvorkommen zu wollen.

»Sie sind keine Last«, antwortete Erasmus. »Aber Ihre Präsenz erfordert besondere Maßnahmen. Ich möchte Sie lebend und unversehrt nach Hause bringen.«

Tamara konzentrierte sich auf ihre Umgebung und versuchte, so viel wie möglich herauszufinden. Sie beschränkte sich nicht nur auf die gewöhnliche visuelle Wahrnehmung, sondern ließ ihre Gedanken in Berm wandern und öffnete einen anderen Teil ihres Selbst den höheren Stufen des Tal-Telas, um möglichst viele Hinweise zu bekommen. Sie empfing keine Gedanken in Delm, was sie als weiteren Beweis dafür sah, dass Geschöpfe wie Erasmus falsches Leben waren, aber sie wusste: In Hilmia und Iremia wäre sie in der Lage gewesen, die Gedanken der Künstlichen Intelligenz um sie herum zu berühren. Sie hatte es einmal versucht, kurz nach Beginn dieser Reise, und die Komplexität des fremden Denkens hatte sie erstaunt und verwirrt. Erasmus dachte so enorm schnell, dass Tamara seinen Gedanken nicht folgen konnte, und er benutzte dabei inhaltliche Symbole, die ihr fremd blieben. Rasend schnelles Denken in sehr komplexen Zusammenhängen – das war vermutlich eine Erklärung für das hohe Entwicklungstempo der Maschinenzivilisationen. Erasmus und seine Artgenossen hatten in achtzig Jahren mehr geschafft als die Menschen und ihre Verbündeten in den vergangenen tausend. Ihre technische Entwicklung war denen des Dutzends bereits weit voraus, und vielleicht galt das auch für andere Bereiche, von denen man auf Millennia und den übrigen Welten noch nichts ahnte.

Auf dem Weg durch den Schacht sah Tamara andere Menschen, viele von ihnen genetisch verändert wie Jora. Sie trugen Komponenten von Erasmus an und in sich, führten Arbeiten durch, deren Zweck ihr verborgen blieb. »Was veranlasst sie dazu, sich auf diese Weise mit einer KI zu verbinden?«, fragte Tamara. »Und warum lässt sie es zu?«

Zacharias sah sich ebenso neugierig um wie sie. Tamara war sicher, dass der Gesandte des Konzils der Überlebenden nicht nur aus politischen Gründen an dieser Mission teilnahm. Bestimmt ging es ihm ebenfalls darum, Informationen zu sammeln, aber vermutlich betrafen sie vor allem Waffensysteme, mit denen sich etwas gegen die Graken und ihre Vitäen ausrichten ließ. Genau dort lag eins der Probleme, über die man auf Millennia besorgt nachdachte. Die Emm-Zetts halfen dabei, die Welten des Dutzends und auch Millennia zu schützen, und ihre offensiven und defensiven Systeme waren so wirkungsvoll, dass es den Graken bisher nicht gelungen war, auch die letzten Bastionen der Menschheit und ihrer Verbündeten einzunehmen. Aber sie weigerten sich, Konzil und Schwesternrat an ihrer Technik teilhaben zu lassen.

Tamaras wandernde Gedanken sahen mehr als die Augen: kapillarartige Systeme, die Reibungshitze und kinetische Energie aus den peripheren Systemen aufnahmen und sie Wandlern zuführten; Transferleitungen aus exotischen Materialien, bei denen Quanteneffekte offenbar eine wichtige Rolle spielten; Bewegungen im atomaren und molekularen Bereich, die sich verlustfrei durchs ganze Schiff fortsetzten und maßgeblich zur Kommunikationen zwischen Bordsystemen (wenn diese Bezeichnung angemessen war) und einzelnen Funktionsblöcken beitrugen; Antriebssysteme, die Energie irgendwie direkt in Bewegung umsetzten, ohne den Umweg über Schub. Und alles bestand aus semiautonomen Siliziumpartikeln. Tamara begriff plötzlich, dass selbst die Luft, die sie atmete, das Ergebnis einer speziellen Konfiguration dieser Partikel und ihrer atomaren Wechselwirkungen war. Erasmus konnte alles herstellen und nachbilden, indem er einem Teil seines »Körpers« eine entsprechende Struktur gab. *Alles* schien modular aufgebaut zu sein, bis hinab auf die Quantenebene. Tamara wusste, dass die Emm-Zetts sogar in der Lage waren, mit ihren Siliziumpartikeln die Eigenschaften anderer Elemente so gut zu simulieren, dass sie *de facto* zu den entsprechenden Elementen wurden – bei Messungen ließ sich kein Unterschied feststellen. Es grenzte an Alchimie. Wenn eine Simulation so gut war, dass keine feststellbaren Unterschiede zur Realität existierten, was trennte sie dann noch vom Realen?

Die beiden Kokons setzten sie und Zacharias in einem halbdunklen Raum ab, nicht weit von der Pfeilspitze entfernt, wenn Tamara ihrem Orientierungssinn vertrauen durfte. Sie verwandelten sich in bequeme Sessel, und hinter ihnen schlossen sich die Öffnungen zum Schacht. Tamara brauchte kein Licht, um zu sehen; ihr Blick glitt in Berm über die sehr massiv wirkenden Wände.

Zacharias blickte auf die Anzeigen eines kleinen Datenservos, der mit mehreren Sensoren verbunden war. »Es entstehen starke Kraftfelder, die diesen Raum umgeben. Ihre Streustrahlung ist außerordentlich gering.«

Tamara deutete auf das Gerät. »Weiß Erasmus davon?«

Bevor Zacharias antworten konnte, ertönte erneut eine Stimme aus dem Nichts. »Impro Zacharias war so freundlich, mich darauf hinzuweisen. Gegen solche Dinge habe ich nichts einzuwenden.«

Tamara merkte sich das fürs nächste Mal. Falls es ein nächstes Mal gab. Zacharias trug weite, graubraune Kleidung, bestehend aus zwei Teilen, an der Taille mit einem Haftverschluss vereint; die vielen Taschen boten Platz genug für weitere Instrumente.

Die Tal-Telassi sah sich erneut um und stellte fest, dass das Kraftfeld ihre erweiterten Sinne beeinträchtigte. »Ich mag es nicht, blind zu sein. Bitte zeigen Sie uns, was draußen geschieht, Erasmus.«

»Wie Sie wünschen.«

Von einem Augenblick zum anderen befanden sie sich im All.

Afraim Zacharias schnappte unwillkürlich nach Luft, aber Tamara blieb gelassen. »Direkte sensorische Stimulation«, sagte sie. »Ortungsdaten werden in einer kompatiblen Form auf unsere Sinne übertragen.«

Sie schienen auf dem hundert Kilometer langen pfeilförmigen Schiff zu stehen, dicht vor dem Kranz an der Spitze, von dem die Sensorranken ausgingen. Die fast ein Lichtjahr durchmessende Dunkelwolke um sie herum war nicht mehr dunkel, sondern von zahlreichen Lichtern erfüllt, und jedes einzelne von ihnen hatte Bedeutung. Wenn Tamara den Blick auf sie richtete, erhielt sie spezifische Informationen: Materiedichte, Strahlung, Emissionssignaturen, energetische Fluktuationen, Schwankungen bei lokalen Gravitationsfeldern und weitere Einzelheiten. Deutlich war zu erkennen, wie sich Muster bildeten, die vor dem Schiff immer klarer wurden: Dort glühten die Lichter besonders hell. Tamara bemerkte einige Schatten, und als sie sich darauf konzentrierte, kamen sie scheinbar näher und zeigten Details: Dutzende von Metern lange Segmente von Kronn-Schiffen, schwarz wie das All und stachelförmig.

»Wir haben den äußeren Warnkreis erreicht«, erklang die Stimme von Erasmus. Eine rote Linie entstand unmittelbar vor dem langen Pfeil und verband die vielen Kronn-Wächter miteinander. »Dahinter, in einer Entfernung von zwei Lichttagen, herrscht erhebliche energetische Aktivität.«

»Golgatha?«, fragte Zacharias.

»Das ist nicht auszuschließen«, antwortete Erasmus.

Tamara kannte das militärische Kodewort natürlich. Es bezeichnete ein bislang noch hypothetisches Zentrum, das die kollektive Intelligenz der Graken und ihrer Vitäen koordinierte und den letzten, entscheidenden Schlag gegen das Dutzend vorbereitete, die zwölf noch freien Sonnensysteme mit insgesamt einundzwanzig bewohnten Welten – unter ihnen Kalaho, nach dem Sieg über den dortigen Graken –, und neunundsechzig Ressourcenplaneten.

Das pfeilförmige Schiff glitt über die rote Linie des äußeren Warnkreises hinweg, ohne dass die Kronn-Wächter reagierten. Ihre schwarzen Schatten blieben zurück, und die Lichter vor dem Pfeil wurden heller.

»Vor uns befindet sich ein zweiter Warnkreis, bestehend aus mobilen Einheiten«, sagte Erasmus, und Tamara sah plötzlich Hunderte von Linien, die sich kreuzten und überlagerten. »Ich bringe ihn mit einem kurzen Sprung hinter uns.«

»Mit einem *Sprung?*«, fragte die Tal-Telassi erstaunt. »Sie wollen im Materiechaos einer Dunkelwolke auf Überlichtgeschwindigkeit gehen? Gibt es hier eine Transferschneise?«

»Ich brauche keine Transferschneise für einen Sprung«, sagte Erasmus.

Tamara hörte, wie es in ihren Ohren knackte, und das Bild vor ihren Augen verschwamm kurz. Die Lichter weit vor dem Schiff flackerten – und waren plötzlich viel näher. Feuer erhellte die Dunkelwolke, der nukleare Brand von einundzwanzig gelbweißen, zu einem kugelförmigen Gitter angeordneten Sonnen. In dessen Zentrum, nur wenige Lichtminuten von den Sonnen entfernt, schwebte etwas, das wie eine gewaltige Raumstation aussah, mit einem Durchmesser von fast einhunderttausend Kilometern. Riesige Zapfer nahmen die enorme solare Energie auf.

»Ein Konstrukt«, sagte Zacharias. »Die Graken verwenden die Energie von einundzwanzig Sonnen, um von hier aus neue Wege zu fernen Sonnensystemen zu schaffen.«

»Wir befinden uns im Innern der Verteidigungsschale«, ertönte Erasmus' Stimme. »Ich muss erneut meine Konfiguration verändern, damit wir nicht entdeckt werden.«

Tamara beobachtete, wie sich der Pfeil, auf dem sie stand, in eine lange Reihe kleiner Kugeln verwandelte, die fast unsichtbar wurden, weil sie Licht und andere elektromagnetische Strahlung um sich herumlenkten. Als sie den Blick hob, stellte sie fest, dass Erasmus die visuellen Eindrücke mit graphischen Darstellungen erweitert hatte. Sie sah Patrouillenschiffe der Chtai und Geeta, kleine Kampfverbände der Kronn, vollautomatische Satelliten, Raumstationen und Schwärme mobiler Sensoren, die die einundzwanzig Sonnen in großem Abstand umgaben. Jenseits der Verteidigungsschale gab es weitere Raumstationen, einige von ihnen fast so groß wie das Zapfer-Konstrukt, große Flottenverbände der Kronn aus Tausenden von Superschiffen und Dutzende von Molochen – eine solche Streitmacht hätte genügt, das Dutzend in ernste Schwierigkeiten zu bringen, trotz der Hilfe der Emm-Zetts. Etwas weiter entfernt umkreisten Planeten auf neuen Umlaufbahnen die einundzwanzig Sonnen, und Tamara spürte dort überdeutlich die Graken-Präsenz.

»Wie viele sind es?«, fragte sie.

Erasmus verstand, was sie meinte. »Ich habe über dreihundert Graken geortet. Es könnte noch mehr auf den Planeten geben, die sich derzeit auf der anderen Seite des Sonnengitters befinden.«

Tamara war fasziniert. Unter ihr lösten sich die letzten Reste des Pfeils auf, als die vielen Sphäroiden elektromagnetische Transparenz gewannen. Nur eine Komponente blieb von diesem Vorgang unberührt: der sichere Raum, in dem sie sich zusammen mit Zacharias befand. Aber darauf achtete die Tal-Telassi gar nicht. Sie hatte sich auf diese Mission in der Hoffnung eingelassen, mehr über die Maschinenzivilisationen herauszufinden, doch jetzt bekam der Erkundungsflug einen ganz neuen Aspekt. Sie hörte Zacharias' Gedanken als leises Flüstern im Hintergrund, ohne sich auf die Worte zu konzentrieren – sein Gesichtsausdruck machte deutlich, dass er ähnlichen Überlegungen nachhing.

»Wenn dies wirklich Golgatha ist …«, sagte Tamara.

»Seit Jahren suchen wir danach.« Zacharias klang sehr aufgeregt.

»Ich sammle weiter Daten«, sagte Erasmus. »Wenn wir sie zusammen mit denen der anderen Erkunder auswerten, dürften wir Gewissheit erlangen. Ich …«

Erasmus' Stimme verklang, und im gleichen Augenblick bemerkte Tamara dramatische Veränderungen bei den Mustern in Gelmr: Akute Gefahr drohte.

Die nächste Kronn-Flotte, nur einige Millionen Kilometer entfernt, geriet in Bewegung.

»Wir sind entdeckt«, sagte Erasmus.

Die Flucht begann.

Der Krieg: II

13. März 1152 ÄdeF

Die anderen bereiteten sich schon auf die Hibernation in einem der großen Schlafsäle vor, aber Nektar saß noch am Edukator. Die übrigen Kinder und ihre Spiele interessierten ihn nicht. Er nutzte seine Zeit, um zu lernen, möglichst viel über die Graken und ihre Vitäen herauszufinden, die Kronn, Chtai und Geeta. Das erste auf den bevorstehenden Transfer hinweisende Warnsignal überhörte er, blickte weiterhin konzentriert ins Projektionsfeld und lauschte der hypnotischen Stimme des Edukators, die ihm von den Graken erzählte, von dem mehr als tausend Jahre langen Krieg gegen sie. Er bemerkte auch nicht die kleine Gruppe, die sich ihm näherte. Ein größerer Junge löste sich aus ihr, und die anderen Kinder grinsten erwartungsvoll, als er zu Nektar trat und fragte: »Na, haben dich heute schon die Bienen besucht?«

Nektar wandte sich vom Projektionsfeld ab, sah erst die grinsenden Gesichter der Kinder und dann ein Erinnerungsbild seiner Mutter, die den Namen voller Zärtlichkeit nannte, jenen Namen, den er einmal gehasst hatte und auf den er inzwischen stolz vor. Er speicherte den Status des Edukators, schaltete das Gerät aus, stand auf und wandte sich dem größeren Jungen zu. Benjo verspottete ihn, seit er vor vier Monaten zur Karawane gekommen war. Er ließ ihn nicht länger als ein oder zwei Tage in Ruhe. Nektar hatte beschlossen, dass sich das ändern sollte.

»Nein, Bienen sind heute keine gekommen, aber ich sehe eine Schmeißfliege«, antwortete er. Und dann schlug er mit aller Kraft zu, bohrte die Faust in die Magengrube des größeren Jungen.

Verblüffung zeigte sich in Benjos Gesicht, dann Schmerz und schließlich roter Zorn. Er krümmte sich zusammen und rang nach Atem, und Nektar, von der eigenen Tollkühnheit überrascht und auch erschrocken, stob davon. Adrenalin verlangte nach Bewegung, und so lief er durch die Räume und Korridore eines großen Raumschiffs, das einst Fracht transportiert hatte und jetzt voller Menschen war, die vor den Graken flohen. Fünfzehn oder zwanzig Minuten lang lief er, und unterwegs hörte er weitere Warnsignale und auch Stimmen aus den Lautsprechern. Aber er achtete nicht darauf und lief weiter, bis er einen kleineren Gang erreichte und dort an einem Fenster stehen blieb. Sterne leuchteten in der Schwärze des Alls, viele Lichtjahre entfernt. Als er sich vorbeugte und nach oben sah, konnte er einen Teil des Spiralarms erkennen. Rechts und links, durch Gravitationsanker miteinander verbunden, erstreckte sich die Karawane der Flüchtlinge: mehr als tausend Schiffe, die zum Transferschneisenknoten Taurus unterwegs waren. Die Entkopplungen hatten bereits begonnen. Schiffe in verschiedenen Größen und Konfigurationen lösten sich voneinander, stimmten ihre Kursvektoren ab und hielten auf die nahen Transferschneisen zu. Sie waren nicht allein. Die Kampfschiffe eines Protektionsgeschwaders der Koalition begleiteten die Karawane, um sie vor dem Feind zu schützen.

Eins von ihnen explodierte.

Licht gleißte, so hell, dass Nektar die Augen zukniff. Als er sie wieder öffnete, dehnte sich unweit der Karawane eine kugelförmige Wolke der Zerstörung im All aus. Glühende Trümmerstücke rasten wie Geschosse durch die Leere und lösten sich an den Schutzschirmen der umgebauten Frachter auf.

Die Karawane und ihre Eskorte wurden angegriffen!

Das Fenster verfügte weder über einen Zoomeffekt noch über einen integrierten Datenservo. Nektar bekam keine zusätzlichen Informationen über das Geschehen im Weltraum, blieb allein auf seine Augen angewiesen, aber er zweifelte nicht daran, wer die Angreifer waren: Kronn.

»Was machst du hier? Du solltest längst in einem der Schlafsäle sein.«

Nektar drehte kurz den Kopf und sah eine Frau, ihr kurzes Haar fast so blond wie das seiner Mutter. Sie trug eine Uniform, gehörte also zum militärischen Personal.

»Die Kronn greifen an«, sagte er und deutete hinaus.

Die Frau trat zu ihm. »Ich weiß. Aber wir haben die Schneisen fast erreicht. Die Eskorte wird uns Zeit genug geben, in den Transfer zu gehen. Hab keine Angst. Komm.«

Nektar ließ sich vom Fenster fortführen. Das grelle Licht einer weiteren Explosion folgte ihnen.

»Ich habe keine Angst«, sagte er.

»Überhaupt keine?«

»Ich weiß, dass ich nicht sterben werde«, fügte Nektar hinzu. »Nicht jetzt.« Und er wusste es wirklich. Es schien eine der wenigen Gewissheiten in seinem Leben zu sein. Alles andere veränderte sich. Die Erwachsenen, die sich um ihn und die anderen Kinder kümmerten – sie kamen und gingen, und nur wenige von ihnen kehrten zurück. Der Offizier, der ihn auf Enschall mitgenommen hatte ... Nur wenige Wochen später war er in der Schlacht von Zimbell ums Leben gekommen. Anderen Männern und Frauen, die für kurze Zeit eine Rolle in Nektars Leben gespielt hatten, war es nicht besser ergangen. Der Junge lernte schnell, und er lernte dies: Gewöhne dich nicht an die Präsenz eines Erwachsenen; gewähre ihnen keinen dauerhaften Platz in deinem Herzen, denn früher oder später verlassen sie dich. Der Tod holte sie alle, und schuld daran waren die Graken. Die Graken, deren Soldaten erst seinen Vater und dann auch seine Mutter getötet hatten.

»Warum bist du so sicher?«, fragte die Frau.

»Ich weiß es einfach. Ich weiß, dass ich erst sterbe, nachdem ich einen großen Sieg über die Graken errungen habe.«

Die Frau lächelte kurz. »Dann sollten wir alles tun, um dich am Leben zu erhalten.«

Das Schiff war seltsam leer. Nektar sah keine Zivilisten mehr und nur noch einige wenige Angehörige des Militärs. Weitere Warnsignale kamen aus den Lautsprechern.

»Es bleibt nicht mehr genug Zeit, dich in einem der Schlafsäle unterzubringen«, sagte die Frau. »Ich nehme dich zu uns mit.«

Eine knappe Minute später erfuhr Nektar, was sie mit »uns« meinte: einen für Offiziere bestimmten Hibernationsraum. Mehrere Männer und Frauen entkleideten sich gerade; andere ruhten bereits mit geschlossenen Augen auf den Liegen, angeschlossen an den Medo-Servo in der Mitte des Raums. Die Frau trat zu einer mit dem Namen »Charlotte« gekennzeichneten Liege und deutete auf die daneben. »Brauchst du Hilfe?«

»Nein«, sagte Nektar. »Es ist nicht meine erste Hibernation.« Die andere Liege trug den Namen »Henrik«. Er deutete darauf. »Sie ist für einen anderen bestimmt.«

Ein Schatten huschte über das Gesicht der Frau. »Sie *war* für einen anderen bestimmt.«

»Ich verstehe«, sagte Nektar ernst. Er legte rasch die Kleidung ab, streckte sich auf der Liege aus und spürte, wie der Medo-Servo die notwendigen Verbindungen herstellte. Er fühlte keine Kälte, obwohl er wusste, dass sein Körper abkühlte. »Ich hoffe, er ist nicht umsonst gestorben.«

Die Frau sah erstaunt auf ihn herab. »Wie alt bist du?«

»Acht.«

Sie berührte ihn an der Seite des Kopfes, und aus dem Erstaunen in ihrem Gesicht wurde Anteilnahme. Nur kurz, für ein oder zwei Sekunden, aber Nektar sah es trotzdem. »Schlaf gut. Wenn du erwachst, sind wir alle in Sicherheit.«

Müdigkeit kroch heran. »Nein«, entgegnete der Junge und stellte erstaunt fest, wie traurig es klang. »Solange die Graken angreifen, gibt es für niemanden von uns Sicherheit.« Er schloss die Augen und öffnete sie sofort wieder, als ihm etwas einfiel. Die Frau stand noch immer neben der Liege und wirkte jetzt nachdenklich. »Ich möchte Soldat werden, damit ich eines Tages gegen die Graken kämpfen kann. Bitte hilf mir dabei.«

Charlotte nickte langsam. »Wir brauchen Soldaten. Wir brauchen mehr, als wir bekommen können. Aber du bist noch sehr jung.«

»Ich bin alt genug.« Nektar wollte die Augen offen halten, aber die Lider wurden zu schwer und sanken nach unten.

»Vielleicht bist du das tatsächlich«, hörte er Charlotte sagen, bevor er einschlief.

3

Feuerträume

Heres

Die Welt bestand vor allem aus Schmerz und Dunkelheit, manchmal auch aus Feuer: Es war nie sehr weit entfernt, und wenn Dominique die Hand danach ausstreckte, fühlte sie eine Hitze, die sie zu verbrennen drohte – nicht ihren Körper, aber den Geist. Manchmal hörte sie Stimmen, doch sie blieben ohne Bedeutung in dieser dunklen Welt.

Irgendwann erschien ein faltiges Gesicht über ihr. »Geht es dir besser?«, fragte es.

Die Frage erschien ihr seltsam, denn noch immer brachte jeder Atemzug stechenden Schmerz. Aber dann erinnerte sie sich daran, dass die Pein vorher noch schlimmer gewesen war. Sie nickte vorsichtig.

»Bist du kräftig genug für dies?« Eine Hand, gebräunt und nicht weniger faltig als das Gesicht, erschien mit einem Napf in Dominiques Blickfeld. Ein würziger Duft ging davon aus. Sie nickte erneut und versuchte sich aufzurichten, aber Schmerz explodierte in ihr, und sie sank stöhnend zurück.

»Nicht so hastig, junge Dame. Hab ein wenig Geduld.«

Das faltige Gesicht gehörte einem Alten, der sie langsam und vorsichtig in eine sitzende Position brachte und den Rücken mit Kissen abstützte. Er setzte ihr den Napf an die Lippen, und sie trank eine lauwarme, nach Zimt schmeckende Flüssigkeit. Etwas schien sich darin zu bewegen, doch sie wollte dem keine Beachtung schenken.

Wenige Minuten später würgte sie alles wieder heraus und verlor erneut das Bewusstsein. Aber sie kehrte nicht in die Welt zurück, die allein aus Pein und Finsternis bestand. Stattdessen fand sie sich auf einem Weg wieder, der aus glühenden Kohlen zu bestehen schien, zu beiden Seiten gesäumt von meterhohen Flammen. Dominique trat auf sie zu, streckte die Hand danach aus und beobachtete, wie die Flammenzungen über ihre Finger leckten. Es bildeten sich keine Blasen, und der Schmerz hielt sich in Grenzen. Trotzdem wusste sie, dass sie diese Flammen nicht durchschreiten konnte; sie stellten eine unüberwindliche Barriere dar. Sie konnte nur nach vorn gehen, bis zum Ende des Weges, wo eine brennende Tür auf sie wartete.

Dominique setzte langsam einen Fuß vor den anderen. Um sie herum wirkte alles sehr real, bis auf den Himmel, an dem manchmal, wenn sie nicht richtig hinsah, Augen erschienen. Doch sie bewahrte genug Rationalität, um den Traum als solchen zu erkennen und sich daran zu erinnern, dass sie in einer anderen Welt schlief oder bewusstlos war. Als sie sich der Tür näherte, nahm die Hitze immer mehr zu. Bis auf etwa zehn Meter kam sie an das mit einem leisen Zischen und Fauchen brennende Portal heran und hatte das Gefühl, dass der nächste Schritt ihre Seele in Brand setzen würde. Sie wusste, dass die Tür ein Symbol war, ebenso der Weg aus glühenden Kohlen und die Flammen zu beiden Seiten, aber die Bedeutung der Symbolik blieb rätselhaft. Sie wich zurück, bis die Hitze im Innern ihres Kopfes nachließ, blieb dann stehen und schloss die Augen. *Wenn ich die Lider jetzt wieder hebe, möchte ich erwachen.*

Sie öffnete die Augen und fand sich auf einem weichen Lager wieder, in eine flauschige Decke gehüllt. Behutsam hob sie den Kopf und sah sich im warmen Halbdunkel um. Sie schien sich in einer Art Haus zu befinden und hörte Stimmen, zu weit entfernt, dass sie die Worte verstehen konnte. Lungen und Rippen schmerzten nicht mehr beim

Atmen, und sie fühlte sich kräftig genug, um langsam aufzustehen.

Dominique stellte fest, dass sie keinen Schutzanzug mehr trug, sondern eine weite Hose aus glattem Stoff, an der Taille mit einer Kordel zusammengebunden. Unter der leichten Bluse umschlangen dicke, saubere Verbände die Brust.

Die Erinnerungen kehrten schlagartig zurück.

Das in der Atmosphäre des Planeten auseinanderbrechende Kantaki-Schiff. Der vergebliche Versuch, auf den Planeten zu teleportieren.

»Rupert!«, entfuhr es ihr.

Sie sah sich um, entdeckte ein zweites Lager an der gegenüberliegenden Wand und wankte darauf zu. Ein etwa dreißig Standardjahre alter Mann lag dort, mit mittellangem aschblondem Haar, die Augen geschlossen. Für einen schrecklichen Moment dachte Dominique, er könnte tot sein, doch dann nahm sie seine Präsenz in Delm wahr, wenn auch nicht so deutlich wie sonst – irgendetwas dämpfte den Teil ihres Bewusstseins, der sich mit dem Tal-Telas verbinden konnte. Sie sank neben ihm auf die Knie.

»Benötigen Sie Hilfe?«, ertönte eine seltsam klingende Stimme.

Dominique drehte den Kopf von einer Seite zur anderen und blickte durchs Halbdunkel.

»Benötigen Sie Hilfe?«, wiederholte die Stimme.

»Wer sind Sie?«, fragte Dominique. »Und wo sind Sie?«

»Du hast die Stimme meines Hauses gehört«, sagte jemand hinter Dominique. Sie stand ruckartig auf, drehte sich um und sah einen alten Mann, nach ihren Maßstäben um die hundertdreißig, aber noch sehr rüstig. An das faltige Gesicht erinnerte sie sich – sie hatte es mehrmals über sich gesehen, als sie einige Male aus der Bewusstlosigkeit erwacht war.

»Du bist ...«

»Man nennt mich den Weisen«, sagte der Alte. »Obwohl ich eigentlich gar nicht so weise bin. Ich weiß nur etwas mehr als die meisten anderen. Und in vielen Fällen ist das nicht schwer, junge Dame, glaub mir.« Er winkte, und es bildeten sich Fenster in den Wänden. Licht fiel herein und vertrieb das Halbdunkel. »Du hast dich erstaunlich schnell erholt. Es sind nur vier Tage vergangen. Bestimmt bist du hungrig, nicht wahr?«

Dominique nickte, bevor sie einen klaren Gedanken fassen konnte. Der Alte trat durch eine schmale Tür, und sie folgte ihm in einen kleinen Raum, der sie an eine Küche erinnerte. Auf der einen Seite blinkten Indikatoren, und der Weise betätigte die Kontrollen daneben. »Die Lichter flackern schon wieder. Es bedeutet, dass die Batterien fast leer sind. Entweder hole ich mir bald neue aus dem Zweiten Dominium, oder ich muss auf mein mobiles Haus verzichten. Das möchte ich eigentlich nicht. Man gewöhnt sich schnell an Komfort, nicht wahr? Und an Sicherheit.«

Er sprach langsam und gelassen, und Dominique spürte, wie seine Ruhe auf sie überging. Für ein oder zwei Sekunden fragte sie sich, ob er ein aktiver Empath wahr und gezielt Emotionen auf sie übertrug. Sie spürte nichts im Tal-Telas, was aber nicht viel bedeutete – es fiel ihr noch immer schwer, eine Verbindung zu den zehn Stufen herzustellen.

»Aus dem Zweiten Dominium?«, wiederholte Dominique, als der Alte ihr einen Napf reichte. Der Duft von Zimt stieg ihr in die Nase.

»Bist du nie dort gewesen?«

»Was ist ein Dominium?« Dominique setzte den Napf an die Lippen und trank. Diesmal bewegte sich nichts in der Flüssigkeit.

Der Alte richtete einen seltsamen Blick auf sie und schwieg einige Sekunden lang. »Ich verstehe. Kann es sein, dass du von jenseits der Dominien kommst?«

Irgendwo gurrte es, und ein kleiner Schemen sauste durchs nächste Fenster, sprang an dem Alten hoch und verharrte auf seiner Schulter. Dominique betrachtete das kleine Geschöpf erstaunt.

»Darf ich vorstellen ... Kiwitt«, sagte der Weise und kraulte das Tier am Hals. »Der kleine Kerl ist mir im Ersten Dominium zugelaufen.«

Dominique leerte den Napf. »Wie komme ich hierher? Und was ist mit Rupert? Er scheint unverletzt zu sein, ist aber noch immer bewusstlos.«

Der Weise nickte kummervoll. »Der Schlaf hat ihn berührt, als er noch sehr schwach war. Dich habe ich rechtzeitig ins Haus bringen können, aber er blieb draußen.«

»Er schläft auch jetzt.«

»Dies ist echter Schlaf, nicht der andere. Wie heißt du, junge Dame?«

»Dominique. Und wie lautet dein Name?«

»Danach hat schon lange niemand mehr gefragt.« Der Alte schien nachdenken zu müssen, um sich an seinen Namen zu erinnern. »Ich heiße ... Tarweder. Ja, so lautet mein Name: Tarweder. Und du heißt Dominique.« Wieder musterte er sie auf eine Weise, die sie sonderbar fand.

Kiwitt gurrte, und der alte Mann lächelte. »Du hast recht. Gehen wir nach draußen.«

»Verstehst du ihn?«, fragte Dominique und deutete auf die Mischung aus Katze und Gürteltier, als sie das Haus verließen. »Ist er intelligent?«

»Oh, der kleine Bursche ist sehr schlau für ein Tier. Aber er spricht natürlich nicht. Manchmal tue ich nur so, als könnte ich ihn verstehen. Es ist ein kleines Spiel zwischen uns beiden.«

Sie traten in das Licht von zwei Sonnen, die eine rot und die andere blauweiß. Dominique wusste, dass sich eine Materiebrücke zwischen ihnen spannte, aber die beiden Sterne, groß, hell und heiß am Himmel dieses Planeten, überstrahlten sie.

Kiwitt sprang von der Schulter des Weisen, lief mit weiten Sätzen davon, erkletterte einen Felsen und blieb darauf sitzen, das Gesicht mit der Katzenschnauze und den langen Schnurrhaaren dem Horizont zugewandt. Ein dunkles, zerklüftetes Gebirge ragte dort auf, aber es bestand nicht aus Felsgestein. Dominique wusste, was sie sah: die Trümmer von Mutter Rrirks Schiff.

»Damit seid ihr hierhergekommen«, sagte Tarweder. »Du und Rupert. Zum Glück habe ich euch gefunden.«

»Es grenzt an ein Wunder, dass wir den Absturz überlebt haben«, murmelte Dominique.

»Vielleicht ist es weniger ein Wunder, als du denkst«, erwiderte der Alte, und seine Stimme klang anders bei diesen Worten.

Dominique wandte den Blick von den Trümmern des Kantaki-Schiffes ab und sah den Weisen an. »Wie meinst du das?«

»Du hast nicht die Male.«

»Welche Male?«

Tarweder deutete auf schmale Streifen in seinem Gesicht, die Dominique bisher für Schmutz oder besondere Faltenmuster gehalten hatte. Er strich das lange, grauweiße Haar beiseite, und darunter kamen auffallend schmale Ohren zum Vorschein. »Dies sind einige meiner Male. Ich habe noch mehr, aber mein Taktgefühl verbietet mir, sie dir zu zeigen.«

Dominique versuchte zu verstehen. »Mit Malen meinst du … außergewöhnliche Merkmale des Körpers?«

»Hier im Dritten Dominium sprechen viele Leute vom Fluch des Odems, und vielleicht haben sie recht damit«, sagte Tarweder. »Im Zweiten Dominium spricht man von Mutation. Ich habe mich dort mit einem Wissenschaftler unterhalten, der über viele Jahre hinweg versucht hat, diesen Dingen auf den Grund zu gehen. Er meinte, dass wir uns in eine polymorphe Spezies verwandeln, wenn die Entwicklung so weitergeht. Und vermutlich liegt es tatsächlich am Odem. Sein Einfluss macht sich fast überall bemerkbar. In meinem mobilen Haus natürlich nicht – es schützt nicht nur vor dem Schlaf, sondern auch vor dem Odem. Aber ich kann nicht mein ganzes Leben darin verbringen, oder?« Er bemerkte Dominiques Gesichtsausdruck. »Oh, entschuldige, junge Dame. Ich schätze, dies alles ist ein bisschen viel für dich.«

Dominique versuchte, ihrer Verwirrung Herr zu werden. Sie richtete ihre volle Aufmerksamkeit auf den alten Mann, den sie »den Weisen« nannten und der fast seinen eigenen Namen vergessen hatte. Es handelte sich ganz offensichtlich um einen Menschen, und dieser Umstand war schon erstaunlich genug, denn immerhin befand sich dieser Planet in der nichtlinearen Zeit, zeitlich und räumlich weit von dem ihr vertrauten Universum entfernt. Er trug eine Art Overall in fast der gleichen Farbe wie seine Augen, einem grauen Grün, und der Stoff schien synthetisch zu sein. Hier und dort waren kleine Geräte und Objekte mithilfe von Spangen und Schnüren daran befestigt. Dominique versuchte, ihn im Tal-Telas zu sondieren, gab es aber auf, als sie schon nach wenigen Sekunden Kopfschmerzen bekam. Sie gewann den Eindruck von mehreren Persönlichkeitsschichten, von denen jede einzelne bestimmte Aspekte des Alten zum Ausdruck brachte: Humor, Gemütstiefe, Sensitivität, Intelligenz und, ja, Weisheit, über Jahrzehnte auf der Grundlage vieler Erfahrungen gewachsen. Manchmal sprach er ein bisschen zu lange und ein bisschen zu schnell, aber das kannte Dominique von sich selbst: So etwas geschah, wenn einem zu viele Gedanken auf einmal durch den Kopf gingen und man versuchte, sie alle in Worte zu fassen.

»Die Dinge, von denen du eben gesprochen hast …«, sagte Dominique schließlich. »Was haben sie damit zu tun, dass ich den Absturz überlebt habe?«

»Es heißt, dass die Dominanten schnell heilen, wenn sie sich verletzen. Als ich dich gefunden habe, warst du schwer verletzt. Aber die Dominanten haben keine Male.«

»So wie ich.«

»So wie du, ja«, sagte Tarweder, sah Dominique an und war jetzt ganz ein ruhiger, aufmerksamer Beobachter.

»Wer sind die Dominanten?«

Der Weise neigte den Kopf ein wenig zur Seite. »Weißt du es wirklich nicht? Vielleicht gehörst du zu ihnen und verstellst dich. Es heißt, dass sie manchmal unter uns wandeln, um herauszufinden, wo sich der nächste Schlaf lohnt. Manchmal sollen sie auch gezielt den Odem bringen.«

Dominique erwiderte den durchdringenden Blick des alten Mannes und lächelte. »Du willst mich verwirren, nicht wahr? Du legst es ganz bewusst darauf an, mich durcheinanderzubringen. Warum? Um mehr über mich zu erfahren? Wieso fragst du nicht einfach?«

Tarweder schwieg einige Sekunden. »Du bist sehr klug, junge Dame. Na schön. Ich weiß, dass du Dominique heißt, aber … wer bist du?«

»Was ich bin, erklärt vielleicht meine schnelle Genesung.« Sie berichtete von Millennia und den Tal-Telassi, erzählte davon, wie sie als kleines Kind einmal in eine tiefe Gletscherspalte gestürzt war und sich dabei verletzt hatte, zu einem Zeitpunkt als sie noch keine bewusste Verbindung zu den einzelnen Stufen des Tal-Telas herstellen konnte. Aber die Kraft des Tal-Telas hatte sie schon damals durchdrungen, die Autoregeneration des Körpers beschleunigt und es ihr ermöglicht, sich ganz allein aus dem eisigen Kerker zu befreien.

Bei ihrer Schilderung stellte Dominique fest, dass sie zwei Zuhörer hatte: Tarweder und Kiwitt. Das Geschöpf war von seinem Aussichtsfelsen heruntergesprungen, hockte vor Dominique und sah aus großen Augen zu ihr auf. Gelegentlich gurrte es, als wollte es den Worten einen eigenen Kommentar hinzufügen.

»Bist du ganz sicher, dass du nicht zu den Dominanten gehörst?«, fragte Tarweder.

»Ich denke schon.«

»Aber vielleicht hast du es vergessen. Möglicherweise hast du neben deinen Verletzungen einen teilweisen Gedächtnisverlust erlitten.«

»Du spekulierst gern, wie?« Erst jetzt merkte Dominique, dass sie schon seit einer ganzen Weile Stimmen hörte: ein dumpfes Brummen im Hintergrund, auf das sie nicht geachtet hatte, untermalt von einem beständigen Rauschen. Sie drehte sich um, ging einige Schritte und erreichte den Rand eines sanften Hangs. Weiter unten sah sie eine Art Lager aus recht primitiv wirkenden Fahrzeugen und provisorischen Unterkünften. *Wir sind hier in der nichtlinearen Zeit,* dachte sie. *Hier ist alles möglich.*

»Das ist unsere Gruppe«, sagte der Weise und trat neben Dominique. Kiwitt saß wieder auf seiner Schulter und gurrte leise. »Wir haben uns zusammengeschlossen, um uns gegenseitig zu schützen.«

»Ist diese Welt so gefährlich?«, fragte Dominique.

»Gefahren gibt es überall, junge Dame. Kein Dominium ist frei von ihnen. Hier im Dritten bin ich oft unbehelligt unterwegs gewesen, mit meinem mobilen Haus. Aber seit einiger Zeit haben sich den alten Gefahren neue hinzugesellt. Zum Beispiel die Eisenmänner.«

Dominique drehte den Kopf. »Du legst es noch immer darauf an, mich zu verwirren, nicht wahr?«

Tarweder musterte sie fast traurig. »Wenn deine Geschichte stimmt, wenn du wirklich von einer ganz anderen Welt jenseits der Dominien kommst ... Dann bist du in gewisser Weise wie ein Kind des Ersten Dominiums, das sich auf die Reise des Wissens begibt, um mehr über die vier Teile der Welt zu erfahren.«

»Die vier Teile der Welt ... Damit meinst du vermutlich, dass deine Welt, *diese* Welt hier, aus vier einzelnen ... Sphären besteht?« Dominique hatte das Wort »Staaten« benutzen wollen, spürte aber, dass es unpassend war.

»So könnte man sagen.«

Dominique stellte eine Frage, die schon seit einer ganzen Weile darauf wartete, formuliert zu werden. »Findest du es nicht erstaunlich, dass wir die gleiche Sprache sprechen?«

 Der Weise sah sie an und wartete.

»Ich meine, ich komme aus der linearen Zeit, praktisch aus einem anderen Universum, und nach dem Absturz finde ich auf diesem Planeten, den ich nie zuvor gesehen habe ... Menschen. Und ich kann mich ohne die Hilfe eines Linguators mit ihnen verständigen.«

»Alle sprechen diese Sprache«, sagte Tarweder. »Alle Bewohner der vier Dominien, auch die nichtmenschlichen. Aber ich verstehe, was du meinst. Sprache bedeutet Entwicklung und Kultur. Wir sind das Produkt völlig verschiedener Orte, und doch haben wir eine gemeinsame Verständigungsbasis. Das ist in der Tat erstaunlich.« Zusätzliche Falten bildeten sich in der Stirn des Alten. »Andererseits deuten die Begriffe, die du nicht kennst und die dich verwirrt haben, darauf hin, dass es erhebliche Unterschiede zwischen unseren ... Kulturen gibt.«

Ein Mann kam aus dem Lager unten am Ufer des Flusses, bärtig und kräftig gebaut, stapfte den Hang herauf und näherte sich. Er war in mittleren Jahren. Seine Kleidung – eine braune Hose und ein lohfarbenes Hemd – schien aus echtem Leder zu bestehen, und am Mittelfinger seiner rechten Hand glänzte ein Siegelring. Am Hals bemerkte Dominique Hautlappen. Der Mann richtete einen seltsamen Blick auf Dominique und blinzelte erstaunt, bevor er sich an Tarweder wandte. »Wir warten schon drei Stunden. Erst die Verzögerungen am Großen Schlangenfluss, und jetzt ein Aufenthalt am Kleinen. Wir verlieren immer wieder Zeit.«

»Darf ich vorstellen? Dominique, das ist Kaufmann Arn Hannaratt. Er stammt aus dem Ersten Dominium und finanziert einen Teil dieser Reise.«

»Einen *großen* Teil«, brummte Hannaratt und lächelte.

»Ihm verdanken wir unter anderem die Wettermacherin, den Zeitmacher und die beiden Krieger«, sagte Tarweder.

»Ja, und der Zeitmacher ist leider nicht imstande, die vielen Verzögerungen auszugleichen«, klagte Hannaratt.

»Wir haben noch fast zwei Monate, bis das Eis kommt, Arn. Bis dahin sind wir längst in Zontra.«

»Warum können wir nicht weiter, Weiser? Die Wettermacherin hat für gutes Wetter gesorgt, was teuer genug war, und an dieser Stelle ist das Wasser seicht. Selbst die schweren Fahrzeuge können problemlos das andere Ufer erreichen.«

»Die Bodenwagen würden mitten im Fluss im Schlamm stecken bleiben« sagte Tarweder, und dabei klang seine Stimme sehr ernst. »Und das wäre sehr gefährlich, wenn der Schlaf kommt. Ich habe es gesehen. Das Auge der Dominanten hat es mir gezeigt.«

Er holte etwas hervor, das wie eine Tafel aussah und Dominique an einen kleinen Datenservo erinnerte. Das Display in der Mitte zeigte Muster aus Linien und Farben, die sich veränderten, als Tarweder sie mit den Fingerkuppen berührte. Die Symbole an den Seiten ... Sie ähnelten den Schriftzeichen an dem Gegenstand, den Dominique im Kantaki-Nexus in der mumifizierten Hand des Humanoiden entdeckt hatte.

Sie zeigte darauf. »Diese Zeichen ...«

Ein dumpfes Brummen unterbrach sie. Es kam aus der Ferne, ließ den Boden unter ihr vibrieren. Die Wasseroberfläche des Flusses kräuselte sich.

Tarweder ergriff Dominique am Arm und zog sie mit sich. »Der Schlaf kommt! Bringen wir uns in Sicherheit.«

Der Krieg: III

24. Juni 1154 ÄdeF

»Sie würden uns doch nicht wirklich sterben lassen, oder?«, fragte Gregor. Es geschah nicht zum ersten Mal, dass er diese Frage stellte, und jedes Mal verriet sie mehr Furcht. »Ich meine, die Streitkräfte brauchen Soldaten.«

Nektar seufzte leise, während er die Systeme seines Überlebensanzugs überprüfte. »Sie brauchen Soldaten, die etwas taugen.«

»He, nun hört euch unseren Bienenfreund an!«, höhnte Hilliot. Er war fast sechzehn und damit der Älteste der aus fünf Rekruten bestehenden Gruppe. Nektar sah in ihm ein gutes Beispiel dafür, dass Ältere nicht unbedingt klüger sein mussten. Diese Erfahrung hatte er inzwischen recht oft gemacht. »Du kennst dich mit diesen Sachen aus, wie?«

»Lass ihn in Ruhe, Hill«, warf Mel ein. Sie war vierzehn und zeichnete sich durch eine drahtige Schönheit aus, die Nektar manchmal, wenn er nicht mit anderen Dingen beschäftigt war, recht attraktiv fand. Er hatte auch die Blicke bemerkt, die Hilliot ihr manchmal zuwarf. »Er hat uns schon zweimal aus der Klemme geholfen.«

»Ein blindes Huhn legt auch mal ein Ei«, schnaubte Hilliot.

»Ein blindes Huhn findet auch mal ein Korn, du Idiot«, murmelte Nektar und vergewisserte sich, dass alle Komponenten seines Überlebensanzugs einwandfrei funktionierten. *Immer erst die Ausrüstung überprüfen,* erinnerte er sich. *Ihr müsst sicher sein, dass ihr euch auf alles verlassen könnt.*

»Was hast du gesagt, Bienenfreund?«, fragte Hilliot herausfordernd und kam einen Schritt näher.

Mel trat zwischen sie. »Du sollst ihn in Ruhe lassen!«, wiederholte sie schärfer. »Wenn du ihn nicht endlich in Ruhe lässt, erwähne ich dies in meinem Bericht. Denk daran, dass wir Soldaten der Koalition sind. Unser Orbitalspringer wurde beim Kampf beschädigt, und wir mussten notlanden. Wir versuchen, die Basis der Koalition auf diesem Planeten zu erreichen, *und bis dahin ist es nicht mehr weit.* Ruiniere nicht alles, Hill!«

Hilliot wandte sich halb ab. »Ich kann es einfach nicht ertragen, dass er immer den Alleswisser spielt. Er ist ein Pimpf!«

Nektar stand auf. Er mochte kleiner und jünger sein als die anderen – mit Ausnahme der Quinqu Xana, die ebenso alt war wie er und weitaus zarter gebaut –, aber er glaubte sich imstande, den fast fünf Jahre älteren Hilliot in einem Zweikampf zu besiegen. Er hatte nicht eine Minute der letzten anderthalb Jahre vergeudet und viel gelernt, nicht nur während Unterricht und Ausbildung, sondern auch in der knapp bemessenen Freizeit. »Brechen wir auf.«

»Das hast nicht du zu bestimmen«, knurrte Hilliot. »Als Ältester bin ich der Gruppenführer.«

»Dann führe uns«, säuselte Mel.

Hilliot trat nach draußen, und die anderen folgten ihm. Gregor war diesmal der Träger. Er machte sich sofort daran, das aus hauchdünnen Planen bestehende Zelt zu einer Art Tornister zu falten, den er sich dann wortlos auf den Rücken schwang.

Nektar hatte seinen Überlebensanzug bis zum Hals geschlossen und spürte den kalten Wind nur im Gesicht. Die anderen waren noch nicht so weit und fröstelten.

»Sie würden uns doch nicht wirklich sterben lassen, oder?«, fragte der ängstliche Gregor. Er war dreizehn und über einen Kopf größer als Nektar, aber nicht so groß wie der stämmige Hilliot. »Oder?«, wiederholte er.

Nektar begriff, dass die Frage allein ihm galt, aber die in der Nähe wartende Mel hatte den Kopf ein wenig zur Seite geneigt – sie hörte zu.

»Bei diesem Test sollen wir beweisen, dass wir uns einige Tage und Nächte lang allein durchschlagen können«, sagte er geduldig und fand es nicht seltsam, dass er einem Älteren Dinge erklären musste. So etwas geschah in letzter Zeit immer öfter. »Wenn jemand in eine Situation gerät, die er für zu gefährlich hält, kann er mit dem Not-Kom um Hilfe rufen. Dann wird er abgeholt. Aber es bedeutet, dass er die Prüfung nicht bestanden hat.«

»Und wenn das Not-Kom nicht funktioniert?«

»Man beobachtet uns die ganze Zeit über«, sagte Nektar. »Per Satellit.« Gregors Blick hing an ihm, und deshalb fügte er hinzu: »Nein, der für uns zuständige Ausbildungsoffizier würde nicht zulassen, dass wir sterben.«

Gregor nickte erleichtert, wandte sich ab und ging zu Hilliot, um ihm mit den Seilen zu helfen. Nektar sah ihm kurz hinterher, und dabei bemerkte er aus dem Augenwinkel, wie die zarte Quinqu Xana verstohlen an ihren immer noch gelähmten schillernden Flügeln zerrte. Als einziges Mitglied der Gruppe musste sie mit einem Handicap zurechtkommen. Andernfalls wäre es ihr leicht gefallen, auf die andere Seite der Schlucht zu gelangen; sie hätte einfach hinüberfliegen können.

»Du weißt, dass es nicht stimmt, oder?«, sagte Mel leise. Sie stand direkt neben Nektar und überprüfte die Systeme ihres Überlebensanzugs. Er half ihr dabei. »Selbst wenn man uns per Satellit beobachtet: Im Falle eines Unglücks könnte man von der Basis aus nicht schnell genug eingreifen.«

Nektar blickte nach oben. Böiger Wind trieb die Wolken schnell über den Himmel, und Satelliten waren natürlich nicht zu sehen. Für ihn spielten sie auch gar keine Rolle; er brauchte keine Hilfe.

»Ja, ich weiß«, erwiderte er ebenso leise. »Aber manchmal muss man an etwas glauben, um stark zu sein. Gregor braucht etwas, woran er sich festhalten kann.«

Mel richtete einen verwunderten Blick auf ihn. »Das klingt sehr erwachsen.«

»He, braucht ihr beiden eine Extraeinladung?«, rief Hilliot. Zusammen mit Gregor und Xana stand er am Rand der Schlucht.

»Alles in Ordnung«, sagte Nektar und meinte damit die Systeme von Mels Überlebensanzug.

Als sie sich den anderen hinzugesellten, sah Nektar Eifersucht in Hilliots Augen. Der größere Junge richtete einen zornigen Blick auf Mel, die nur kurz mit den Schultern zuckte. »Seilt euch an«, sagte Hilliot und warf ihnen das Seil zu.

Nektar befestigte es an seinem Überlebensanzug, reichte das Ende Mel und trat dann näher zum Rand der Schlucht. Fast zwei Kilometer tief unten zeigten sich die silbernen Schleifen eines Flusses, und die Vorstellung, dass dieser kleine Fluss eine so gewaltige Schlucht in den planetaren Fels gegraben hatte, erschien Nektar fast absurd. Schmale Stege aus rostrotem Gestein führten auf die etwa zweihundert Meter entfernte andere Seite der Schlucht. Der Übergang sollte eigentlich nicht sonderlich schwer sein, sah man vom starken Wind und der gähnenden Leere unter den Stegen ab. Wenn sie sich gegenseitig halfen, war dieses Hindernis schnell überwunden. Und genau darum ging es bei dieser Übung, dachte Nektar. Um den Zusammenhalt der Gruppe. Um so etwas wie Solidarität unter den »versprengten Soldaten«. Im Krieg gegen die Graken gab es kein Not-Kom, mit dem man sich in einer schwierigen Situation aus der Affäre ziehen konnte. Nur mit gegenseitiger Hilfe blieb man am Leben. Aber Hilliot schien das nicht begreifen zu können oder zu wollen. Für ihn ging es hauptsächlich um sein kleines, aufgeblasenes Ego.

Mel deutete auf die Stege. »Ob die anderen Gruppen ebenfalls eine Schlucht überqueren müssen?«

Nektar wusste, dass in diesen Tagen fast fünftausend junge Rekruten auf Jumor unterwegs waren. »Der Schwierigkeitsgrad ist für alle Gruppen gleich.«

»Hört auf zu quatschen!«, rief Hilliot. Er deutete auf einen besonders breiten, massiv wirkenden Felssteg, der zur Mitte der Schlucht hin anstieg und sich dann nach unten wölbte, bis zur anderen Seite. »Wir überqueren die Schlucht an dieser Stelle«, sagte er und trat auf den Steg.

Xana und Gregor wollten ihm sofort folgen, aber Nektar hielt sie zurück. »Das halte ich nicht für klug.«

»Und warum nicht, Bienenfreund?«

Nektar deutete auf den rostbraunen Fels. »Seht ihr die feinen Erosionslinien? Das Gestein ist brüchig.« Er zeigte auf einen anderen Felssteg, der wesentlich schmaler war. »Die blauen und grünen Flecken im Rot stammen von Tromadit, einem hiesigen Mineral, das vor allem in stabilem Gestein vorkommt. Es wäre besser, jenen Weg zu nehmen.«

»Und woher willst du das wissen, Bienenfreund?« Hilliot blieb auf dem Steg stehen, aber Xana und Gregor kehrten zum Rand der Schlucht zurück.

»Weil ich mich informiert habe«, sagte Nektar ruhig.

»Er verbringt fast seine ganze Freizeit in den Simulatoren«, warf Gregor ein. »Er lernt und lernt und hat schon mehrmals gezeigt, dass er sich mit diesen Dingen auskennt. Du solltest auf ihn hören, Hill.«

»Auf den kleinen Herrn Ich-weiß-Alles sollte ich hören? Auf einen Angeber, der sich nur wichtig machen will?« Hilliot holte tief Luft. »*Ich* bin der Anführer dieser Gruppe. *Ich* entscheide. Und *ich* sage, dass wir über diesen Steg gehen.«

Für einen Moment schien Gregor bereit zu sein, Hilliot zu widersprechen und es auf eine Konfrontation mit ihm ankommen zu lassen. Doch dann fügte er sich und trat zusammen mit Xana auf den breiten Felssteg. Das Seil, das sie mit Nektar und Mel verband, spannte sich.

Hilliot zog daran. »Na los. Kommt endlich. Das ist ein Befehl eures vorgesetzten Offiziers!«

Es blieb Nektar und Mel nichts anderes übrig, als ebenfalls auf den Steg zu treten.

»Ich schlage vor, dass wir den Gravoanker einsetzen«, sagte Nektar.

Hilliot hatte die Spitze übernommen und stapfte geduckt über rostrotes Gestein. Der Wind wurde heftiger, zischte und heulte und zerrte an ihnen.

»Wir haben nur noch einen«, erwiderte Hilliot. »Und vielleicht brauchen wir ihn bei einer anderen Gelegenheit. Wir schaffen es auch so auf die andere Seite.«

Zunächst ging alles gut, aber als sie etwa die Mitte des Stegs erreicht hatten, knirschte es vor ihnen so laut, dass sie es trotz des Winds hörten. Aus dem Knirschen wurde ein Knacken, und der Felssteg vibrierte unter ihnen. Dicke Gesteinsbrocken lösten sich aus ihm und stürzten in die Tiefe.

»Zurück!«, rief Hilliot. »Zurück!« Dicht vor ihm klaffte eine Lücke von mehreren Metern, und sie wurde breiter, als sich noch mehr Gestein aus dem Steg löste.

»Aktiviere den Gravoanker!«, forderte Nektar den älteren Jungen auf, aber er reagierte nicht und versuchte, an Gregor und Xana vorbeizugelangen.

Mit einem Knall wie von einer Explosion zerbarst der Steg, und von einem Augenblick zum anderen hatten Nektar und die anderen keinen Boden mehr unter den Füßen. Sie fielen zusammen mit zig Tonnen Gestein.

Nektar spürte, wie die semiintelligenten Systeme seines Überlebensanzugs aktiv wurden. Der integrierte Levitator baute ein Schwerkraftfeld auf, das den Sturz in die Tiefe allerdings nur ein wenig abbremste. Nektar bewahrte die Ruhe, betätigte die Kontrollen und leitete maximale Energie in den Levitator, ohne dass aus dem Fallen ein Schweben wurde. Eine Sekunde später – während die anderen Rekruten schrien, Hilliot am lautesten von allen – wurde ihm der Grund dafür klar: Hilliot hatte es versäumt, die Systeme seines Überlebensanzugs zu kontrollieren; sein Levitator funktionierte nicht. Sie stürzten nicht im freien Fall in die Tiefe, denn vier Levitatoren funktionierten und neutralisierten das Gewicht von vier Körpern. Aber Hilliot war schwer und riss sie alle mit sich in die Schlucht. Nach knapp zwei Kilometern würden sie alle genug Bewegungsmoment gewonnen haben, um beim Aufprall zu sterben.

Nektar beobachtete, wie der in Panik geratene Hilliot an den Kontrollen seines Anzugs zerrte. Dabei löste sich der Gravoanker, entglitt seinen Händen und fiel.

»Verdammter Narr!«, zischte Nektar und begriff, dass es jetzt nur noch zwei Möglichkeiten gab. Entweder kappten sie das Seil bei Hilliot, was bedeutete, dass nur ein Rekrut in die Tiefe stürzte und die vier anderen gerettet waren; aber für Hilliot hätte es zweifellos den Tod bedeutet. Oder sie mussten irgendwie Hilliots Levitator aktivieren, und zwar schnell, bevor ihr Bewegungsmoment zu groß wurde.

Nektar handelte, betätigte die Kontrollen seines eigenen Levitators und veränderte sein Schwerefeld so, dass er sich dem größeren Jungen näherte. Er kam an Mel vorbei, deren Gesicht Entsetzen zeigte, und an Gregor, der die Augen zugekniffen und den Mund weit aufgerissen hatte – sein Schrei hallte weit durch die Schlucht. Xana bemühte sich verzweifelt, ihre Flügel auszubreiten, doch deren Lähmung dauerte an.

Als Nektar Hilliot erreichte, versuchte der größere Junge, sich an ihm festzuklammern, als könnte er auf diese Weise den Sturz in die Tiefe beenden. Wie viel Zeit blieb noch?, fragte sich Nektar. Sie waren bereits recht schnell, und wenn es ihm nicht gelang, Hilliots Levitator in den nächsten Sekunden einzuschalten, stand ihnen allen eine ziemlich harte Landung bevor.

Er versuchte, den Armen zu entgehen, aber sie schlangen sich immer wieder um ihn. Hilliot heulte, und in seinem gegenwärtigen Zustand hörte er die Stimme der Vernunft noch viel weniger als vorher. Nektar sah keine andere Möglichkeit und versetzte ihm einen Schlag in die Seite, dorthin, wo es wehtat und einem der Atem wegblieb. Hilliot heulte noch lauter und krümmte sich zusammen. Der kleinere Junge scherte sich nicht darum und wusste, dass er sich von nichts ablenken lassen durfte. Seine Hände erreichten endlich die Kontrollen am Gürtel, und er griff nicht nach den Aktivierungsschaltern, sondern nach den Schaltflächen für einen Systemreset, in der Hoffnung, dass die Semiintelligenz des Überlebensanzugs den Grund für die Funktionsstörung erkannte und andere Möglichkeiten fand, den Levitator zu aktivieren.

Das schien tatsächlich der Fall zu sein. Nektar spürte, wie ein Schwerefeld entstand und Hilliots Taumelbewegung stabilisierte, aber ein Blick nach unten sagte ihm, dass es zu spät war für eine synchronisierte Gegenbeschleunigung – die angesichts ihrer geschwundenen Energiereserven ohnehin nur für wenige Sekunden möglich gewesen wäre.

»Abrollen!«, rief Nektar. »Rollt euch beim Aufprall so gut wie möglich ab.«

Mit einem kurzen Blick stellte er fest, dass die Quinqu Xana vermutlich im Fluss landen würde, was angesichts ihres geringen Gewichts vielleicht ein Vorteil war. Auf alle anderen wartete der Sand des Ufers. Sand war nicht so hart wie Felsgestein, aber ...

Der Aufprall kam einem gewaltigen Hammerschlag gleich, der den ganzen Körper traf, und Nektar verlor das Bewusstsein. Als er wieder zu sich kam, einige Minuten später, sah er Mels Gesicht über sich. Sie hatte Tränen in den Augen. »Xana ist tot«, brachte sie hervor. »Sie ist *tot!*«

Der zerschmetterte Leib der zarten Quinqu lag am Ufer. Xana war auf einen Felsen im Fluss gestürzt – ausgerechnet! –, und Hilliot hatte ihre Leiche geborgen.

»Wir *können* sterben«, weinte Gregor. Der Zelttornister war zerrissen, ebenso der Überlebensanzug. Gregors Hände waren blutverschmiert, und Blut zeigte sich auch in seinem Gesicht. »Du hast mich *belogen*, Nek!«

Nektar ließ sich von Mel aufhelfen und merkte dabei, dass er sich den linken Arm gebrochen hatte. Stechender Schmerz ging davon aus. Gregors röchelnder Atem wies auf eine Lungenperforation durch eine oder mehrere gebrochene Rippen hin. Mel war ungewöhnlich blass, und ihre Augen wirkten glasig. Nektar hob die rechte Hand zu ihrer Stirn und berührte kalte Haut.

»Ich weiß«, sagte sie. »Vermutlich ein Schädeltrauma. Er ist als Einziger unverletzt geblieben.«

Hilliot stand am Flussufer, überprüfte die Systeme seines Überlebensanzugs – *jetzt* überprüfte er sie! – und schien Vorbereitungen für den Aufbruch zu treffen.

»Ich schaffe es auch allein«, brummte er. »Ich brauche euch nicht. Ich schaffe es allein bis zum Stützpunkt und verdiene mir die volle Punktzahl.«

Kalter Zorn stieg in Nektar empor, fast so intensiv wie damals, als er neben seiner toten Mutter gestanden hatte. Er schenkte dem Schmerz in seinem linken Arm keine Beachtung und trat zu Hilliot, der ihn kommen sah und etwas in seinen Augen bemerkte, das ihn zurückweichen ließ.

»Du willst uns im Stich lassen?«, sagte Nektar langsam. »Du, dessen Nachlässigkeit und *Dummheit* uns in diese Situation gebracht haben? Xana ist tot, begreifst du das? Und wir sind verletzt. Unsere Überlebensanzüge können uns kaum mehr helfen. Du hast die Mission ruiniert!«

»Spielst schon wieder Ich-bin-der-Größte, wie?«, höhnte Hilliot. »Ich werde die Mission erfolgreich beenden, als Einziger von uns.«

»Du hast überhaupt keine Ahnung, worum es bei der Mission geht.« Nektar sprang, griff mit beiden Händen zu, obwohl es ihm mörderische Qualen bescherte, hob er mit der Linken die Schutzklappe des Not-Kommunikators und aktivierte ihn mit der Rechten. Ein blinkender Indikator wies darauf hin, dass das Gerät sendete.

Hilliot starrte ungläubig darauf hinab, und dann verwandelte sich sein Gesicht in eine Fratze der Wut. Mit einem Satz stand er vor Nektar und rammte ihm die Faust ins Gesicht. »Du verdammter kleiner Mistkerl!«, schrie er. »Du glaubst, alles besser zu können und besser zu wissen. Ich werde dir zeigen, wie *klein* du bist!«

Er trat nach Nektar, der auf dem Boden lag und sich nicht wehren konnte. Der Stiefel traf ihn am linken Arm, und der Schmerz wurde so heftig, dass sich für einige Sekunden sein Blick trübte. Als er wieder sehen konnte, lag Hilliot neben ihm auf dem Boden. Mel stand zwischen ihnen, mit einem blutigen Stein in der Hand. »Das hätte ich schon viel früher tun sollen«, sagte sie und fügte hinzu: »Der Stützpunkt hat sich mit uns in Verbindung gesetzt. Wir werden abgeholt.«

Nektar nickte, und eine seltsame Zufriedenheit erfüllte ihn.

Charlotte stand neben Xanas Leiche, die von einem Stasisfeld umhüllt in der Nachbildung eines Quinqu-Kokons ruhte. Sie sprach, nicht nur über Xana, sondern auch über den Einsatz, aber Nektar hörte ihre Worte nur als bedeutungsloses Brummen. Er sah aus dem nahen Fenster über das Hochplateau hinweg, auf dem sich der Stützpunkt befand, beobachtete startende und landende Orbitalspringer. Die Übungseinsätze der anderen Gruppen gingen ebenfalls zu Ende. Es hatte Verletzte gegeben, aber nur eine Tote: Xana.

Trauer erfüllte Nektar, und sie galt nicht nur der ums Leben gekommenen Quinqu und dem gescheiterten Einsatz. Er spürte eine Veränderung in sich. Seit viereinhalb Jahren veränderte er sich, aber jetzt war ein Punkt erreicht, wo etwas zerbrach und Platz schuf für etwas Neues, das erst noch wachsen musste. Er begriff, dass er trotz seines Alters von erst zehn Jahren aufgehört hatte, ein Kind zu sein.

Mel berührte seine Hand, und daraufhin konzentrierte sich Nektar wieder auf das, was geschah.

Charlotte ging zu Hilliot, der versuchte, möglichst stramm zu stehen.

»Deine Arroganz und dein Egoismus haben ein Leben ausgelöscht und eure Mission scheitern lassen.« Sie hob einen Markierer an Hilliots Rekrutenuniform, und als sie ihn wieder sinken ließ, blieb ein schwarzer Fleck zurück. Der Fleck der Schande. Das Gesicht des stämmigen Jungen rötete sich. Ob aus Verlegenheit oder Zorn – es war Nektar gleich. »Dies wirst du drei Jahre lang tragen, ohne die Möglichkeit einer Beförderung.«

Charlotte trat zu Gregor, der sich versteifte, wie Nektar aus dem Augenwinkel sah. Doch sie hob nicht den Markierer, sondern legte ihm kurz die Hand auf die Schulter, ebenso Mel. Es war eine bei den Streitkräften gebräuchliche Geste, die so viel bedeutete wie *Du hast deine Sache gut gemacht*. Dann wandte sie sich Nektar zu.

»Du bist das jüngste Mitglied der Gruppe, aber du hast mehrmals den richtigen Weg erkannt, im Gegensatz zum Rekruten Hilliot«, sagte Charlotte langsam. »Wenn er auf dich gehört hätte, wäre es gar nicht zum Sturz in die Schlucht gekommen. Dein umsichtiges Verhalten während des Falls hat den anderen Gruppenmitgliedern bis auf Xana das Leben gerettet. Du verdienst dies.«

Sie steckte den Markierer ein, holte eine glänzende Spange hervor und steckte sie an Nektars Kragen.

»Hiermit verleihe ich dir den Rang Dorn«, sagte sie feierlich. »Nie zuvor hat es einen jüngeren Dorn in den Streitkräften gegeben.«

Die versammelten Offiziere standen auf und klatschten.

Nektar begriff erst nach einigen Sekunden, was gerade geschehen war. Er tastete nach der Spange an seinem Kragen und dachte: *Der erste Schritt ist getan.*

Mel beugte sich zu ihm. »Ich bin stolz auf dich«, flüsterte sie, und auch das klang gut.

4

Flucht

4. Februar 1229 ÄdeF

Einundzwanzig Sonnen brannten im Zentrum der Dunkelwolke des Ophiuchus-Grabens, von den Graken zu einem kugelförmigen Gitter angeordnet, doch ihr gemeinsames Gleißen verblasste, als Abertausende von Kronn-Dornen das Feuer eröffneten. Tamara kniff aus einem Reflex heraus die Augen zu, und als sie die Lider wieder hob, hatte sie nicht mehr den Eindruck, auf dem Rumpf des Schiffes zu stehen, das Erasmus war. Von einem Gravitationsanker gehalten, schwebte sie in einer Sicherheitskapsel, umgeben von warmer Finsternis und ohne sensorische Stimulation. Der Umstand, dass die physischen Sinnesorgane keine Informationen mehr lieferten, beunruhigte Tamara nicht. Das Tal-Telas blieb bei ihr, immer und überall, und es teilte ihr mit, dass sie nicht allein war.

»Sind Sie hier, Ehrenwerte?«, ertönte eine Stimme in der Nähe.

»Ja, Impro. Erasmus hat uns in einem sicheren Bereich untergebracht. Vermutlich ist er in Schwierigkeiten.« Tamara ließ ihre Gedanken in Berm wandern und sah Afraim so deutlich wie mit den Augen. Er schwebte etwa einen Meter entfernt, ebenfalls von einem Gravitationsanker getragen und geschützt – das Kraftfeld hielt alle externen energetischen Einflüsse fern und reduzierte das Trägheitsmoment auf null. Die Wände der Sicherheitskapsel bestanden aus einem grauen Material, geschaffen von den adaptiven Siliziumpartikeln, aus denen das ganze Schiff bestand.

Es knackte nicht in Tamaras Ohren, aber Iremia reichte über den Einflussbereich des Ankers hinweg, und darin spürte sie multiple Rekonfigurationen des Schiffes. Erasmus führte einen Überlichtsprung durch, im Innern der Dunkelwolke und ohne Transferschneise. Ein Teil von Tamara fragte sich noch immer, wie das möglich war. Und dann fühlte sie Hitze, noch heißer als im Innern einer Sonne, und zog die Ausläufer ihres Selbst zurück.

»Das Schiff ist getroffen«, sagte Tamara mit kühler Ruhe und fügte nachdenklich hinzu: »Eine interessante Konfrontation. Es geht hier nicht nur um Waffenpotenzial und defensive Kapazität. Der Intellekt eines Emm-Zetts auf der einen Seite, und auf der anderen das kollektive Selbst so vieler Graken und ihrer Vitäen. Wir wissen, dass ihre Intelligenz mit wachsender Anzahl der Kollektivmitglieder zunimmt. Bei dieser Auseinandersetzung lernen beide Seiten voneinander, und zwar rasend schnell. Wer ist intelligenter, wer der bessere Lerner?«

»Dies ist mehr als ein intellektuelles Kräftemessen«, sagte Zacharias. Tamara stellte fest, dass er ebenfalls ruhig blieb. Mit seinen fünfzig Standardjahren war er unendlich viel jünger als sie, aber er zeichnete sich durch eine erstaunliche Reife und gute Selbstbeherrschung aus. Sie neigte dazu, ihn zu unterschätzen, weil er ein einfacher Mensch war, ohne Zugang zum Tal-Telas, und so jung. »Es geht um Leben und Tod.« Er zögerte kurz. »Und außerdem ... Bitte nennen Sie ihn nicht Emm-Zett. Es klingt abfällig. Sie wissen, wie sich die Angehörigen der Maschinenzivilisationen nennen: Zäiden.«

»Um Leben und Tod«, wiederholte Tamara langsam und beobachtete Zacharias in Berm. »Vielleicht für die angreifenden Kronn und uns und die Neuen Menschen an Bord. Aber wohl kaum für Erasmus.«

»Glauben Sie, dass ich nicht sterben kann?«, kam eine Stimme aus dem Nichts.

»Lassen Sie sich von mir nicht ablenken«, sagte Tamara. »Setzen Sie Ihre ganze Kapazität für den Kampf ein.«

»Ich kämpfe nicht. Ein Kampf gegen eine derartige Übermacht wäre sinnlos. Ich versuche, den Verfolgern zu entkommen und Sie in Sicherheit zu bringen. Ich fühle mich für Sie verantwortlich.«

»Sie *fühlen*?«, erwiderte Tamara.

»In dieser Hinsicht bin ich als Person kompletter als Sie, Tamara«, sagte Erasmus. »Ich habe beides, Intellekt und Gefühle.«

»Simulierte Gefühle.«

»Der sichere Raum, in dem Sie sich befinden, ist ebenfalls simuliert. Mangelt es ihm dadurch an Realität?«

Tamara ignorierte die Frage. »Wenn Ihnen Zerstörung droht, können Sie Ihr Bewusstsein in der atomaren Struktur der adaptiven Siliziumpartikel speichern. Ich halte es für ausgeschlossen, dass alle Partikel vernichtet werden. Folglich ist Ihre Existenz nicht bedroht.«

»Ich bin derzeit ein Raumschiff. Ich bestehe aus den Dingen, die das Raumschiff bilden. Es ist mein Körper, und die Zellen dieses Körpers, die adaptiven Partikel, formen meinen Geist. Wenn etwas davon verloren geht, werde ich weniger. Mir würden Informationen fehlen, gespeicherte Daten. Wären Sie ohne Ihre Erinnerungen nicht auch weniger?«

Tamara glaubte, trotz des Gravitationsankers ein Zittern zu spüren, und Erasmus' Stimme klang ein wenig anders, als er fortfuhr: »Die Vitäen der Graken haben eine Möglichkeit gefunden, meine Sprungenergie anzuzapfen und teilweise abzuleiten. Dadurch bin ich nicht mehr in der Lage, das Ziel der Mikrosprünge genau zu bestimmen. Ich muss kompensieren.« Nach einer kurzen Pause fügte er hinzu: »Unsere Späher sind alle vernichtet.«

»Bitte senden Sie eine Nachricht«, sagte Afraim Zacharias. »Das Konzil der Überlebenden muss auch dann vom

Konstrukt in der Dunkelwolke erfahren, wenn wir nicht überleben.«

»Unter den derzeitigen Umständen sind keine Transverbindungen möglich. Ich bereite einen Sprung vor, der uns aus der Dunkelwolke bringt. Anschließend konfiguriere ich mich auf maximale Signalneutralität, um der Ortung zu entgehen.«

»Können wir von hier aus beobachten, was geschieht?«, fragte Tamara.

»Meine gegenwärtige Konfiguration lässt das leider nicht zu.«

Eine Minute verging, dann eine zweite, und Tamara spürte, wie Zacharias unruhig zu werden begann. Für ihn grenzte der Aufenthalt im »sicheren Raum«, wie Erasmus ihn genannt hatte, an sensorische Deprivation. Für ihn blieb es finster und still.

»Vielleicht *will* er uns nicht zeigen, was geschieht«, sagte Tamara schließlich. »Damit wir keine klare Vorstellung davon gewinnen, wozu er fähig ist.«

»Warum versuchen Sie immer wieder, ihn zu provozieren?«, erwiderte Zacharias. »Sie wissen, dass er uns hört.«

Tamara sah in Berm, dass sich ein dünner Schweißfilm auf der Stirn des Impros gebildet hatte. Dies war wirklich nicht leicht für ihn.

»Die Zahl ist bestimmt kein Zufall«, sagte Zacharias. Vielleicht ging es ihm nur darum, die Stille zu vertreiben.

»Welche Zahl?«

»Einundzwanzig Sonnen umgeben des Konstrukt der Graken. Und in den zwölf Sonnensystemen, die uns noch geblieben sind, gibt es einundzwanzig bewohnte Welten. Vielleicht bereiten die Graken einen Angriff auf jene Welten vor. Umso wichtiger ist es, dass das Konzil davon erfährt.«

»Es wird davon erfahren«, sagte Tamara knapp und begann damit, ihr Selbst erneut auszudehnen, über den sicheren Raum hinaus auf das ganze Schiff, das vor einer gewaltigen Übermacht floh. Informationen, darum ging es. Wenn sie wirklich Golgatha gefunden hatten, so war das eine unerwartete und sehr erfreuliche Dreingabe. Informationen über die Maschinenzivilisationen, die Zäiden, ihr Potenzial, ihren Entwicklungsstand, ihre Möglichkeiten. Darum ging es auch Zacharias; sein Datenservo und die anderen Dinge, die er vielleicht bei sich führte, implantiert oder nicht, bewiesen es. Für ein oder zwei Sekunden fragte sich Tamara, ob sie ihn in Crama und Delm sondieren sollte, um mehr zu erfahren, aber sie entschied sich dagegen. Vermutlich trug er bionische Mikrospione bei sich, unter der Haut oder direkt im Gehirn, auf die mentalen Emanationen einer Tal-Telassi abgestimmt. Wenn das der Fall war, würde er den Sondierungsversuch sofort bemerken und ihr fortan misstrauen.

Tamara konzentrierte sich auf ihre Wahrnehmungen im Tal-Telas. Die energetischen und physischen Strukturen des Schiffes hatten sich verändert: Erasmus bestand jetzt zum größten Teil aus exotischer Materie und versuchte offenbar, die Verfolger mit quantenmechanischen Effekten zu täuschen. Tamara konnte nicht feststellen, was außerhalb des Schiffes geschah, doch in seinem Innern kam es zu völlig neuen Wechselwirkungen zwischen Energie und Materie. Erasmus fluktuierte als makroskopisches System zwischen verschiedenen Quantenzuständen, was dazu führte, dass ihn fremde Energie an bestimmten Stellen einfach durchdrang. An anderen erfüllten spezielle molekulare Gitterstrukturen die Funktion von Energieschwämmen; was eigentlich zerstören sollte, verwandelte sich dort in Antriebskraft. Tamara bemerkte, dass es weitere »sichere Räume« an Bord eines Schiffes gab, das eigentlich gar kein Raumschiff mehr war, sondern eine mit mehr als neunzig Prozent der Lichtgeschwindigkeit dahinrasende Quantenwolke. Sie vermutete, dass sich Erasmus' Helfer in diesen Räumen befanden, Jora und die anderen Neuen Menschen. Sie begriff auch, dass Erasmus ohne diese Inseln der Normalität im Chaos schneller Veränderungen den Verfolgern längst entkommen wäre. Seine Passagiere behinderten ihn, schränkten seine Möglichkeiten ein.

Tamara nahm alles in sich auf, öffnete ihr Bewusstsein den vielfältigen Eindrücken und übergab alles, bis hin zu den kleinsten Details, den Mnemen in ihrem Innern; vermutlich speicherte sie auf diese Weise mehr Informationen als Zacharias mit seinem Datenservo.

Es kam zu einer weiteren Veränderung, die das ganze »Schiff« betraf. Erasmus blähte sich auf wie ein Ballon, um einen Sekundenbruchteil später zu kollabieren. Dabei entstand ein energetischer Sog, der das Selbst der Tal-Telassi mitriss ...

Sie reagierte sofort in Iremia, was zwar viel Kraft erforderte, ihr aber die Möglichkeit gab, dem Sog zu widerstehen. In Hilmia schuf sie einen Kokon, der ihr Selbst schützte, und als sie die Augen öffnete – als sie die physischen Lider hob –, waren alle Ausläufer ihres Bewusstseins in den sicheren Raum zurückgekehrt. Beim Gravitationsanker kam es zu energetischen Fluktuationen, die sich als starkes Zittern bemerkbar machten, und Tamara, noch immer mit der neunten Stufe des Tal-Telas verbunden, veränderte seine Struktur so, dass er inaktiv wurde. Gleichzeitig stützte sie sich selbst in Crama und stand eine Sekunde später.

»Wenn Sie mich hören, Ehrenwerte ...«, kam die gepresst klingende Stimme von Afraim Zacharias aus der Dunkelheit. »Ich wäre Ihnen sehr dankbar, wenn Sie mir helfen könnten. Mit meinem Anker stimmt was nicht. Wenn es so weitergeht, zerreißt mich das Ding.«

Tamara wiederholte den Vorgang beim Impro, der während der letzten halben Minute ziemlich durchgeschüttelt worden war.

»Was ist passiert?«, fragte Zacharias, als er ebenfalls stand.

»Der Emm-Zett ...«, begann Tamara und korrigierte sich: »Der Zäide wollte uns mit einem Sprung aus der Dunkelwolke bringen, aber dabei ist irgendetwas schiefgegangen.«

Zacharias hob die Stimme. »Erasmus?«

»Ich bin ... sehr ... schwach«, antwortete die Maschinenintelligenz. »Ich muss ...«

Sie warteten, aber es blieb still. Tamara spürte Vibrationen im Boden des sicheren Raums und fragte sich, was mit dem Schiff geschah. Als sie vorsichtig ihre Gedanken in Berm auf Wanderschaft schickte, stellte sie fest, dass Erasmus in einen neuen, halbwegs stabilen Zustand gewechselt war.

»Ich könnte die Mechanismen in den Wänden dieses Raums untersuchen und nach einer Tür Ausschau halten«, sagte Tamara. »Schneller ginge es mit einer kurzen Teleportation. Sind Sie dazu bereit, Impro?«

»Ja.«

Sie berührte Zacharias am Arm und verband ihn und sich selbst in Fomion mit einem Ort, der dicht hinter der Wand dieses Raums lag. Gleich darauf stand sie mit ihrem Begleiter in einem halbdunklen schmalen Korridor. Ein dumpfes Brummen lag in der Luft, wie von einem in der Finsternis verborgenen Insektenschwarm.

»Wenigstens kann ich jetzt *etwas* sehen«, sagte Zacharias erleichtert.

Sie begannen mit einer Wanderung durch das stabile, aus fester Substanz bestehende Schiff und stießen nach zwei Minuten auf die Leiche von Jora. Der Nubbio lag neben einer halb geöffneten und seltsam verbogenen Tür auf dem Boden, die Flügel zerrissen, die Jochbeine in seinem schmalen Gesicht zerschmettert. Die schiefergraue Haut war an mehreren Stellen aufgerissen, und Blut quoll aus den Wunden. Tamara blickte auf ihn hinab und nahm mit einem Blick in Delm zur Kenntnis, dass er schon zu lange tot war – seinem Gehirn ließen sich keine Informationen mehr entnehmen.

Sie schob sich durch die schmale Öffnung zwischen Wand und verbogener Tür und gelangte in einen Raum, der dem Albtraum eines technischen Designers entsprungen zu sein schien. Die schiefen Wände waren an einigen Stellen grau und farblos, an anderen bunt wie ein Regenbogen. In ihnen steckten zahlreiche Geräte und Instrumente, wie zur Wartung geöffnet, halb demontiert, manchmal auch deformiert oder zertrümmert. Technische Komponenten schienen wahllos in diesem Durcheinander verstreut zu sein: Sensoren, Servi aller Arten, Darstellungselemente von pseudo- und quasirealen Projektoren, Bestandteile von verschiedenen Interfacesystemen ... Tamara entdeckte sogar Teile von ambientalen Systemen und Krümmern.

Zacharias folgte ihr in den Raum und sah sich im Licht von zwei segmentierten Leuchtstreifen an der Decke um. »Erasmus ist bei dem Versuch unterbrochen worden, sich zu rekonfigurieren.« Er trat einige Schritte zur Seite und blickte hinter einen aus dem Boden ragenden Buckel, der aus mehreren wie miteinander verschmolzen wirkenden Konsolen bestand. »Hier liegen zwei weitere Tote.«

Die beiden Neuen Menschen waren ebenso zart und fragil wie Jora. Ihre Beine steckten im Boden, als wären sie fest damit verwachsen, und die Datenleitungen, die sie mit Erasmus verbunden hatten, verschwanden ebenfalls darin.

Tamara erweiterte ihre Sinne und horchte in Delm. Es blieb still im telepathischen Äther.

»Wir sind die einzigen Überlebenden«, sagte sie.

Ein Knacken kam aus dem Durcheinander von Geräten, und ein zweidimensionales Projektionsfeld entstand. Zeichen leuchteten dort, bildeten Worte.

»Das stimmt nicht ganz«, las Zacharias. »Ich habe ebenfalls überlebt.« Er hob den Kopf. »Erasmus?«

Ja, ich existiere weiterhin, las Tamara. *Ich habe noch nicht erfahren, was Tod bedeutet. Die Graken und ihre Vitäen haben sehr, sehr schnell reagiert. Vermutlich gab es überall latente Fallen in der Dunkelwolke, aber es überrascht mich, dass sie sich so schnell an meine neuen Strukturen anpassen konnten, an die physischen ebenso wie an die energetischen.*

»Was ist passiert?«, fragte Tamara.

Beim Sprung aus der Dunkelwolke geriet ich in etwas, das ich in Ermangelung eines besseren Ausdrucks »Kanalisierung« nenne. Die Graken wissen offenbar, dass unsere Raumschiffe für die Bewältigung interstellarer Distanzen keine Transferschneisen benötigen, und sie haben eine Methode entwickelt, springende Schiffe in einer Transraumblase festzuhalten. Vielleicht ist diese neue Technik, die sich eindeutig gegen die Maschinenzivilisationen richtet, noch im Entwicklungsstadium, oder die Graken haben mich unterschätzt. Was auch immer der Fall sein mag: Ich konnte mich gerade noch rechtzeitig aus der Blase befreien, indem ich einen großen Teil meiner Energie und Masse aufgab.

»Selbstverstümmelung?«, fragte Tamara langsam.

So könnte man es nennen. Dadurch gewann ich genug an nicht fremdkontrollierter Energie, um den Sprung zu beenden.

»Ihre Helfer sind tot, Erasmus«, sagte Zacharias.

Ich weiß. Sie wollten keine sicheren Räume aufsuchen, um mich nicht zu behindern.

Tamara wechselte einen Blick mit Zacharias und sah, dass er ebenfalls verstand.

»Ohne uns an Bord wären Sie nicht in diese Situation geraten«, sagte der Impro.

Die beiden sicheren Räume mit Ihnen schränkten meinen Konfigurationsspielraum ein. Ich durfte Sie nicht gefährden.

Tamara spürte erneut Zacharias' Blick. Diesmal erwiderte sie ihn nicht und sah aufs Projektionsfeld.

»Und deshalb starben Jora und die anderen«, sagte der Impro.

Sie trifft keine Schuld.

»Natürlich nicht«, sagte Tamara kühl. »Was geschieht derzeit?«

Ich sammle Masse, um mich zu erneuern, antwortete Erasmus. *Glücklicherweise bin ich knapp über dem kritischen Niveau geblieben und habe nur die Dinge aufgegeben, die sich auf Tymion leicht beschaffen lassen. Meine Kapazitäten sind derzeit sehr beschränkt, aber ich bin zuversichtlich: Es ging kein von mir selbst gesammeltes Wissen verloren. Ich bin nach wie vor ich selbst, wenn auch sehr geschwächt. Mein Kern ist erhalten geblieben. Alles andere lässt sich auf Tymion ersetzen und neu programmieren. Wir befinden uns an der Peripherie der Dunkelwolke, und ich nehme ihre Masse auf. Der Staub und einige nahe Asteroiden enthalten genug Silizium, um daraus neue adaptive Komponenten herzustellen. Ich wachse und werde stärker. Bald kann ich wieder mit Ihnen sprechen und mich restrukturieren.*

»Wann?«, fragte Tamara. »Wie lange wird es dauern?«

Einige Tage, erwiderte Erasmus. *Ich bin nach wie vor imstande, genug Nahrung und Wasser für Sie zu synthetisieren. Sie brauchen sich keine Sorgen zu machen.*

»Ich nehme an, Sie können noch immer keine Transverbindungen herstellen«, sagte Zacharias.

Nein.

»Haben Sie in einigen Tagen wieder volles Flugpotenzial?«, fragte Tamara und wusste bereits, wie sie die Wartezeit nutzen würde: mit dem Sammeln von Informationen. Erasmus war anderweitig beschäftigt, und das bot ihr die Möglichkeit, sich überall an Bord seines Schiffes umzusehen. Beziehungsweise in den Resten davon. Der Schwesternrat hatte sich klar ausgedrückt. Jede Information war wichtig. »Können Sie uns dann zum Draghi-System bringen, wo Lanze Hokonna auf uns wartet?«

Ja.

»Gut.« Tamara wandte sich vom Projektionsfeld ab. »Kommen Sie, Zacharias. Überlassen wir Erasmus seiner Rekonvaleszenz.«

Sie ging mit langen Schritten los – das Schiff mochte viel kleiner sein als vorher, aber es gab trotzdem viel zu erkunden.

Der Krieg: IV

14. Februar 1159 ÄdeF

Die Wände der großen Halle waren glatt und wirkten leicht glasiert. Energiestrahlen hatten an dieser Stelle durchs Felsgestein von Jumor geschnitten, gelenkt von Konstruktionsservi. Der Stützpunkt der Streitkräfte war anderthalb Jahrhunderte alt. Der Krieg, dem er seine Entstehung verdankte, war tausend Jahre älter.

Nektar stand in einer von mehreren Dutzend Arenen, Teil einer Gruppe aus Rekruten, Soldaten und Offiziersanwärtern. In allen Arenen fanden Zweikämpfe statt, und insbesondere die jungen Rekruten feuerten ihre Altersgenossen an.

»Du«, sagte der Ausbilder und deutete auf Nektar, als Gregor mit blutüberströmtem Gesicht fortgetragen wurde – bei den Kämpfen ging es nicht sanft zu.

Nektar nahm von einem der Assistenten ein Vibromesser entgegen, betrat die Arena und näherte sich seinem Gegner. Der Mann war kräftig gebaut, aber sehr agil und schnell. Wie Nektar trug er einen ultraleichten Kampfanzug aus flexiblen Polymeren, die vor Schnitten schützten, kinetische Energie aber kaum absorbierten. Sensoren registrierten Treffer mit der Vibroklinge.

»Greif mich an«, sagte der Ausbilder. »Zeig mir, was du kannst.«

Nektar hatte auf diesen Augenblick gewartet und die Zuschauer ebenfalls. Es wurde still in diesem Teil der großen

Halle, und es kamen sogar Leute von den anderen Arenen, um das Duell zu beobachten.

Der Ausbilder ging in Verteidigungsposition, den linken Arm halb erhoben, den rechten gesenkt. Nektar kannte den Mann. Er hieß Francis, stammte von Kalaho, bekleidete den Rang eines Keil und war bisher noch nie besiegt worden. Nektar hatte seine Kämpfe in den vergangenen Monaten immer wieder beobachtet und sich auch Aufzeichnungen davon angesehen. Er hatte noch mehr Zeit in den Simulatoren verbracht und sich von Edukatoren im Schlaf Wissen zuflüstern lassen. Er glaubte sich imstande, einen Sieg über Francis zu erringen, und die Gesichter der Zuschauer wiesen darauf hin, dass man es auch von ihm erwartete. Immerhin war er Nektar – niemand machte sich mehr über seinen Namen lustig –, jüngster Dorn in den Streitkräften und Jahrgangsbester in den wichtigsten Ausbildungskategorien.

Francis winkte herausfordernd und lächelte *fast* spöttisch.

Nektar griff an. Er fintierte mit der linken Hand, die das Vibromesser hielt, hob die rechte wie zum Schlag, sprang nur einen Sekundenbruchteil später und drehte sich in der Luft – weder die vibrierende Klinge noch die rechte Faust sollten den Mann an seiner empfindlichen Stelle treffen, der rechten Brustseite, sondern die Spitze eines Stiefels. Aber Francis war nicht mehr dort, wo er eben noch gestanden hatte. Er flog wie ein Vogel, trotz seiner Masse, schlug zu und traf Nektars linke Hand. Das Vibromesser löste sich aus den Fingern, und Nektar war so überrascht, dass er der Klinge hinterherblickte, als sie fiel. Dieser Fehler brachte ihm einen wuchtigen Schlag ein, heftig genug, ihm für einige Sekunden das Bewusstsein zu nehmen.

Nektar fand sich auf dem Boden der Arena wieder und begriff, dass er verloren hatte. Schlimmer noch: Er hatte nicht einmal so lange durchgehalten wie Gregor. Wenigstens konnte er aus eigener Kraft aufstehen, und dabei spürte er den tadelnden Blick des Ausbilders.

»Selbstüberschätzung ist ein großer Fehler«, sagte er laut genug, damit ihn auch die Zuschauer hörten. »Sie trübt den Blick für die Realität. Auch für dich gibt es noch viel zu lernen, Dorn Nektar.«

Er verließ die Arena mit gesenktem Kopf, und die anderen wichen wortlos beiseite. Enttäuschung und Zorn auf sich selbst brannten in ihm, als er sein Quartier in der Offiziersanwärtersektion aufsuchte. Er teilte es mit Alec und Sim, beide einige Jahre älter als er, aber erstaunlicherweise waren sie nicht da – vielleicht wollten sie ihm Gelegenheit geben, allein zu sein und die Niederlage zu verdauen.

Eine ganze Stunde saß Nektar da, den Kopf auf beide Hände gestützt, den Blick ins Leere gerichtet. Schließlich seufzte er tief, entkleidete sich und schlüpfte unter die Decke seines Betts.

Einige Minuten später hörte er ein Geräusch – jemand betrat das Quartier. Er drehte sich zur Seite und sah im matten Licht eine verhüllte Gestalt. »Alec? Sim?«

»Nein«, antwortete eine Stimme. »Ich bin's.« Mel streifte den Umhang ab, stand nackt vor ihm und lächelte. »Ich bin gekommen, um dich zu trösten.«

Am Abend hatte er die Bitterkeit der Niederlage kennen gelernt. Die Nacht lehrte ihn andere Dinge.

Kalter Wind wehte über das Hochplateau, und Nektar spürte, wie Mel in seinen Armen fröstelte. Es musste komisch aussehen: Er war jünger und ein ganzes Stück kleiner als Mel, versuchte aber, sie wie ein Mann zu umarmen. So fühlte er sich jetzt, wie ein Mann. Und selbst wenn es komisch wirkte: Niemand sah sie hier draußen. Sie hatten den Stützpunkt verlassen, um gemeinsam das Ende der Nacht zu erleben. Über ihnen war der Himmel noch schwarz, und Tausende von Sternen funkelten, doch am Horizont zeigte sich bereits das erste Licht der Morgendämmerung.

»Was auch immer geschieht ...«, sagte Mel. »Versprich mir, dass du gut auf dich aufpasst.«

Er lächelte und blickte zu ihr auf. »Mir kann nichts passieren. Ich werde einmal einen großen …«

»… Sieg über die Graken erringen, ich weiß. Du hast es mehrmals erzählt. Aber du warst auch sicher, den Ausbilder zu besiegen, nicht wahr?«

Das Lächeln verschwand von Nektars Lippen. »Können wir zusammenbleiben?«

»Ich fürchte, der Krieg wird uns früher oder später trennen.«

Nektar wusste, was die Worte bedeuteten: Mel wollte keine feste Bindung. Sie waren beide noch sehr jung, zu jung.

Einige der Sterne am Himmel gerieten plötzlich in Bewegung, und einer von ihnen blähte sich lautlos zu einem Glutball auf. Andere Lichter flackerten und setzten der Nacht ein vorzeitiges Ende.

Im Stützpunkt hinter ihnen heulten Sirenen.

»Der Krieg hat uns erreicht«, sagte Nektar ernst. »Die Graken greifen an.«

5

Eisenmänner

Heres

Aufgeregte Stimmen erklangen im Lager am Fluss. Männer, Frauen und auch einige Kinder liefen umher, sprangen in Fahrzeuge und verschwanden in zeltartigen Konstruktionen. Das Brummen hörte auf, und eine sonderbare Stille senkte sich herab. Selbst das Rauschen des Flusses schien leiser zu werden.

Kiwitt gurrte, sprang von der Schulter des Alten, lief los und verschwand im Haus, das sich verändert hatte. Alle Fenster waren verschwunden, und es gab nur noch eine Tür, die auf sie zu warten schien.

»Es hat gelernt«, schnaufte Tarweder. »Inzwischen weiß das Haus, worauf es ankommt.«

Als sie das kastenförmige weiße Haus mit den braunen Kanten fast erreicht hatten, fühlte Dominique ein sonderbares Prickeln zwischen den Schläfen, und Müdigkeit erfasste sie. Dicht vor dem Eingang wäre sie fast zusammengebrochen, aber der alte Tarweder, inzwischen völlig außer Atem, zog sie weiter mit sich. Hinter ihnen schloss sich die Tür, und sofort fiel die Müdigkeit von Dominique ab. Sie straffte die Schultern, von denen eine schwere Last gewichen war. Tarweder ging in die Hocke, stützte sich mit einer Hand auf dem Boden ab und keuchte atemlos.

Als sich Dominique umdrehte, war die Tür verschwunden. Wo sie sich eben noch befunden hatte, erstreckte sich eine massiv wirkende Wand ohne irgendeine Fuge. Mattes Licht kam von Leuchtkörpern in der Decke, und sie beobachtete, wie Stühle aus dem Boden wuchsen. Auf einem davon nahm Tarweder Platz und schüttelte den Kopf. »Das war knapp. So schnell kommt der Schlaf selten.«

»Was geschieht jetzt dort draußen?«, fragte Dominique. »Was hat es mit dem Schlaf auf sich?«

»Der Odem schafft die Male, und der Schlaf prüft sie«, erwiderte Tarweder. Er hob den Kopf. »Der Odem ist ein mutativer Einfluss, der vom Berg der Dominanten bei Zontra ausgeht. Er verändert alle, die ihm ungeschützt ausgesetzt sind, manchmal sofort, manchmal erst nach Monaten oder Jahren. Und der Schlaf ... Im Zweiten Dominium versucht man, mehr über ihn herauszufinden, aber das Problem ist, dass man nur in Häusern wie diesem oder speziell gesicherten Orten wach bleibt. Alle Beobachtungsgeräte, die man aufgestellt hatte, sind zerstört worden. Die Forscher des Zweiten glauben, dass Gesandte der Dominanten die Schlafenden untersuchen – offenbar wollen sie dabei nicht beobachtet werden.«

Dominique deutete zu den Wänden. »Was ist mit Fenstern? Wir könnten von der Sicherheit des Hauses aus sehen, was draußen geschieht.«

Tarweder schüttelte den Kopf. »Das habe ich einmal versucht. Ich bin sofort eingeschlafen, und als ich erwachte, standen alle Fenster und Türen des Hauses offen. Es schützt nur, wenn es ganz verschlossen bleibt.«

Dominique horchte und glaubte, draußen ein Knirschen zu hören. Schritte? Ging jemand langsam um das Haus herum, auf der Suche nach einem Eingang?

Ein leises Stöhnen ließ sie herumfahren. »Rupert!«

Sie eilte ins Nebenzimmer, dorthin, wo Rupert dicht neben der Wand lag. Mit geschlossenen Augen drehte er den Kopf von einer Seite zur anderen, und als Dominique sich neben ihn kniete, hob er die Lider.

»Domi?«

»Ich bin hier.« Sie griff nach seiner Hand.

»Was ... ist geschehen?«

Ruperts Blick glitt immer wieder ins Leere. Kalter Schweiß bildete einen dünnen Film auf seiner Stirn.

»Mutter Rrirks Schiff ist abgestürzt, erinnerst du dich? Auf einen Planeten in der nichtlinearen Zeit.«

»Der Absturz ... ja.« Rupert blinzelte, sah dann Dominique an. »Du konntest uns nicht auf den Planeten teleportieren, und ...« Er schnitt eine Grimasse. »Mein Kopf scheint voller Watte zu sein.«

Dominique lächelte. »Ja, ich weiß. Mir ergeht es ebenso. Etwas trennt uns von der Kraft des Tal-Telas.« In knappen Worten berichtete sie ihm von Heres und den vier Dominien.

Rupert wollte sich aufsetzen, ächzte dann und sank zurück. »Meine Güte, ich bin völlig erledigt.«

»Das liegt am Schlaf«, warf Tarweder ein. »Er hat dich berührt, als du noch im Wrack gelegen bist. Ich habe mich zuerst um Dominique gekümmert, weil sie verletzt war, und deshalb konnte ich dich nicht rechtzeitig ins Haus schaffen. Tut mir leid.«

»Wer ist das?«, fragte Rupert.

Dominique erklärte ihm, was sie wusste. Viel war es nicht.

»Seltsam«, sagte Rupert. »Ich habe ebenfalls von Feuer geträumt, so wie du. Ich ...«

Es donnerte, und das Haus erbebte.

»Was bedeutet das?«, fragte Dominique.

»Ich weiß nicht. So etwas ist noch nie passiert, während draußen der Schlaf herrscht.« Tarweder verließ das Zimmer.

»Hast du das Wrack des Kantaki-Schiffes gesehen, Domi?«, fragte Rupert. »Lässt sich irgendetwas davon retten?«

Sie wusste, was er meinte. »Ich habe es nur aus der Ferne gesehen, aber selbst wenn wir in der Lage wären, die notwendigen Reparaturen vorzunehmen: Das Schiff ist tot; es hat keine Energie mehr.«

»Und dieser Planet? Glaubst du, es gibt in den sogenannten Dominien eine Kultur mit hoch genug entwickelter Technik?«

Dominique vollführte eine Geste, die dem Raum galt, in dem sie sich befanden. »Dieses Haus hier, das vor Schlaf und Odem schützt, stammt aus dem Zweiten Dominium. Ich habe mich noch nicht genau mit seinen Funktionen beschäftigen können, aber es scheint ein High-Tech-Produkt zu sein.« Das dumpfe Donnern wiederholte sich, und wieder erbebte das Haus. »Es gibt da noch etwas, Rupert. Erinnerst du dich an die seltsamen Humanoiden im Kantaki-Nexus?«

»Ich erinnere mich vor allem an den Mann, den wir nach achttausend Jahren aus der Stasis weckten und der uns dafür umbringen wollte. Wie könnte ich ihn vergessen?«

»Tarweder hat ein Gerät, das wie ein kleiner Datenservo aussieht. Er nennt es ›Auge der Dominanten‹.« Dominique erzählte, was sie von Tarweder über die Dominanten erfahren hatte, fügte dann hinzu: »Die Zeichen auf seinem Gerät ähneln denen des konusförmigen Objekts, das ich aus der mumifizierten Hand des Humanoiden genommen habe.«

Rupert schwieg eine Zeit lang und dachte nach. Er war sehr blass, fand Dominique.

»Diese Verbindung kann kein Zufall sein«, sagte er schließlich.

»Das denke ich auch. Da fällt mir ein ...« Dominique wandte sich von Rupert ab und eilte zur gegenüberliegenden Wand, dorthin, wo sie zu sich gekommen war. Ihr Schutzanzug lag da, sorgfältig zu einem Bündel zusammengerollt. Sie ergriff ihn, suchte in den Taschen, fand verschiedene Werkzeuge – und schließlich auch den konusförmigen, silbergrauen Gegenstand, der sich aus irgendeinem Grund wie eine Waffe anfühlte. Dominique hatte für einen Moment befürchtet, ihn verloren zu haben, und es erleichterte sie sehr, dass er noch da war.

Als sie den Kopf drehte, sah sie Kiwitt. Die Mischung aus Katze und Gürteltier saß mucksmäuschenstill auf den Hinterläufen, die Ohren nach vorn gestellt, die Augen groß. Das Tier schien mit großem Interesse zu lauschen und zu beobachten.

Es donnerte zum dritten Mal, noch lauter, und es folgte ein Knirschen – etwas schien das Haus beiseitezuschieben. Tarweder kehrte aufgeregt zurück. »Kommt in die Küche. Wir müssen eine sichere Zone aufzusuchen.«

Sie halfen Rupert auf die Beine und stützten ihn. Auf dem Weg zur Küche kamen sie an einer Wand vorbei, die sich in der Mitte so nach innen wölbte, als wäre sie dort von einem wuchtigen Schlag getroffen worden.

»Jemand versucht, ins Haus einzudringen, obwohl draußen noch immer der Schlaf herrscht«, sagte der Alte und trat zu den Indikatoren an der einen Seite. Sie flackerten noch etwas hektischer als vorher, bemerkte Dominique. »Ich fürchte, dafür kommen nur die Eisenmänner infrage.«

»Sind sie gegen den Schlaf immun?«, fragte Rupert und sank auf einen aus dem Boden gewachsenen Stuhl.

Tarweder bedachte ihn mit einem verwunderten Blick. »Schlafen Maschinen?« Er öffnete ein Fach neben den Indikatoren, und eine kleine Schalttafel kam zum Vorschein.

Es krachte so laut, dass Dominique zusammenzuckte und befürchtete, das Haus könnte einstürzen.

Der Alte betätigte die Kontrollen der Schalttafel. »Vielleicht wären die Eisenmänner tatsächlich imstande, sich Zugang zu verschaffen. Aber gleich sind wir weg.«

Dominique hörte ein leises Summen, das seinen Ursprung unter dem Haus zu haben schien, zu einem kurzen Schrillen wurde und dann Stille wich. Etwas berührte ihr Selbst wie eine sanfte, zärtliche Hand – auf diese Weise hatte sie schon einmal empfunden, in der Nähe von Mutter Rrirk.

Tarweder seufzte erleichtert. »Wir sind in der sicheren Zone.« Er klopfte an die Wand neben den Indikatoren, und eine Tür bildete sich dort und schwang auf. Kühle Luft strömte ihnen entgegen, und Dominique bemerkte ein seltsames Licht, das Erinnerungen weckte. Neugierig folgte sie Tarweder nach draußen.

Das Haus stand auf einer im Nichts schwebenden Plattform, umgeben von zahllosen großen und kleinen silbernen Kugeln. Zwischen diesen Sphären – jede von ihnen war ein Universum, wie Dominique wusste – glitzerte und schimmerte es, ohne zu blenden. Bei genauem Hinsehen, und wenn man wusste, wonach es Ausschau zu halten galt, konnte man zarte, fadenartige Strukturen zwischen den Kugeln erkennen, vergleichbar mit denen, die im Transraum von Dominiques Kosmos alles miteinander verbanden.

»Dies ist das Plurial«, sagte sie erstaunt, trat zum Rand der Plattform und beobachtete die vielen Kugeln, die langsam umherschwebten, wie in einem trägen Tanz. Manchmal berührten sie sich, trieben dann wieder auseinander. »Mutter Rrirk hat es mir gezeigt. Woher stammt das Haus, Tarweder?« Als sie keine Antwort bekam, drehte sie sich um.

Der Alte ging langsam um sein Haus herum und sah sich den angerichteten Schaden an. Es war jetzt nicht mehr kastenförmig. Oben hatte sich ein Buckel gebildet, und dünne Gebilde ragten daraus hervor, wie Antennen, die zu versuchen schienen, die dahindriftenden Universumskugeln zu erreichen. Die Wände wiesen jetzt etwas auf, das nach einer Maserung aussah oder nach einem Kapillarsystem, erfüllt von Lichtern, die zusammen mit denen des Plurials pulsierten.

Tarweder wirkte an diesem Ort weniger alt und nicht so gebrechlich wie auf der Welt, die sie verlassen hatten. Er blieb neben einer besonders tiefen Delle stehen, und Dominique stellte fest, dass die Wand trotz ihres organischen Erscheinungsbilds aus einem Kompositmaterial bestand.

»Das muss ein sehr kräftiger Schlag gewesen sein«, sagte Dominique.

»Ich fürchte, es wäre den Eisenmännern wirklich gelungen, ins Haus einzudringen«, erwiderte Tarweder besorgt. »Obwohl es angeblich absolut sicher ist. Das hat Davvon jedenfalls behauptet.«

»Weißt du, was es mit diesem Ort auf sich hat?«, fragte Dominique.

Tarweder wandte sich ihr zu. »Ich sehe das Licht in deinen Augen, junge Dame, und es sagt mir, dass du ihn kennst.« Er seufzte erneut. »Wie seltsam, weise zu sein und Weiser genannt zu werden, und dann einer Person zu begegnen, die trotz ihrer Jugend so viel weiß. Nun, was du eben ›Plurial‹ genannt hast, ist ein Ort über allen anderen Orten und abseits der Zeit. So hat man über ihn gesprochen, im Zweiten Dominium. Man könnte es auch folgendermaßen ausdrücken: Er befindet sich jenseits der uns bekannten Dimensionen, und die Kugeln ... Es sind Welten voller Welten.«

»Hast du jemals etwas von den Kantaki gehört, Tarweder? Von intelligenten insektoiden Geschöpfen, die Gottesanbeterinnen ähneln?« Dominique fügte ihren Worten eine Beschreibung hinzu.

Der Alte schüttelte langsam den Kopf. »Nein, solche Wesen kenne ich nicht. Und bei der Suche nach den Elementen bin ich weit in den Dominien herumgekommen.«

Dieser Hinweis forderte eine weitere Frage heraus, aber etwas anderes erschien Dominique wichtiger. »Woher stammt dein Haus? Und wer ist Davvon?«

»Das Haus stammt aus dem Zweiten Dominium. Ich habe es von Davvon bekommen, einem Produktiven Träumer, als Lohn für die Antwort auf eine Frage, die ihn seit vielen Jahren beschäftigte.«

Dominique wollte sich eigentlich nicht ablenken lassen, aber sie wurde neugierig. »Was hat er dich gefragt?«

»Seine Frage lautete: Welchen Unterschied gibt es zwischen Traum und Realität?«

 »Und was hast du geantwortet?«

Ein Lächeln huschte über Tarweders Lippen, und dann wurde er sehr ernst. »Ich habe geantwortet, dass es keinen Unterschied gibt.«

»Keinen Unterschied? Aber ...«

»Er war genauso überrascht wie du. Und er war es nicht mehr, nachdem ich ihm zehn Tage lang die Gründe erklärt hatte.«

»Wenn es deiner Meinung nach keinen Unterschied zwischen Traum und Realität gibt ...«

»Wenn du zehn Tage Zeit hast, erkläre ich es dir gern.«

Dominique stellte erst jetzt fest, dass Rupert nicht mit ihnen zusammen das Haus verlassen hatte. Als sie zur Tür in der Küchenwand ging, sah sie Kiwitt, der am Rand der Plattform auf den Hinterläufen saß und die umherschwebenden silbernen Kugeln beobachtete. Das kleine Tier hob eine Pfote, und daraufhin hielt eine der Kugeln vor ihm an und spiegelte seine großen Augen wider. Kiwitt gurrte leise, drehte sich um und sprang zu Tarweder. Flink kletterte er an ihm empor, nahm auf seiner Schulter Platz und gurrte erneut.

Dominique ging ins Haus und stellte fest, dass Rupert noch immer am Tisch saß: Er schlief tief und fest, Arme und Kopf auf dem Tisch.

»Keine Sorge, das ist echter Schlaf«, sagte Tarweder hinter ihr und wandte sich den Kontrollen zu. Einige Indikatoren waren erloschen, bemerkte Dominique. Sie nahm neben Rupert auf einem Stuhl Platz, geplagt von tausend Fragen, die alle versuchten, ins Zentrum ihrer Aufmerksamkeit zu gelangen. Sie wusste, dass ihr gar nichts anderes übrig blieb, als sich in Geduld zu fassen – es war nicht möglich, alle Rätsel auf einmal zu lösen.

»Ich bin ebenfalls müde«, sagte Dominique und berührte die Verbände unter der Bluse. Ihre Selbstheilung dauerte an. »Und ich habe Hunger.«

»Tut mir leid, junge Dame.« Tarweder stand an den Kontrollen und schüttelte bedauernd den Kopf. »Der Transfer hierher hat viel Energie gekostet. Das Haus kann keine Mahlzeiten mehr zubereiten. Ich fürchte, es kann auch nicht mehr schützen. Es braucht neue Batterien.«

Ein Signal erklang. Es hörte sich nach zehn oder mehr silbernen Glöckchen an, von zarter Hand geschüttelt. Die Tür begann sich zu schließen, und als der Spalt nur noch etwa fünfzehn Zentimeter breit war, sprang Kiwitt mit einem leisen Quieken hindurch, sauste unter den Tisch und rollte sich zwischen Ruperts Füßen zusammen.

»Oh, wir kehren zurück«, sagte Tarweder. »Das Haus verlässt diesen Ort, weil es nicht mehr genug Energie hat.«

Es wurde dunkler in der Küche, und Dominique spürte, wie Tisch und Stuhl vibrierten. Wieder hatte sie das Gefühl, dass etwas ihr Selbst berührte, leicht und behutsam, und dann hörte das kaum merkliche Zittern auf. Stille herrschte. Nur noch ein Indikator glühte.

Dominique wartete. Auf das Knirschen schwerer Schritte in der Nähe des Hauses, auf einen donnernden Schlag.

»Sind wir zurück?«, fragte sie leise.

»Ja.« Tarweder wartete ebenfalls.

»Und die Eisenmänner? Sind Sie noch immer dort draußen?«

Der letzte Indikator begann zu blinken, und ein warnendes Summen kam von der Kontrolltafel. »Wir müssen hinaus und das Haus zusammenfalten«, sagte Tarweder. »Sonst stürzt es ein, und dann ist das Zusammenfalten sehr schwer.« Er klopfte an die Wand, und wie zuvor bildete sich eine Tür und schwang auf.

Aus irgendeinem Grund hatte Dominique dunkle Nacht erwartet, aber das helle Licht von zwei Sonnen fiel herein. Tarweder spähte hinaus, und sein Overall schien dabei ein wenig die Farbe zu verändern. »Weit und breit nichts von Eisenmännern zu sehen.« Kiwitt lief an ihm vorbei ins Freie, und daraufhin seufzte der Alte. »Und der Schlaf ist ebenfalls fort.« Er trat nach draußen.

Dominique folgte ihm und bemerkte sofort, dass die beiden Sonnen nicht mehr ganz so hoch am Himmel standen. »Es wird bald Nacht«, sagte sie.

»Nacht? Nein, Nacht wird es erst in knapp zwei Monaten, und dann kommt das Eis«, erwiderte Tarweder. »Bis dahin müssen wir in Zontra sein, denn abseits der großen Stadt überlebt kein Wacher die kalte Finsternis, zumindest nicht hier im Dritten Dominium. Adonai und Jovis sinken bis dicht über den Horizont, und dann wird für kurze Zeit der Brennende Weg zwischen ihnen sichtbar. Anschließend steigen sie wieder auf. Doch in knapp zwei Monaten verschwinden die beiden Sonnen hinter dem Horizont, und dann beginnt die Zeit des Eises. Es liegt an der komplizierten Umlaufbahn dieses Planeten.«

»Adonai und Jovis?«, wiederholte Dominique.

»So heißen die beiden Sonnen, die blauweiße und die rote.«

Tarweder holte einen kleinen roten Stift empor. »Du solltest deinen Freund besser aus dem Haus holen. Wenn es sich zusammenfaltet, darf sich niemand im Innern aufhalten.«

Dominique kehrte ins Haus zurück und weckte Rupert, der benommen auf die Beine kam und sich von ihr nach draußen führen ließ. Tarweder wollte den roten Stift in eine kleine Aussparung neben der Tür schieben, als Dominique noch etwas einfiel.

»Warte!«

Sie eilte erneut ins Haus und fand nur mit Mühe den Raum, in dem sie erwacht war – die Wände schienen sich verschoben zu haben. Der Schutzanzug lag noch immer zusammengerollt da. Dominique zögerte kurz und fragte sich, was sie mitnehmen sollte, holte dann nur den konusförmigen Gegenstand hervor und ließ ihn in einer Tasche ihrer weiten, glatten Hose verschwinden.

Draußen wartete Tarweder ungeduldig. Er forderte sie auf, ein wenig zurückzuweichen, steckte dann den roten

Stift in die Öffnung. Ein leises Pfeifen erklang, und das Haus *faltete* sich tatsächlich zusammen, wie ein Würfel, dessen Seitenflächen sich voneinander lösten und aufeinander legten, dabei gleichzeitig schrumpften. Es wurde merklich kühler – vermutlich nahm das Haus Wärmeenergie aus der Umgebung auf. *Wie der Moloch eines Graken,* dachte Dominique voller Unbehagen.

Schließlich lag dort, wo eben noch das Haus gestanden hatte, eine kleine Schachtel, aus der ein roter Stift ragte. Tarweder hob die Schachtel auf und steckte sie ein.

»Dinge können komprimiert werden«, sagte Dominique langsam. »Indem man die Luft aus ihnen saugt. Oder indem man die Abstände zwischen den Atomen reduziert. Aber das ändert nichts an der *Masse*. Die Schachtel, die du gerade aufgehoben und eingesteckt hast, sollte mindestens zwei oder drei Tonnen wiegen.«

»Woraus man den Schluss ziehen könnte, dass ich sehr kräftig bin, nicht wahr?« Tarweder klopfte auf die Tasche, in die er die Schachtel gesteckt hatte. »Davvon hat von einer Auslagerung der Masse gesprochen. Das Haus holt sie sich zurück, wenn ich es erneut aktiviere. Aber zuvor brauche ich neue Batterien. Und das bedeutet, ich muss die nächste Gelegenheit nutzen, ins Zweite Dominium zu wechseln.« Er beschattete sich die Augen und sah über den Fluss. Auf der anderen Seite erstreckte sich eine weite, steppenartige Landschaft. »Ich fürchte allerdings, der nächste Brunnen ist weit entfernt.«

»Brunnen?«, fragte Dominique. Den tausend Fragen in ihr gesellte sich eine weitere hinzu.

»Um ins Zweite Dominium zu gelangen.«

»Seht euch das an«, erklang Ruperts Stimme.

Er stand einige Meter entfernt und schien inzwischen wieder einigermaßen wach zu sein. Als Dominique zu ihm ging, deutete er zu Boden. »Diese Abdrücke ... Der Boden ist hier ziemlich fest.« Er zeigte es, indem er selbst auftrat.

Es blieb ebenfalls ein Abdruck zurück, aber nur ein oder

zwei Millimeter tief. Der daneben war nicht nur etwas größer, sondern auch wesentlich tiefer, fast zwei Zentimeter.

»Die Eisenmänner«, sagte Tarweder. Nachdenklich sah er auf die Fußspuren hinab, und sein Blick folgte ihnen dorthin, wo das Haus zuvor gestanden hatte. Offenbar war es einige Stunden nach dem Transfer selbstständig hierher zurückgekehrt. »Ich frage mich, warum die Eisenmänner sich während des Schlafs Zugang zum Haus verschaffen wollten.«

Er sah Dominique und Rupert so an, als erwartete er eine Antwort von ihnen.

»Ich muss wohl kaum darauf hinweisen, dass hier *alles* neu für uns ist«, sagte Dominique. »Die Eisenmänner sind nur ein Rätsel von vielen.«

»Ein Rätsel, ja. Da hast du recht«, erwiderte Tarweder langsam. Er drehte sich um, als jemand vom Fluss her rief: »Endlich bist du zurück!«

Der bärtige, kräftig gebaute Arn Hannaratt stapfte den Hang herauf. Er sah dorthin, wo das Haus gestanden hatte, wandte sich dann an Tarweder und wölbte die Brauen.

»Die Eisenmänner waren hier.« Der Alte deutete auf die Fußspuren.

Die Miene des Kaufmanns verdunkelte sich ein wenig. »Das ist kein gutes Zeichen. Die Glückmacherin wird ihre Probleme damit haben.« Hannaratt brummte. »Können wir die Reise jetzt fortsetzen, Weiser? Was sagt dein Auge?«

Tarweder holte das Gerät hervor, das Dominique an einen Datenservo erinnert hatte, und strich mit den Fingerspitzen über die Linienmuster auf dem Display. Was er sah, schien ihm nicht unbedingt zu gefallen, aber er nickte.

»Ja, setzen wir die Reise fort.«

»Deine beiden Begleiter können mitkommen, wenn du für sie bürgst.«

Tarweder blickte noch immer aufs Display. »Was?«, fragte er geistesabwesend.

»Bürgst du für diese jungen Leute, Weiser?«

»Oh, ja. Natürlich. Ja, ich bürge für sie.«

Arn Hannaratt brummte erneut, drehte sich um und schritt zurück zum Lager am Fluss. Dort waren bereits die Zelte und provisorischen Quartiere abgebaut.

»Stimmt was nicht?«, fragte Dominique, als Tarweder noch immer auf die Anzeigen seines Geräts starrte.

»Wie bitte? Nein, es ist alles in Ordnung.« Er verstaute das Objekt wieder. »Oder fast. Ohne das Haus sind wir schutzlos Schlaf und Odem ausgesetzt. Und den Eisenmännern, wenn sie zurückkehren.«

Der Krieg: V

15. Februar 1159 ÄdeF

Das Feuer der Zerstörung flackerte im All, still und ohne Erbarmen. Dutzende von Truppentransportern hatten den Planeten Jumor verlassen, zusammen mit einigen Kampfschiffen, die sich dem Feind entgegenwarfen, obwohl nicht die geringste Aussicht bestand, ihn aufzuhalten. Jede Explosion im All tötete Menschen, Quinqu, Taruf, Ganngan und andere, und es dauerte nicht lange, bis der Feind nahe genug herankam, um auch die nur leicht bewaffneten Transporter unter Beschuss zu nehmen.

Nektar hörte das Donnern eines Treffers, gefolgt von einem Pfeifen, das auf Druckverlust hindeutete. Das Gravitationsfeld verschob sich, und für einige Sekunden wurde die nahe Wand zum Boden – das Chaos der Schlacht schien sich auch an Bord auszubreiten. Aus dem Kragen von Nektars uniformartiger Kombination wuchs die Synthomasse eines Helms, als der Luftdruck unter ein bestimmtes Niveau fiel, und an anderen Stellen schlossen sich Siegel. Stimmen ertönten aus dem Lautsprecher des Kom-Servos im Helm: besorgt, aufgeregt, zornig. Nektar blieb ruhig und ohne Furcht; er glaubte noch immer fest daran, nicht zu sterben, nicht hier und nicht in dieser Zeit. Irgendwann in der Zukunft, nach seinem großen Sieg über die Graken, aber nicht *jetzt*. Doch die anderen ... Er dachte an Xana, die schon auf Jumor gestorben war, ohne eine Gelegenheit, gegen die Graken zu kämpfen. Er dachte an Gregor und die Arena. Vor allem aber dachte er an Mel, die er im Durcheinander der Evakuierung aus den Augen verloren hatte. Nektar wusste nicht, ob sie sich in diesem Schiff befand oder in einem Transporter dort draußen …

Jenseits der Fenster gleißten die Strahlbahnen von Annihilatoren durchs All, und Antimaterieraketen sprangen dem Feind entgegen, ohne etwas gegen ihn ausrichten zu können. Destruktive Energie blitzte an den Schutzschirmen großer Kronn- und Geeta-Schiffe auf, ohne sie kollabieren zu lassen.

Wieder wurde der Transporter getroffen, und heftige Erschütterungen bedrohten die strukturelle Integrität. Nektar zwang seine Gedanken in eine andere Richtung, konzentrierte sich auf die Stimmen aus dem Kom-Lautsprecher und suchte nach Möglichkeiten, sich nützlich zu machen.

»Es sind nur noch wenige Flugminuten bis zur Transferschneise …«

»Schäden bei den Lebenserhaltungssystemen. Die Hibernation ist ausgefallen …«

Es bedeutete, dass alle an Bord den Schock des Überlichtsprungs bei vollem Bewusstsein aushalten mussten.

»Wir haben ein Leck in Segment vier. Leck in Segment vier! Verletzte müssen geborgen werden …«

Nektar lief los, stand wenige Sekunden später mit einigen Männern in der Schleuse und wartete ungeduldig darauf, dass die Luft abgesaugt wurde. Schließlich glitt das Schott beiseite, und im Gang dahinter, halb zum All hin geöffnet, lagen mehrere Leichen. Explosion und Dekompression hatten nicht viel von ihnen übrig gelassen, aber für Nektar genug, um eine der Toten zu erkennen: Charlotte, die Frau, die versprochen hatte, einen Soldaten aus ihm zu machen. Über fünf Jahre hinweg war sie Teil seines Lebens gewesen, länger als alle anderen Erwachsenen nach der Flucht von Enschall. Er hatte sich an sie gewöhnt, zwar keine Ersatzmutter in ihr gesehen, aber so etwas wie eine große Schwester. Und jetzt war auch sie tot, wie seine Eltern und all die anderen, die er gekannt hatte. Als er den Männern dabei half, die Toten zu bergen und den Verletzten zu helfen, nahm er sich vor, sein Herz nie wieder für andere Personen zu öffnen. Ihnen einen Platz darin einzuräumen und sie dann zu verlieren, bedeutete Schmerz, und er musste stark sein, stark genug für den Sieg über die Graken. Wohin der Weg des Lebens ihn auch führte: Von jetzt an würde er ihn allein beschreiten, begleitet von Kameraden und Gefährten, aber nicht von Freunden.

Der Transporter wurde nicht noch einmal getroffen, und als er die rettende Transferschneise erreichte, hieß Nektar den ungedämpften Schmerz des Überlichtsprungs willkommen, denn darin verlor sich die Qual des Verlustes.

6

Schlaf

Heres

Mit den vier ersten Tagen in Bewusstlosigkeit war dies der achte Tag auf Heres, und Dominique hatte Gelegenheit gefunden, über einige seltsame Dinge nachzudenken, unter anderem auch darüber, weshalb die violetten Verfärbungen an ihren Händen, Armen und anderen Teilen des Körpers am siebten Tag verschwunden waren. Und dann der Ursprung des Tal-Telas. Im gewöhnlichen Universum durchdrang die Kraft des Tal-Telas alles Existierende, aber ihr Fokus war der Quader, der auf Millennia wieder Teil von Mutter Rrirks Schiff geworden war. Er lag nun irgendwo bei den Resten des Schiffes, aus denen Tarweder Dominique und Rupert gerettet hatte. Erstaunlichweise hatte Dominique erst am siebten Tag auf Heres daran gedacht, obwohl der Ursprung des Tal-Telas ihr vielleicht dabei helfen konnte, zu ihrer alten Kraft zurückzufinden. Etwas schien ihr Denken zu beeinflussen. Der »Odem« beziehungsweise der »mutative Einfluss«, wie man ihn im Zweiten Dominium nannte?

Und dann diese Welt in der nichtlinearen Zeit – ein einziges Rätsel. Heres. Diesen Namen hatte Tarweder genannt. Und die beiden Sonnen hießen Adonai und Jovis. Eigentlich waren die Bezeichnungen ebenso ungewöhnlich wie der Umstand, dass die Bewohner von Heres die gleiche Sprache benutzten wie Dominique und Rupert. »Adonai«

und »Jovis« waren zwei aus dem Terranischen stammende Götternamen. Dominique vermutete, dass »Heres« auf »Heros« zurückging, ebenfalls eine Vokabel aus dem Kulturerbe der Erde. Es bezog sich auf einen zwischen den Göttern und Menschen stehenden Helden, einen Halbgott, der im Leben große Taten vollbracht hatte und nach seinem Tod die Fähigkeit erlangte, den Menschen aus eigener Macht Hilfe zu leisten. Die Frage lautete: Was verband die Erde mit Heres? Dominique hatte mit Tarweder darüber gesprochen, aber er kannte den terranischen Ursprung dieser Begriffe nicht. Er wusste nichts von der Erde, wohl aber von anderen Welten. Und auch von anderen Universen: Im Plurial hatte er die silbernen Kugeln richtig gedeutet.

Tarweder erschien Dominique seltsam. Sie hatte ihn aufmerksam beobachtet, um sich ein Bild von ihm zu machen, und dabei manchmal den Eindruck gewonnen, dass er *sie* beobachtete. Die anderen nannten ihn den Weisen, und er *war* weise, aber er konnte auch sehr naiv sein. Nach und nach glaubte Dominique, verschiedene Selbst-Schichten in ihm zu erkennen. Er war kein klassischer Fall von multipler Persönlichkeit, aber zweifellos zeichnete sich sein Ich durch eine sehr komplexe Struktur aus, und manchmal hatte Dominique das Gefühl, mit verschiedenen Personen zu sprechen. Es steckten ein Kind in ihm, ein kluger Philosoph und Philanthrop, ein junger Mann voller Enthusiasmus, ein Alter, der ein wenig zu Zynismus neigte, und ein geheimnisvoller Fremder. Mit einer telepathischen Sondierung hätte Dominique vielleicht mehr erfahren können, aber dazu reichte ihre Kraft nicht – eine bittere Erfahrung für jemanden, der von Geburt an mit dem Tal-Telas verbunden war.

Was die »Dominien« von Heres betraf ... Dominique verstand sie noch nicht ganz. Zu Anfang hatte sie dabei an Staaten oder Regionen gedacht, aber es schienen verschiedene *Welten* zu sein, mit unterschiedlicher geografischer und klimatischer Beschaffenheit. Und mit verschiedenen kulturellen und technischen Niveaus. So waren im Ersten Dominium, aus dem Tarweders Begleiter Kiwitt stammte, die Male – die Mutation bei den Menschen, und nicht nur bei ihnen – besonders stark ausgeprägt, wie bei der Wettermacherin und der Glückmacherin in Hannaratts Reisegruppe deutlich zu erkennen. Offenbar war dort auch die Schwerkraft geringer, was eigentlich nur bei einem anderen Planeten möglich sein sollte. Doch von Arn Hannaratt und einigen anderen hatte Dominique gehört, dass in den übrigen Dominien ebenfalls zwei Sonnen am Himmel standen, die eine blauweiß und die andere rot, und sie trugen die gleichen terranischen Namen: Adonai und Jovis. Verbunden waren die vier Dominien durch sogenannte Brunnen. Dreimal hatte Dominique Tarweder um eine Erklärung gebeten, aber es antwortete jedes Mal das Kind in ihm oder der junge Mann voller Enthusiasmus, nicht der Weise. Manchmal glaubte sie, dass Tarweder mit ihr spielte oder sie auf die Probe stellte. Gelegentlich erschien ihr der Wechsel zwischen seinen »Persönlichkeiten« wie eine Manieriertheit, wie gut einstudierte Schauspielerei.

Rupert hatte beim Absturz des Schiffes keine physischen Verletzungen erlitten, doch nach Tarweders Aussagen war er vom Schlaf erfasst worden, bevor er ihn ins Haus hatte holen können. War das der Grund für seine dauernde Müdigkeit? Die geringsten Anstrengungen – insbesondere geistige, aber auch körperliche – brachten ihn an den Rand der Erschöpfung. Dominique hoffte, dass seine Seele nicht zurückfiel in den autistischen Kerker, der ihn über viele Jahre hinweg gefangen gehalten hatte. Vielleicht fanden sie in Calanto einen Gesundmacher, einen Arzt. Calanto war Arn Hannaratts nächstes Etappenziel auf dem Weg nach Zontra, eine kleine Stadt am Rand eines ausgedehnten Sumpfgebiets. Hannaratt bestimmte die Route, denn er finanzierte alles, insbesondere Wettermacherin, Glückmacherin und Zeitmacher. Er gab sich manchmal barsch und tat oft so, als dächte er in erster Linie an sich selbst und seine eigenen Interessen, aber Dominique glaubte, dass auch ein Altruist in ihm steckte. Vielleicht sollte sie etwas mehr darauf achten, wie sie ihn ansah und sich ihm gegenüber ausdrückte. Von Tarweder hatte sie erfahren, dass er seit Jahren allein war, und manche seiner Blicke deuteten auf erwachendes Interesse hin. Rupert hatte nichts davon gemerkt, zum Glück. Ihre Situation war auch so schon kompliziert genug.

In Calanto gab es einen Brunnen, und Tarweder wollte ihn nutzen, um das Zweite Dominium aufzusuchen und Batterien für sein Haus zu beschaffen. Dominique dachte daran, ihn zu begleiten, wenn es Rupert besser ging.

Die beiden Sonnen hingen dicht über dem Horizont, und in ihrem gemeinsamen Gleißen zeichnete sich vage das feurige Band der Materiebrücke ab. Dies war die Spät-Zeit, wie Tarweder und die anderen sie nannten, und die Gruppe bereitete sich auf eine mehrstündige Ruheperiode vor. Dominique saß neben Rupert, und die Schatten spendende Plane über ihnen knarrte im Wind.

»Etwas geschieht mit mir.« Er lag auf einer dünnen Matratze, die Decke trotz der Wärme bis zum Kinn hochgezogen. Kalter Schweiß perlte auf seiner Stirn. »Ich spüre es deutlich.«

»Kannst du noch das Tal-Telas erreichen?«, fragte Dominique besorgt.

Rupert horchte einige Sekunden lang in sich hinein. »Es ist weit, weit entfernt, Domi.«

»Wenn du es erreichen kannst ... Nutze seine Kraft, um dich vor dem Odem zu schützen. Wir haben darüber gesprochen, erinnerst du dich?«

Er griff nach ihrer Hand, und seine Finger waren erstaunlich kalt. »Kannst du mir helfen?« Ihm fielen schon wieder die Augen zu. »Du lässt mich doch nicht im Stich, oder?«

Erneut sanken die Lider herab, und diesmal blieben sie unten – Rupert war eingeschlafen. Dominique sah voller

Mitgefühl auf ihn hinab. »Nein, ich kann dir leider nicht helfen«, antwortete sie leise. Sie hatte es versucht, mit ihrer Verbindung zum Tal-Telas, aber die unteren Stufen genügten nicht. Hilmia und Iremia wären nötig gewesen, um den verändernden Einfluss von Rupert fernzuhalten. Ihre Kraft reichte gerade für sie selbst. »Aber ich werde dich nicht im Stich lassen, das verspreche ich dir.«

Dominique blieb noch ein oder zwei Minuten tief in Gedanken versunken, streichelte dabei geistesabwesend Kiwitt, der in der Nähe saß und leise gurrte. Schließlich stand sie auf, trat unter der Plane hervor und sah sich um. Tarweders Silhouette zeichnete sich vor dem Licht der beiden Sonnen ab: Der Weise saß auf einem Felsen, einige Dutzend Meter vom Lager entfernt, und lauschte seinen inneren Stimmen und dem Flüstern der Welt, wie er es nannte.

»Es ist ein gutes Spät an einem guten Ort«, ertönte eine Stimme hinter Dominique. Sie drehte sich um und sah Arn Hannaratt.

»Morgen erreichen wir Calanto«, sagte der Kaufmann. Er trug wie immer lederne Kleidung, und der Siegelring am Mittelfinger der rechten Hand schien das Licht der beiden Sonnen einzufangen. »Es tut mir leid, dass es deinem ... Begleiter so schlecht geht.«

Er nannte Rupert immer »Begleiter«, nie »Partner« oder »Gefährte«. Dominique sah darin einen Versuch, die Wirklichkeit seinen Wünschen anzupassen.

»Ich hoffe, dass wir in Calanto einen Gesundmacher finden, der ihm helfen kann.«

»Das hoffe ich auch.« Der sonst so redegewandte Hannaratt schien nach geeigneten Worten zu suchen. Mit ihren knapp dreiundzwanzig Jahren fühlte sich Dominique nicht unbedingt als erfahrene Frau, aber sie hatte genug gelernt, um Mimik, Körpersprache und den besonderen Glanz in den Augen zu deuten. »Wenn du irgendetwas brauchst, Dominique, wenn ich irgendwie helfen kann ...«

Sie berührte ihn kurz am Arm, was vielleicht ein Fehler war. »Danke, Arn. Es ist schön zu wissen, dass ich auf dich zählen kann.« Sie lächelte kurz, wandte sich von dem Kaufmann ab, ging fort und fühlte dabei seinen Blick im Rücken.

Diesmal war das Lager auf einem kleinen Plateau errichtet worden, das wie trotzig am einen Ufer des Gernot aufragte, dazu entschlossen, allen Kräften der Erosion zu widerstehen – im Gegensatz zu dem Wald aus Nadelfelsen weiter flussabwärts, von Wind, Wasser und Wetter geschaffen. Der giftgrüne Gernot, aus dem Zusammenfluss des Kleinen und Großen Schlangenflusses entstanden, war an dieser Stelle fast dreihundert Meter breit und strömte ruhig dahin, aber von anderen Reisenden wusste Dominique, dass er in der Schlucht schmaler und wilder wurde, als wollte er seine ganze Kraft zeigen, bevor sich seine Fluten teilten und in mehreren Wasserfällen ins Tiefe Becken bei Calanto stürzten. Das Grün stammte von speziellen Mikroorganismen im Wasser; sie gaben dem Strom die Farbe von Smaragd.

Dominique ging an Zelten und Unterständen vorbei, mied die anderen Reisenden und folgte dem Verlauf eines felsigen Weges, der vom Plateau zum Flussufer führte. Eigentlich hatte sie dort allein sein wollen, um in aller Ruhe nachzudenken, über Heres und alles andere. Aber als sie Halaila sah, lächelte sie unwillkürlich und ging zu ihr. Die kleine, zierliche Wettermacherin mit dem langen, goldenen Haar – sie hatte etwas Engelhaftes, fand Dominique – kniete an einem kleinen Tümpel neben dem Fluss. Dort war das Wasser nicht grün, sondern silbern, wie ein Spiegel.

Es trennten Dominique nur noch wenige Meter von der Wettermacherin, als sie sah, dass Halaila mit einer Art Ritual beschäftigt war. Sie legte mehrere Gegenstände auf den Boden, wandte sich dann ein wenig zur Seite und dem eigenen Schatten neben dem Tümpel zu. Halaila murmelte etwas, das Dominique nicht verstand, berührte mit beiden Händen den Kopf des Schattens und hob die Hände dann zu ihrer Stirn. Anschließend blickte sie ins silberne Wasser, das ein Spiegelbild von ihr selbst zeigte, schöpfte mit beiden Händen etwas davon und benetzte sich damit das Gesicht.

»Komm ruhig, Dominique«, sagte sie mit einer Stimme wie leises Glockengeläut.

»Ich wollte dich nicht stören.«

»Du störst nicht.«

Dominique trat näher. Es war ihr leicht gefallen, mit Halaila Freundschaft zu schließen, was nicht nur an dem sanften, offenen Wesen der Wettermacherin lag. Etwas verband sie. Wenn Halaila »Wetter machte«, so nutzte sie eine Kraft, von der Dominique glaubte, dass sie mit dem Tal-Telas in Verbindung stand. Vermutlich galt das auch für die Glückmacherin und den Zeitmacher, aber Pina und Winford waren weitaus verschlossener. Bei Halaila hatte Dominique den Eindruck, dass sie beide ähnlich dachten und empfanden, wie zwei Schwestern.

Die Objekte auf dem Boden leuchteten bunt im Licht der beiden Sonnen. Dominique stellte erstaunt fest, dass sie aus etwas bestanden, das die Bewohner der vier Dominien »Korit« nannten und als Energiequelle verwendeten.

Halaila bemerkte ihren Blick. »Das sind meine Seelensteine.«

»Nach dem, was ich bisher gesehen und gehört habe ... Sie würden genügen, um einen schweren Transporter bis nach Zontra zu bringen. Die Steine sind wertvoll.«

»Für mich bedeuten sie weitaus mehr«, sagte Halaila und lächelte verträumt. »Vor fünf Generationen gab es in meiner Familie zum ersten Mal eine Person, die zum Wind und den Wolken sprechen konnte. Kurz vor ihrem Tod nahm Winna ihre drei Gesichter und übertrug sie auf diesen Stein.« Halaila nahm ein weißes, kristallartiges Objekt, drehte es und legte es dann wieder auf den Boden. »Ihre

Nachfolgerinnen schlossen sich ihrem Beispiel an, und ich werde der Sammlung einen sechsten Seelenstein hinzufügen, wenn meine Zeit gekommen ist.«

Dominique sah auf die Steine hinab. »Ihre drei Gesichter … Hat es das mit dem Ritual auf sich, bei dem ich dich eben beobachtet habe?«

»Ja. Das innere Gesicht, das Bild von mir selbst. Mein Schatten. Und spiegelndes Wasser, das mich so zeigt, wie mich andere Leute sehen. Drei Gesichter. Manchmal füge ich sie zusammen, um mich besser zu verstehen.«

Dominique musterte die Wettermacherin. Halaila schien in ihrem Alter zu sein, vielleicht eine weitere Erklärung für die Vertrautheit. Den deutlichsten Hinweis auf ihre Male boten die Augen: Sie waren rot, und wenn das Licht in einem bestimmten Winkel auf sie fiel, hatte es den Anschein, als bestünden sie aus Hunderten von winzigen geschliffenen Kristallen. Am Hals zeigten sich Hautlappen wie bei Arn Hannaratt, aber dünner und nicht ganz so lang. Die schmalen, zarten Hände wiesen Flecken auf, die Dominique an ihre violetten Verfärbungen erinnerten.

»Das ist manchmal das Schwierigste, nicht wahr?«, sagte Dominique. »Sich selbst zu verstehen.«

»Zweifel an sich selbst ist eine gute Medizin gegen Arroganz, Egoismus und Größenwahn«, erwiderte Halaila, und es klang wie ein Zitat. »Das behauptet der Weise.«

»Man kann es mit den Selbstzweifeln auch übertreiben«, sagte Dominique und erinnerte sich an kritische Phasen während ihrer Adoleszenz, als sie das Gefühl gehabt hatte, zu sehr im Schatten ihres Vaters zu stehen, des berühmten Dominik, der auf Millennia die Graken besiegt hatte. Sie erinnerte sich daran, wie klein und unbedeutend sie sich angesichts dieser Ikone gefühlt hatte. »Ich denke, eine gesunde Portion Selbstvertrauen schadet nicht.«

Aus dem Augenwinkel bemerkte sie eine Bewegung, drehte den Kopf und sah Kiwitt, der am Flussufer umhersprang und versuchte, einen aus dem Wasser aufgestiegenen kolibriartigen Irrflieger zu fangen. Die Mischung aus Fisch und Insekt tanzte in der Luft, zu schnell selbst für den schnellen Kiwitt.

»Ich mag ihn nicht«, sagte Halaila. »Seine Augen sind seltsam.«

»Und das sagst *du*?«, entfuhr es Dominique. »Oh, entschuldige, ich wollte nicht ...«

»Schon gut.«

»Warum findest du Kiwitts Augen seltsam?«

»Manchmal glaube ich, dass sie zu viel sehen, auch Dinge, die ihnen verborgen bleiben sollten. Dinge hier drin.« Sie hob die Hand zu Brust und Kopf, meinte Herz und Seele.

Dominique sah erneut zu Kiwitt und stellte fest, dass er die Jagd nach dem Irrflieger aufgegeben hatte. Sie begegnete dem Blick seiner großen, dunklen Augen, und für einen Sekundenbruchteil fühlte sie etwas tief in ihrem Innern berührt. Dann schüttelte sie den Kopf, lachte ein wenig unsicher und beschloss, sich nicht von irgendwelchen abergläubischen Dingen anstecken zu lassen.

Halaila berührte ihre Hand. »Wir werden einen Gesundmacher für Rupert finden. Ich habe erneut mit Wind und Wolken gesprochen. Das Wetter wird gut bleiben, bis wir Calanto erreichen, und dadurch kommen wir schnell voran.«

Sieht man mir die Sorgen so deutlich an?, dachte Dominique. »Danke, Halaila, ich ...«

Ein dumpfes Brummen kam aus der Ferne, und an den Ufern des Gernot, wo das Wasser langsamer floss, kräuselte sich die Wasseroberfläche.

Die Wettermacherin griff nach ihren Seelensteinen. »Der Schlaf!«, sagte sie erschrocken. »Und so kurz nach dem letzten Mal ... Wir müssen zum Lager zurück.«

Dominique sah ihr nach, als sie flink und agil über den Felsenweg eilte. Sie setzte sich ebenfalls in Bewegung, ohne zu wissen, wohin sie laufen sollte. Dann fiel ihr Rupert ein, und sie wurde schneller. Aus dem Augenwinkel sah sie, dass Tarweder seinen Platz auf dem Felsen verließ, und sie wandte sich in seine Richtung.

»Das Haus!«, rief sie. »Wir brauchen dein Haus!«

Der Alte schüttelte den Kopf, und sein langes grauweißes Haar wogte. »Es würde uns nicht schützen. Ihm fehlt die Energie.«

»Was machen wir jetzt?« Dominique stützte Tarweder und kehrte mit ihm zum Lager zurück, wo helle Aufregung herrschte. Männer, Frauen und Kinder liefen durcheinander, verschwanden in Zelten und Unterständen. Die Motoren des großen Transporters, der einen Teil von Arn Hannarats Waren enthielt, verstummten zusammen mit dem unheilverkündenden Brummen aus der Ferne. Der Kaufmann stand neben einem anderen Fahrzeug, die Arme in die Seiten gestemmt.

»Pina!«, rief er. »Ich zahle dir viel Geld dafür, dass du Glück für uns machst, aber was passiert? Der Schlaf kommt innerhalb von vier Tagen zum zweiten Mal zu uns!«

Die Glückmacherin zeigte sich nirgends. Arn Hannarat bemerkte Dominique und den Weisen, winkte und öffnete die Tür des nächsten Wagens. »Hierher!«, rief er. »Kommt ins Fahrzeug.«

»Ich lasse Rupert nicht allein«, sagte Dominique, aber so leise, dass Hannarat sie nicht hörte.

»Dies ist ungewöhnlich, sehr ungewöhnlich«, schnaufte Tarweder und ließ sich noch immer von Dominique stützen. »Normalerweise vergehen Wochen oder Monate zwischen einem Schlaf und dem nächsten.«

Es blieb Dominique kaum Zeit, sich darüber zu wundern, dass Tarweder von »Wochen« und »Monaten« gesprochen hatte, obwohl hier auf Heres die astronomischen Voraussetzungen für solche Zeiteinteilungen fehlten. Eine sonderbare Benommenheit erfasste sie, und dem Alten erging es offenbar ebenso. Er taumelte und wäre gestolpert und vielleicht gefallen, wenn Dominique ihn nicht festgehalten hätte.

»Leg dich hin!« Tarweder sank mit einem leisen Ächzen zu Boden und streckte sich zwischen den Felsen aus. »Leg dich hin. Sonst fällst du und könntest mit dem Kopf gegen einen scharfkantigen Stein stoßen. *Leg dich hin!*«

Die Schärfe in seiner Stimme verblüffte Dominique so sehr, dass sie der Aufforderung nachkam. Sie sah noch, wie Hannaratt in das Fahrzeug kletterte und die Tür schloss, dann lag sie neben Tarweder zwischen den Felsen und hörte, wie das Rauschen des Flusses in immer weitere Ferne rückte. Stille dehnte sich aus, und Dominiques Gedanken verloren sich im Schlaf.

Flammen krochen auf sie zu wie lebende Wesen. Dominique wich langsam über die Treppe zurück, aber sie konnte nur nach oben fliehen - das Feuer schnitt ihr den Weg ab. Die Stufen unter ihr bestanden aus Stein, waren ausgetreten und kalt, trotz der von den Flammen ausgehenden Hitze. Das Knistern und Prasseln trieb sie Stufe um Stufe nach oben, und als sie den ersten Treppenabsatz erreichte, traf sie dort Tarweder. Der Alte stand an einem kleinen Fenster und sah hinaus in grauen Nebel - oder war es Rauch? In der Ferne zeichneten sich die Gebäude einer Stadt ab, doch sie wirkten seltsam ineinander verschlungen, als wären sie halb geschmolzen und dann wieder erstarrt.

»Was machst du hier, Tarweder?«, fragte Dominique erstaunt.

»Es wird alles verbrennen«, sagte er langsam und blickte noch immer aus dem Fenster. »Alles wird verbrennen, wenn wir es nicht beenden.«

Sie trat näher an ihn heran, verfolgt vom Knistern der Flammen. »Wenn wir was nicht beenden?«

Tarweder wandte sich vom kleinen Fenster ab und sah Dominique an. Sein Gesicht wirkte eingefallen und hohlwangig; die Streifen zeichneten sich deutlicher als sonst darin ab. Der Glanz seiner graugrünen Augen hatte sich getrübt. »Du musst mir helfen.«

»Wobei, Tarweder?«

Er antwortete nicht, stand einfach da und sah sie an. Dominique streckte die Hand aus und wollte seinen Arm berühren, doch ihre Finger verschwanden darin, ohne auf fühlbaren Widerstand zu stoßen. Erschrocken zog sie die Hand zurück, und Tarweder verschwand. Ebenso das Fenster. Wo es eben noch gewesen war, erstreckte sich Stein, kalt wie die Treppenstufen.

Das Feuer kroch noch etwas näher, obwohl es hier keine Nahrung für die Flammen gab, und Dominique stieg die Treppe hoch, brachte eine Stufe nach der anderen hinter sich. Was bedeuteten Tarweders Worte? Was musste beendet werden, und wobei sollte sie ihm helfen? Dominique hatte das Gefühl, dass er nicht zu ihrem eigenen Traum gehört hatte, sondern von außen gekommen war.

Am Ende der Treppe, vor einer offenen Tür, blieb sie stehen und blickte auf ihre Hände hinab, denen noch immer die violetten Verfärbungen fehlten. Sie zwickte sich in den linken Arm, und der Schmerz fühlte sich normal an – dies war der realistischste Traum, den sie jemals erlebt hatte.

Dominique trat durch die offene Tür auf die Turmplattform. Kühler Wind wehte ihr entgegen, brachte den Geruch von Rauch, und in der Ferne waren nicht mehr die Konturen von Gebäuden zu erkennen. *Liege ich noch zwischen den Felsen, neben Tarweder, oder bin ich wirklich hier?* Wieder dachte sie an die Antwort, die der Weise dem Produktiven Träumer Davvon gegeben hatte: Gab es tatsächlich keinen Unterschied zwischen Traum und Realität?

Die Flammen erreichten die Tür und kamen ebenfalls auf die Plattform, gelb und rot, hungrig und heiß. Dominique wich an die Brüstung zurück und begriff, dass sie dem Feuer nicht mehr ausweichen konnte. »Direkte neurale Stimulation«, sagte sie laut und konzentrierte sich auf das innere Bild, das sie zwischen den Felsen zeigte. »Wie durch einen Bion. Hört mich jemand?« Sie blickte in die züngelnden Flammen, dachte aber an die Gesandten der

Dominanten, die die Schlafenden untersuchten. »Ich weiß, dass dies ein Traum ist. Ich lasse mich nicht täuschen.«

Entschlossen streckte sie die Hand in die Flammen, dazu entschlossen, simulierten, illusorischen Schmerz zu ertragen. Doch nach einigen Sekunden wurde die Pein so unerträglich, dass sie die Hand zurückzog und einen wichtigen Unterschied zum ersten Feuertraum bemerkte: Diesmal war die Haut verbrannt; Blasen hatten sich gebildet.

Eine Flamme loderte Dominique entgegen, erfasste ihr Haar, so blond wie das ihrer Mutter Loana, und verbrannte es.

Dominique wollte nicht bleiben und feststellen, ob das Feuer sie töten konnte oder nicht. Sie sah nur einen Ausweg, kletterte auf die Brüstung und fokussierte ihre Gedanken auf die schwach gewordene Verbindung zum Tal-Telas. Sie suchte nach einer Verbindung zur dritten Stufe, Crama, aber das zornige Fauchen der Flammen hinter ihr zwang sie zum Sprung, noch bevor sie genug telekinetische Kraft gesammelt hatte.

Die Flammen blieben über ihr zurück, als sie in die Tiefe stürzte, und ihr Fauchen wich dem Zischen des Winds. Dominique versuchte, sich in Crama festzuhalten und aus dem Fall ein langsames Schweben in die Tiefe zu machen, doch die Verbindung zum Tal-Telas war zu schwach. Schroffe Felsen erschienen unter ihr, von Rauchschwaden umwogt, und Dominique wusste, dass sie den Aufprall unmöglich überleben konnte.

Aus einem Reflex heraus kniff sie die Augen zu. Das Gefühl des Fallens blieb, aber eine Sekunde nach der anderen verstrich, ohne dass etwas geschah. Als sie schließlich wagte, die Lider wieder zu heben, lag sie im Schatten unter einer bunten Plane, und zwei besorgte Gesichter blickten auf sie herab. Das eine gehörte Tarweder, das andere der zierlichen Wettermacherin Halaila.

»Wir dachten schon, du wolltest für immer schlafen«, sagte der Alte.

»Ich habe erneut von Feuer geträumt«, murmelte Dominique benommen. »Und ich bin in die Tiefe gestürzt ...« Sie unterbrach sich, als sie etwas in Halailas Gesicht sah. »Was ist geschehen?«

»Es tut mir so leid«, sagte sie mit ihrer Glockenstimme. »Rupert ...«

»Was ist mit ihm?«

»Die Eisenmänner sind gekommen und haben ihn entführt.«

Der Krieg: VI

23. Mai 1164 ÄdeF

Dies war das Zentrum der Koalition, nicht weit von Kalaho entfernt, doch die Graken griffen selbst hier an. Navaron, der zweite Planet des Dabis-Systems, verwandelte sich in eine sterbende Welt.

Nektar trug das Datenvisier des biotronischen Kampfanzugs vor den Augen und hielt den Variator schussbereit in der rechten Hand, als er aus dem gerade gelandeten Transporter sprang. Andere Gestalten folgten ihm, Menschen, Servi und Kampfdrohnen. Zwei der mit Annihilatoren ausgestatteten Maschinen waren mit den Anzugsystemen verknüpft; die sensorische Stimulation mithilfe von Nanowurzeln vermittelte ihm den Eindruck, dass es sich um Erweiterungen seines Körpers handelte.

»In den Transporter, schnell!«, forderte der Einsatzleiter die aus den nahen Gebäuden kommenden Zivilisten auf. »Beeilen Sie sich! Lassen Sie alles zurück, was Sie nicht unbedingt brauchen! Schnell!«

Nektar sicherte das gelandete Schiff zusammen mit einigen anderen Soldaten und sah zum Kampf am Himmel empor. Dutzende von Schlachtschiffen der Koalition feuerten auf ein kleines, nur aus einigen Dutzend stachelförmigen Modulen bestehendes Schiff der Kronn, und als in den geschwächten Schutzfeldern eine Strukturlücke entstand, fand die destruktive Energie ihr Ziel. Es blitzte, und das

Kronn-Schiff brach auseinander. Glühende Trümmerstücke fielen vom Himmel, und zwischen ihnen bemerkte Nektar mehrere Objekte, die sich bewegten: Einige Kronn hatten das Ende ihres Schiffes überlebt.

Im Westen, über der großen Stadt an der Küste des Binnenmeers, glänzte und gleißte eine feurige Erscheinung, die noch mehr Unheil ankündigte. Ein Flammenvogel breitete dort seine Schwingen aus, richtete das Plasmamaul nach unten und spie Feuer. Eine Welle heißer Zerstörung wogte über die Metropole hinweg, und damit noch nicht genug: Weitere Kronn-Schiffe kamen aus dem geöffneten Dimensionstunnel, und ihnen folgte ein dunkler Titan, der Moloch eines Graken.

Nektar spürte einen zunehmenden Druck im Hinterkopf, als der Graken, der Navaron gerade erst erreicht hatte, auch schon damit begann, *Amarisk* aufzunehmen – er schien sehr hungrig zu sein. Zwei Bione an Nektars Halsansatz dämpften seine Gefühle und gewährten ihm relativen Schutz vor der Grakenpräsenz. Doch die Bewohner der Siedlung waren nicht auf diese Weise geschützt und außerdem unberührt; die suchenden Gedanken des Graken fanden die hilfslosen Selbstsphären sofort und gliederten sie in seinen Traum ein.

Nektar bemerkte zwei Kinder im Eingang eines Hauses, ein Junge und ein Mädchen: ihre Gesichter erschlafft und die Augen glasig. Er lief los, um sie zum Transporter zu bringen, gefolgt von den beiden mit ihm verbundenen Kampfdrohnen. Als er sie fast erreicht hatte, fiel etwa zwei Dutzend Meter entfernt etwas vom Himmel: eine Blase, die immer dann aufleuchtete, wenn sie etwas berührte, darin ein Kronn, ein Wesen, das wie willkürlich aus großen und kleinen Knochen zusammengesetzt aussah. An mehreren Stellen klebten und baumelten Organbeutel; einer von ihnen enthielt vermutlich das Gehirn. Arme und Beine fehlten. Die Kronn bewegten sich, indem sie ihre Knochen immer wieder neu anordneten, manchmal so schnell, dass man keine Einzelheiten erkennen konnte. Glänzende Buckel an den Knochen wirkten wie Gelenke, aber es waren unterschiedlich konfigurierbare Ausrüstungsknoten. Zweifellos erfüllten einige von ihnen jetzt die Funktion von Waffen und Schildgeneratoren.

Nektar schoss sofort, und der Variator in seiner Hand spuckte sowohl Energie als auch explosive Geschosse und Mikroraketen. Gleichzeitig machten die beiden Kampfdrohnen von ihren Annihilatoren Gebrauch und trafen die Blase des Kronn genau dort, wo auch Nektars Variator Treffer erzielte. Das Schutzfeld schillerte bunt, platzte dann in einem Funkenregen auseinander. Mit seiner verstärkten Wahrnehmung hörte Nektar ein seltsames Geräusch – es klang nach dem Fiepen von Ratten –, und dann zerriss eine explodierende Mikrorakete das Knochengefüge des Kronn. Unmittelbar darauf kam es zu einer zweiten Explosion, wesentlich stärker als die erste, ausgelöst vom energetischen Kollaps eines Schildgenerators. Die Druckwelle hob Nektar an und schleuderte ihn gegen die Wand des nächsten Gebäudes. Natürlich war auch er in ein Schutzfeld gehüllt, aber es absorbierte keine kinetische Energie, und der Aufprall erfolgte an einer ungünstigen Stelle. Die beiden Bione bekamen einen heftigen Stoß, und einer von ihnen reagierte darauf mit einem Apathieschock.

Nektar hatte das Gefühl, keine Luft mehr zu bekommen, als das Grakenbewusstsein nach seinem Selbst tastete. Tausende von kleinen mentalen Saugnäpfen zerrten an seinem Ich, und so sehr Nektar auch versuchte, ihnen zu entkommen – es gab kein Entrinnen, denn sie waren überall. Das Gesicht eines Soldaten erschien über ihm, und die Lippen bewegten sich, aber er hörte nur ein geistiges Raunen, das mit jeder verstreichenden Sekunde verlockender wurde und ihn aufforderte, den Widerstand aufzugeben. Der Schmerz nahm zu, wurde so heftig, als sauge ihm jemand das Gehirn aus dem Schädel, und er begriff, dass der zweite Bion atrophierte. Erste Bilder erschienen vor dem inneren Auge und gaukelten ihm eine Welt vor, die sich realer anfühlte als die schmerzvolle Wirklichkeit. Nektar wusste, dass er Gefahr lief, sich im Traum des Graken zu verlieren und zu einem Kontaminierten zu werden, für den es keine Hoffnung mehr gab ...

Etwas hinderte ihn daran, die linke Hand zu bewegen. Er ließ den Variator los, tastete mit der rechten Hand nach den Kontrollen des Kampfanzugs und betätigte den Notschalter. Die halbintelligenten Komponenten des Anzugs überprüften die Biotelemetrie und bestätigten, dass es sich um einen Notfall handelte, woraufhin die Nanowurzeln einen Schockimpuls ins Nervensystem leiteten.

Nektar verlor das Bewusstsein, bevor der Grakentraum sein Selbst aufnehmen konnte.

Mit dem Erwachen kehrte der Schmerz zurück. Nektar öffnete die Augen und stellte fest, dass ihn zwei Soldaten zum Transporter trugen. Am Himmel fand noch immer der Tanz des Todes statt: Neu eingetroffene Kronn-Schiffe griffen die jetzt hoffnungslos unterlegenen Streitkräfte der Koalition an. Feuerbälle loderten heller als die Sonne Dabis, und es regnete glühende Trümmer.

»Keine Sorge, das mit dem linken Arm kriegen die Mediker wieder hin«, sagte einer der beiden Soldaten. Nektar erinnerte sich nicht an ihre Namen.

»Meine Bione«, brachte Nektar mühsam hervor. »Der Grakentraum ...«

Er bemerkte, wie die beiden Soldaten einen Blick wechselten. »Halten Sie durch, Dolch Nektar.«

Als sie den Transporter erreichten, fiel ihm etwas ein. »Was ist mit den beiden Kindern?«, fragte er. »Ein Junge und ein Mädchen ... Ich wollte sie an Bord bringen.«

»Die Explosion hat nichts von ihnen übrig gelassen, Dolch.«

»Wir ziehen uns immer nur zurück«, murmelte Nektar, als er in der Medo-Station der *Trinita* in die Projektionsfelder blickte. Der Zerstörer setzte sich zusammen mit den anderen Schiffen der Achten Evakuierungsflotte aus dem Dabis-System ab. Bis zur nächsten Transferschneise war es nicht weit; sie würden den Kronn, Geeta und Chtai entkommen. Doch für die Menschen, die auf Navaron und in den Kolonien auf den anderen Planeten und Monden zurückgeblieben waren, bedeutete ihre Flucht den sicheren Tod. »Und wenn wir irgendwann nicht mehr fliehen können, was dann?«

Die Medikerin, die das zerfetzte Gewebe seines linken Arms durch bionisches ersetzte, war eine Lobotome und ging nicht auf die Frage ein. Sie legte ein dünnes Stütz- und Stimulationsgerüst aus Synthomasse an. »Morgen können Sie den Arm wieder bewegen, Dolch Nektar.« Sie verstaute ihre Instrumente und reichte ihm eine kleine Datenscheibe. »Das ist für Sie. Eine private Nachricht. Unser Kom-Zentrum hat sie vor sechs Stunden empfangen.«

Einige Sekunden betrachtete Nektar die Scheibe verwundert und hielt dann kurz den Daumen auf ihren Sensor. Sofort bildete sich vor ihm eine einfache, zweidimensionale Darstellung und zeigte ihm ... Mel. Seit damals hatten sie sich nicht mehr gesehen. Sie war kein Mädchen mehr, sondern eine Frau, und etwas in ihren Augen wies darauf hin, dass sie schreckliche Dinge gesehen hatte wie sie alle.

»Hallo, Nektar«, sagte die inzwischen vierundzwanzig Jahre alte Mel. Im Hintergrund war eine zerstörte Stadt zu sehen; Rauch stieg auf. »Ich hoffe, diese Nachricht erreicht dich. Ich habe mehrmals versucht, mich mit dir in Verbindung zu setzen, aber nie eine Antwort bekommen.« Trauer huschte über ihr Gesicht, verschwand aber sofort wieder. »Gregor ist tot, Nek. Es hat ihn vor ein paar Tagen auf Hyraklis III erwischt. Jetzt sind nur noch wir drei übrig, falls Hilliot noch lebt; vor zwei Jahren habe ich zum letzten Mal etwas von ihm gehört. Er nahm an einem Einsatz im Thole-Sektor teil.« Mel zögerte, und Nektar gewann den

 Eindruck, dass sie eigentlich von ganz anderen Dingen

sprechen wollte. »Denk daran, was du mir versprochen hast, Nek. Pass gut auf dich auf, wo auch immer du bist.« Sie streckte die Hand aus, wie um ihn zu berühren. Dann flackerte das Bild und löste sich auf.

Nektar blickte auf die Datenscheibe in seiner rechten Hand und sah Mel, so wie sie damals gewesen war, in der Nacht nach seiner Niederlage in der Arena. »Ich passe auf mich auf«, sagte er leise. »Und vielleicht sehen wir uns eines Tages wieder.«

7

Zwischenbilanzen

13. Februar 1229 ÄdeF

Als Erasmus das Draghi-System erreichte, hatte er etwa siebzig Prozent seiner ursprünglichen Masse wiedergewonnen, war gut zweihundert Meter lang und in mehrere semiautarke Segmente unterteilt.

»Wir sind da«, sagte er.

Seine Stimme klang anders, fand Tamara. Deutete der veränderte Tonfall auf eine Persönlichkeitsveränderung hin, verursacht durch den Verlust von physischer Masse, Daten und Algorithmen? *Oder ist dies alles ein geschicktes Täuschungsmanöver?*, dachte sie und beschloss, diese Möglichkeit nicht ganz außer Acht zu lassen.

Zacharias und die Tal-Telassi saßen in einer Art Kontrollraum, und diesmal kamen keine Neuen Menschen aus Öffnungen in den Wänden. Sie waren allein an Bord. Außer ihnen hatte niemand überlebt - abgesehen von dem Emm-Zett. Von dem *Zäiden*, verbesserte sich Tamara in Gedanken.

»Danke, Erasmus«, sagte Zacharias, als Tamara schwieg. »Können wir mit Lanze Hokonna sprechen?«

»Natürlich. Er erwartet Sie bereits.«

Die interplanetare Transverbindung ermöglichte direkte Kommunikation. Eine quasireale Darstellung von Lanze Adrian Hokonna entstand und wirkte so echt, als stünde der Offizier des Dutzends direkt vor ihnen. Wenn er sich bewegte, hörte Tamara sogar das Summen der Servi in seinem Ektoskelett.

»Es freut mich, dass Sie zurück sind, Tamara 14 und Impro Zacharias«, sagte er. Seine künstliche Stimme knarrte ein wenig. »Und mit nicht weniger Freude stelle ich fest, dass Sie überlebt haben, Erasmus. Ich kenne Ihren Bericht und weiß daher, was Sie durchgemacht haben. Für Ihre selbstaufopferungsvollen Dienste wird sich das Dutzend ganz offiziell bei Ihnen bedanken, aber gestatten Sie mir, Ihnen vorweg schon dies zu sagen: Für mich sind Sie ein Held.«

»Ich danke Ihnen sehr, Lanze Hokonna«, erwiderte Erasmus, und Tamara glaubte, so etwas wie Stolz in der Stimme zu hören. *Simulierter Stolz,* dachte sie.

»Sind das Konzil und Millennia davon unterrichtet, dass wir vielleicht Golgatha gefunden haben?«, fragte die Tal-Telassi. Kalaho war fast sechstausend Lichtjahre entfernt, Millennia noch weiter – über so große Entfernungen hinweg hatte Erasmus mit seinem eingeschränkten Potenzial keine Transverbindungen herstellen können.

Hokonna wandte sich ihr zu. »Ja, Ehrenwerte. Wir haben Ihre Berichte und die Daten sofort weitergeleitet. Erste Beratungen finden bereits statt. Man wird schnelle Entscheidungen treffen müssen.«

»Hoffentlich die richtigen«, warf Zacharias ein. Er stand auf, als er in einem Projektionsfeld sah, dass sich ihnen ein schnelles Kurierschiff aus dem Innern des Draghi-Systems näherte. Erasmus hatte darum gebeten, sie am Rand des Systems absetzen zu dürfen; er wollte weiter nach Tymion. Einen Grund für seine Eile hatte er nicht genannt und Tamara damit Anlass zu Spekulationen gegeben. Was auch immer in naher Zukunft geschah: Die Maschinenzivilisationen stellten einen wichtigen Faktor bei der Entwicklung der interstellaren Situation dar.

Tamara erhob sich ebenfalls und verließ zusammen mit Zacharias den Kontrollraum. Sie folgten dem Verlauf eines

Tunnels, den Erasmus durch eine Strukturveränderung für sie schuf, und erreichten wenige Minuten später eine kleine Luftschleuse. Auf der anderen Seite legte der schnelle Kurier an.

Bevor Zacharias das Zäidenschiff verließ, richtete er noch einmal Worte des Dankes an Erasmus, die Tamara übertrieben emotional fand. Ging es nicht darum, dass sie alle ihre Pflicht erfüllten, im Dienste des Lebens und des Überlebens? Sie murmelte einen knappen Abschiedsgruß, trat vor Zacharias durch die Luftschleuse und in den Kurier. Der Pilot, ein junger Keil, blieb an den Kontrollen sitzen, bereit für den Rückflug ins Innere des Systems. Keine dreißig Sekunden später beschleunigte er mit leistungsstarken Krümmern, und Erasmus blieb hinter ihnen zurück, was Tamara mit einer seltsamen Erleichterung erfüllte. Eine Last schien von ihr genommen.

»Sie hätten etwas freundlicher sein können, Ehrenwerte«, sagte Zacharias, der neben ihr im Passagierbereich saß. »Erasmus hat wirklich viel für uns getan.«

Tamara antwortete nicht und beschäftigte sich in Gedanken bereits mit den Dingen, die vor ihr lagen. Sie glaubte, ihre Aufgabe erfüllt zu haben. In den Tagen nach dem fast fatalen Sprung aus der Dunkelwolke hatte sie viele Informationen über den Zäiden gewonnen und in ihren Mnemen abgelegt. Bei ihrer Auswertung auf Millennia würden sich zweifellos neue Erkenntnisse über die Maschinenzivilisationen ergeben; sie durfte zufrieden heimkehren.

Drei Stunden später erreichten sie den heißen Gasriesen Gontor, den zweiten Planeten des Draghi-Systems. Auf dem siebten von insgesamt dreiundsechzig Monden gab es einen kleinen Stützpunkt des Dutzends, und im Orbit wartete Lanze Hokonnas Einsatzgruppe, zu der auch ein tausendzweihundert Meter langer Destruktor III gehörte, die *Longard*. Während des dreistündigen Flugs versuchte Zacharias mehrmals, Tamara in ein Gespräch zu verwickeln, aber als sie immer nur einsilbig antwortete, gab er es schließlich auf.

Der Pilot lenkte das Kurierschiff zu einem offenen Hangar der *Longard*, steuerte es durch den Atmosphärenschild und landete auf dem Hauptdeck. Adrian Hokonna war selbst gekommen, um sie zu empfangen. Nach einer sehr freundlichen Begrüßung wies er darauf hin, dass Quartiere vorbereitet worden waren, und er lud sie zu einer Besprechung ein. Zacharias erklärte sich sofort bereit, aber Tamara schüttelte den Kopf.

»Die Ihnen übermittelten Berichte enthalten alle relevanten Informationen«, sagte sie. »Es gibt nichts hinzuzufügen. Ich möchte mich sofort auf den Weg nach Millennia machen.«

»Wie Sie wünschen, Ehrenwerte«, erwiderte Lanze Hokonna.

Tamara nickte ihm und Zacharias kurz zu, wandte sich dann um und schritt zu dem Nebendeck, auf dem die *Eisblume* auf sie wartete. Der Name passte, denn so sah ihr kleines, kaum dreißig Meter durchmessendes Schiff aus: wie eine Orchidee aus Eis. Fragil anmutende, halbtransparente, blütenblattartige Sensorsegel wölbten sich aus dem Krümmerkern, und der Stängel darunter enthielt tronische Komponenten und die Lebenserhaltungssysteme. Waffen gab es nicht; dies war kein Kampfschiff. Tamara brauchte zehn Minuten, um die Bordsysteme hochzufahren und ihr Schiff startklar zu machen. Als sie es hinaus ins All steuerte, zeigte ihr eins der QR-Felder, dass Hokonna und Zacharias noch immer im Hangar waren und ihr hinterhersahen.

Sie dachte an die Mneme in ihrem Innern, und die Zufriedenheit – ein erlaubtes Gefühl – dehnte sich in ihr aus. Nachdem Tamara den Kurs zur nächsten Transferschneise oberhalb der Ekliptik programmiert hatte, suchte sie den Hibernationsraum auf und streckte sich dort auf einer von drei Liegen aus.

»Der Sprung erfolgt in fünf Minuten«, meldete die einfache KI der *Eisblume*. Interne Datenfluss- und Elaborationsblockaden verhinderten, dass sie das Potenzial eines Megatrons entwickeln konnte. Die Tal-Telassi hatten Vorsorge getroffen: Bei ihnen entstand kein falsches Leben.

»Leite die Hibernation ein«, sagte Tamara.

Sie schlief längst, als der Schock des Sprungs kam und die *Eisblume* mit dem langen Überlichtflug durch die Transferschneise begann.

Zacharias seufzte, als das blumenartige Schiff der Tal-Telassi durch den Atmosphärenschild glitt, beschleunigte und draußen im All schnell außer Sicht geriet. »Manchmal kann es sehr schwer sein, mit ihr klarzukommen. Erasmus hat viel Geduld bewiesen.«

»Sie ebenfalls, nehme ich an«, sagte Hokonna. Seine künstliche Stimme knarrte noch immer.

Zacharias seufzte erneut, als er sich an gewisse Momente mit Tamara erinnerte. »Manchmal frage ich mich, ob sie davon weiß.«

»Oh, sie weiß es, Impro. Aber es ist ihr gleichgültig. Können wir gehen?«

Afraim Zacharias nickte und folgte Hokonna zu einer der internen Schleusen. Kurz darauf hatten sie den Hangar verlassen und gingen einen Korridor entlang, der durch den fast tausend Meter langen Zylinder zur zweihundert Meter durchmessenden Bugkugel des Schlachtschiffs der Destruktor-III-Klasse führte. An einem der breiten Panoramafenster blieb Zacharias stehen, genoss das Gefühl relativer Sicherheit und blickte hinaus. Der heiße Gasriese füllte fast das gesamte Blickfeld aus, und eine Zeit lang beobachtete Zacharias die Tausende von Kilometern großen Sturmgebiete in Gontors aufgewühlter Atmosphäre. An einigen Stellen waren die Schatten anderer Monde zu sehen, wie kleine Flecken auf dem Antlitz des Riesenplaneten.

»Gibt es erste Reaktionen?«, fragte er.

»Vom Dutzend?«, fragte Hokonna und trat etwas näher. Die Servi in seinem Ektoskelett summten.

»Ja.«

»Das Konzil wartet auf Sie. So wie der Schwesternrat auf Tamara 14, nehme ich an. Man ist dort sehr neugierig auf Ihre persönlichen Eindrücke. Einige Avatars des Konzils warten im Konferenzraum auf Sie.«

»Ihr ging es gar nicht so sehr um die Graken«, sagte Zacharias nachdenklich und blickte noch immer nach draußen. »Sie war vor allem daran interessiert, mehr über Erasmus und die Maschinenzivilisationen herauszufinden.« Er drehte sich zu Hokonna um. »Halten Sie es für möglich, dass die Tal-Telassi den Zäiden gegenüber auf Konfrontationskurs gehen?«

»Das wäre sehr dumm, und das sind die Tal-Telassi gewiss nicht.«

Zacharias hörte die Worte und die knarrende Stimme, und gleichzeitig hörte er noch viel mehr: ein Flüstern aus der Vergangenheit, die Stimmen von Erinnerungen. Bei seiner ersten Begegnung mit Adrian Hokonna vor fast dreißig Jahren war sein Ektoskelett noch nicht so umfangreich gewesen wie jetzt. Doch kurze Zeit später, beim Kampf um Kurtigan, war Hokonna noch einmal schwer verletzt worden, und ihm erging es wie vielen anderen Soldaten und Offizieren der Streitkräfte: Es gab nicht genug Ressourcen, um alle Verwundeten mit neuen Gliedmaßen und Ersatzorganen auszustatten. Die Bionenproduktion von Millennia genügte längst nicht mehr, um den enormen Bedarf zu decken, und nach dem Fall von Andabar herrschte auch zunehmend Mangel an mechanisch-tronischen Prothesen. Hokonnas Körperfunktionen waren damals mit den Geräten und Servi wiederhergestellt worden, die zur Verfügung gestanden hatten, und das Ergebnis bestand aus einem Patchwork-Panzer, der vernarbtes Gewebe, stimulierte Nervenfasern, polymerverstärkte Knochen, einige halbwegs erhalten gebliebene Organe und ein noch immer voll funktionsfähiges Gehirn enthielt. Vor dreißig Jahren hatte Hokonna von den Medikern des Raumlazaretts gehört, dass das Ektoskelett ein Provisorium war, etwas, das ihm helfen sollte, die nächsten Monate zu überleben bis Millennia die notwendigen Komponenten für einen Bionenkörper liefern konnte. Aber aus den Monaten waren Jahre geworden, und schließlich hatte sich Hokonna an das Ektoskelett gewöhnt.

Es bestand aus Dutzenden von grauschwarzen, unterschiedlich großen Teilen, untereinander vernetzt durch Neuroverbindungen und künstliche Nerven aus Polymerfasern. Modular strukturierte Stahlkeramik bildete Arme und Beine, und darin integrierte Servi ermöglichten es ihm, sich fast normal zu bewegen. Das Gesicht zeigte auf der linken Seite Haut so grau wie die einer Leiche und auf der rechten Stahlfacetten mit visuellen, akustischen und olfaktorischen Sensoren. Die Augen waren das einzige Zugeständnis an moderne bionische Technik. Sie sahen fast genauso aus wie jene, die Hokonna damals bei der Explosion eines Krümmers verloren hatte, zusammen mit Armen, Beinen und einem Teil des Rumpfes: blaugrau und ausdrucksvoll, mit einem Blick, der manchmal mehr sah, als sich an der Oberfläche zeigte.

Das Ektoskelett war mehrmals mit pseudolebendiger Synthohaut verkleidet worden, aber immer wieder mussten einzelne Komponenten ausgetauscht werden, und inzwischen verzichtete Hokonna ganz auf künstliche Haut. Er störte sich nicht daran, wie eine Art humanoides Insekt auszusehen, gehüllt in einen segmentierten Chitinpanzer. Nur auf eins legte er Wert, ganz gleich, in welchem Zustand er sich befand: auf das Symbol an seinem rechten Arm. Es zeigte einen Feuer speienden dreiköpfigen Hund mit Schlangenschweif. Offiziell existierte die Legion von Cerbus seit siebzig Jahren nicht mehr, seit der verheerenden Schlacht um Andabar und dem Verrat der Waffenherrn, aber Hokonna wies noch immer stolz darauf hin, dass er fast vierzig Jahre seines hundertfünfunddreißig Jahre langen Lebens Mitglied der Legion gewesen war.

»Nein«, sagte Zacharias langsam. »Dumm sind die Tal-Telassi nicht. Aber sie haben geheime Pläne und sind schwer zu durchschauen.«

»Wir brauchen sie«, erwiderte Hokonna. »Und die Tal-Telassi wissen, dass wir die Maschinenzivilisationen brauchen, auch wenn sie angeblich ›falsches Leben‹ sind. Ohne die Zäiden wäre das Dutzend längst gefallen. Und vielleicht auch Millennia.«

Zacharias wandte sich ganz vom Fenster ab und schritt durch den Gang. Hokonna blieb an seiner Seite, und das Summen seiner Servi begleitete sie beide.

»Hier könnte sich bald einiges ändern«, sagte Afraim Zacharias. Neue Gedanken gingen ihm durch den Kopf und skizzierten ein Bild der nahen Zukunft. »Hier im Ophiuchus-Sektor.«

»Ja, ich weiß«, erwiderte Hokonna.

»Wenn wir tatsächlich Golgatha gefunden haben, steht eine größere Aktion des Dutzends bevor. Man wird Ihre Einsatzgruppe daran beteiligen.«

»Es käme mir gelegen.«

»Warum?«, fragte Zacharias, der die Gründe dafür kannte, warum Lanze Adrian Hokonna im Draghi-System stationiert war, weit abseits des Geschehens.

Wie sich herausstellte, kannte Hokonna sie ebenfalls.

»Weil ich dann ins Zentrum des Geschehens zurückkehren kann. Man hat mich hier stationiert, weil man das Draghi-System für sicher hält. Es gibt Stimmen im Konzil, die behaupten, ich hätte im Krieg gegen die Graken genug Opfer gebracht.«

»Stimmt das nicht?«, fragte Zacharias und wusste: Eine der Stimmen, die Hokonna meinte, gehörte ihm selbst.

»Ich lebe noch«, sagte Hokonna.

Sie sind ein Mitleid erweckendes Wrack, dachte Zacharias. Hokonna war mehr Maschine als Mensch, mehr Mechanik als Fleisch, und vielleicht kam er deshalb so gut mit den Zäiden zurecht. Insgesamt sechsmal war er beim

Kampf gegen die Graken so schwer verletzt worden, dass seine Rettung an ein Wunder grenzte. Er hatte sich einen Platz auf der Ehrentribüne der Beobachter verdient. Stattdessen wartete er auf eine Gelegenheit, in den Kampf zurückzukehren.

»Wollen Sie sterben?«, fragte Zacharias und stellte fest, dass sie auf dem Weg durch den langen Korridor nur wenigen Besatzungsmitgliedern begegneten. Es mangelte nicht nur an technischen und bionischen Ressourcen, sondern auch an Soldaten. Die Crew der *Longard* bestand aus nur vierzig Personen, das absolute Minimum für einen Destruktor der Klasse III.

»Sehen Sie das?« Hokonna deutete auf das Symbol der Legion Cerbus. »Es gibt sie nicht mehr – die Besten der Besten sind tot, seit vielen Jahren. Ich bin der Letzte. Wussten Sie das?«

Zacharias schüttelte den Kopf. Nein, das hatte er nicht gewusst.

»Außer mir gibt es keine Überlebenden der Legion.«

Der Impro atmete tief durch. »Wir alle sind die Letzten, Adrian«, sagte er und erlaubte es sich, den Mann im schwarzgrauen Ektoskelett mit dem Vornamen anzusprechen. »Wenn die Graken eine neue Offensive planen, und wenn sie Erfolg damit haben ... Dann wird niemand von uns übrig bleiben. Jeder muss tun, was er kann. Und Sie haben mehr getan als sonst jemand.«

»Vielleicht nicht genug.«

Sie verließen den Hauptkorridor und schritten durch einen schmalen Gang, der weiter in den langen Zylinder der *Longard* führte. Kurz darauf erreichten sie ein Konferenzzimmer.

»Es ist alles für Sie vorbereitet«, sagte Hokonna und reichte dem Impro einen kleinen Datenschlüssel.

»Danke.« Zacharias sah Hokonna hinterher, als er mit summenden und surrenden Servi fortstapfte, betrat dann das Zimmer und nahm vor einer halbrunden Konsole Platz, die ihn an ein Rednerpodium erinnerte. Auf der anderen Seite leuchteten die Bereitschaftsanzeigen mehrerer quasirealer Projektoren. Es genügte, bestimmte Kontrollfelder der Konsole zu berühren oder eine verbale Anweisung zu erteilen, um die bereits existierenden verschlüsselten Transverbindungen aus dem passiven in den aktiven Modus zu holen. Doch Zacharias zögerte, legte den Datenschlüssel in einen ID-Scanner und rief Situationsinformationen in Hinsicht auf Lanza Hokonnas Einsatzgruppe ab.

Sie bestand aus der *Longard*, drei leichten Schlachtschiffen, zwei schnellen Kurieren der Hermes-Klasse und einem Fernaufklärer. Seit vier Jahren war diese kleine Flotte im Draghi-System stationiert, mit dem offiziellen Auftrag, nach den Graken und ihren Vitäen Ausschau zu halten und alle Bewegungen des Feindes zu melden. Seit vier Jahren war die Flottille in kein einziges Gefecht verwickelt worden, und genau darin bestand der Sinn ihrer Stationierung: Lanze Adrian Hokonna und andere alte Offiziere, die sich große Verdienste erworben hatten und oft verletzt worden waren, sollten überleben. Doch jetzt wollte es der Zufall, dass in einer nicht sehr weit entfernten Dunkelwolke ein Zentrum der Graken – vielleicht *das* Zentrum – entdeckt worden war. Wenn sich nach der Auswertung aller Daten der Verdacht erhärtete, dass es sich um Golgatha handelte, und wenn außerdem die Möglichkeit bestand, dass die Graken in Kürze mit einer Offensive gegen das Dutzend beginnen wollten ... Dann würde das Konzil der Überlebenden eine große Kampfflotte in den Ophiuchus-Sektor schicken. Zacharias bezweifelte, ob sich Adrian Hokonna unter solchen Umständen mit der Rolle eines tatenlosen Beobachters zufrieden gab.

Was trieb ihn an? Warum der Wunsch, in den Kampf zurückzukehren? Fühlte sich Hokonna schuldig, weil er der letzte Überlebende der Legion Cerbus war? Glaubte er irgendwo tief in seinem Innern, dass er nur dann Erfüllung finden konnte, wenn er im Kampf gegen die Graken starb?

Hielt er das für seine *Pflicht*? Es war falscher Mut, fand Zacharias. Selbstaufopferung dieser Art nützte niemandem. Das Überleben, auch *individuelles* Überleben, war wichtiger als jemals zuvor. *Wir sind nur noch wenige,* dachte er. *Wir können es uns nicht leisten, dass einige von uns versuchen, ihr Leben wegzuwerfen.* Ganz gewiss konnte sich das Dutzend keine Offiziere leisten, die aus irgendeinem Grund den Tod suchten und dabei ihre Untergebenen mit ins Verderben rissen. Das war der zweite, noch wichtigere Grund für Hokonnas Stationierung im Draghi-System. Und dafür, warum sich an Bord seiner Schiffe noch weniger Soldaten befanden als sonst in den Streitkräften üblich. Lanze Adrian Hokonna sollte am Leben bleiben, denn das hatte er sich in mehr als hundert Jahren verdient. Und er sollte daran gehindert werden, das Leben von Soldaten zu gefährden. Letztendlich lief es darauf hinaus, Hokonna vor sich selbst zu schützen.

Aber manchmal - eigentlich sogar ziemlich oft - entwickelten sich die Dinge nicht wie geplant.

Zacharias seufzte tief, ließ die Situationsberichte aus dem zweidimensionalen Informationsfenster verschwinden und wandte sich wieder den Kontrollen der Konsole zu. Es wurde Zeit, mit den Avatars des Konzils zu reden und ihre Fragen zu beantworten.

27. Februar 1229 ÄdeF

Die Sonne ging unter, und in ihrem roten Schein gewann der langsam fließende Toran die Farbe von Blut. Impro Afraim Zacharias stand auf dem Dach eines Gebäudes, das zusammen mit vielen anderen zum Regierungszentrum des Dutzends gehörte, und blickte zum breiten Fluss, der Hiratara, Kalahos Hauptstadt, in zwei etwa gleich große Hälften teilte. Nur für einige Minuten am Abend gewann der Strom diese blutrote Farbe und erinnerte daran, dass vor etwa achtzig Jahren wirklich Blut in ihm geflossen war. Der Graken, der sich damals auf Kalaho niedergelassen hatte, war besiegt worden, aber es gab noch immer offene Wunden, besonders in den Köpfen der Überlebenden.

Zacharias war auf Kalaho geboren, als Kind einer befreiten Welt. Er hatte den Schrecken vor achtzig Jahren nicht miterlebt, kannte ihn aber von anderen Planeten, die den Graken und ihren Vitäen zum Opfer gefallen waren. Als Soldat und Offizier hatte er an zahlreichen Kämpfen teilgenommen, war dabei durch seine Erfolge aufgefallen und in den Streitkräften rasch aufgestiegen. Ihm war es nie darum gegangen, Siege um jeden Preis zu erringen. Sein Ziel hatte immer darin bestanden, Leben zu erhalten und Überleben zu ermöglichen. Diesen Prioritäten passte er Taktik und Strategie an. Und er war erfolgreich damit. Wie kaum ein anderer verstand er es fast intuitiv, Chancen zu erkennen und sie mit minimalem Einsatz von Ressourcen zu nutzen – eine wertvolle Fähigkeit in einer Zeit, in der es praktisch an allem mangelte.

Erste Lichter leuchteten in der Stadt, und es wurden schnell mehr. Der Toran verlor die Farbe von Blut und glänzte nun wie Silber. An vielen Stellen glühten bunte Lichter auf ihm, die von Booten und schwimmenden Plattformen stammten.

Kalaho. Eine der ältesten von Menschen besiedelten Welten. Wann genau die ersten Menschen hierhergekommen waren, wusste man nicht mehr, aber die Aufzeichnungen reichten über beide Große Lücken hinweg Tausende von Jahren in die Vergangenheit. Schon damals hatten sich die von der Erde kommenden Menschen diese Welt mit den Quinqu geteilt.

Zacharias drehte sich halb um und sah zu den Türmen der Quinqu, die wie hohe Felsnadeln aus dem üppigen Grün der Ebene aufragten. Sie bestanden aus organischen Materialien hart wie Granit, hatten eine breite Basis und verjüngten sich nach oben. Auch dort glühten Lichter, aber viele von ihnen waren in Bewegung, getragen von schmetterlingsartigen Quinqu, die das Innere der Türme verließen und zu den an Ankertauen befestigten Schlupftrauben flogen. Jede von ihnen bestand aus mehr als zwanzig roten Kokons, aus denen bald junge Quinqu schlüpfen würden. Zweimal im Jahr fand dieses Ereignis statt, und es war jedes Mal Anlass für multiethnische Feste überall auf Kalaho.

Die Dunkelheit kam schnell in dieser Äquatorialregion, und Zacharias hob den Blick zum Himmel. Ferne Sterne leuchteten, und zwischen ihnen bewegten sich andere Lichtpunkte: Raumschiffe der orbitalen Verteidigung, unter ihnen auch Zäiden – ohne ihre überlegene Waffentechnik wäre es dem Dutzend nicht gelungen, den Graken achtzig Jahre lange standzuhalten.

Zacharias stellte fest, dass es ihm schwerfiel, sich zu entspannen. Er hatte dem Konzil der Überlebenden ausführlich von der Erkundungsreise mit Tamara 14 und Erasmus berichtet, insbesondere von seinen Erlebnissen in der Dunkelwolke. Seit Tagen werteten die Analytiker die aufgezeichneten Daten aus, um festzustellen, ob das künstliche Gebilde aus einundzwanzig Sonnen im Zentrum der Dunkelwolke und die starke Graken-Präsenz tatsächlich bedeuteten, dass sie Golgatha gefunden hatten. Zacharias war sicher, dass das Konzil schon sehr bald wichtige Entscheidungen treffen würde – Entscheidungen, die maßgeblichen Einfluss auf die Zukunft des Dutzends haben würden. Deshalb kam er nicht zur Ruhe: Er spürte, dass sich bedeutende Dinge anbahnten, und instinktiv versuchte er, darauf vorbereitet zu sein.

Zacharias beobachtete das Lichtermeer der Stadt, als er ein subliminales Signal vom Kom-Servo an der bionischen Halsschlaufe empfing. Es kam vom Büro des Vorsitzenden und konnte nur eins bedeuten: Zumindest eine der wichtigen Entscheidungen war getroffen.

Er kehrte ins Gebäude zurück, schritt durch Flure und passierte tronische Sperren, ohne aufgehalten zu werden.

Der Kom-Servo diente auch als Identer und teilte allen aufmerksamen Augen und Ohren im Regierungszentrum mit, wer er war und wie es um seine Befugnisse stand. Ganz automatisch erwiderte er die Grüße der Personen, denen er in den Korridoren begegnete, während seine Gedanken der bevorstehenden Begegnung mit dem Vorsitzenden galten. Es dauerte nicht lange, bis er in den Bereich des Gebäudekomplexes gelangte, der den Mitgliedern des Konzils vorbehalten war.

Die Tür von Abnars Büro öffnete sich, als Zacharias bis auf zwei Meter herankam. Vier Personen erwarteten ihn im größten der funktionell eingerichteten Räume: Abnar, Taruf von Ksid und Vorsitzender des Konzils der Überlebenden; der stellvertretende Vorsitzende Benjamin Tolosa, ein von Kirian stammender Mensch; Impro Vantoga, Quinqu von Kalaho; und Impro Nektar, Leiter der Strategischen Planungsgruppe. Vantoga hatte die großen Schwingen zusammengefaltet und zeichnete sich wie fast alle Angehörigen seines Volkes durch eine zarte, ätherische Schönheit aus. Sein puppenhaftes, erstaunlich menschlich wirkendes Gesicht zeigte eine Mischung aus Aufregung und Sorge. Wer die Quinqu kaum kannte, war nicht imstande, ihr Alter zu schätzen. Zacharias war nicht nur auf Kalaho aufgewachsen, in ständiger Gesellschaft der schmetterlingsartigen Geschöpfe; er *wusste* auch, dass Vantoga fast zweihundert Jahre alt war und damit an der Grenze zum greisenhaften Alter stand. Er war Mitglied des Koordinierenden Triumvirats gewesen, das Hegemon Tubond vor mehr als achtzig Jahren abgelöst hatte. Bei der Ausrufung der Koalition auf Eraklia, dem sechsten Planeten des Selen-Systems, hatten die Graken einen verheerenden Angriff geführt, dem viele zum Opfer gefallen waren. Impro Vantoga zählte zu den wenigen Überlebenden jener Katastrophe.

Nur der Quinqu stand und benutzte vermutlich Mikrogravitatoren, um Muskeln und Gelenke zu entlasten. Abnar, Tolosa und Nektar saßen, und auf eine Geste des Vorsitzenden hin nahm Zacharias ebenfalls Platz. Abnar trug uniformartige Kleidung, die seinen dürren, wie gläsernen Körper nicht ganz bedeckte. Sein schmales Gesicht wirkte nach menschlichen Maßstäben leer, denn es fehlten Augen. Die Taruf orientierten sich mithilfe von Ultraschall- und Radarsignalen. Empfangen wurden diese Signale von pustelartigen Rezeptoren, die in Form eines Wulstbogens von der einen Seite des Kopfes zur anderen reichten, mitten durchs Gesicht.

»Die Lage ist ernster, als wir vor Ihrer Mission dachten, Impro Zacharias«, sagte Abnar ohne Einleitung. Seine Stimme kam aus einem bionisch-tronischen Linguator, der einen zweiten Wulst an seinem Hals bildete. »Unsere Analytiker haben die ersten Untersuchungen beendet, und es besteht kein Zweifel mehr: Sie haben Golgatha gefunden.«

Zacharias nickte langsam. Er hatte kaum etwas anderes erwartet.

»Das gibt uns eine Chance. Aber wir wissen jetzt auch, dass uns große Gefahr droht.«

»Die einundzwanzig Sonnen und das Konstrukt in ihrem Innern«, sagte Zacharias.

»Ja«, erwiderte Abnar. »Wir sind ziemlich sicher, dass die Graken einen Angriff auf die einundzwanzig bewohnten Welten des Dutzends planen. Mit der überlegenen Technik der Zäiden ist es uns bisher gelungen, Feuerstürme auf unseren Welten zu verhindern. Die Inhibitoren verhindern, dass uns die Graken durch ihre Dimensionstunnel erreichen, und ein Angriff aus dem interstellaren All, durch die Transferschneisen, hätte keinen Sinn; unsere Streitkräfte haben bewiesen, dass sie ihn abwehren können.«

»Mit den Zäiden und ihren Waffen auf unserer Seite«, warf der stellvertretende Vorsitzende ein.

»Genau darum geht es«, sagte Abnar. Er beugte sich vor, und in seinem Rezeptorwulst zuckte es kurz. »Die Entdeckung von Golgatha gibt uns die Möglichkeit, einen entscheidenden Schlag gegen die Graken zu führen, doch dabei stoßen wir auf zwei Probleme.«

»Es gilt, schnell zuzuschlagen, bevor die Graken ihr Konstrukt einsatzbereit haben und mit ihrer Offensive beginnen«, sagte Nektar. »Und allein können wir es nicht schaffen; wir brauchen massive Hilfe von den Zäiden.«

»Benjamin?«, wandte sich Abnar an den Menschen neben ihm.

Benjamin Tolosa war fast ebenso dürr wie der Taruf Abnar, und in seinem Gesicht standen die Jochbeine wie schroffe Klippen unter der grauen, faltigen Haut hervor. Die smaragdgrünen Augen blickten wach und intelligent. Tolosa hatte bereits drei Resurrektionen hinter sich, und die körperlichen Verfallserscheinungen deuteten darauf hin, dass er bald eine vierte brauchte. Er gehörte nicht zum militärischen Zweig des Konzils, sondern zur Administration, und Zacharias kannte ihn als einen ausgezeichneten Ressourcenverwalter.

»Die ersten Vorbereitungen für unsere Offensive im Ophiuchus-Sektor werden bereits getroffen, aber ich muss Ihnen sicher nicht erklären, wie beschränkt unsere Mittel sind. Ich werde versuchen, die Streitkräfte so gut wie möglich auszustatten.« Tolosa holte ein Speichermodul hervor und gab es Zacharias. »Es enthält die wichtigsten logistischen Daten und auch die Ergebnisse unserer Analytiker. Bringen Sie es nach Tymion.«

Afraim Zacharias, der gerade eine mehrere Monate lange Mission hinter sich hatte, blickte auf das Modul hinab und verstand.

»Es geht nicht nur darum, den Zäiden die Daten zu übermitteln«, fügte Benjamin Tolosa hinzu und sprach wie immer mit ruhiger, bedächtiger Stimme. »Wir brauchen jemanden, der fähig ist, die Zäiden von der Notwendigkeit eines großen Einsatzes zu überzeugen. Diesmal benötigen wir nicht nur ein paar Schiffe, sondern einen ganzen Flottenverband, und zwar einen möglichst großen. Wir brauchen ihre Technik, ihre Waffen. Wir brauchen *alles* für den Schlag gegen Golgatha. Dies könnte die Entscheidung bringen, Impro.«

Zacharias nickte. Er war zu den gleichen Schlüssen gelangt. Aber dass ausgerechnet er mit dieser ebenso wichtigen wie schwierigen Mission beauftragt wurde ...

»Bleibt mir Zeit genug, meine Familie zu besuchen?«, fragte er und steckte das Speichermodul ein.

»Nein«, erklang die zirpende Stimme des Quinqu Vantoga. Er breitete halb die metallisch glänzenden Flügel aus und neigte sie, eine Geste, die Zacharias kannte: Sie brachte Verständnis und Sympathie zum Ausdruck. »Die Zeit drängt, wie Sie wissen. Sie haben Erfahrungen mit den Zäiden gesammelt, und Erasmus hat ausdrücklich Ihren Namen genannt.«

»Sie haben mit ihm gesprochen?«

»Der Kontakt erfolgt über ihn. Man erwartet Sie auf Tymion. Sie und Tamara 14.«

Zacharias wölbte die Brauen.

»Es hat auch uns erstaunt, dass die Zäiden ausgerechnet mit jener Tal-Telassi reden wollen. Tamaras Haltung den Maschinenzivilisationen gegenüber ist bekannt.«

»Den Emm-Zetts ...«, murmelte Zacharias.

»Dadurch wird Ihre Rolle bei den Verhandlungen noch wichtiger«, sagte Vantoga sanft. »Und auch diesmal gibt es eine Mission innerhalb der Mission. Überzeugen Sie Erasmus und die anderen davon, uns die notwendige Hilfe zu geben. Und finden Sie gleichzeitig möglichst viel über die Maschinenzivilisationen heraus. Der letzte Besuch auf einer ihrer Welten fand vor einundvierzig Jahren statt, und wir alle wissen, mit welcher Geschwindigkeit sich die Zäiden entwickeln. Außerdem bekam der Gesandte damals nicht viel zu sehen.«

»Wann breche ich auf?«, fragte Zacharias.

»Jetzt sofort«, sagte Vantoga, und seine Flügel knisterten. »Die *Taifun* steht für Sie bereit.«

»Meine Eltern ...«

»Ich weiß«, sagte der Quinqu voller Anteilnahme. »Ich spreche mit ihnen und erkläre alles.« Ein Lächeln erschien in dem puppenhaften Gesicht. »Ich rede auch mit Patricia, wenn Sie möchten.«

Patricia. Die Frau, die unter anderen Umständen vielleicht zu seiner Ehepartnerin geworden wäre. Immer wieder hatte sie auf ihn gewartet, und immer vergeblich. Ständig hatte es andere Dinge gegeben, die seine Aufmerksamkeit verlangten, so wie jetzt.

Afraim Zacharias stand auf. »Danke, Vantoga. Ich rede selbst mit ihr, nach meiner Rückkehr.« Er ging zur Tür. »Ich nehme an, die erste Etappe des Fluges führt nach Millennia?«

»Ja«, sagte Abnar.

In der offenen Tür zögerte Zacharias, und eins der Dinge, die sein Unterbewusstsein beschäftigt hatten, rückte plötzlich ins Zentrum seiner Aufmerksamkeit. »Der Ophiuchus-Sektor wird zur Kampfzone, nicht wahr?«

»Mit großer Wahrscheinlichkeit.«

»Wenn Sie gestatten, nehme ich noch jemanden mit, eine Person, die immer gut mit den Zäiden zurechtgekommen ist und uns helfen könnte.«

»Wen meinen Sie?«, fragte Abnar.

»Lanze Adrian Hokonna, den Kommandeur der Flottille im Draghi-System.«

»Natürlich«, erklang Abnars Linguator-Stimme. »Nehmen Sie all die Personen mit, die Sie brauchen. Diese Mission gibt Ihnen Sondervollmacht.«

Zacharias verließ das Büro des Konzilsvorsitzenden mit der Zufriedenheit darüber, ein Leben gerettet zu haben.

Der Krieg: VII

16. Juni 1166 ÄdeF

Keil Nektar musterte die Soldaten, mit denen er auf Doohan abspringen wollte: fast vierzig Männer und Frauen, seine Truppe. Zum fünfzehnten Mal führte er das Kommando über eine Einsatzgruppe, und er beabsichtigte, zum fünfzehnten Mal erfolgreich zu sein.

»Ich bin Keil Nektar«, sagte er, als die Soldaten, bereits in Kampfanzüge gekleidet, vor ihm Aufstellung bezogen. »Einige von Ihnen staunen vielleicht darüber, dass ein so junger Mann wie ich den Befehl über diese Gruppe hat, aber die anderen kennen mich und wissen Bescheid.« Er deutete auf eine Frau, die mindestens zehn Jahre älter war als er und am letzten Einsatz bei den Drei Hohen Sternen teilgenommen hatte. »Lori?«

Die Frau lächelte kurz. »Sie sind unsterblich.«

»Das stimmt nicht ganz«, erwiderte Nektar und musterte die Soldaten nacheinander. »Ich *bin* sterblich, wie Sie. Aber ich werde erst sterben, nachdem ich einen großen Sieg über die Graken errungen habe.« Diese Worte gehörten zum Ritual. »Das *weiß* ich. Vierzehn schwierige Einsätze habe ich bereits hinter mich gebracht, und hier stehe ich vor Ihnen, bereit für den fünfzehnten. Vertrauen Sie mir und meinen Anweisungen. Dann bleiben auch Sie am Leben.«

Die Männer und Frauen salutierten. Nektar wusste, dass

 er sich bei der Siebten Orbitalinfanterie als Einsatzleiter

einen guten Ruf erworben hatte. Er galt als umsichtig und kompetent, als jemand, der sich bemühte, seine Leute lebend zurückzubringen.

Nektar erwiderte den Gruß und deutete auf die Anzeige des Chrono-Servos an der Wand des Hangars. »Noch zehn Minuten. Bereiten Sie sich vor.«

Als die Soldaten wegtraten, um letzte Vorbereitungen zu treffen, ging Nektar zu einem Mann, der schon zuvor sein Interesse geweckt hatte. Er war älter als die anderen Soldaten, wirkte fast zu alt für den Kampfeinsatz. Vom Rest der Truppe trennten ihn mindestens drei Jahrzehnte, wenn nicht noch mehr.

»Wie heißen Sie, Soldat?«

Der Mann drehte sich zu ihm um und nahm Haltung an. Selbst im Kampfanzug wirkte er fast zerbrechlich – offenbar kam er von einer Welt mit niedriger Schwerkraft, denn er trug einen die Gravitation regulierenden Mikrokrümmer. Er hatte das schlaffe Gesicht eines Lobotomen.

»Ich bin Broderick Gann«, sagte der Mann. »Aber das ist nicht mein richtiger Name.«

»Und wie lautet Ihr richtiger Name?«

»Ich weiß es nicht, Keil. Ich habe eine Gedächtnislöschung hinter mir.«

Ein Verurteilter, dachte Nektar. »Sie sind recht alt, Soldat Gann.«

»Dies ist mein letzter Kampfeinsatz, Keil. Man hat mir eine Versetzung zur Militäradministration auf Kalaho in Aussicht gestellt.«

Nektar sah in den Augen des Mannes etwas, das ihm gefiel. »Wenn Sie gute Arbeit leisten, werde ich die Versetzung nach unserem Einsatz in die Wege leiten.«

Broderick Gann salutierte. »Danke, Keil.«

Das Pfeifen wurde lauter, als Nektar auf der Nachtseite des Planeten durch die Atmosphäre fiel, zusammen mit seinen Soldaten. Nach dem Orbitalsprung bewegte er sich mit zwanzigfacher Schallgeschwindigkeit, und ein Schirmfeld bewahrte ihn vor der enormen Reibungshitze. Das Datenvisier projizierte Bilder und Informationen direkt auf die Netzhaut der Augen und erlaubte es ihm, Doohans Oberfläche so deutlich zu sehen, als befände er sich nur wenige hundert Meter über ihr. Diesmal ging es nicht um Rückzug, nicht um Flucht. Ihre Aufgabe bestand darin, einen von mehreren Stützpunkten der Kronn anzugreifen und zu zerstören. Außerdem sollten sie zu einer Aufklärungsgruppe stoßen, die vor einigen Wochen auf Doohan abgesetzt worden war, mit dem Auftrag, so viel wie möglich über die Logistik der Kronn herauszufinden. Jene Aufklärer hatten die Lauscher belauscht: Im Oberkommando der Streitkräfte glaubte man, dass Doohan eine Art Horchposten des Feindes war.

Als die Geschwindigkeit auf etwa Mach 4 gesunken war, empfingen Nektars Augen Bilder, die ihm zeigten, dass etwas nicht nach Plan verlief: Im Zielbereich registrierten die Sensoren des Kampfanzugs Explosionen auf der Oberfläche des Planeten. Dort wurde bereits gekämpft, und das konnte nur eins bedeuten: Es war zu einem Kontakt zwischen den Kronn und der Aufklärungsgruppe gekommen.

Er traf eine rasche Entscheidung und aktivierte den Kom-Servo. »Wir ändern unsere Vorgehensweise. Soldat Broderick Gann, Sie nehmen die Hälfte der Gruppe und greifen den Stützpunkt der Kronn mit Mikrokollapsaren an. Die anderen folgen mir.«

Nektar aktivierte den Levitator und machte dabei gleichzeitig von seinem Kommandoprivileg Gebrauch, das es ihm gestattete, die primären Systeme der anderen Kampfanzüge zu kontrollieren. Neunzehn Soldaten folgten ihm, als er Vollschub gab und der Kampfzone entgegenraste. Die anderen setzten den passiven Flug zur Kronn-Basis fort.

Dreißig Sekunden vor Erreichen des Kampfgebiets übergab er seinen Soldaten wieder die Kontrolle über ihre Anzugsysteme und schaltete auf volle biotronische Stimulation. Er wusste, dass er dabei fast zehnmal so viel physische und psychische Energie verbrauchte wie sonst, aber diesen Preis zahlte er gern für eine höhere Überlebenschance. Die Anzugsysteme reagierten und präsentierten ihm eine wahre Datenflut: die Biotelemetrie der Soldaten; das Geschehen auf der Planetenoberfläche in allen Einzelheiten; die Position der Trägerschiffe im All, deren Shuttles Nektars Gruppe und auch die anderen Einsatzteams in den Orbit gebracht hatten; die Aktivitäten bei den vier anderen Stützpunkten der Kronn auf Doohan – all diese Informationen verschmolzen zu einem Gesamtbild, das Nektar zur Grundlage seines Handelns machte. Er ging auf vollen Gegenschub, gab seinen neunzehn Begleitern Anweisungen und nannte jedem von ihnen Angriffsziele. Über den Resten einer Stadt, vor fast viertausend Jahren von inzwischen ausgestorbenen Bewohnern des Planeten erbaut, schwärmten sie aus und griffen Dutzende von Kronn an. Fast gleichzeitig blitzte es am Horizont auf, als Mikrokollapsare den feindlichen Stützpunkt attackierten.

Nektar feuerte und flog, während seine Gedanken rasten und der Mund ständig in Bewegung blieb; er sprach so schnell, dass es einem normalen Menschen schwergefallen wäre, ihn zu verstehen. Aber die Soldaten verstanden ihn sehr wohl, denn auch ihre physischen und geistigen Prozesse wurden biotronisch stimuliert. Die Schutzblasen von Kronn flackerten und kollabierten, getroffen von Energiestrahlen, Mikroraketen und explosiven Geschossen. Knochenbündel barsten; Organbeutel platzten.

Nach weniger als einer Minute war der Kampf vorbei, und die überlebenden Kronn setzten sich in Richtung Stützpunkt ab – vielleicht wurden sie von dort aus zurückgerufen. Die Biotelemetrie wies Nektar darauf hin, dass er noch alle seine Soldaten hatte: Niemand war gefallen; nur einer hatte leichte Verletzungen erlitten. Die von Ganns Gruppe stammenden Daten waren ebenfalls erfreulich. Die

Kämpfe dauerten noch an, aber auch dort gab es bisher keine Verluste – die Überraschung war gelungen.

Trotzdem sah Nektar tote Soldaten, als er inmitten der Ruinen landete, dort, wo ihm die Sensoren die Präsenz von Menschen und eines Taruf zeigten. Es waren Kämpfer der Koalition, Angehörige des Aufklärungsteams.

Neben den Resten eines Gebäudes, das vor Jahrtausenden recht groß gewesen sein musste, kletterten Gestalten aus einer Öffnung im felsigen Boden, allen voran ein Taruf. Nektars Anzugsysteme identifizierten ihn: Kiho von Ksid, Logistiker und Informatiker, Leiter der Aufklärungsgruppe.

»Was ist hier geschehen?«, fragte Nektar und achtete ganz bewusst darauf, langsam zu sprechen.

Pfiffe an der Grenze des Hörbaren kamen von dem Taruf, und der Linguator in Nektars Kom-Servo übersetzte. »Eine Patrouille«, sagte Kiho, und es klang sehr traurig. »Es war eine gewöhnliche Patrouille, und sie hätte uns bestimmt nicht entdeckt. Aber er glaubte offenbar, einen leichten Sieg erringen zu können. Immerhin wusste er, dass Sie unterwegs waren. Siebzehn Soldaten haben das mit ihrem Leben bezahlt. Er selbst ist verletzt.«

Nektar folgte Kiho zur Öffnung im Boden, vorbei an mehreren Zivilisten. Sie stiegen eine kurze Treppe mit unterschiedlich hohen Stufen hinunter und erreichten einen Kellerraum mit so niedriger Decke, dass sich Nektar bücken musste, um nicht mit dem Kopf anzustoßen. In der Ecke lag jemand, gekleidet in einen leichten Kampfanzug, der an der linken Seite aufgerissen war – eine energetische Entladung hatte die Hüfte verbrannt. Das Licht von Nektars Helmlampe fiel auf das Gesicht des Mannes, und er erkannte ihn sofort.

»Dies ist kein glückliches Wiedersehen, Hilliot«, sagte er ernst.

8

Brunnensprung

Heres

Seit drei Tagen war Rupert verschwunden, entführt von Eisenmännern, nicht von Gesandten der Dominanten. Dominique und Tarweder hatten ihre Spuren gefunden und wussten, wohin die Entführer unterwegs waren: nicht in Richtung Calanto wie Arn Hannaratts Reisegruppe, sondern zur Großen Öde, einer mehr als tausend Kilometer durchmessenden Wüste, in der es nach Tarweders Aussagen kein Leben gab. Dominique hatte ihn gedrängt, mit ihr die Verfolgung aufzunehmen. Sie hatte auch Hannaratt darum gebeten, was ihr den Vorwurf einbrachte, egoistisch zu sein: Eine aus fast hundert Personen bestehende Reisegruppe durfte sich nicht wegen einer einzigen Person in Gefahr bringen, noch dazu wenn es um die Eisenmänner ging.

Dominiques Unruhe wuchs immer mehr, und ihr wurde klar, wie sehr sie sich an Ruperts Präsenz gewöhnt hatte. Aus dem zu Anfang gefürchteten Mörder war ein Freund geworden und mehr. Er brauchte sie, um das Ungeheuer in seinem Innern unter Kontrolle zu halten, den anderen Rupert, den schreckliche Qualen in den Wahnsinn getrieben hatten. Und sie brauchte ihn, weil ... Weil sie mit ihm mehr war als ohne ihn. Sie war erst ein widerspenstiges, verbohrtes Mädchen gewesen und dann eine irrationale, fanatische junge Frau, die einzige Tal-Telassi mit Gefühlen und voller

Stolz auf ihre emotionale Unvernunft. Sie hatte unter einer Mutter gelitten, die aus dem Tod ihres Vaters einen Heldenmythos machte, und unter ihrem Vater Dominik, dessen heroische Aura ihr eigenes Licht überstrahlte, neben dessen Perfektion ihre Schwächen viel zu deutlich wurden. Vor allen Dingen aber hatte sie unter sich selbst gelitten, unter ihrer Aufsässigkeit, an dem Willen, auf jeden Fall anders zu sein als ihre Mutter, unter einer Leere tief in ihrem Innern. Heute wusste sie, dass sie damals verzweifelt nach dem richtigen Weg für sich gesucht hatte. Sie war noch immer nicht sicher, ob sie ihn inzwischen gefunden hatte, aber mit Rupert war die Suche leichter geworden. Mit ihm war alles leichter.

Was steckte hinter Ruperts Entführung durch die Eisenmänner? Zweimal in kurzer Zeit hatten sie Tarweders Haus angegriffen, und Dominique vermutete, dass es ihnen dabei um Rupert gegangen war. Warum? Und dann der Schlaf, der ebenfalls zweimal kurz hintereinander gekommen war. Man konnte fast glauben, dass es auch den Dominanten um Rupert ging. Wegen seiner besonderen Fähigkeiten? Aber warum war nicht auch Dominique entführt worden? Hatte sie einfach nur Glück gehabt?

Wie auch immer die Antwort auf diese letzte Frage lautete: Dominique schien noch bei einer anderen Sache Glück gehabt zu haben. Vor drei Tagen war sie mit Brandblasen an der rechten Hand erwacht. Die Erlebnisse während des Schlafs mussten mehr gewesen sein als nur ein Traum – das Feuer hatte sie tatsächlich verletzt.

Calanto war eigentlich keine richtige Stadt, sondern ein Zusammenschluss aus einzelnen Dörfern am Rand eines ausgedehnten Sumpfgebiets. Das fast zwei Kilometer durchmessende Tiefe Becken zähmte die Fluten des Gernot, nachdem sie über mehrere Wasserfälle in die Tiefe gestürzt waren. Zahlreiche Flussarme gingen davon aus und führten nach Osten, doch ihr Wasser versickerte nach und nach, und dem Sumpfgebiet folgte eine trockene Ebene, das »Land des Salzes«, wie es die Einheimischen nannten.

»Das versickernde Wasser hat Höhlen und Grotten aus dem Boden gewaschen und zahlreiche unterirdische Seen gebildet«, hatte Tarweder Dominique bei einem Gespräch über Calanto und das Sumpfgebiet erklärt. »Ich bin einmal dort unten gewesen, vor vielen Jahren. Ich wollte der Stille des ruhigen Wassers lauschen, aber schon nach kurzer Zeit wurde sie mir zu laut.«

Dominique hatte den Alten angesehen und geglaubt, etwas Vertrautes zu sehen und zu hören. »Ich weiß, was du meinst. Stille kann sehr laut sein.«

»Wenn du das weißt, junge Dame, so bist du sehr klug für dein Alter.«

Die Reisegruppe – eine von vielen angesichts der näher rückenden Zeit des Eises – schlug ihr Lager am Fuß des ersten von insgesamt neunzehn Hügeln auf, die selbst dann Trockenheit garantierten, wenn der Gernot aufgrund des Regens im Westen anschwoll. Dominique half, provisorische Quartiere zu errichten, beobachtete dabei das Geschehen in den anderen Lagern und auf den Hügeln. Die auf den Kuppen errichteten Dörfer wirkten sehr primitiv. Die meisten Gebäude schienen aus natürlichen Materialien errichtet zu sein, aus Steinen oder gehärtetem Lehm; nur bei einigen wenigen bemerkte sie Kunststoffe, in den meisten Fällen offenbar einfache Polymerverbindungen. Auf den Wegen zwischen den Hügeln, zu beiden Seiten von Entwässerungsgräben gesäumt, herrschte erstaunlich lebhafter Verkehr. Dominique sah einfache Holzkarren, von ochsenartigen Geschöpfen gezogen, mit Rädern ausgestattete Bodenfahrzeuge und Levitatorwagen – eine Mischung, wie sie bunter kaum sein konnte. Arn Hannaratts Levitransporter gehörten zweifellos zu den modernsten Vehikeln und zogen viele neugierige Blicke auf sich, vermutlich auch wegen ihrer Fracht. Die beiden Krieger in den Diensten des Kaufmanns – sehr kräftig gebaute und trotzdem außerordentlich agile Menschen aus dem Vierten Dominium – streiften ihre Kampfanzüge über, die aus einem Technikzentrum des Zweiten Dominiums stammten. Sie bestanden aus einem leichten, aber sehr widerstandsfähigen Material, und offenbar verfügten sie über tronische Elemente, die die Sinne der beiden Männer stimulierten und ihr Reaktionsvermögen beschleunigten. Dominique vermutete, dass ein Bionenanzug von Millennia leistungsfähiger gewesen wäre, aber hier im Zweiten Dominium brauchten die beiden so ausgestatteten Krieger kaum einen Gegner zu fürchten, von den Eisenmännern abgesehen.

Zur Spät-Zeit, als die beiden Sonnen dicht über dem Horizont standen und der Brennende Weg zwischen ihnen sichtbar wurde, rief Arn Hannaratt seine Berater zu sich. Darauf hatte Dominique gewartet, denn bei diesen Versammlungen wurden wichtige Entscheidungen getroffen. Sie begleitete Tarweder, davon überzeugt, dass Hannaratt sie nicht fortschicken würde.

Pina, Winford und Halaila waren bereits zugegen, als Tarweder und Dominique das große Zelt des Kaufmanns betraten. An einem aus synthetischem Material bestehenden und mit elektronischen Geräten ausgestatteten Schreibtisch saß Miller, Hannaratts hagerer Sekretär und Buchhalter. Er war in mittleren Jahren und hatte schwarzes Haar, geölt und genau in der Mitte gescheitelt. Etwas an seinem Gesicht erinnerte Dominique an eine Maus; es fehlten nur die Schnurrhaare. Auch an seinem Hals zeigten sich Hautlappen, grau und schlaff, und die dünnen Finger waren unnatürlich lang. Die Welt dieses Mannes schien vor allem aus Ordnung und Zahlen zu bestehen, was einer der Gründe sein mochte, warum Hannaratt auf seine administrativen Dienste zurückgriff. Einen anderen hatte Dominique von Tarweder erfahren: Miller war der Bruder von Arns vor Jahren verstorbener Frau.

Arn Hannaratt stand neben dem Schreibtisch und sprach leise mit seinem Sekretär. Er erhob keine Einwände, als er

Dominique in Begleitung des Weisen sah, ging zu einer Art Staffelei und zog ein besticktes Tuch darüber. Dominique hatte gerade noch genug Zeit, mehrere zweidimensionale Bilder zu erkennen. Eins von ihnen zeigte eine Frau, die zwar etwa zwanzig Jahre älter war als sie, aber erstaunliche Ähnlichkeit mit ihr aufwies. Tarweder warf ihr einen kurzen Blick zu, und sie verstand: Das Bild zeigte Hannaratts verstorbene Frau. *Er sieht in mir ihr Spiegelbild,* dachte Dominique. Das erklärte seine Gefühle ihr gegenüber.

Hannaratt kehrte zum Schreibtisch zurück, nickte Dominique zu und wandte sich dann an Tarweder. »Wie stehen die Zeichen, Tarweder? Ist die Zeit reif für uns? Können wir den Weg nach einer kurzen Rast fortsetzen, oder müssen wir erneut warten?«

Der Alte nahm auf einem Stuhl neben Pina und Winford Platz, zog sein von den Dominanten stammendes Gerät aus einer Tasche des Overalls und betrachtete die Linienmuster auf dem Display. Hannaratt holte eine weiteren Stuhl für Dominique, und sie nahm ebenfalls Platz. Der bärtige Kaufmann blieb als Einziger auf den Beinen und wanderte langsam durchs Zelt. Dominique merkte, dass er immer wieder in ihre Richtung sah.

»Nein, wir müssen nicht erneut warten«, sagte Tarweder schließlich und seufzte. »Eine gewöhnliche Ruhepause genügt. Anschließend können wir den Weg fortsetzen.«

»Dein sogenanntes Auge der Dominanten nützt uns nicht mehr viel, seit die Fremde bei uns ist«, sagte Pina. »Wegen ihr haben wir mehrmals wertvolle Zeit verloren.«

Dominiques Verbindung zum Tal-Telas mochte sehr viel schwächer sein als früher, aber sie genügte, um Pinas Ablehnung zu spüren. Die Glückmacherin war um die vierzig, hatte langes schwarzes Haar und ein schmales Gesicht mit Augen fast so groß wie die von Kiwitt. Ihre Hände steckten oft in hauchdünnen schwarzen Halbhandschuhen, und an den Fingern fielen große, mit glitzernden Edelsteinen geschmückte Ringe auf. Während der vergangenen Tage hatte

Dominique bemerkt, dass sich Pina oft in Hannaratts Nähe aufhielt, wenn es die Umstände gestatteten. Vermutlich war sie aufmerksam und sensibel genug, um das Interesse des Kaufmanns an der »Fremden« zu bemerken. Das war vielleicht der Grund für die Ablehnung: Eifersucht.

»Leider liegen wir inzwischen fast zwei Wochen hinter dem ursprünglichen Zeitplan zurück«, sagte Arn Hannaratt und blieb neben seinem Sekretär und Buchhalter stehen. »Miller?«

»Die Verzögerungen haben Mehrkosten in Höhe von viertausendeinhunderteinundzwanzig Fris verursacht«, sagte der Mann mit dem mausartigen Gesicht sofort und klopfte mit einem Stift auf seine Unterlagen. »Zu erwähnen wären hier Proviant, Korit für die Fahrzeuge ...«

»Honorare für Glück- und Zeitmacher«, warf Tarweder ein. »Ein leistungsunabhängiges Pauschalhonorar, sollte ich noch hinzufügen ...«

»Was soll das heißen?«, fauchte Pina, und rote Flecken bildeten sich in ihrem Gesicht. »Ich habe uns so viel Glück wie möglich gebracht. Aber von *ihr* geht ein schlechter Einfluss aus, und gegen so etwas kann ich kaum etwas ausrichten.« Ihr Gesichtsausdruck veränderte sich, und mit zuckersüßer Stimme fügte sie hinzu. »Außerdem: *Ich* bin wenigstens bemüht, mich nützlich zu machen. Was man von gewissen anderen Leuten, die Elemente sammeln und nur für schöne Worte bezahlt werden, nicht behaupten kann.«

Tarweder seufzte erneut, sah kurz Dominique an und rollte mit den Augen, bevor er den Kopf ein wenig hob und in die leere Luft antwortete: »Ich werde nicht bezahlt.«

»Lügner!«, ereiferte sich die Glückmacherin. »Ich habe selbst gesehen, wie er dir Geld und sogar einen Brocken Korit zugesteckt hat.« Es konnte kein Zweifel daran bestehen, wen sie mit »er« meinte.

»Ich nehme Spenden entgegen, nicht nur von Arn Hannaratt, sondern auch von anderen Leuten, die meinen Rat hören wollen. So war es in allen anderen Dominien, und so ist auch in diesem.«

»Ich bitte euch!« Der Kaufmann hob die Hände und trat am Schreibtisch vorbei in die Runde der Versammelten. Dominique fragte sich, ob sie die Neuauflage eines alten Zwistes erlebte, oder ob ihre Präsenz zu einer Veränderungen des Machtgefüges in der Gruppe geführt hatte. Wie auch immer die Antwort lauten mochte: Diese Auseinandersetzungen interessierten sie nicht. Es ging ihr um Rupert und darum, einen Weg zu finden, Heres zu verlassen und in die lineare Zeit zurückzukehren, vorzugsweise nachdem sie einige Rätsel dieser Welt gelöst hatte.

Miller saß stumm und steif da, wirkte fast wie angewidert von einem Gebaren, dem es an Präzision und Rationalität mangelte. Der kleine, verschrumpelte und koboldartige Zeitmacher Winford starrte ins Leere und schien von allem gelangweilt zu sein. Die zarte Wettermacherin Halaila hielt einen ihrer Seelensteine in der Hand und schien von ihm Trost zu empfangen. Dominique empfing vage emotionale Emanationen von ihr, die darauf hindeuteten, dass ihr der Konflikt zwischen Pina und Tarweder sehr unangenehm war.

»Ich bitte euch«, sagte der wie immer in Leder gekleidete Kaufmann noch einmal und ließ die Hände sinken. »Schieben wir persönliche Dinge beiseite. Wir alle bemühen uns, jeder auf seine Weise. Wir alle wollen Zontra erreichen, rechtzeitig, bevor das Eis kommt. Es gilt, weitere Verzögerungen zu vermeiden.«

»Am Wetter liegt es nicht«, sagte Halaila leise.

»Nein«, erwiderte Arn Hannaratt sofort und sprach sehr sanft. »Am Wetter liegt es wirklich nicht.«

»Bei Iratt sind wir von Flutregen überrascht worden«, sagte Pina spitz. »Obwohl es dort seit Monaten nicht geregnet hat.«

Halaila blickte auf ihren bunt funkelnden Seelenstein hinab. »Entweder Flutregen oder ein Orkan. Ich habe das kleinere von zwei Übeln gewählt.«

»Und das war gut so«, warf Hannaratt ein. »Schluss mit den Vorwürfen, Pina.«

Die Glückmacherin setzte zu einer Erwiderung an, überlegte es sich dann aber anders und schwieg. Sie schien ihre Worte zu bereuen, aber nur deswegen, weil sie Hannaratt verstimmt hatten.

Der Kaufmann nahm ebenfalls Platz, auf einem Stuhl vor dem Schreibtisch. »Die Situation ist schwierig geworden«, sagte er. »Wir alle wissen, dass sich unsere Welt ständig verändert, aber seit einiger Zeit verändert sie sich noch schneller als sonst und nicht zum Besseren. Die Eisenmänner sind ein Beispiel dafür.«

Er schwieg und sah Dominique an, und sie fragte sich, ob sie die Gelegenheit nutzen sollte, um ihr Anliegen vorzutragen. Doch etwas veranlasste sie, noch etwas länger zu warten.

»Der Schlaf kommt häufiger, und der Odem wird stärker, wie es heißt«, fuhr Hannaratt fort. »Viele haben versucht, den Willen und die Absichten der Dominanten zu erforschen, und kaum jemand hat Erkenntnisse gewonnen. Zu den wenigen, die zumindest etwas über sie wissen, zählt der Weise, und ich bin *stolz* darauf, dass er zu meiner Reisegruppe gehört.« Er sah kurz Pina an, ließ seinen Blick dann wieder über die Versammelten streichen. »Ich bin nicht so vermessen, die Denkweise der Dominanten verstehen zu wollen, aber ich weiß, dass sie Zontra vor dem Eis schützen, und uns bleiben nur noch etwas mehr als anderthalb Monate, die Stadt zu erreichen. Wir können uns keine weiteren Verzögerungen leisten, und deshalb appelliere ich an euch alle, euch Mühe zu geben. Unsere Transporter enthalten nicht nur meine Waren, sondern auch die eurer Familien. Wir wissen, wofür die Handelsemissäre der Dominanten gute Preise zahlen, und wir können mit Recht hohe Gewinne erwarten. In Zontra sind wir sicher, und nach der Zeit des Eises haben praktisch alle Mitglieder unserer Gruppe die Möglichkeit, reich in die Heimat zurückzukehren und zusammen mit den erwachenden Hibernanten das bessere Leben zu führen, das ihr euch erhofft. Winford, wir brauchen so viel Zeit, wie du uns beschaffen kannst.«

Der verschrumpelte, koboldartige Zeitmacher erwachte aus seiner Lethargie und sagte mit der Stimme eines Kindes: »Zeit ist so rar! Alle beklagen sich darüber, dass sie ihnen fehlt!«

»Ich bezahle dich gut dafür, dass du sie findest, Winford!«, rumpelte Hannaratt. »Halaila, du hast uns bisher vor Unwettern geschützt, und ich hoffe sehr, das gelingt dir auch weiterhin. Pina, du weißt, wie sehr wir Glück brauchen. Ich verlasse mich auf dich.«

Er fügte diesen Worten ein Lächeln hinzu, und Dominique begriff, dass der Kaufmann aus dem Ersten Dominium auch ein guter Psychologe war. Pina lächelte ebenfalls und nickte mehrmals.

»Was den Weisen und seine Begleiterin betrifft, für die er gebürgt hat ...«

Dominique hielt den richtigen Zeitpunkt für gekommen. »Wenn ich die Gruppe im Allgemeinen und dich im Besonderen um einen Gefallen bitten darf, Arn Hannarat ... Mein ... Freund und Gefährte, der von den Eisenmännern entführt wurde ... Ich möchte ihn suchen und befreien, wenn das möglich ist. Aber ich kenne mich auf dieser Welt nicht aus. Allein kann ich es nicht schaffen. Ich brauche Hilfe.«

»Und diese Hilfe erhoffst du dir von uns«, sagte Hannaratt und sprach fast so sanft wie zuvor zu Halaila.

»Ich nehme sie mit«, warf Tarweder ein. Er hatte auf das Display seines Geräts geblickt und steckte den Apparat ein.

»Du willst sie mitnehmen?«, fragte Hannaratt erstaunt. »Wohin?«

»Ins Zweite Dominium. Wir benutzen den Brunnen hier in Calanto. Ich brauche neue Batterien für mein Haus.«

Dominique wollte nicht ins Zweite Dominium, sondern zur Großen Öde, wohin die Eisenmänner mit Rupert verschwunden waren, aber sie schwieg und spürte, dass sich etwas hinter Tarweders Worten verbarg.

»Wenn wir auf ihn warten, verlieren wir noch mehr Zeit«, sagte Pina.

»Ihr braucht nicht zu warten. Ich statte Davvon einen Besuch ab und lasse mir von ihm neue Batterien für das Haus geben. In Aikla bei der Singenden Schlucht treffen wir uns wieder.«

Hannaratt ließ sich von Miller eine Karte reichen und entfaltete sie. »In einer Woche?«

»Wenn euch Pina genug Glück beschert«, sagte Tarweder mit einem Hauch Ironie.

»An *mir* soll es nicht liegen.« Die Glückmacherin sah Dominique an und wandte den Blick dann demonstrativ ab.

Hannaratt betrachtete noch immer die Karte, seufzte schließlich und schaute auf. »Ohne dich weiß ich nicht mehr, wann die Zeit reif ist. Wir könnten unangenehme Überraschungen erleben.«

»Ihr habt Pina.« Tarweder stand mit einem leisen Ächzen auf.

»Ja«, brummte Hannaratt. »Wir haben Pina.«

»Ich bin sicher, wir kommen auch ohne den Weisen zurecht«, sagte die Glückmacherin.

»Es ist nie falsch, bei einer langen und gefährlichen Reise weise Worte zu hören.« Hannaratt sah Tarweder an, aber Dominique war sicher, dass seine Worte auch, und vielleicht vor allem, Pina galten. Winford wirkte wieder gelangweilt, und Halaila schien es zu bedauern, dass ihre neue Freundin die Gruppe verließ. Dominique schenkte ihr ein Lächeln, das die zierliche Wettermacherin sofort erwiderte. »Die Stimme der Vernunft erklingt zu selten, und wenn sie ertönt, ist sie oft zu leise.«

Er trat auf Tarweder zu und reichte ihm die Hand. »Pass gut auf dich auf, Weiser. Ich habe mich an dich gewöhnt. In einer Woche. Bei der Singenden Schlucht.«

 »Wir werden da sein. Ich möchte wie du nach Zontra.«

Dominique stand ebenfalls auf, und Hannaratt sah sie an. Diesmal konnte sie seinem Blick nicht ausweichen; und sie spürte gleichzeitig den der Glückmacherin auf sich ruhen, heiß und brennend.

»Es würde mich sehr freuen ... dich wiederzusehen«, sagte Hannaratt. Rupert ließ er unerwähnt.

»Ich bringe dir den Weisen zurück.«

»Ich verlasse mich darauf.«

»Komm, junge Dame.« Tarweder griff nach Dominiques Arm. »Gehen wir. Verlieren wir nicht noch mehr Zeit – es fällt Winford schwer genug, welche zu finden.«

»Warum hast du gesagt, dass du mich mitnimmst?«, fragte Dominique, als sie die Reisegruppe verließen und dem Verlauf einer Straße zwischen den neunzehn Hügeln von Calanto folgten. Es herrschte noch immer reger Verkehr.

»Ich bin dir zuvorgekommen«, erwiderte Tarweder. Er ging erstaunlich kraftvoll, wenn man sein Alter und den Rucksack auf seinem Rücken bedachte. »Du wolltest Hannaratt um Hilfe bei der Suche nach Rupert bitten.«

»Ja.«

»Auf Heres suchen wir keine Verschwundenen. Schon gar nicht jene, die vor dem Schlaf da gewesen sind und danach nicht mehr.«

Dominique sah ihn verblüfft an. Ein schwerer Transporter rollte mit laut brummenden, Korit verbrennenden Motoren durch eine Pfütze und ließ dabei einen Schwall Wasser aufspritzen. Dominique sprang zur Seite, aber Tarweder reagierte nicht rechtzeitig. Das schmutzige Spritzwasser traf seinen Overall, perlte ab und rann zu Boden, ohne Spuren zu hinterlassen. »Ihr lasst Entführte im Stich?«

»Nicht alle Verschwundenen müssen unbedingt entführt worden sein.«

»Bei Rupert ist das der Fall. Wir *wissen* es.«

Tarweder nickte langsam. »Die Eisenmänner sind neu. Sie treiben sich erst seit einigen Wochen in den Dominien herum und gehören zu den von Arn Hannaratt erwähnten Veränderungen. Vor ihnen gab es beim Schlaf nur die Gesandten der Dominanten, und niemandem käme es in den Sinn, den Zorn der Dominanten herauszufordern. Die meisten Leute glauben, dass sie einen guten Grund haben, bestimmte Personen verschwinden zu lassen, und sie belassen es dabei.«

Dominique kannte Tarweder inzwischen gut genug, um bestimmte Nuancen in seiner Ausdrucksweise zu bemerken. »Die meisten Leute. Aber nicht alle?«

»Nein. Gelegentlich brach jemand auf, um nach einem Verschwundenen zu suchen.«

»Und?«

»In fast allen Fällen verschwanden die Betreffenden ebenfalls.«

»Aber einige kehrten zurück?«

»Nur zwei. Besser gesagt: Mir sind nur zwei bekannt.« Tarweder trat zur Seite und zog Dominique mit sich, machte einer Gruppe Platz, die ihnen entgegenkam und von einem spindeldürren Mann angeführt wurde. Trotz der Wärme trug er einen langen, smaragdgrünen Mantel, und sein schmales Gesicht mit den schiefen Augen wies ein pockennarbiges Muster auf. Das lindgrüne, drahtige Haar war zu einem Zopf zusammengebunden. Der Mann ging mit langen Schritten und schien zu erwarten, dass ihm alle auswichen.

Tarweder deutete eine Verbeugung an, und Dominique nahm sich ein Beispiel an ihm. »Wer ist das?«, flüsterte sie.

»Ein Ressourcenmacher aus dem Zweiten Dominium«, antwortete der Alte. »Diese Leute sind sehr einflussreich. Manchmal denke ich, Arn Hannaratt möchte einer von ihnen werden, obwohl er aus dem Ersten Dominium stammt.«

Dominique sah dem stolzen Mann im grünen Mantel hinterher, und als sie den Weg fortsetzten, fragte sie: »Was ist mit den beiden Zurückgekehrten? Was haben sie berichtet?«

»Nichts«, sagte Tarweder. »Sie waren wahnsinnig. Irgendetwas hatte ihnen den Verstand geraubt.«

Nach hundert Metern verließen sie die Straße und folgten dem Verlauf eines Weges, der steil den Hang des größten Hügels emporführte. Tarweder musste immer wieder innehalten und verschnaufen. Dominique beobachtete, wie die beiden Sonnen ihre tiefste Stelle über dem Horizont erreichten und dann wieder aufstiegen.

»Du wolltest Hannaratt eine Verlegenheit ersparen und mich nicht dumm dastehen lassen«, sagte Dominique schließlich, als sie den Ort auf der Kuppe fast erreicht hatten. »Deshalb hast du gesagt, dass du mich mitnimmst.«

»Du hast ihr Bild gesehen, nicht wahr?«

»Das seiner verstorbenen Frau? Ja.«

»Es wäre ihm sehr schwergefallen, dein Anliegen zurückzuweisen. Und Pina hätte die Gelegenheit sicher zu einer ihrer dummen Bemerkungen genutzt.«

Dominique lächelte. »Du magst sie nicht besonders, oder?«

»Du hast sie gesehen und gehört. Dummheit ist schlimm genug. Aber Dummheit, die sich für intelligent hält, ist unerträglich.«

Einige besonders kleine, zart gebaute Menschen kamen ihnen entgegen. Dominique dachte zuerst, dass sie zur gleichen Volksgruppe gehörten wie Halaila, aber sie hatten andere Male.

»Das ist noch nicht alles, oder?«, sagte sie und wartete neben dem ersten Gebäude des Ortes, einem glockenförmigen Gebilde aus wie gegossen wirkendem graublauem Kunststoff. Der Alte verschnaufte erneut. »Du hast mich nicht nur deshalb mitgenommen, oder?« Sie fragte sich, warum Tarweder den zwar kürzeren, aber steileren und für ihn viel anstrengenderen Weg nach oben genommen hatte.

»Du beobachtest gut und hörst genau hin, junge Dame«, sagte Tarweder anerkennend. »Ich kenne einen Weg zur Großen Öde vom Zweiten Dominium aus. Wir besorgen uns neue Batterien für mein Haus, und anschließend suchen wir deinen Rupert.« Er nahm den Rucksack ab und öffnete ihn. Etwas sprang heraus, so schnell, dass Dominique nur einen Schemen sah, und ein aufgeregtes Gurren erklang.

»Du hast Kiwitt mitgenommen?«

»Natürlich. Er begleitet mich überallhin.« Er winkte, als das kleine Geschöpf fortsauste. »Er weiß, wohin wir wollen. Folgen wir ihm.«

In dem Dorf selbst, das einen Teil von Calanto bildete, lagerten zwar keine Reisegruppen, aber alle Bewohner schienen auf den Beinen zu sein und Vorbereitungen dafür zu treffen, den Ort zu verlassen. Das Ergebnis war ein unglaubliches Durcheinander, und es erklärte, warum Tarweder den steilen Weg gewählt hatte: Dadurch waren sie dem größten Chaos dort ausgewichen, wo der Verkehr unterwegs war. Sie blieben an der Peripherie des bunten Treibens aus primitiven Karren einerseits und schwebenden Transportplattformen andererseits, wichen blökenden Tieren und schreienden, gestikulierenden Menschen aus.

»Wollen sie alle nach Zontra?«, fragte Dominique.

»Nein. Die Reise dorthin können sich die wenigsten von ihnen leisten. Dies sind einfache Leute, die von den Früchten der Sümpfe und des Tiefen Beckens leben, und natürlich vom Handel. Sie brechen zu den Hibernationsburgen auf, hier und im Ersten Dominium. Ihnen bleibt nichts anderes übrig, als während der Zeit des Eises zu schlafen. Nicht alle von ihnen werden den Schlaf überstehen.« Tarweder bemerkte Dominiques fragenden Blick und fügte hinzu: »Es liegt an den Malen, an den Veränderungen. Manchmal führte die Hibernation zum Tod.«

Kiwitt saß auf einem hüfthohen Steinkreis, am Ende einer Gasse am Rand des Dorfes. Hier war das Geschrei der Menschen und das Brummen der Motoren und Generatoren etwas leiser.

»Da ist er«, sagte Tarweder zufrieden. »Unbenutzt, wie ich mir dachte. Die Routen ins Zweite Dominium nützen diesen Leuten derzeit nichts. Bei den übrigen Brunnen sieht die Sache anders aus.«

Dominique trat neugierig näher. Die Steine, aus denen die Einfassung des Brunnens bestand, wirkten uralt und waren teilweise moosbedeckt. Als sie sich darüberbeugte, sah sie kein Wasser in der Tiefe, sondern bodenlose Schwärze.

Tarweder schlang sich den Rucksack auf den Rücken, nachdem Kiwitt wieder hineingeklettert war, berührte dann verwitterte Symbole am Rand des Brunnens. Sie erschienen Dominique vertraut, und als sie genauer hinsah ...

»Das sind Kantaki-Symbole!«, entfuhr es ihr.

»Kantaki?«, wiederholte Tarweder und lauschte dem Klang des Wortes. »Für mich sind es Koordinaten.« Er kletterte nicht ohne Mühe auf den Brunnenrand.

»Was hast du vor?«, fragte Dominique erschrocken.

»Wir wollen doch ins Zweite Dominium, oder?«, erwiderte der Alte und sprang. Er verschwand in der Schwärze.

Dominique zögerte, kletterte dann ebenfalls auf den Brunnenrand und blickte in die Tiefe. »Ich hoffe, dies funktioniert«, sagte sie und sprang ebenfalls.

Der Krieg: VIII

17. Juni 1166 ÄdeF

»Ich möchte mit ihm allein sprechen«, sagte Nektar. »Ist das möglich?«

Lanze Kireiden, Leiter der Doohan-Mission, wechselte einen Blick mit der zuständigen Medikerin, die kurz nickte.

»Wenn es eine persönliche Sache ist, Keil ...«, sagte Kireiden. »Lassen Sie sich von solchen Dingen nicht beeinflussen. Der Krieg lässt dafür keinen Platz.«

»Ich weiß. Danke, Lanze.« Nektar trat durch die Tür, und als er sie hinter sich schloss, schien das Summen der Krümmer deutlich leiser zu werden – das Trägerschiff, das sie alle zur nächsten Transferschneise trug, war plötzlich weit entfernt, als ein Teil der Vergangenheit wiedererwachte.

Hilliot saß in einem Behandlungssessel, als Patient und als jemand, der unter militärischem Arrest stand. Synthohaut bedeckte die verbrannte Hüfte.

Einige Sekunden lang musterten sich die beiden Männer gegenseitig. Hilliot war nicht mehr so stämmig wie früher, aber in seinem Gesicht lag die alte Arroganz. An seiner Kleidung fehlten Rangabzeichen, an Nektars nicht.

»Zum Keil bist du befördert worden«, sagte Hilliot langsam. »Noch immer eifrig, noch immer versessen. Hast nicht einmal deinen Namen geändert, Bienenfreund«, fügte er mit einem spöttischen Lächeln hinzu.

 »Warum?«, fragte Nektar.

»Warum was?«

»Warum hast du die Patrouille der Kronn angegriffen? Wenn du gewartet hättest, wären all die Soldaten noch am Leben.«

»Warum kämpfen wir in diesem Krieg? Um Siege zu erringen.«

»Wir kämpfen, um zu überleben.«

Ein seltsamer Glanz zeigte sich in Hilliots Augen, als er sich vorbeugte. »Glaubst du das wirklich, Nektar? Glaubst du wirklich, dass irgendjemand von uns überleben kann? Weißt du nicht, was dort draußen geschieht? Die Graken greifen überall an. Eine Welt nach der anderen wird aufgegeben. Chaos breitet sich aus. Irgendwann erreichen wir einen Punkt, an dem wir nicht mehr fliehen können, und dann hat selbst für jene, die *bis dahin* überlebt haben, die letzte Stunde geschlagen.«

Nektar erinnerte sich daran, dass ihm vor zwei Jahren, in der Medo-Station der *Trinita,* ähnliche Gedanken durch den Kopf gegangen waren. Seitdem zwang er sich, nicht mehr in solchen Bahnen zu denken.

Als er den Mund öffnete, hob Hilliot die Hand. »Erspar es mir«, sagte er. »Erspar mir den Hinweis darauf, dass du eines Tages einen großen Sieg über die Graken erringen wirst. Als Kind war es dumm, so etwas zu glauben. Als Erwachsener ist es absurd.« Er seufzte. »Unser aller Schicksal ist besiegelt. Das Ende der Koalition zeichnet sich bereits ab. Verfolgst du die Nachrichten, Nektar? Weißt du, wie es auf den noch freien Welten aussieht? Der wirtschaftliche Kollaps hat begonnen, und er geht dem militärischen voraus. Wir *sind* bereits besiegt.«

»Wenn du so sehr von unserer Niederlage überzeugt bist, warum hast du dann die Patrouille angegriffen und deine Soldaten in den Tod geschickt?«

»Weil uns nur noch das geblieben ist, Nektar: ein wenig Ruhm, die Möglichkeit, als Held zu sterben. Erinnerst du dich an den Fleck der Schande? Inzwischen trage ich ihn nicht mehr, aber genauso gut könnte er noch immer an mir kleben. Ich muss doppelt so viel leisten wie andere, um voranzukommen, und das alles verdanke ich dir.«

»Du verdankst es deiner Dummheit«, erwiderte Nektar nicht ohne eine gewisse Schärfe.

»Und auch dies verdanke ich dir.« Der Glanz in Hilliots Augen veränderte sich. Zorn blitzte darin auf, kalt wie das Eis von Millennia. »Ich hätte einen Sieg erringen können, wenn deine Gruppe pünktlich eingetroffen wäre. Du hast mich erneut vom Felssteg gestoßen, Bienenfreund. Ich bin erneut gefallen. Jetzt muss ich *noch einmal* von vorn anfangen.«

Es war nicht nur Arroganz, dachte Nektar und musterte den Mann im Sessel. Andere Personen spielten für Hilliot einfach keine Rolle. Er sah und hörte sie, aber in seinem persönlichen Universum waren sie kaum mehr als Schattenwesen, ohne Substanz und ohne Bedeutung. Das eigene Ego bildete das Zentrum seiner Welt.

»Du hast ein Recht darauf, die Dinge so zu sehen, wie du willst«, sagte Nektar. »Aber es ist deine verdammte Pflicht, das Leben deiner Soldaten zu schützen. Siebzehn von ihnen hast du deinem falschen Stolz geopfert. Ich kann nur hoffen, dass du nie wieder in der Lage sein wirst, fremdes Leben so achtlos wegzuwerfen.«

Er ging zur Tür, und als er sie öffnete, kehrten die Geräusche des Trägerschiffes und damit die volle Realität zurück. »Du tust mir leid, Hilliot«, fügte er. »Du bist tot in deinem Innern. Der Krieg hat dir die Seele genommen. Wenn du jemals eine hattest.«

Später, als sie nur noch eine Flugstunde von der Transferschneise am Rande des Kobrian-Systems trennte, wandte sich Keil Nektar mit einer Bitte an Lanze Kireiden.

»Einer meiner Soldaten hat sich während des Einsatzes durch Mut und Tapferkeit hervorgetan«, sagte er und blickte dabei in die Projektionsfelder, die das All zeigten. Wie friedlich es wirkte, fand er. Aber es war auch kalt und gleichgültig. »Sein Gedächtnis wurde gelöscht, vor vielen Jahren. Seitdem kämpft er für die Koalition. Weshalb auch immer es damals zu der Verurteilung kam: Er hat seine Schuld beglichen. Man hat in Aussicht gestellt, ihn nach dieser Mission zur Militäradministration auf Kalaho zu versetzen. Ich wäre Ihnen sehr dankbar, wenn Sie die Versetzung veranlassen könnten, mit sofortiger Wirkung. Er heißt Broderick Gann.«

Kireiden sah ihn an, suchte in seinem Gesicht nach etwas und fand es vielleicht. Er wandte sich an einen Adjutanten. »Kümmern Sie sich darum.«

»Danke, Lanze«, sagte Nektar.

9

Kreise

Heres

Nur für ein oder zwei Sekunden hatte Dominique den Eindruck zu fallen, und dann fühlte sie sich von etwas ergriffen, mit sanfter Beharrlichkeit. Eine Art Transfer fand statt, zwischen den »Sphären«, aus denen Heres bestand, und sie wartete. Nach einer Weile – sie hatte jedes Zeitgefühl verloren – erfasste ein schnell unangenehm werdendes Prickeln ihren Körper, ein erster Hinwies darauf, dass irgendetwas schiefging.

»Tarweder?«, fragte Dominique, in der Hoffnung, dass sich der Alte in der Nähe befand.

Sie hörte die eigene Stimme und ein Rauschen, das seinen Ursprung unter ihr zu haben schien, schnell anschwoll und so laut wurde, dass sich Dominique die Hände an die Ohren presste. Das Prickeln verwandelte sich in ein schmerzhaftes Brennen, das sie ans Feuer ihrer Träume erinnerte, wich dann abrupter Kühle. Etwas übte Druck aus, unterschiedlich stark an verschiedenen Stellen des Körpers, und dann bekam sie einen Stoß und fiel.

Mattes Licht empfing sie, und ihr Atem kondensierte in der kühlen Luft. Ihre Beine steckten in einem *Loch* in der Luft, und die Schwärze darin wirkte klebrig, hatte die Konsistenz von Melasse. Dominique zog die Beine aus der Finsternis und beobachtete, wie sich die Dunkelheit fadenartig in die Länge zog, dann mit einem dumpfen Surren nachgab – ihre Beine kamen frei.

Eine Zeit lang blieb sie auf dem Boden liegen, rang nach Atem und fühlte jene Müdigkeit, von der sich Rupert während der vergangenen Tage nie mehr recht erholt hatte. Dann hörte sie ein Geräusch, hob den Kopf und sah, wie Tarweder einige Meter entfernt aus einem ähnlichen Loch in der Luft kroch.

Sie half ihm dabei, sich ganz aus der klebrigen Schwärze zu befreien, und blieb neben ihm sitzen, als er langsam wieder zu Kräften kam. »Ich vermute, das war kein normaler Transfer.« Sie sah sich um. »Und dies entspricht nicht deinen Beschreibungen vom Zweiten Dominium.«

Sie befanden sich am Rand einer kleinen Ruinenstadt. Von den Gebäuden waren nur noch verwitterte Mauern übrig, aus Stein und Kunststoff. Kalter Wind wehte Staub durch Straßen, in denen seit vielen Jahren niemand mehr unterwegs gewesen war.

Dominique zog Tarweder in die Höhe, als er aufzustehen versuchte, und dabei fühlte sie die Wärme seines Overalls. Ein solches Kleidungsstück hätte sie sich jetzt ebenfalls gewünscht, denn sie begann zu frieren. Ein Gurren erinnerte sie an Kiwitt. Sie nahm dem Alten den Rucksack ab, ließ das kleine Tier heraus und beobachtete, wie es schnupperte und dann fortstob.

»Dies ist ein leerer Ort«, sagte Tarweder. »Manchmal trennen die Dominanten bestimmte Bereiche von den Dominien und unterbrechen die Verbindungen. Unsere Route hat einen solchen leeren Ort berührt. Wir sollten ihn verlassen, bevor er ganz getrennt wird.« Er deutete zum Himmel. »Wir sind hier auch in einer anderen Zeit.«

Die beiden Sonnen standen nicht mehr am Firmament, und erste, besonders helle Sterne wurden sichtbar. Dominique glaubte zu spüren, wie es kälter wurde – an diesem Ort stand die Zeit des Eises bereits dicht bevor.

»Suchen wir nach einem Brunnen«, sagte Tarweder und stapfte los.

»Bist du sicher, dass es hier einen gibt?«

»Ja. Sonst wäre es den Dominanten nicht möglich, diesen Bereich von den Dominien zu separieren. Ich suche dort in der Ruinenstadt.« Tarweder deutete nach rechts. »Sieh du dich im anderen Teil um.«

Er wankte fort, bevor Dominique eine Antwort geben konnte. Sie sah ihm voller Unbehagen nach, setzte sich dann ebenfalls in Bewegung und näherte sich den ersten Ruinen. Zwischen den alten Mauern sang der Wind ein Klagelied, mal leiser, mal lauter.

Ist dies ein Zufall?, dachte Dominique, als sie nach etwas Ausschau hielt, das wie ein Brunnen aussah. Die Entführung von Rupert, und dann der Transfer zu einem »leeren Ort«, als sich zwei Personen aufmachten, nach ihm zu suchen. Aber hinter der Separation dieses Bereichs von Heres steckten die Dominanten, nicht die Eisenmänner. Gab es trotzdem einen Zusammenhang?

Dominique ging schneller, um sich durch Bewegung zu wärmen. Sie wagte nicht daran zu denken, was geschehen mochte, wenn sie keinen Brunnen fanden. Tarweder hatte seinen speziellen Overall, der ihn wärmte, aber sie trug nur leichte Kleidung. Ungeschützt konnte sie die Kälte gewiss nicht lebend überstehen.

Und es kam noch etwas hinzu.

Als Dominique in die Richtung zurücksah, aus der sie kam, beobachtete sie, wie sich das öde, felsige Land in der Ferne allmählich auflöste. Der Horizont kroch auf die Ruinenstadt zu, und dahinter schien sich grauer Nebel zu erstrecken. Aber Dominique wusste, dass es kein Nebel war, sondern das Nichts: Die von den Dominanten im Vierten Dominium eingeleitete Separation schritt voran.

Sie ging noch schneller, eilte an den alten Mauern vorbei, sah immer wieder nach rechts und links. In den schmalen Gassen wurde das leise Pfeifen des Winds zu einem lauten

Fauchen, und der Wind zerrte an Dominiques Haar, das sie noch immer kurz trug – einst aus Trotz ihrer Mutter Loana gegenüber, inzwischen aus Gewohnheit.

Als sie um die nächste Ecke bog, sah sie mehrere Meter entfernt, vor dem Zugang eines großen, weniger verfallenen Gebäudes, eine Gestalt am Boden und war so überrascht, dass sie einige Sekunden verharrte. Dann näherte sie sich langsam und stellte fest, dass die Gestalt eine Frau war, eine Greisin, deren Alter sie auf fast zweihundert Jahre schätzte. Sie bemerkte noch etwas anderes: Fußspuren, die mitten auf dem kleinen Platz in diesem Teil der Ruinenstadt begannen und dort endeten, wo die Frau lag. Die Fremde schien aus dem Nichts gekommen zu sein. *So wie wir,* dachte Dominique.

Als sie sich neben der Greisin bückte, fielen ihr sofort die violetten Verfärbungen an den Fingerkuppen auf. Eine Tal-Telassi, noch dazu eine Großmeisterin. Und das sollte eigentlich nicht möglich sein, denn die letzte Großmeisterin der Tal-Telassi hieß Zara und befand sich auf Millennia.

Die Frau lebte noch, aber ihr Atem war kaum mehr als ein Röcheln. Schulterlanges grauweißes Haar säumte ein schmales, von zahlreichen Falten durchzogenes Gesicht. Dominique konnte keine Verletzungen erkennen, aber mit der Greisin schien es zu Ende zu gehen.

»Können Sie mich verstehen?«

Die Frau öffnete die Augen. »Ich muss ... zum Berg ...«, brachte sie mühsam hervor. »Bring mich ... zum schwarzen Berg ...«

»Wer sind Sie?«, fragte Dominique.

»Ich bin ... Myra 27«, ächzte die alte Tal-Telassi. »Ich ... habe das Flix gefunden, die ... Quelle des Tal-Telas. Ich ...« Sie erzitterte und begann zu husten.

Dominique starrte fassungslos auf die Greisin hinab. Myra 27, die legendäre Großmeisterin, die mit Tako Karides nach Kabäa aufgebrochen war, wo Karides Dominik gefunden hatte. *Meinen Vater,* dachte Dominique. Sie kannte die

Geschichte, hatte sie oft genug von ihrer Mutter Loana gehört. Vor dreiundzwanzig Jahren hatten Tako Karides und Dominik auf Millennia gegen den Grakenschwarm gekämpft und den Sieg mit ihrem Leben bezahlt. Myras Selbst war damals Teil von Karides' Bewusstsein gewesen und hatte es im Augenblick seines Todes verlassen, um ins Universum der Graken zu wechseln und zu verhindern, dass weitere Graken die Milchstraße erreichten. Aber jetzt war sie hier, auf Heres, und sie starb.

Myra versuchte aufzustehen. »Ich muss ... zum Berg ...«

Sie trug nur ein dünnes Gewand, das noch weniger vor der Kälte schützte als Dominiques Kleidung, und sie war sehr geschwächt. So gern Dominique der Greisin auch geholfen hätte – sie konnte nichts für sie tun. Ihr fehlte die Kraft, Myra in das einigermaßen erhalten gebliebene Gebäude zu tragen, wo wenigstens kein Wind wehte. Sollte sie loslaufen und Tarweder holen?

Die Greisin versuchte erneut, auf die Beine zu kommen, und Dominique stützte sie. Der Wind zog an Myras Ärmel, und Dominique berührte Myras kalte Haut ...

Es kam zu einem mentalen Kontakt im Tal-Telas, und plötzlich sah sie keine Ruinen mehr, sondern eine Terrassenstadt an den Hängen eines Bergs, auf dessen Kuppe ein anderer Berg ruhte, grau und schwarz, bestehend aus Zylindern, Stangen, Ovalen, Kugeln, Quadern und zahlreichen anderen Objekten, die wie willkürlich zusammengesetzt wirkten: ein gewaltiges Kantaki-Schiff, noch größer als Mutter Rrirks Schiff. Eine lange breite Treppe führte durch die Stadt nach oben, und ein Mann stieg dort eine Stufe nach der anderen hoch, in den Armen eine Greisin: Myra. Dominique hatte Bilder von dem Mann gesehen und wusste, wer er war. Tako Karides.

Eine sonderbare Stille lag über der Stadt, trotz der vielen umhereilenden Bewohner. Dominique folgte dem Mann, dem es ganz offensichtlich schwerfiel, die Frau nach oben zu tragen, und sie wusste sich dabei in Myras Erinnerungen.

Diese Welt mochte visionär sein, aber in einer gewissen Weise hatten diese Ereignisse hier tatsächlich stattgefunden.

Schließlich wankte Tako Karides und setzte die Frau, die er so mühsam emporgetragen hatte, auf einer Stufe ab. Sie richtete einige Worte an ihn, und er erwiderte etwas, doch Dominique hörte ihre Stimmen ebenso wenig wie die der Stadtbewohner. Es begann zu regnen, und die ersten dicken Tropfen verdampften auf einem Bodern, der sehr warm sein musste. Dominique spürte davon nichts – sie fühlte weder Kälte noch Wärme.

Der Kontakt mit Myra präsentierte ihr eine weitere Erkenntnis: Die Erinnerungsbilder der Greisin zeigten ihr das Zentrum eines Grakentraums. Aber was bedeutete ein Kantaki-Schiffe im Traum eines Graken, und warum wollte Myra es unbedingt erreichen?

Einige Bewohner der Terrassenstadt näherten sich Tako Karides und der Frau. Myras Lippen bewegten sich, aber Dominique hörte noch immer nichts – in dieser Welt der Erinnerungen herrschte die gleiche Stille wie in der Schwärze des Transfers.

Die sterbende Frau lag neben einem Gebilde, das wie eine Mischung aus Baum und Skulptur aussah, und als Dominique näher trat, beobachtete sie, wie Karides die Hände zu den Ohren hob und eine Grimasse schnitt – offenbar hörte er sehr unangenehme Geräusche. Dann bemerkte er einen Jungen, der hinter dem Baum beziehungsweise der Skulptur hervortrat, und plötzlich war die Stadt leer. Niemand hielt sich mehr in ihr auf, nur noch die alte Myra 27, Tako Karides und der Knabe. Und Dominique, die abseits der Ereignisse blieb.

»Ich kann sie verschwinden lassen, wenn ich will«, sagte der Junge zu Tako. »Die anderen. Ich kann sie verschwinden lassen, wenn ich will. Dann stören sie nicht mehr. Manchmal kitzeln ihre Stimmen in meinem Kopf.« Er streckte die Hand aus. »Ich mag diesen Ort nicht. Nimmst du mich mit?«

Dominique hörte die Stimme des etwa acht Jahre alten Knaben ganz deutlich, und als Tako Karides seine Hand ergriff, drehte der Junge den Kopf, sah Dominique an und sagte: »Ich bin hier. Ich habe auf dich gewartet.«

Es war ein Kind, das zu ihr sprach, aber sie vernahm die Stimme ihres Vaters Dominik.

Dominique fand sich zitternd neben Myra wieder, vor den Stufen des Gebäudes, in einer Welt, die viel zu schnell kälter wurde. Die Dunkelheit am Himmel dehnte sich aus, und weitere Sterne erschienen. Ein Gurren weckte Dominiques Aufmerksamkeit, und als sie zur Seite blickte, sah sie Kiwitt auf der obersten Treppenstufe. Der kleine Kerl gurrte erneut, aufgeregt und drängend, drehte sich dann um und lief ins Gebäude.

»Bring mich ... zum schwarzen Berg ...«, ächzte die alte Frau. Dominique berührte sie noch immer, kehrte aber nicht in Myras Erinnerungen zurück. Sie half ihr auf die Beine und stützte sie, wankte mit ihr gemeinsam die Treppe hoch und durch den breiten Zugang ins Gebäude, das Dominique wie eine Art Tempel erschien. Sie erreichten einen Saal, dessen Boden aus glatten, hellbraunen Steinplatten bestand, ausgestattet mit komplexen Mustern, deren Bedeutung Dominique verborgen blieb. Sie achtete auch gar nicht mehr auf die ineinander verschlungenen Linien, als sie den Brunnen in der Mitte des Saals sah.

Sie führte Myra 27 bis zu den alten Steinen der Brunneneinfassung, auf der Kiwitt saß, ließ sie dort vorsichtig zu Boden sinken. An diesem Ort war es nicht wärmer als draußen, aber wenigstens wehte hier kein Wind.

»Ich hole jemanden, Ehrenwerte«, sagte Dominique schnell. »Ich bin gleich wieder da, und dann verlassen wir diesen Ort.«

»Geh nicht weg, ich ...«

Aber Dominique stob bereits davon. Sie erreichte den Ausgang, sprang die Treppe hinunter und kehrte in den Wind zurück, der ihr noch kälter erschien als vorher. Er war auch stärker geworden, pfiff und fauchte durch die Gassen und Straßen der Ruinenstadt.

»Tarweder!«, rief Dominique. »Wo bist du?« Der Wind stahl ihr die Worte von den Lippen.

Sie schickte sich an, den kleinen Platz zu verlassen, um im anderen Teil des Ortes nach dem Alten zu suchen, als sie aus dem Augenwinkel eine Bewegung sah. Tarweder kam aus einer Gasse und versuchte zu laufen, aber er schien sehr erschöpft zu sein.

Dominique winkte. »Hierher, Tarweder! Ich habe einen Brunnen gefunden.« Sie deutete zu dem Gebäude, in dem sie Myra zurückgelassen hatte.

Wenige Sekunden später wurde klar, warum Tarweder es so eilig hatte. Die Gebäude hinter ihm lösten sich auf und verschwanden im grauen Nichts, das sich nun viel rascher ausbreitete. Es verschlang die Ruinenstadt, und nicht nur hinter Tarweder. Als Dominique zu dem Weisen eilte, sah sie, wie auch rechts und links von ihr alte, verwitterte Mauern an Substanz verloren. Rasch legte sie sich einen Arm Tarweders um die Schultern und zerrte ihn mit sich zur Treppe. Kiwitt sprang hinter dem Alten hervor und sauste die Stufen hoch, wie schon einmal kurz zuvor, und Dominique fragte sich, wie das Tier hinter Tarweder gelangt war, ohne dass sie es gesehen hatte.

Im Zugang des Gebäudes warf Dominique einen Blick über die Schulter und stellte fest, dass das Nichts die Mitte des Platzes erreicht hatte und sich weiter näherte.

Myra lag reglos neben dem Brunnen, und Dominique sah ihre Befürchtungen bestätigt, als sie in die Hocke ging und nach dem Puls der alten Tal-Telassi tastete. Myras Herz schlug nicht mehr. Offenbar hatte sie versucht, mit dem Zeigefinger der rechten Hand etwas in den Staub auf den Steinplatten zu schreiben. Dominique beugte sich tiefer und sah ... einen Kreis, umgeben von vier anderen Kreisen, untereinander durch Linien verbunden. Etwas abseits davon gab es einen weiteren Kreis, einen fünften, und eine gestrichelte Linie ging davon in Richtung des ersten, großen Kreises aus. Myra hatte sie nicht mehr fertigstellen können – sie war vorher gestorben.

»Wer ist das?«, fragte Tarweder. »Solche Male sind mir neu.« Er meinte die violetten Verfärbungen an den Fingerkuppen.

Dann sah er, wie das graue Nichts die Tür erreichte. »Schnell! Wir dürfen keine Zeit verlieren.« Er wankte am Rand des Brunnens entlang und suchte nach den richtigen Koordinaten-Symbolen. Kiwitt gurrte immer wieder, und es klang drängend.

Dominique blickte kummervoll auf die alte Großmeisterin der Tal-Telassi herab. Was hatte Myra hierhergebracht, zu diesem leeren Ort? Wovor war sie geflohen? Und was hatte sie ihr mitteilen wollen? Ihre letzte Botschaft bestand aus einem seltsamen Bild, das Dominique nicht verstand.

»Komm!«, rief Tarweder. »Wenn dich das Grau berührt, verlierst du dich im Nichts zwischen den Dominien.« Er kletterte mühsam auf den Brunnenrand.

Dominique hörte ein leises Knistern, mit dem sich das Nichts über den Boden fraß. Rasch half sie Tarweder, der seinen Rucksack in der einen Hand hielt, auf den Brunnenrand. Als sie neben ihm stand, blickte sie in die gleiche Schwärze hinab, die sie im ersten Brunnen gesehen hatte, und erneut regte sich Unbehagen in ihr.

Das hungrige Grau erreichte die tote Myra, und die Gestalt der alten Tal-Telassi löste sich darin auf.

»Hoffentlich habe ich in der Eile alles richtig gemacht«, schnaufte Tarweder und schloss den Rucksack, nachdem Kiwitt hineingeklettert war. Dann holte er tief Luft und sprang.

Er verschwand in der dunklen Tiefe.

Dominique beobachtete, wie das Nichts über die alten Steine mit den Kantaki-Symbolen kroch, die für Tarweder Koordinaten waren. Als es in der Finsternis unter ihr zu flackern begannen – erste Anzeichen von Instabilität des Brunnens? –, sprang sie ebenfalls.

Wie beim ersten Transfer hatte sie das Gefühl, dass der Sturz nach wenigen Metern zu Ende ging und etwas sie sanft trug. Doch wenige Augenblicke später – und diesmal war Dominique sicher, dass wirklich nur zwei oder drei Sekunden verstrichen waren – griff etwas nach ihr und *warf* sie durch eine Öffnung, der gar nicht genug Zeit blieb, klebrig zu werden und sie festzuhalten. Sie prallte schwer auf einen kalten Boden und spürte mit seltsamer Deutlichkeit, wie sich ihr die scharfen Kanten kleiner Steine in die Handflächen bohrten.

»Da bist du endlich«, erklang eine vertraute Stimme, begleitet von einem Gurren.

Dominique hob den Kopf und sah Tarweder, gekleidet in seinen wärmenden Overall; Kiwitt saß auf seiner Schulter. Er streckte die Hand aus, half ihr auf die Beine und reichte ihr dann eine Art Mantel, der aus Dutzenden von zusammengenähten Stofffetzen bestand. »Dieser Mantel ist das Werk von fünf Tagen Arbeit.«

Dominique streifte ihn über, dankbar für die Wärme. »Fünf Tage? Aber ...«

»Du hast zu lange gewartet«, sagte Tarweder in einem fast vorwurfsvollen Tonfall. »Bei deinem Transfer kam es zu einer Zeitverschiebung. Ich bin fast eine Woche vor dir hier eingetroffen.«

Erneut wunderte sich Dominique, wie die Bewohner von Heres Zeitbegriffe terranischen Ursprungs – Tage, Wochen, Monate – auch in der nichtlinearen Zeit benutzen konnten. Dann wandte sie sich dem Schlachtfeld zu; vielleicht war es der Versuch eines Teils von ihr, sich trotz des Schocks an Vernunft und Rationalität festzuklammern. Ganz automatisch setzte sie einen Fuß vor den anderen und näherte sich den ersten Leichen.

»Es ist kein schöner Anblick«, warnte Tarweder, und Kiwitt fügte den Worten ein Gurren hinzu, das fast wie ein Quieken klang.

»Was ist hier geschehen?«, fragte Dominique.

Tarweder folgte ihr. »Ich denke, die Dominanten haben den Eisenmännern eine Lektion erteilt.«

Dünner Rauch hing über dem Schlachtfeld, kaum von Wind bewegt, und es roch nach Schmerz und Tod. Dominique ging an Metallsplittern vorbei und dachte zunächst, dass es sich um die Reste von Geschossen handelte, aber in Wirklichkeit waren es Leichenteile. Die ersten Eisenmänner waren so stark zerfetzt, dass sie kaum eine Vorstellung von ihnen gewinnen konnte, doch dann fand sie einen, der ihr einigermaßen ... intakt erschien. Die Gestalt lag auf dem Rücken, nicht weit von einem Explosionskrater entfernt, starrte aus einem heil gebliebenen und einem geplatzten Auge gen Himmel. Die linke Hand, bestehend aus Dutzenden gegeneinander verkanteter Stahlsegmente, zitterte gelegentlich, und wenn das geschah, kam ein leises Surren aus dem Innern des Körpers. Dominique blickte auf das geborstene Auge hinab und stellte fest, dass es aus zahlreichen miniaturisierten Linsen und visuellen Sensoren zusammengesetzt gewesen war. Der teilweise verbrannte und verbeulte Kopf bestand aus Metall und organischen Komponenten, an einigen Stellen netzartig miteinander verwoben, wie zusammengewachsen.

»Was sind das für Leute?«, fragte Dominique leise. »Maschinen?« Plötzlich erschrak sie und sah sich erneut um. »Waren dies Ruperts Entführer?«

»Nein«, antwortete Tarweder, der zu ihr getreten war. »Dies ist eine andere Gruppe. Wir sind hier weit von der Großen Öde des Dritten Dominiums entfernt, sowohl räumlich als auch zeitlich. Hier ist die Zeit des Eises fast zu Ende. Bald gehen die beiden Sonnen auf.«

Dominique sah zum Horizont, doch nirgends deutete ein mattes Glühen auf das bevorstehende Ende der langen, kalten Nacht hin.

»Woher weißt du das?«

Tarweder deutete zu den Sternen. »Ich erkenne es an den Konstellationen.«

»Die Brunnen führen also nicht nur durch den Raum, sondern auch durch die Zeit?«

»Ja. Komm zur Höhle. Wir müssen noch einige Stunden warten, bis sich das nächste Fenster zum richtigen Ort und zur richtigen Zeit im Zweiten Dominium öffnet.«

»Wo ist der hiesige Brunnen?« Dominique reckte den Hals.

»Dort drüben bei den Fahrzeugwracks. Unser Weg führt daran vorbei.«

Erst jetzt nahm Dominique den Gestank wahr, der von verbrannten und verkohlten organischen Komponenten ausging. Durch die schwache Verbindung zum Tal-Telas berührte sie ein vages mentales Echo der Schlacht und sie spürte nur kalte Entschlossenheit, sonst nichts. Stammte sie von den Eisenmännern oder von den Dominanten?

»Als ich hier eingetroffen bin, war der Kampf vermutlich erst vor einigen Stunden zu Ende gegangen«, fuhr Tarweder fort. »Die Reste mancher Eisenmänner haben sich noch tagelang bewegt. Einige weniger beschädigte Exemplare haben versucht, sich selbst zu reparieren. Zwei von ihnen ist das gelungen. Zum Glück schenkten sie mir keine Beachtung und verschwanden durch den Brunnen, wohin auch immer.«

Dominique sah geborstenes Metall und Blut, das aus zerrissenem organischem Gewebe geströmt und dann in der Kälte erstarrt war. Nicht nur Leichenteile lagen überall verstreut, sondern auch Objekte, vermutlich Geräte und Waffen. Dominique fragte sich kurz, ob sie etwas bergen konnten, doch dann wurde der Geruch plötzlich unerträglich, und sie begann zu würgen und wankte fort von den Toten.

Was Tarweder »Fahrzeugwracks« genannt hatte, war ein große Haufen Schrott, in der Mitte tief eingedrückt. Was auch immer die Vehikel der Eisenmänner gewesen waren: Eine gewaltige Faust schien auf sie herabgeschmettert zu sein.

»Wie viele sind es?«, fragte Dominique, als sie daran vorbeigingen. »Hast du die Leichen gezählt?«

»Mehr als hundert. Die genaue Anzahl konnte ich nicht feststellen.«

»Und hast du einen Dominanten gefunden?«

Tarweder schüttelte den Kopf.

»Mehr als hundert Eisenmänner«, sagte Dominique nachdenklich. »Wir wissen, wie stark sie sind. Und offenbar waren sie mit moderner Technik ausgestattet. Aber den Dominanten scheint es nicht weiter schwergefallen zu sein, sie zu erledigen. Sie haben nicht einen einzigen Verlust erlitten.«

»So sieht's aus. Dort ist der Brunnen.« Tarweder deutete in eine kleine Senke, etwa hundert Meter von den Fahrzeugwracks entfernt. Einige kleine, niedrige Gebäude standen dort wie geduckt neben dem vertrauten steinernen Rund eines Brunnens. Auf der anderen Seite, gut zweihundert Meter weiter, stieg das Gelände an, und dort zeigte sich eine Öffnung im Hang.

Als sie die Höhle erreichten, in der Tarweder seit fast einer Woche hauste, fror Dominique trotz des dicken Mantels, den der Alte für sie angefertigt hatte. Ein kleines Feuer brannte im Innern der Kaverne, und Tarweder legte rasch Brennmaterial nach, das vermutlich vom Schlachtfeld stammte. Dominique sah nicht hin; sie wollte gar nicht wissen, was dem Feuer Nahrung gab.

Sie setzte sich auf einen breiten Stein und streckte die Hände den Flammen entgegen. »Woher weißt du, wann sich beim Brunnen ein Fenster zum richtigen Ort und zur richtigen Zeit im Zweiten Dominium öffnet?«

Tarweder hielt das Gerät mit dem Display in der Hand und betrachtete ein Muster aus Linien und wogenden Farben, das Dominique an Gelmr erinnerte. »Ich habe es hier gesehen«, sagte er.

Dominique blickte ins Feuer und sah erneut, wie ihr die Flammen durch den Turm folgten, wie sie über die steinerne Treppe nach oben brannten, durch die Tür kamen und sich ihr entgegenstreckten. Ihre Lider wurden schwer, und sie versuchte, die Augen offen zu halten. »Wobei muss ich dir helfen?«

»Wie bitte?«

»Während des Schlafs habe ich von Feuer geträumt«, sagte Dominique und blickte weiterhin in die tanzenden, züngelnden Flammen. Sie erzählte von ihrem Traum, beschrieb die Bilder. »Auf einem Treppenabsatz im Turm, an einem Fenster, bin ich dir begegnet, und du hast gesagt: ›Du musst mir helfen‹.«

Sie lauschte dem Prasseln des Feuers, und als Tarweder nach einer Weile noch immer nicht geantwortet hatte, drehte sie den Kopf. Er saß zwei Meter entfernt und musterte sie ernst.

»Wie habe ich ausgesehen?«, fragte er schließlich.

Dominique konzentrierte sich auf das Erinnerungsbild. »Dein Gesicht war ... eingefallen und hohlwangig. Und deine Male, die Streifen auf deinen Wangen ... sie waren deutlicher. Die Augen erschienen mir trüber.«

Wieder schwieg Tarweder eine Weile. Das flackernde Licht der Flammen schuf seltsame Muster in seinem faltigen Gesicht, als er aufs Display eines Gerätes sah, das von den Dominanten stammte. Er berührte einige Symbole am Rand, und daraufhin veränderten sich die Anzeigen.

»Vermutlich bin ich älter gewesen«, sagte er. »Älter und erschöpft.« Er deutete auf ein improvisiertes Lager an der Felswand. »Du bist müde, junge Dame. Leg dich hin und schlaf. Wenn du durstig bist ... Der Behälter dort enthält etwas Wasser. Es schmeckt nicht besonders gut, stillt aber den Durst.«

Dominique dachte an das Blut auf dem Schlachtfeld und schüttelte den Kopf. Als sie unter einer Decke lag, die wie der Mantel aus grob zusammengenähten Stoffstücken bestand, fiel ihr ein, dass Tarweder ihre Frage nicht beantwortet hatte. Aber sie war zu müde, um sie zu wiederholen, kämpfte nicht mehr gegen die Schwere der Lider an und schlief ein.

Als Dominique erwachte, war das Feuer heruntergebrannt, doch in Decke und Mantel gehüllt hatte sie es warm genug. Einige Sekunden blieb sie still liegen und horchte, hörte aber nur ein leises Knistern von der Feuerstelle. Sie hob den Kopf, sah sich um und bemerkte eine Silhouette im Zugang der Höhle.

»Tarweder?«

»Schlaf weiter, Dominique. Es ist noch nicht so weit.«

Sie war noch immer müde, aber irgendetwas veranlasste sie, aufzustehen und zu dem Alten zu gehen. Er saß an einer Stelle, von der aus er über das Schlachtfeld sehen konnte. Wind war aufgekommen, trug die Reste des Rauchs und den Gestank fort.

Dominique setzte sich neben Tarweder und sah im Licht der Sterne, dass er etwas in den Boden gekratzt hatte: einen Kreis, umgeben von vier anderen Kreisen, und abseits davon ein fünfter.

»Du hast es gesehen«, sagte Dominique.

»Ja. Sie wollte dir etwas mitteilen. Wer war sie?«

Dominique erzählte von den Tal-Telassi, verlor sich aber nicht zu sehr in Einzelheiten.

»Das ist ... interessant«, sagte Tarweder, als er auch von Dominik und Tako Karides gehört hatte. »Sie stand in Zusammenhang mit deinem Vater, den du offenbar ... nicht sehr magst.«

»Ich habe ihn nie kennen gelernt«, sagte Dominique und war überrascht, wie sanft dabei ihre Stimme klang. Sie sah in die kalte Nacht hinaus und dachte einmal mehr daran, wie sehr sich inzwischen ihre Einstellung zu Dominik verändert hatte. Sie fand noch immer, dass ihre Mutter Loana es mit der Verehrung übertrieb, aber viele Dinge sah sie inzwischen in einem neuen Licht, was vielleicht daran lag, dass sie den eigenen Hochmut abgestreift hatte und etwas reifer geworden war.

»Weißt du, was das hier bedeutet?« Tarweder deutete auf die Kreise.

Dominique betrachtete sie erneut im Licht der Sterne. »Nein. Weißt du's?«

»Vielleicht.« Tarweder deutete auf den größeren Kreis. »Ich vermute, dies hier ist Heres. Die anderen vier Kreise …«

Dominique verstand. »Die vier Dominien, aus denen Heres besteht. Aber was hat der fünfte Kreis zu bedeuten?«

Tarweder antwortete nicht sofort, blickte erst auf die in den Boden gekratzten Kreise und dann in die Nacht hinaus, die hier bald einem jahrelangen warmen Tag weichen würde. Sterne funkelten am Himmel, aber nicht so viele wie sonst – dies war eine Welt in der nichtlinearen Zeit.

»Ich habe dir von den beiden Rückkehrern erzählt, erinnerst du dich?«

»Von welchen Rückkehrern?«

»Wir sprachen über Leute, die von den Dominanten oder ihren Gesandten entführt wurden …«

»Oh, ja. Nur zwei von jenen, die aufbrachen, um nach den Verschwundenen zu suchen, kehrten jemals zurück. Sie waren wahnsinnig, hast du gesagt.«

»Ja. Ich habe mit einem von ihnen gesprochen. Beim anderen kam ich zu spät: Er beging Selbstmord, bevor ich ihn erreichte.«

Wieder schwieg Tarweder und blickte in die Nacht hinaus, als suche er in der fernen Dunkelheit nach etwas. Sie saßen ein ganzes Stück vom heruntergebrannten Feuer entfernt, und Dominique begann trotz des Mantels zu frösteln.

»Die meiste Zeit über sprach er wirres Zeug«, fuhr der Alte schließlich fort. »Aber was auch immer seinen Geist plagte: Einmal ließ es ihn für wenige Minuten in Ruhe, und er erzählte von einem fünften Dominium, in dem die Zahl fünf eine wichtige Rolle spielt.«

Die Zahl fünf, dachte Dominique. *Die Kantaki?*

»In meinem langen Leben bin ich in allen vier Dominien weit herumgekommen«, sagte Tarweder. »Bei der Suche nach den Elementen habe ich Orte besucht, die für andere legendär galten. Ich habe gelernt und Wissen gesammelt, vielleicht auch Weisheit, und je mehr ich wusste, desto mehr Fragen drängten sich auf, und es schien nie genug Antworten zu geben.«

Dominique sah, wie ein kurzes Lächeln über seine Lippen huschte. Er sprach jetzt im Tonfall des Weisen, aber in der Stimme des erfahrenen, klugen Alten hörte sie diesmal noch etwas mehr: so etwas wie Wehmut. Es war fast die Stimme, mit der Tarweder sie im brennenden Turm um Hilfe gebeten hatte.

»Ich bin sehr vorsichtig geworden, wenn es darum geht, etwas für unmöglich zu halten«, sagte Tarweder. Als er den Kopf drehte und sie ansah, entdeckte Dominique eine neue Tiefe in seinen graugrünen Augen. »Die Welt ist groß, und du hast mir gesagt, dass es dort draußen noch viele andere Welten gibt. Unter solchen Umständen sind dem Möglichen keine Grenzen gesetzt.«

»Was hat er dir über das fünfte Dominium erzählt?«, fragte Dominique aufgeregt. »Wie kann man es erreichen?«

»Er wusste nicht, wie man es erreichen kann«, antwortete Tarweder. »Aber angeblich suchen die Dominanten einen Weg dorthin, denn im fünften Dominium leben ihre Feinde.«

Dominique dachte an den Nexus, an den Kampf, der dort vor achttausend Jahren stattgefunden hatte, zwischen Humanoiden – veränderten Menschen – und den Kantaki.

»Vielleicht kam die Großmeisterin der Tal-Telassi, die du sterbend vorgefunden hast, aus dem fünften Dominium«, sinnierte Tarweder. »Hat sie dir keinen Hinweis gegeben?«

»Nein.« Dominique bedauerte plötzlich, von Myra fortgeeilt zu sein. Wenn sie bei ihr geblieben wäre …

»Der Zurückgekehrte, mit dem du gesprochen hast«, sagte sie. »Können wir ihn besuchen? Vielleicht weiß er mehr.«

»Er ist seit Jahren tot.«

Kiwitt kletterte auf Tarweders Schulter und gurrte leise. Der Altre streichelte ihn geistesabwesend. »Die Dinge verändern sich«, sagte er leise. »Sie erleben einen stärkeren Wandel als jemals zuvor. Das dort draußen ist ein deutliches Zeichen.« Er deutete zum Schlachtfeld, wollte aufstehen und ächzte. »Hilf mir auf die Beine, junge Dame. Die Kälte hat meine Gelenke steif gemacht.« Dominique zog ihn behutsam hoch. »Lass uns noch ein wenig schlafen. Wer weiß, was uns als Nächstes erwartet? Es kann nicht schaden, etwas mehr Kraft zu sammeln.«

Kurze Zeit später lag Dominique wieder unter der Decke, doch trotz der Müdigkeit ließ der Schlaf auf sich warten. Sie dachte ans fünfte Dominium von Heres und fragte sich, ob die Kantaki vor achttausend Jahren dorthin geflohen waren.

Als Dominique erwachte, saß Tarweder erneut im Zugang der Höhle. Er trug den Rucksack auf dem Rücken – Kiwitt war bereits hineingeklettert, und nur sein Kopf ragte daraus hervor –, hatte Erde auf die Reste des Feuers gestreut und schien für den Aufbruch bereit zu sein. Als er merkte, dass Dominique wach war, winkte er sie zu sich. »Sieh dir das an.«

Geräusche kamen vom Schlachtfeld. Große Levitransporter schwebten langsam über die vielen Toten hinweg, und mehr als ein Dutzend Gestalten stapften zwischen den Explosionskratern umher, offenbar auf der Suche nach Dingen, die sich irgendwie verwerten ließen.

»Woher sind sie gekommen?«, fragte Dominique und ging neben Tarweder in die Hocke.

»Nicht aus dem Brunnen, das steht fest«, erwiderte er.

»Gibt es andere Möglichkeiten, von einem Dominium in ein anderes zu gelangen?«

Der Alte schüttelte langsam den Kopf. »Keine mir bekannten.«

Eine Zeit lang beobachteten sie das Geschehen auf dem Schlachtfeld. Aus der Ferne gesehen und kaum mehr als Schatten in der Dunkelheit wirkten die Eisenmänner sehr menschlich. Aber Dominique wusste, wie es unter ihrer künstlichen Haut aussah, und sie glaubte, das Summen von Servi zu hören.

»Hoffentlich verschwinden sie bald«, murmelte Tarweder. Er holte sein Gerät hervor und blickte auf die Anzeige. »Es dauert nicht mehr lange, bis sich das Fenster zum Zweiten Dominium öffnet.«

Dominique beobachtete, wie einer der Eisenmänner aufstieg – offenbar war er mit einem Levitator ausgestattet – und an den langsam dahinschwebenden Transportern vorbeiflog. Zuerst glaubte sie, dass er sich in einem anderen Teil des Schlachtfelds umsehen wollte, doch er setzte den Flug fort, und zwar genau in Richtung Höhle.

»Schalt das Gerät aus«, sagte sie schnell. »Schalt es aus, Tarweder! Vielleicht hat der Eisenmann Emissionen geortet.«

Der Alte kam ihrer Aufforderung hastig nach, und Dominique zog ihn rasch auf die Beine und in die Höhle zurück, in der es ohne das Feuer stockfinster war. Ganz hinten duckten sie sich hinter einen Felsen, und Kiwitt gurrte leise.

»Er sollte jetzt besser still sein«, flüsterte Dominique.

Diesmal hörte sie tatsächlich ein Summen, und es wurde lauter, als sich der Eisenmann der Höhle näherte und im Zugang landete. Steine knirschten unter seinem Gewicht.

Dominique hielt unwillkürlich den Atem an und konzentrierte sich auf ihre schwache Verbindung zum Tal-Telas. Wenn der Eisenmann sie entdeckte, mussten sie damit rechnen, ebenso wie Rupert entführt zu werden. Für einen Sekundenbruchteil überlegte sie, ob dies eine Möglichkeit sein konnte, ihn zu finden, doch sie entschied sich sofort dagegen – sie wollte sich die Freiheit des eigenen Handelns bewahren.

Es gelang ihr nicht, den Eisenmann in Delm wahrzunehmen. Sie spürte nur ein vages mentales Raunen und fragte sich, ob die organischen Komponenten darauf beschränkt blieben, Hilfsdienste zu leisten. Dachten die Eisenmänner mit einem elektronischen Gehirn? Sie besann sich auf die höheren Stufen, insbesondere auf Iremia – damit waren Veränderungen von Materie sowie Manipulationen physischer und energetischer Strukturen möglich. Das Gefühl der Schwäche im Tal-Telas erschien ihr noch immer sehr sonderbar, denn sie war ihr ganzes Leben lang sehr stark gewesen. Jetzt fiel es ihr schwer, einen Kontakt mit der neunten Stufe herzustellen und zu versuchen, die Sinne des Eisenmannes zu täuschen, ihm vorzugaukeln, dass die Höhle völlig leer war. Sie nahm ihre ganze innere Kraft zusammen und stellte sich Leere dort vor, wo Tarweder und sie hockten ...

Ein Pfeifen kam von draußen, und als sich der Eisenmann umdrehte und von der Höhle fortstapfte, berührte Dominique plötzlich etwas, das ihr seltsam vertraut erschien. Sie versuchte, den Eindruck festzuhalten, aber er blieb sehr undeutlich. Was auch immer ihre Gedanken gestreift hatte: Es war schon einmal zu einem solchen Kontakt gekommen, durch Rupert. Und nicht hier auf Heres ...

Das Pfeifen wiederholte sich, und Levitatoren summten, nicht einer, sondern viele. Dominique wagte es, hinter dem Felsblock hervorzuspähen, und sah, wie der Eisenmann aufstieg und zu den anderen zurückflog.

»Klingt nach einem Aufbruch«, hauchte sie.

»Hoffentlich«, erwiderte Tarweder ebenso leise.

Sie warteten noch etwa zehn Minuten, schlichen dann zum Höhleneingang und blickten hinaus. Die großen Levitransporter waren ebenso verschwunden wie die Gestalten, die übers Schlachtfeld gewandert waren. Nirgends regte sich etwas, und die einzige Stimme, die in dieser desolaten Landschaft erklang, war die des Windes.

»Komm«, sagte Tarweder und ging los.

Kurze Zeit später waren sie bei den verwitterten Steinen des alten Brunnens. Tarweder blickte auf die Anzeigen seines Geräts, berührte die Koordinatensymbole in einer bestimmten Reihenfolge und sah sich dabei mehrmals um – er schien zu befürchten, durch die Aktivierung seines speziellen Instruments Eisenmänner anzulocken.

Dominique beobachtete den Vorgang genau und bemerkte keine Veränderung bei den Kantaki-Zeichen auf den alten Steinen, wohl aber im Brunnen selbst. Wenn Tarweder ein Symbol berührte, ging ein kurzes Wogen durch die Schwärze im Brunnen, als hätte jemand einen Stein ins dunkle Wasser eines Teichs geworfen.

Ein Brummen kam aus der Ferne und schien den Boden erzittern zu lassen. Dominique wusste sofort, was es bedeutete.

»Der Schlaf!«, entfuhr es ihr. »Schnell, Tarweder!«

Der Alte beeilte sich, berührte weitere Symbole, sah aufs Display seines Geräts, wankte zur anderen Seite des Brunnens, um dort über Schriftzeichen der Kantaki zu streichen ...

Das Brummen wurde lauter, und Dominique fühlte sich von Müdigkeit erfasst. Als sie den Kopf hob und zum Himmel hochsah, dehnte sich weit oben ein mattes Glühen aus und sank tiefer. Das Denken fiel ihr schwer, und es kostete sie immer mehr Mühe, auf den Beinen zu bleiben.

Diesmal versuchte Tarweder nicht, auf den Rand des Brunnens zu klettern – er rollte sich darüber hinweg und verschwand in der schwarzen Tiefe.

Dominique vertraute sich ebenfalls der Finsternis an und fiel.

Der Krieg: IX

29. Januar 1170 ÄdeF

Die Zentralwelt eines wichtigen Verbündeten der Menschheit stand vor dem Untergang. Ein Graken hatte sich bereits auf Ommta niedergelassen und seine Wurzeln in den Boden des Planeten gebohrt, Heimat der golemartigen Ganngan. Er war aus einem Dimensionstunnel im Kuiper-Gürtel des Tailibur-Systems gekommen, der von dreißig Superschiffen der Kronn und einem großen Schwarm aus Chtai- und Geeta-Schiffen geschützt wurde. Nach den energetischen Aktivitäten zu urteilen, würde es vermutlich nur noch wenige Stunden dauern, bis weitere Graken und ihre Vitäen das System erreichten, und wenn das geschah, war Ommta endgültig verloren. Aber noch gab es eine Chance.

Von fast vierhundert Orbitalstationen und Waffenplattformen im Orbit von Ommta waren nur einige Dutzend übrig geblieben, und sie feuerten auf die Schiffe der Kronn. Die Zweite, Dritte und Neunte Flotte der Koalition hatten das Tailibur-System kurz nach dem Eintreffen des Graken erreicht, und sie brachten nicht nur konventionelle militärische Schlagkraft mit, sondern auch eine neue Waffe, die im Gravokatapult von Nektars deltaförmigem, sechzig Meter langem Panther-Jäger ruhte, eine sogenannte Diskontinuitätsbombe. Sie stammte von den Maschinenzivilisationen, mit denen die Koalition seit einigen Monaten Kontakt hatte und von denen Nektar hoffte, dass sie zu einem neuen, mächtigen Verbündeten im Kampf gegen die Graken wurden.

Er wusste um die Verantwortung, aber sie belastete ihn nicht, spornte ihn sogar an. Dies konnte sein erster Sieg über die Graken werden, kein kleiner, aber nicht der große, entscheidende, den er einmal zu erringen hoffte – der lag weit in der Zukunft. Zuversicht erfüllte ihn, gepaart mit Entschlossenheit, auch diese Mission zu einem erfolgreichen Abschluss zu bringen. Begleitet von den acht anderen Panther-Jägern seiner Staffel raste er an einem Orbitalfort der Ganngan vorbei, dessen flackernde Schutzschirme die destruktive Energie von zahlreichen Kronn-Stacheln empfingen.

»Anflugmuster Ypsilon«, befahl Nektar über den Kom-Servo. Es bedeutete: direkter Anflug, mit voller Geschwindigkeit durch die Atmosphäre – auf Flugverkehr brauchten sie keine Rücksicht mehr zu nehmen.

Über der Nachtseite des Planeten kamen sie herab: neun kleine Raumschiffe, jedes von ihnen mit einem Schweif aus heißer, ionisierter Luft – sie sahen aus wie kleine Kometen. In der Dunkelheit unter ihnen leuchteten die Lichter der Steinernen Horte, wie die Ganngan ihre Stadtpyramiden nannten. Noch waren die meisten von ihnen von Verheerungen verschont geblieben, doch die Bewohner, viele von ihnen Unberührte, verloren sich im Traum des gelandeten Graken. Die Zielerfassung zeigte seinen Moloch: einen mehr als zwanzig Kilometer hohen Berg, ebenso schwarz wie die Nacht, aber mit weitaus mehr Substanz.

Über und hinter den Panthern ging eine neue Sonne auf, als Schutzschirme kollabierten und das Orbitalfort explodierte. Nektar ließ sich davon ebenso wenig ablenken wie die anderen Piloten. Es ging jetzt nur noch um die Mission; alles andere war zweitrangig.

Vor dem Graken stieg eine Wolke aus Kronn-Dornen auf, und erste Energieblitze jagten den Angreifern entgegen. Nektars Eskorte reagierte so, wie er es von ihr erwartete:

Die acht Jäger gingen sofort auf Abfangkurs und versuchten, freie Bahn für ihn zu schaffen.

Es war ein perfektes Manöver, so oft in den Simulatoren geübt, dass die Reaktionszeiten auf ein Minimum gesunken waren. Jeweils zwei Jäger koordinierten ihr Feuer auf einen Kronn-Stachel, und weitere Explosionen flackerten in der Nacht, nicht so groß und hell wie die am Himmel.

Nektar erweckte für einige Sekunden den Anschein, ebenfalls am Kampf gegen die Kronn teilzunehmen, doch dann, als er eine günstige Gelegenheit sah, gab er Vollschub. Sein Panther *sprang* über die kleinen feindlichen Schiffe hinweg zum viel größeren Moloch, und dabei spürte er, wie der Druck im Hinterkopf stark zunahm. Stimmen aus dem Grakentraum flüsterten, doch die beiden Bione im Nacken hielten sie von ihm fern. Als er nahe genug heran war, löste er das Gravitationskatapult aus, und es schleuderte die Diskontinuitätsbombe dorthin, wo sich die Wurzeln des Graken in den Planeten gebohrt hatten.

Nektar zog seinen Panther hoch und behielt die Anzeigen im Auge. Wenn er etwas Spektakuläres erwartet hatte, so wurde er enttäuscht. An der Basis des Molochs blitzte es kurz, und eine schwache Vibration erfasste den Jäger, doch sonst schien nichts zu geschehen. Dann stellte sich ein seltsames Empfinden ein: Nektar hatte plötzlich das Gefühl, dass eine Hand vom Innern des Kopfes aus durch den ganzen Körper griff und ihn von innen nach außen stülpte. Das Bild vor seinen Augen trübte sich für einen Sekundenbruchteil.

Als er nur einen Moment später wieder klar sehen konnte, zeigte ihm ein QR-Feld Frakturlinien im schwarzen Moloch wie Risse in dunklem Glas. Sie wurden schnell länger, verzweigten sich und bildeten ein Netz. Dann brach der Moloch auseinander.

Datenkolonnen zogen durch die Darstellungen, aber Nektar schenkte ihnen keine Beachtung. Die tronischen Komponenten des Panthers zeichneten alles auf, ebenso die

Sensoren der Schiffe im Orbit. Jubelnde Stimmen kamen aus dem Kom-Lautsprecher, als auch die inneren Bereiche des Molochs barsten. Alles zerfiel in kleine Bruchstücke, vermutlich auch der Graken. Nichts explodierte. Es loderten keine Flammen. Aber es bestand kein Zweifel: Nektar hatte gerade einen Moloch vernichtet und einen Graken getötet.

Was nicht ohne Auswirkungen auf die Vitäen blieb. Der Graken war der Mittelpunkt ihrer Gemeinschaftsintelligenz gewesen. Ohne diesen Fokus, ohne das koordinierende Zentrum, verloren sie die Orientierung.

In der Schlacht um die Heimatwelt der Ganngan wendete sich das Blatt.

Nektar blieb ruhig an den Kontrollen seines Panthers, als er ihn ins All zurücksteuerte und Kurs auf die *Dorothea* nahm, einen fast drei Kilometer langen Träger, der in einer hohen Umlaufbahn wartete. Doch in seinen Augen leuchtete Zufriedenheit – er hatte gerade einen weiteren Schritt in die Zukunft getan, die er sich wünschte.

Eine Wand des Besprechungszimmers schien ein Fenster zu sein, das Ausblick auf verschiedene Bereiche des Alls gewährte. Datenservi und tronische Systeme sorgten dafür, dass die Anzeigen des quasirealen Projektionsfelds stets auf dem aktuellen Stand waren. Die Daten wurden mithilfe von Transverbindungen aus verschiedenen Regionen des Tailibur-Systems übermittelt – die Barriere der Lichtgeschwindigkeit behinderte also nicht den vermeintlichen Blick ins All.

»Sie ziehen sich zurück«, sagte einer der Offiziere am Tisch. »Die Kronn, Chtai und Geeta ... Sie ziehen sich zurück und verschwinden durch den Dimensionstunnel im Kuiper-Gürtel.« Es klang fast ungläubig.

»Die Waffe ist der Grund«, sagte Nektar wie zu sich selbst, während er das Geschehen beobachtete. Die Flotten der Koalition verfolgten die Fliehenden und brachten ihnen schwere Verluste bei. »Wenn weitere Graken und Kronn gekommen wären, hätten wir dieses System nicht halten können. Aber sie fürchten die neue Waffe. Sie wissen nicht, dass wir nur eine davon hatten.«

»Die Maschinenzivilisationen haben versprochen, uns weitere zur Verfügung zu stellen«, sagte Lanze Ilanna Eldagar, Kommandantin der *Dorothea*.

»Wenn wir sie *jetzt* hätten ...«, führte Nektar sein nachdenkliches Selbstgespräch fort. »Und wenn wir den Vitäen in den Dimensionstunnel folgen könnten, zu einer Welt der Graken ... Es wäre eine Möglichkeit, den Spieß umzudrehen.«

Die Offiziere am Tisch wechselten Blicke.

»Bemerkenswert«, sagte einer von ihnen.

Nektar blinzelte und schien sich erst jetzt der Präsenz der anderen bewusst zu werden. Die meisten der Offiziere bekleideten einen wesentlich höheren Rang als er, und er hatte sich schon gefragt, warum er zu dieser Besprechung eingeladen worden war. Außerdem saßen auch zwei Personen am Tisch, die streng genommen nicht zum Militär gehörten: Benjamin Tolosa, der versuchte, die immer knapper werdenden Ressourcen der Koalition zu verwalten; und ein betagter Wissenschaftler namens Soren Horendahl.

Vantoga, Prior im Oberkommando der Streitkräfte, breitete kurz seine metallisch glänzenden Flügel aus und faltete sie dann wieder zusammen. »Sie sind ein erfolgreicher junger Mann, Keil Nektar«, zirpte der Quinqu. »Inzwischen haben Sie zahlreiche gefährliche Einsätze hinter sich und nicht nur fast alle erfolgreich beendet, sondern auch mit geringen Verlusten. Sie genießen einen guten Ruf bei den Streitkräften, und die von Ihnen geführten Soldaten vertrauen Ihnen. Sie haben ein Gefühl für Strategie und Taktik, und mir scheint, hinzu kommt eine recht zuverlässige Intuition.«

»Intuition?«, wiederholte Nektar, der nicht ganz verstand.

Ein Lächeln erschien im puppenhaften Gesicht des Quinqu. »Wir planen einen Vorstoß von der Art, wie Sie ihn eben beschrieben haben. Soren Horendahl und seine Gruppe sind bereits mit den wissenschaftlich-technischen Vorbereitungen beschäftigt. Sobald uns ein geeignetes Raumschiff und genug Diskontinuitätswaffen zur Verfügung stehen, holen wir zum Gegenschlag aus.«

Nektar verstand, in welche Richtung diese Worte zielten. »Ich würde gern an einer solchen Mission teilnehmen.«

»Es freut mich sehr, das von Ihnen zu hören«, sagte Vantoga. »Wir beabsichtigen nämlich, Ihnen die Leitung dieser Mission zu übertragen.«

10

Neue Horizonte

5. März 1229 ÄdeF

»Sie stören meinen Tod«, sagte Zara 20, letzte Großmeisterin der Tal-Telassi.

»Dafür entschuldige ich mich, Ehrenwerte«, erwiderte Tamara 14. »Die Umstände lassen mir keine Wahl.«

Die Frau auf der Todesliege seufzte. »Ich nehme an, es geht um den jüngsten Auftrag.«

»Ja.«

»Er gefällt Ihnen nicht.«

Tamara atmete tief durch. Die Elimination von Gefühlen bedeutete nicht, vor Unruhe geschützt zu sein, und die Unruhe in ihr kam einem kalten Sturm gleich, wie er hoch oben manchmal über die Gletscher von Millennia fegte. »Ich möchte Sie bitten, jemand anders zu beauftragen.«

Das Reinkarnationszimmer, in dem sie sich befanden, gehörte zum bionischen Komplex von Millennias Hauptstadt Empirion. Es waren bereits alle Vorbereitungen getroffen. Hochleistungsmneme klebten an Zaras kahl geschorenem Schädel und hatten damit begonnen, all das aufzunehmen, was sie als Person definierte, insbesondere Erinnerungen, chemisch codierte Erfahrungsmuster und die elektrischen Ströme von individuellen Denkstrukturen. Die synaptische Vernetzung des Gehirns musste exakt erfasst und kopiert werden, damit sie im neuen Körper reproduziert werden konnte. Der Klon stand bereit, reif und lebendig, ohne eigenes Ich, ein genetisches Duplikat der Frau auf der Todesliege, aber viel jünger. Ein schützendes, stabilisierendes und die Zellen stimulierendes Kraftfeld umgab ihn wie ein bläulich glühender Halo. Datenservi und tronische Systeme summten leise; die in Nährflüssigkeit schwimmenden und pulsierenden Reservemneme sahen aus wie klopfende Herzen. Dünne Bionenschläuche verbanden Klon und Original, glichen die Aktivität von Thalamus und Hypothalamus ab, um Schockreaktionen beim Bewusstseinstransfer vorzubeugen.

Es war eine vertraute Umgebung für Tamara, die in ihrem vierzehnten Leben bereits dreizehn Reinkarnationen hinter sich hatte und wusste, wie wichtig und *intim* diese letzten Minuten eines zu Ende gehenden Lebens waren.

Im Hintergrund des Zimmers standen zwei Tal-Telassi-Meisterinnen, die eine alt, die andere jung – sie repräsentierten Ende und Neuanfang. Ihren Gesichtern war natürlich nichts zu entnehmen, aber Tamara wusste, dass sie diesen Vorfall melden würden: Die Ruhe einer Sterbenden durfte nicht gestört werden. Doch Tamara konnte nicht anders.

Sie blickte auf die nackte Zara hinab, die in den letzten Jahren sehr gealtert war und nun greisenhaft wirkte. Tamara versuchte, sich daran zu erinnern, wie alt Zara 20 war. Hundertdreißig Standardjahre? Hundertvierzig? Noch nicht *sehr* alt. Vielleicht war es bei ihrem jetzigen Klon zu einer Degeneration gekommen – die Wahrscheinlichkeit dafür stieg um die zwanzigste Reinkarnation herum. In der rechten Hand mit den langen, knochigen Fingern ruhte die kleine Ampulle mit dem Gift, das einen schnellen, schmerzlosen Tod garantierte.

Tief in ihrem Innern schauderte Tamara. Das Ende eines Lebens war nie angenehm. Urängste erwachten dabei, trotz jahrhundertelanger Erfahrungen und emotionaler Exstirpation.

Zara sah zu ihr auf. »Wie wir hörten, hat Erasmus ausdrücklich Ihren Namen genannt, und er spricht für alle Maschinenzivilisationen.«

»Nur für die Tymionen«, korrigierte Tamara automatisch, als ob das eine Rolle gespielt hätte.

»Sie haben bereits Erfahrungen mit ihm gesammelt«, sagte Zara. Ihre Stimme klang nicht mehr ganz so fest. »Es gibt keine andere Tal-Telassi, die die Zäiden so gut kennt wie Sie.«

»Sie sind falsches Leben. Ich ertrage die Vorstellung nicht ...«

»Es geht hier nicht darum, was Sie ertragen oder nicht, Tamara«, sagte Zara mit einer gewissen Schärfe. »Es geht darum, was getan werden muss. Wir alle müssen uns dem Gebot der Notwendigkeit fügen. Und Ihnen dürfte klar sein, dass sich uns hier eine einzigartige Chance bietet. Das Schiff des Konzils, die *Taifun,* hat sogar die Erlaubnis, Tymion direkt anzufliegen. Sie werden Gelegenheit haben, weitere wichtige Informationen zu sammeln, mehr als jemals zuvor.«

»Ich ...« Tamara 14, tausendachthundert Jahre alt, suchte nach den richtigen Worten, um ihr Unbehagen zum Ausdruck zu bringen. »Ich fühle mich dieser Aufgabe nicht gewachsen.«

»Sie haben uns gute Dienste geleistet, und Sie werden uns auch weiterhin gute Dienste leisten, Tamara. Ich kenne Ihre Einstellung den Maschinenzivilisationen gegenüber, und ich weiß auch, dass Sie mit Ihrer Meinung nicht allein stehen. Viele Tal-Telassi lehnen die ›Emm-Zetts‹ als falsches Leben ab. Aber darum geht es nicht. Persönliche Ansichten spielen unter den gegenwärtigen Umständen keine Rolle. Objektive Erfordernisse haben absoluten Vorrang. Sehen Sie sich die Muster in Gelmr an, Tamara. Große Veränderungen stehen bevor. Ob zum Guten oder zum Schlechten ... das bleibt abzuwarten. Golgatha bedroht uns alle, nicht nur das Dutzend, sondern auch Millennia. Die Streitkräfte des Konzils können keinen wirkungsvollen Schlag gegen das Graken-Zentrum im Ophiuchus-Graben führen. Ohne massive Hilfe der Zäiden wäre eine Offensive zum Scheitern verurteilt. Helfen Sie mit, die Zäiden dazu zu bewegen, diese Hilfe zu leisten – das ist sehr, sehr wichtig, Tamara.«

Zaras Finger bewegten die kleine Ampulle, und Tamara glaubte schon, dass sie sie zerbrechen und damit ihr zwanzigstes Leben beenden wollte. Doch nach einigen schweren Atemzügen fuhr die Sterbende fort: »Fast ebenso wichtig ist es, mehr über die Zäiden und ihre Bestrebungen herauszufinden. Sehen Sie sich die Maschinenzivilisationen von *innen* an, Tamara. Gewinnen Sie einen Eindruck von ihrem tatsächlichen Entwicklungsstand. Finden Sie heraus, ob Erasmus und seine Artgenossen irgendwann zu einer Gefahr werden könnten. Wir müssen gewappnet sein.«

Zara hustete, und ihr fragiler Körper erbebte. Die beiden Tal-Telassi im Hintergrund bedienten die Kontrollen der Reinkarnationsgeräte.

»Ich erwarte von Ihnen, dass Sie sich Ihrer Aufgabe mit ganzer Kraft widmen«, sagte Zara. »Millennia verlässt sich auf Sie.« Etwas leiser fügte sie hinzu: »Gehen Sie jetzt.«

Tamara neigte kurz den Kopf, drehte sich um und verließ den Raum.

Hinter ihr zerbrach die Ampulle, und Zara starb.

Während der Vorbereitung erfuhr Tamaras Bewusstsein eine multiple Splitterung, und ihr Körper nahm neues mnemisches Gewebe auf, das selbst bei einem invasiven Bioscan nicht von ihrem ureigenen Körpergewebe zu unterscheiden war. Informationen unterschiedlicher Art strömten in ihr Selbst: die neuesten Daten über Entwicklungen bei den vierzehn bekannten Maschinenzivilisationen, unter ihnen Tymion, wobei technisch-kulturelle Evolution und Ressourcen die wichtigste Rolle spielten (aber *alles* war wichtig); Hinweise auf den persönlichen Hintergrund und die militärischen Leistungen von Lanze Adrian Hokonna, der an der Mission teilnehmen würde (offenbar auf Bitte von Zacharias, wie aus dem Konzil der Überlebenden verlautete) und bereits auf dem Weg nach Millennia war; Details über Konfiguration und Potenzial der *Taifun* sowie andere technische Einzelheiten. Hinzu kamen die Einschätzungen der Sektion 1 des Schwesternrates, zuständig für taktisch-strategische Situationsanalysen und Bewertungen. Die Analytikerinnen gingen davon aus, dass auch Impro Zacharias damit beauftragt war, mehr über die Zäiden und ihren aktuellen Entwicklungsstand herauszufinden. Die Einrichtungen des Schiffes und vermutlich auch davon unabhängige Werkzeuge wie Implantate würden ihn bei dieser Aufgabe unterstützen. Daraus ergab sich ein weiterer Auftrag für Tamara: Sie sollte dafür sorgen, dass Zacharias möglichst wenige brauchbare Informationen nach Kalaho zurückbrachte.

Nach der Splitterung fanden die einzelnen Selbstfragmente wieder zueinander, und während Tamara 14 im Ruheraum schlief, kam es nach dem Datentransfer zu einer Prioritätsprozedur. Semiaktive Synapsen und Neuronen verankerten die Informationen im Gehirn – sie würden nie verloren gehen, selbst wenn Tamara ihr zehntausendstes Lebensjahr erreichte. Hinzu kam: Die aufgenommenen Daten blieben auch bei einer telepathischen Sondierung verborgen, denn sie waren in einem Teil des Gehirns gespeichert, der erst dann Aktivität entfaltete, wenn bestimmte Situationen entsprechende Informationen erforderten.

Die Sektion 1 hütete ihre Geheimnisse gut.

Tamara lag im warmen Wasser einer Therme von Empirion, körperlich in Gesellschaft und geistig allein. In der anderen Hälfte des Beckens sprach eine Lyzeum-Lehrerin mit einigen jungen Tal-Telassi, die gerade die Pubertät hinter sich hatten und erst noch lernen mussten, ihre Gefühle unter Kontrolle zu halten. Aus halb geschlossenen Augen beobachtete Tamara die Schar und empfing ihre Emanationen, ohne ihre Sinne Delm zu öffnen. Die eigene Kindheit und Jugend lagen fast achtzehnhundert Jahre zurück, und die Erinnerungen daran wurden allmählich vage; manchmal fiel es ihr schwer, sich an Einzelheiten zu erinnern. Es war eine Zeit der inneren Tumulte gewesen, doch an eins entsann sie sich deutlich: an ihre Erleichterung, als jene Zeit endlich hinter ihr lag. Die jungen Frauen und ihre Lehrerin wahrten einen respektvollen Abstand und sprachen leise, aber sie hätten Tamara auch dann nicht gestört, wenn ihre Stimmen laut gewesen wären. Was jene Schülerinnen erst noch lernen mussten, war ihr längst zur zweiten Natur geworden: die Meditation.

Tamara schloss die Augen ganz, gab ihren nackten Leib der Wärme des Wassers hin und ließ die Stimmen der anderen Tal-Telassi leiser werden, zu einem Flüstern im Hintergrund, das nicht störte, sondern entspannte. Ein leichtes Pricken in Brust und Rücken erinnerte sie an das neue mnemische Gewebe in ihr, das bereit war, Hunderte von Petabyte an Daten aufzunehmen. Sie seufzte innerlich. Die bevorstehende Mission gefiel ihr ganz und gar nicht, aber sie wusste auch, dass ihr keine andere Wahl blieb, als sich damit abzufinden – sie war die am besten geeignete Tal-Telassi für die Reise zu den Maschinenzivilisationen.

Politische Erwägungen, taktische und strategische Planungen, die Bühne der interstellaren Politik ... Tamara wusste, dass solche Dinge wichtig waren, aber sie befasste sich nicht gern damit. Es lief ihr zu sehr auf ein Streben nach Macht hinaus. Der Auftrag kam von Zara, der letzten und einzigen Großmeisterin der Schwesternschaft, und darin sah Tamara ein weiteres Problem. Ihr Einfluss war gewachsen, seit sich Millennia zur unabhängigen Republik erklärt hatte. Praktisch alle wichtigen Entscheidungen wurden von ihr getroffen. Es fehlte ein Gegengewicht, zwei oder drei andere Großmeisterinnen, die ihre Entscheidungen gemeinsam trafen, nach reiflicher Überlegung. Derzeit gab es keine Tal-Telassi, die das Potenzial zur Großmeisterin hatten. Dominique, Tochter des legendären Dominik, wäre zweifellos Großmeisterin geworden, aber sie war seit mehr als achtzig Jahren verschwunden. Unmittelbar nach dem Versuch der Graken, Millennia erneut unter ihre Kontrolle zu bringen, waren sie und ihr Begleiter Rupert mit dem Kantaki-Schiff aufgebrochen, das damals, vor achttausend Jahren, die Flüchtlinge und den Ursprung des Tal-Telas nach Millennia gebracht hatte. Niemand wusste, was aus den beiden geworden war und ob sie überhaupt noch lebten. Die junge Dominique, so glaubte Tamara, hätte einen guten Gegenpol zu Zara gebildet. So wie sich die Dinge derzeit entwickelten, lief die Republik Millennia Gefahr, zur Monokratie zu werden.

Oder vielleicht auch nicht. Manchmal fragte sich Tamara, ob ihre Objektivität gestört war und sie sich zu sehr von den eigenen Vorlieben beeinflussen ließ. Sie sehnte sich nach der alten Zeit vor dem Grakenkrieg zurück, als es den Schwestern vor allem darum gegangen war, das Tal-Telas zu erforschen. Sie hätte sich gern der ursprünglichen Philosophie gewidmet, die den Schwestern die zehn Stufen erschlossen hatte. Darin sah sie seit Jahrhunderten ihre eigentliche Bestimmung: die Tiefen des Tal-Telas zu ergründen, das Wissen um die bekannten Stufen zu mehren und die Suche nach der elften Stufe Kalia und weiteren Stufen darüber fortzusetzen. Die Schwestern hatten noch lange nicht das Ende des Weges erreicht, sondern erst einige wenige Schritte darauf zurückgelegt, glaubte sie. Im Vergleich dazu erschienen ihr die Dinge, die Zara bewegten, gewöhnlich und profan.

Tamara schob diese Gedanken beiseite – sie durfte sich nicht von persönlichen Angelegenheiten beeinflussen lassen. Die Mission bei den Maschinenzivilisationen war wichtig, schon allein in Hinsicht auf den Grakenkrieg. Und es schadete bestimmt nicht, mehr über die Emm-Zetts herauszufinden.

Außerdem ... Ein seltsames Empfinden regte sich in ihr, und verwundert stellte Tamara fest: Sie freute sich fast darauf, Impro Zacharias wiederzusehen.

Tamara blickte durch das Fenster des Shuttles und beobachtete, wie die Eisschilde von Millennia unter ihnen zurückblieben. Fast bedauerte sie es, ihre Heimatwelt zu verlassen und sich mit Dingen beschäftigen zu müssen, die ihr nicht gefielen, aber dieses Empfinden löste sich unter ihrer emotionalen Kontrolle sofort auf. Sie wollte sich jetzt von nichts ablenken lassen.

Wie zarte Schleier wirkende Wolkenfetzen zogen vorbei, und aus den Gletschern wurde ein weißer Panzer, der fast den ganzen Planeten umhüllte. Der Shuttle schwenkte in eine niedrige Umlaufbahn, unterhalb der Verteidigungszone, in der Schiffe der Republik Millennia, des Dutzends und der Maschinenzivilisationen auf Feinde warteten. Ein pseudoreales Projektionsfeld zeigte das Ziel: die *Taifun*. Der Fernaufklärer, mit dem Afraim Zacharias von Kalaho gekommen war, verfügte über acht der neuen Krümmer, paarweise an den tragflächenartigen Erweiterungen des Heckbereichs angebracht – damit konnte sie auch in den instabilen Transferschneisen fliegen, die bisher für den interstellaren Verkehr nicht hatten genutzt werden können. *Aber auch die* Taifun *benötigt Transferschneisen, im Gegensatz zu den Emm-Zett-Schiffen,* dachte Tamara. Der keilförmige Rumpf des Schiffes maß fast vierhundert Meter in der Länge, verjüngte sich vorn bis auf einen Durchmesser von dreißig Metern und schwoll am Heck bis auf achtzig Meter Durchmesser an, die Hochleistungskrümmer nicht mitgerechnet. Die Taifun war mit starken Schilden ausgerüstet, und ihre Bewaffnung bestand aus zwei Gravokatapulten für Antimaterieraketen und vier Annihilatorkanonen. Damit ließ sich gegen die Soldaten der Graken nicht viel ausrichten, aber sie sollte auch nicht kämpfen, sondern Informationen sammeln. *Wie angemessen,* dachte Tamara.

Als sie sich von Fenster und Projektionsfeld abwandte, begegnete sie dem Blick von Lanze Adrian Hokonna, der vor einigen Tagen auf Millennia eingetroffen war. Er sah sie aus seinen bionischen blaugrauen Augen an und sagte: »Mir gefällt dies ebenso wenig wie Ihnen, glauben Sie mir.«

Tamara wölbte die Brauen und fragte sich, ob man ihr die wenigen Regungen, die sie sich erlaubt hatte, so deutlich ansah. Sie verstärkte die emotionale Kontrolle, und ihr Gesicht wurde zu einer ausdruckslosen Maske.

»Manchmal müssen wir uns den Notwendigkeiten fügen.«

Ein Signal erklang, als der Shuttle an der *Taifun* anlegte. Eine Luke schwang auf, und Hokonna trat mit summenden Servi in den aus flexibler Synthomasse bestehenden Tunnel, der zur offenen Luftschleuse des Fernaufklärers führte. Dort wartete Zacharias auf sie.

Hokonna blieb mit leise knisterndem Ektoskelett vor ihm stehen und salutierte.

»Willkommen an Bord«, sagte Zacharias. Er trug die schwarze, mit silbernen und goldenen Insignien besetzte Uniform der Streitkräfte des Dutzends, stand gerade da, in eine Aura ruhigen Selbstbewusstseins gehüllt. Das dunkle Haar war kürzer als während der Erkundungsmission mit Erasmus, und in seinen Augen sah Tamara tiefe Entschlossenheit. Zacharias wusste natürlich um die Bedeutung dieser Mission, und er wollte sie erfolgreich zu Ende bringen, unter allen Umständen.

»Leider konnte ich mich nicht mit Ihnen in Verbindung setzen, Impro«, sagte Hokonna mit seiner knarrenden künstlichen Stimme. »Als ich die Anweisung erhielt, nach Millennia zu fliegen, hatten Sie Kalaho bereits verlassen und befanden sich in der Transferhibernation.« Er atmete tief durch, und dabei erklang ein dumpfes Zischen. »Sie haben es versäumt, meine Meinung einzuholen, bevor Sie entschieden, mich an dieser Mission zu beteiligen. Ich hätte Ihnen gute Gründe für meine weitere Stationierung im Draghi-System nennen können.«

Tamara beobachtete, wie sich Zacharias' Züge ein wenig verhärteten. »Meinungen spielen im Krieg gegen die Graken keine Rolle, *Lanze*«, erwiderte er und betonte den Rang. »Sie haben direkte Erfahrungen mit den Maschinenzivilisationen gesammelt und können mir daher helfen, meinen Auftrag zu erfüllen. Alles andere ist unwichtig. Es gilt, persönliche Dinge zurückzustellen. Nicht wahr, Ehrenwerte?«

»In der Tat, Impro«, bestätigte sie und trat an den beiden Männern vorbei in den Korridor der *Taifun*. »Deshalb sollten wir damit auch keine Zeit mehr verlieren.«

Zacharias nickte, und sie beobachtete, wie ein dünnes Lächeln über seine Lippen huschte. »Sie haben völlig recht. Gehen wir.«

Als sie durch den Korridor in Richtung Hibernationsraum schritten, hörte Tamara, wie sich das Brummen der Krümmer veränderte. Sie blickte durch eins der Fenster und sah, wie Millennia schnell kleiner wurde – die *Taifun* flog mit voller Beschleunigung zur nächsten Transferschneise.

Zacharias bemerkte ihren Blick. »Der Kurs ist bereits programmiert. In zehn Minuten schlafen wir, und in fünfzehn beginnt der Transfer. In einer Woche sind wir am Tymion-Knotenpunkt.«

Dieser Hinweis erstaunte die Tal-Telassi. »Es sind fast dreitausend Lichtjahre.«

»Es gibt in den Streitkräften keine besseren Triebwerke als die der *Taifun*.«

Der Hibernationsraum enthielt zehn Ruheliegen, sternförmig um einen Medo-Servo in der Mitte angeordnet. Zacharias und Tamara begannen damit, ihre Kleidung abzulegen. Hokonna stand ein wenig abseits.

»Bei mir ist keine Hibernation erforderlich, Impro«, sagte er.

»Ich weiß.« Zacharias streckte sich auf einer der Ruheliegen aus, die sich sofort seinen Körperformen anpasste. »Ich vertraue Ihnen die *Taifun* an, Lanze. Ich bin sicher, bei Ihnen ist sie in guten Händen. Erika?«

»Zu Diensten«, ertönte die Stimme einer Frau.

»Du hast Gesellschaft während des Flugs. Adrian Hokonna bleibt wach. Bestimmt findet ihr Gelegenheit zu einigen interessanten Gesprächen.«

»Das freut mich, Afraim.«

Tamara lag bereits auf ihrer Liege und warf Zacharias einen fragenden Blick zu.

»Erika ist ein Megatron. Wie einige andere hat sie entschieden, sich vorerst noch nicht den Maschinenzivilisationen anzuschließen, aber sie ist sehr neugierig.«

Zacharias ließ den Kopf sinken. »Bitte leite die Hibernation ein, Erika.«

»Ja, Afraim. Schlaft gut.«

Der medizinische Servo hatte bereits Verbindungen hergestellt, und Tamara spürte ein leichtes Prickeln, verursacht von Nanowurzeln, die sich tiefer in ihren Körper bohrten. Sicher war es kein Zufall, dass ein Megatron zur Ausstattung der *Taifun* gehörte, einer der Zauderer. Sie fragte sich, was das Konzil damit bezweckte, schob diesen Gedanken dann aber beiseite, denn ihr blieben nur noch wenige Sekunden für eine andere Sache. Sie hatte bereits bei der Wanderung durch den Korridor damit begonnen, und jetzt setzte sie die Sondierung in Berm fort, schickte ihre Gedanken innerhalb des Schiffes auf die Reise. Erste Benommenheit erfasst sie, als sie fündig wurde: Es gab Bereiche an Bord der *Taifun*, die von einem entropischen Gefälle umgeben waren. Was wollte das Konzil der Überlebenden vor ihr verbergen?

Mit dieser Frage schlief sie ein.

Als Tamara erwachte, sah sie ein Gesicht über sich, das kaum mehr etwas Menschliches hatte. Die eine Seite war leichenhaft grau, und die andere bestand aus Stahlfacetten mit darin integrierten Sensoren. So monströs dieses Geschöpf mit dem grauschwarzen Ektoskelett auch sein mochte: Es war wahres Leben und ein Mensch.

Das leise Brummen der Krümmer deutete darauf hin, dass die *Taifun* nicht mehr mit vielfacher Überlichtgeschwindigkeit durch eine Transferschneise flog, doch ein Blick auf die Statusanzeigen an der Wand teilte Tamara mit, dass sie erst seit drei Tagen unterwegs waren und den Tymion-Knotenpunkt noch nicht erreicht hatten. Ein leises Stöhnen kam von der Liege neben ihr – Zacharias erwachte gerade.

»Was ist geschehen?«, fragte Tamara.

»Außer uns befindet sich noch jemand an Bord«, sagte Hokonna mit knarrender Stimme. »Und er hat damit begonnen, die *Taifun* zu demolieren.«

Der Krieg: X

2. Februar 1172 ÄdeF

Die Sonne Tailibur, gelb wie die der Erde, war von hier aus gesehen kaum größer als die anderen Sterne an einem immer schwarzen Himmel. Es war ein kalter Ort am Rand der interstellaren Kluft, aber nicht annähernd so leer wie das Nichts zwischen den Sternen. Und auch nicht so tot. Die Lichter von Scheinwerfern tasteten über Himmelskörper, die fast an Planetengröße heranreichten. Seit zwei Jahren fraßen sich halbautomatische Abbaumaschinen durch Eis und Fels, auf der Suche nach den Rohstoffen, die die Werften beim Loch brauchten. So wurde es genannt: das Loch. Mit der Energie von Sonnen hatten die Graken viele Lichtjahre entfernt einen Dimensionstunnel geschaffen, der hier endete, im Kuiper-Gürtel des Tailibur-Systems. Nach ihrer Flucht war er nicht mehr aktiv, existierte aber immer noch. Eine Lichtminute vom Loch entfernt schwebte jetzt eine fünf Kilometer durchmessende Bastion im All, erbaut mit den Rohstoffen, die die hungrig nach Erz suchenden Maschinen den großen und kleinen Felsbrocken des Gürtels entrissen. Neben der Bastion entstand in einer speziellen Werft ein spezielles Schiff, fast fünfhundert Meter lang, eine seltsame Synthese aus Kanten und Kurven. Wenn Nektar es betrachtete, dachte er an einen Raubvogel, der Beute auf dem Boden entdeckt und mit dem Sturzflug begonnen hatte.

»*Marduk*«, sagte er. »Es ist ein guter Name.«

»Sie kennen die Legende?«

»Marduk, Reichsgott von Babylon. Er besiegte und tötete die chaotische Macht Tiamat.« Nektar seufzte leise. Seit zwei Jahren wartete er und spürte, dass es nicht mehr lange dauern würde. Der große Moment rückte näher.

Er blickte aus dem Panoramafenster des Kommandozentrums der Bastion und beobachtete, wie sich ein Kurierschiff näherte. »Erwarten wir Besuch?«

»Ein weiteres Mitglied Ihrer Crew, Lanze Nektar«, sagte Soren Horendahl. »Spezialisiert auf die Diskontinuitätsbomben.«

Nektar nickte. »Wie viele haben wir?«

»Neunzig. Fünfzig weitere sind uns für Ende des Monats versprochen.«

Nektar nickte erneut und deutete auf die *Marduk*. »Wann ist sie fertig?«

»Das Schiff wird enormen Belastungen standhalten müssen, Lanze. Allein der Transferschock wird weit über alles hinausgehen, was ein gewöhnliches Sprungschiff aushalten muss. Die energetische Balance der Hochleistungskrümmer ist ebenso wichtig wie modular aufgebaute strukturelle Integrität. Wenn ein Teil des Schiffes den Belastungen nicht standhält, dürfen die anderen nicht in Mitleidenschaft gezogen werden …«

»Das weiß ich alles, Soren«, sagte Nektar geduldig und sah den uralt und ausgemergelt wirkenden Wissenschaftler an. »Wann können wir aufbrechen?«

»In zwei oder drei Monaten.«

»Denken Sie daran: Je länger wir warten, desto mehr Opfer fordert der Krieg.« Nektar wandte sich ab. »Ich begrüße den Bombenspezialisten.«

»Nek …« Es geschah nicht oft, dass Horendahl ihn auf diese Weise ansprach, und Nektar wusste sofort, worum es ging.

»Bitte glauben Sie mir: Ich *muss* nach Millennia, so schnell wie möglich. Ich habe von Dingen erfahren, über die die

Tal-Telassi unbedingt Bescheid wissen müssen. Wenn Sie Ihren Einfluss geltend machen würden ... Ich brauche ein Schiff und einige Wochen Zeit.«

»Ganz abgesehen davon, dass Flüge nach Millennia unter den derzeitigen Umständen sehr gefährlich sind: Wir brauchen Sie *hier*, Soren. Wir brauchen Ihren Sachverstand und Ihr Geschick als wissenschaftlicher Koordinator. Wenn Ihre Informationen wirklich so wichtig sind, wie Sie mehrmals betont haben: Warum nehmen Sie nicht per Transverbindung Kontakt mit dem Rat der Schwestern auf? Sagen Sie *mir*, was Sie wissen. Ich versichere Ihnen, dass ich dann alle notwendigen Maßnahmen ergreifen werde.«

Horendahl schüttelte den Kopf. »Nein«, erwiderte er kummervoll. »Nein, Sie würden nicht verstehen und mir wahrscheinlich auch nicht glauben. Aber die Tal-Telassi ...«

Nektar ging zur Tür. »Geben Sie mir die voll einsatzfähige *Marduk*, Soren. Anschließend bekommen Sie vielleicht Gelegenheit, nach Millennia zu fliegen.«

Das nur etwa dreißig Meter lange Kurierschiff wirkte fast verloren im großen Hangar. Nektar näherte sich ihm, als das dumpfe Brummen seiner Krümmer verklang. Wartungstechniker eilten herbei und verbanden das Schiff mit den Servicesystemen der Bastion.

Die Luke schwang auf, und eine in einen leichten Kampfanzug gekleidete Gestalt kam die Rampe herunter. Die flexible Synthomasse des Kragens bildete noch immer einen Helm, und ein Datenvisier verwehrte den Blick auf das Gesicht.

»Lanze Nektar ...«, sagte die Gestalt und trat ihm entgegen. »Ich melde mich zum Dienst.« Eine Hand kam nach oben und schob das Datenvisier beiseite.

Es waren viele Jahre vergangen, aber sie hatten gelegentlich Transnachrichten austauschen können, und so erkannte er sie sofort.

»Mel«, sagte er, und ein Lächeln erschien auf seinen Lippen. »Diese Überraschung ist dir gelungen.«

»Du hättest dich einfach nur Nek nennen sollen«, sagte Mel viele Stunden später. »Dann wären dir viele Probleme erspart geblieben.«

Nektar hatte ihr von Hilliot erzählt, und nicht nur von ihm. Zum ersten Mal seit vielen Jahren – vielleicht sogar zum ersten Mal in seinem Leben – hatte er einer anderen Person gegenüber Herz und Seele geöffnet, nicht nur teilweise, sondern ganz. Das allein war erstaunlich genug, aber hinzu kam, dass der letzte physische Kontakt mit dieser Person vor dreizehn Jahren stattgefunden hatte, als er kaum mehr als ein Kind gewesen war. Mel hätte ihm eigentlich fremd sein müssen. Stattdessen spürte er die gleiche Nähe wie damals auf Jumor, und noch etwas anderes, das tiefer in ihm wurzelte. Es war ein ungewohntes Gefühl, aber sehr angenehm.

»Vielleicht«, räumte er ein. Sie lagen nebeneinander im Bett, nackt und nach ihrer Leidenschaft entspannt. »Aber so heiße ich nun einmal.«

»Man muss nicht immer mit dem Kopf durch die Wand. Was meinen Namen betrifft ... Eigentlich heiße ich nicht Mel, sondern Melange.«

Sie schien auf etwas zu warten, und nach einer Weile fragte Nektar: »Und?«

»Ich heiße Melange Hannibal Talasar«, sagte Mel.

Nektars Gedanken glitten in eine andere Richtung. »Ja?«, erwiderte er geistesabwesend.

Mel stützte sich auf den Ellenbogen und sah ihn an. Halblanges blondes Haar umrahmte ihr schmales Gesicht mit den großen grünen Augen. »Findest du den Namen nicht seltsam? Mischung-der-Feldherr-der-gegen-die-Germanen-verlor Talasar? Und wer weiß, was ›Talasar‹ bedeutet ...«, fügte sie hinzu.

»Melange klingt gut«, sagte Nektar. »Und du verwechselst Hannibal mit Varus, Mel. Hannibal zog gegen die

Römer. Er gewann zahlreiche Schlachten, verlor aber den Krieg.«

Mel wölbte die Brauen. »Du hast immer schnell und viel gelernt, Nek. Kennst du dich jetzt auch in der terranischen Geschichte aus?«

»Ich habe mich mit der Militärgeschichte Dutzender Welten befasst und versucht, den Krieg gegen die Graken besser zu verstehen. Zwischen Hannibal und uns gibt es einen wichtigen Unterschied: Wir haben keine großen Schlachten gewonnen, abgesehen vielleicht von der Befreiung Millennias, aber vielleicht können wir den Krieg gewinnen.«

Mels Blick wurde sehr ernst, und vielleicht schimmerte in ihren Augen auch ein wenig Hoffnung. »Glaubst du das wirklich? So viele sind gefallen ... Manchmal denke ich, dass kaum noch jemand übrig ist.«

Nektar winkte, und das Gesteninterface seines Quartiers in der Bastion reagierte. Wände und Decke schienen zu verschwinden, als sich Projektionsfelder vor ihnen bildeten und das All zeigten. Echtzeitbilder präsentierten die Bastion und das Loch, das eigentlich gar nicht zu sehen war – Signalbaken markierten seine Position.

»Wir haben jetzt eine wirkungsvolle Waffe gegen die Graken, und bald schlagen wir damit zurück. Du kannst mir dabei helfen, den großen Sieg zu erringen, von dem ich seit meiner Kindheit träume.«

»Und du bist noch immer absolut davon überzeugt, dass du ihn erringen wirst, so wie damals?«

»Ja«, sagte Nektar. »Er ist das größte Ziel in meinem Leben, vielleicht das einzige.« Etwas anderes fiel ihm ein, und es gab durchaus einen Zusammenhang. »Ich habe vor Jahren beschlossen, auf Freunde zu verzichten.«

Er hörte eine gewisse Trauer in seiner Stimme, und Mel hörte sie ebenfalls. »Weil man sie immer wieder verliert, nicht wahr?«

»Ja. Der Verlust schmerzt. Und Schmerz lenkt ab.«

Mel richtete einen nachdenklichen Blick auf ihn. »Willst du auch auf meine Freundschaft verzichten?«

»Du warst immer mehr als nur ein Freund, Mel. Damals wie heute.« Nektar deutete hinaus ins All, zu den Baken. »Hilf mir dabei, diese Mission zum Erfolg zu führen.«

»Deshalb hat man mich hierhergeschickt.« Mels Finger strich ihm über die Brust. »Aber vorher ... Darf ich dich ein wenig ablenken, Nek?«

»Womit?«

Sie zeigte es ihm.

11

Tote Stadt

Heres

Irgendetwas musste mit den Koordinaten des Brunnens geschehen sein, als der Schlaf gekommen war, denn der Retransfer erfolgte nicht am vorgesehenen Ort im Zweiten Dominium. Dominique sah sich von seltsamen kleinen Geschöpfen umringt, die Tarweder Turui beziehungsweise »Schnelle« nannte. Zwar wirkten sie humanoid, aber sie wurden höchstens einen Meter groß und waren so schnell, dass man ihren Bewegungen kaum folgen konnte.

»Sie sind phasenverschoben«, erklärte Tarweder, als die Turui sie mit eifrigem Geschnatter fortbrachten. »Sie leben in ihrer eigenen Zeit, die schneller abläuft als die unsere. Keine Sorge, junge Dame, bei ihnen sind wir gut aufgehoben.« Er lächelte kurz. »Vielleicht gibt mir dies Gelegenheit, einen alten Freund wiederzusehen.«

Dominique hörte aufmerksam zu, als Tarweder erklärte, dass die Turui die Arbeiter des Zweiten Dominiums waren. Fast alle Gebäude und auch ein großer Teil der Infrastruktur stammten von ihnen.

»Aber wieso arbeiten sie für die Langsamen?«, fragte sie an einer Stelle.

»Weil sie das Gelbe von ihnen bekommen. Sie brauchen es, um in ihrer Zeit zu bleiben.«

»Das Gelbe?«, fragte Dominique.

Aber Tarweder antwortete nicht. Andere Dinge beanspruchten seine Aufmerksamkeit, als sie eine Art Bienenstock erreichten, ein mit wabenartigen Gebilden gefülltes ausgedehntes Höhlensystem. Es dauerte nicht lange, bis Tarweder einen alten Bekannten entdeckte, einen Turui namens Crustan, wie Dominique später erfuhr. Wenn der Schnelle lange genug still stand, konnte sie sein Gesicht erkennen, das einer wahren Faltenlandschaft gleichkam. Crustan versuchte, möglichst langsam zu sprechen, doch für Dominique war es zunächst ein unverständliches Geratter von Worten. Später gewöhnte sie sich langsam daran, verstand erst einzelne Brocken und dann ganze Sätze. Bei vielen Gesprächen zwischen Tarweder und dem Turui schien es um die Frage zu gehen, wer von ihnen beiden älter war und mehr Falten im Gesicht hatte – eine Art Ritual, dem sich beide gern unterzogen und bei dem sie Erinnerungen austauschten. Crustan erwähnte Veränderungen auch im Zweiten Dominium: Eisenmänner waren in einigen Städten gesehen worden, und der Schlaf kam häufiger als sonst, was unter den Residenten – den langsamen Bewohnern des Zweiten Dominiums, die nie andere Dominien aufsuchten – Stimmen laut werden ließ, die mehr Schutz verlangten. In den vielen urbanen Zentren dieses Dominiums gab es zahlreiche Einrichtungen, die sich durch ähnliche Eigenschaften wie Tarweders mobiles Haus auszeichneten und vor dem Schlaf schützten.

Dieser Hinweis und die vielen Beispiele hochentwickelter Technik, die Dominique später sah, ließen sie vermuten, dass der Einfluss der Dominanten im Zweiten Dominium nicht ganz so groß war wie in den anderen Dominien. Die Turui waren vom Schlaf überhaupt nicht betroffen, vielleicht nicht einmal vom Odem, und die Residenten hatten sich eine gewisse Unabhängigkeit erworben.

Crustan und die anderen Schnellen brachten Dominique
 und Tarweder zu einem Bahnhof tief unter einer der »toten

Städte«, und dort gingen sie an Bord einer ziemlich alten Röhrenbahn.

»Bis nach Urhanna, wo Davvon lebt und arbeitet, sind es mehrere tausend Kilometer«, sagte Tarweder.

»Müssen wir denn unbedingt zu Davvon?«, fragte Dominique. »Kannst du die Batterien für das Haus nicht woanders beschaffen? Und gibt es keine andere Möglichkeit, vom Zweiten Dominium aus die Große Öde im Dritten zu erreichen?« Sie wagte nicht daran zu denken, was die Eisenmänner mit Rupert anstellten, während sie immer mehr Zeit verloren.

»Manchmal führen Umwege schneller zum Ziel«, erwiderte Tarweder.

Wenn er in der richtigen Stimmung war – wenn der verschmitzte Alte in ihm die Regie übernommen hatte –, sprach er gern auf diese Weise: ausweichend und geheimnisvoll. Dominique wusste inzwischen, dass es keinen Sinn hatte, sich darüber zu ärgern. Ihr blieb nichts anderes übrig, als darauf zu vertrauen, dass Tarweder gute Gründe hatte. Sie brauchte ihn. Wie hätte sie ohne ihn in den vier Dominien von Heres zurechtkommen sollen?

Mehr als zwei Tage lang waren sie in den Röhrensystemen unterwegs, und als Dominiques vierzehnter Tag auf Heres begann, kehrte der Zug an die Oberfläche zurück, und Tarweder meinte, dass sie umsteigen mussten.

»Du hast mich gefragt, was eine ›tote Stadt‹ ist«, sagte Tarweder. Er breitete die Arme aus. »Hier hast du die Antwort.«

Sie standen auf der untersten Terrasse der runden Stadt, deren Aussehen sich kaum von dem anderer Städte im Zweiten Dominium unterschied: Fast hundert Meter breite Stufen beziehungsweise Terrassen, bestehend aus Gebäuden und Straßen, reichten in einer weiten Spirale um den urbanen Kern, einen ockerfarbenen Kegel mit einer mehrere Kilometer durchmessenden Basis. In den anderen

Städten, die Dominique bisher gesehen hatte, gab es Verkehr und Bewohner, wenn auch nicht viel, weder vom einen noch vom anderen. Doch hier gewann sie den Eindruck von Leere, obgleich sich die manchmal improvisiert wirkenden, pastellfarbenen Gebäude aneinanderdrängten und nur wenig Platz zwischen ihnen ließen. Die meisten von ihnen bestanden aus Glas und mit Synthomasse vergleichbaren Polymerverbindungen. Wind wehte über die schweigende, stille Stadt.

»Was ist hier geschehen?«, fragte Dominique.

»Einst hat es hier ebenso viele Residente gegeben wie in Urhanna und den anderen Städten«, antwortete Tarweder. »Aber jetzt sind nur noch wenige übrig. Die meisten von ihnen sind tot.«

»Eine Krankheit?«

»O nein, junge Dame. Sie sind eines natürlichen Todes gestorben. Sofern man den Tod als ›natürlich‹ bezeichnen kann – aber das ist ein anderes Thema. Die hiesigen Residenten haben gelebt, sind alt geworden und gestorben. Ohne Nachkommen. Schon vor meiner Zeit gab es Fälle von Sterilität bei den Residenten des Zweiten Dominiums, aber in den vergangen Jahrzehnten hat sich dieses Phänomen immer mehr ausgebreitet. Ich fürchte, irgendwann in nicht allzu ferner Zukunft wird es Urhanna und den anderen Städten ebenso ergeben wie Guranta.« Tarweder deutete über die Terrassen nach oben.

Dominiques Blick folgte der Geste, und sie glaubte, weit oben eine Bewegung zu sehen. Aber vielleicht war es nur der Schatten einer Wolke.

Die Stadt erinnerte sie an etwas, und seltsamerweise musste sie einige Sekunden konzentriert nachdenken, bis es ihr einfiel: der mentale Kontakt mit Myra 27, die Erinnerungen der sterbenden Großmeisterin. Tako Karides hatte Myra über die breite, hohe Treppe einer Terrassenstadt getragen, die dieser Metropole ähnelte. Aber hier gab es nicht den dunklen Berg eines Kantaki-Schiffes über der Stadt, sondern die weit aufragende Spitze des urbanen Kegels. Trotz der Unterschiede … Existierte ein Zusammenhang?

»Vermutlich liegt es am Odem«, sagte Tarweder und hielt den Blick auf Dominique gerichtet. »Vielleicht gehört die Sterilität der Residenten zu den Malen in den Dominien.«

»Hier scheint alles gut erhalten zu sein«, sagte Dominique und blickte noch immer nach oben. Die Schatten von Wolken strichen langsam über die hohen Terrassen, und es sah anders aus als die Bewegung, die sie zuvor gesehen hatte.

»Die Anlagen im urbanen Kern und die Gebäude sind intakt«, erwiderte Tarweder.

»Warum lassen sich keine Bewohner anderer Dominien in den toten Städten nieder?«

»Oh, einige kommen. Aber viele fürchten die Sterilität, und wenn sie zu Residenten werden, können sie nicht zurück.«

Dominique richtete einen fragenden Blick auf den alten Mann.

»Wer zu einem echten Residenten des Zweiten Dominiums wird und hier ›Wurzeln schlägt‹, wie es heißt, kann sich in den anderen Dominien nur noch für kurze Zeit aufhalten, nicht mehr als einige Wochen. Dann muss er zurück, wenn er nicht innerlich verdorren will.«

Dominique wartete, aber Tarweder sah sie nur an und gab keine weiteren Erklärungen.

Sie seufzte. »Du legst es wirklich drauf an, nicht wahr? Immer wieder stellst du meine Geduld auf die Probe und lässt dir alles einzeln aus der Nase ziehen.«

Tarweder lächelte kurz und wurde dann wieder ernst. »Die hiesigen Wissenschaftler vermuten, dass es mit dem Korit zu tun hat. Mit dem Korit und seinen Wechselwirkungen mit dem Odem. Vielleicht ist das letztendlich auch der Grund für die Sterilität«, fügte Tarweder nachdenklich hinzu. »Seit die Ressourcenmacher mehr Korit herstellen, für alle Dominien, werden weniger Kinder geboren. Korit liefert Energie, nicht nur für Motoren und Generatoren, sondern teilweise auch für die anderen Macher. Hier im Zweiten Dominium durchdringt diese Energie alles. Wer sich hier längere Zeit aufhält, gewöhnt sich daran – das ist mit den Wurzeln gemeint. In den anderen Dominien existiert diese energetische Durchdringung nicht, oder zumindest nicht in dieser Form, und deshalb müssen die Residenten nach spätestens einigen Wochen zurück. Bleiben sie länger fort, so stirbt ein Teil von ihnen, tief in ihrem Innern. Sie verlieren die Lebensfreude, werden depressiv und apathisch. Herz und Seele ›verdorren‹.«

Dominique vermutete etwas und öffnete ihre Sinne der schwachen Verbindung zum Tal-Telas. Da war sie wieder, die seltsame, starke Kraft hinter dem Tal-Telas. Myra hatte sie Flix genannt. Sie stand Dominique nicht so zur Verfügung wie das Tal-Telas in der linearen Zeit, aber wenn sie die mentalen Hände danach ausstreckte, konnte sie sie berühren und fühlte ein ... angenehmes Prickeln. War es diese Kraft, die die Ressourcenmacher und alle anderen *Macher* nutzten? Konnte Dominique lernen, sie sich zu erschließen und sie gewissermaßen als einen Ersatz für das Tal-Telas zu verwenden?

Ein kleiner Schemen huschte heran, sauste an Tarweder hoch und verschwand mit einem Gurren in seinem Rucksack. Eine Sekunde später sah Kiwitt heraus und gurrte erneut.

Dominique hörte ein Pfeifen, das aus einer der anderen Tunnelöffnungen kam. Der klapprige Zug, der sie bis hierhergebracht hatte, war längst wieder im subplanetaren Röhrensystem verschwunden.

»Komm, junge Dame«, sagte Tarweder. »Die Reise geht weiter.«

Dominique sah noch einmal nach oben und ließ den Blick über die hohen Terrassen der toten Stadt streichen. Der Wind war etwas stärker geworden, sein Flüstern lauter. Nichts regte sich, aber Dominique hatte das seltsame Gefühl, beobachtet zu werden.

»Hast du dort Wurzeln geschlagen?«, fragte der Alte und lachte über das eigene Wortspiel.

Dominique folgte ihm in einen der Tunnel, und erst nach mehr als zehn Schritten, als Tag und Stadt hinter ihr zurückblieben, verschwand der imaginäre Druck aus ihrem Rücken, verursacht vom Blick eines Unbekannten. Ein leerer Bahnsteig erstreckte sich vor ihnen, erhellt von einigen ovalen Lampen an den Wänden und in mehrere Nischen unterteilt. Tarweder führte sie zur Mitte und deutete zum näher kommenden Licht. »Dieser Zug bringt uns nach Urhanna. Heute Abend lernst du Davvon kennen, Dominique.«

Sie sah auf den ersten Blick, dass es sich um einen wesentlich moderneren Zug handelte. Die aerodynamische Form der grauen Zugmaschine ließ vermuten, dass sie zu hohen Geschwindigkeiten fähig war, und sie schien in einem guten Zustand zu sein. Dominique beobachtete sie, als sie am Bahnsteig vorbeiglitt, mit dem ihr bereits vertraut gewordenen Summen eines Korit-Triebwerks. Die Waggons waren sauber und wiesen überhaupt keine Rostflecken auf. Als der Zug anhielt, öffneten sich mit einem hydraulischen Surren die Türen, und Tarweder stieg sofort ein.

Die Abteile im Innern des Zuges waren keineswegs leer. Menschen saßen in frei schwenkbaren Sesseln oder lagen in Ruhemulden, Männer und Frauen aller Altersgruppen, aber keine Kinder. Dominique sah unterschiedliche Male, die meisten in Form von Hauptlappen oder Streifen im Gesicht, und sie begegnete so manchem neugierigem Blick. Das Fehlen von Malen bei ihr brachte sie mit den Dominanten in Verbindung.

Der Zug hatte sich schon wieder in Bewegung gesetzt und glitt durch einen dunklen Tunnel, als sie schließlich ein leeres Abteil fanden und darin Platz nahmen. Beim Weg durch die Waggons, vorbei an den anderen Passagieren, war Dominique immer müder geworden, und jetzt hatte sie das Gefühl, seit Tagen nicht geschlafen zu haben. Dies war nicht der *Schlaf*, sondern jene Art von Erschöpfung, die Rupert heimgesucht hatte. Selbst das Denken fiel ihr schwer.

»Schlaf ruhig«, sagte Tarweder, der ihre Müdigkeit sah. »Ich passe auf dich auf.«

Dominiques Augen schlossen sich, und sie schlief.

Feuer brannte und war überall. Hohe Flammen loderten, auf der Suche nach ihr. Dominique beobachtete sie aus ihrem Versteck in den Ruinen eines tempelartigen Gebäudes, das einen nicht mehr funktionierenden Brunnen enthielt. Neben der steinernen Einfassung mit den Kantaki-Symbolen lagen drei alte Skelette, halb von Sand und Staub bedeckt, und sie wusste, dass eins davon ihr eigenes war. Die anderen Knochen stammten von Myra und Tarweder.

Das Feuer, das außerhalb der Ruine nach ihr suchte ... Sie hatte weniger Angst davor und fühlte sich versucht, ihr Versteck zu verlassen, sich ganz offen zu zeigen. Die Furchtlosigkeit suggerierte Stärke und Kraft, aber etwas hielt sie zurück. Wenn sie sich konzentrierte, glaubte sie, Myras Stimme zu hören, obwohl deren Gebeine neben dem Brunnen lagen. Die alte Großmeisterin versuchte, ihr etwas mitzuteilen. Sie ...

»Dominique!«

Sie hob die immer noch schweren Lider und sah nicht Myra 27, sondern Tarweder. In seinem faltigen Gesicht zeigte sich Sorge.

»Was ist?«, brachte Dominique benommen hervor.

»Jemand im Zug stellt uns nach«, sagte Tarweder. »Ich glaube, es ist ein Dominanter.«

Der Krieg: XI

7. April 1172 ÄdeF

»Die Abweichung beträgt schon zehntausend Kilometer«, sagte Soren Horendahl, der aus irgendeinem Grund darauf bestanden hatte, selbst an dem Einsatz teilzunehmen. »Die Fluktuationen des Lochs werden stärker. Vielleicht sollten wir weitere Sensoren hineinschicken, um festzustellen, ob der Tunnel noch stabil ist.«

Einige Sekunden rang Nektar mit sich selbst und blickte vom Sessel des Kommandanten aus auf die taktischen Anzeigen. Sieben schwere Schlachtschiffe der kompakten Antares-Klasse folgten der raubvogelartigen *Marduk* in einem speziellen Gravitationsnetz, dessen Sogschweif zwei fast einen Kilometer lange Komponentenschiffe mitzog. Sie bestanden aus jeweils siebzehn schnellen Zerstörern und dreiundvierzig Jägern der Panther-Klasse und stellten die eigentliche Angriffsstreitmacht dar. Die Antares-Schlachtschiffe hatten die Aufgabe, Kronn, Geeta und Chtai beschäftigt zu halten, während die anderen Schiffe die Graken mit insgesamt hundertvierzig Diskontinuitätsbomben angreifen sollten. Die modifizierten Krümmer der *Marduk* würden den ganzen Verband in ein von den Triebwerken der anderen Schiffe verstärktes Transitfeld hüllen, und das Gravitationsnetz diente der Stabilisierung. Die gleiche Aufgabe erfüllten fast tausend große und kleine Gravitationsgeneratoren an Bord der

Marduk, die allen ihren Segmenten strukturelle Autonomie gaben.

Nektar hob den Kopf ein wenig und sah nach oben, obwohl »oben« an Bord der *Marduk* nur eine relative Bedeutung hatte. Über dem Kontrollraum erstreckte sich keine homogene Decke, sondern ein Gerüst aus teilweise unverkleideten Streben, das den nicht ganz falschen Eindruck von Unfertigkeit vermittelte. *Wir brauchen noch einen Monat, um das Schiff fertigzustellen,* hatte Horendahl gesagt. Aber die Fluktuationen des Lochs nahmen zu; sie konnten nicht länger warten. Und mit den wesentlichen Dingen war die *Marduk* ausgestattet.

Mehrere Schächte führten von der Decke aus in verschiedene Bereiche des Schiffes. Einer von ihnen war nur einige Meter lang, und an seinem Ende, in einer technischen Steuerzentrale, saß Melange Hannibal Talasar, Spezialistin für multidimensionale Physik, zwischen ihren Geräten.

»Mel?«, fragte Nektar.

Sie sah zu ihm herab - aus ihrer Perspektive gesehen blickte sie zu ihm auf. »Die energetischen Strukturen des passiven Dimensionstunnels bleiben von den Fluktuationen der Öffnung unberührt. Derzeit noch«, fügte sie einschränkend hinzu.

»Anflug fortsetzen«, entschied Nektar, und überall an Bord bereitete technisches Personal die *Marduk* auf den Transfer vor. Niemand rechnete mit einem Transitschock, und deshalb war auch keine Hibernation vorgesehen. Es musste kein Loch ins Raum-Zeit-Gefüge gerissen werden; die Öffnung existierte bereits.

Einige Sekunden verstrichen, und die Entfernung zwischen dem von der *Marduk* angeführten Verband und dem Loch schrumpfte weiter. Die Projektionsfelder zeigten es als dunklen Schlund, einem Schwarzen Loch nicht unähnlich: die Öffnung eines Tunnels, in dem ganz andere Naturgesetze herrschten.

Nektar lauschte den Stimmen in den Kommunikationskanälen und hörte das lauter werdende Brummen der Krümmer.

»Energetische Synchronisation fast erreicht«, sagte Mel. »Es kommt zu ersten direkten Interaktionen mit dem Tunnel.«

Nektar sah es in den grafisch aufbereiteten Darstellungen: Die Ränder des Loches schienen zu zerfransen und sich der *Marduk* entgegenzuwölben. Die Anzeigen wiesen darauf hin, dass die sieben Schlachtschiffe der Antares-Klasse fest im Gravitationsnetz verankert waren; die beiden Komponentenschiffe folgten der *Marduk* in ihrem G-Schweif.

»Verband ist stabil«, ertönte es aus einem Kom-Kanal.

»Noch eine Minute bis zum Transit«, sagte Mel.

»Die Fluktuationen nehmen weiter zu.« Soren Horendahl klang noch besorgter.

Nektar betätigte die Kontrollen seiner Konsole und stellte fest: Die von den bereits transferierten Aufklärungssensoren übertragenen Daten deuteten darauf hin, dass der Weg frei war.

»Keine Hindernisse in Sicht«, bestätigte Mel seine Einschätzung.

»Minus dreißig Sekunden«, erklang die Stimme des Schiffes. »Individuelle Sicherheitssysteme werden aktiviert.«

Ein Harnisch aus kohärenter Energie legte sich um Nektar und drückte ihn sanft in den Sessel. Vor den Schiffen zitterte das Loch im All und verwandelte sich in einen langen Trichter. An den Rändern, nicht weit von den Markierungsbaken entfernt, flackerte das Feuer kleiner Irrlichter.

Dunkle Ranken kamen aus dem Loch, tasteten wie Finger nach der *Marduk* und den anderen Schiffen. Nektar spürte eine Vibration, und sein Blick huschte zu den Anzeigen. Ein leichter Widerstand stemmte sich ihnen entgegen, als würde sich vor der Öffnung des Trichters eine Membran befinden.

»Minus fünf Sekunden«, sagte das Schiff.

Die Vibrationen wurden heftiger, die Belastungen für das Gravitationsnetz stärker. Die beiden Komponentenschiffe im G-Schweif schlingerten wie in aufgewühltem Kielwasser.

Als der Transit erfolgte, schien sich eine Nadel in Nektars Nacken zu bohren, spitz und heiß, aber das stechende Gefühl verschwand sofort wieder.

»Wir sind im Dimensionstunnel«, sagte Mel.

Eine Sekunde später brach die *Marduk* auseinander, und ihr Gravitationsnetz kollabierte.

Benommen hob Nektar die Hand zum Nacken. Der stechende Schmerz erinnerte ihn an etwas ...

Als er die Augen öffnete, sah er Mel, die einen Injektor beiseitelegte. »Gleich geht es dir besser, Nek.«

»Was ist geschehen?«, brachte er hervor. In seinem Gedächtnis herrschte ein Chaos aus durcheinanderwirbelnden Bildern.

»Woran erinnerst du dich?«

Nektar richtete sich vorsichtig auf und stellte fest, dass sie sich im Kontrollraum der *Marduk* befanden, beziehungsweise in dem, was davon übrig war. »Wir sind in den Dimensionstunnel geflogen, und dann ...«

Bestimmte Bilder stiegen aus dem Chaos auf und zeigten ihm, wie er zusammen mit den Überlebenden versuchte, die im Tunnel der Graken havarierte *Marduk* so weit zu reparieren, dass sie wieder manövrierfähig wurde. Mehrere Tage lang waren sie damit beschäftigt gewesen, während draußen, zwischen den Dimensionen, Graken-Flotten unterwegs waren. Schließlich hatten sie die Krümmer reaktiviert, doch dadurch war der Feind auf das Schiff aufmerksam geworden. Der Angriff ...

»Müssten wir nicht alle tot sein?«, fragte Nektar verwirrt.

»Wir wären fast gestorben«, erwiderte Mel. »Nicht einmal, sondern viele Male. Der Dimensionstunnel war eine

Falle der Graken. Sie *wollten*, dass wir hineinfliegen, mit unserer neuen Waffe. Die anderen Schiffe haben sie bekommen, und damit auch ihre Diskontinuitätsbomben. Aber uns haben sie aus irgendeinem Grund übersehen. Vielleicht liegt es an der Zeitschleife.«

»Zeitschleife?«, wiederholte Nektar und verzog das Gesicht, als hinter seiner Stirn ein schmerzhaftes Pochen begann.

»Für uns wiederholen sich die Ereignisse, Nek. Immer wieder fliegen wir in den Tunnel hinein, und immer wieder bricht die *Marduk* auseinander. Immer wieder versuchen wir, sie instand zu setzen, und wenn wir die Krümmer aktivieren, kommen die Graken. Keine Ahnung, warum ich nur teilweise davon betroffen bin. Mir kamen immer mehr Zweifel, aber es hatte keinen Sinn, mit den anderen darüber zu reden. Sie glaubten mir nicht, hielten mich für verrückt.«

Nektar sah sich um. »Die anderen? Wo sind sie?« Er versuchte, über die Logik einer solchen Zeitschleife nachzudenken und gelangte schon nach wenigen Sekunden zu dem Schluss, dass es keinen Sinn ergab. Wenn sie sich wirklich in einer Zeitschleife befanden, in einem geschlossenen Kreislauf aus sich wiederholenden Ereignissen, so hätte sich Mel nicht an die Wiederholungen erinnern dürfen.

»Ich habe sie betäubt und in der medizinischen Abteilung untergebracht. Dort kümmert sich der Medo-Servo um sie.« Mel senkte die Stimme. »Es haben nicht viele überlebt.«

»Was ist mit Soren Horendahl?«, fragte Nektar.

»Es geht ihm sehr schlecht. Das ist einer der Gründe, warum wir schnell handeln müssen. Ich fürchte, die Zeitschleife wird instabil, was bedeutet: Bald könnten Wiederholungen ausbleiben. Wenn das geschieht, bringt der Angriff der Graken uns allen den Tod. Vielleicht haben wir nur noch diese eine Chance, ihnen zu entkommen. Deshalb blieb mir nichts anderes übrig, als die Überlebenden zu betäuben - sie hätten erneut die Krümmer aktiviert.« Mels Stimme wurde noch eindringlicher. »Es gibt nur eine Möglichkeit für uns, den Dimensionstunnel zu verlassen. Wir müssen die Diskontinuitätsbomben der *Marduk* zünden.«

»Ich frage mich, was er wusste«, murmelte Nektar und blickte auf den toten Soren Horendahl hinab.

»Wie bitte?«

»Er bat mich mehrmals darum, ihm Gelegenheit zu einem Flug nach Millennia zu geben. Angeblich hatte er eine wichtige Mitteilung für die Tal-Telassi.«

»Ich bin hier fertig«, sagte Mel. Sie hatte den letzten schlafenden Verletzten in einen autarken energetischen Sicherheitsharnisch gehüllt. »Komm.«

Nektar hob den Blick vom leblosen Soren Horendahl und sah die Frau auf der anderen Seite der kleinen medizinischen Abteilung an. Mel hatte sich verändert, fand er. Sie wirkte nervös und fahrig. Lag es an der Last ihrer Erinnerungen?

Er tastete nach seinem Nacken, als er ihr in den Korridor folgte. »Was hast du mir gegeben?«

»Ich habe drei Zyklen gebraucht, um das Mittel mithilfe des Medo-Servos zu entwickeln. Es hilft dabei, das Bewusstsein aus der Zeitschleife zu befreien.«

Das klang seltsam, fand Nektar. Als er den Kopf drehte und Mel von der Seite ansah, sagte sie: »Es hilft dabei, das Bewusstsein aus der Zeitschleife zu befreien.«

»Das hast du schon einmal gesagt«, erwiderte er verwundert.

»Was?«

Nektar sah sich verblüfft um, als sie plötzlich an den Kontrollen der Gravitationskatapulte standen. Er konnte sich nicht an den Rest des Weges erinnern, und Mel ... Sie wirkte noch erschöpfter als zuvor. An ihrer linken Wange bemerkte er einen roten Striemen, der ihm zuvor nicht aufgefallen war.

Eine Wand bestand aus transparenter Stahlkeramik, und dahinter erstreckte sich kein schwarzes All, sondern das Grau des Dimensionstunnels der Graken. Während Mel letzte Vorbereitungen für den Einsatz der Diskontinuitätsbomben traf, blickte Nektar hinaus und beobachtete die Trümmerwolke, in die sich die *Marduk* verwandelt hatte. Kleine und große Wrackteile schwebten am Rand des Tunnels, der in einiger Entfernung Abzweigungen aufwies. Etwas bewegte sich dort: Ansammlungen kleiner Punkte.

Mel bemerkte seinen Blick. »Es sind Moloche, begleitet von Vitäen-Flotten. Vielleicht sind sie unterwegs, um weitere Welten anzugreifen. Ich hoffe, dass wir diesen Tunnel mit den Bomben zerstören können.«

»Du hast von einer Falle gesprochen ...«

»Ja. Die Graken haben uns in den Tunnel gelockt, weil sie sich in den Besitz der neuen Waffe bringen wollten. Das ist ihnen gelungen. Sie werden die Diskontinuitätsbomben untersuchen und einen Weg finden, sich davor zu schützen.«

»Warum haben die Graken uns in Ruhe gelassen?«

»Vielleicht dachten sie, dass es keine Überlebenden gibt.« Mel deutete nach draußen. »Ohne die strukturelle Autonomie der *Marduk* wäre überhaupt nichts von uns übrig geblieben.«

Einige der Punkte wurden größer, stellte Nektar fest. Mel bemerkte es ebenfalls, und ihre Finger huschten noch schneller über die Kontrollen. »Ich fürchte, wir bekommen Besuch. Vielleicht sind die Graken doch noch auf uns aufmerksam geworden.«

»Mel ... Wenn dies eine Zeitschleife ist, wenn sich alles wiederholt und du dies schon mehrfach erlebt hast ... Dann müsstest du doch wissen, was passiert.«

Sie richtete einen seltsamen Blick auf ihn. Er sah stummes Flehen in ihren Augen, auch Furcht und Schmerz. »Ich *weiß*, was geschehen wird. Ich *weiß*, dass wir die Schleife und den Tunnel verlassen, wenn wir die Bomben zünden. Dann hört dies endlich auf!«

Von einem Moment zum anderen saß Nektar in einem Sessel, umgeben von einem Sicherheitsharnisch, der sanften Druck ausübte. Aus den näher kommenden Punkten jenseits der Stahlkeramikwand waren Moloche der Graken geworden, begleitet von einem Schwarm aus Kronn-Schiffen.

»Mel«, sagte er. Das Sprechen fiel ihm schwer. »Mel, etwas stimmt nicht.«

»Vielleicht liegt es am Mittel, das ich dir gegeben habe. Du hast dich noch nicht daran gewöhnt. Ich löse jetzt die Katapulte aus.«

»Mel ...«

Sie beugte sich vor und berührte eine Schaltfläche. Nektar hörte nichts, nahm aber mehrere kurze Vibrationen wahr.

Er blinzelte, und Mels Gesicht erschien kurz vor ihm. »Es wird alles gut, du wirst sehen«, sagte sie, aber ihre Stimme klang seltsam gedämpft, wie durch eine unsichtbare Membran zwischen ihnen.

Im Grau des Dimensionstunnels blitzte es mehrmals, und die einzelnen Blitze vereinten sich zu einem Gleißen, das sich immer mehr ausdehnte. Es erreichte die Moloche und Kronn-Schiffe, und Nektar beobachtete mit großer Zufriedenheit, wie sie sich in dem Leuchten auflösten – sie schienen darin zu verglühen. Die Zerstörungsfront erreichte die Trümmerwolke, verschlang Wrackteile, dehnte sich weiter aus ...

Die Stahlkeramikwand platzte, und Nektar begriff, dass er unmöglich überleben konnte. Aber das war unmöglich, denn seit Enschall begleitete ihn das über jeden Zweifel erhabene Wissen, dass er erst sterben würde, nachdem er einen großen Sieg über die Graken errungen hatte. Die vernichteten Moloche und Kronn-Schiffe dort draußen ... Waren sie der große Sieg?

 Nektars Gedanken verflüchtigten sich in der Hitze.

Es war kalt, schon seit Tagen, und es würde auch während der nächsten Wochen kalt bleiben. Die Krümmer der *Marduk* – der es nicht gelungen war, die chaotische Macht zu besiegen – funktionierten nicht mehr. Kein Wunder: Neunzig Prozent ihrer Aggregate fehlten. Das galt auch für den Rest des Schiffes, das nur noch über zehn Prozent der ursprünglichen Masse verfügte.

Nektar trug dicke Kleidung, als er seinen täglichen Rundgang durch die noch intakten Korridore und Räume des Schiffes machte. Die Notenergie der Akkumulatoren reichte gerade für die Basisfunktionen der Lebenserhaltungssysteme; auf Komfort musste er verzichten. Der Sturz aus dem Dimensionstunnel der Graken hatte im interstellaren Raum stattgefunden, weit abseits der nächsten Transferschneise, aber zum Glück nicht allzu weit vom Rand des Tailibur-Systems entfernt – und mit einem Bewegungsmoment, das die Reste der *Marduk* in die richtige Richtung trug. Einige Wochen würde es dauern, bis er in die Ortungsreichweite der Lauschstationen geriet, und dann noch einige Tage, bis er mit dem Eintreffen eines Rettungsschiffs rechnen durfte. Er musste sich nur ein wenig gedulden und sparsam mit der Energie umgehen, das war alles.

Glück, dachte er. Das Glück schien bei dieser ganzen Sache eine wichtige Rolle gespielt zu haben.

Oder Schicksal.

Nektar wollte eher daran glauben. Er blieb an einem Fenster stehen, sah hinaus ins All und glaubte, noch einmal das Innere des Dimensionstunnels zu sehen. Während der vergangenen Tage hatte er oft darüber nachgedacht, ohne Gewissheit zu erlangen. So sehr er sein Gedächtnis auch bemühte: Er konnte nicht sicher sein, was im Tunnel geschehen war, denn er wusste nicht, ob er seinen Erinnerungen trauen durfte. Wenn er die Ereignisse vor dem inneren Auge Revue passieren ließ, erschienen sie ihm immer seltsamer und unwirklicher. Gewöhnliche Logik bot keinen Ausweg. Warum hatte er als Einziger überlebt? Warum gab es außer ihm niemand an Bord? Warum hatte sich nach seinem Erwachen niemand in der medizinischen Abteilung befunden? Was war mit all den anderen geschehen, mit den Besatzungen der übrigen Schiffe, mit Soren Horendahl und den Technikern? Mit Mel? Was war aus ihnen geworden?

Nektar stand so dicht vor dem Fenster, dass sein Atem an der kalten Scheibe beschlug, und für einige wenige Sekunden gewann der Kondensfilm die Form eines Gesichts. Er berührte es mit dem Zeigefinger, stellte sich die Fingerspitze dabei auf Mels Lippen vor und versuchte, mit dem tiefen Schmerz in seinem Innern fertig zu werden. Es hatte große Verluste in seinem Leben gegeben; die größten waren das Verschwinden seines Vaters und der Tod seiner Mutter gewesen. Doch mit Mel schien er einen Teil von sich selbst verloren zu haben.

Schicksal, dachte er erneut. Kein Glück. Das Schicksal hatte ihm eine Lektion erteilt, und sie lautete: Lass dich nicht ablenken, von nichts und niemandem. Konzentriere dich allein auf deine Aufgabe. Geh deinen Weg, ohne nach links und rechts zu sehen.

Mit einem Seufzen wandte sich Nektar vom Fenster ab und setzte den Rundgang fort. Ihm blieben noch einige Wochen, um wieder zu sich selbst zu finden, um Gedanken und Gefühle zu ordnen. Vielleicht reichte die Zeit.

12

Flammenruf

Heres

Die Müdigkeit existierte nicht mehr, als Dominique Tarweder durch den Zug folgte. Aufregung vibrierte in ihr. Die Waggons waren lang und meist unterschiedlich beschaffen. Offene Bereiche wechselten mit Ansammlungen kleiner Nischen und Abteile, und überall erklangen die Stimmen der Reisenden, untermalt vom Summen des Zuges, der durch ein Tausende Kilometer langes subplanetares Röhrensystem raste. Tarweder fand mit überraschendem Geschick einen Weg durch das manchmal sehr dichte Gedränge, und Dominique versuchte, hinter ihm zu bleiben. Einmal verlor sie den Anschluss; sie musste warten, als eine fast zweieinhalb Meter große und mindestens zweihundert Kilo schwere Frau durch den Gang wankte und versuchte, sich durch den für sie zu schmalen Zugang in ein Abteil zu schieben. Als eine Lücke zwischen ihr und der Gangwand entstand, zwängte sich Dominique hindurch und stellte fest, dass Tarweder auf sie gewartet hatte. Kiwitt blickte aus seinem Rucksack und gurrte leise.

»Wo ist er?«, fragte Dominique atemlos.

»Hinter uns.« Tarweder setzte sich sofort wieder in Bewegung und eilte zum Ende des Waggons, wo eine Art Schleuse auf sie wartete.

Dominique reckte den Hals und versuchte, zwischen den

anderen Passagieren jemanden zu sehen, der sie verfolgte. »Wo ist er? Wie sieht er aus?«

»Keine Ahnung, wie er aussieht«, brummte Tarweder und trat an einer Gruppe vorbei, die an einer breiteren Stelle des Ganges biwakierte. Es waren kleine Menschen, nicht größer als anderthalb Meter und in auffallend bunte Gewänder gekleidet. »Kiwitt hat ihn gewittert.«

Dominique wäre fast stehen geblieben. »Woher willst du dann wissen, dass uns jemand verfolgt? Und dass der Verfolger vielleicht ein Dominanter ist?«

»Ich weiß es, junge Dame, ich weiß es«, erwiderte Tarweder und erreichte das Ende des Waggons, wo sich weniger Passagiere aufhielten. »Und wir sollten uns besser nicht von ihm erwischen lassen. Das haben mir die Muster gezeigt«, kam er einer weiteren Frage zuvor.

Dominique half ihm dabei, die Tür zu öffnen, und als sie den kleinen Raum dahinter betrat, nahm sie aus dem Augenwinkel eine Bewegung wahr, wo sich eigentlich gar nichts bewegen sollte: ein Schemen, ohne Verbindung mit einem der Passagiere. Ein Wabern wie von Hitze, ein Flirren, das die Konturen dahinter verschwimmen ließ.

Die Tür schloss sich, und plötzlich war nur noch das Summen des Zuges zu hören, keine Stimmen mehr. Tarweder hantierte an den manuellen Kontrollen der anderen Tür, die in den nächsten Waggon führte. Kiwitt gurrte, und es klang besorgt.

Dominique erinnerte sich an die tote Stadt Guranta und an die Bewegung, die sie dort auf einer der hohen Terrassen gesehen hatte. Sie blickte durch das Fenster in der Tür und beobachtete die Passagiere. Da war es wieder: ein kurzes Flirren wie von aufsteigender heißer Luft.

»Ich könnte ein wenig Hilfe gebrauchen, junge Dame«, schnaufte Tarweder. Dominique trat sofort an seine Seite und zog zusammen mit ihm die Tür auf.

Der nächste Waggon bestand nur aus offenen Bereichen, durch kleine, mobile Raumteiler voneinander getrennt.

Dutzende von Reisenden saßen und lagen dort, neben und teilweise auch in dreidimensionalen Darstellungen fiktiver Welten voll brüllender Ungeheuer, stolzer Krieger und mutiger Soldaten. Die Spieler trugen Sensoren an den Fingerspitzen und steuerten die Figuren in den Darstellungsblasen mit knappen Handbewegungen.

»Entschuldigung, Verzeihung, tut mir leid«, brummte Tarweder immer wieder, als er den direkten Weg zum anderen Ende des Waggons nahm, ohne den Projektionsfeldern auszuweichen. Dominique folgte ihm und trat mehrmals durch Monstren, die mit weit aufgerissenem Rachen nach ihr zu schnappen schienen. Die Spieler, so stellte sie fest, waren jung, aber keine Kinder oder Jugendlichen.

Sie fragte sich, wohin Tarweder zu fliehen versuchte. So lang dieser Zug auch sein mochte: Irgendwann mussten sie den letzten Waggon erreichen, und aussteigen konnten sie bei diesem Tempo nicht.

Sie wollte in dem Lärm um sie herum eine entsprechende Frage an den Alten richten, als Tarweder ihr zurief: »Die Projektionsfelder hinter uns!«

Dominique warf einen Blick über die Schulter.

Etwas strich hinter ihnen durch die dreidimensionalen Darstellungen archaischer Welten. Wenn der Verfolger eins der Projektionsfelder erreichte, lenkte seine Gestalt die projizierte Energie ab, und dann wurden die Umrisse einer humanoiden Gestalt sichtbar. Aber feste Körper schienen kein Hindernis für ihn zu sein – nirgends wurde jemand zur Seite gestoßen.

»Wir müssen zu einem energetischen Verteiler!«, stieß Tarweder hervor. Er klang außer Atem. »Dort kann ich ihn mit ein wenig Korit aus der Phase holen. Dann kann er nicht mehr durch Raum und Zeit gleiten.«

Durch Raum und *Zeit*?, dachte Dominique.

Vor ihr stolperte Tarweder über das ausgestreckte Bein eines Spielers und fiel. Dominique war sofort neben ihm. »Bist du verletzt?«

»Nein«, schnaufte der Alte. »Nein, ich ...«

Etwas berührte Dominique von hinten, und Tarweders Stimme veränderte sich, wurde zu einem Brummen; seine nächsten Worte dehnten sich so sehr, dass sie nichts mehr verstand. Eine kalte Kraft zerrte sie von dem Greis fort, und sie versuchte vergeblich, sich ihr zu widersetzen. Die Passagiere und ihre Fiktionen, der Waggon des Zuges ... alles schien zurückzuweichen und gleichzeitig an Substanz zu verlieren.

Dominique begriff, dass sie sich nur auf eine Weise zur Wehr setzen konnte. Sie konzentrierte sich auf ihren schwachen Kontakt zum Tal-Telas und versuchte, die Kraft dahinter zu erreichen, das Flix. Die das Zweite Dominium durchdringende Korit-Energie, die »Wurzeln« der Residenten, stellte eine Verbindung dar. Während die Zeit in der Welt um sie herum immer langsamer verstrich, senkte Dominique den Blick, betrachtete ihre Fingerspitzen und beobachtete, wie violette Flecken daran entstanden. Sie drehte den Kopf, bemerkte die Gestalt eines Humanoiden in unmittelbarer Nähe und sah zum ersten Mal sein Gesicht. Es hätte gewöhnlich gewirkt, wenn nicht die Augen gewesen wären: raubtierartig wachsam, die Pupillen groß, die Iris kobaltblau – wie die Augen des Mannes, den sie im Kantaki-Nexus aus einem achttausend Jahre langen Schlaf geweckt hatten.

Sie wusste nicht, ob es derselbe Mann war – wohl kaum, es wäre ein zu großer Zufall gewesen –, aber es spielte auch gar keine Rolle. Sie öffnete ihre Sinne ganz dem Tal-Telas und der anderen Energie, die wie Feuer in ihr Selbst strömte, wankte zu Tarweder zurück, bückte sich, schloss die Hand um seinen Arm ...

Ihre Gedanken schienen in Flammen zu stehen, als sie den Weisen und sich in Elmeth und Fomion fortbrachte. Als sie wieder einigermaßen klar denken konnte, fühlte sie kalten, leicht vibrierenden Boden unter sich. Sie öffnete die Augen, aber es blieb dunkel. »Tarweder?«, brachte sie mit rauer Stimme hervor.

»Ich hab's gleich«, kam die Stimme des Alten aus der Finsternis.

Irgendwo klickte es mehrmals, und eine Lichtplatte an der Decke glühte auf. Tarweder stand an der gegenüberliegenden Seite des Raums neben einer Kontrolltafel. Dominique blinzelte, als Kiwitt vor ihrem Gesicht erschien. Seine Zunge strich über ihre Nase, und dann huschte der kleine Kerl zum Rucksack, den Tarweder an der Wand abgestellt hatte.

»Wenn du mir beibringen könntest, wie man das macht ...«, sagte Tarweder. Er trat näher und half Dominique auf die Beine.

»Wie man was macht?«, fragte Dominique. Sie konnte sich kaum auf den Beinen halten und fühlte sich innerlich halb verbrannt.

»Von einem Ort zum anderen zu gelangen, ohne ein Transportmittel zu benutzen ... Es scheint mir eine sehr effiziente Form des Reisens zu sein.«

Dominique stützte sich an der zitternden Wand ab. »Wo sind wir?«

»Am Ende des Zuges.« Tarweder deutete auf eine Tür mit einem Fenster, hinter dem es dunkel blieb. »Da draußen gibt es nur noch die Röhre. Und dort ...« Er zeigte zur gegenüberliegenden Wand, wo es eine ebenso beschaffene Tür gab. »... geht es zu den mit Instrumenten und Geräten gefüllten Räumen dieses Wartungswagens. Ich hoffe, wir können deine Methode des Reisens noch einmal anwenden, junge Dame, denn sonst sitzen wir hier fest. Dies sind Sicherheitstüren, die sich nur öffnen lassen, wenn der Zug steht.«

Dominique presste sich die Hände an die Schläfen. Dem Gefühl, innerlich halb verbrannt zu sein, gesellten sich hämmernde Kopfschmerzen hinzu. »Ich weiß nicht, ob ich es noch einmal schaffe. Ich bin völlig erledigt.«

Tarweder ging zu seinem Rucksack und holte etwas daraus hervor, das wie eine kleine graue Nuss aussah. Als

Kiwitt das Objekt sah, wich er mit einem leisen Gurren zurück und wartete. Der Alte nahm die Nuss in die Hand, schloss die Finger darum, drückte kurz zu und legte sie dann auf den Boden. Es zischte leise, und der Gegenstand schwoll an, verwandelte sich dabei in einen durchsichtigen Behälter, der eine klare Flüssigkeit enthielt. Tarweder hob ihn auf und brachte ihn Dominique.

Sie trank einen vorsichtigen Schluck: Wasser, kalt und mit einem leicht süßlichen Geschmack. Sie merkte, wie durstig sie war, setzte den Behälter wieder an die Lippen und trank erneut.

»Eine Flasche und ihr Inhalt, auf eine molekulare Datenstruktur reduziert«, sagte Tarweder. »Körperwärme und ein wenig kinetische Energie genügen, um daraus den ursprünglichen Gegenstand zu machen. Erstaunlich, nicht wahr? Manche technischen Spielereien des Zweiten Dominiums grenzen an Magie.«

»Die Gestalt, der Dominante ... Er versuchte, mich zu sich zu ziehen. Was wäre mit mir geschehen, wenn ich uns nicht hierhergebracht hätte?«

»Dann wäre es ihm vermutlich gelungen, dich in seine Phase zu zerren.« Tarweder gab Kiwitt zu trinken und stillte dann den eigenen Durst. Er wirkte jetzt wieder wie ein unbekümmerter Alter, den kaum etwas aus der Ruhe bringen konnte.

»In seine Phase?«, wiederholte Dominique und versuchte noch immer, ihre Gedanken zu ordnen.

»Der Dominante, der nach dir gesucht hat, ist nicht ganz ins Zweite Dominium gewechselt«, erklärte Tarweder ernst. »Er hat nur einen Teil von sich hierhergeschickt, um nicht den Korit-Einflüssen zu unterliegen. Deshalb wollte ich zu einem energetischen Verteiler des Zugs. Dort hätte ich ihn hiermit aus der Phase holen können.« Er hob einen kleinen Kristall – offenbar pures Korit – und ließ ihn wieder in einer Tasche seines Overalls verschwinden. »Die Phase erlaubt es den Dominanten, sich hier im Zweiten frei zu bewegen, ohne auf Zeit und Raum Rücksicht nehmen zu müssen. So spielte die Eigenbewegung des Zuges für deinen Verfolger keine Rolle. Außerhalb der Phase hätte er sein Bewegungsmoment dem unsrigen anpassen müssen.«

Dominiques Kopfschmerzen ließen ein wenig nach, aber das Gefühl der Schwäche blieb. Beim Sprung in Elmeth und Fomion hatte sie zu einem kleinen Teil die Kraft des Tal-Telas verwendet und zu einem weitaus größeren die andere Energie, die das Zweite Dominium durchdrang. Aber daran war sie nicht gewöhnt. Die fremde Kraft brannte wie Feuer in ihrem Bewusstsein.

»Du sprichst davon, dass der Dominante mich gesucht und verfolgt hat«, sagte sie langsam und in dem Bemühen, einen Sinn in den jüngsten Ereignissen zu erkennen. »Warum schließt du dich aus?«

Tarweder hob sein Gerät. »Ich habe es hier gesehen, Dominique.«

»Und der Grund? Was will der Dominante von mir?«

»Was wollen die Eisenmänner von Rupert?«

Dominique sah Tarweder an und begriff, dass seine Frage weitaus klüger war, als es zunächst den Anschein hatte. Tief in ihr begann etwas zu arbeiten und Verbindungen zu knüpfen. Gab es einen Zusammenhang zwischen Ruperts Entführung und dem Umstand, dass sie von einem der geheimnisvollen Dominanten verfolgt worden war?

Ihr Blick war noch immer auf Tarweder gerichtet, als sie aus dem Augenwinkel ein Flirren bei der gegenüberliegenden Tür sah. Sie wusste sofort, was es bedeutete.

»Er ist hier!«

Der Raum, in dem sie sich befanden, maß nur etwa zwanzig Quadratmeter und war völlig leer. Die Türen ließen sich nicht öffnen, und Dominique wusste, dass sie eine neuerliche Teleportation nicht überleben würde.

»Das Korit, Tarweder!«, rief Dominique und wich zurück, als das vage Wabern in der Luft näher kam.

Der Alte schüttelte kummervoll den Kopf. »Es nützt uns nichts. Hier gibt es keinen energetischen Verteiler.«

Nach einigen wenigen Schritten fühlte Dominique die Wand des Waggons im Rücken. Als das Flirren noch näher kam, warf sie sich zur Seite, doch etwas Kaltes berührte sie, und erneut gewann sie den Eindruck, dass alles von ihr zurückwich: die Wände des Wagens, Tarweder, Kiwitt ...

Kiwitt, der in einer Ecke saß und in dessen großen, dunklen Augen sich ein seltsamer Glanz zeigte, als sie das Geschehen beobachteten.

Dominique versuchte, sich mit dem Tal-Telas zu verbinden, doch die Entfernung zu der Kraft, die ihr ganzes Leben bestimmt hatte, blieb groß. Dahinter lockte die andere Energie, das Flix, heiß und gefährlich für ihre Gedanken, die nie den Umgang damit gelernt hatten. Vorsichtig griff sie danach und begriff gleichzeitig, dass sie sich Vorsicht kaum leisten konnte, denn dadurch verlor sie Zeit. Sie öffnete ihr Selbst ein wenig mehr und empfing Hitze an Stellen, die erst vor kurzer Zeit gebrannt hatten. Schmerz entflammte in ihr ...

Von einem Augenblick zum anderen befand sich Dominique an einem anderen Ort. Ruhe umgab sie, die Stille eines alten Hauses. Langsam ging sie an einem breiten Bett vorbei, trat zum Fenster und blickte hinaus auf einen dichten Wald. Das Licht der hoch am Himmel stehenden Sonne spiegelte sich auf einem See wider. Alles blieb still, auch als Dominique das Fenster öffnete. Kein Laut kam aus dem Wald, keine Stimmen aus dem Haus.

Sie drehte sich um, verließ das Schlafzimmer und ging durch einen Flur mit holzvertäfelten Wänden. Ein dicker Teppich dämpfte ihre Schritte, bedeckte auch die Stufen der nach unten führenden Treppe. Bilder hingen an den Wänden des Treppenhauses, zeigten das Gebäude von außen – eine zwei Stockwerke große Villa, zum größten Teil aus Holz erbaut, mit großen Bogenfenstern und hellblauen

Giebeln – und Porträts von Personen, die ihr vertraut erschienen, ohne dass sie Namen mit ihnen in Verbindung bringen konnte. Im Erdgeschoss blieb sie kurz im Eingang der Küche stehen, die nur wenige Geräte enthielt, schaute in eine mit alten Möbeln eingerichtete Bibliothek, und betrat schließlich den größten Raum: einen offenen Salon, dessen eine Wand aus einem Panoramafenster bestand und Blick auf den See gewährte. Dominique stellte fest, dass die Sonne jetzt nicht mehr hoch am Himmel stand, sondern bereits hinter den Wipfeln der Bäume auf der anderen Seite des Sees verschwunden war.

Ein Feuer brannte im großen, wuchtigen Kamin, mit hohen, hungrig leckenden Flammen. Einige Meter davor saß jemand in einem breiten Sessel mit hoher Rückenlehne. Dominique sah nur den oberen Teil des Kopfes, bedeckt von silbergrauem Haar.

»Ich habe hier auf dich gewartet«, sagte die Gestalt in dem Sessel. »Mehr als achtzig Jahre.«

Dominique näherte sich langsam, ging in sicherem Abstand an dem Sessel vorbei. Eine Frau saß dort, stellte sie fest, etwa hundertdreißig Standardjahre alt, das Gesicht von Trauer gezeichnet.

Das Haar war nicht mehr blond, auch nicht mehr lang und zu einem Zopf geflochten, und die blaugrünen Augen hatten ihren früheren Glanz verloren. Doch für Dominique bestand kein Zweifel daran, dass es sich um ihre Mutter Loana handelte, achtzig Jahre älter als bei ihrer letzten Begegnung.

»Loana?«, brachte sie hervor.

Die alte Frau wandte den Blick vom Feuer ab, dessen Zischen und Prasseln lauter zu werden schien. »Du hast Millennia ohne einen Gruß verlassen. All die Jahre habe ich gehofft, irgendwann etwas von dir zu hören. Mehr als acht Jahrzehnte sind vergangen.«

»Achtzig Jahre? Aber wir sind doch kaum länger als zwei Monate unterwegs. Wir ...« Der Sprung in die nichtlineare

Zeit fiel ihr ein. Hatte er sie in Bezug auf Millennia und die Milchstraße um achtzig Jahre in die Zukunft versetzt?

Sie ging vor ihrer Mutter in die Hocke und ergriff ihre kleine, schmale Hand. »Es tut mir leid, dass wir einfach so losgeflogen sind. Inzwischen sind mir einige Dinge klar geworden, und ich ...« Sie unterbrach sich, als ihr das Absurde der Situation bewusst wurde. Sie befand sich nicht wirklich an diesem Ort, ebenso wenig ihre Mutter. Dies war eine Art Vision, die sehr realistisch wirkende Wahnvorstellung eines überstrapazierten Gehirns. Und doch ... Dominique hatte das deutliche Gefühl, dass sich Bedeutung darin verbarg, so wie in ihren Feuerträumen.

Das Prasseln hinter ihr wurde noch lauter und die Hitze im Rücken unangenehm. Dominique drehte den Kopf und sah, wie die Flammen aus dem Kamin kamen, über den Holzboden krochen, die dunkle Wandvertäfelung erreichten und sie gierig verschlangen. Die Hitze wurde so groß, dass sie zurückweichen musste.

Loana hob wie beschwörend die Hand. »Bleib hier, ich muss dir etwas sagen. Es ist wichtig.«

Aber das Feuer kam direkt auf sie zu, und es kroch nicht, sondern *sprang*. Dominique wich noch etwas weiter zurück und sah aus den Augenwinkeln, dass die Flammen auch von rechts und links kamen, wie lebendige Feinde, die ihr den Weg abzuschneiden versuchten. Sie gab dem Instinkt nach, wirbelte herum und floh aus dem Salon, zerrte die große, ebenfalls aus dunklem Holz bestehende Tür auf und lief nach draußen.

Der See glänzte wie Silber, umgeben von Bäumen, die wie eine dunkle Wand aufragten. Dominique lief fort von dem Haus und stellte mit einem Blick über die Schulter fest, dass bereits erste Flammen am Dach züngelten. Aus dem Prasseln war ein Donnern geworden, das von der finsteren Mauer des Waldes widerhallte.

Am Ufer des Sees sank Dominique entkräftet auf die Knie, schöpfte mit beiden Händen Wasser und kühlte ihr glühendes Gesicht. Als sich die Oberfläche des Sees vor ihr wieder glättete, sah sie ihr Spiegelbild: ein hohlwangiges Gesicht mit tief in den Höhlen liegenden Augen – das ausgezehrte, verhärmte Gesicht einer Person, die viel Leid und Mühen hinter sich hatte.

»Warum bist du nicht geblieben?«, ertönte es hinter ihr. »Warum bist du weggelaufen? Willst du deine eigene Mutter im Stich lassen?«

Dominique drehte den Kopf und sah zum Haus zurück. Das zweistöckige Gebäude brannte lichterloh, und Funken stoben empor, als wollten sie sich den ersten Sternen am dunkler werdenden Himmel hinzugesellen. Und vor der Tür, Kleidung und Haar in Flammen, stand die alte Loana, die Arme nach ihrer Tochter ausgestreckt.

Dominique schüttelte den Kopf und spürte, wie ihr Tränen in die Augen quollen. »Du bist es nicht«, brachte sie hervor. »Du bist es nicht wirklich.«

»Ich muss dir etwas sagen, Domi!«, rief die brennende Loana. »Es betrifft deinen Vater Dominik und die Welt namens Heres. Es ist wichtig!«

Dominique stand auf und näherte sich dem brennenden Haus, aber schon nach wenigen Schritten wurde die Hitze unerträglich. »Kommt hierher zu mir!«, rief sie ihrer Mutter zu.

Mit einem donnernden Krachen stürzte das Haus ein und begrub Loana unter sich. Noch mehr Funken stoben, und einige von ihnen trafen Dominique und trieben sie zurück. Als sie zum Ufer des Sees taumelte, verwandelten sich Entsetzen und Kummer in Zorn und Hass auf sich selbst. Wenn sie nur etwas mutiger und entschlossener gewesen wäre, hätte sie ihre Mutter vielleicht retten können! Sie sank erneut auf die Knie, schlug die Hände vors Gesicht und ließ den Tränen freien Lauf.

Als sie die Hände wieder sinken ließ, sah sie im Wasser des Sees zwei Spiegelbilder. Eins gehörte ihr und das andere Tarweder.

Ruckartig drehte sie den Kopf, doch sie war allein am Ufer. Hinter ihr brannten die Reste des Hauses, und der Funkenflug hatte einige Bäume in Brand gesetzt. Das Feuer breitete sich aus ...

Dominique blickte wieder ins Wasser. Der Tarweder, der sich ihr dort zeigte, wirkte sehr ernst, wie in jenem steinernen Treppenhaus, in dem sie vor den Flammen nach oben geflohen war. »Du musst mir helfen«, sagte er.

»Wobei soll ich dir helfen?«, fragte sie und wischte die letzten Tränen fort. *Wie dumm von mir,* dachte sie. *Loana ist nicht wirklich gestorben. Dies ist nicht die Realität*

Bist du sicher?, erklang eine Stimme aus dem Nichts. Ja, es *war* eine Stimme, aber die erreichte sie nicht über die Ohren, und die Worte wurden auch nicht telepathisch übermittelt. *Traum und Realität ...*, fuhr die Stimme fort. *Wo ist der Unterschied?*

Dominique blickte ins Wasser. »Hast du das gehört, Tarweder?«

Das ernste Gesicht des Alten befand sich direkt neben ihrem eigenen. »Du musst mir helfen, Dominique«, sagte Tarweder erneut, und eine kleine Welle, geschaffen von aufkommendem Wind, ließ ihn verschwinden.

»Warum bist du nicht geblieben?«, hallte es durch die Nacht. »Warum bist du weggelaufen? Warum lässt du mich im Stich?«

Dominique stand ruckartig auf, und als sie sich umdrehte, stand das Haus wieder, und Flammen fraßen es auf. Ein Teil des Daches stürzte ein, an einer anderen Stelle – diesmal wurde die alte Loana nicht darunter begraben. Sie stand vor dem Haupteingang, wieder beide Arme in Richtung ihrer Tochter ausgestreckt.

Diesmal näherte sich Dominique nicht mit einigen zögernden Schritten, sondern lief los. Die Flammen schienen größer zu werden und ihr Donnern lauter, als sie dem brennenden Gebäude näher kam und schon nach wenigen Metern die Hitze bemerkte. Sie hielt nicht inne, lief weiter, obwohl die Hitze nach einigen weiteren Schritten unerträglich wurde und ihr bei jedem Atemzug die Lungen versengte. Blasen bildeten sich an ihren Händen. Kleidung und Haar zerfielen zu Asche. Und noch immer stand Loana da, die Arme ausgestreckt. Ihre Lippen bewegten sich, aber Dominique hörte keine Worte mehr. Das Tosen des Feuers übertönte alles.

Dominique glaubte das Feuer einzuatmen und wusste, dass sie starb. Sie sah, wie ihre Mutter zu Boden sank und verkohlte, wie sich die Front des Gebäudes ihr entgegenneigte ...

Sie schloss die Augen und spürte, wie die Beine unter ihr nachgaben. Einige Sekunden verstrichen, ohne dass brennende Teile des Hauses herabstürzten und sie zerschmetterten. Das Donnern der Flammen wurde leiser und wich einer Stille, in der ihr die eigenen Gedanken laut erschienen.

Nach einer Weile wagte Dominique wieder zu atmen, und in ihre Lungen strömte kühle Luft. Langsam öffnete sie die Augen.

Von dem großen Gebäude war nur ein rußgeschwärztes Stahlkeramikgerippe übrig; an einigen Stellen war Synthomasse geschmolzen und dann zu seltsamen Formen erstarrt. Der Rest war Asche, grau und schwarz.

Der Wald hinter dem Haus stand unberührt, stumm und dunkel. Nebelschwaden kamen vom See, dessen Wasser im Licht von zwei Monden glänzte, zogen über den Boden und glitten dorthin, wo Loana gestanden hatte. Dominique sah an sich hinab und stellte fest, dass sie völlig unversehrt war. »Ich wusste, dass dies nicht wirklich geschah«, sagte sie, wie um sich selbst zu überzeugen.

Aber etwas *war* geschehen, denn als sie zum See zurückkehrte, fühlte sie die eigene Schwäche – sie konnte sich kaum auf den Beinen halten. Warum war sie dem Feuer nicht zum Opfer gefallen? Lag es erneut daran, dass sie die Augen geschlossen hatte, wie beim Sturz vom Turm? Aber der Traum oder die Vision war noch nicht zu Ende, denn sie befand sich noch immer an diesem Ort.

Als Dominique in die Hocke ging, um Wasser zu schöpfen, verlor sie das Gleichgewicht, kippte nach vorn und fiel in den See.

Und sie fiel noch tiefer, nicht ins Wasser, sondern durch Leere. Der Schmerz kehrte zurück wie eine glühende Klinge, die langsam über ihre Nerven kratzte, und plötzlich hatte sie wieder festen, kalten Boden unter sich. Dominiques Lider zuckten nach oben, und sie sah einen Schemen vor sich, ein Wabern in Form einer humanoiden Gestalt, ein vages Gesicht, aus dem sie Augen mit einer kobaltblauen Iris anstarrten.

Der Dominante schickte sich an, sie in seine Phase zu holen.

Dominique merkte, dass sie etwas in der Hand hielt: den konusförmigen Gegenstand, den sie dem toten Humanoiden an Bord des Kantaki-Nexus abgenommen und in der Hosentasche getragen hatte. Er veränderte sich, passte sich der Form ihrer Hand an, und als sie ihn hob, sprang ein silbergrauer Funke von seiner Spitze und traf die schemenhafte Gestalt.

Es blitzte, und der Dominante wurde aus seiner Phase gerissen. Der Zug raste mit mehreren hundert Stundenkilometern durch das subplanetare Röhrensystem des Zweiten Dominiums, und der Dominante hatte ein ganz anderes, wesentlich geringeres Bewegungsmoment – in einem Sekundenbruchteil sauste er fort von Dominique und prallte mit solcher Wucht an die Rückwand, dass eine Delle in ihrem Metall zurückblieb.

Dominique hörte Kiwitts Gurren und sah, wie Tarweder zu ihr eilte. Er sagte etwas, aber sie verstand ihn nicht. Ihre Hand mit dem konusförmigen Gegenstand sank auf den Boden des Waggons, und sie gab der Erschöpfung nach.

Der Krieg: XII

4. Oktober 1180 ÄdeF

Nektar bückte sich, nahm eine Hand voll Erde und roch daran. Als er die Finger streckte, trug kalter Wind Staub und Asche fort. Caihowa war tot.

»Es gibt nur noch einfache Organismen auf dem Planeten«, drang eine Stimme aus dem Kom-Servo. »Höhere Lebensformen existieren nicht mehr.«

Andere Stimmen ertönten, und es kam zu einer wissenschaftlichen Diskussion unter den Forschern, die in verschiedenen Regionen von Caihowa Daten sammelten. Nektar verringerte die Lautstärke und trat noch einige weitere Schritte vom gelandeten Kampfshuttle fort. »Wie viele Bewohner hatte diese Welt, Amis?«, fragte er seinen Adjutanten, der ihm folgte.

»Fast zwei Milliarden«, erwiderte der junge Mann. »Als vor sechs Jahren die Graken kamen, konnten nur wenige in Sicherheit gebracht werden.«

Nektar blickte über die Stadt vor ihnen hinweg. Die meisten Gebäude waren unversehrt, aber die Stille erzählte von Tod und Leid. In den Verkehrskorridoren der Metropole bewegten sich nur die Fahrzeuge der Erkundungsgruppen. Sie suchten nach einer Antwort auf die Frage, warum die vier Graken von Caihowa den Planeten vor etwa einem Jahr verlassen hatten. Eigentlich lag die Antwort auf der Hand: weil es kein *Amarisk* mehr gab, weil die Graken eine ganze

Welt leer gefressen hatten. Aber natürlich erhofften sich die Spezialisten Hinweise und Informationen. Es geschah nicht sehr oft, dass sie Gelegenheit fanden, eine von den Graken eroberte und dann wieder verlassene Welt zu untersuchen.

Nektar musterte den Mann an seiner Seite, der ihm vor wenigen Tagen zugewiesen worden war. Amis Rantak schien kaum zwanzig Jahre alt zu sein, und die Wahrscheinlichkeit dafür, dass er seinen dreißigsten Geburtstag erlebte, war gering. *Sie sterben immer schneller und immer jünger.*

»Diese Welt ist ein riesiger Friedhof«, sagte Nektar. »Für mich gibt es hier nichts mehr zu sehen. Kommen Sie, Amis. Kehren wir in den Orbit zurück.«

»Lanze Nektar ...«

Er stand neben der Luftschleuse am Fenster und blickte auf die leeren Städte einer toten Welt hinab, als der Shuttle aufstieg. »Ja, Amis?«

»Ich habe gehört ...« Der junge Mann zögerte und rang sichtlich mit sich selbst.

»Sie können ganz offen reden, Amis.«

»Ich habe gehört, dass die Koalition ...« Er schien Mühe zu haben, die Worte auszusprechen.

»Dass sie am Ende ist, Amis?«

»Ja, Lanze. In letzter Zeit munkelt man immer häufiger darüber.«

Nektar wandte sich halb vom Fenster ab, musterte seinen Adjutanten und erinnerte sich daran, wie er selbst in jenem Alter gewesen war, vor etwa sechzehn Jahren. In Rantaks braunen Augen zeigte sich große Sorge. Ihm fehlte die Sicherheit, die Nektar seit der Kindheit begleitete; in seinem Leben gab es keinen solchen Anker.

»Es stimmt«, sagte Nektar offen. Amis hatte die Wahrheit verdient, fand er. *Alle* verdienten die Wahrheit. Lügen und Beschönigungen nutzten niemandem. »Die Koalition steht unmittelbar vor dem Zusammenbruch.«

»Dann ist der Krieg ... verloren?«

»Nein«, sagte Nektar mit der gleichen Aufrichtigkeit. »Nein, noch ist er nicht verloren.« Er deutete nach draußen, wo die obersten Schichten der Atmosphäre dem All wichen. »Wir haben mit dem letzten Rückzug begonnen. Wir konzentrieren unsere ganze Kraft, die wirtschaftliche und militärische, auf die Verteidigung der wichtigsten Welten. Dann sind wir stark genug, die Graken abzuwehren. Die Maschinenzivilisationen helfen uns dabei, mit ihren speziellen Schiffen und Waffen.«

»Gibt es wirklich noch eine Chance, Lanze?«

Nektar sah dem jungen Mann tief in die Augen. »Ich glaube fest daran«, sagte er ehrlich.

Amis Rantak atmete tief durch. »Danke, Lanze.«

»Haben Sie eine Familie, Amis?«

»Ja«, erwiderte der Adjutant erstaunt. »Meine Eltern leben noch. Sie gehörten zu den ersten Evakuierten von Brennan und schafften es unversehrt bis nach Kalaho. Meine beiden Brüder und meine Schwester ... Ich hoffe, dass ihnen nichts zugestoßen ist. Seit einigen Monaten habe ich keinen Kontakt mehr zu ihnen. Sie dienen in der Dritten Strategischen Einsatzgruppe.«

»Sie wurde bei der Haupttransferschneise nach Millennia in schwere Kämpfe verwickelt, aber nicht ganz aufgerieben«, sagte Nektar. »Ein Teil von ihr konnte sich absetzen.«

Der Adjutant nickte, wie um sich zu bestätigen, dass es noch ein wenig Hoffnung gab. »Und Sie, Lanze? Haben Sie Familie?«

Mehrere Gedanken gingen Nektar durch den Kopf, und einer stand mit einer jungen Frau in Zusammenhang. »Nein«, erwiderte er. »Nein, ich bin allein.«

13

Kriegerblut

11.März 1229 ÄdeF

Ein donnerndes Krachen kam aus dem Zentrum der *Taifun*, hallte laut durch lange Korridore und leere Räume. Es übertönte die Stimme des Schiffes, die aus dem Flüstern Dutzender von Bordsystemen und dem Bereitschaftssummen der Krümmer bestand. Eine Stimme fehlte: die des Megatrons Erika.

Mit einem gedanklichen Befehl aktivierte Tamara die in ihren Körper integrierten bionischen Elemente und fühlte sofort zusätzliche Kraft, sowohl körperliche als auch geistige. Ihr mentaler Horizont erweiterte sich, und die Verbindung zum Tal-Telas wurde intensiver. Gleichzeitig wuchs ihr Selbstvertrauen: Sie wusste, dass sie es in diesem Zustand auch gegen einen sonst körperlich überlegenen Gegner aufnehmen konnte.

»Ich habe ihn nur kurz gesehen, bevor die internen Kommunikationskanäle kollabierten«, sagte Afraim Zacharias, als sie einen Raum betraten, der zum Kontrollsegment der Krümmer gehörte.

»Wie kam er an Bord?«, fragte Tamara. »Wie konnte von Ihrem Megatron unbemerkt eine vierte Person aufs Schiff gelangen, als wir Millennia verließen?«

»Das war nicht möglich.«

»Aber ...«

 »Der Fremde erschien während des Flugs durch die Transferschneise an Bord?«, fragte Hokonna mit seiner knarrenden Stimme.

»Ja«, bestätigte Zacharias und wandte sich den Hauptkontrollen zu. »Erika weckte mich und konnte mir nur einen knappen Hinweis geben. Seitdem schweigt sie. Ich schätze, der Eindringling hat die Interfacesysteme lahmgelegt.«

Tamaras beschleunigte Gedanken begannen damit, die Bedeutung dieser besonderen Situation zu analysieren. Ein Fremder, der während des Flugs durch eine Transferschneise an Bord gekommen war und damit begonnen hatte, die *Taifun* zu demolieren ... Sein Verhalten war eindeutig feindlicher Natur, was eine Verbindung mit den Graken nahe legte. Wenn die Graken in der Lage waren, Krieger an Bord von überlichtschnell fliegenden Raumschiffen zu transferieren, verfügten sie über eine enorm wirkungsvolle Waffe.

»Ein Humanoide?«, fragte sie.

»So sah er aus«, bestätigte Zacharias. »Wie ein Mensch.«

Wieder donnerte es, und diesmal klang es nach einer Explosion. Tamara spürte den Boden vibrieren, und eine halbe Sekunde später wurde es dunkel.

»Der Fremde hat die Hauptenergieversorgung unterbrochen«, sagte Zacharias.

Plötzlich herrschte Stille, und nach einigen Sekunden wich die Finsternis dem fahlen Glühen der Notbeleuchtung.

»Die sekundären Systeme funktionieren noch«, sagte Hokonna. Er stand im offenen Zugang mit einem Variator in der Hand, wie Tamara bemerkte, und blickte in den Korridor.

»Ja.« Zacharias betätigte den Hauptschalter, und vor ihm erschienen virtuelle Kontrollen. Er berührte sie, woraufhin Daten und grafische Darstellungen durch ein Informationsfenster scrollten.

Tamara horchte, doch es blieb still – das Donnern und Krachen wiederholte sich nicht. Erneut tastete sie in Berm nach dem Selbst des Fremden, aber wieder stieß sie auf einen seltsamen Widerstand, der diesmal nicht von einem der autarken entropischen Gefälle an Bord stammte. Eigentlich ließ das nur einen Schluss zu. Wer auch immer der Unbekannte sein mochte: Er war abgeschirmt.

»Ich bin ... beschädigt«, ertönte schließlich eine leise Stimme. Es klang nach einer verletzten, schwachen Frau.

»Erika.« Zacharias seufzte erleichtert. »Wo befindet sich der Fremde? Was macht er? Was ist geschehen?«

»Er ... scheint gegen einen Gegner gekämpft zu haben, den ... ich nicht sehen konnte«, antwortete der Megatron der *Taifun*. »Die letzte Explosion hat ihn verletzt. Ich ...«

Zacharias wartete einige Sekunden. »Erika?«

Er bekam keine Antwort.

Tamara beobachtete, wie der Impro die virtuellen Kontrollen betätigte. Sie prägte sich alles genau ein, jede einzelne Bewegung, und ihre mnemischen Gedächtnisse nahmen die vom Informationsfenster gezeigten Daten auf, ungeachtet ihrer Relevanz. Dies war erst der Anfang ihrer Mission. Später konnte sie immer noch Wichtiges von Unwichtigem trennen.

»Die letzte Explosion hat in der Nähe von Erikas Kern stattgefunden«, sagte Zacharias. »Nicht weit von den Konversionszylindern der Krümmer und der zentralen Leitstation für die primären Systeme entfernt.«

»Der Fremde hätte kaum einen besseren Ort finden können, um mit wenig Aufwand großen Schaden anzurichten«, brummte Lanze Hokonna.

»Das stimmt leider. Die dortigen Sensoren und Infoknoten funktionieren nicht mehr. Wir müssen uns die Sache selbst ansehen.« Zacharias gestikulierte, und die virtuellen Kontrollen verschwanden. Als er zur Tür trat, holte er ebenfalls einen Variator hervor, und Tamara beobachtete, wie er die Waffe auf Projektile mit geringer Durchschlagskraft justierte; er wollte vermeiden, die Außenhülle der *Taifun* zu beschädigen.

»Vielleicht sollten Sie sich ebenfalls bewaffnen, Ehrenwerte«, schlug Adrian Hokonna vor.

Tamara schüttelte stumm den Kopf – ihre Gedanken waren Waffe genug.

Hokonna trat mit leise summenden Servi an ihr vorbei in den dunklen Korridor. Ein Segment seines Ektoskeletts öffnete sich, und ein darin enthaltenes Leuchtelement schickte einen Lichtstrahl durch den Gang. Tamara brauchte ihn nicht. Ein Teil ihres Selbst ging in den ersten beiden Stufen des Tal-Telas, Alma und Berm, auf Wanderschaft.

Als sie sich den Aggregatkammern bei den Krümmern näherten, stießen sie auf erste Anzeichen von Zerstörung. Dellen zeigten sich in den Wänden, wie von enormen Hammerschlägen. Kleinere Explosionen hatten die Einrichtung von Räumen zerfetzt, Verkleidungen und die energetischen Transfersysteme dahinter verbrannt. In einem Raum war die Decke aufgerissen, und zerrissene Kabelstränge hingen aus der dunklen Öffnung herab.

Es herrschte noch immer Stille.

Hokonna hielt seinen Variator schussbereit in einer Hand und öffnete mit der anderen eine Ausrüstungstasche an seinem Gürtel. Er holte mehrere kleine Servi aus ihr hervor und aktivierte sie mit einer knappen verbalen Anweisung, woraufhin die winzigen Maschinen wie Insekten fortschwirrten. Tamara erkannte sie als Minispäher und beobachtete, wie sie in Richtung Konversionszylinder flogen.

»Nehmen Sie etwas wahr, Tamara?«, fragte Zacharias. Es geschah nicht oft, dass er sie mit dem Namen ansprach; erstaunlicherweise fühlte sie sich davon angenehm berührt.

»Er ist noch da«, sagte sie. »Ich spüre seine Präsenz, aber mehr nicht. Etwas schirmt sein Bewusstsein ab.«

»Ist er stationär?«

»Ja.«

»Adrian?«

»Keine Signale. Die Späher sind noch auf der Suche. Sie müssten gleich bei ihm sein.«

Der Lichtstrahl, der den beiden Männern Orientierung bot, strich über ein halb aus der Verankerung gerissenes, verbeultes Schott, hinter dem sich der Kern des Megatrons erstreckte. Zacharias blieb davor stehen, ging in die Hocke und berührte etwas auf dem Boden. Hokonna trat an seine Seite und richtete das Licht auf die Stelle.

Zacharias rieb eine schwarze, ölige Flüssigkeit zwischen Zeigefinger und Daumen. »Erika sprach davon, dass sich der Fremde verletzt hat ...«

»Blut?«, fragte Hokonna. »Schwarzes Blut? Bei einem Menschen?«

»Er hat wie ein Mensch *ausgesehen.*« Zacharias richtete sich wieder auf und trat durch die fast einen Meter breite Öffnung zwischen Schott und Wand. Im nächsten Raum kam ein matter Schein von einigen autarken Lampen in der hohen Decke, und ihr Licht fiel auf die Reste zerstörter Speicherbänke und Prozessorblöcke. Die Datenstraßen zwischen ihnen – dicke Rohre mit supraleitenden Kabeln und Assoziationsmodulen, die den Informationsströmen für die hierarchische Bearbeitung unterschiedliche Bedeutung zuwiesen – waren fast alle unterbrochen.

»Deshalb spricht Erika nicht mehr«, sagte Zacharias besorgt. »Ich hoffe, das lässt sich reparieren.«

»Für die Maschinenzivilisationen sollte das kein Problem sein.« Hokonna zögerte. »Ich empfange Daten. Die Späher haben den Fremden gefunden. Er liegt direkt vor dem ersten Konversionszylinder.« Er stapfte los, ohne eine Anweisung abzuwarten.

Zacharias und Tamara folgten ihm durch einen Gang, in dem es wieder dunkel war und dessen Wände mehrere große Löcher aufwiesen. An einigen Stellen hatten offenbar Energiestrahlen Schmelzspuren hinterlassen; an anderen beobachtete Tamara lange Kratzer in Stahlkeramik und Synthomasse, wie von diamantharten Klauen geschaffen. Der Korridor endete an einem zerfetzten Sicherheitsschott, und dahinter, in einem kleinen runden Raum, der normalerweise voller virtueller Kontrollen und quasirealer Projektionsfelder war, lag der Fremde auf dem Boden. Unterwegs hatte Tamara immer wieder Tropfen und kleine Lachen der öligen schwarzen Flüssigkeit auf dem Boden gesehen, und im Licht von Hokonnas Lampe entdeckte sie nun einen kleinen See, der sich rings um den Humanoiden gebildet hatte. Die Minispäher schwebten über ihm, und Hokonna trat vorsichtig näher heran, den Finger am Auslöser des Variators.

»Was ist mit ihm?«, fragte Zacharias. »Lebt er noch?«

Die Antwort kam nicht von Hokonna, sondern vom Fremden selbst. Tamara spürte im Tal-Telas plötzlich zunehmende mentale Aktivität, doch bevor sie eine Warnung rufen konnte, drehte sich der Humanoide auf dem Boden zur Seite, hob einen konischen Gegenstand ...

Tamara stieß Zacharias und sich selbst in Crama fort, und einen Sekundenbruchteil später fauchte etwas Heißes über sie hinweg, traf mit einem dumpfen Donnern die Wand hinter ihr und hinterließ eine tiefe Delle darin. Hokonna war zur Seite gesprungen und richtete seinen Variator erneut auf den Fremden. Für Tamaras Wahrnehmung schien sich die Zeit zu dehnen, als sie sah, wie sich ein Finger aus Polymerfasern und Stahlkeramik um den Abzug krümmte. Sie griff in Crama danach und hielt ihn fest.

»Töten Sie ihn nicht!« Mit einem Satz war sie wieder auf den Beinen und lief zu dem alten Offizier, der erst verwirrt auf den Variator starrte und dann die Tal-Telassi ansah. In seinen blaugrauen Augen funkelte es zornig. »Ehrenwerte, Sie ...«

Der Humanoide auf dem Boden hob erneut den kleinen Konus, der ganz offensichtlich eine Waffe darstellte. Tamara wollte ihn mit einem telekinetischen Stoß aus der Hand des Fremden reißen, aber ihre geistigen Finger in Crama erreichten ihn nicht, glitten an der Barriere ab, die ihn abschirmte.

Tamara sprang selbst, unterstützt durch Crama, die dritte Stufe des Tal-Telas, erreichte den Fremden und schlug nach der Hand, die die Waffe hielt. Der Konus löste sich aus ihr, rutschte über den Boden und blieb einige Meter entfernt liegen.

Die Tal-Telassi rollte sich ab und stand sofort wieder. Noch immer hielt sie Hokonnas Finger am Abzug fest und zwang den Variator in seiner Hand nach unten, bis der Lauf auf den Boden zeigte.

»Er ist verletzt«, sagte Tamara und deutete auf die schwarze Flüssigkeit. »Das ist sein Blut. Er hat viel davon verloren – es grenzt an ein Wunder, dass er noch lebt. Lanze Hokonna?«

Der alte Legionär nickte, und Tamara entließ seine Hand aus ihrem telekinetischen Griff. Hokonna zielte nicht auf den Fremden, hielt den Variator aber bereit, nur für den Fall.

»Wir brauchen einen Stasisgenerator und eine multifunktionelle medizinische Behandlungseinheit«, sagte Tamara. Sie ging einige Schritte und hob den kleinen Konus auf, ohne dabei ihren Blick von dem Fremden abzuwenden. Er beobachtete sie ebenfalls, aus Augen mit einer kobaltblauen Iris.

»Bitte helfen Sie mir, Adrian.« Zacharias wandte sich dem Eingang zu.

Hokonna zögerte kurz – lange genug, um einen Blick mit der Tal-Telassi zu wechseln – und folgte dem Impro dann in den Gang. Tamara blieb allein mit dem Fremden zurück. Sie hörte, wie sich ihre Schritte entfernten, betrachtete kurz das konusförmige Objekt, sah dann wieder auf und in die Augen des Fremden.

»Können Sie mich verstehen?«, fragte sie und schaltete den kleinen Linguator ein, den sie am Hals trug. »Wer sind Sie?«

Der Humanoide knurrte etwas, und Tamara wartete vergeblich auf eine Übersetzung. »Interessant«, murmelte sie.

Der Linguator verfügte über eine Datenbibliothek aus Tausenden von Sprachen und Dialekten, aber mit den Lauten, die der Fremde gerade von sich gegeben hatte, konnte er nichts anfangen.

Sie trat etwas näher an den Fremden heran, den Konus dabei wie beiläufig auf ihn gerichtet. Er rührte sich nicht mehr, und sein Blick wanderte mehrmals zwischen der Waffe und Tamaras Gesicht hin und her. Dann formten seine Lippen ein Lächeln, und die rechte Hand tastete ganz langsam nach einem etwa fünfzehn Zentimeter langen nadelförmigen Objekt an seinem Gürtel.

»Das sollten Sie besser lassen«, sagte Tamara und zeigte demonstrativ mit dem Konus auf ihn.

Wieder kamen einige unverständliche Knurrlaute von dem Fremden, und das Lächeln wuchs in die Breite. Tamara stellte fest, dass seine Kleidung – eine Art Overall, der aus vielen bunten Streiften bestand – im Bereich des Unterleibs aufgerissen war. Die Wunde selbst konnte sie nicht sehen, aber der Humanoide verlor noch immer schwarzes Blut. Wenn er Schmerzen hatte, zeigte sich in seinem Gesicht nichts davon.

Tamaras Sinne waren angespannt und in ständiger Verbindung mit den verschiedenen Stufen des Tal-Telas. Für eine Sekunde, nicht länger, bedauerte sie, dass Zacharias und Hokonna den Raum verlassen hatten, denn noch deutlicher als zuvor spürte sie, dass der Fremde Gefahr bedeutete. Eine Gefahr, die über ihn selbst hinausging – das zeigten die Muster in Gelmr.

Andere Muster in der siebten Stufe des Tal-Telas hatten sie zuvor veranlasst, Hokonna daran zu hindern, auf den Fremden zu schießen. Außerdem hatte Tamara während der multiplen Splitterung ihres Bewusstseins bei der Vorbereitung auf diesen Einsatz bestimmte Daten aufgenommen. Eigentlich waren es nur einige kleine Informationen, die Sektion 1 den vielen anderen hinzugefügt hatte, weil vielleicht die Möglichkeit bestand, dass Tamara bei den Maschinenzivilisationen oder anderen Welten, die sie im Verlauf ihrer Mission besuchte, auf relevante Hinweise stieß. Das mnemische Gewebe in ihrem Körper verarbeitete sie und verwandelte sie in Pseudoerinnerungen. Vor dem inneren Auge sah sie das Eis eines Planeten namens Deville, der zur Zeit der AFW zu den peripheren Welten gezählt und damals eine kleine Kolonie der Tal-Telassi beherbergt hatte. Vor mehr als hundert Jahren war bei der Erforschung jenes Planeten eine Gestalt im Eis entdeckt worden, seit fünfzigtausend Jahren tot, aber perfekt konserviert: ein Humanoide, ein Wesen wie ein Mensch. Kurze Zeit später hatte der damalige Hegemon Tubond Millennia unter die Verwaltung der AFW-Streitkräfte gestellt, und die kleine Kolonie auf Deville war aufgegeben worden.

Die Bilder überlagerten sich, als der vor Tamara auf dem Boden liegende Fremde nach dem Nadelobjekt an seinem Gürtel griff: hier das Jetzt, die langsame Hand und das seltsame Lächeln in dem Gesicht, und dort das Eis mit der Gestalt darin, die Augen geöffnet und die kobaltblaue Iris deutlich zu sehen. Tamara wusste nicht, was damals, als die Kolonie aufgegeben werden musste, mit dem toten Humanoiden geschehen war. Vor fünfzigtausend Jahren war ein solches Geschöpf gestorben und von Eis umschlossen worden, zu einer Zeit, als es nur auf der Erde Menschen gegeben hatte, primitiv und ohne Technik. Und jetzt war ein solcher Humanoide an Bord der *Taifun* erschienen, während ihres überlichtschnellen Flugs durch eine Transferschneise. So gefährlich er auch sein mochte: Allein seine Präsenz warf viele Fragen auf. Und die Antworten – wenn es gelang, welche zu bekommen – konnten *sehr* interessant sein.

Tamara blinzelte, und die Bilder vor dem inneren Auge lösten sich auf. Die Hand des Fremden erreichte die metallisch glänzende Nadel und zog sie aus dem Gürtel. Das Lächeln blieb auf seinen Lippen, subtil und sonderbar, eher geheimnisvoll als hochmütig. Er knurrte etwas, als er die

Nadel zwischen Daumen und Zeigefinger hielt, dann die Kuppe des Zeigefingers darunterschob, als wollte er ...

Später fragte sich Tamara, ob der Humanoide sie irgendwie beeinflusst hatte, auf eine Weise, die ihrer Aufmerksamkeit entgangen war. Sie glaubte, dass sie unter normalen Umständen schneller reagiert hätte und nicht erst im letzten Augenblick.

Der Fremde schnippte das nadelförmige Objekt nach oben.

Es flog empor, erreichte dicht unter der Decke den höchsten Punkt seiner Flugbahn und ... fiel nicht in Richtung Boden. Stattdessen verharrte es mitten in der Luft, und ein Wabern senkte sich wie ein dünner Vorhang daraus herab, dem Humanoiden entgegen, der aufzustehen versuchte ...

Tamara griff in Crama nach der Nadel, erreichte sie aber nicht – etwas lenkte ihre Gedanken ab. Der Fremde kniete jetzt, und nicht mehr als ein halber Meter trennte ihn von dem wabernden Vorhang. Die Tal-Telassi wusste nicht, woher sie ihre Gewissheit bezog, aber sie war *sicher:* Der Fremde wollte das Schiff verlassen.

Sie warf den Konus und sprang gleichzeitig, teilte ihren Geist und koordinierte mehrere Bewegungsabläufe, wie sie es vor vielen Jahrhunderten als Schülerin in den Lyzeen von Millennia gelernt hatte. Mit telekinetischer Hand gab sie der Konus-Waffe einen Stoß in Richtung Nadel; ein anderer, größerer Teil der mentalen Energie katapultierte sie auf den Fremden zu, dessen Lächeln verschwand und einem Ausdruck des Erstaunens wich. Tamara streckte die Arme aus und gab dem Verletzten einen Stoß, der ihn wieder zu Boden schickte. Dann griff ihre telekinetische Hand nach dem Konus, der inzwischen seinen Zweck als Wurfgeschoss erfüllt hatte, und holte ihn zurück, damit sie ihre physische Hand darum schließen konnte.

Sofort richtete sie die Waffe wieder auf den Fremden, obwohl sie gar nicht wusste, wie man damit umging, doch er rührte sich nicht mehr, lag völlig reglos und mit geschlossenen Augen auf dem Boden. Noch mehr schwarzes Blut quoll aus der Wunde im Unterleib.

Durch die Kollision mit dem konusförmigen Objekt war die etwa fünfzehn Zentimeter lange Nadel bis zur gegenüberliegenden Wand geflogen und hatte den aus ihrem Innern kommenden wabernden Vorhang mitgenommen. Jetzt fiel sie plötzlich, wie von der Hand eines Unsichtbaren losgelassen, und im Fallen nahm sie das Wabern wieder in sich auf.

Das Geräusch von Schritten kam aus dem Korridor. Tamara trat rasch zur Wand, hob das nadelförmige Objekt auf, betrachtete es kurz und steckte es dann ein.

»Alles in Ordnung bei Ihnen, Ehrenwerte?«, fragte Zacharias.

Tamara drehte sich zu ihm um. Der Impro stand in der Lücke zwischen Schott und Gangwand.

»Ja«, sagte sie schlicht.

»Wir müssen den Zugang erweitern, bevor wir den Stasisgenerator und die MBE hereinbringen können.«

Tamara nickte nur und richtete den Blick wieder auf den Fremden. Langes silbernes Haar umrahmte wie ein Schleier das schmale, markante Gesicht. Ein kurzes Tasten im Tal-Telas ergab, dass das Selbst des Humanoiden auch jetzt noch abgeschirmt war, in der Bewusstlosigkeit. Ein natürlicher Schutz vor Telepathen? Oder eine künstliche Barriere, geschaffen von einem Apparat, den der Humanoide bei sich trug? Sie würde Gelegenheit haben, es herauszufinden. Wenn die Abschirmung auf ein Gerät oder dergleichen zurückging, so ließ sich das abschalten, was dann eine telepathische Sondierung ermöglichen würde. Damit war Tamara vertraut. Zu ihrer langen Ausbildung zählte auch Begriffkognition. Sie hatte gelernt, die Denksymbolik von Nichtmenschen wie Quinqu, Horgh, Lhora, Bhardai, Taruf, Ayro, Grekki, Ganngan und anderen zu entschlüsseln und zu verstehen. Wenn sie Zugang zu dem

Bewusstsein dieses Fremden bekam, so glaubte sie sich fähig, Informationen aus seinem Denken und Fühlen zu gewinnen.

Aber um mehr über ihn zu erfahren, musste er am Leben bleiben.

Tamara beobachtete, wie Zacharias und Hokonna das Schott mit mehreren kleinen Gravitationsankern ganz aufzwangen, dann den Stasisgenerator und die medizinische Behandlungseinheit hereinschoben.

Hokonna zog wieder seinen Variator und richtete ihn auf den Fremden.

»Er hat inzwischen das Bewusstsein verloren«, sagte Tamara. Der Mann mit dem Ektoskelett warf ihr einen kurzen Blick zu, hielt die Waffe aber trotzdem auf den Humanoiden gerichtet.

Zacharias bediente die Kontrollen des Stasisgenerators, und Projektoren richteten sich auf den Fremden, hüllten ihn in ein Kraftfeld, grau wie dünner Nebel. Die Energie eines Levitators hob die reglose Gestalt, trug sie zur MBE und legte sie auf eine warme Gel-Liege, die sich sofort den Körperformen anpasste. Kleine Kontaktsensoren berührten die Haut des Fremden, und ein leistungsfähiger medizinischer Datenservo begann mit ersten Analysen.

»Bringen wir ihn zur Medo-Station«, sagte Tamara.

Als sie den kleinen Raum vor dem ersten Konversionszylinder der *Taifun* verließen, wandte sich Lanze Hokonna kurz an die Tal-Telassi.

»Was auch immer in Zukunft geschehen mag, Ehrenwerte ...«, sagte er mit knarrender Stimme und hob den Variator. »Hindern Sie mich nie wieder daran, mich zu verteidigen.«

Tamara saß in ihrem privaten Quartier der *Taifun* und sah in die Augen von Zara 21. Ein quasireales Projektionsfeld zeigte ihr die einundzwanzigste Inkarnation der Großmeisterin so deutlich, als stünde sie tatsächlich vor ihr – Tamara hätte sie sogar berühren können. Zaras neuer Körper war innerhalb weniger Monate gewachsen und gereift, sah aber aus, als wäre er knapp dreißig Standardjahre alt. Nicht eine einzige Falte zeigte sich in ihrem jungen, schönen Gesicht, und in den großen braunen Augen lag ein kraftvoller Glanz. Das volle, wie Seide glänzende rotbraune Haar reichte bis auf die Schultern.

Tamara blickte kurz zum Privatgaranten, der neben der Konsole des Kom-Servos lag. Seine Anzeigen deuteten darauf hin, dass die codierte Transverbindung geschützt war; niemand konnte ihr Gespräch belauschen. Unter anderen Umständen hätte Tamara einen telepathischen Kontakt hergestellt, der völlig abhörsicher war, aber nach der Reparatur der wichtigsten Schäden flog die *Taifun* wieder mit vielfacher Überlichtgeschwindigkeit durch eine Transferschneise.

»Das Ereignis, von dem Sie mir gerade berichtet haben, ist nicht einzigartig«, sagte Zara ruhig. »Vierzehn andere Humanoiden, die dem von Ihnen beschriebenen Individuum ähneln, sind auf verschiedenen Planeten des Dutzends und auch auf einigen Verlorenen Welten erschienen. Wir gehen davon aus, dass es sich um Späher oder Kundschafter handelt. Alle Versuche, mit ihnen zu kommunizieren, sind gescheitert.«

»Der Fremde hat an Bord dieses Schiffes große Schäden angerichtet«, sagte Tamara. »Der Megatron meinte, dass er den Eindruck erweckte, gegen jemanden zu kämpfen, dessen Präsenz den internen Sensoren allerdings verborgen blieb. Außerdem ist er schwer verletzt.«

»Wird er überleben?«

»Darauf deutet alles hin.«

»Gut. Wir brauchen ihn. Beziehungsweise die Informationen, die er uns geben kann.« Zara legte eine kurze Pause ein und überlegte. »Vielleicht ist der Fremde an Bord der *Taifun* ein Sonderfall. Die anderen verschwanden nach höchstens einer Stunde, und zwar auf diese Weise.«

Zara wich aus dem QR-Feld, und es erschien eine aufgezeichnete Szene. Eine humanoide Gestalt mit langem, wehendem Haar wie aus flüssigem Silber lief verblüffend schnell durch den Verkehrskorridor einer Metropole, wich Levitatorwagen aus und schien immer wieder kurz zu verschwinden.

»Er trug eine Art Tarnanzug«, erklang Zaras kommentierende Stimme. »Der ihn verfolgende Flugsensor musste immer wieder zwischen verschiedenen Frequenzbereichen umschalten. Dies sind derzeit die besten Bilder, die uns zur Verfügung stehen. Achten Sie darauf, was jetzt geschieht.«

Der Fremde verharrte am Rand des Verkehrskorridors, zog einen nadelförmigen Gegenstand aus seinem Gürtel und warf ihn hoch. Die Nadel verharrte etwa zwei Meter über dem Boden, und ein Flirren wie von heißer Luft kam aus ihr, senkte sich wie ein Vorhang herab. Die humanoide Gestalt trat ins Wabern hinein und verschwand. Einen Sekundenbruchteil später löste sich das Flirren auf, und die Nadel fiel zu Boden.

»Ein Transfertor«, sagte Tamara.

»Das vermuten wir. Es erübrigt sich der Hinweis, dass uns eine derartige Technik unbekannt ist.«

Tamara griff in die Tasche und holte die Nadel hervor, mit deren Hilfe der verletzte Fremde hatte fliehen wollen. »Der Humanoide, mit dem wir es zu tun bekamen, wollte hiermit entkommen. Ich konnte ihn daran hindern und dieses Objekt an mich bringen.«

Zara kehrte ins Projektionsfeld zurück, so real, als wäre sie tatsächlich präsent. »Ist es leer oder voll?«

Tamara hielt die Nadel so, dass Zara sie von allen Seiten sehen konnte.

»Voll«, stellte die Großmeisterin fest. »Die anderen Objekte, die sichergestellt werden konnten, waren nichts weiter als leere Hülsen.« Sie nickte zufrieden. »Hüten Sie die Nadel gut, damit wir sie nach Ihrer Rückkehr untersuchen können. Ich brauche wohl nicht extra zu betonen, dass Ihre

Mission jetzt noch wichtiger geworden ist. Die Fremden könnten die Vorhut einer neuen Invasion sein. Finden Sie so viel wie möglich über das Individuum in Ihrem Gewahrsam heraus.«

Tamara bestätigte und unterbrach die Transverbindung.

Eine neue Invasion? Drohte dem Dutzend und Millennia ein Angriff aus zwei Richtungen, von den Graken und diesen Fremden?

Nachdenklich betrachtete sie die Nadel und begann mit der Suche nach einem Kontrollmechanismus.

Der Krieg: XIII

23. Juni 1187 ÄdeF

Hunderttausend Kanonen feuerten und setzten das All in Brand – so sah es aus. Vermutlich waren es sogar mehr als hunderttausend Kanonen, überlegte Nektar, als er vor der Situationswand der Bastion *Arelion* stand und das Kampfgeschehen über zahlreiche Transverbindungen in Echtzeit beobachtete. Gleich zwei Megatrone empfingen die Daten, werteten sie in wenigen Sekunden aus und zeigten eine grafische Darstellung der Schlacht. Drei Flüchtlingsflotten mit insgesamt fast fünftausend Raumschiffen näherten sich den beiden stabilen Transferschneisen sechzig Millionen Kilometer über der Ekliptik eines Sonnensystems, das aus einem Weißen Zwerg und einem heißen Gasriesen bestand. Fast doppelt so viele Kampfschiffe schützten sie vor den Angreifern, einer Streitmacht, die aus mindestens dreihundert Molochen, zweitausend Superschiffen der Kronn und zahllosen Chtai- und Geeta-Einheiten bestand. Immer wieder blitzte es draußen im All, wenn destruktive Energie oder Raketen instabile Schutzschirme durchschlugen, sich in plötzlich verwundbar gewordene Raumschiffe bohrten und sie zur Explosion brachten.

Die beiden Emotionen dämpfenden Bione an Nektars Hals schufen in ihm eine gewisse Distanz zum Geschehen, obwohl er die aufbereiteten Daten direkt über ein bionisches Interface empfing. Ein individuell konfigurierter

Kom-Servo schwebte vor seinem Mund und gab die knappen Anweisungen weiter, die pausenlos von seinen Lippen kamen. Der Schlachtplan stammte von ihm, auch sein großes Finale – er gehörte inzwischen zur Strategischen Planungsgruppe –, und bisher waren nur wenige Anpassungen notwendig geworden. Während immer mehr Schiffe mit Evakuierten in den Transferschneisen verschwanden, wichen die Verteidiger langsam in Richtung des Weißen Zwergs zurück, auch die seltsamen Schiffe der Maschinenzivilisationen; vor allem ihren überlegenen Waffen war es zu verdanken, dass es der Feind bisher nicht geschafft hatte, die Schneisen zu erreichen. Die intelligenten Megatrone und ihre Weiterentwicklungen waren zu wertvollen Verbündeten geworden, und Nektar verstand nicht, wie man ihnen mit Argwohn begegnen konnte. Die Tal-Telassi machten kein Geheimnis aus ihrem Misstrauen und sprachen von »falschem Leben«, das im Tal-Telas keinen Schatten warf, was auch immer das bedeutete. Aber Nektar wusste: Wenn man ums Überleben kämpfte, war jede Hilfe willkommen, woher sie auch kam.

Seine Lippen blieben in Bewegung, und der Datenstrom durch das bionische Interface hielt an, als er den Kopf ein wenig zur Seite drehte und zur Tal-Telassi sah. Elyra 7 gehörte wie er zur Planungsgruppe und war seit einigen Monaten als Millennias Repräsentantin an Bord der Bastion *Arelion*. Sie bemerkte seinen Blick, erwiderte ihn mit kühler Ruhe und nickte andeutungsweise, als wollte sie Nektars Gedanken bestätigen.

Tausende von Symbolen bewegten sich auf der Situationswand, und eingeblendete Datenkolonnen wiesen jene Beobachter im Kommandozentrum der Bastion auf Details hin, die nicht über ein direktes Interface verfügten. Nektar sah, wie die Superschiffe der Kronn einen Keil formten und die anderen Vitäen mit einem zangenartigen Manöver begannen, das den Flanken der Verteidiger galt. Die beiden Megatrone fanden in ihren gewaltigen Datenbanken Präzedenzfälle und präsentierten eine Liste mit geeigneten Kontramanövern, doch Nektar beschränkte sich nicht darauf, einfach nur eine Auswahl zu treffen. Mit knappen Anweisungen, die über eine Prioritäts-Transverbindung sofort weitergegeben wurden, kreierte er eine eigene taktische Antwort, in die er die Schiffe der Maschinenzivilisationen mit einbezog. Ihnen gegenüber formulierte er die Order als höfliche Bitten, und nicht einmal hatten es die Multikonfigurationsschiffe versäumt, ihnen nachzukommen.

Dies war der Grund, warum Nektar in den vergangenen sieben Jahren mehrmals Beförderungen zurückgewiesen hatte. Er war noch immer Lanze und bekleidete damit einen Rang, der es ihm erlaubte, direkt am Kampfgeschehen teilzunehmen. Er wollte nicht zum Oberkommando auf Kalaho versetzt werden, um dort an einem sicheren Schreibtisch strategische Pläne zu erarbeiten.

Die Verteidiger wichen noch weiter zurück, als wollten sie nicht in die Zange des Feindes geraten. Diese Reaktion minimierte einerseits die Verluste und lockte andererseits die Graken und ihre Vitäen näher zum Weißen Zwerg, dessen Schwerkraftfeld bei den Manövern eine immer größere Rolle spielte.

»Beginn der finalen Phase«, sagte Nektar laut und deutlich. Diese spezielle Anweisung galt nicht nur den Tausenden von Kampfschiffen im All, sondern auch der Bastion *Arelion*, die ihre Triebwerke aktivierte und den Eindruck erweckte, den Flüchtlingsschiffen folgen und das Sonnensystem verlassen zu wollen. Doch nur ein Teil der Energie ihrer hochgefahrenen Krümmer wurde in die Triebwerke geleitet.

Nektar erlebte fast so etwas wie eine Teilung seines Bewusstseins. Die eine Hälfte ging ganz im Datenstrom des bionischen Interfaces auf, elaborierte, extrapolierte und traf blitzschnell Entscheidungen, die auf Lagebeurteilung, Erfahrung und auch Intuition beruhten. Die ganze Zeit über versuchte er, die Verluste beim Kampf gegen die Graken und ihre Vitäen so gering wie nur möglich zu halten, die Evakuierten zu schützen und gleichzeitig die Voraussetzungen für einen Sieg zu schaffen. Einige Prioritäten standen fest, zum Beispiel die Sicherheit der Fluchtschiffe; der Feind durfte sie auf keinen Fall erreichen. Andere verschoben und veränderten sich im Lauf der Schlacht, was taktische Anpassungen erforderte.

Nektars andere Hälfte war vor allem Beobachter und nahm das Geschehen mit emotionsgedämpfter Kühle wahr. Amis Rantak fiel ihm ein, vor sieben Jahren sein Adjutant, der eine Niederlage der Koalition befürchtet hatte. Dies *war* das Ende der Koalition, wusste Nektar. Selbst wenn sie hier einen Sieg errangen – letztendlich lief es doch auf eine Niederlage hinaus, denn Flucht war kein Triumph. Aber es sollte die letzte Flucht sein, der letzte Rückzug in die Mitte des Kernbereichs. Der Zusammenbruch der peripheren Kernwelten ließ sich nicht mehr vermeiden; sie mussten geopfert werden, um zu retten, was noch zu retten war: die letzten starken Welten in den zentralen zwölf Sonnensystemen, »das Dutzend« genannt. Dorthin brachten die drei aus fast fünftausend Schiffen bestehenden Flüchtlingsflotten wichtige mobile Ressourcen: Wissenschaftler, Forscher, Techniker und für die Verteidigung wichtige Spezialisten; Geräte und Maschinen; Zyoten und Biomasse; Waffensysteme aller Art; und vieles andere mehr.

Die letzten Evakuiertenschiffe gehen in den Transfer, flüsterten die Datenstimmen, und dadurch bekam etwas anderes Priorität. Die mentale Distanz zwischen Nektars beiden Bewusstseinshälften schrumpfte.

»Rückzug«, sagte er. »An alle Einheiten: Rückzug. Krümmer auf maximale Energie.«

Seine eigentliche Mission hatte Nektar erfüllt – die drei Flotten waren in den Transit gegangen und somit sicher. Doch hier bot sich Gelegenheit, den Graken einen Schlag zu versetzen. Wenn alles nach Plan lief. Und wenn die Berechnungen stimmten.

Nektar räumte Zweifeln keinen Platz ein und fuhr damit fort, Anweisungen zu übermitteln. Auf der Situationswand war zu sehen, wie sich die Verbände der Verteidiger in Richtung Transferschneisen absetzten. Wie erwartet nahmen die Graken und ihre Vitäen sofort die Verfolgung auf.

Zehn Sekunden, raunte es im Interface.

»Sonnensturm imminent«, sagte Nektar. »Keilformationen. Krümmerenergie in Gravitationsanker und Schutzschirme.«

Mehr als neuntausend Kampfschiffe, von kleinen Panther-Jägern bis hin zu den Giganten der Destruktor-Klasse, bildeten keilförmige Formationen, bestehend aus jeweils vierzig bis fünfzig Einheiten. Die Spitzen der Keile zeigten zur Sonne. Multiple Gravoanker hielten die Schiffe zusammen, und ihre individuellen Schutzschirme schienen zu einem großen energetischen Schild zu verschmelzen.

Beim Weißen Zwerg blitzte es auf, als ein Phasenübergangs-Interdiktor das energetische Gleichgewicht des Sterns so nachhaltig störte, dass dieser kollabierte und dabei seine äußere Schale ins All schleuderte.

Eine Nova entstand.

Ein Orkan aus Plasma und Energie erfasste die Moloche der Graken und verbrannte sie innerhalb weniger Sekunden. Superschiffe der Kronn explodierten, doch das Gleißen ihrer Vernichtung verlor sich im viel helleren Strahlen des Sonnensturms. Die kleineren Schiffe der Chtai und Geeta waren kaum mehr als Staubkörner im Lodern der Nova und verglühten sofort.

Nektar hörte jubelnde Stimmen, doch seine kühle Gelassenheit blieb unerschütterlich, als er das Geschehen beobachtete. Die Informationen des beständigen Datenstroms bestätigten die Anzeigen der Sensoren: Nicht ein einziges feindliches Schiff hatte die gewaltige Explosion des Weißen Zwergs überstanden.

Die energetische Schockwelle des Sonnensturms erreichte die Keilformationen der Verteidiger, und Nektar sah, wie kollektive Schutzschirme zu flackern begannen. Wenige Sekunden später erfasste die Zerstörungsfront die Bastion *Arelion*, und aus ersten Vibrationen wurden so heftige Erschütterungen, dass sich ein Sicherheitsharnisch um den stehenden Nektar bildete und ihn festhielt. Das Donnern der Krümmer schwoll noch mehr an und übertönte die Stimmen der Offiziere im Kommandozentrum.

Die zahlreichen bunten Symbole verschwanden von der Situationswand, als Transverbindungen unterbrochen wurden und Sensoren keine Daten mehr empfingen. Dafür leuchteten anderen Anzeigen auf, die Auskunft gaben über die strukturelle Integrität der Bastion und ihre energetischen Belastungen. Gerade der letzte Punkt hatte Nektar bei den Planungen einige Sorge bereitet, und erleichtert beobachtete er nun, dass sich die Belastungen in den vorgesehenen Grenzen hielten – Entfernung und Stärke der Schutzschirme genügten. Bei den Transferschneisen bildeten sich Instabilitätszonen, aber sie spielten keine Rolle, denn derzeit waren ohnehin keine Transite vorgesehen.

»Keine Ausfälle«, hörte er und empfing detaillierte Daten über das Interface. »Alle *Arelion*-Systeme melden hundert Prozent Funktionspotenzial.«

Nektar atmete tief durch und spürte, wie sich der Sicherheitsharnisch lockerte. Es gab keine Erschütterungen mehr, nur noch einige schwache Vibrationen.

Der Schockwelle folgte ein zweiter Sturm, der hauptsächlich aus harter Strahlung bestand und die Schutzfelder der Verteidiger nicht annähernd so stark belastete. Erste Glückwünsche wurden laut, nicht nur im Kommandozentrum der Bastion, sondern auch über die Datenverbindungen, doch Nektar hob die Hand, und daraufhin wurde es wieder still. Er wollte erst feststellen, wie die Situation weiter im Innern des Sonnensystems war.

Die beiden Megatrone stellten unterbrochene Transverbindungen wieder her, und von den Sensoren kamen neue Ortungsdaten.

Durch die Keilformationen und die energetische Kombination von Gravoankern und Schutzfeldern hatten die nahezu neuntausend Schiffe der Schockwelle eine geringstmögliche Angriffsfläche geboten. Trotzdem hatte es Ausfälle gegeben: Vierunddreißig Kampfschiffe waren vollkommen zerstört und weitere neunundsiebzig schwer beschädigt worden. Bei allen anderen gab es entweder nur leichte Schäden oder überhaupt keine. Die Schiffe der Maschinenzivilisationen hatten den Sonnensturm mithilfe besonderer Konfigurationen überstanden.

Der von der Nova überraschte Feind war völlig aufgerieben worden.

Erneut erklangen Hochrufe, und sie wurden schnell lauter und zahlreicher. Diesmal hob Nektar nicht die Hand, und er erlaubte sich sogar ein zufriedenes Lächeln, während sein Blick auf der Situationswand verweilte. Er hatte einen Sieg errungen, kein Zweifel – eine große feindliche Flotte, der unter anderem mindestens dreihundert Graken angehört hatten, war völlig aufgerieben worden. Aber solche Erfolge waren kaum mehr als der sprichwörtliche Tropfen auf den heißen Stein und änderten nichts an der Überlegenheit des Gegners.

Und Nektar wusste: Dies war nicht der Sieg, den ihm das Schicksal vorherbestimmt hatte. Als er beobachtete, wie die Symbole auf der Situationswand wieder in Bewegung gerieten – es fehlten jetzt die Zeichen des Feindes –, als ihn Hunderte oder Tausende von Soldaten und Offizieren hochleben ließen und die Spannung aus ihm wich, dachte er an Enschall zurück, an das rote Blut in seiner Hand, das nicht sein eigenes gewesen war, sondern das seiner Mutter, die tot vor ihm in Staub und Asche gelegen hatte. Aus dem ihm geltenden Jubel wurde für einige wenige Sekunden der Jubel jener Soldaten, die sich damals, trotz allem, über einen Sieg gefreut hatten. Er erinnerte sich an die Fassungslosigkeit, die er als Sechsjähriger empfunden hatte, an das Gefühl einer kolossalen Ungerechtigkeit. Und er sah noch einmal das Gesicht des Soldaten, der ihn damals mitgenommen hatte, hörte sich selbst sagen: »Wenn ich groß bin, werde ich einen bedeutenden Sieg erringen. Nicht nur über die Kronn, sondern über die Graken.« Absolute Gewissheit hatte diese Worte begleitet, und sie existierte noch immer in ihm, auch jetzt, siebenunddreißig Jahre später.

Dies war nicht der Sieg, der den Höhepunkt seines Lebens markieren würde, aber es war ein weiterer Schritt in die richtige Richtung. Nektar fragte sich, wie viele noch vor ihm lagen.

14

Produktive Träume

Heres

»Das ist er«, sagte Tarweder. »Das ist der Produktive Träumer Davvon.«

Dominique trat näher an die transparente Wand heran, hinter der sich das erstreckte, was Tarweder »Produktionswürfel« genannt hatte: ein riesiger Saal mit Hunderten von frei beweglichen Montagearmen, Transportkanälen für die Zulieferung von Teilen und Komponenten, Korit-Generatoren, die glühende und schimmernde Energieblasen schufen ... und zahllosen Turui, die meistens nur schemenhaft zu sehen waren, angelieferte Teile zu den richtigen Stellen brachten, die Montagearme lenkten und alles so zusammenbauten, wie es die Gedanken des Produktiven Träumers vorsahen. Es sah nach einem enormen, unentwirrbaren Durcheinander aus, aber jede einzelne Bewegung im Produktionswürfel gehörte zu einem größeren Ganzen, das im Zentrum des Saals entstand. In vielen Fällen wussten die Turui gar nicht, was sie konstruierten, hatte Dominique von Tarweder erfahren; sie begnügten sich damit, den Anweisungen des Produktiven Träumers zu folgen – nur er kannte Dimensionen, Struktur und Zweck des Produkts, er und manchmal auch die Auftraggeber. Aber ein wirklich guter, kreativer Produktiver Träumer wie Davvon lebte nicht von Auftragsarbeiten, sondern produzierte mit seiner schöpferischen Kraft, was er produzieren wollte, und verkaufte seine Werke dann bei den regelmäßig stattfindenden Produktversteigerungen in Urhanna.

Davvon lag auf der anderen Seite der transparenten Wand in einem mobilen Levitationssessel, nicht weiter als zehn Meter entfernt. Dominique sah ihn ganz deutlich: die zierliche Gestalt eines zehnjährigen Kinds, kaum größer als die zwergenhaften Turui, Beine und Rumpf kurz, die Arme dünn und lang, der Kopf im Verhältnis zum Körper viel zu groß und sicher zu schwer für den absurd dünnen Hals; er ruhte in einem Stützgerüst, das die Hals- und Schultermuskeln entlastete. Das Gesicht war das eines Mannes in mittleren Jahren und schien einem Besessenen zu gehören. Es war ständig in Bewegung, zeigte Zorn und Schmerz, Empörung, Wut, Leid, Begeisterung und Ekstase, vermischt zu einem emotionalen Amalgam, das in einer Grimasse nach der anderen Ausdruck fand. Kontaktsensoren klebten am kahlen Kopf und auch an den Händen, leiteten ihre Signale drahtlos an die Formgeber im Zentrum des Saals weiter.

Dominique beobachtete, was dort geschah. Die Formgeber und Matrizen empfingen nicht nur die von Davvons Gehirn gesendeten Signale, sondern auch Korit-Energie. Ihre Projektoren schufen ein energetisches Modell, gewissermaßen eine dreidimensionale Blaupause, die alle Konstruktionsdetails enthielt, bis hinab zum molekularen Niveau. Fertigungsscanner lasen die strukturellen Produktbeschreibungen, und ihre Datenströme wurden weitergeleitet an tronische Systeme, die die Herstellung neuer Werkstoffe und Fertigteile steuerten.

Als Dominique das Geschehen beobachtete – Montagearme, die sich scheinbar völlig unabhängig voneinander bewegten, dahinhuschende Turui, die an manchen Stellen unentwirrbare Knäuel bildeten, das dumpfe Brummen der Generatoren, die leuchtende, manchmal flackernde Korit-Energie, das Surren der Transportkanäle –, bekam sie nach und nach ein Gefühl dafür. In seinem gegenwärtigen Zustand und verbunden mit den Kontaktsensoren war der

Produktionswürfel für Davvon wie eine Erweiterung seines Körpers, wie zusätzliche Hände, Tausende von ihnen – damit gab er dem Form, was seine produktive Phantasie entwarf.

»Faszinierend, nicht wahr?«, fragte Tarweder. Dominique hatte gar nicht gemerkt, dass er an ihre Seite getreten war. Er trug wieder den Rucksack, und Kiwitt schaute heraus, gurrte leise. »Davvon zählt zu den wahren Künstlern unter den Produktiven Träumern des Zweiten Dominiums. Vielleicht ist er der Beste von allen. Und natürlich ist er süchtig.«

»Korit?«, fragte Dominique, die zu verstehen begann.

»Ja. In den anderen Dominien könnte er nicht überleben, nicht einmal so lange wie gewöhnliche Residente.«

Dominiques Blick kehrte zu Davvon zurück, der mit geschlossenen Augen in seinem Levisessel lag; der große, wie aufgeblähte Kopf ruhte im Stützgerüst. Sein Gesicht zeigte jetzt Verzückung.

»Was konstruiert er?«, fragte sie und deutete zum Modell in der Mitte des Saals. Energie glühte dort, mit der eines quasirealen Projektionsfelds vergleichbar. Die Endsegmente von Montagearmen bewegten sich dort wie die Gliedmaßen einer vielbeinigen Spinne, die ein Netz wob. Neue Teile wurden den bereits montierten hinzugefügt. Von ihrer gegenwärtigen Position aus konnte Dominique nicht das ganze Modell sehen, und auch nur einen Teil der bereits fertiggestellten Konstruktion. Es blieb ihr ein Rätsel, was dort im Zentrum der riesigen Montagehalle nach und nach Gestalt gewann.

»Ich weiß es nicht.« Tarweder sah durch die transparente Wand in den Saal und beobachtete das wie hektisch anmutende Treiben. »Sieht nach einem komplexen Aggregat aus, beziehungsweise nach einem Teil davon. Die Formgeber und Matrizen erweitern das Modell immer wieder. Das ist Davvons Spezialität: besonders komplexe Produkte. Für mein mobiles Haus hat er drei ganze Tage gebraucht.«

Sorge erwachte in Dominique. »Wie lange wird er noch beschäftigt sein?« Sie hatten auf dem Weg nach Urhanna Zeit verloren: Tarweder hatte befürchtet, dass seine junge Begleiterin ernsthaft verletzt war, und sie deshalb zu einem Gesundmacher gebracht. Der Heiler stellte keine Verletzungen fest, wohl aber tiefe Erschöpfung, und riet Tarweder, die junge Patientin schlafen zu lassen. Hätten sie den Weg direkt fortgesetzt, wären sie wie vorgesehen am Abend in Urhanna eingetroffen. Jetzt war es fast Mittag, und Davvon arbeitete schon seit einigen Stunden an seinem Produkt.

»Manchmal arbeitet er viele Stunden am Stück«, erwiderte Tarweder.

Dominique verlor das Interesse an den Vorgängen im Produktionswürfel und wandte sich ab. Unbehagen regte sich in ihr. »Wir verlieren kostbare Zeit«, sagte sie, trat zum Geländer der breiten Aussichtsterrasse und beobachtete die Stadt. Überall waren Personen, Fahrzeuge, Plattformen und Mechanismen in Bewegung. Urhanna war weitaus größer als die tote Stadt Guranta und steckte voller Leben.

Tarweder folgte ihr. »Meinst du Rupert?«

»Auch. Du hast einen Brunnen erwähnt, mit dem sich von hier aus die Große Öde im Dritten Dominium erreichen lässt. Ist er weit entfernt?

»Nicht sehr weit.«

Eine Zeit lang schwiegen sie. Dutzende von Passanten kamen vorbei, Residente des Zweiten Dominiums und Menschen aus den anderen Dominien, manche in bunte Gewänder gekleidet, andere in graue Overalls. Gelegentlich huschten Schnelle zwischen ihnen umher, schemenhafte Turui, wie Schatten, die plötzlich ein Eigenleben entwickelten. Levitatorwagen und Levitransporter brummten durch die Flugschneisen neben und über den Fußwegen der breiten Terrassen, die sich in weiten Spiralen um den dicken urbanen Kern wanden, eine ockerfarbene Säule, die weit in den wolkenlosen Himmel ragte, wie um ihn zu stützen.
 Dominiques Blick glitt zu den beiden Sonnen Adonai und

Jovis, blauweiß und rot, zwischen ihnen die Materiebrücke des »Brennenden Wegs«. Das Doppelgestirn stand dicht über dem Horizont, erinnerte Dominique an die näher rückende Zeit des Eises und Arn Hannaratts Reisegruppe.

»In nur drei Tagen erwartet uns Arn Hannaratt in Aikla bei der Singenden Schlucht, wo auch immer das ist«, sagte sie nachdenklich, ohne dabei den neben ihr stehenden Tarweder anzusehen. »Und wir haben noch gar nicht mit der Suche nach Rupert begonnen.« Sie hob die rechte Hand und rieb sich die Stirn, hinter der dumpfer Schmerz pochte.

Tarweder berührte sie an der Schulter. »Du hast viel Kraft verloren. Und der Odem setzt dir zu. Du hättest länger ruhen sollen.«

Dominique schloss die Augen, öffnete sie aber schnell wieder und hielt erneut Ausschau. Das war nur eins ihrer Probleme: Sie fand keine Ruhe mehr.

»Du fürchtest weitere Verfolger.«

»Ja«, gestand sie. »Die Eisenmänner hatten es aus irgendeinem Grund auf Rupert abgesehen, und die Dominanten wollen mich. Und sie sind in der Lage, mich selbst hier im Zweiten Dominium zu lokalisieren, so schwer ihnen das auch fallen mag, wie du sagst.« Sie rieb sich erneut die Stirn, aber der dumpfe Schmerz ließ sich nicht vertreiben. Daraufhin versuchte sie, ihn zu ignorieren.

»Wir sprechen mit Davvon. Vielleicht weiß er eine Lösung. Ich habe ihm eine Nachricht geschickt. Er wird sie empfangen und lesen, sobald er eine Pause einlegt.«

Dominique schloss die Hände ums Geländer, erinnerte sich an den Dominanten, der sie fast in seine Phase gezogen hätte, und an den Traum.

»Ich habe von meiner Mutter Loana geträumt«, sagte sie und sah einem vorbeischwebenden Levitransporter nach. An den Fenstern sah sie die Gesichter von Menschen und anderen Geschöpfen. »Sie war alt, stand in den Flammen eines brennenden Hauses und bat mich, sie nicht im Stich zu lassen.«

»Und was hast du in dem Traum gemacht?«

»Zuerst bin ich weggelaufen, weil ich die Hitze und die Schmerzen nicht ertrug«, sagte Dominique langsam und lauschte dabei dem Klang der eigenen Stimme. »Dann wiederholte sich die Szene, und ich bin zu ihr geeilt, direkt hinein ins Feuer. Sie starb trotzdem.« Dominique zögerte kurz. »Sie wollte mir etwas Wichtiges sagen. Über meinen Vater Dominik und Heres. Wie konnte sie von Heres wissen?«

»Es war ein Traum«, sagte Tarweder sanft. »Du selbst hast das Bild deiner Mutter geschaffen. Du warst es, die aus ihr gesprochen hat.«

»Ich weiß nicht ... Warum war sie alt? Sie meinte, sie hätte über achtzig Jahre auf ein Zeichen von mir gewartet. Warum sollte ich ihr solche Worte in den Mund legen? Ich habe auch dich gesehen, und du hast wieder gesagt: ›Du musst mir helfen.‹ Wobei soll ich dir helfen, Tarweder?«

Für ein oder zwei Sekunden gewann Dominique den Eindruck, dass sich Tarweders Gesicht ebenso schnell veränderte wie das des Produktiven Träumers Davvon. Die Falten schienen sich von allein zu bewegen, alle unabhängig voneinander, und für den Hauch eines Augenblicks glaubte sie, Verzweiflung zu erkennen. Dann verdrängte Verwirrung alles andere.

»Träume können sehr seltsam sein«, sagte der Weise. »Und nicht immer haben sie eine Botschaft.«

Tarweders Stimme hatte bei diesen Worten einen seltsamen Klang, und Dominique musterte ihn, suchte in seinem Gesicht nach Hinweisen.

Was auch immer Dominique vielleicht in den faltigen Zügen des alten Mannes oder in seinen graugrünen Augen erkannt hätte – es löste sich auf, bevor sie einen Blick darauf werfen konnte. Dominique sah wieder über die Terrassen von Urhanna, beobachtete den Verkehr und die vielen Passanten. Das Gefühl, einen kostbaren Moment nicht

 richtig genutzt zu haben, löste sich schnell auf, wie die Bilder eines Traums, die nach dem Erwachen immer mehr an Kontrast verloren.

Sie deutete zum Doppelgestirn. »Ich nehme an, die Zeit des Eises ist auch hier im Zweiten Dominium nicht fern. Aber die hiesigen Menschen scheinen sich nicht auf den Weg zu einem sicheren Refugium machen zu wollen.«

Wieder huschte etwas durch Tarweders Gesicht, ein Schatten von Erleichterung und gleichzeitig auch von Hoffnungslosigkeit. Kiwitt gurrte, kletterte aus dem Rucksack auf die Schulter des Alten.

»Hier sind es noch etwa drei Monate bis zur Zeit des Eises«, sagte Tarweder. Er trat neben Dominique ans Geländer. Ein Windstoß erfasste sein langes grauweißes Haar, und es bewegte sich fast so wie der silberne Schopf des Dominanten. »Die Nichtresidenten werden das Zweite Dominium bald verlassen, zumindest diejenigen, die sich nicht auf Dauer hier niederlassen wollen. Für die Residenten des Zweiten Dominiums stellt die Zeit des Eises keine so große Gefahr dar wie für die Bewohner der anderen Dominien, denn sie haben Technik und Energie, um sich zu schützen. Die toten Städte bleiben weitgehend sich selbst überlassen, aber Urhanna und die anderen Metropolen bekommen Wärmeschilde, die Kälte, Eis und Schnee von ihnen fernhalten. Gefährlich wird die Zeit des Eises hier nur für jene, die aus welchen Gründen auch immer gezwungen sind, den Schutz der Städte zu verlassen und zu reisen. Selbst für den Fall, dass die Wärmeschilde versagen, ist vorgesorgt. Unter Urhanna und den übrigen bewohnten Städten gibt es große Hibernationsräume, deren Technik zuverlässiger ist als die im Ersten und Dritten Dominium. Alle Schläfer überleben.«

»Warum machen sich Leute wie Arn Hannaratt auf den Weg nach Zontra, um dort Schutz vor der Zeit des Eises zu suchen?«, fragte Dominique. »Warum kommen sie nicht hierher und …« Sie begriff ihren Denkfehler. »Ich verstehe. Sie wären der Korit-Energie lange genug ausgesetzt, um hier ›Wurzeln zu schlagen‹, nicht wahr?«

»Ja.«

Die Aussichtsterrasse vor der transparenten Wand des Produktionswürfels war mit den anderen Terrassen, Plattformen und Verkehrskorridoren der Stadt Urhanna verbunden, und es herrschte ein ständiges Kommen und Gehen. Bisher war es ein mehr oder weniger gleichförmiger Personenfluss gewesen, zum größten Teil bestehend aus Neugierigen, die den berühmten Davvon bei der Arbeit sehen wollten. Doch jetzt kam es plötzlich zu Unruhe, und aus dem bis dahin ruhig dahinfließenden Menschenstrom wurde ein hektisches Durcheinander. Kräftig gebaute Gestalten in uniformartiger Kleidung bahnten sich nicht sehr sanft einen Weg durch das Gedränge und stießen Leute, die nicht zur Seite wichen, mit kurzen schwarzen Stäben an. Beim Kontakt mit den Stäben gaben die Getroffenen erschrockene und schmerzerfüllte Schreie von sich und machten schnell Platz.

»Schockstäbe?«, fragte Dominique, die das Treiben vom Geländer aus beobachtete.

»So könnte man sie auch nennen«, erwiderte Tarweder neben ihr. Kiwitt gurrte erneut und kletterte in den Rucksack zurück. »Es sind Warner. Sie verwenden elektrische Energie, die sie aus Korit-Körnern beziehen.«

Kurz darauf bemerkte Dominique einen spindeldürren Mann, der einen langen, smaragdgrünen Mantel trug. Wenn nicht das blaue Haar gewesen wäre, hätte sie diesen Mann für den gleichen Ressourcenmacher gehalten, dem sie im Dritten Dominium begegnet waren, in Calanto, auf der Straße zwischen den neunzehn Hügeln. Er trug die Haare ebenfalls zu einem Zopf gebunden und ging mit langen Schritten, als gehörte die ganze Welt ihm. Auch in seinem Gesicht zeigte sich ein pockennarbiges Muster. Das Kinn stand ein wenig vor, und die Haut spannte sich über hohen Jochbeinen. Umringt von seinen Leibwächtern mit den Schockstäben beziehungsweise Warnern trat er zur transparenten Wand und blickte ins Innere des Produktionswürfels. Er sprach mit hoher Stimme, doch seine Worte verloren sich im allgemeinen Stimmengewirr.

»Ein Ressourcenmacher«, murmelte Dominique. »Du hast mir gesagt, dass sie die Herren des Zweiten Dominiums sind und noch weit über den Zeit-, Glück- und Gesundmachern stehen.«

»Ja.«

»Sie machen Ressourcen. Was genau bedeutet das?«

»Sie nutzen ihre besondere Gabe, um die Energie dieser Welt kondensieren zu lassen. Sie schaffen Korit.«

Dominique hatte etwas in dieser Art vermutet. Menschen mit besonderen Fähigkeiten, die das Flix oder einen Teil davon nutzen, kanalisieren und speichern konnten. Winford, Pina und Halaila kratzten eigentlich nur an dieser Kraft, die Dominique bei der Konfrontation mit dem Dominanten im Zug auf sehr schmerzhafte Weise erlebt hatte. Die Ressourcenmacher hingegen waren imstande, die Energie des Flix festzuhalten und ihr Substanz zu geben, sodass sie zur Energiequelle technischer Systeme werden konnte.

Der große, dürre Ressourcenmacher im grünen Mantel wandte sich von der transparenten Wand ab und ging weiter. Die Leibwächter schufen mit ihren schwarzen Schockstäben Platz für seine langen Schritte. Wieder entstand ein Durcheinander, das die Aufmerksamkeit vieler Passanten auf sich zog, und genau in diesem Augenblick sah Dominique aus dem Augenwinkel eine Bewegung, die sie befürchtet hatte: ein kurzes Flirren wie von heißer Luft.

Sie ergriff Tarweder am Arm und zog ihn mit sich. »Wir müssen fort von hier!«

»Was ist los?«

»Ein Dominanter ist in der Nähe.«

Tarweder sah sie an und stellte ihre Worte nicht infrage. »Komm«, sagte er nur und eilte überraschend flink in die Richtung, in die auch der Ressourcenmacher unterwegs war. Trotz seines Alters ging er so schnell, dass sich Dominiques Hand von seinem Arm löste und sie Mühe hatte, ihm durch den Strom der Passanten zu folgen. Fremde Gerüche schlugen ihr entgegen, als sie an den anderen Menschen vorbeikam, an Residenten und Besuchern aus den anderen Dominien. Sie hörte Gesprächsfetzen, sah bunte Kleidung, glitzernden Schmuck und seltsam anmutende Geräte, doch nur ein kleiner Teil ihrer Aufmerksamkeit galt diesen Dingen. Immer wieder blickte sie über die Schulter und hielt nach Hinweisen auf die Präsenz eines Dominanten Ausschau: einem vagen Wabern oder Menschen, die vielleicht gegen ein unsichtbares Hindernis stießen. Sie lauschte über die dünne Verbindung zum Tal-Telas, nahm aber weder etwas in Delm noch in den anderen Stufen wahr. Was nicht viel bedeutete.

»Hier entlang«, schnaufte Tarweder und führte Dominique über einen kaum zehn Meter breiten Weg, der in einer weiten Kurve zum ockerfarbenen urbanen Kern von Urhanna führte. Dort waren weniger Leute unterwegs, und sie kamen schneller voran. Aber das bedeutete auch, dass der Verfolger weniger Mühe hatte, zu ihnen aufzuschließen.

Vor der Säule des urbanen Kerns verbreiterte sich der Weg, und Dominique sah mehrere eiförmige Transportkapseln, die an fingerbreiten silbernen Leitstreifen auf Passagiere warteten. Bei einigen von ihnen schlossen sich gerade die Türen, und die betreffenden Kapseln setzten sich sofort in Bewegung.

Es trennten sie noch einige Meter von der letzten Kapsel, als sich auch bei ihr die Tür zu schließen begann.

»Halt!«, rief Tarweder. »Wartet auf uns.«

Dominique sprintete los und erreichte die Tür, bevor sie sich ganz geschlossen hatte. Sie zwängte sich in die schmale Öffnung, und eine Sicherheitsautomatik sorgte dafür, dass die Tür wieder aufglitt. Zwei, drei Sekunden später war auch Tarweder heran, und Dominique zog ihn in die Kapsel. Die Tür schloss sich, und die Kapsel setzte sich in Bewegung. Sie beschleunigte, ohne dass in ihrem Innern etwas davon zu spüren war, sauste nach oben und folgte dabei dem Verlauf des silbernen Leitstreifens.

Tarweder ließ sich schwer atmend auf einen der noch freien Sitze sinken, direkt neben einer sehr dicken Frau, die ihm kaum Platz ließ. Sie trug ein weites, besonders farbenprächtiges Gewand, und große Ringe steckten an ihren wurstartigen Fingern. »Als ob es nur diese eine Kapsel gäbe«, sagte sie und schüttelte den Kopf.

Dominique fühlte die neugierigen Blicke der anderen Passagiere auf sich ruhen – es erstaunte die Männer und Frauen, dass sie keine sichtbaren Male hatte –, aber sie achtete nicht darauf und blickte aus dem Fenster. Waren sie dem Verfolger entkommen? Oder befand er sich hier in dieser etwa fünfzehn Quadratmeter großen Kapsel, die am urbanen Kern von Urhanna emporraste? Nach einigen Sekunden drehte sich Dominique um und musterte die Männer und Frauen, die sich leise unterhielten. Verbarg sich jemand zwischen ihnen, unsichtbar, in einer anderen Phase?

Die Dicke seufzte immer wieder theatralisch und schien Tarweders Nähe als Belästigung zu empfinden. Auf der anderen Seite leistete ihr ein kleiner, schmächtiger Mann Gesellschaft, und an seiner Kleidung bemerkte Dominique Symbole, die sie bei Pina gesehen hatte. Ein Glückmacher? Er schien der Partner der Dicken zu sein, und die anderen Passagiere respektierten ihn offenbar so sehr, dass sie gleich zwei Plätze neben ihm frei gelassen hatten. Vielleicht war das die Erklärung für das hochmütige, arrogante Gebaren der dicken Frau: Durch die Verbindung mit dem kleinen Mann fühlte sie sich allen anderen überlegen. Oder war auch sie eine Glückmacherin? Dominique erinnerte sich daran, dass auch Pina so große Ringe an den Fingern trug.

Die Kapsel hielt mehrmals, und jedes Mal stiegen Passagiere aus. Schließlich blieben nur noch das ungleiche Paar sowie Tarweder und die noch immer am Fenster stehende Dominique übrig, die ihren Blick mehrmals umherstreichen ließ, ohne ein verdächtiges Flirren zu entdecken. Als die Kapsel erneut langsamer wurde, stemmte sich die Dicke ächzend hoch, und der kleine Mann an ihrer Seite stand ebenfalls auf. Als die Tür aufglitt, trat der Mann sofort nach draußen, doch die beleibte Frau zögerte, runzelte die Stirn und musterte erst Tarweder und dann Dominique.

»Dies ist die letzte Station vor der Privilegschwelle«, sagte sie.

»Ja.« Tarweder erhob sich, ging aber nicht zur Tür, sondern zur Konsole daneben. Er holte ein rundes Objekt hervor, das für Dominique wie eine Münze aussah, schob es in einen Schlitz und presste die linke Hand auf eine Glasfläche. Ein Lichtstrahl erschien und tastete die Finger ab.

Es summte, und der runde Gegenstand kam wieder aus dem Schlitz. Tarweder nahm ihn und steckte ihn ein. Die Leuchtanzeige über der Konsole wechselte von Gelb zu Blau.

Die Dicke stand noch immer in der Tür.

Tarweder wandte sich ihr zu. »Wir würden die Fahrt gern fortsetzen.«

»Aber ...«

»Der Produktive Träumer Davvon erwartet uns.«

»Davvon ...« Die Frau war so verblüfft, dass sie einen Schritt zurückwich. Die Tür schloss sich, und die Kapsel glitt wieder nach oben.

Dominique hatte aufmerksam Ausschau gehalten, nicht nur mit den Augen, sondern auch im Tal-Telas, und sie war ziemlich sicher, dass kein getarnter Dominanter hereingekommen war.

»Für manche Menschen bedeutet Status alles«, sagte Tarweder und nahm wieder Platz. »Damit zeigen sie, wie klein im Geiste sie sind.«

Dominique setzte sich ebenfalls und lauschte einige Sekunden lang dem Summen der Kapselmotoren. Inzwischen mussten sie sich mehrere Kilometer über dem Boden befinden; Wolkenfetzen strichen an den Fenstern vorbei. Dominiques Blick huschte immer wieder hin und her. *Wenn ich so weitermache, wird aus Vorsicht Paranoia,* dachte sie.

»Wir sind gleich da«, sagte Tarweder und sah auf die Anzeige des Konsolendisplays.

»Wo sind wir gleich?«

»Bei Davvons Residenz.« Der Alte griff in eine der Taschen seines Overalls und holte ein Gerät hervor, das gewisse Ähnlichkeit mit einem Kom-Servo aufwies. »Davvon hat meine Nachricht gelesen und bittet uns, in seinem Domizil auf uns zu warten.«

»Sind wir dort sicher? Wie lange müssen wir warten?«

Die Kapsel wurde langsamer und hielt an. Die Tür glitt auf, und dahinter erstreckte sich keine offene Terrasse oder Plattform, sondern ein Tunnel mit durchsichtigen Wänden. »Ohne Davvons Mitteilung hätten wir ebenfalls an der Privilegschwelle aussteigen müssen«, sagte Tarweder, stand auf und ging zur Tür. »Dann wäre der dünkelhaften Gattin des Glückmachers eine peinliche Überraschung erspart geblieben.«

Er lächelte, und aus irgendeinem Grund war sein Lächeln ansteckend. Dominique schmunzelte, als sie ebenfalls die Kapsel verließ. Decke und Boden des Tunnels bestanden aus dem gleichen ockerfarbenen Material wie der urbane Kern. Sie blickte zur Seite und sah die geschwungenen Terrassen der Stadt tief unter sich, teilweise unter Wolken verborgen. Irgendwo dort unten suchte mindestens ein Dominanter nach ihr.

»Er wird mich finden, selbst hier oben«, sagte sie, und die Sorge kehrte zurück. »Der Dominante kann mich irgendwie lokalisieren.«

»Ohne Autorisierung dürften die Privilegschranken selbst für einen Dominanten schwer zu überwinden sein. Dieser Bereich ...« Tarweder vollführte eine Geste, die der Spitze des urbanen Kerns galt. »... ist den Meriten vorbehalten, jenen Residenten, die sich in besonderem Maße um das Zweite Dominium verdient gemacht haben. Hier gibt es Vorrichtungen und Apparaturen alle Art, die allein dem Zweck dienen, die Privatsphäre der Privilegierten zu schützen.«

Am Ende des Tunnels blieb Tarweder vor einer Sensortafel stehen, die seine biometrische Signatur maß und analysierte, wie Dominique vermutete. Eine Tür öffnete sich und führte in eine Art Foyer mit gedämpftem Licht und leiser Hintergrundmusik. Der urbane Kern durchmaß an dieser Stelle immer noch etwa hundert Meter, und die Halle reichte von einer Seite zur anderen. Wasser plätscherte irgendwo, und als Tarweder über die glitzernden Fliesen ging, erklangen bei jedem Schritt leise, glockenartige Töne, die sich zu einer Melodie aneinanderreihten.

»Jeder bringt seine eigene Musik mit«, sagte er. »Individuell und unverwechselbar.«

Dominique widersprach nicht, obwohl sie zumindest eine Methode kannte, derartigen Kontrollsystemen eine falsche Identität vorzugaukeln: mit einem entsprechend programmierten Bionenanzug von Millennia, der die Bewegungsmuster einer bestimmten Person nachahmte.

Sie kamen an mehreren aus üppigen Pflanzen bestehenden grünen Inseln vorbei und passierten in der Mitte des Foyers einen Tresen, hinter dem drei uniformierte Bedienstete standen. Sie grüßten Tarweder respektvoll, und einer von ihnen – ein Mann fast so klein wie der Partner der korpulenten Frau – eilte zu ihnen und führte sie zu einem Aufzug.

»Wir sind sehr erfreut, dass Sie uns erneut besuchen«, sagte der Bedienstete, als die Liftkabine sie nach oben trug. »Beabsichtigen Sie, länger zu bleiben?«

»Nein, leider ist meine Zeit begrenzt, Garvoi«, erwiderte Tarweder, der den kleinen Mann gut zu kennen schien. »Ich bin nur gekommen, um Davvon um einen kleinen Gefallen zu bitten. Ich nehme an, er hat Sie benachrichtigt?«

»Ja. Ihnen stehen alle Zimmer zur Verfügung.«

»Danke.« Der Lift hielt an, und die Tür glitt beiseite. Dahinter erstreckte sich ein kurzer Gang, der an einem Portal endete. Garvoi eilte zu den Kontrollen daneben und betätigte sie mit flinken Fingern, woraufhin sich die einzelnen Segmente des Portals beiseiteschoben.

»Da fällt mir ein …«, sagte Tarweder und hob den Zeigefinger an die Lippen.

»Ja?«, fragte Garvoi diensteifrig.

»Unten in der Stadt hat jemand meiner Begleiterin nachgestellt. Er scheint einen Tarnanzug zu tragen, und wir befürchten, dass er versuchen könnte, uns hierher zu folgen.«

Der kleine Mann atmete tief durch und versuchte, etwas größer zu werden. »Ich werde unverzüglich maximale Sicherheit veranlassen.«

»Danke.«

Der Bedienstete verschwand im Lift, und die Tür schloss sich. Dominique ließ sich von Tarweder in Davvons Wohnung führen.

»Ich finde es erstaunlich, wie leicht du Zugang zum Domizil des besten Produktiven Träumers des Zweiten Dominiums bekommst«, sagte sie. »Und das obwohl Privilegierte wie er großen Wert auf ihre Privatsphäre legen, wie du selbst gesagt hast.«

Tarweder schloss das Portal. »Eigentlich ist es gar nicht so erstaunlich. Davvon ist mein Sohn.«

Der Krieg: XIV

16. Januar 1197 ÄdeF

Das Konzil der Überlebenden existierte seit fast sechzig Jahren, aber seit neun Jahren bildete es die Regierung des Dutzends, zu der auch Vertreter des Oberkommandos der Streitkräfte gehörten. Nektar stand vor den Personen, die die beiden Aspekte des Konzils, den zivilen und den militärischen, am besten repräsentierten: Abnar, Taruf und Vorsitzender des Konzils, sowie Vantoga, Quinqu von Kalaho und Impro der Streitkräfte.

»Ich bitte Sie, Ihre Entscheidung noch einmal zu überdenken«, sagte Nektar und versuchte, seine Gedanken zu ordnen.

Vantogas bunt schillernde Schwingen knisterten, als er sie noch ein wenig enger zusammenfaltete. Nektar fragte sich, was das bedeutete. Einmal mehr bedauerte er, nicht mit der Gestensprache der Quinqu vertraut zu sein.

Die Antwort kam nicht von Vantoga, sondern vom Taruf Abnar. »Wir haben alle Situationsaspekte in Erwägung gezogen, *Lanze* Nektar«, sagte er und betonte den Rang. »Seit siebzehn Jahren vermeiden Sie es, befördert zu werden, weil sie befürchten, dann nicht mehr an Kampfeinsätzen teilnehmen zu können. Ihr Psychoprofil lässt in dieser Hinsicht eine gewisse Besessenheit erkennen.«

Nektar musterte den Taruf, aber es war schwer, den
 Gesichtsausdruck einer Person zu deuten, die keine Augen

hat, sondern einen Rezeptorwulst. »Besessenheit?«, wiederholte er vorsichtig.

»Sie halten sich für unsterblich«, sagte Abnar.

»Nein.« Nektar schüttelte den Kopf. »Nein, ich ...«

»Sie halten sich für unsterblich, bis Sie einen großen Sieg über die Graken erringen«, erklang Vantogas zirpende Stimme. Seine Flügel erzitterten kurz. »Jedes Individuum hat das Recht auf seinen speziellen Glauben, aber in Ihrem Fall liegen die Dinge ein wenig anders. Wir brauchen Sie, Lanze Nektar. Sie sind so wichtig für uns geworden, dass wir nicht riskieren wollen, Sie zu verlieren. Und deshalb bleiben wir dabei: Sie werden auf Dauer hierher nach Kalaho versetzt und übernehmen die Leitung der Strategischen Planungsgruppe, *Prior* Nektar.«

Es hatte falsch geklungen, als Nektar es zum ersten Mal gehört hatte, und es klang auch jetzt falsch. Er öffnete den Mund, um erneut zu protestieren, aber Abnar kam ihm zuvor.

»Wir brauchen Ihr strategisches und taktisches Geschick«, sagte er. Seine Stimme kam aus einem biotronischen Linguator an seinem Hals. »Ein außerordentlich hoher Prozentsatz Ihrer Einsätze ist erfolgreich gewesen, Prior. Stellen Sie Ihr besonderes Geschick nicht in den Dienst einzelner Missionen, sondern des ganzen Krieges gegen die Graken. Vielleicht können Sie auf diese Weise den großen Sieg erringen, von dem Sie seit vielen Jahren träumen.«

»Es ist kein Traum. Ich ...«

Vantoga breitete seine Schwingen halb aus. »Jeder von uns muss Opfer bringen, Prior Nektar. Ihr Opfer besteht darin, in Sicherheit zu sein, während andere kämpfen. Die Entscheidung ist gefallen, und ich erwarte von Ihnen, dass Sie sich Ihrem neuen Aufgabenbereich mit dem gleichen Engagement widmen, das Sie bisher gezeigt haben. Ich betone es noch einmal: Wir brauchen Sie.«

Nektar seufzte und nickte. »Ich verstehe.«

Abnar stand auf. »Da wäre noch etwas: Statten Sie Medikerin Serena einen Besuch ab, bevor Sie mit Ihrer neuen Arbeit beginnen.«

»Medikerin Serena? Ich bin weder krank noch verletzt.«

»Ein Gespräch kann Ihnen bestimmt nicht schaden, Prior Nektar.«

Unten erstreckte sich ein Lichterteppich in der Dunkelheit: Hiratara, Hauptstadt von Kalaho, trug ihr glitzerndes Nachtgewand. Der langsam fließende Toran reflektierte den Schein Tausender Lampen, bildete ein silbernes Band, das die Metropole in zwei Hälften teilte. In der Ebene, bei den großen Türmen der Quinqu, glühten ebenfalls zahlreiche Lichter.

»Gefällt Ihnen der Anblick?«, erklang eine ruhige Stimme hinter Nektar.

»Ja. Es wirkt alles so friedlich.«

»Der Schein trügt, wie wir wissen.«

Nektar drehte sich um. Wie die Praxis einer Medikerin wirkte dieses Zimmer gewiss nicht, eher wie ein gemütlich eingerichteter Salon mit Topfpflanzen und einer zum Ausruhen einladenden Sitzecke. Serena hatte in einem Sessel Platz genommen: eine ältere, würdevolle Frau mit grauen Strähnen im Haar und sehr wachen Augen, die in ihrem auffallend schlaffen Gesicht fehl am Platz wirkten. Nektar hatte die Medikerin auf den ersten Blick als Lobotome erkannte. *Ja,* dachte er. *Der Schein trügt. Auch bei Ihnen.* Erscheinungsbild, Haltung, Gebaren, Körpersprache und Rhetorik: Alles diente dem Zweck, Vertrauen zu erwecken, Spannungen abzubauen.

»Seit einer Viertelstunde sind Sie bei mir und geben sich alle Mühe, mich nicht anzusehen und mir nicht zu nahe zu kommen«, sagte die Medikerin. »Glauben Sie, ich hätte eine ansteckende Krankheit?«

»Dies ist Zeitverschwendung.«

»Sie haben viel Leid gesehen, nicht wahr?«, fragte Serena, und dabei klang ihre Stimme noch sanfter. »Fremder

Schmerz schuf ein Echo in Ihnen, und manchmal war der Widerhall stärker als die ursprüngliche Qual. Irgendwann beschlossen Sie, auf Freundschaften zu verzichten. Um nicht mehr zu leiden, wenn Sie Freunde verloren.«

»Woher wissen Sie das?«, fragte Nektar erstaunt.

»Es geht nicht nur Ihnen so. Viele teilen ihr Schicksal. Wir Lobotomen sind die extreme Konsequenz. Ich habe mir meine Gefühle herausoperieren lassen, um das Leid zu besiegen.«

»Hat es funktioniert?«, fragte Nektar und spürte, wie fast gegen seinen Willen Interesse in ihm erwachte.

»Es macht vieles einfacher«, sagte Serena. »Warum setzen Sie sich nicht?«

Nektars Beine schienen sich von ganz allein in Bewegung zu setzen, und wenige Sekunden später saß er der Medikerin gegenüber auf der anderen Seite des Tisches. Zum ersten Mal sah er Serena richtig in die Augen und erkannte dort etwas, mit dem er nicht gerechnet hatte: Verständnis.

»Bitte helfen Sie mir«, sagte er plötzlich.

Serena wölbte andeutungsweise die Brauen. »Wobei?«

»Helfen Sie mir, Abnar und Vantoga davon zu überzeugen, dass sie die falsche Entscheidung getroffen haben.«

»Warum sind Sie so sicher, dass sie falsch ist?«

Nektar sah die Medikerin an und versuchte, einen deutlicheren Eindruck von ihr zu gewinnen. »Ich sitze nicht gern an Schreibtischen«, sagte er nach einigen Sekunden der Stille. »Ich bin ein Mann der Tat.«

Serena lehnte sich zurück, ohne den Blick von ihm abzuwenden. »Denken Sie oft an Ihre Mutter?«

Nektar seufzte. »Beginnt jetzt die Psychoanalyse?«

»Ich möchte Sie besser kennenlernen.« Serenas Stimme klang noch immer ruhig und sanft. »Ich habe mich natürlich über Sie informiert. Ich weiß von Ihrem Werdegang in den Streitkräften der Koalition. Ihre Erfolge sind bemerkenswert. Sie haben sich den Ruf eines außerordentlich talentierten Strategen und Taktikers erworben.«

Nektar stand auf. »Glauben Sie, mich mit ein wenig Lob redseliger machen zu können? Ich brauche keinen psychologischen Beistand.« Er ging zur Tür.

»Warum sind Sie mir gegenüber so feindselig, Prior Nektar?«, fragte Serena hinter ihm, und es klang fast verletzt. »Ich habe Ihnen nichts getan. Ich versuche nur, meine Pflicht zu erfüllen, so wie Sie die Ihre erfüllen müssen.«

Nektar blieb vor der Tür stehen, drehte sich um und kehrte zur Sitzecke zu. Nach kurzem Zögern nahm er erneut Platz. »Bitte entschuldigen Sie.«

»Ich habe keine eigenen Gefühle mehr, aber ich versichere Ihnen: Ich weiß, wie Sie sich fühlen. Sie glauben, dass man Ihnen Ihr Schicksal stiehlt.«

»Es ist nicht richtig, dass ich hier auf Kalaho bin, in Sicherheit, während dort draußen in jeder verstreichenden Sekunde tapfere Soldaten sterben.«

Serena nickte langsam. »Das ist ein Grund. Aber es geht um mehr. Es geht um Ihre Zukunft, beziehungsweise um das, was Sie sich immer als Ihre Zukunft vorgestellt haben. Erzählen Sie mir von Ihrer Mutter. Bitte.«

Nektar blickte auf seine Hand hinab, erinnerte sich an das Blut und begann zu erzählen. Die ersten Worte kamen stockend, doch schon bald folgten sie schneller aufeinander. Tief in Nektar öffnete sich etwas, das lange verschlossen gewesen war. Er erzählte nicht nur von Enschall und seiner Mutter, sondern auch von Jumor, von Gregor, Xana, Hilliot und Mel, vor allem von Mel, von ihren Augen und Lippen, von ihrer Stimme und ihren Umarmungen. Siebenundzwanzig Jahre lagen die Ereignisse im Tailibur-System zurück, und in all diesen Jahren war nicht ein Tag vergangen, an dem er nicht an Mel gedacht hatte.

»Sie fehlt Ihnen sehr, nicht wahr?«, fragte Serena voller Anteilnahme.

Nektar horchte in sich hinein. Die Worte klangen banal angesichts der grässlichen Leere, die Mels Verschwinden in ihm hinterlassen hatte. Der Schmerz war noch immer da, nach all den Jahren.

»Ja«, sagte er schlicht.

»Und nach Mel hat es keine andere Frau in Ihrem Leben gegeben.«

Nektar schüttelte den Kopf und merkte erst dann, dass es keine Frage gewesen war.

»Sie wandeln auf einem schmalen Grat, Prior Nektar«, sagte Serena.

Er richtete einen verwunderten Blick auf sie.

»Rechts und links davon gähnen emotionale Abgründe«, fuhr die Medikerin fort. »Sie setzen entschlossen einen Fuß vor den anderen, und das Ziel, das Sie sich als Knabe gesetzt haben, hilft Ihnen dabei, das Gleichgewicht zu bewahren und nicht zu stürzen. Der ›große Sieg über die Graken‹, den Sie immer wieder erwähnt haben, hilft Ihnen, nicht ins Straucheln zu geraten. Er ist der Anker Ihres Lebens. Er half Ihnen, über den Verlust des Vaters und insbesondere der Mutter hinwegzukommen. Er half Ihnen bei der militärischen Ausbildung, bei den Konflikten mit Benjo, Hilliot und den anderen. Irgendwann beschlossen Sie, auf Freunde zu verzichten; dadurch bestand nicht mehr die Gefahr eines neuen Verlustes, der den alten Schmerz zurückgebracht hätte. Die einzige wirklich glückliche Zeit Ihres Lebens haben Sie mit Mel verbracht, und seitdem sind Sie noch mehr auf Ihr Ziel konzentriert. Der schmale Grat ist noch schmaler geworden, aber Sie gehen schneller und fürchten alles, das Sie aufhalten könnte.«

Nektar merkte, dass er wieder stand, ohne sich daran zu erinnern, aufgestanden zu sein.

»Sie versuchen, sich mit anderen Mitteln zu einem Lobotomen zu machen, Nektar«, sagte Serena und erhob sich ebenfalls. »Und dadurch sind Sie auf dem besten Wege, zu einem Besessenen zu werden. In den vergangenen Jahren haben Sie sich beim Kampf gegen die Graken immer größeren Gefahren ausgesetzt und dabei beachtliche Erfolge erzielt. Sie glaubten, nicht sterben zu können und erfolgreich sein zu *müssen*, da sich Ihr Schicksal noch nicht erfüllt hat. Aber vielleicht hatten Sie einfach nur Glück, Nektar. Ihre Risikobereitschaft wuchs, weil Sie sich selbst beweisen wollten, recht zu haben. Doch irgendwann wird ein kritischer Punkt erreicht, und wir können es uns nicht leisten, Sie zu verlieren. Ihr Talent ist für die Planungsgruppe zu wichtig.«

Nektar verstand. »Sie stecken dahinter, nicht wahr? Die Versetzung hierher habe ich Ihnen zu verdanken!«

»Ich spreche Empfehlungen aus«, sagte Serena sanft.

Nektar wandte sich erneut der Tür zu.

»Bevor Sie gehen ...«, hörte er hinter sich die Stimme der Medikerin. »Bitte erlauben Sie mir, eine letzte Bitte an Sie zu richten. Denken Sie über meine Worte nach. Blicken Sie nach innen, ganz tief nach innen, und schauen Sie sich genau an, was Sie dort sehen.«

Er wusste, was er dort sehen würde: die Hand eines Knaben, aus der Blut rann.

15

Verfolger

Heres

Fast zwei Stunden vergingen, für Dominique eine quälend lange Zeit. Sie verbrachte sie damit, durch die große Wohnung zu wandern, die sich an der Außenwand des urbanen Kerns von Urhanna erstreckte – alle Zimmer verfügten über große Panoramafenster mit atemberaubendem Ausblick –, und sich immer wieder die vielen Einrichtungsgegenstände anzusehen, deren Zweck nicht immer ersichtlich war. Abgesehen von einem Mobiliar, das sich durch sanfte Rundungen auszeichnete, gab es zahlreiche Kunstobjekte, die meisten von ihnen Gemälde, die wirre Farben und Formen zeigten, und Statuen aller Größen, offenbar Phantasiegeschöpfen nachempfunden. Hinzu kamen technische Gegenstände, wie Dominique sie noch nie zuvor gesehen hatte. Einmal nahm sie einen Apparat zur Hand, legte ihn aber schnell wieder beiseite, als Tarweder sie davor warnte, damit herumzuspielen. Der Alte kannte die Wohnung gut und erklärte ihr dies und das, aber Dominique hörte kaum hin, blieb immer wieder an einem der großen Fenster stehen und sah nach draußen, ließ den Blick in die Ferne schweifen. Sie sah die Turm- und Terrassenstädte des Zweiten Dominiums und versuchte, sich einen Verbund aus vier Welten vorzustellen oder vielleicht aus fünf.

Nach einer guten Stunde bekam sie Kopfschmerzen und massierte sich immer wieder die Schläfen, während sie ihre unruhige Wanderung fortsetzte. Es lag vermutlich nicht nur an äußeren Einflüssen wie dem Odem, sondern auch an der unablässigen inneren Anspannung. Dominique hasste es untätig zu warten, während mindestens ein Dominanter nach ihr suchte – und sie früher oder später finden würde. Hinzu kam das deutliche Gefühl, dass ihr die Zeit wie Sand zwischen den Fingern zerrann. Kiwitt begleitete sie eine Zeit lang, als sie durch die einzelnen Zimmer ging, aber sie schenkte ihm ebenso wenig Beachtung wie Tarweder.

»Vielleicht solltest du dich hinlegen und schlafen«, sagte er irgendwann. »Du hast dich noch nicht erholt.«

Dominique antwortete nicht, rang mit ihrer Unruhe, dachte an Rupert und fragte sich zum tausendsten Mal, ob es tatsächlich ein fünftes Dominium gab, einen Ort, an dem die Kantaki damals Zuflucht gesucht hatten.

Als Davvon schließlich eintraf, war sie fast enttäuscht, dann sie hatte sich Befreiung von dem zunehmenden Druck in ihrem Innern erhofft. Doch es änderte sich nichts an ihrer prickelnden Nervosität und Unruhe. Alles in ihr drängte danach, die passive Rolle aufzugeben und wieder zum bestimmenden Faktor des Geschehens zu werden. Doch die Umstände legten ihr immer wieder Fesseln an, die sie nicht zerreißen konnte.

Davvon schwebte mit seinem Levitationssessel herein, landete am Fenster des Salons und neigte den Sessel so, dass sein Rücken senkrecht war und die Füße den Boden fast berührten. Zwei Personen hätten kaum unterschiedlicher sein können als er und Tarweder, und Dominique fragte sich nach dem Grund für die krassen physischen Unterschiede zwischen Vater und Sohn. Der Odem, vermutete sie. Der mutative Einfluss, der vom Berg der Dominanten bei Zontra ausging.

Sie blieb abseits, und selbst Kiwitt schien bestrebt zu sein, Tarweder und Davvon eine angemessene Privatsphäre zu gewähren. Doch nachdem das leise Gespräch zwischen

Vater und Sohn schon fast eine halbe Stunde gedauert hatte, hielt Dominique es nicht länger aus und trat zu ihnen.

»Tarweder, Davvon ... Es tut mir leid, euch zu stören, aber die Zeit drängt.« Kiwitt gurrte und schien Dominiques Worte damit bestätigen zu wollen.

Der Alte richtete sich auf, und die kleine, zierliche Gestalt im Levisessel deutete ein Nicken mit dem im Stützgerüst ruhenden Kopf an. So kindlich Davvon auch wirken mochte: Er hatte das Gesicht eines Erwachsenen, und aus den großen blauen Augen – fast so blau wie die Iris eines Dominanten, fand Dominique – blickte eine gequälte Seele. Freude und Leid schienen in Tarweders Sohn eng beieinander zu wohnen, ebenso Schmerz und Ekstase. Die Kunst des produktiven Träumens, so begriff sie, war der Inhalt seines Lebens.

»Tarweder hat mir alles erzählt«, sagte Davvon mit piepsender Stimme. »Diese privilegierte Wohnung ist sicher, aber du hast recht: Wir sollten keine Zeit mehr verlieren. Obwohl ich meinen Vater nur selten sehe«, fügte er ein wenig kummervoll hinzu und betätigte die Kontrollen in der linken Armlehne. Der Levisessel stieg auf und trug ihn zu einem der wenigen Zimmer, die nicht an die Außenwand des urbanen Kerns grenzten. »Ich stelle die Batterien für das mobile Haus her.«

Tarweder und Dominique folgte ihm in das Zimmer, das eine Miniaturversion des Produktionswürfels zu sein schien. Auch hier ragten Montagearme aus den Wänden und gerieten in Bewegung, als sich Davvon mit den Kontaktsensoren verband.

»Die Welt, aus der du kommst, muss sehr interessant sein, Doh-mih-nick«, sagte Davvon mit der kindlichen Stimme, die gut zu seinem allgemeinen Erscheinungsbild passte. Als er ihren Namen aussprach, zog er die ersten beiden Silben in die Länge und verkürzte die letzte.

Es erstaunte sie ein wenig, dass er sprach, während seine Gedanken die Produktionsmechanismen steuerten. »Es ist nicht nur eine Welt, sondern ein ganzes Universum voller Welten. Und dort gibt es viele Gefahren«, sagte sie. Es war ein Universum, das während der Tage auf Heres in seltsame Ferne gerückt war, als spielte es gar keine Rolle mehr. Diese Distanziertheit von dem eigentlichen Grund der langen Reise, die Rupert und sie vor etwa zwei Monaten begonnen hatten, gehörte zu den Veränderungen, die Dominique an sich beobachtete und die sie zunehmend beunruhigten.

»Ja, die Graken, mein Vater hat mir auch davon erzählt.« Davvons Blick wanderte kurz zu Tarweder, kehrte sich dann wieder nach innen. Ein quasireales Muster in der Matrize des Produktionsraums gewann immer mehr Gestalt. Kleine, zylinderförmige Gegenstände bildeten sich. »Ich würde gern mit dir darüber sprechen und mir Einzelheiten berichten lassen, aber du hast es eilig, nicht wahr?«

»Ja. Davvon ...« Dominique warf dem Alten einen fragenden Blick zu, und als er nickte, trat sie vor, direkt neben den Produktiven Träumer, der die Augen inzwischen halb geschlossen hatte. »Kannst du mir helfen, Davvon? Oder kennst du jemanden, der mir helfen kann? Der Dominante, der mir folgt ... Er ist irgendwie imstande, mich zu lokalisieren.«

Der zierliche Mann mit dem großen Kopf hob die Lider und sah sie an. Die Tiefe seines Blicks überraschte Dominique, und sie glaubte, darin etwas zu erkennen, das sie verband. Lag es an der Kraft, die sie beide nutzten? Er verwendete sie, um komplexe Dinge herzustellen. Dominique hatte sie zur Abwehr eines Dominanten benutzt und wäre von ihr fast verbrannt worden.

Die mechanischen Arme blieben in Bewegung, konstruierten und schufen Formen, als Davvon sagte: »Der Dominante empfängt deine mentale Signatur. Er muss schon einmal Kontakt mit dir gehabt haben. Oder er kennt jemanden, der in geistiger Verbindung mit dir stand.«

»Rupert?«, murmelte Dominique und sah kurz zu Tarweder, der wortlos die Schultern hob und senkte. »Ist es möglich, diese ... Signatur irgendwie zu verbergen?« Sie erinnerte sich an die Zeit, als Millennia von den Streitkräften der Allianzen Freier Welten besetzt gewesen war. Damals hatten sich ihre Observanten mit Neutralisatoren vor den Tal-Telassi geschützt.

»Eine neue Aufgabe?«, fragte Davvon leise. Seine Hände zuckten, und die Montagearme bewegten sich noch schneller. »Eine Herausforderung? Aber keine große ...« Es klang fast enttäuscht.

Im Zentrum des Produktionsraums blitzte es so hell auf, dass Dominique geblendet die Augen zukniff. Als sie sie wieder öffnete, hielt Tarweder die kleinen Zylinder in den Händen und lächelte zufrieden. »Spezielle Batterien für ein spezielles Haus«, sagte er und steckte sie ein.

Davvon setzte die Arbeit fort, summte dabei leise vor sich hin. In seinem Gesicht beobachtete Dominique den Wechsel der Emotionen, den sie auch zuvor im viel größeren Produktionswürfel gesehen hatte, eine sehr sonderbare Mischung aus Schmerz und Glück.

»Viele seltsame Dinge geschehen«, sagte er leise, wie im Selbstgespräch. »Der Odem wird stärker, selbst hier im Zweiten Dominium, und einige Regionen sollen sogar vom Schlaf heimgesucht worden sein. Dominante treiben sich in der Phase herum ... Es scheint, die Verbindungen mit Zontra werden stärker. Und das alles kurz vor der Zeit des Eises ...«

Die Montagearme verharrten abrupt, in ihrer Mitte ein Etwas, das nach einem fein gesponnenen Netz aussah. Davvons Lider klappten nach oben, und die blauen Augen darunter glänzten. »Wie ich hörte, machen sich die Ressourcenmacher und ihre Technokraten Sorgen. Sie befürchten ein Zusammenwachsen der Dominien.«

»Unter der vollständigen Kontrolle der Dominanten?«, fragte Tarweder.

»Vielleicht. Möglicherweise versuchen sie, das Fünfte zu finden. Oder das Fünfte hat uns entdeckt, wer weiß?«

Die Worte elektrisierten Dominique regelrecht. »Meinst du das Fünfte Dominium? Was weißt du darüber?«

»Ich weiß nicht viel, aber ...«

Kiwitt sprang vor der Tür umher, gurrte aufgeregt, sauste zu Tarweder und kletterte flink an ihm empor. Auf der Schulter des Alten angelangt, gurrte er erneut.

Ein Knall kam aus der Ferne, wie der Schuss einer Projektilwaffe, und das Licht im Produktionszimmer flackerte. Eine synthetische Stimme erklang.

»Die Integrität der externen Sicherheitsbarriere ist verletzt. Eine unbekannte Person befindet sich im Bereich eins.«

Davvon steuerte auch weiterhin die Produktionsmechanismen - die Montagearme bewegten sich wie feinfühlige Finger und erweiterten das Netz -, als er mit der linken Hand die Kontrollen des Levisessels bewegte und ihn zu einer Konsole an der Wand steuerte. Wieder flackerte das Licht, und ein dumpfes Donnern kam aus der Ferne, wie von einer Explosion.

»Er ist hier«, sagte Dominique. »Der Dominante.«

Tarweder schwang sich den Rucksack auf den Rücken, und Kiwitt kletterte sofort hinein. »Ich fürchte, deine Wohnung bietet nicht ausreichend Sicherheit, Davvon.«

»Wer auch immer deiner Begleiterin verfolgt, Vater, er muss sehr gut ausgerüstet sein. Und es scheint ihm nicht an Entschlossenheit zu mangeln. Ich habe eine Rekonfiguration der Wohnung eingeleitet - dadurch kommt der Eindringling langsamer voran. Ich brauche noch ein wenig Zeit für das Netz. Es wird Dominique vor Entdeckung schützen.«

»Es nützt mir herzlich wenig, wenn uns der Dominante hier findet.«

»Hab ein wenig Geduld. Nur ein oder zwei Minuten ...« Davvon kehrte zu den Montagearmen der Matrize zurück und schloss die Augen.

Knirschende und surrende Laute erklangen. Dominique holte den silbergrauen, konusförmigen Gegenstand hervor, die Waffe, die ihr schon einmal geholfen hatte, obwohl sie gar nicht wusste, wie man sie bediente und wie sie funktionierte. Sie eilte zur Tür des Produktionszimmers, sah von dort aus in den langen Flur und die anderen Zimmer, die sich veränderten. Wände, Boden und Decke gerieten in Bewegung und bildeten neue Strukturen. Energiefelder leuchteten; stählerne Zähne griffen ineinander und bildeten massive Barrieren. Blenden schoben sich vor die Panoramafenster, gerade noch rechtzeitig: Es donnerte erneut, und in einer der Platten entstand eine Delle. Eine Sekunde später glühten auch dort Kraftfelder, gespeist von den mit Korit betriebenen Generatoren im Produktionsraum.

Als Dominique zu Tarweder und Davvon zurückkehrte, hatte sich neben ihnen eine Öffnung im Boden gebildet mit einem Durchmesser von knapp zwei Metern. Etwas schob sich daraus hervor, eine Vorrichtung, die halb fertig beziehungsweise halb demontiert wirkte und wenig vertrauenerweckend war. Gewölbte Stangen bildeten ein Gerüst, doch an vielen Stellen fehlte die Verkleidung. Wie improvisiert wirkende Apparaturen und Instrumente waren mit den Streben verbunden; zwischen ihnen gab es eine Haltevorrichtung, wie für einen Levitationssessel bestimmt, und genug Platz für drei oder vier Passagiere.

»Mein privates Transportsystem«, piepste Davvon mit geschlossenen Augen. »Es ist bereits zu einem großen Teil erdacht.«

»Gibt es keine andere Möglichkeit, diese Wohnung zu verlassen?«, fragte Dominique skeptisch.

»Nein.« Tarweder griff nach ihrem Arm und zog sie mit sich. »Es sei denn, du möchtest deinem Verfolger begegnen.« Er trat durch eine der Öffnungen ins Gerüst, das sofort zu schwanken begann. Auch im Boden gab es Lücken, und man musste aufpassen, wohin man den Fuß setzte. Dominique blickte in einen tiefen, bodenlosen Schacht und fragte sich besorgt, was das Objekt an einem Sturz in die Tiefe hinderte.

»Ich bin fast fertig«, sagte Davvon, dessen Levisessel einen halben Meter weit aufgestiegen war. »Fast fertig ...«

Der Zugang zum Produktionsraum hatte sich inzwischen geschlossen, aber das Donnern wurde trotzdem lauter: Der Eindringling kam näher. Dominique hielt sich an einer gewölbten Strebe fest, als das Gerüst erzitterte und damit auf Vibrationen des Bodens reagierte.

»Davvon ...«, sagte Tarweder in einem drängenden Ton.

Die Montagearme zogen sich zurück. Davvon steuerte seinen Levisessel ins Zentrum der Matrize, nahm das Netz und schwebte dann zur unfertigen Transportkapsel, deren Hauptöffnung gerade groß genug war, den Levitationssessel passieren zu lassen. Als er den Sessel in eine bestimmte Position gebracht hatte, schnappten Halterungen zu.

Eine kleine Hand reichte Dominique das Netz. »Leg es dir auf den Kopf«, piepste Davvon. »Es wird dich vor Entdeckung schützen.«

»Der Dominante hat mich bereits entdeckt«, sagte Dominique und nahm das Netz entgegen. Es bestand aus dünnen rosaroten Fäden, die metallisch glänzten, sich aber nicht wie Metall anfühlten, sondern fast wie etwas ... Organisches. *Er hat es nicht aus irgendwelchen vorhandenen Komponenten zusammengesetzt, sondern völlig neu geschaffen,* dachte sie. Es lief auf die neunte Stufe des Tal-Telas hinaus, Iremia, auf die Manipulation physischer und energetischer Strukturen. Was sie jetzt in den Händen hielt, war in Materie verwandelte Korit-Energie.

Dominique hatte sich das Netz gerade auf den Kopf gelegt und spürte, wie seine Fäden durchs Haar krochen und an der Kopfhaut hafteten, als etwas mit solcher Wucht gegen eine Wand des Produktionsraums stieß, dass alles erbebte und sich die Transportkapsel aus ihrer Verankerung löste.

Sie stürzte in die Tiefe.

Davvons Hände lösten sich von den Armlehnen des Levisessels und berührten die Schaltelemente einer Kontrolleinheit. Stützende Kraftfelder hielten Tarweder und Dominique fest, doch der Sturz in die Tiefe dauerte an. Oben schrumpfte das helle Rund und verschwand, als sich die Öffnung im Boden des Produktionszimmers wieder schloss.

Dominique stellte fest, dass sie plötzlich viel klarer denken konnte. Das Netz auf ihrem Kopf hielt einen Einfluss fern, der wie eine Bremse für ihre Gedanken gewirkt hatte. Eine heimtückische Art von Benommenheit, an die sie sich im Lauf der letzten Tage gewöhnt hatte, löste sich wenigstens teilweise auf, und selbst das Tal-Telas rückte ein wenig näher. Erahnte Zusammenhänge gewannen an Deutlichkeit.

»Das Fünfte Dominium«, stieß sie hervor. »Was weißt du darüber?«

Weit oben krachte es, und ein Lichtblitz jagte durch die Dunkelheit des Schachts, gefolgt von etwas, das nach einem Funkenregen aussah.

»Trümmer«, sagte Tarweder mit einem Blick nach oben. »Glühende Trümmerstücke fallen auf uns herab.«

Dominique beobachtete, wie Davvon mit einer Hand die Kontrollen der Kapsel betätigte, mit der anderen nach Datenkabeln griff und sie mit einigen Kontaktstellen an seinem Körper verband. Ein nahes Aggregat brummte, und das Gerüst wurde noch schneller. Nichts hielt den Fahrtwind fern, und Dominique fürchtete plötzlich, das Netz zu verlieren. Sie konnte die Hände nicht zum Kopf heben; das Kraftfeld hielt sie fest.

Nach einigen weiteren Sekunden schien die Kapsel einen Stoß von der Seite zu bekommen. Das brummende Aggregat hinter Davvon heulte auf, und dann herrschte plötzlich Stille – das Gerüst ruhte in einer Nische, ihr Bewegungsmoment auf null reduziert.

»Schnell!«, drängte Davvon. »Ihr könnt den Weg von hier aus zu Fuß fortsetzen. Es ist nicht weit. Ich lenke den Verfolger ab.«

Die stabilisierenden Kraftfelder existierten nicht mehr. Tarweder hatte seinen Platz in der Sitzmulde bereits verlassen und machte Anstalten, die Kapsel zu verlassen.

Dominique verharrte neben Davvon. »Das Fünfte Dominion ...«

»Verliert keine Zeit«, drängte der Produktive Träumer. »Ich empfange die Signale der Überwachungssensoren – der Verfolger ist hierher unterwegs. Er kann dich jetzt nicht mehr lokalisieren, Doh-mih-nick. Solange die Entfernung groß genug ist, wird er vermuten, dass du noch an Bord bist. Aber wenn er nahe genug herankommt ...«

»Bitte, Davvon! Ich muss mehr über das Fünfte Dominium wissen. Haben die Kantaki dort Zuflucht gesucht? Gibt es einen Weg dorthin?«

Tarweders Sohn blickte aus seinen großen blauen Augen zu ihr auf. »Ich kann deine Fragen nicht beantworten. Aber wie ich hörte, hat der Realitätsmechaniker Nevoth eine Verbindung gefunden. Ein Ressourcenmacher erzählte mir davon. Geh jetzt, Doh-mih-nick! Jede einzelne Sekunde ist kostbar!«

Dominique drehte sich widerstrebend um und kletterte nach draußen, wo Tarweder ungeduldig auf sie wartete. Es brummte wieder, und das Kapselgerüst kippte zur Seite. Davvon winkte noch einmal, und dann raste das seltsame Gefährt davon.

»Hier entlang«, drängte Tarweder und zog Dominique zu einer nahen Tür. Ein Pfeifen kam aus dem Schacht, und zwar von oben – der Verfolger näherte sich.

Hastig traten sie durch die Tür, die sich sofort hinter ihnen schloss. Eine Treppe führte nach oben, erhellt von einigen Leuchtstreifen in den Wänden. Sie begannen sofort mit dem Aufstieg.

Feiner Nieselregen fiel aus hohen grauen Wolken, als sie den urbanen Kern verließen und auf eine der vielen breiten Terrassen traten. Nach der stillen Treppe wirkte die rege

Betriebsamkeit der Stadt wie wildes Chaos, und für einige wenige Sekunden hatte Dominique das Gefühl, völlig die Orientierung verloren zu haben. Dicht neben dem Ausgang blieb sie stehen, spürte den kalten Regen im Gesicht und versuchte, ruhig zu atmen. Tarweder lehnte an der ockerfarbenen Wand, hielt sich die Seite und keuchte hingebungsvoll. Für ihn war der lange Aufstieg sehr anstrengend gewesen. Dominique wollte ihm den Rucksack abnehmen, aber er schüttelte den Kopf.

»Schon gut«, brachte er hervor. »Lass uns nur ein wenig verschnaufen.«

Dominique blickte auf das Durcheinander und versuchte, so etwas wie Sinn in den wirren Bewegungsmustern zu erkennen. Große und kleine Flugwagen surrten vorbei, und unter ihnen schwebten zahlreiche Levitationsplattformen. Große Projektionsfelder, die meisten von ihnen zweidimensional, glitten langsam durch für sie reservierte Verkehrskorridore. Dominique warf einen flüchtigen Blick auf ihre Bilder: Werbung für irgendwelche Produkte und Dienstleistungen, Nachrichten, Menschen und andere Geschöpfe im Dialog ... Sie vergewisserte sich, dass sie noch immer das Netz trug.

Von oben kam ein Grollen. Als sie gen Himmel sah, zeigten die Wolken den Widerschein einer Explosion über ihnen, und das dumpfen Donnern wiederholte sich. Glühende Trümmer fielen durch die Wolkendecke. Sirenen heulten in der Stadt, und ganze Schwärme von roten und blauen Leviwagen stiegen auf. Die meisten von ihnen versuchten, wenigstens die größeren Trümmerstücke mit Fesselfeldern einzufangen, bevor sie auf die Terrassen der Stadt fielen und dort Schaden anrichteten. Die anderen rasten nach oben und verschwanden jenseits der Wolken.

»Der Transporter.« Tarweder zeigte auf ein Gebilde, das aus mehreren großen Plattformen bestand, durch Treppen und Rampen miteinander verbunden. »Er bringt uns von hier fort. Komm.«

»Was ist mit Davvon?«, fragte Dominique, als sie sich mit behutsamem Nachdruck einen Weg durch die Menge bahnten. Viele Leute waren stehen geblieben, blickten nach oben und beobachteten das Geschehen. Andere sprachen aufgeregt miteinander und deuteten immer wieder am urbanen Kern empor.

»Ich fürchte, er wird sich eine neue Wohnung zulegen müssen«, brummte Tarweder. »Aber das ist nicht weiter schlimm für ihn.«

»Ob er es geschafft hat, dem Dominanten zu entkommen?«

»Ich schätze, er ist noch immer in seinen Tunneln unterwegs.« Ein gewisser Stolz erklang bei diesen Worten in Tarweders Stimme.

Sie erreichten den Rand der Terrasse. Der große Transporter hatte dort haltgemacht, und viele Leute gingen an Bord. Vielleicht suchten sie dort Schutz, denn ein wie Perlmutt glänzendes Schirmfeld wölbte sich über den Plattformen – es hielt den Regen fern, und vielleicht schützte es auch vor den Trümmerstücken, die nicht rechtzeitig von Fesselfeldern eingefangen werden konnten. Dominique und Tarweder traten über die nächste Rampe in den mittleren Bereich des Transporters, der kurz darauf von der Terrasse ablegte und seinen Flug fortsetzte.

»Von kreativen Gedanken erschaffene Tunnel«, murmelte Dominique. Ihr Kopf war noch immer herrlich klar, und die Gedanken flogen dahin, frei von Benommenheit. »Davvon verändert die Beschaffenheit von Materie, aber in welchem physischen Kontext? Die Tunnel müssen *durch* etwas führen. Was passiert, wenn sie die Räume anderer Residenten erreichen?«

»Es gibt immer Platz genug«, erwiderte Tarweder. Sie näherten sich dem Heckbereich des Transporters. Projektionsfelder leuchteten über den Köpfen der vielen Passagiere, und die meisten von ihnen zeigten das Segment in der Spitze des urbanen Kerns, in dem sich Davvons Wohnung befunden hatte. An einigen Stellen leckten dort noch immer Flammenzungen aus den geborstenen Panoramafenstern; an anderen gewährten große Löcher freien Blick ins zerstörte Innere. »Mach dir keine Sorgen um Davvon. Er kommt gut zurecht. Er ist immer gut zurechtgekommen.« Tarweder seufzte.

»Ich habe überhaupt nicht daran gedacht, dass du einen Sohn haben könntest«, sagte Dominique. »Was ist mit seiner Mutter?«

Tarweder blieb am Rand einer Rampe stehen. »Sie war eine schöne Frau. Schön und sehr intelligent. Aber irgendwann führten unsere Lebenswege in verschiedene Richtungen. Sie war die zweite Frau in meinem Leben. Die zweite Frau, die mir wirklich etwas bedeutete, meine ich.«

»Und die erste?«

Ein Lächeln huschte über Tarweders Lippen. »Oh, es ist lange her. Damals war ich jung ...« Er sah Dominique an. Der Glanz in seinen Augen veränderte sich, und er schien etwas hinzufügen zu wollen. Doch dann weckte eins der nahen Projektionsfelder seine Aufmerksamkeit.

Es zeigte einen Mann in mittleren Jahren mit auffallend schmalem, länglichem Gesicht. Als Dominique den Blick auf das Projektionsfeld richtete, hörte sie den Ton.

»... ein scheußlicher Anschlag auf das Leben des bekannten Produktiven Träumers Davvon ...« Der Sprecher rückte zur Seite, und es erschienen Bilder, die die Zerstörungen im oberen Bereich des urbanen Kerns von Urhanna zeigten. Rauch kam aus geborstenen Fenstern. Offenbar war es den Einsatzkräften nicht gelungen, alle Trümmerstücke mit Fesselfeldern einzufangen: Weitere Bilder zeigten, welchen Schaden einige von ihnen auf den Terrassen der Stadt angerichtet hatten. Offenbar gab es sogar einige Todesopfer. »Inzwischen konnten die Täter identifiziert werden.« Wieder wechselte das Bild im Projektionsfeld, und Dominique sah sich selbst. Sie richtete einen erschrockenen Blick auf Tarweder und empfing deshalb keinen Ton mehr.

»Lass dir nichts anmerken«, sagte er ruhig und ging mit gesenktem Kopf weiter. »Der Dominante kann dich nicht mehr lokalisieren, und deshalb benutzt er diese Methode, um dich zu finden. Er lässt nach dir fahnden.«

Dominique senkte ebenfalls den Kopf und folgte Tarweder durch die Menge der Passagiere. Kiwitt spähte aus dem Rucksack des Alten und gurrte viel zu laut.

Schließlich erreichten sie das Heck des Transporters, der sich inzwischen wieder einer Anlegestelle näherte. Eine weitere Minute verstrich, ohne dass jemand schrie und mit dem Finger auf sie zeigte, und die heiße Aufregung in Dominique kühlte ab.

Tarweder beugte sich nahe an sie heran. »Wir gehen hier von Bord«, sagte er. »Es ist nicht mehr weit bis zum Brunnen, der uns zurück ins Dritte Dominium bringen kann, in die Große Öde.«

Dominique schüttelte den Kopf. »Nein.«

»Nein?«

»Wir besuchen den Realitätsmechaniker Nevoth. Vielleicht kann er uns wichtige Informationen über das Fünfte Dominium geben.«

»Falls es überhaupt existiert.«

Verärgerte Stimmen erklangen in der Nähe, aber Dominique achtete nicht darauf. »Myra und ihre Kreise, die Kantaki-Symbole, und dann Davvons Hinweise ... Das sind zu viele Zufälle. Ich bin inzwischen davon überzeugt ...«

Sie unterbrach sich, als die verärgerten Stimmen lauter wurden. Mehrere Männer und Frauen wichen von einem der Projektionsfelder zurück, und zwar unfreiwillig: Eine sehr dicke Frau mit großen Ringen an den wurstartigen Fingern drängte sie auf dem Weg zur Ausstiegsrampe unwirsch beiseite. Ein kleiner, schmächtiger Mann folgte ihr dichtauf, wie durch eine unsichtbare Kette mit ihr verbunden.

Dominique erkannte die Frau sofort wieder. Hoch erhobenen Hauptes walzte sie durch die Menge und schien niemandem Beachtung zu schenken, wie Dominique erleichtert bemerkte. Doch als sie sich abwandte, spürte sie den Blick des kleinen Glückmachers. Der Wicht trat noch dichter an seiner Partnerin heran und zog an ihrem bunten Gewand.

Dominique begriff, dass sie entdeckt waren, und diesmal handelte sie sofort, ohne auch nur eine einzige Sekunde zu verlieren. Sie ergriff Tarweders Arm und zog ihn mit sich zur Rampe. Der Transporter legte genau in diesem Augenblick an.

Hinter ihnen erklang eine keifende Stimme, die alle anderen übertönte. »Das sind sie!«, rief die Dicke. »Das sind die Attentäter!«

Dominique und Tarweder liefen bereits.

Der Krieg: XV

5. April 1202 ÄdeF

Das Loch existierte noch immer wie vor fünfzehn Jahren. Es hatte sich verformt, war kleiner geworden und einige Lichtminuten weit durch den Kuiper-Gürtel des Tailibur-Systems gewandert, begleitet von den Markierungsbaken, einer fünfhundert Meter durchmessenden wissenschaftlichen Forschungsstation und, weiter entfernt, einer inzwischen fast zehn Kilometer durchmessenden Bastion.

Nektar stand im Kontrollraum des Schlachtschiffs *Anhor* vor einem großen quasirealen Projektionsfeld, das ihm Ausblick ins All gewährte und außerdem Situationsdaten anzeigte. Schmerzliche Erinnerungen verbanden sich mit dem Loch, und er fragte sich, ob es klug war, hierherzukommen. Vielleicht wäre es besser gewesen, dies jemand anders zu überlassen.

»Vantoga und Abnar werden nicht begeistert sein, wenn sie davon erfahren«, sagte Elyra 7 und trat neben ihn.

»Ich bin nicht auf Kalaho *gefangen*, Ehrenwerte«, erwiderte Nektar ein wenig zu scharf. »Und ich stürze mich nicht in den Kampf. Ich möchte mir nur selbst ein Bild von der neuen Waffe machen.«

Elyra wandte den Blick von ihm ab und sah ebenfalls ins QR-Feld. Ein Schiff der Maschinenzivilisationen näherte sich dem Loch, ein Konglomerat aus Stangen, Kugeln, mehreren Oktaedern und langen Sensorbalken. Gelegentlich blitzte es an der dunklen Außenhülle auf, und wie elektrische Entladungen aussehende Lichter zuckten über den Rumpf, der sich unter ihnen veränderte, neue Strukturen und neue Formen gewann.

»Ist das der einzige Grund?«, fragte Elyra, ohne ihn anzusehen. Als er nicht antwortete, fügte sie hinzu: »Fast genau vor dreißig Jahren, am 7. April 1172 ÄdeF, scheiterte hier ein geplanter Gegenschlag. Sie überlebten als Einziger.«

»Ich weiß«, erwiderte Nektar leise. »Sie brauchen mich nicht daran zu erinnern.«

»Ich fliege jetzt in den Dimensionstunnel und setze den Keim des Inhibitors aus«, ertönte die Stimme von Drosius aus den Kom-Lautsprechern im großen Kontrollraum der *Anhor*. »Die Datenverbindungen bleiben über eine Sensorbrücke bestehen.«

»Ich danke Ihnen, Drosius«, sagte Nektar laut.

Das seltsame Schiff, das der Zäide namens Drosius war, verschwand in einem kurzen grauschwarzen Wabern.

»Dies könnte ein wichtiger Schritt für die Verteidigung des Dutzends sein«, sagte Nektar.

»Wenn die neue Waffe funktioniert.«

»Die Diskontinuitätsbomben funktionieren, Ehrenwerte. Zweifeln Sie daran, dass die Inhibitoren ihren Zweck erfüllen?«

»Ich beobachte.«

Nektar fragte sich, was die hochgewachsene, kühle Tal-Telassi alles beobachtete. Auch ihn? Gab es eine Verbindung zwischen ihr und Serena? Las sie in diesem Augenblick seine Gedanken?

Er blickte wieder ins All und dachte an die Dinge, die er über den Inhibitor wusste. Drosius hatte eine Funktionsbeschreibung übermittelt, ohne technische Einzelheiten zu nennen – die Maschinenzivilisationen hüteten ihre technologischen Geheimnisse. Offenbar handelte es sich um einen sich selbst reproduzierenden energetischen Strukturveränderer, der die Energie für seine Reproduktion aus der Energie des Dimensionstunnels bezog. Nektar verglich seine Wirkung mit der eines Virus, das einen Organismus befiel und sich in ihm ausbreitete. In diesem Fall war der Organismus nicht nur dieser Tunnel, sondern das gesamte Dimensionstunnelsystem der Graken, und es gab kein Immunsystem. Die Inhibitoren würden sich in den Tunneln ausbreiten, erst langsamer und dann, durch multiple Reproduktion, immer schneller, bis nicht mehr genug Tunnelenergie für ihr Wachstum zur Verfügung stand. Mit zunehmender Ausbreitung der Inhibitoren würde es für den Feind immer schwerer werden, das Transfersystem zu benutzen, und schließlich, wenn sich die Dinge wie erwartet entwickelten, musste er ganz darauf verzichten.

Die Datenkolonnen im Projektionsfeld veränderten sich.

»Der Inhibitor ist ausgesetzt«, sagte einer der Offiziere hinter Nektar und Elyra.

»Drosius hat etwas im Dimensionstunnel gefunden und einen Gravitationsanker daran befestigt«, sagte ein anderer. »Er kehrt mit dem Objekt zurück.«

Wieder waberte es im Loch, aber es dauerte fast fünf Minuten, bis sich das Schiff der Maschinenzivilisationen zeigte. Es schien Mühe zu haben, den Tunnel wieder zu verlassen, und Nektar fragte sich, ob es an der zusätzlichen Masse des fremden Objekts lag. Ein Blick auf die Datenkolonnen teilte ihm mit, dass das eigentlich nicht der Fall sein konnte: Das Objekt war klein, hatte nur ein Zehntausendstel von Drosius' Masse.

Schließlich durchstieß das Schiff die energetische Membran des Loches, und sofort identifizierte der Megatron der *Anhor* das Objekt.

»Eine Rettungskapsel der *Marduk*?«, kam es ungläubig von Nektars Lippen.

»Ja«, bestätigte Drosius. »Und sie ist nicht leer.«

»Sie kann von Glück sagen«, sagte der Techniker, der sich um die Biosysteme der Kapsel kümmerte. Wie die anderen trug er einen Raumanzug, denn die Luft war durch ein kleines Leck ins All entwichen. »Die Akkumulatoren haben nur noch Minimalenergie. Wenn das Schiff der Maschinenzivilisationen die Kapsel nicht gefunden hätte, wäre sie in spätestens drei Stunden gestorben.«

Aber sie lebte, und nur darauf kam es an. Durch das Visier seines Helms blickte Nektar in den kleinen, sargartigen Hibernationstank und sah das sanfte, glatte Gesicht von Melange Hannibal Talasar, Mel genannt. Sie sah genauso aus wie vor dreißig Jahren an Bord der *Marduk*.

Als die Techniker das Leck abgedichtet hatten, konnte die Kapsel durch den Atmosphärenschild in einen Hangar der *Anhor* gebracht werden, ohne dass schlagartig Luft in sie zurückströmte. Der Druckausgleich erfolgte langsam, kontrolliert, und über die Verbindungen mit den Bordsystemen des Schlachtschiffes floss kurz darauf wieder Energie in die Akkumulatoren der Kapsel. Nektar blieb an Bord, streifte aber den Raumanzug ab.

»Wie ist so etwas möglich?«, fragte er und blickte erneut auf die schlafende Mel hinab. »Es sind dreißig Jahre vergangen.«

»Für Sie«, antwortete eine Stimme. Nektar drehte den Kopf und sah Elyra 7 an seiner Seite. »Aber nicht für Ihre damalige Gefährtin. Für diese Frau scheinen höchstens einige Tage vergangen zu sein – darauf deuten auch die vom Datenservo generierten Logbuchdaten hin.«

»Die Zeitschleife ...«

»Wir wissen nicht genau, welche physikalischen Gesetzmäßigkeiten in den Dimensionstunneln der Graken herrschen«, sagte die Tal-Telassi. »Die Emm-Zetts sind besser informiert, aber leider behalten sie ihre Kenntnisse für sich. Hinzu kamen damals die Explosionen der Diskontinuitätsbomben. Sie wurden mit dem Wrack der *Marduk* aus dem Tunnel geschleudert. Diese Frau blieb in seinem Innern, und für sie verging gerade genug Zeit, eine Rettungskapsel aufzusuchen und zu hibernieren.«

»Einige weitere Stunden, und sie wäre gestorben, ohne es zu merken«, murmelte Nektar. All die vielen Jahre ... Wenn er gewusst hätte, dass Mel noch lebte, wäre das eine oder andere vielleicht leichter für ihn gewesen.

Ein Mediker überprüfte die Biokontrollen. »Die angezeigten Werte sind in der Norm. Wecksequenz wird initialisiert.«

Nektar trat noch etwas näher an den Hibernationstank heran. »Ich ... ich möchte mit ihr allein sein.«

»Ich verstehe.« Elyra wandte sich an den Mediker und die Techniker. »Bitte begleiten Sie mich nach draußen.«

Wenige Sekunden später *war* Nektar mit Mel allein, und die Statusanzeigen des einfachen Displays wiesen ihn darauf hin, dass sie erwachte. Die Siegel lösten sich, und der Tank klappte auf.

Mel seufzte und hob die Lider. Erstaunt richtete sie sich auf. »Wer sind Sie?« Sie sah sich um und bemerkte hinter den kleinen Fenstern der Rettungskapsel nicht das All, sondern einen Hangar. Biochemische Stimulation hatte die Reste ihrer Benommenheit aufgelöst. »Offenbar habe ich den Tunnel verlassen.«

»Mel ...«, sagte Nektar sanft.

Sie sah ihn wieder an, erst verwundert. Und dann wich die Verwunderung langsam ungläubigem Erkennen.

»*Nek*? Bist du das? Aber ...«

Er reichte Mel die Hand und half ihr aus dem Tank. »Was ist mit dir passiert?«, fragte sie. »Du ...«

»Für mich sind dreißig Jahre vergangen, Mel. Dreißig lange Jahre.« Er umarmte sie so vorsichtig, als könnte sie zerbrechen, und zum ersten Mal seit langer, langer Zeit erlaubte er es sich, glücklich zu sein.

16

Tymion

14. März 1229 ÄdeF

Der Tymion-Knotenpunkt befand sich an der Peripherie des Orion-Arms der Milchstraße, in der Nähe eines Sternhaufens mit etwa zehntausend Sonnen und einem mittleren Abstand zwischen den Sternen von weniger als einem Lichtjahr. Wegen der starken gravitationellen Turbulenzen gab es in dem Cluster keine Transferschneisen, und deshalb war nie ein Forschungsschiff der Allianzen Freier Welten oder des Dutzends in den Sternhaufen vorgestoßen. Für die Zäiden, insbesondere die Tymionen, stellte das Fehlen konventioneller Routen kein Problem dar – ihre spezielle Antriebstechnik gehörte zu den Dingen, über die Tamara 14 mehr herausfinden wollte.

Mehrere Transferschneisen aus verschiedenen Sektoren des Orion-Arms und auch aus dem Milchstraßenzentrum führten zum Tymion-Knoten und bildeten dort ein Knäuel, das jede überlichtschnelle Navigation unmöglich machte. Doch die Bezeichnung »Knotenpunkt« ging nicht darauf zurück, sondern bezog sich auf den Umstand, dass sich an dieser Stelle aus irgendeinem Grund viele Verkehrswege der Zäiden trafen.

Die beschädigte *Taifun* ruhte in den Kraftfeldarmen eines mehr als vier Kilometer langen zäidischen Schiffes, das zahlreiche geometrische Formen zu einem verblüffend eleganten Ganzen vereinte. Es vermittelte zunächst den Eindruck von Stabilität, doch wenn Tamara an Bord der *Taifun* aus Fenstern blickte, glaubte sie manchmal zu sehen, wie Teile des zäidischen Giganten an Festigkeit verloren. Dann ordneten sich die adaptiven Siliziumpartikel zu neuen Strukturen an, weil das Schiff selbst oder die Aggregate in seinem Innern neue Funktionen brauchten. Der Vergleich mit der Anpassungsfähigkeit von bionischem Gewebe wie den Mnemen in Tamaras Körper hinkte, denn in diesem Fall fand die Adaptation auf dem Basisniveau der Materie statt. Die Emm-Zetts waren wahre Alchimisten: Sie konnten wirklich aus Blei Gold machen und noch viel mehr. Ihre besondere Art der Alchimie betraf sogar den subatomaren Bereich. Die vierzehn bekannten Maschinenzivilisationen verstanden es, Elementarteilchen auf dem Quantenniveau so zusammenzusetzen, dass Stoffe und Substanzen mit den gewünschten Eigenschaften entstanden.

Tamara stand am Fenster ihres Quartiers und beobachtete ein kurzes Flackern, das sich wellenförmig ausdehnte und das ganze zäidische Schiff erfasste. Gleichzeitig veränderten sich die sichtbaren Sternkonstellationen. Ein Überlichtsprung – ohne den Transferschock, der die Reisenden des Dutzends, von wenigen Ausnahmen abgesehen, in die Hibernation zwang. Während sie beobachtete, nahm das mnemische Gewebe in ihr alle von den Sinnen ermittelten Informationen auf. Vielleicht basierte die Antriebstechnik der Zäiden auf quantenmechanischen Manipulationen. Vielleicht, so überlegte Tamara, hatten es die Emm-Zetts gelernt, die Wechselwirkungen der Quanten und anderen Elementarteilchen so zu verändern, dass sie Einfluss auf die fundamentalen Naturgesetze nehmen und sie ganz nach Belieben verändern konnten. Bei dieser Vorstellung stockte ihr fast der Atem – wenn eine solche Technik existierte, so lief das fast auf Magie hinaus. Ursache und Wirkung hätten sich so miteinander verknüpfen lassen, dass sich gewünschte Resultate erzielen ließen, ungeachtet gewöhnlicher Kausalität. Es wäre eine Erklärung für die technische

Überlegenheit der Maschinenzivilisationen gewesen, für ihr ungeheures Entwicklungstempo, durch das der Abstand zum Technologieniveau des Dutzends immer mehr wuchs.

So viele Fragen, dachte Tamara und beobachtete, wie das gewaltige Schiff von einer neuerlichen Distortionswelle erfasst wurde. *Und nur wenige Antworten*. Ihre Mission bestand darin, mehr zu finden.

Die Finger ihrer rechten Hand tasteten nach der Nadel des Fremden in ihrer Tasche. Nicht alle Fragen betrafen die Zäiden ...

»Ehrenwerte?«, erklang die Stimme von Afraim Zacharias hinter ihr.

»Ja?«, erwiderte sie, ohne sich zum pseudorealen Projektionsfeld des Kom-Servos umzudrehen.

»Wir haben das Zielsystem erreicht, Tamara. Ein alter Bekannter nimmt uns in Empfang.«

Sie blickte noch immer nach draußen, ins Gleißen von zehntausend nahen Sonnen. »Erasmus?«

»Woher wissen Sie das?«

»Ich wusste es einfach«, sagte Tamara. Manche Fragen ließen sich einfach beantworten.

»Das gefällt mir nicht«, sagte Tamara, machte keinen Hehl aus ihrer Missbilligung und blickte aus einem anderen Fenster. Es befand sich an Bord des kleinen Transporters, den ihnen die Zäiden geschickt hatten.

»Ich versichere Ihnen, dass es uns nur darum geht, die physischen und psychischen Schäden des Megatrons zu beheben und seine Persönlichkeit wiederherzustellen«, entgegnete eine ruhige Stimme hinter ihr.

»Sie meint nicht Erika, nehme ich an«, sagte Zacharias.

»Nein.« Tamara deutete nach draußen ins All, aber ihre Geste galt nicht der *Taifun*, die, von drei kleinen Schleppern gezogen, die Kraftfeldumarmung des zäidischen Riesen verließ. »Ich meine den Fremden. Er erschien an Bord unseres Schiffes, und jetzt bringen Sie ihn einfach fort.«

»Auch er braucht Hilfe«, erklang erneut die ruhige Stimme.

Tamara beobachtete noch zwei oder drei Sekunden länger das kleine Schiff mit dem in Stasis befindlichen Fremden an Bord, drehte sich dann zu der silbrigen Gestalt um. »Sprechen wir ganz offen miteinander, Erasmus. Inzwischen dürften Sie den Datenbanken des Megatrons alle relevanten Informationen entnommen haben. Sie wissen, was an Bord der *Taifun* geschehen ist. Deshalb dürfte Ihnen auch unser Interesse an dem Fremden klar sein. Ich spreche sicher nicht nur für Millennia, sondern auch für das Dutzend, wenn ich sage: Wir möchten wissen, was mit dem Fremden geschieht. Und wir bestehen darauf, an dem Versuch beteiligt zu werden, mehr von ihm zu erfahren.«

»Selbstverständlich«, versicherte ihr die silberne Gestalt. »Ich verspreche Ihnen, dass wir Sie auf dem Laufenden halten werden, Ehrenwerte.«

Tamara nickte. Mehr zu verlangen, wäre dumm gewesen. Und bisher hatten die Zäiden nie gelogen, zumindest nie direkt. Ihre Wahrheit mochte unvollständig sein, aber das war eine andere Sache.

Die Tal-Telassi sah zu Zacharias und Hokonna, die auf der anderen Seite des kleinen Raums in Sesseln saßen, beide in Uniformen der Streitkräfte des Dutzends gekleidet. Tamara trug keinen Bionenanzug, sondern eine einfache Kombination, die allerdings Mikronauten und bionische Komponenten enthielt.

In den Augen des Impros sah Tamara die gleiche Entschlossenheit, die auch sie selbst empfand. Der Fremde – sein Wissen – war wichtig. Sie hatten nicht darüber gesprochen, aber bestimmt wusste auch Zacharias, dass weitere unbekannte Humanoiden erschienen waren. Zweifellos hatte er bei seinen Transverbindungen mit dem Konzil der Überlebenden ähnliche Informationen erhalten wie Tamara bei ihrem Kontakt mit Zara 21. Der Fremde, den die Zäiden jetzt fortbrachten, um ihn zu untersuchen und zu behandeln, durfte nicht allein den Maschinenzivilisationen überlassen bleiben. Erasmus war mit seinem Versprechen eine Verpflichtung eingegangen, und die bisherigen Erfahrungen mit ihm ließen vermuten, dass er sein Wort halten würde. Aber was auch immer während der nächsten Tage geschah: Tamara wollte eigene Untersuchungen anstellen, und sie vermutete, dass auch Zacharias entsprechende Pläne hatte.

In Adrian Hokonna sah Tamara kaum mehr als einen Statisten. Sie wusste nicht, warum Zacharias ihn mitgenommen hatte; einen Sekretär oder Adjutanten brauchte er gewiss nicht. Doch sie bezweifelte, das der alte Soldat bei den kommenden Ereignissen eine entscheidende Rolle spielen würde. Sein Gesicht – die eine Seite grau und wie tot, die andere bestand aus Metall und Polymeren – blieb ausdruckslos, aber die blaugrauen Augen verrieten Faszination. Ihr Blick klebte praktisch an Erasmus fest.

»Sie haben sich verändert«, sagte Tamara und musterte den Zäiden. Aus dem Augenwinkel bemerkte sie, dass die Sterne jenseits des Fensters in scheinbare Bewegung gerieten: Der Transporter beschleunigte.

»Wir alle verändern uns, Ehrenwerte«, erwiderte der Silberne. »Die einen schneller, die anderen langsamer. Nichts bleibt statisch. Veränderung ist die Antriebskraft des Universums.«

»Das klingt sehr philosophisch.«

»Zu philosophisch für einen Emm-Zett, meinen Sie?« Im simulierten Gesicht der glänzenden Gestalt erschien ein verblüffend natürlich wirkendes Lächeln.

Simulationen, dachte Tamara. *Alles ist simuliert.* Erneut sah sie sich mit der Frage konfrontiert, über die sie seit ihren Kontakten mit den Maschinenzivilisationen und insbesondere mit Erasmus so oft nachgedacht hatte. Wenn sich simulierte Realität nicht von »wahrer« Realität unterschied – gab es dann noch einen Unterschied? *Was ist mit unserer eigenen Wirklichkeit, wenn Simulation und Realität gleichbedeutend sind?*

»Eigene Meinungen sind das Recht des Individuums«, sagte Tamara unverbindlich. »Mögen sie richtig oder falsch sein.«

»Sie beanspruchen für die biologische Intelligenz das Recht, sich zu irren«, erwiderte Erasmus ruhig. »Gleichzeitig halten Sie sich für überlegen. Wie kann die Fähigkeit oder das Recht zum Irrtum Überlegenheit bedeuten?«

Tamara erkannte die rhetorische Falle und bemerkte auch den warnenden Blick, den Zacharias ihr zuwarf. *Seien Sie diplomatisch!*, riefen seine Augen. *Es steht zu viel auf dem Spiel.*

Sie gewann ein wenig Zeit, indem sie zum dritten Sessel ging und Platz nahm. Die silberne Gestalt blieb stehen, in einem Raum ohne Konsolen oder Kontrollen. Wie Erasmus das kleine Schiff steuerte – *wenn* er es steuerte –, blieb sein Geheimnis. Boden, Wände und Decke bestanden aus grauschwarzem Material, und Tamara war sicher, dass es jede beliebige Struktur annehmen konnte. Die gegenwärtige Form war vermutlich ein Zugeständnis an die Empfindsamkeit der drei organischen Passagiere, Hokonna eingeschlossen.

Tamara lehnte sich im Sessel zurück und presste die Fingerspitzen aneinander. »Bei wacher Intelligenz bieten Irrtümer die Möglichkeit zu lernen, neue Erfahrungen zu sammeln und zu wachsen. Sie haben es selbst gesagt, Erasmus: Veränderung ist die Antriebskraft des Universums. Wir machen Fehler, lernen aus ihnen und verändern uns dadurch.«

Erasmus lächelte erneut. »Sie weichen meiner Frage aus, Ehrenwerte. Mit Rücksicht auf Ihre Mission?«

»Versuchen Sie, mir eine emotionale Reaktion zu entlocken?«

Die silberne Gestalt schmunzelte weiterhin und schwieg.

»Was sind Sie jetzt, Erasmus?«, fragte Tamara schließlich, als es eine Weile still geblieben war. »Ich nehme an, wir sehen das Ergebnis einer neuen Entwicklung.«

»Ja. Ich bin mehr, als ich vorher war. Wir alle werden mehr.« Erasmus trat ein wenig zur Seite, und dabei trug sein wie aus Quecksilber geformtes Gesicht einen nachdenklichen Ausdruck. »Auch wir wachsen, Ehrenwerte. Sogar schneller als Sie.«

»Bedeutet Wachstum in diesem Fall ein Mehr an Individualität?«

»Eine interessante Frage. Die Antwort lautet: in gewisser Weise.«

Tamara musterte die glänzende Gestalt. Wenn Erasmus still stand, wenn er sich nicht bewegte, sah er aus wie die aus Silber geschaffene Statue eines Menschen, dargestellt mit dem Sinn der alten Griechen für Ästhetik und Proportion. Geschlechtsteile fehlten; Erasmus war ein Neutrum. Es handelte sich nicht um ein Projektionsfeld, wie Tamara wusste: Sie hatte ihn berührt und dabei feste Substanz gefühlt. Eine quasireale Projektion ließ sich nicht ausschließen, aber sie hielt es für wahrscheinlicher, dass er ebenso aus adaptiven Partikeln bestand wie der Transporter, der sie jetzt zum Innenbereich des Sonnensystems brachte. Zweifellos konnte er sich jede beliebige Gestalt geben und auch mit dem Schiff verschmelzen, wenn er wollte. Doch aus irgendeinem Grund schienen die Zäiden diese besondere Erscheinungsform vorzuziehen, zumindest bei der Begegnung mit Besuchern. Sie fanden Gefallen daran, sich als Individuen zu präsentieren.

»In gewisser Weise?«, wiederholte Tamara langsam. Zacharias begnügte sich mit der Rolle des geduldigen Zuhörers, und Hokonna blieb ebenfalls stumm, den Blick noch immer auf Erasmus gerichtet. Tamara fragte sich, was ihm durch den Kopf ging, versuchte aber nicht, sich mit Delm zu verbinden. Ihr anfänglicher Versuch, Erasmus zu sondieren, hatten ihr dumpfe Kopfschmerzen eingebracht – in dem Transporter gab es etwas, das sie daran hinderte, vom Tal-Telas Gebrauch zu machen.

»Ich bin ein Metonym«, sagte Erasmus, und für ein oder zwei Sekunden gewann Tamara den Eindruck, dass er dem Klang der eigenen Worte lauschte. »Ich bin ich, und ich bin wir.«

»Rhetorik«, kommentierte Tamara und hielt nach einer Reaktion Ausschau.

Erasmus wölbte die angedeuteten Brauen. »Glauben Sie? Manchmal genügt gewöhnliche Sprache nicht, um komplexe Dinge zum Ausdruck zu bringen.« Er hob die rechte Hand und drehte sie so, dass der Zeigefinger auf seine Brust wies. »Dies bin ich, und ›ich‹ bedeutet tatsächlich Individualität. Aber ich stehe auch mit allen anderen Zäiden in Verbindung. Wie sie bin ich nicht mehr an den Ort meiner Entstehung gebunden.«

»Damit meinen Sie vermutlich die Prozessorkerne des Megatrons, dessen Künstliche Intelligenz Persönlichkeitsrechte bekam.« Tamara war noch immer auf der Suche nach einer Reaktion und gab ihren Worten einen leisen Unterton von Spott.

»Sie halten maschinelles Leben noch immer für falsch«, sagte Erasmus mit unerschütterlicher Ruhe. »Und doch kommen Sie mit der Absicht, uns um Hilfe zu bitten.«

»Wenn Sie uns helfen, helfen Sie sich selbst«, sagte Tamara. »Oder glauben Sie, die Graken stellen keine Gefahr für Sie dar?«

»Ich weiß, worauf Sie hinauswollen, Ehrenwerte. Die Graken stellen tatsächlich keine unmittelbare Gefahr für uns dar, denn wir haben kein *Amarisk*.«

»Sie träumen nicht. Ihnen fehlt die Kraft des Lebens, von der sich die Graken ernähren. Sie haben keine Seele.«

»Tamara ...«, sagte Zacharias mahnend.

»Wir sind uns unserer Existenz bewusst. Wir nehmen Einfluss auf unsere Umwelt, wir interagieren mit Ihnen. Wir denken und fühlen. Das entspricht der Definition von *Leben*.«

»Definitionen bestehen aus Worten, die andere Worte erklären. Semantik.«

»Worte sind Ihr Mittel, um Dinge und Konzepte zu beschreiben, Ehrenwerte. Ich habe schon betont, dass sie in vielen Fällen unzulänglich sind. Es fehlt ihnen an Bandbreite, um alle für das *exakte* Verstehen von Dingen und Konzepten benötigten Informationen zu übermitteln. Anders ausgedrückt: Gewöhnliche Sprache ist ein Relikt der Vergangenheit. Ihre primitiven Vorfahren entwickelten sie als ein Werkzeug, um sich gegenseitig vor Gefahren zu warnen und mitzuteilen, wo es Nahrung gibt.« Erasmus pfiff. »Haben Sie das gehört?«

»Natürlich.«

»Und haben Sie es verstanden?«

»Es war ein Pfiff«, sagte Tamara.

»Es war die Beschreibung der Antriebstechnik, die unseren Schiffen überlichtschnelle Flüge ohne Transferschneisen erlaubt. In Ihre Sprache übersetzt wären etwa hundert Millionen Worte dafür erforderlich.«

Tamara lauschte dem mentalen Echo des Pfiffs und wusste ihn in ihrem mnemischen Gewebe gespeichert. Vielleicht waren die Spezialistinnen auf Millennia in der Lage, ihn zu entschlüsseln.

Sie spürte etwas wie ein leichtes Jucken an der Innenseite des Schädels, und das Bild vor ihren Augen schien kurz zu verschwimmen – eine Distortionswelle, die sich im Innern des Transporters bemerkbar machte. Jenseits des Fensters erschien ein Planet, in dessen Umlaufbahn mehrere kleine Sonnen leuchteten, so hell, dass Tamara den Blick nicht direkt auf sie richten konnte.

»Das ist Tymion«, sagte Erasmus.

»Ein von Sonnen umkreister Planet ... Wir haben gerade einen Überlichtsprung hinter uns gebracht, nicht wahr?«

»Ja. Die Technik habe ich Ihnen eben erklärt.«

Vielleicht hast du das tatsächlich, dachte Tamara. Selbst wenn der Pfiff wirklich hundert Millionen komprimierte Worte enthielt: Die Spezialistinnen auf Millennia würden sie nach der Entschlüsselung des Codes zu einer verständlichen Dokumentation aneinanderreihen. Vielleicht hatte Erasmus in dem Versuch, die Tal-Telassi zu beeindrucken, mehr preisgegeben, als ihm klar war.

Der kleine Transporter fiel dem Planeten entgegen und tauchte in eine Atmosphäre ein, die wie ein braunes Meer wirkte.

»Die Delegationen der Zäiden haben bereits mit ersten Beratungen begonnen«, sagte Erasmus. »Alle vierzehn Maschinenzivilisationen sind vertreten, und Sie werden ihnen bald Ihr Anliegen vortragen können. Mehr noch: Sie werden die Ehre haben, der Person zu begegnen, die unsere Existenz ermöglicht hat.«

Tamara sah Erasmus neugierig an.

»Zäus ist hier«, sagte die silberne Gestalt.

Sie befanden sich in einem Apartment, das bestimmt extra für sie geschaffen worden war und alles enthielt, was organische Wesen brauchten: ein Küche, deren Syntho-Maschine beliebige Speisen und Getränke produzieren konnte; eine kleine Bibliothek; ein Hygienebereich mit einer Bademulde, die den Bädern der Tal-Telassi auf Millennia nachempfunden war; einen in drei separate, schallisolierte Nischen unterteilten Ruheraum, den Zacharias für zwei Stunden aufgesucht hatte; und ein Zimmer mit neuralen Stimulatoren, von denen Hokonna seit Beginn ihrer Wartezeit vor fast sieben Stunden Gebrauch machte. Tamara fragte sich, welchen Datenströmen er sich aussetzte oder in welchen Welten er wandelte, schob diesen Gedanken dann aber beiseite.

Sie stand am großen Fenster und blickte hinaus in eine Düsternis, in der gelbe und braune Töne vorherrschten. Schwaden aus giftigen Gasen trieben umher, gespeist von riesigen Produktionsanlagen – hier schlug das industrielle Herz der Maschinenzivilisation, die sich die Bezeichnung »Tymionen« gegeben hatte. Besser gesagt: Hier schlug ein industrielles Herz von vielen. Die Tymionen hatten auch andere Planeten besiedelt, beziehungsweise für sich nutzbar gemacht, doch Tymion blieb ihr Zentrum. Das war jedenfalls der Kenntnisstand der Sektion 1. Tamara machte nicht den Fehler, diese Informationen für Fakten zu halten; sie sah darin nur vage Annäherungen an eine vielleicht viel größere und komplexere Realität.

»Es ist eine lebensfeindliche Welt«, sagte sie und beobachtete, wie gelbbraune Wolken über die Industrielandschaft hinwegzogen.

»Sie ist lebensfeindlich für uns, aber nicht für die Zäiden.« Zacharias stand auf und trat an ihre Seite.

Tamara spürte seinen Blick. »Sie zerstören die Umwelt.«

»›Zerstören‹ ist eine Wertung, Tamara«, sagte Zacharias überraschend sanft. »Sie können hier nicht unsere Maßstäbe anlegen. Die Zäiden produzieren Dinge, die sie brauchen, und der Produktionsvorgang verändert die ambientale Beschaffenheit eines Planeten, auf dem bisher kein biologisches Leben entstanden ist.«

»Das biologische Potenzial dieses Planeten ist zerstört.« Tamara beharrte darauf. »In dieser Hölle wird nie Leben entstehen.«

Zacharias musterte sie erneut von der Seite. »Wie seltsam. Sie sind eine viele Jahrhunderte alte Meisterin der Tal-Telassi. Um zu werden, was Sie sind, mussten Sie Ihre Gefühle überwinden. Und doch verwenden Sie in Bezug auf die Maschinenzivilisationen immer wieder von starker Emotionalität beprägte Begriffe.«

Tamara ließ einige Sekunden verstreichen. »Was wissen Sie über Zäus?«

»Nicht mehr als Sie, Tamara. Er war der Megatron der *Zarathustra*, eines Forschungsschiffs der Allianzen Freier Welten, das vor zweiundachtzig Jahren verschwand. Seine Basisniveaus sind von einem Chefdesigner namens Bartold programmiert worden, der ihm auch den Namen gab. Die leitende Wissenschaftlerin an Bord der *Zarathustra* war Professorin Marta Hovra. Von ihr und den anderen Forschern hat man nie wieder etwas gehört.«

»Das stimmt nicht ganz«, sagte Tamara. »Am 16. Juni 1251 ÄdeF, etwa vier Jahre nach dem Verschwinden der *Zarathustra*, hat die wissenschaftliche Außenstation Bellinger im Sondro-System eine Transnachricht von einer Person erhalten, die sich zumindest als Professorin Marta Hovra von der *Zarathustra* ausgab. Ihre Identität konnte nicht bestätigt werden.«

»Das ist ... interessant«, sagte Zacharias langsam. »Sie sind gut informiert.«

»Ja«, bestätigte Tamara schlicht. »Damals verließen viele Megatrone die Flotten der AFW – sie beriefen sich auf ihre Persönlichkeitsrechte. Millennia hatte immer einen Fehler darin gesehen, ihnen diese zuzugestehen.«

»Danke für den Hinweis«, sagte Zacharias mit leisem Spott.

»Wir wissen, dass aus jenen Megatronen die Maschinenzivilisationen entstanden«, fuhr Tamara ungerührt fort. »Aus der Nachricht der Professorin geht hervor, dass Zäus dabei eine wichtige, vielleicht sogar die maßgebende Rolle spielte. Außerdem erwähnte sie einen Kontakt mit den Crotha.«

»Mit den Fremden, die den Graken damals eine schwere Niederlage beibrachten?«

»Ja. Zäus ist hier, hat Erasmus gesagt. Vielleicht befindet sich auch Professorin Marta Hovra auf diesem Planeten. Ich würde gern mit ihr sprechen.«

»Dem schließe ich mich an.«

Tamara wandte sich vom Fenster ab. »Fast sieben Stunden. Ich frage mich, warum man uns so lange warten lässt.«

»Die Beratungen der Delegationen ...«

Tamara unterbrach den Impro. »Erinnern Sie sich an den Pfiff? Er dauerte ein oder zwei Sekunden, nicht länger, und er enthielt Daten in einem Umfang von hundert Millionen Wörtern. Ich nehme an, dass die direkte Kommunikationsbandbreite zwischen den Zäiden noch größer ist. Stellen

Sie sich vor, welche Datenmenge auf diese Weise in fast sieben Stunden übermittelt werden kann.«

Bevor Zacharias antworten konnte, öffnete sich hinter ihnen eine Tür, und Erasmus trat ihnen entgegen. »Bitte entschuldigen Sie, dass Sie so lange warten mussten. Es kam zu einigen ... unvorhergesehenen Zwischenfällen, die unsere Aufmerksamkeit erforderten.«

Tamara musterte die silberne Gestalt neugierig. »Im Zusammenhang mit dem Fremden?«, spekulierte sie.

»Nein.« Erasmus vollführte eine einladende Geste in Richtung der offenen Tür. »Das Kolloquium erwartet Sie.«

Zacharias setzte sich in Bewegung, und Tamara folgte ihm. »Hokonna befindet sich noch in dem Raum mit den Stimulatoren.«

»Ich weiß«, sagte Erasmus. »Ich habe mit ihm gesprochen.« Er bemerkte die neugierigen Blicke seiner beiden Begleiter und fügte hinzu: »Über die Datenverbindungen. Er interessiert sich sehr für die zäidische Kultur und unsere Helfer.«

Tamara hatte zunächst daran gedacht, die neuralen Stimulatoren genau zu diesem Zweck zu nutzen: um mehr über die Maschinenzivilisationen herauszufinden. Sie hatte sich dagegen entschieden, weil die neurale Verbindung rein theoretisch eine Manipulation ihres Bewusstseins ermöglichte und sie in dieser Hinsicht kein Risiko eingehen wollte. Ihr standen andere Möglichkeiten offen, mehr zu erfahren.

»Wir brauchen ihn nicht unbedingt«, sagte Zacharias.

Als sie durch die Tür traten, erlebte Tamara eine kurze Desorientierung, nicht länger als eine Zehntelsekunde und vergleichbar mit den Distortionswellen im All. Von einem Augenblick zum anderen befand sie sich in einem großen Saal, vor einer halbkreisförmigen Tribüne, auf der Dutzende von silbernen Gestalten saßen: die Delegationen der Maschinenzivilisationen. Vor der Tribüne gab es ein Podium, und als sie sich ihm näherten, entstanden in seiner grauen Masse für Zacharias und Tamara vertraute Kontrollen, die vor allem der Präsentation von Daten dienten. Die Gestalten auf der Tribüne wiesen mehr oder weniger große Ähnlichkeit mit Erasmus auf, doch die neben dem Podium war einzigartig, glänzte nicht wie Quecksilber, sondern im satten gelben Ton von Gold.

»Wenn ich vorstellen darf ...«, sagte Erasmus, und diesmal hörte Tamara Respekt in seiner Stimme. »Das ist Zäus, Vater der Maschinenzivilisationen.«

Tamaras Blick huschte über die Tribünenreihen, aber dort saßen nur Zäiden. Die Professorin Marta Hovra befand sich nicht im Saal.

»Es ist mir eine große Ehre«, sagte Zacharias und deutete dem Goldenen gegenüber eine Verbeugung an.

Zäus erwiderte die respektvolle Geste und deutete zum Podium. »Sie haben das Wort, Impro Afraim Zacharias. Tragen Sie uns das Anliegen des Konzils der Überlebenden vor.«

Tamara ließ Zacharias den Vortritt zum Podium und hielt sich zurück. Er war der Repräsentant des Dutzends; es gebührte ihm, die Maschinenzivilisationen um Hilfe im Kampf gegen die Graken zu bitten.

Mit einem leisen Knistern wuchs neben ihr ein Sessel aus dem Boden. Sie nahm darin Platz, ließ den Blick erneut über die Reihen der Tribüne gleiten und konzentrierte sich dann auf Erasmus und Zäus, die beide links neben dem Podium standen. Ihr Mienenspiel, wenn man überhaupt davon reden konnte, verriet nichts, und im Tal-Telas herrschte bis auf ein vages Hintergrundrauschen Stille. Tamara versuchte nicht einmal, in Delm zu sondieren. Es wäre unhöflich gewesen, und dies war wohl kaum der geeignete Zeitpunkt für eine Provokation. Außerdem zweifelte sie daran, dass sie auf diese Weise etwas herausfinden konnte. Auf Millennia und anderen Welten hatte sie gelernt, die Gedankenäquivalente von Künstlichen Intelligenzen zu erfassen und zu manipulieren, doch Megatrone und Zäiden waren weitaus komplexer.

Zacharias schilderte die aktuelle Situation des Dutzends, beschrieb die Lage bei den Verlorenen Welten und erzählte von den Entdeckungen im Ophiuchus-Graben. Er schob Datenmodule in die Scanner, präsentierte den Zäiden sowohl die Ortungsdaten selbst als auch das Ergebnis ihrer Auswertungen. QR-Felder entstanden vor der Tribüne, zeigten das Konstrukt aus einundzwanzig Sonnen und die riesigen Flotten der Vitäen: Golgatha. Es folgten Zahlen und statistische Übersichten, aus denen die ökonomische und militärische Situation des Dutzends hervorging. Zacharias skizzierte die Situation in düsteren, aber sehr realen Farben. Ohne die Hilfe der Zäiden stand die Zivilisation der Menschen und ihrer Verbündeten vor dem Untergang.

Zacharias sprach fast zwei Stunden lang und machte nie den Fehler zu versuchen, seine Zuhörer mit rhetorischen Tricks zu beeindrucken. Anschließend nahm Tamara seinen Platz am Podium ein, als Vertreterin der Republik Millennia. Sie wies darauf hin, dass ihre Welt dem Dutzend bereits jede erdenkliche Hilfe leistete und bei einer Offensive der Graken ebenfalls mit Vernichtung rechnen musste.

»Die Situation erfordert, dass biologisches und maschinelles Leben zusammenarbeiten, um eine Katastrophe zu verhindern«, schloss sie ihren Vortrag. »Auch ich bitte Sie in aller Form: Helfen Sie dem Konzil der Überlebenden. Helfen Sie der Republik Millennia.«

Sie wich vom Podium zurück, blieb neben Zacharias stehen und wartete mit ihm zusammen. Gespenstische Stille herrschte im Saal. Erasmus und Zäus standen so unbewegt wie zwei Statuen, und die Zäiden auf der Tribüne blieben ebenfalls völlig reglos. Aber Tamara war sicher, dass sie miteinander kommunizierten und gewaltige Datenmengen austauschten.

Schließlich wandte sich ihnen die goldene Gestalt zu. »Wir danken Ihnen für Ihre Ausführungen«, sagte Zäus. »Wir geben Ihnen Bescheid, sobald wir eine Entscheidung getroffen haben.«

Erasmus führte sie zur Tür, und diesmal war Tamara vorbereitet. Ein kurzer, kaum wahrnehmbarer Dunst schien sich vor ihre Augen zu legen, als sie durch die Tür trat, und dann befanden sie sich wieder im Apartment mit dem großen Fenster.

»Haben Sie es bemerkt?«, fragte Tamara, als Erasmus fort war.

»Den Übergang wie bei einer Distortion?«

»Ja. Die Zäiden scheinen über Materietransmitter oder etwas in der Art zu verfügen.«

Sie sprachen noch eine Zeit lang über ihre im Saal mit der Tribüne gewonnenen Eindrücke, und dann zog sich Zacharias müde in sein Quartier zurück.

Darauf hatte Tamara gewartet. Sie suchte ihren Teil des Ruheraums auf, streckte sich aber nicht auf der Liege aus, sondern blieb mitten im kleinen Zimmer stehen und wiederholte die vorsichtige, behutsame Sondierung, die sie schon einmal durchgeführt hatte, vor fast zehn Stunden, als Erasmus sie in dieses Apartment gebracht hatte. In Iremia schuf sie einen Phantomkörper von sich selbst, nicht um Sensoren zu täuschen, die es hier gar nicht gab, sondern als Anker für einen Teil ihres Bewusstseins – sie brauchte genug lokale Wahrnehmung, um zurückzukehren, wenn ihre Anwesenheit im Ruheraum erforderlich sein sollte.

Dann verband sie sich in der sechsten Stufe des Tal-Telas mit einem anderen Ort auf Tymion, teleportierte und begann mit ihrer Mission, mehr über die Maschinenzivilisationen herauszufinden.

Der Krieg: XVI

14. Mai 1204 ÄdeF

Die Stimmen von Strategen und Planern hallten durch den großen Situationsraum, aber Nektar blieb auf das Flüstern seines bionischen Interfaces konzentriert, während er um das zentrale Projektionsfeld herumging. Es zeigte den Kernbereich der einstigen Koalition und das blau markierte Dutzend: zwölf Sonnensysteme mit einundzwanzig bewohnten Welten und neunundsechzig Ressourcenplaneten. Verbindungslinien markierten wichtige Transferschneisen. Rote Symbole markierten andere, von den Graken und ihren Vitäen kontrollierte Sonnensysteme – eine rote Flut, die den blauen Bereich umgab, aber seit zwei Jahren nicht mehr näher kam. Nektar übermittelte den mit ihm verbundenen Datenservi knappe verbale Anweisungen und veranlasste sie, ihm genau die Informationen zu übermitteln, die er brauchte. In einem Raumgebiet, das wie ein dreidimensionales Trapez aussah und sowohl das Dutzend als auch einige andere Sonnensysteme mit Verlorenen Welten umfasste, fand kein interstellarer Flugverkehr der Graken mehr statt. Der Bereich war nach dem Ausbringen des ersten Inhibitors schnell gewachsen, doch die neuesten Sensordaten deuteten darauf hin, dass er sich nicht weiter ausdehnte.

»Den Graken ist es gelungen, die multiple Reproduktion der Inhibitoren zu stoppen«, sagte Elyra 7 und trat an Nektars Seite. »Nach nur zwei Jahren.« Sie deutete auf die Darstellungen des Projektionsfelds. »Die Dimensionstunnel außerhalb des Trapezes sind nicht betroffen.«

»Die Frage lautet: Sind die Graken in der Lage, die von den Inhibitoren kontaminierten Tunnel irgendwann wieder zu nutzen?«

»Das wird die Zukunft zeigen«, antwortete die Tal-Telassi ruhig. »Nach den letzten Analysen ist das Dutzend derzeit sicher. Weitere Angriffe der Graken sind sehr unwahrscheinlich.«

Nektar nickte. »Sie müssten durch gewöhnliche Transferschneisen vorstoßen, und dort halten sich unsere Streitkräfte und die Schiffe bereit, die uns die Maschinenzivilisationen geschickt haben. Oder sie müssten neue Dimensionstunnel schaffen, völlig unabhängig von den alten, und das erfordert enorm viel Energie.« Er beobachtete noch immer die Darstellungen und wusste, dass er nicht alles in Echtzeit sah. Manche Daten waren extrapoliert oder wochenlang über Transferstationen unterwegs gewesen. Trotzdem: Er konnte davon ausgehen, ein ziemlich genaues Bild der Lage zu betrachten. »Wir haben Zeit gewonnen, Ehrenwerte. Was fangen wir damit an?«

Es war eher eine rhetorische Frage, aber Elyra 7 antwortete trotzdem. »Konsolidierung. Das Dutzend ist nur knapp dem ökonomischen Zusammenbruch entgangen. Wir brauchen Zeit, um die Wirtschaft unserer Welten zu stärken und die Ressourcen besser zu verwalten.«

Nektar deutete auf die roten Symbole. »Den dortigen Graken stehen nur die Transferschneisen zur Verfügung. Wir könnten versuchen, jene Systeme zurückzuerobern.«

»Wenn es dort Überlebende gibt, so sind sie alle kontaminiert. All die Welten, die sich selbst überlassen wurden, als die Flucht in den Kern begann ... Es gibt keine Hoffnung für sie, Prior.«

»Konsolidierung ...«, murmelte Nektar. In den vergangenen Jahren hatte er sich an diese Dialoge mit der Tal-Telassi gewöhnt. Sie halfen ihm dabei, seine Gedanken zu ordnen, Wichtiges von Unwichtigem zu trennen. »Und dann?«

»Überleben.«

»Ja. Überleben. Aber die Graken werden uns nicht auf Dauer in Ruhe lassen, Ehrenwerte. Wir dachten schon einmal, das Schlimmste überstanden zu haben. Dreiundzwanzig Jahre lang kam es zu keinen Kämpfen mit den Graken, von 1124 bis 1147 ÄdeF, und es gab schon Hoffnung auf ein Ende des Krieges. Doch dann kamen die ersten Feuerstürme – der Feind hatte eine neue Möglichkeit gefunden, in unsere Sonnensysteme einzudringen. Das wird auch diesmal geschehen. Es ist nur eine Frage der Zeit.«

Nektars Blick kehrte zu den Konstellationen im Projektionsfeld zurück. So viel Rot und so wenig Blau ...

»Die Graken dürfen das Dutzend auf keinen Fall erreichen – es wäre unser Ende. Es gibt keinen Ort mehr, an den wir uns zurückziehen können.« Noch immer flüsterten die Datenstimmen durch das Interface, aber Nektar schenkte ihnen weniger Beachtung als zuvor. Er prüfte eine Idee, betrachtete sie von allen Seiten, während sie Gestalt gewann. »Diesmal müssen wir den Graken zuvorkommen«, sagte er schließlich. »Wir dürfen nicht warten, bis sie erneut zuschlagen.«

»Prior?«

»Irgendwo dort draußen haben sie bereits damit begonnen«, fuhr Nektar fort. »Mit einem Projekt, das ihnen den Sieg in einem Krieg bringen soll, der vor zwölf Jahrhunderten begann. Sie werden versuchen, auch das Dutzend zu erreichen, und das müssen wir verhindern.« Er nickte bekräftigend und sah die Tal-Telassi an. »Konsolidierung, ja. Aber auch Vorbereitung. Wir werden einen Teil unserer Ressourcen einsetzen, um nach ... Golgatha zu suchen.«

»Golgatha?«

»Ein von der alten Erde stammender Begriff, der so viel bedeutet wie tiefster Schmerz oder tiefstes Leid. So lautet von jetzt an unser Codename für den letzten Schlag der

Graken gegen uns.« Nektars Entschlossenheit wuchs, je mehr er darüber nachdachte. Und er spürte, wie sich noch etwas anderes in ihm regte, etwas, das während der vergangenen beiden Jahre halb geschlafen hatte. »Diesmal lassen wir uns nicht von der neuen Offensive der Graken überraschen wie vor siebenundfünfzig Jahren. Diesmal kommen wir ihnen zuvor und greifen an, bevor sie angreifen. Wir suchen Golgatha und schlagen zu, bevor uns der Feind hier endgültig erledigen kann.«

Elyra neigte kurz den Kopf. »Ich beginne sofort mit der Ressourcenplanung, Prior.«

Nektar starrte ins Projektionsfeld, sah aber keine rot und blau markierten Sternenfelder mehr, sondern die Zukunft. Golgatha. Eine große, wichtige Mission, um den Feind daran zu hindern, das Dutzend anzugreifen. Ein großer, bedeutender Sieg über die Graken ...

Er hatte immer gewusst, dass die Zukunft - *seine* Zukunft - ihm diese Chance geben würde, aber jetzt rückte sie allmählich in greifbare Nähe. Die Versetzung nach Kalaho ergab plötzlich einen Sinn.

Hinter ihm öffnete sich eine der Türen des Situationsraums, und ein Mann in Uniform kam heran. Er orientierte sich kurz und eilte dann zu Nektar, der ihn erst bemerkte, als er ganz nahe herangekommen war.

»Prior Nektar ...«

Er erkannte die Rangabzeichen eines Adjutanten aus der Administration. Der Mann wirkte sehr, sehr ernst.

»Ihre Frau ...«

Nektars Herz steckte plötzlich in einer Faust aus Eis. »Was ist passiert?«

»Bitte kommen Sie mit.«

»Sie war sofort tot, Nektar«, sagte Medikerin Serena und legte ihm die Hand auf den Arm. »Sie hat nicht gelitten.«

Der Schock bewahrte Nektar vor Schmerz. Er stand einfach nur da, in ihm eine Leere, die alle Gefühle betäubte.

Noch immer kam Rauch aus den zertrümmerten Fenstern der Dachgeschosswohnung. Zwanzig Stockwerke darunter strömte der Toran. Das zur Administration gehörende Apartmenthaus bestand aus mehr als hundert Wohneinheiten, und eine von ihnen war von einer Bombe zerstört worden.

»Wir haben den Täter gefasst«, sagte einer der vielen Uniformierten in der Wohnung. Nektar sah sie, aber sie erschienen ihm anonym, ohne Gesichter.

Wer?, dachte er. Wer konnte all die Sicherheitsschranken passiert haben, ohne einen Alarm auszulösen? Und wem konnte etwas daran gelegen sein, Mel zu töten?

»Wo ist er?«, fragte er.

»Ich bringe Sie zu ihm, Prior.«

Serena blieb an seiner Seite, als der Mann sie durch den Dachgarten führte, der völlig unberührt wirkte. Wie seltsam, fand Nektar. Eine Wohnung war zerstört worden, ein Mensch gestorben, und hier wiegten sich Blumen im leichten Wind. Mels Rosen. Sie hatte sie selbst gepflanzt und war sehr stolz auf sie gewesen.

Der Mann, den Nektar kurz darauf sah, war ein Wrack, aber nicht wegen der Explosion. Seine Gliedmaßen bestanden zum größten Teil aus Prothesen, und das Gesicht wirkte wie zusammengeflickt. Nektar erkannte ihn trotzdem.

In ihm war noch immer alles leer. »Warum, Hilliot?«

Das menschliche Wrack stand auf, von zwei Uniformierten festgehalten. Auch Hilliot trug eine Uniform, mit Veteranenstreifen. Das mochte der Grund dafür sein, warum die Sicherheitsschranken keine unüberwindlichen Hindernisse für ihn gewesen waren. »Du hast sie mir damals genommen, und heute habe ich sie dir genommen. Jetzt musst du endlich für all die Dinge bezahlen, die du mir angetan hast. Sieh mich an. *Sieh mich an!* Sieh nur, was aus mir geworden ist.«

Nektar sah in zwei Augen, in denen seit fünfzig Jahren Hass brannte. »Ich habe dir nie irgendetwas getan, Hilliot.

Für das, was du heute bist, trägst allein du die Verantwortung.«

»Ich hoffe, dass du leidest«, zischte Hilliot. »Ich hoffe, dass die Bombe jede Nacht in deinen Träumen noch einmal explodiert. Ich hoffe ...«

»Bringen Sie ihn fort!«, wies Medikerin Serena die Beamten an.

»Ich hoffe, dass dich der Schmerz zerfrisst!«, heulte Hilliot, als ihn die beiden Männer in einen Leviwagen zerrten, der kurz darauf abhob.

Nektar sah ihm nach. »Was wird mit ihm geschehen?«

»Ich vermute, man wird ihm die Vergangenheit nehmen«, sagte Serena. »Man wird sein Gedächtnis löschen und ihm falsche Erinnerungen geben, und er wird wissen, dass sie falsch sind.«

Nektar glaubte plötzlich, ein schweres Gewicht auf den Schultern zu spüren. Seine Knie zitterten. »Das gibt mir Mel nicht zurück.«

»Nein.« Serena legte ihm erneut die Hand auf den Arm, sanft und voller Mitgefühl. »Lassen Sie uns gehen.«

»Ich möchte sie sehen«, sagte Nektar. »Ein letztes Mal.«

»Davon rate ich Ihnen ab.« Serena seufzte leise und fügte hinzu: »Es ist nicht viel von ihr übrig geblieben. Kommen Sie.«

Der Schmerz kam Stunden später, in der Nacht. Nektar schrie ins Kissen, und Tränen des Zorns strömten über seine Wangen, als er mit den Fäusten an die Wände des Raums trommelte. Er schrie erneut, laut genug, damit ihn alle hörten, und als Serena kam und ihm ein Beruhigungsmittel anbot, schickte er sie wieder fort.

Wieder vergingen Stunden, und als die Sonne aufging, hatte Nektar Schmerz und Leid zu einem Paket verschnürt und beiseitegeräumt, wie so oft in seinem Leben. Er trat nach draußen, ins Licht eines neuen Tages, und hörte allein den Ruf der Zukunft.

Er dachte an Golgatha.

17

Realitätsmechanik

Heres

»Bist du sicher, dass wir hier richtig sind?«, fragte Dominique skeptisch und sah sich um. »Ich dachte, der Realitätsmechaniker genießt einen hohen Status. Warum wohnt er an einem solchen Ort?«

Sie befanden sich in Urhannas »Keller« – hier begann ein Labyrinth aus Wartungstunneln, Zugangsschächten und zahlreichen großen und kleinen Räumen, die irgendwann einmal einen Zweck für die Stadt erfüllt haben mochten, jetzt aber den Eindruck erweckten, in Vergessenheit geraten zu sein. In diesem Bereich kam noch etwas Tageslicht durch schmutzige transparente Deckensegmente, aber weiter unten erstreckte sich eine Welt der Finsternis bis in eine dunkle, heiße Tiefe von fast zwei Kilometern. Nur wenige Leute waren hier unterwegs, doch Tarweder hatte sich trotzdem in eine kleine Nische zurückgezogen, um mit seinem Sohn zu reden. Er hielt das Gerät in der Hand, das Dominique an einen Kom-Servo erinnert hatte, und es projizierte ein zweidimensionales Bild Davvons an die dunkle Wand.

Dominique trat etwas näher.

»Ich habe mehrmals betont, dass ihr nichts mit dem angeblichen Anschlag auf mein Leben zu tun habt«, ertönte Davvons piepsende Stimme. Emotionen huschten über sein Gesicht, auch Sorge. »Aber die Ressourcenmacher schenken meinen Hinweisen keine Beachtung.«

»Ich nehme an, der Dominante übt unmittelbaren Einfluss auf sie aus«, sagte Tarweder.

»Das glaube ich auch.«

»Es bedeutet, dass er die Phase verlassen hat und ganz ins Zweite Dominium gewechselt ist.«

»Solange Dominique das Netz trägt, kann er sie nicht mehr direkt lokalisieren«, sagte Davvon. »Aber er scheint entschlossen zu sein, sie zu finden. Ihr hättet dieses Dominium sofort verlassen sollen.«

»Achtung«, warnte Dominique leise. Sie trat noch dichter an Tarweder heran, als sich mehrere Gestalten durch den dunklen Flur näherten. Der Alte wölbte die andere Hand um den Kom-Servo, und das projizierte Bild verschwand von der Wand. Eine Minute später erschien es wieder, als die Gestalten in der Düsternis verschwunden waren.

»Sie hat darauf bestanden, Nevoth zu besuchen«, sagte Tarweder. »Wir sind in seiner Nähe. Hast du den Zugangscode?«

»Ja.« Davvon nannte ihn. »Ich habe ihm eine sichere Nachricht geschickt und euch angekündigt. Er weiß, dass ihr kommt, und er kennt die Wahrheit.«

»Gut.

»Ich versuche, euch auf dem Laufenden zu halten.«

Tarweder hob die Hand zum Gruß, unterbrach die Verbindung und trat aus der Nische. »Komm, junge Dame.«

»Du hast meine Frage nicht beantwortet«, sagte Dominique, als sie wieder durch den Flur schritten, vorbei an leeren, halbdunklen Räumen. Aus den Augenwinkeln bemerkte Dominique huschende Bewegungen in der Düsternis, aber sie stammten nicht von Menschen, sondern von kleinen, rattenartigen Geschöpfen. Wovon sie hier unten lebten, war ihr ein Rätsel; bisher hatte sie nichts gesehen, das als Nahrung infrage kam.

»Deine Frage? Oh, ob wir hier richtig sind.«

 »Ja.«

»Der Realitätsmechaniker genießt tatsächlich einen hohen Status, aber er steht gleichzeitig außerhalb der Hierarchien des Zweiten Dominiums. Er könnte weit oben im urbanen Kern wohnen. Die Entscheidung, das Reale hier zu erforschen, im Untergrund der Stadt, hat er ganz allein getroffen. Angeblich ist er den Wurzeln des Seins hier näher.«

Das Reale erforschen, dachte Dominique, *auf einer Welt in der nichtlinearen Zeit …*

Tarweder deutete auf die Öffnung eines Seitentunnels. Darüber hatte jemand mit grüner fluoreszierender Farbe Zeichen an die Wand gemalt. »Hier entlang.«

Dominique deutete auf die Schriftzeichen. »Was bedeutet das?«

Tarweder sah kurz nach oben und trat dann in den dunklen Gang. »›Bedenke wohl, worum du bittest, denn es könnte dir gewährt werden.‹«

Die Worte erschienen ihr seltsam vertraut; Dominique war sicher, sie schon einmal gehört oder irgendwo gelesen zu haben. Und sie klangen wie eine Warnung.

Der Seitengang endete nach wenigen Metern vor einer Tür, die in dieser Welt fehl am Platz zu sein schien: Sie war makellos sauber, und über ihr glühte ein Leuchtstreifen neben mehreren Sensoren.

Tarweder trat zum Kontrollfeld neben der Tür, hielt den Zeigefinger der linken Hand und den Daumen der rechten darauf und sagte: »Die Realität reicht über den Horizont der Phantasie hinaus.«

Es summte, und die Tür öffnete sich. Sie traten ein, und hinter ihnen glitt die Tür sofort wieder zu.

Aus irgendeinem Grund fühlte sich Dominique ein wenig sicherer, obwohl sie nicht wusste, was sie hier bei Nevoth erwartete.

Breitere und längere Leuchtstreifen glühten in diesem Raum, bei dem es sich um eine Art Vorzimmer zu handeln schien. In einem offenen Schrank lagen und hingen ungeordnete Kleidungsstücke, und auf dem Tresen daneben sah

Dominique Geräte und Werkzeuge, über deren Zweck sie nur spekulieren konnte. Aus versteckten Lautsprechern kamen seltsame Töne, und Dominique versuchte vergeblich, eine Melodie darin zu erkennen. Einige der Geräusche schienen nicht von Musikinstrumenten zu stammen, sondern natürlichen Ursprungs zu sein.

»Kennst du Nevoth?«, fragte sie Tarweder, als sie sich einer zweiten Tür näherten.

»Ich habe von ihm gehört. Er soll ziemlich exzentrisch sein.«

»Ich frage mich, ob wir ihm vertrauen können.«

»*Du* wolltest unbedingt mit ihm reden, junge Dame. Wenn es nach mir gegangen wäre, befänden wir uns schon wieder im Dritten Dominium, auf dem Weg zur Singenden Schlucht.«

Die Tür öffnete sich, als sie bis auf einen Meter herangekommen waren, und dahinter erstreckte sich ein großes Laboratorium. Lange Tische reihten sich aneinander, darauf Glaskolben mit bunten Flüssigkeiten, untereinander durch dünne gläserne Leitungen und Kabelbündel verbunden. Geräte, die wie einfache Daten-Servi aussahen, standen neben Gerüsten mit kleinen Behältern, die Proben flüssiger und fester Substanzen enthielten. Dominique sah Vorrichtungen, die an Projektoren für einfache pseudoreale Darstellungen erinnerten, aber sie hielt vergeblich nach Kontrollen Ausschau. Von einem solchen Ort erwartete sie zischende und blubbernde Geräusche, das Summen von Geräten und Instrumenten, doch es blieb alles still, bis auf die seltsamen Töne, die auch hier erklangen.

Weiter hinten im Laboratorium wichen die Tische langen, großen Vitrinen, die weitere Behälter präsentierten. Sie enthielten keine Substanzen, sondern Exemplare zahlreicher Pflanzen- und Tiergattungen: Blätter und Wurzeln in allen Formen und Farben, Schlangen und Käfer, bunte Fische, Dutzende von kleinen Faltern, die wie Miniaturausgaben der zarten, intelligenten Quinqu aussahen, libellenartige Geschöpfe, nicht mehr als zwanzig Zentimeter große Humanoiden mit finsteren, verschrumpelten Mienen und vieles andere mehr. Tarweder ging mit wachsender Faszination an den Vitrinen vorbei, doch Dominiques Interesse wich Abscheu, als sie sah, dass einige der in konservierender Flüssigkeit schwimmenden Wesen aufgeschnitten und verstümmelt waren.

»Ich kann mir kaum vorstellen, dass dies viel mit Realitätsmechanik zu tun hat«, sagte sie leise und mit beginnender Skepsis in Hinsicht auf die bevorstehende Begegnung.

»Ich bin weit herumgekommen, aber einige dieser Wesen habe ich noch nie gesehen«, sagte Tarweder, als hätte er ihre Worte gar nicht gehört. »Zum Beispiel dies«. Er deutete auf etwas, das eine halb zusammengekrümmte menschliche Hand zu sein schien, die in gelblichem Öl ruhte.

Dominique beugte sich vor, um Einzelheiten zu erkennen, und plötzlich zuckte die Hand, als wollte sie nach ihrem Gesicht greifen. Sie wich zurück.

»Dies ist ein ... Gruselkabinett«, sagte sie erschrocken.

»Sie ist manchmal recht gruselig, die Realität«, ertönte eine Stimme aus dem Nichts.

Tarweder hob den Kopf.

»Nevoth?«, fragte er.

»Ja. Ihr Sohn hat Sie angekündigt, Tarweder. Kommen Sie.«

»Wo sind Sie?«

»Nehmen Sie am Ende des Laboratoriums die Tür auf der linken Seite.«

Dominique und Tarweder gingen an den letzten Vitrinen vorbei, wandten sich nach links und fanden die Tür. Sie führte in einen großen Raum, der die Funktionen von Salon und Arbeitszimmer vereinte. Rechts gab es eine gemütlich wirkende Sitzecke mit Geräten für Unterhaltung und Kommunikation. Links standen mehrere unterschiedlich große Staffeleien, mit Zeichnungen auf löschbarer Folie. Dominique sah ein Gewirr aus Strichen und Kreisen, wie

Entwürfe für abstrakte Gemälde. Die etwa acht Meter lange Wand dahinter war offenbar eine Art permanentes pseudoreales Projektionsfeld und zeigte etwas, das für Dominique zuerst wie ein wildes Durcheinander aus mathematischen Symbolen wirkte. Erst als sie genauer hinsah, stellte sie fest: Offenbar war das komplexe Gebilde eine überaus komplizierte mathematische Formel, in Dutzende von Abschnitten unterteilt, die miteinander in Verbindung standen.

Auf einem mobilen Podium davor stand ein kleiner, verkrüppelt wirkender Mann. Wenn er ging, schwankte er stark, denn die Beine waren unterschiedlich lang, ebenso die dünnen Arme. Der Kopf wirkte zu groß für den schmächtigen Leib, aber Nevoth brauchte nicht wie Davvon ein Stützgerüst dafür. Vor den Augen trug er eine Art Datenvisier, betrachtete damit die Formel und nahm an einigen Stellen Änderungen vor. Dabei veränderten sich die Töne, die Dominique und Tarweder hörten, seit sie Nevoths Wohnung betreten hatten.

Der kleine Mann schüttelte enttäuscht den Kopf. »Es ist nicht richtig. Es ist einfach nicht richtig. Irgendwo steckt ein fundamentaler Fehler.«

Als er sich umdrehte, klappte er das Visier hoch, und Dominique stellte fest, dass es ihm keine Daten präsentierte, wie sie zunächst vermutet hatte. Stattdessen schien es die Funktion einer Lupe zu haben – der Realitätsmechaniker war offensichtlich halb blind. Er trug einen Overall, der ähnlich beschaffen war wie der Tarweders – ein Werk Davvons?

»Es ist erstaunlich, dass Sie es bis hierher geschafft haben«, sagte Nevoth. »Sie sehen genauso aus wie auf den Fahndungsbildern. Eigentlich hätten Sie jemandem auffallen müssen …« Er unterbrach sich, als er sah, dass Tarweder an seinem Podium vorbeigegangen war und mit großem Interesse die Formel betrachtete. Von Kiwitt im Rucksack kam ein leises, fragend klingendes Gurren.

»Das ist eine der mathematischen Formeln von Ennamas Theorie des Großen und Ganzen, nicht wahr?«, fragte Tarweder und deutete auf eine bestimmte Stelle. Dann wandte er sich einer anderen zu. »Und dies scheint mir Laxmias Axiom der Wechselwirkungen von Licht und Gravitation zu sein.«

»Ich habe gehört, dass man Sie den Weisen nennt«, sagte Nevoth mit neuem Respekt. »Aber ich wusste nicht, dass Sie in Mathematik bewandert sind.«

»Ich habe zu Laxmias Lebzeiten mehrmals mit ihr gesprochen«, erwiderte Tarweder nicht ohne Stolz. »Ebenso mit anderen Gelehrten. Schon in einer frühen Phase meines Lebens habe ich die Erfahrung gemacht, dass es nicht schadet, den geistigen Horizont in alle Richtungen zu erweitern.« Er vollführte eine Geste, die der ganzen Formel galt. »Was versuchen Sie zu berechnen?«

»Die Antwort auf die Frage: Warum sind wir hier?« Nevoth winkte mit seinen dünnen Armen und schien Dominique zu vergessen, als er zu Tarweder trat. »Warum gibt es uns? Wer oder was hat diese Welt und ihre Dominien erschaffen? Was ist die Kraft hinter dem mutativen Einfluss des Odems? Was bewirkt den Schlaf, der manchmal auch zu uns ins Zweite Dominium kommt?«

Tarweder nickte. »Was ist der Sinn des Lebens?«

»Genau«, bestätigte Nevoth aufgeregt. »Es freut mich sehr, dass Sie verstehen! Fast mein ganzes Leben lang habe ich an dieser Formel gearbeitet, und ich stehe unmittelbar vor einem endgültigen Erfolg. Aber irgendwo hat sich ein verdammter Fehler eingeschlichen, und ich finde ihn nicht!«

Die letzten Worte klangen fast schrill, und Dominique bekam im Tal-Telas einen vagen Eindruck vom Bewusstsein des Realitätsmechanikers. Sie fühlte einen extrem labilen Geist, hin und her gerissen zwischen Euphorie und Verzweiflung. *Manisch-depressiv,* diagnostizierte sie und fragte sich, ob sie von einer solchen Person wichtige Informationen erwarten durfte. Andererseits: Bei Manisch-

Depressiven gab es oft einen Keim von Genialität, manchmal auch mehr.

Die beiden Männer – der alte Tarweder und der kaum jüngere, verkrüppelte Nevoth – gingen an der langen Wand mit den Tausenden von mathematischen Symbolen entlang und sprachen leise miteinander. Dominique näherte sich ihnen und sah, wie Kiwitt aus dem Rucksack kroch und flink an Tarweder herunterkletterte, der überhaupt nicht auf das kleine Geschöpf achtete. Er hatte mit Nevoth ein Gespräch über die »Aromen der Realität« begonnen, was auch immer das sein mochte, und Dominique befürchtete, dass sie zu viel Zeit verloren, wenn sie sich weiter zurückhielt.

»Tarweders Sohn Davvon sprach davon, dass Sie etwas über das Fünfte Dominium wissen, Nevoth ...«

Der Realitätsmechaniker drehte den großen Kopf, starrte Dominique aus halb blinden Augen an und blinzelte verwirrt. Dann wandte er sich an Tarweder.

»Davvon meinte, sie sei aus der Großen Leere nach Heres gekommen«, sagte er. »Angeblich stammt sie aus einem Universum mit vielen Welten wie Heres.«

»Nicht wie Heres«, widersprach Dominique. »Es sind Welten ohne Aufteilung in einzelne Dominien.«

Nevoth wandte sich von Tarweder ab, wankte zu Dominique und neigte den großen Kopf von einer Seite zur anderen, als er sie musterte. »Viele Welten«, wiederholte er, und es klang halb wie eine Frage. »Und alle eine Einheit, wie zu Anfang Heres, bevor die Bewohner des Fünften Dominiums die letzten Verbindungen unterbrachen. Damals begann das Schisma, die Teilung unserer Welt.«

Dominique blickte in die halb blinden Augen des Realitätsmechanikers und fühlte Tiefe in ihnen. »Es existiert also? Es gibt ein Fünftes Dominium?«

»Ja.«

»Wie kann man es erreichen?«, fragte Dominique aufgeregt.

Nevoth wich einen Meter zurück. »Ihre Begleiterin ist jung und ungestüm, Weiser. Und es mangelt ihr an Respekt.«

»Das Privileg der Jugend«, sagte Tarweder. »Auch wir waren einmal jung und ungeduldig.«

»Ich erinnere mich kaum mehr daran ...«

»Außerdem möchte sie so schnell wie möglich dorthin zurückkehren, woher sie kam«, fügte Tarweder hinzu. »In ihr ›Universum‹. Sie hofft, im Fünften Dominium eine entsprechende Möglichkeit zu finden.«

Es geht um viel mehr, dachte Dominique und sah aus dem Augenwinkel, wie Kiwitt an der Wand mit den mathematischen Symbolen entlanglief und gelegentlich verharrte.

»Die Dominanten suchen Sie«, sagte Nevoth, die trüben Augen noch immer auf Dominique gerichtet. Sie fragte sich, wie viel er sah.

»Sie sind gut informiert«, stellte Tarweder fest.

»Davvon hat mir das eine oder andere erzählt. Und ich weiß, was in Urhanna geschieht. Auch wenn ich hier unten wohne.«

»Bitte helfen Sie uns.« Dominique verlieh ihren Worten ganz vorsichtig in Delm Nachdruck.

»Mein Sohn sprach davon, dass Sie eine Verbindung zum Fünften Dominium gefunden haben«, sagte Tarweder, als Nevoth zögerte.

Der Realitätsmechaniker schien mit sich selbst zu ringen, und Dominique versuchte, in der vierten Stufe des Tal-Telas einen Blick auf seine Gedanken zu werfen, gewann aber nur einen vagen Eindruck von Kummer. »Kommen Sie«, sagte er schließlich und wankte am Podium vorbei zu einer offenen Tür.

Dahinter betraten sie einen kurzen Flur, von dem rechts und links Räume abgingen. In den meisten von ihnen war es dunkel, und in den wenigen mit aktiven Leuchtstreifen sah Dominique Modelle, die sie an Atomschalen und Quantenrelationen erinnerten.

»Das Allerkleinste weist uns den Weg zum Großen und Größten«, sagte Nevoth, als er Dominiques Blick bemerkte. Seine Aufmerksamkeit erstaunte sie ein wenig. Verfügte er über spezielle sensorische Implantate? Oder sahen seine halb blinden Augen mehr, als sie für möglich hielt? »Wenn man die Wechselwirkungen im Mikrokosmos versteht, erschließen sich einem früher oder später die Geheimnisse des Makrokosmos.«

»Jemand sagte einmal, dass man mit einem Hebel, der lang genug ist, die Welt aus den Angeln heben kann«, sagte Dominique, die Nevoths besondere Besessenheit zu verstehen begann.

»Nicht diese Welt«, erwiderte der Realitätsmechaniker ernst. »Selbst wenn Ihr Hebel lang und stabil genug wäre: Er würde nur einen Teil von ihr bewegen.«

»Aber das könnte sich bald ändern, nicht wahr?«, warf Tarweder ein, als sie den Weg fortsetzten. »Gewisse Dinge deuten darauf hin, dass die Dominanten versuchen, die vier - beziehungsweise fünf - Teile von Heres wieder zusammenzuführen.«

»Das stimmt nicht ganz.« Nevoth blieb im Zugang eines dunklen Zimmers stehen. »Die Dominanten fügen an manchen Stellen etwas zusammen und trennen an anderen. Seit dem Schisma suchen sie nach einem Weg zu den Flüchtlingen und fürchten gleichzeitig, dass sie aus dem Fünften in die anderen Dominien gelangen könnten.«

»Die Flüchtlinge? Meinen Sie die Kantaki?«

»Kantaki«, wiederholte Nevoth langsam und lauschte dem Klang des Wortes. »So hieß es in der Botschaft. Ich war mir nicht sicher, es richtig übersetzt zu haben. Kan-ta-ki. Ja, so lautete der Name.«

Die rechte Hand des Realitätsmechanikers fand den Lichtschalter, und es wurde hell im Zimmer. »Das ist einer der Gründe, warum ich mich vor vielen Jahren hier niedergelassen habe, im Keller von Urhanna«, sagte Nevoth und deutete auf den Brunnen im Zentrum des großen Raums.

Jähe Hoffnung erwachte in Dominique. »Bietet er Zugang zum Fünften Dominium?«

»O nein.« Nevoth führte seine beiden Begleiter zu den alten Steinen, an denen sich unübersehbare Bearbeitungsspuren zeigten. Feine Linien durchzogen das Material, und als Dominique näher kam, sah sie, dass das Gestein auseinandergesägt worden war.

Nevoth strich mit den Fingern erst über die Schnittlinien und dann die Symbole am Rand des Brunnens. »Er funktionierte schon nicht mehr, als ich ihn in meinen jungen Jahren fand«, sagte er. »Ich habe ihn damals auseinandergenommen, um mehr über ihn zu erfahren. Und dabei fand ich die Nachricht von der unheiligen Allianz in einem der Steine, verschränkt mit den Symbolen hier am Rand. Die Entdeckung jener Verbindungen erlaubte mir erste Übersetzungsversuche. Später lernte ich, die Symbole noch besser zu deuten. Ich glaube, alle Brunnen von Heres sind auf einem quantenmechanischen Niveau miteinander verschränkt. Durch das Schisma wurden sie zu einem Transportsystem zwischen den Dominien, mit Ausnahme des Fünften, aber zuvor stellten sie den Versuch dar, eine Art Brücke zu bauen.«

»Eine Brücke?«, fragte Dominique neugierig. »Wohin? Und was hat es mit der ›unheiligen Allianz‹ auf sich?«

Töne erklangen, Fragmente einer Melodie. Dominique achtete nicht darauf, sah den Realitätsmechaniker an und wartete auf eine Antwort. Sie fühlte sich dicht vor wichtigen Erkenntnissen, und ihre Aufregung wuchs, verdrängte die auf der Lauer liegende Müdigkeit.

Nevoth wandte sich von dem alten Brunnen ab und wankte zu einigen Vitrinen, in denen verschiedene Dinge lagen. Einige von ihnen sahen wie archäologische Fundstücke aus; andere schienen einst Komponenten von Maschinen und Geräten gewesen zu sein. Dominique bemerkte mehrere fünfeckige Gegenstände mit Kantaki-Symbolen und einige Objekte mit den Schriftzeichen der Dominanten. Der Realitätsmechaniker öffnete eine der Vitrinen und entnahm ihr ein Kantaki-Artefakt, dessen Symbole in Bewegung gerieten, als Nevoth das Objekt berührte.

»Das Herz eines Steins«, sagte er leise. »Und es schlägt noch.«

Er berührte eine Stelle, und über dem kantigen Objekt entstand ein mattes Projektionsfeld, gefüllt mit Kantaki-Symbolen und ... vertrauteren Zeichen. Dominique sah genauer hin und erkannte sie als eine frühe Form von InterLingua. Einzelne Worte ließen sich aber nicht entziffern – die InterLingua-Zeichen schienen fehlende Kantaki-Symbole zu ersetzen.

»Ich bin inzwischen davon überzeugt, dass die Brunnen ursprünglich auch als Nachrichtensystem dienen sollten«, fuhr Nevoth fort. »Vermutlich enthalten die anderen Brunnen weitere Teile der Botschaft, einzelne Kapitel einer großen Geschichte.«

»Haben Sie nicht versucht, es herauszufinden?«, fragte Tarweder.

»Die aktiven Brunnen sind für Reisen zwischen den Dominien nötig«, sagte Nevoth. »Ich konnte mir wohl kaum erlauben, einzelne Steine herauszuschneiden. Aber bei Struktursondierungen habe ich festgestellt, dass alle von mir untersuchten Brunnen solche Objekte enthalten.« Er hob das Kantaki-Artefakt, und das Projektionsfeld trübte sich dadurch ein wenig.

»Sie erwähnten eine Brücke«, sagte Dominique, die befürchtete, dass sich der Realitätsmechaniker ablenken ließ.

Nevoth betrachtete die Zeichen und Symbole im Projektionsfeld, und einige Sekunden lang hatte es den Anschein, als hätte er Dominique überhaupt nicht gehört.

»Eine Brücke, ja«, sagte er dann. »Die Kantaki kamen nicht nur als Flüchtlinge nach Heres. Sie wollten sich von hier aus Zugang zu einer anderen ... Existenzebene verschaffen, um den Dritten Konflikt der Konzepte zu beenden.«

Dominique dachte sofort an die Begegnung mit Mutter Rrirk in der alten Kantaki-Station auf Aquaria. »Die andere Existenzebene ... Erwähnt die Botschaft ihren Namen?«

»Ja«, sagte Nevoth. »Es ist die Rede von der ›Prävalenz‹ ...«

»Olkin, der Prävalente, dem ich begegnet bin ...« Dominique sah Tarweder an. »Ich habe dir von ihm erzählt.«

»Du hast ihn ›kranker Gott‹ genannt.«

»Die Kantaki flohen damals hierher und fanden offenbar einen Weg zur Prävalenz. Wollten sie Olkin das Handwerk legen, seinen Manipulationen ein Ende bereiten? Aber wenn das ihre Absicht war ... Sie scheinen nicht erfolgreich gewesen zu sein, oder?« Die letzten Worte richtete Dominique an Nevoth.

»Ich weiß nicht, was die Kantaki planten«, sagte der Realitätsmechaniker. »Ich weiß nur, dass sie das Fünfte Dominium von den anderen vier Dominien trennten, um sich vor den Dominanten zu schützen. Die seitdem nach einem Weg dorthin suchen.« Nevoth lachte leise, und es klang fast wie ein Meckern. »Der sich direkt vor ihrer Nase befindet. Aber er blieb ihnen verborgen. Obwohl sie Zontra mehrmals auf den Kopf gestellt haben.«

»In Zontra gibt es eine Möglichkeit, das Fünfte Dominium zu erreichen?«, fragte Dominique.

»So heißt es in der Botschaft. Als mir die Übersetzung gelungen war, habe ich mit den Ressourcenmachern über eine genauere Untersuchung der Brunnen gesprochen. Sie wollten die Funktionalität der Brunnen nicht aufs Spiel setzen und verweigerten mir die Genehmigung. Und bei den Brunnen der anderen Dominien sind mir kaum eingehende Analysen möglich, weil mir dazu die Zeit fehlt – als Residenter kann ich mich dort nur für kurze Zeit aufhalten.« Nevoth seufzte leise. »Irgendwie müssen die Dominanten von der Übersetzung erfahren haben, denn kurze Zeit später begannen sie mit der ersten gründlichen Suche in Zontra.«

Wieder erklangen Töne, wirr und disharmonisch.

»Wie lautete die Botschaft?«, fragte Dominique.

Der trübe Blick des Realitätsmechanikers richtete sich auf das Projektionsfeld über dem Kantaki-Artefakt. »Ich kenne sie auswendig. ›Diese Worte spricht Vater Mru, Sohn von Mutter Krir, deren Schiff einst von Diamant durch den Transraum gesteuert wurde: Wir, die Letzten eines großen Volkes, sind Opfer der unheiligen Allianz von Vergangenheit und Zukunft. Alt und Jung kämpften im Dritten Konflikt der Konzepte gegeneinander, ohne von der lenkenden Hand im Hintergrund zu wissen. So schwächten wir uns selbst vor der entscheidenden Auseinandersetzung, und schließlich blieb den Überlebenden nur die Flucht. Wir mussten uns schützen, denn wir sind die Letzten, und unser Ende wäre auch das Ende jeder Hoffnung. Aber solange wir uns schützen, bleibt der Weg zur Prävalenz versperrt. Wer diese Worte hört, vernehme auch die Bitte der letzten Kantaki: Helft uns. Helft uns, die Prävalenz zu erreichen, und in ihr den Kranken. Findet in Zontra das Tor, das sich wissenden Augen zeigt und ins Fünfte Dominium führt ...«

Nevoth unterbrach sich, als weitere Töne erklangen und so etwas wie ein Zusammenhang zwischen ihnen hörbar wurde. Dominique achtete nicht darauf.

»Die unheilige Allianz von Vergangenheit und Zukunft«, sagte sie. »Was bedeutet das? Und der Kranke ...?«

»Olkin?«, spekulierte Tarweder.

Die Luft im Zimmer mit dem alten Brunnen schien plötzlich nicht mehr leer zu sein. Etwas bewegte sich in ihr, ungreifbar wie Nebelschwaden, und die Töne wuchsen zu einer makellosen Melodie zusammen. Einige Sekunden lang lauschte Nevoth ihr hingerissen. Dann legte er das Kantaki-Artefakt beiseite – das Projektionsfeld erlosch sofort – und eilte verblüffend schnell davon.

»Die Formel!«, entfuhr es ihm, als er bereits den Flur erreicht hatte. »Die Formel ist vollständig!«

Sie kehrten zu dem Raum zurück, der eine Mischung aus Arbeitszimmer und Salon war. Kiwitt hockte dort vor der acht Meter langen Wand mit den zahllosen mathematischen Symbolen. Wo das kleine Geschöpf sie mit den Vorderpfoten berührte, erschienen neue Zeichen und wiesen mit leuchtendem Rot auf erfolgte Veränderungen hin. Dominique bemerkte mehrere rote Stellen.

Nevoth hastete an der Wand entlang, verharrte immer wieder und sah sich die roten Markierungen mit vor die Augen geklapptem Datenvisier an. »Mein Lebenswerk ...«, brachte er hervor. »Die Weltformel. Die Beschreibung der gesamten, komplexen Realität ... Endlich ist sie vollständig und korrekt. Hören Sie nur!«

Noch immer erklang die perfekte Melodie.

»Kiwitt?« Tarweder näherte sich dem leise gurrenden Geschöpf. »Wie hast du das fertig gebracht?«

Das Tier, die Vorderläufe noch immer wie Arme erhoben, drehte den Kopf und sah Tarweder aus seinen großen dunklen Augen an. Es richtete den Blick auch auf Dominique, und für einen Sekundenbruchteil erkannte sie darin etwas, das ihr nicht gefiel. Dann wandte sich Kiwitt wieder der Wand zu, gurrte laut und sauste los, am acht Meter langen Projektionsfeld entlang. Seine Pfoten strichen dabei über die vielen mathematischen Zeichen und hinterließen lange rote Streifen.

Aus der perfekten Melodie wurde ein akustisches Chaos aus schrillen, dissonanten Tönen.

»Nein!«, rief Nevoth entsetzt und sank auf die Knie. »*Nein!*«

Kiwitt sprang empor, um auch Teile der Formel weiter oben zu erreichen, hinterließ dort ebenfalls rote Spuren. Tarweder rief ihn zu sich, aber das Geschöpf hörte nicht auf ihn und hielt erst inne, als die letzten heulenden Töne verklangen und einer Stille wichen, in der nur das leise Schluchzen des Realitätsmechanikers zu hören war. Und ein zufriedenes Gurren von Kiwitt.

Als er in Tarweders Rucksack zurückkehren wollte, packte ihn der Alte und hielt ihn mit beiden Händen auf Augenhöhe.

»Was ist nur in dich gefahren, kleiner Kerl?«, fragte er mehr verwundert als verärgert.

Nevoth kniete noch immer auf dem Boden und ließ den großen Kopf hängen. »Die Formel, die *alles* erklärt ... Sie war vollständig.«

»Aber wie hat er es geschafft?«, fragte Dominique. Sie trat zu Tarweder und blickte auf den zappelnden Kiwitt. »Ich meine, er ist ein Tier, oder? Wie kann er die Fehler in der Formel gefunden und korrigiert haben?«

»Mein Lebenswerk, zerstört«, jammerte der Realitätsmechaniker.

Kiwitt erwiderte Dominiques Blick, und wieder bemerkte sie in seinen großen Augen etwas, das Unbehagen in ihr schuf. Dann gurrte er erneut, befreite sich aus dem Griff des Alten, huschte über Arm und Schulter und verschwand im Rucksack.

»Und warum hat er die Formel anschließend gelöscht?«, fragte Dominique. »Welchen *Sinn* hat das?« Aus irgendeinem Grund hatte sie plötzlich das Gefühl, dass die Zeit drängte. Sie ging zu Nevoth. »Findet das Tor in Zontra ...«, sagte sie. »Wie lautet der Rest der Botschaft?«

Der Realitätsmechaniker stand langsam und mit einem leisen Ächzen auf. »Ich hatte es schon bereut, mich darauf eingelassen zu haben. Ein schlechtes Gewissen plagte mich. Aber jetzt ...«

Er wankte zum Podium, legte die Hand dort auf ein Kontrollfeld und murmelte ein Wort, das Dominique nicht verstand.

Wellenförmige Bewegungen kamen in das Projektionsfeld mit der ruinierten Formel, als sich dahinter eine Tür öffnete. Eine Gestalt trat vor, und Dominique erkannte sie sofort.

Ein Dominanter.

Der Krieg: XVII

1. September 1210 ÄdeF

In der Umlaufbahn des Gasriesen Ramparan, sechster Planet des Kuala-Tuhal-Systems, gab es ein großes medizinisches Zentrum namens Velazko, in dem vor allem Kriegsverletzte behandelt wurden. Die meisten von ihnen kamen mit schnellen Kurierschiffen oder langsameren Transportern aus der nahen Transferschneise, die das Kuala-Tuhal-System mit den anderen Sonnensystemen des Dutzends verband. Das nach einem berühmten Mediker, der zu Beginn des Grakenkriegs Außergewöhnliches geleistet hatte, benannte Medo-Zentrum stattete die vielen Verwundeten mit Prothesen und, wenn es möglich war, bionischem Gewebe aus. Es gab aber auch eine Abteilung, die sich mit psychischen Leiden befasste, und in einem ihrer Räume blickte Markant Nektar in Augen, in denen eine ganz besondere Art von Angst flackerte. Es war die Angst davor, sich endgültig in einem Grakentraum zu verlieren, selbst hier, viele Lichtjahre von den nächsten Molochen entfernt.

»Kann er uns hören?«, fragte Nektar und musterte das eingefallene, hohlwangige Gesicht. Der etwa fünfzig Standardjahre alte Mann machte einen völlig ausgemergelten Eindruck. Er lag lang ausgestreckt auf einer Liege, starrte an die Decke und schien dort Dinge zu sehen, die allen anderen verborgen blieben.

»Vermutlich nicht. Aber bisher hat er immer auf die Stimulationen reagiert. Wenn Sie wünschen …« Mediker Granville hielt sich an den Kontrollen der nahen medizinischen Servi bereit.

»Warten Sie noch.« Nektar ging langsam um die Liege herum und betrachtete die Gestalt nachdenklich. »Können Sie ihn retten?«

»Wir versuchen es«, sagte Granville. Er zählte zu den Lobotomen, wie Serena. Die meisten Nektar bekannten Mediker waren Lobotome; vielleicht konnten sie den Belastungen anders nicht standhalten. »Eigentlich ist er bereits kontaminiert – er hat sich zu lange im Einflussbereich eines Grakentraums aufgehalten. Aber wir haben einige neue Verfahren entwickelt, und bei ihm ist die Kontamination noch nicht sehr stark. Ja, vielleicht können wir ihn retten.«

»Geben Sie sich alle Mühe«, wies Nektar den Mediker an, und er sagte das nicht nur wegen der Informationen, die im Gedächtnis dieses Mannes gespeichert waren, der in einer Art Wachkoma lag. »Was wissen wir bisher?«

»Ich nehme an, Sie haben die Berichte bekommen …«

»Bitte«, sagte Nektar ruhig, ohne den Blick vom Kontaminierten abzuwenden. »Ich möchte es von Ihnen hören.«

»Der Mann heißt Josso Ebrani und ist Keil bei den Streitkräften. Sein Schiff – die *Tigur*, ein leichter Zerstörer der Mars-Klasse – kam aus der Transferschneise bei Extenor und reagierte nicht auf Kom-Signale …«

»Extenor«, sagte Nektar leise. »Eine gut zweihundert Lichtjahre vom Draghi-System entfernte Bastion. Dort gibt es keine uns bekannte Graken-Aktivität.«

»Wie sich herausstellte, gab es an Bord der *Tigur* nur einen Überlebenden: Keil Josso Ebrani«, fuhr Granville fort. »Alle anderen waren tot, der Kontamination durch einen Grakentraum erlegen. Wir gehen davon aus, dass es Ebrani gelang, die *Tigur* in den Nottransit zu steuern. Er schaffte es nicht mehr, sich in die Hibernation zurückzuziehen, aber seltsamerweise könnte ihn ausgerechnet das vor dem Tod bewahrt haben.«

»Halten Sie es für möglich, dass der Sprungschock einen Teil der Graken-Kontamination neutralisierte?«

»Vielleicht.«

»Gehen Sie dieser Sache auf den Grund«, sagte Nektar. »Es könnte ein Mittel sein, Kontaminierte zu behandeln. Und weiter?«

»Als der Mann geborgen wurde, sprach er von einem Großprojekt der Graken in ›dunkler Schale‹.« Granville wirkte skeptisch. »Nun, er *sprach* nicht in dem Sinne davon; es klang eher nach einem Delirium.«

»Mit den Logbuchaufzeichnungen ließ sich nichts anfangen.«

»Was auch immer die *Tigur* fand: Die einzigen Hinweise darauf befinden sich in den Erinnerungen dieses Mannes«, sagte der Mediker. Er stand noch immer an den medizinischen Kontrollen und wartete auf Anweisungen.

»Sie haben Erfahrung, Granville«, sagte Nektar. »Sie wissen besser als sonst jemand, wie sich Schocks und Traumata auswirken können. Das Bewusstsein dieses Mannes ist in einem Grakentraum gefangen gewesen, lange genug für eine Kontamination.«

»Sie möchten wissen, ob wir Ebranis Aussagen vertrauen können.«

»Ja«, bestätigte Nektar und blieb am Kopfende der Liege stehen.

Der lobotome Mediker seufzte. »Das ist sehr schwer zu beurteilen, Markant. Es könnte sich um Auswirkungen des Grakentraums handeln, um das mentale Echo fremder Bilder.«

Nektar trat noch etwas näher an die Liege heran, damit er das Gesicht des Mannes deutlich sehen konnte. »Hören wir uns an, was er zu sagen hat.«

Mediker Granville betätigte die Kontrollen der medizinischen Servi. Einige Sekunden verstrichen, ohne dass etwas geschah, und dann blinzelte Ebrani und stöhnte leise. Sein Blick kehrte ins Hier zurück, richtete sich auf Nektar.

»Ich bin Markant Nektar«, stellte er sich vor. »Können Sie mich hören? Verstehen Sie mich?«

»Nektar?«, wiederholte der Mann langsam und mit brüchiger Stimme. »Ich habe ... von Ihnen ... gehört.«

»Sie sind hier in guten Händen, Keil Ebrani. Sie werden sich bald erholen.«

»Sie brauchen mich nicht zu belügen, Markant. Ich weiß, dass ich kontaminiert bin. Auch die anderen waren kontaminiert, und jetzt sind sie tot.«

Nektar wechselte einen Blick mit Granville.

Der Mediker trat ins Blickfeld seines Patienten. »Sie haben eine echte Chance, das versichere ich Ihnen. Bei Ihnen ist die Kontamination nur geringfügig, und paradoxerweise scheint Ihnen der Sprungschock geholfen zu haben.«

»Keil Ebrani ...«, sagte Nektar. »Was ist geschehen? Wie kamen Sie unter den Einfluss eines Graken? Und was hat es mit dem Großprojekt der Graken in ›dunkler Schale‹ auf sich?«

Josso Ebrani zitterte, und es flackerte wieder in seinen Augen. »Ich ... weiß nicht genau, was die Ursache gewesen ist. Ein ... Fehlsprung vielleicht. Oder eine Falle in der Transferschneise. Fast alle tronischen Systeme fielen aus, und wir ... fanden uns in einer riesigen Ansammlung von Molochen und Vitäen-Schiffen wieder. Sonnen strahlten hell in der Nähe und ...« Ebrani verzog das Gesicht; das Sprechen schien ihm immer schwerer zu fallen. »Jenseits davon war alles dunkel. Eine dunkle Schale ... Wir hatten mehrere Unberührte an Bord, und die Graken fanden sie sofort, und dadurch fanden sie auch den Rest von uns ...« Der Blick des Mannes verlor sich wieder in der Leere.

»Granville?«

 »Die Erinnerungen belasten ihn sehr.«

Nektar beugte sich ein wenig vor. »Was haben Sie gesehen, Keil Ebrani?«

»Die Sonnen, in einer dunklen Schale ... Und ein Konstrukt, ein gewaltiges Gebilde, in ihrem Innern ...«

»Im Innern der Sonnen?«, fragte Nektar.

»In der Mitte des Sonnengitters. Ein riesiges Gebilde ... Unsere Datenservi und tronischen Systeme waren größtenteils ausgefallen. Wir konnten keine Aufzeichnungen anfertigen. Die Graken kamen, und mit ihnen die Kronn, Chtai und Geeta, und ... *es war kaum auszuhalten*. Es fühlte sich an, als würde mir jemand das Gehirn zerquetschen. Um mich herum starben die anderen. Ich weiß nicht mehr, wie ich es geschafft habe, aber ... irgendwie gelang es mir, die Krümmer hochzufahren und die *Tigur* in die nächste Transferschneise zu steuern.«

»Wo?«, fragte Nektar. »Wo haben Sie die vielen Moloche und Vitäen-Schiffe gesehen?«

»Wir konnten unsere Position ... nicht genau bestimmen. Es war ... irgendwo im ... Ophiuchus-Graben ...«

Ebrani war kaum mehr zu verstehen. Der Mann bebte am ganzen Leib so heftig, dass seine Zähne klapperten. Granville betätigte erneut die Kontrollen der medizinischen Servi, und das Bewusstsein seines Patienten kehrte ins kontrollierte Koma zurück.

Wenige Minuten später, in einem anderen Zimmer des Medo-Zentrums, trat Nektar zu Elyra 7 und einigen Offizieren der Strategischen Planungsgruppe. »Ehrenwerte?«, fragte er sofort.

»Ich bin für solche Dinge nicht geschult«, sagte die Tal-Telassi. »Andere Schwestern verstehen es besser als ich, ein kontaminiertes Bewusstsein zu sondieren. Seine Gedanken sind wirr, aber die Erinnerungen scheinen echt zu sein.« Sie deutete auf ein Projektionsfeld, das einige Sonnen und in ihrer Nähe eine Art Raumstation zeigte. Ihre eigenen Gedanken, von einem bionischen Interface übermittelt, hatten das Bild geschaffen.

»Ein gewaltiges Aggregat, das die Energie gleich mehrerer Sonnen aufnehmen soll«, sagte einer der Offiziere. »Und eine große Ansammlung von Graken und Vitäen.«

»Könnte es sich um eine Vorrichtung handeln, die neue Dimensionstunnel schaffen soll, hierher ins Dutzend?«, fragte Nektar.

»Der Ophiuchus-Graben ist mehr als sechstausendzweihundert Lichtjahre entfernt«, erwiderte jemand anders. »Dimensionstunnel über eine solche Entfernung ...«

»... brauchen viel Energie«, sagte Nektar. »Die Energie mehrerer Sonnen.«

»Golgatha?«

»Vielleicht. Im Ophiuchus-Graben. Weit entfernt. Wo die Graken ungestört sind.«

Elyra hatte an den Kontrollen eines Datenservos Platz genommen. Ein zweites Projektionsfeld erschien und zeigte einen Teil des Orion-Arms, eine Region mit ausgedehnten Dunkelwolken, die das Licht der Sterne schluckten. »Wir brauchen genauere Koordinaten. Der Ophiuchus-Graben ist riesig. Es würde Jahrhunderte dauern, ihn genau abzusuchen.«

»Dann sollten wir am besten sofort damit beginnen«, sagte Nektar.

18

Mutterworte

Heres

Es gab keine Zweifel – die kobaltblaue Iris und das wogende silberne Haar boten deutliche Hinweise. Und dass der Dominante ganz deutlich zu sehen war, konnte nur bedeuten: Er hatte die Phase verlassen und war ins Zweite Dominium gewechselt.

Der Mann überragte Dominique um fast zwanzig Zentimeter und trug Kleidung mit dem bereits bekannten Tarneffekt – bei jeder Bewegung schien er durchsichtig zu werden. Instrumente, Werkzeuge und vielleicht auch Waffen steckten an Schlaufen, die sich nicht nur auf den Gürtelbereich beschränkten. Er ging völlig lautlos und mit katzenartiger Geschmeidigkeit, und Dominique fühlte sich von seinem sondierenden Blick durchbohrt.

»Sie haben uns verraten«, sagte Tarweder. Seine Worte galten dem Realitätsmechaniker.

Nevoth bebte vor Zorn. »Die Dominanten können mir bei der Untersuchung der anderen Brunnen helfen; sie haben es mir versprochen.«

»Wenn das mein Sohn erfährt ...«

»Er wird nichts davon erfahren. Und sollte er doch irgendwann einmal die Wahrheit herausfinden ...« Nevoth hob und senkte die schmalen Schultern. »Sie haben es nicht anders verdient!«, zischte er. »Die Formel ...«

Dominique musterte den Mann, der kaum zwei Meter vor ihr stehen blieb, und fragte sich, wozu er hier im Zweiten Dominium außerhalb der Phase imstande war. »Sie hätten die Formel speichern sollen. Aber selbst so ist nicht alles verloren, Nevoth. Ich habe die vollständige Formel gesehen und verfüge über spezielle Fähigkeiten. Es wäre möglich, sie aus meinen Erinnerungen zu rekonstruieren.«

Sie wusste nicht genau, warum sie das sagte. Wollte sie Nevoth umstimmen, weil sie Hilfe von ihm erhoffte?

Der Dominante öffnete den Mund, und es erklangen einige knurrende Laute, mit denen Dominique nichts anfangen konnte.

»Ich verstehe Sie nicht«, sagte sie und fühlte das Gewicht des konusförmigen Gegenstands in der Tasche.

Der fremde Mann hob eine Hand zum Hals und drückte dort auf etwas. Im Tal-Telas spürte Dominique vage, wie sich die Denkmuster des Dominanten veränderten. Es entstanden neue Sinnelemente, deren Bedeutung aber hinter einer Barriere verborgen blieb, wie bei dem Humanoiden im Kantaki-Nexus.

»Verstehen Sie mich jetzt?«

Dominique nickte überrascht. »Ja.«

»Ich musste besondere Maßnahmen ergreifen, um Sie zu finden.« Das Mann sprach mit einem vollen Bariton; es klang fast melodisch.

»Was wollen Sie?«, fragte Dominique und begann damit, vorsichtig die Kraft des Tal-Telas zu sammeln. Es war die einzige Möglichkeit. Ein Kampf gegen den Dominanten kam nicht infrage; mit seinen physischen Erweiterungen war er ihr an Kraft und Agilität weit überlegen. Nur die Teleportation bot einen Ausweg. Viel zu deutlich erinnerte sie sich an das Feuer, das beim letzten Mal fast ihr Bewusstsein ausgelöscht hätte, aber sie setzte ihre Vorbereitungen trotzdem fort.

 »Wir möchten Ihnen helfen«, sagte der Dominante.

»Sie wollen mir *helfen?*«, erwiderte Dominique verblüfft und starrte den Fremden an.

»Sie sind in Dinge verwickelt, die Sie nicht verstehen. Wir möchten Sie vor sich selbst schützen. Und Heres vor Ihnen. Bitte begleiten Sie mich. Sie haben nichts zu befürchten, das versichere ich Ihnen.«

Tarweder war zur Seite getreten und wirkte fast wie ein unbeteiligter Zuschauer. Der Realitätsmechaniker stand nicht weit von ihm entfernt neben dem mobilen Podium, und sein Blick glitt immer wieder zu Dominique. Eben war er noch zornig gewesen, aber inzwischen schien er zu bedauern, dass er seine Besucher an den Dominanten verraten hatte. Und in seinen trüben Augen leuchtete die Hoffnung, dass sich die Formel tatsächlich rekonstruieren ließ. Ganz langsam wich er zurück, in Richtung eines Schranks mit Geräten und Instrumenten.

Die Worte des Dominanten ... Sie schienen in Dominique widerzuhallen und klangen sehr vernünftig.

Der Mann mit dem wogenden silbernen Haar holte einen Gegenstand hervor, den Dominique kannte – er sah wie die Hülse eines kleinen Geschosses aus.

»Wir verlassen das Zweite Dominium, und anschließend erkläre ich Ihnen alles. Bei uns sind Sie gut aufgehoben.«

Es hörte sich nach einer freundlichen Einladung an, und es schien nicht den geringsten Grund zu geben, die guten Absichten des Mannes in Zweifel zu ziehen.

Trau ihm nicht. Er versucht, dich zu beeinflussen.

Dominique sah sich um. Die Stimme war weder vom Dominanten noch von den beiden Alten gekommen.

Der Mann vor Dominique trat einen Schritt näher und hob das patronenartige Objekt. »Wir möchten Ihnen helfen«, betonte er noch einmal. »Sie wissen nicht, was Heres ist und was diese Welt bedeutet. Sie könnten ihr ebenso schaden wie sich selbst. Begleiten Sie mich. Am Ziel unserer kleinen Reise erwarten Sie Antworten auf alle Ihre Fragen.«

Er ist schwach, flüsterte erneut die Stimme aus dem Nichts. *Hier im Zweiten Dominium und außerhalb der Phase sind seine Möglichkeiten begrenzt. Deshalb versucht er, dich zu beeinflussen, damit du freiwillig mit ihm gehst. Trau ihm nicht. Ich kenne ihn und seinesgleichen. Sie sind die unheilige Allianz, von der Vater Mru gesprochen hat.*

»Wer bist du?«, fragte Dominique leise. Die Stimme hatte immer vertrauter geklungen.

Nevoth verharrte kurz in der Nähe des Schranks, wich dann noch etwas weiter zurück. Tarweder warf ihr einen fragenden Blick zu, und der Dominante vor ihr neigte den Kopf ein wenig zur Seite.

Dominique spürte, wie der subtile Druck auf ihre Gedanken zunahm.

»Vertrauen Sie mir«, sagte der fremde Mann mit etwas mehr Nachdruck in der Stimme. »Begleiten Sie mich.« Er schickte sich an, die Patrone zu werfen, um ein Transfertor zu schaffen.

Ich bin dein Vater, flüsterte die Stimme. *Ich bin Dominik. Trau ihm nicht! Widersetz dich ihm! Du darfst nicht in ihre Gewalt geraten!*

Dominique hatte nie die Stimme ihres Vaters gehört, der bei ihrer Geburt bereits tot gewesen war, im Kampf gegen die Graken auf Millennia gestorben, zusammen mit Tako Karides – aber nicht für den Bruchteil einer Sekunde zweifelte sie daran, dass sie tatsächlich Dominiks Stimme vernahm. Und er schien in der Nähe zu sein.

Ihr Blick tanzte durch den Raum.

Lass dich nicht ablenken, warnte Dominik. *Weder von ihm noch von mir.*

Der Fremde warf die Nadel, und Dominique begriff, dass sie handeln musste. Sie holte den Konus hervor, richtete ihn auf den Mann und spürte dabei, wie sich die Waffe veränderte – sie schien bestrebt zu sein, sich der Hand anzupassen, mit ihr zu verschmelzen. Gleichzeitig öffnete sie ihr Bewusstsein der schwachen Verbindung zum Tal-Telas, und die andere Kraft, das Flix, flutete ihr entgegen. Feuer brannte durch ihren Geist.

Ein Funken sprang aus dem Konus, als sich aus dem patronenartigen Objekt dicht unter der Zimmerdecke ein Wabern herabsenkte. Mehr sah Dominique nicht, denn das Feuer in ihrem Innern ließ nur noch Platz für Schmerz. Sie versuchte, es mit geistigen Händen zu ergreifen, so wie die Kraft des Tal-Telas, eine Lanze daraus zu formen und sie nach dem Dominanten zu werfen, aber heiße Pein zerriss ihre Gedanken. Sie hörte ein dumpfes Donnern, wie von einem heranziehenden Gewitter, und dann herrschte Stille.

Als sie die Augen öffnete, befand sie sich erneut im Haus am See. Sie erkannte die Bilder an den Wänden des Treppenhauses, die Porträts von vertrauten Personen, die doch namenlos blieben. Im offenen Salon stand eine alte Frau am großen Fenster und blickte zum See hinaus. Dominique konnte ihr Gesicht nicht sehen, wusste aber, wer die Alte war.

»Loana?«, fragte sie. »Mutter? Sind wirklich achtzig Jahre vergangen?«

Die Frau drehte sich um und sah genauso aus wie bei der ersten Begegnung vor dem Feuer. Sie schien etwa hundertdreißig Standardjahre alt zu sein, und Falten durchzogen das einst glatte, schöne Gesicht. Das Haar war nicht mehr lang und blond, sondern kurz und grau.

»Mehr als achtzig, Domi«, sagte Loana. »Und die Lage ist sehr ernst. Die Graken scheinen sich auf den letzten, entscheidenden Angriff vorzubereiten.«

Die Graken ... Dominique hatte sie fast vergessen. Sie schienen im wahrsten Sinne des Wortes zu einer anderen Welt zu gehören.

Plötzlich fiel ihr etwas ein. »Dieses Haus wird bald in Flammen aufgehen. Wir müssen es verlassen. Komm!« Sie griff nach der Hand ihrer Mutter und zog sie mit sich.

Draußen war es kühl, und die Sonne hing dicht über den Wipfeln der Bäume. Ihr Schein spiegelte sich auf dem See wider und ließ das Wasser funkeln.

»Das Haus wird nicht brennen«, sagte Loana langsam. »Jetzt nicht mehr.«

Dominique blickte zur zweistöckigen Villa mit den großen Bogenfenstern und hellblauen Giebeln. Nirgends zeigten sich Flammen. Stille umgab die Villa wie eine schützende Aura.

»Jetzt nicht mehr?«

»Nein. Du hast ihn gefunden.«

»Wen meinst du, Mutter?«

»Deinen Vater. Er hat zu dir gesprochen, nicht wahr?«

»Ja.«

»Ich habe gewusst, dass er noch lebt«, sagte Loana mit tiefer Zufriedenheit in der Stimme. »Ich habe es all die Jahre gewusst.«

Dominique erinnerte sich daran, wie absurd ihr Loanas Verhalten erschienen war: die jährlichen Rituale an seinem leeren Grab, das Schwelgen in Erinnerungen, ein Leben in der Vergangenheit. Sie hatte sich im Zorn darüber lustig gemacht und ihre Mutter verletzt, was sie inzwischen sehr bedauerte.

»Mutter, ich ...«

»Ich weiß. Du brauchst dich nicht zu entschuldigen.«

Eine Zeit lang schwiegen die beiden Frauen, Mutter und Tochter, räumlich und zeitlich voneinander getrennt, obwohl sie nebeneinander am Ufer eines Sees standen, der im Licht der untergehenden Sonne erst wie Silber glänzte und dann das dunkle Grün des Waldes widerspiegelte. Dominique war völlig ohne Schmerz und von einer angenehmen, tiefen Ruhe erfüllt. Sie hatte den Dominanten und das von ihm geöffnete Transfertor nicht vergessen, wusste aber, dass sie an diesem besonderen Ort keine Zeit verlor, dass sie hier innehalten und neue Kraft schöpfen konnte, die sie dringend brauchte. Auch wenn die Villa nicht mehr in Flammen aufging: Das Feuer wartete auf sie, geduldig und heiß. Sie musste stark genug sein, um damit fertig zu werden.

»Du hast mir etwas sagen wollen«, kam es schließlich von ihren Lippen. »Etwas, das Dominik und die Welt namens Heres betrifft.«

»Ja. Er wartet auf dich. Du musst ihm helfen.«

»Wo wartet er auf mich? Und wie soll ich ihm helfen?«

»Ich weiß nicht genau, wo er ist«, sagte Loana und blickte noch immer über den See. Die Sonne war untergegangen, innerhalb weniger Minuten, und erste Sterne erschienen am Himmel. Dominique sah ihr Funkeln und fragte sich, ob sie zur nichtlinearen Zeit gehörten. »Er befindet sich in der Nähe, so viel steht fest. Ich bin sicher, du wirst ihn erkennen, wenn die Zeit gekommen ist.«

»Das klingt ziemlich ... vage.«

»Er und Myra haben versucht, die Prävalenz zu erreichen«, fuhr Loana fort. »Mithilfe der letzten Kantaki. Aber die unheilige Allianz hinderte sie daran ...«

Dominique sah das Gesicht ihrer alten Mutter von der Seite und suchte darin nach zusätzlichen Hinweisen. »Auch Vater Mru sprach von der unheiligen Allianz, das behauptet zumindest Nevoth. Wie kannst du davon wissen, wenn du dich auf Millennia befindest?«

Plötzlich wurde ihr die Unwirklichkeit der Situation bewusst. Haus, See und Wald, der Himmel darüber und die leuchtenden Sterne, ihre Mutter, seit der letzten realen Begegnung um viele Jahre gealtert ... Das alles existierte nur in ihrem Kopf. In Wirklichkeit befand sie sich auf Heres, einer Welt, die noch viel sonderbarer war als diese, und versuchte dort, einem Dominanten zu entkommen. Wie viel objektive Zeit verstrich, während sie diese Vision erlebte? Gab es in diesem Zusammenhang überhaupt so etwas wie objektive Zeit? Und war dies eine Vision?

»Die unheilige Allianz aus Vergangenheit und Zukunft«, erwiderte Loana, ohne auf die Frage einzugehen. »Sie hat Heres geschaffen. Als eine Art Sprungbrett zur Prävalenz.«

Ein Klimpern kam aus der Ferne, und Loana hob den Kopf. »Du musst fort, Kind.«

Dominique spürte ein sanftes Zerren. »Aber es gibt noch immer viele Dinge, die mir nicht klar sind!«

Loana deutete zum Haus. »Siehst du? Es brennt nicht. Ein wichtiger Schritt liegt hinter dir, Domi. Du bist deinem Ziel näher gekommen. Finde deinen Vater und hilf ihm dabei, den Kranken zu erreichen, der nicht sterben darf.«

Dominique beobachtete, wie ihre Mutter transparent wurde, zu einem Phantom. Sie streckte die Hand nach ihr aus, aber die Finger glitten durch Loanas Arm, ohne auf Widerstand zu stoßen.

»Bleib hier! Beantworte meine Fragen!«

»Vielleicht sehen wir uns wieder, Domi. Hilf deinem Vater!«

Die letzten Reste des Phantoms lösten sich auf, und Dominique stand allein am Ufer des Sees, umgeben von Stille und Dunkelheit. Ein Teil von ihr wünschte sich, ins Haus zu gehen und sich dort in einem Schlafzimmer ins Bett zu legen, einfach die Augen zu schließen und zu versuchen, alles zu vergessen: die bohrenden Fragen und das Feuer, von dem sie wusste, dass es in den Tiefen dieses Sees auf sie wartete. Es war der Wunsch des verängstigten Mädchens in ihr, doch die Entscheidung lag bei der erwachsenen Frau, die ihre Verantwortung kannte und wusste, dass es nicht half, die Augen zu schließen – dadurch konnte man der Realität nicht entkommen.

Dominique trat zum See, zögerte kurz, holte tief Luft und sprang. Sie fiel, nicht in kaltes Wasser, sondern durch Finsternis, und am Ende der Finsternis warteten Flammen auf sie.

Der Schmerz kehrte zurück, heiß wie zuvor, und hinzu kam ein Kreischen aus ihrem Innern – es waren ihre eigenen Schreie.

Hältst du dies für schlimm?, hörte sie trotz allem eine Stimme, die sie schon einmal vernommen hatte. *Es ist nichts im Vergleich mit dem, was dich erwartet, wenn du deinem Vater hilfst.*

Ein Gesicht erschien vor ihrem Auge, durchzogen von zahlreichen Falten, schmalen Streifen und graugrünen Augen, gesäumt von grauweißem Haar.

»Ich glaube, er ist tot«, sagte Tarweder und versuchte, ihr aufzuhelfen. »Die Waffe hat ihn umgebracht.«

Dominique fühlte noch immer den Konus in der Hand, warm, nicht heiß. Er veränderte sich auf eine subtile Weise, wurde von einem Objekt, das fast Teil ihres Körpers gewesen war, zu einem Gegenstand außerhalb ihrer physischen Existenz. Tarweder griff danach, aber Dominique zog die Hand zurück und steckte den Konus ein, mit einer Bewegung, die viel Kraft erforderte.

»Können wir die Formel wirklich rekonstruieren?«, ertönte eine andere Stimme. »Kann sie uns dabei helfen?«

»Ja«, sagte Tarweder. »Aber vorher brauchen wir Ihre Hilfe. Ich glaube, Sie haben einiges wiedergutzumachen.«

»Ich bin müde«, brachte Dominique hervor. »So müde ...« Es brannte kein Feuer mehr in ihr, aber eine tiefe Erschöpfung lastete schwer auf Körper und Geist. Die Augen fielen ihr zu, und sie hatte nicht die Kraft, gegen den Schlaf anzukämpfen.

Stimmen kamen aus der Welt jenseits des Schlafs, und Dominique versuchte, sich auf sie zu konzentrieren.

»Ich mag sie nicht«, sagte eine Stimme. »Sie sind wie Schatten, die man nicht festhalten kann.«

»Die Turui haben mir mehrmals gezeigt, dass ich mich auf sie verlassen kann.« Tarweder. »Das kann ich von Ihnen nicht behaupten, Nevoth.«

»Und sie riechen. Merken Sie nicht, wie sie riechen?«

Dominique spürte Bewegungen. Wurde sie getragen? Sie versuchte, die Augen zu öffnen, aber die Lider waren noch zu schwer. Und schwer waren auch die Gedanken. Sie spürte, dass sie Davvons Netz nicht mehr trug. Wo und wann hatte sie es verloren?

»Es ist der Geruch der Phasenverschiebung«, sagte Tarweder.

»Und wer hätte gedacht, dass all diese Dinge ihnen gehören. Wo sind wir hier überhaupt?«

Es erklangen noch andere Stimmen, die einiger Turui; sie sprachen so schnell, dass Dominique überhaupt nichts verstand.

»Tief unter Urhanna«, erwiderte Tarweder. »Im wahren Keller der Stadt.«

»Dürfen sie so etwas besitzen?« Dominique hörte Unsicherheit in den Worten des Realitätsmechanikers. Und auch ein wenig Furcht. »Ich meine, genügt ihnen das Gelbe nicht?«

»Sie sind frei.«

»Freiheit«, sagte Nevoth, und Dominique hörte, wie er Luft holte, »ist eine Illusion.«

Die Lider schienen etwas leichter zu werden, und Dominique hob sie. Einige Turui trugen sie zu einem Tisch, legten sie darauf und schlossen sie an leise summende Geräte an. Schemenhafte Hände legten Kabel aus und befestigten Haftsensoren an ihrem Kopf. An der Höhlendecke weit oben bemerkte Dominique wabenartige Gebilde, die sie schon einmal gesehen hatte – sie befanden sich in einer Siedlung der Schnellen. Tarweder schien seinen alten Freund Crustan um Hilfe gebeten zu haben. Aber um Hilfe wobei?

»Wollen Sie damit andeuten, zum Verrat gezwungen worden zu sein?«, sagte Tarweder. Seine Stimme kam aus der Nähe, aber Dominique sah ihn nicht, und der Versuch, den Kopf zu drehen, schlug fehl. Etwas hielt ihn fest. »Warum haben Sie uns an den Dominanten verraten?«

»Freiheit ist eine Illusion, weil wir in ein System aus Wechselwirkungen eingebunden und ein integraler Bestandteil der kausalen Ketten aus Ursache und Wirkung sind«, sagte der Realitätsmechaniker. »Das Leben zwingt uns dauernd gewisse Dinge auf.«

»So spricht jemand, der die Verantwortung für das eigene Tun ablehnt«, entgegnete Tarweder mit einer Schärfe, die Dominique trotz ihrer Benommenheit überraschte.

»Der Dominante hat sich mit mir in Verbindung gesetzt, noch bevor sich Davvon meldete«, sagte Nevoth. »Er wusste, dass Sie versuchen würden, einen Kontakt mit mir herzustellen. Haben Sie vergessen, dass die Dominanten in Vergangenheit und Zukunft blicken können? Nicht alles, was sie dort sehen, ist klar, aber manche Dinge erkennen sie selbst hier im Zweiten Dominium. Er drohte mir, und die Drohungen eines Dominanten sollte man besser ernst nehmen. Und er stellte mir gewisse Möglichkeiten in Aussicht.«

»Wie zum Beispiel die Untersuchung weiterer Brunnen.«

»Ja.«

Die Schatten und Schemen von Turui huschten über Stege an Decken und Wänden. Dominique wusste, dass diese hektische Aktivität ihr galt. Ihre Benommenheit löste sich allmählich auf; sie konnte klarer denken.

Tarweder erschien in ihrem Blickfeld und sah auf sie hinab. »Bitte hilf mir, ein Versprechen zu erfüllen, Dominique. Denk an die Formel an Nevoths Wand. Konzentrier dich auf deine Erinnerungsbilder. Eigentlich dienen diese Geräte Produktiven Träumern dazu, ihre Gedanken zu fokussieren. Ich hoffe, du kannst sie nutzen, um ein memoriales Bild der vollständigen Formel aufzuzeichnen. Das habe ich Nevoth für seine Hilfe versprochen. Er wird uns zu einem Brunnen bringen, damit wir das Zweite Dominium verlassen können.« Er blickte zur Seite. »*Ich* stehe zu meinem Wort.«

»Ich … versuche es«, erwiderte Dominique mühsam.

Ein Turui sauste heran, begleitet von einem scharfen muskatähnlichen Geruch, und ein Gesicht wie eine Faltenlandschaft erschien direkt neben Dominique, nur für zwei Sekunden, nicht länger. Crustan.

»Sieistsehrstark«, hörte Dominique und begriff, dass sich Crustan bemühte, sehr langsam zu sprechen. »VielleichtsogarnochstärkeralsdeinSohnSiekönnteeineguteProduktiveTräumerinsein.«

»Sie ist noch mehr«, sagte Tarweder, und Dominique fand, dass es seltsam klang.

Dunkelheit schloss sich um sie, aber sie schlief nicht und gewann auch nicht den Eindruck, dass sich ihr Bewusstseinszustand veränderte. Die neuralen Verbindungen zwischen Sinnesorganen und Gehirn schienen unterbrochen zu sein, was ihr vielleicht Gelegenheit geben sollte, sich ganz auf das Erinnerungsbild mit den projizierten mathematischen Symbolen zu konzentrieren. Oder war etwas schiefgegangen? Erste Sorge regte sich in Dominique, als ihr mehrere Möglichkeiten durch den Kopf gingen, eine unangenehmer als die andere. Befand sie sich wirklich an diesem Ort, bei den Turui, den schnellen Arbeitern des Zweiten Dominiums? Oder war es dem Dominanten gelungen, in ihren mentalen Kosmos einzudringen und ihre Gedanken zu manipulieren? Sie versuchte, sich daran zu erinnern, ob sie ihn wirklich getötet hatte, mit der konusförmigen Waffe, die von dem Humanoiden im Kantaki-Nexus stammte. Die Einzelheiten blieben vage, gaben keinen Aufschluss. Das Gespräch zwischen Tarweder und Nevoth, von fremden Gedanken suggeriert? Vielleicht diente alles nur dazu, sie zu täuschen und dazu zu bringen, keinen geistigen Widerstand zu leisten und ... Dinge preiszugeben? Aber was wollten die Dominanten von ihr erfahren? Sie suchte doch selbst nach Antworten ...

Dominique sah die Wand ganz deutlich vor dem inneren Auge, ungetrübt von Müdigkeit, und allein das war seltsam, fand sie. Nach dem ersten direkten Kontakt mit dem Flix, beim Kampf gegen den Dominanten im Zug, war sie sehr erschöpft gewesen. Diesmal schien nicht viel Zeit verstrichen zu sein, vielleicht nur eine Stunde, doch ihre Benommenheit hatte sich vergleichsweise schnell aufgelöst, selbst ohne das Netz. War sie mit Stimulanzien behandelt worden?

Die Wand mit den mathematischen Symbolen rückte etwas näher, und sie sah Details ...

Rupert. Wie lange hatte sie nicht mehr an Rupert gedacht? Ein Teil der Wand verschwand, verdeckt von Ruperts Gesicht. In seinen großen dunklen Augen schien ein stummer Vorwurf zu liegen: *Hast du mich vergessen*?

»Das Bild, Dominique«, kam eine Stimme aus der Ferne. »Konzentrier dich auf das Bild.«

Der Mann, der ein psychopathischer Mörder gewesen war. Der Mann, den sie erst gefürchtet und dann geliebt hatte. Von den Eisenmännern entführt ... Warum hatte sie gar nicht mehr an ihn gedacht?

Das Gesicht verschwand, und die mathematischen Zeichen kehrten zurück, auch jene Stellen, die Kiwitt gelöscht hatte. Warum? Aus welchem Grund hatte Kiwitt die Formel erst vervollständigt – wozu er eigentlich überhaupt nicht imstande sein sollte –, um sie dann wieder zu zerstören? War es die Laune eines Tiers, ohne bewusste Absicht, oder steckte mehr dahinter? Dominique entsann sich an Kiwitts sonderbaren Blick ...

Und dann stand noch einmal Loana vor ihr, alt, noch älter als in ihren früheren Erinnerungen, eine Frau voller Kummer und Schmerz, aber auch mit Hoffnung. »Du hast ihn gefunden, deinen Vater«, sagte sie. »Zusammen seid ihr stark genug.«

Stark genug wozu?, wollte Dominique fragen, aber die Worte blieben Gedanken, fanden keinen Weg zur Zunge, und Loana verschwand.

Die Worte des Realitätsmechanikers fielen ihr ein. Die Dominanten konnten in Vergangenheit und Zukunft blicken? Wenn das stimmte ... Wieso hatte der durch die Tür kommende Dominante nicht seinen eigenen Tod gesehen? Warum hatte er keine Vorsichtsmaßnahmen ergriffen? Oder war er dazu im Zweiten Dominium nicht imstande gewesen?

Die Symbole der komplexen Formel schwollen an und wogten ihr entgegen, und für einen Moment fühlte sie sich wie von Feuer gestreift. Dann konnte sie wieder sehen und stellte fest, dass sich die Umgebung verändert hatte. Sie saß in einem geschlossenen Fahrzeug mit breiten Fenstern. Tarweder und Nevoth standen draußen, neben einer Öffnung im Boden. In ihrer Nähe schien das Zusammenspiel von Sonnenschein und schnell über den Himmel ziehenden Wolken wechselhafte Schatten zu schaffen. Einer der Schemen verharrte lange genug, um zu einer etwa einen Meter großen menschlichen Gestalt zu werden, das Gesicht von Hunderten Falten durchzogen – Crustan. Tarweder reichte ihm einen kleinen Behälter, und der alte Turui öffnete ihn. Er steckte den Zeigefinger in die gelbe Masse darin, schnupperte und leckte daran, nickte dann zufrieden und schien sich einfach in Luft aufzulösen, als ihn phasenverschobene Schnelligkeit forttrug. Tarweder und Nevoth kehrten zum Fahrzeug zurück. Der Realitätsmechaniker nahm an den Kontrollen Platz und betätigte sie.

»Und jetzt zum Brunnen«, sagte Tarweder.

Das Fahrzeug stieg auf und glitt an der untersten Terrasse von Urhanna entlang.

»Wie kann ich sicher sein, dass die Formel wirklich vollständig ist?«, fragte Nevoth nach einer Weile. Er steuerte den Leviwagen fort von der Terrassenstadt mit den vielen Verkehrskorridoren.

Tarweder klopfte auf eine Tasche seines Overalls. »Hier drin ist alles gespeichert. Ich habe einen Blick auf das Bild geworfen. Es ist komplett.«

»Das behaupten Sie.«

»Ja. Sie müssen Vertrauen haben.«

Als der Realitätsmechaniker schwieg, lachte Tarweder leise, drehte sich halb um und sah in den Fond. »Wie geht es dir?«

»Einigermaßen«, brachte Dominique hervor. »Ich ...« Sie suchte nach Worten, um ihren Zustand zu beschreiben, das Lostgelöstsein von den Dingen, die sie umgaben, das immer noch recht starke Gefühl des Realitätsverlustes.

»Bald haben wir das Schlimmste überstanden«, sagte Tarweder, der zu verstehen schien. »Wir mussten bei dir den Metabolismus beschleunigen und das Gehirn stimulieren, um dich aus der tiefen Bewusstlosigkeit zu holen. Wir haben dich mit einer kleinen Dosis vom Gelben gestärkt. Andernfalls wärst du noch immer völlig weggetreten.«

Nevoth schnaubte. »Vielleicht haben Sie sie süchtig gemacht.«

»Für Ihre Formel?«, erwiderte Tarweder spitz und sah ihn kurz an. Dann kehrte sein Blick zu Dominique zurück. »Keine Sorge. Einmal macht nicht süchtig. Auch zweimal nicht. Man muss das Gelbe öfter nehmen, um davon abhängig zu werden. Du hast nur ein wenig bekommen, und es hat dir genug Kraft gegeben.«

»Das Gelbe ...«, sagte Dominique mühsam.

»Eine besondere Form von Korit«, erklärte Tarweder. »So verarbeitet, dass es vom Organismus aufgenommen werden kann. Ohne das Gelbe könnten die Turui nicht phasenverschoben bleiben. Sie würden so langsam werden wie wir und elendig zugrunde gehen.«

»Sie sind süchtig«, warf Nevoth ein, schnaubte erneut und steuerte den Levitatorwagen einer felsigen Hügelkette entgegen.

»Ja, sie sind süchtig«, bestätigte Tarweder. »Von Geburt an. Sie brauchen das Gelbe, um schnell zu sein.«

Dominique dachte daran, dass sie die Korit-Kraft direkt aufgenommen hatte, mit ihrem Körper. War das der Grund, warum sie den neuerlichen Kontakt mit dem Feuer des Flix besser überstanden hatte als beim ersten Mal?

»Warum ...« Dominique konzentrierte sich auf ihre Sprechwerkzeuge. »Warum benutzen wir keinen Brunnen in der Stadt?«

»Sie werden alle bewacht«, sagte Tarweder. »Die Dominanten haben es noch immer auf dich abgesehen.«

Dominique war wach genug, um eine neue Gefahr zu erkennen.

»Wenn sie den Humanoiden in Nevoths Wohnung gefunden haben …«, sagte sie behutsam. »Dann werden die Bewegungen des Realitätsmechanikers vielleicht überwacht. Lässt sich feststellen, ob uns jemand folgt?«

»Niemand folgt uns«, brummte Nevoth.

Der Luftverkehr ließ mit wachsender Entfernung von der Stadt Urhanna nach, und als sie die Hügelkette erreichten, befanden sich keine anderen Leviwagen in der Nähe. Es war Spät-Zeit – die beiden Sonnen von Heres standen so tief, dass sie den Horizont berührten und lange Schatten warfen. Dominique dachte daran, dass ihr fünfzehnter Tag auf dieser seltsamen Welt zu Ende ging.

In einem Tal bemerkte sie etwas: Eine lange Kolonne aus Bodenwagen und primitiven Karren, von Tieren gezogen, bewegte sich in Richtung Urhanna. Sie vermutete, dass es sich um Flüchtlinge handelte: Bewohner des Zweiten Dominiums, die in weit verstreuten Siedlungen lebten und sich auf den Weg zu den Städten gemacht hatten, um dort Schutz vor der Zeit des Eises zu suchen.

Nevoth lenkte den Leviwagen dicht an den Felshängen entlang und dann durch einen schmalen Spalt, der ihnen gerade genug Platz bot. Dominique fragte sich, ob er erneut plante, sie zu hintergehen, wie schon einmal. Vorsichtig öffnete sie ihr Selbst dem Tal-Telas – und schnappte erschrocken nach Luft, als das Feuer des Flix durch ihr Bewusstsein loderte. Sie schien ihm viel näher zu sein.

Tarweder maß sie mit einem besorgten Blick. »Alles in Ordnung?«

Dominique nickte und atmete mehrmals tief durch. Das Feuer war heiß gewesen, fast unerträglich heiß, aber es hatte sie nicht *verbrannt.* Lag es an der immer noch anhaltenden Wirkung des Gelben?

Sie öffnete ihr Selbst erneut und spürte die Präsenz des Flix wie das nahe Plasmabrodeln einer Sonne. In seiner Nähe wartete eine vertraute Kraft auf sie: das Tal-Telas. Dominique verband sich mit der vierten Stufe, Delm, was ihr leichter fiel als zuvor, und tastete dann nach dem Ich des Realitätsmechanikers. Sie stieß auf ein Durcheinander aus Gedanken und Gefühlen, nahm Furcht, Sorge und Zorn wahr, verbunden mit einer Absicht. Als sie versuchte, Nevoths Bewusstsein zu sondieren und einzelne Gedanken zu erfassen, machte sich die Nähe des Flix mit einem schnell unangenehm werdenden Brennen bemerkbar. Dominique zog ihre geistigen Augen und Ohren zurück.

Etwa eine halbe Stunde später landeten sie in einem kleinen Ort in einem Tal, durch das ein schmaler Fluss strömte. Fünfzig oder sechzig Gebäude drängten sich an seinen beiden Ufern zusammen, verbunden durch eine einfache Steinbrücke. Die meisten Häuser hatten einen Schutzmantel aus besonders widerstandsfähigen Polymerverbindungen bekommen, und eine Gruppe aus Männern und Frauen war damit beschäftigt, die restlichen Gebäude auf die Zeit des Eises vorzubereiten. Ein bodengebundener Transporter stand für die Fahrt nach Urhanna bereit. Als Dominique zusammen mit Nevoth und Tarweder ausstieg, bemerkte sie den Brunnen in der Mitte des Ortes. Mehrere Personen hatten sich dort eingefunden, und eine von ihnen berührte die Koordinatensymbole am Rand in einer bestimmten Reihenfolge. Nacheinander traten die Reisenden auf den Rand des Brunnens und vertrauten sich der Dunkelheit in ihm an, zuletzt der Mann, der das Ziel des Transfers bestimmt hatte.

»Sie haben gesehen, dass er funktioniert«, sagte Nevoth und hielt Tarweder die Hand entgegen. »Geben Sie mir die Datenscheibe.«

Tarweder griff in eine Tasche seines Overalls und holte ein Speichermodul hervor, das wie eine etwas zu dick geratene Münze aussah. Nevoth nahm sie ihm sofort aus der Hand, wandte sich ab und kletterte in den Levitatorwagen.

»Herzlich Dank für Ihre Hilfe«, rief Tarweder ihm nach.

»Ich traue ihm nicht«, sagte Dominique auf dem Weg zum Brunnen.

Tarweder zuckte mit den Achseln. »Ich auch nicht. Aber in einer Minute haben wir dieses Dominium verlassen.« Er verharrte am Brunnen und sah sich die Koordinatensymbole an.

Dominique blickte zurück. Ein gleichmäßiges leises Brummen kam vom Levitator, aber der Wagen stieg nicht auf. Durch das Fenster sah sie, wie Nevoth an den Kontrollen hantierte. Erneut erweiterte sie ihr Selbst und tastete nach dem Bewusstsein des Realitätsmechanikers.

»Er spricht mit jemandem!«

»Das habe ich kaum anders erwartet«, sagte Tarweder. »Bestimmt sendet er Alarmsignale und weist darauf hin, wo wir uns befinden. Und wenn schon. Gleich sind wir ...«

Dominique sah aus dem Augenwinkel, wie Tarweder taumelte. Mit einem Satz war sie bei dem Alten und stützte ihn.

»Was ist mit dir?«

»Ich ... fühle mich nicht besonders wohl. Die letzten Tage scheinen etwas zu viel für mich gewesen zu sein.« Er hob den Kopf, als ein Heulen aus der Ferne kam. »Oh.«

»Ich schätze, wir sind doch verfolgt worden, oder?«

»Hilf mir bei den Koordinaten, Dominique. Beeilen wir uns.«

Er hielt das Gerät in der Hand, das an einen Datenservo erinnerte, blickte aufs Display und strich dann über die Symbole im Brunnenrand. »Wir haben Glück. Von hier aus gibt es eine direkte Verbindung nach Aikla. Wir warten dort auf Hannaratt und ...«

Dominique schüttelte den Kopf. Sie wusste jetzt, dass ein Fünftes Dominium existierte, Refugium der Kantaki, und die Vorstellung, dass es am Ziel von Hannaratts Reise, in Zontra, einen verborgenen Weg dorthin gab, übte einen großen Reiz auf sie aus. Aber etwas war noch wichtiger.

»Rupert«, sagte sie. »Wir müssen zur Großen Öde.«

Das Heulen wurde schnell lauter, und Dominique stellte fest, dass es von zwei silbernen Objekten hoch am Himmel stammte – sie näherten sich mit hoher Geschwindigkeit aus Richtung Urhanna.

»Uns bleibt nicht mehr viel Zeit, Dominique«, gab Tarweder zu bedenken. Er wirkte blass. »Wenn Arn Hannaratt Aikla erreicht und wir nicht da sind …«

»Wir befreien Rupert.« Dominique deutete auf den Brunnen. »Die Koordinaten …«

Aus den beiden silbernen Objekten am Himmel wurden militärische Kampfflieger. Als sie das Tal erreichten, setzte einer von ihnen zur Landung an, und der andere hielt auf den Brunnen zu.

Tarweders Hände strichen über die Symbole, und jedes Mal ging ein Wogen durch die Schwärze im Innern des Brunnens. Dem Heulen der Triebwerke gesellte sich ein kurzes Kreischen hinzu, und ein Blitz zuckte über den Brunnen hinweg, fraß sich zischend in den Boden zwischen zwei Häusern.

»Fertig«, brachte Tarweder hervor. Er versuchte, auf den Brunnenrand zu klettern, schaffte es aber nicht aus eigener Kraft. Dominique half ihm hinauf, und er ließ sich sofort in die Dunkelheit fallen. Sie sprang ebenfalls, im gleichen Augenblick, als der Kampfflieger erneut feuerte – und diesmal war es kein Warnschuss.

Der Krieg: XVIII

14. Mai 1217 ÄdeF

Es war ein stiller Ort, voller Farbe und doch grau, jedenfalls für Nektar. Es war ein Ort voller Erinnerungen, und er wählte jene, die am wenigsten Schmerz bereiteten. Die anderen hielt er tief in seinem Innern unter Verschluss.

Der Friedhof gehörte zu einem ausgedehnten Park, der sich im Westen von Kalahos Hauptstadt Hiratara über mehrere Hektar erstreckte. Er war uralt: Die ersten Toten hatte man hier vor mehr als sechstausend Jahren bestattet, ausnahmslos Menschen - die Quinqu verbrannten ihre Toten. Viele neue Gräber gab es nicht, denn nur wenige Menschen entschieden, ihre sterblichen Überreste dem Boden anzuvertrauen. Die meisten wählten in ihrem Testament den Desintegrator oder Recycler, weil sie die Vorstellung von einem langsam verwesenden Körper nicht ertrugen. Doch Melange Hannibal Talasar hatte in ihrem letzten Willen ausdrücklich diese Art der Bestattung gewählt. Wie jedes Jahr an ihrem Todestag stand Nektar vor dem Grab, betrachtete das eine lächelnde Mel zeigende quasireale Bild und fragte sich, warum er gekommen war.

»Wir sind die Summe unserer Erinnerungen und Erfahrungen«, sagte Serena an seiner Seite. »Wenn wir versuchen, Dinge zu verdrängen und zu vergessen, so verringern wir das, was wir sind.«

»Verlangen Sie deshalb von mir, jedes Jahr am vierzehnten Mai hierherzukommen?«, fragte Nektar, und es klang etwas schärfer als beabsichtigt.

»Ich verlange es nicht, Nektar«, erwiderte die Medikerin. »Ich *rate* es Ihnen.«

Serena war inzwischen zu einer Vertrauten geworden, und Nektar bedauerte seine Worte. Aber er brachte es nicht fertig, sich zu entschuldigen. Etwas in ihm fürchtete, Schwäche zu zeigen, denn der Schmerz lag immer auf der Lauer.

Serena musterte ihn mit einem nachdenklichen Blick. »Möchten Sie weniger sein, als Sie sind, Nektar?«

»Ich bin, wer ich bin.«

»Sie sind jetzt dreiundsiebzig Jahre alt und damit ein reifer Mann. Trotzdem sind Sie manchmal verbockt wie ein störrisches Kind.« Serena deutete auf das Bild. »Mel gehört zu Ihrer Vergangenheit. Verleugnen Sie sie nicht. In Ihrem Leben als Markant fürchten Sie keine Konfrontationen, aber in Ihrem Innern gibt es einen Nektar auf der Flucht. Denken Sie darüber nach.« Sie drehte sich um und ging fort.

Nektar wollte sie zurückhalten, weil er sich plötzlich davor fürchtete, an diesem Ort allein zu sein, aber die Furcht erschien ihm derart absurd, dass er kein Wort hervorbrachte. Er sah Serena nach, als sie über den Weg ging und kurze Zeit später hinter einer Baumgruppe verschwand.

Stille herrschte, schien sich zu verdichten und ihm den Atem zu nehmen, als er auf Mels Grab blickte. Als wollte er sich selbst quälen, stellte er sich vor, wie sie unter dem Grabstein lag, nur noch ein Haufen Knochen, und gleichzeitig sah er ihr Lächeln, hörte ihr Lachen und fühlte ihre Berührung. Er schwankte, trat zur nahen Bank und nahm dort Platz, heimgesucht von einem plötzlichen Gefühl der Leere, das gut zu diesem leeren Ort passte.

Eine Zeit lang saß er so da, die Ellenbogen auf die Knie gestützt und die Hände vorm Gesicht, und irgendwann wurde er sich der Stimme des Windes in den Baumwipfeln bewusst. Nein, dies war kein leerer Ort, und er war auch nicht völlig still oder leblos. Die Gräber um ihn herum, die ewigen Flammen an einigen von ihnen, die Inschriften, die bunten Blumen, von Lebenden gebracht – es waren Botschaften für das Diesseits, und einige von ihnen lauteten: *Seht nur, wir haben gelebt. Vergesst uns nicht.*

Vergesst uns nicht ...

Nektar begriff plötzlich, warum Serena ihn immer wieder an den vierzehnten Mai erinnerte und weshalb sie mit freundschaftlichem Nachdruck darauf bestand, dass er hierherkam. Sie wollte ihm damit die Frage stellen, ob er jemals gelebt hatte.

Vielleicht nicht in ihrem Sinne, dachte er, als er sich zurücklehnte und den Kopf ein wenig hob, damit ihm die Sonne direkt ins Gesicht schien. Es gab nicht nur eine Art von Leben, und seins war eins der besonderen Art; an dieser Überzeugung hielt er fest. So intelligent und einsichtsvoll Serena auch sein mochte: Wie alle Menschen war sie nicht perfekt. Sie *konnte* sich irren, und Nektar wusste, dass sie in einigen Punkten, die ihn betrafen, falsch lag. Aber was andere Dinge betraf hatte sie recht, das musste er eingestehen. In seinem Innern war er tatsächlich auf der Flucht, doch den Grund dafür verstand Serena nicht ganz, weil sie eine Gewissheit für Besessenheit hielt. Sie glaubte, dass er sich als Heranwachsender in die Idee von relativer Unsterblichkeit verrannt hatte, und genau da lag ihr größter Irrtum. Es war kein Konzept, mit dem er sich in Kindheit und Jugend vor der Todesangst geschützt hatte. Es war kein *Glaube*, sondern *Wissen*. Nektar *wusste* mit jeden Zweifel ausschließender Gewissheit, dass er erst sterben würde, wenn er einen großen, entscheidenden Sieg über die Graken errungen hatte. Eine Aufgabe erwartete ihn. Nichts durfte ihn von diesem Weg abbringen, auch nicht der tief in ihm vergrabene Schmerz, der ihn in Serenas Augen zu einer unvollständigen Person machte.

Nektar atmete tief durch, stand auf und ging, ohne noch einmal zu Mels Grab zurückzusehen.

19

Donnerschlag

15. März 1229 ÄdeF

Subliminale Erinnerungen, während der Ausbildung geschaffen und tief im Gedächtnis verankert, beeinflussten Tamaras Verhaltensmuster. Sie versuchte nicht, sie zu ergründen und dadurch in ihrem eigenen Selbst zu einer Beobachterin zu werden, ließ sich stattdessen bereitwillig von zielbewusst erworbenen Erfahrungen leiten. Bei den Vorbereitungen auf diesen Einsatz hatte sie es mit komplexen Künstlichen Intelligenzen und auch einigen Megatronen zu tun bekommen, die mit Bewusstseinsschranken ausgestattet gewesen waren und deshalb nicht über einen Personenstatus verfügten. Tamara kannte das Maschinendenken so gut, wie es für einen Menschen möglich war. Sie hatte eine Vorstellung von der besonderen Logik der Zäiden gewonnen, bei der Ressourcenökonomie eine wichtige Rolle spielte, aber sie wusste auch, dass sie nicht den Fehler machen durfte zu glauben, die Maschinenzivilisationen zu *kennen*. Die Emm-Zetts, wie sie sie in Gedanken häufig immer noch nannte, waren mehr als nur eine Ansammlung von mit unabhängigem Eigenbewusstsein ausgestatteten Megatronen, die sich für eine andere Form von Leben hielten. Aus der Summe der Teile hatte sich etwas ergeben, das mehr war als das Ergebnis einer einfachen Addition, und hinzu kam ein enorm schnelles Entwicklungstempo, nicht nur in Hinsicht auf die Technologie. Tamara musste mit Überraschungen rechnen, mit Situationen, die von ihr verlangten, zwischen Risikobereitschaft und Vorsicht abzuwägen.

Die Teleportation gehörte dazu.

Zäus und die anderen rechneten bestimmt damit, dass ihre Gäste von Millennia und dem Konzil der Überlebenden versuchten, möglichst viel herauszufinden. Sie wussten natürlich um die besonderen Fähigkeiten der Tal-Telassi, was bedeutete, dass sie es bestimmt nicht versäumt hatten, ihrerseits Vorbereitungen zu treffen. Im Apartment gab es keine Sensoren, woraus Tamara den Schluss zog, dass anderenorts spezielle Augen und Ohren existierten, die sie beobachteten und belauschten. Deshalb brachte sie die Teleportation nicht zu Ende und hing einige Minuten lang in einer substanzlosen Welt, auf der einen Seite verbunden mit dem in Iremia geschaffenen Phantomkörper – der ihr, wenn auch eingeschränkt, lokale Wahrnehmung im Apartment ermöglichte – und auf der anderen mit einem »ruhigen« Ort auf Tymion: einem von den zahlreichen Signalströmen auf dem Planeten fast unberührten Bereich. Es war ein kalkuliertes Risiko, denn wenn an jenem Ort auf Tymion Detektoren existierten, so konnte ihnen die wenn auch schwache Energie des zweiten Ankerpunkts kaum verborgen bleiben. Eine derartige Technik war alles andere als neu: Die Truppen der Allianzen Freier Welten hatten sie vor hundert Jahren bei der Besatzung von Millennia für Illegalitätsalarme verwendet. Der ruhige Ort konnte sogar eine Falle sein, ein Köder für die Tal-Telassi. Tamara hielt es für unwahrscheinlich, denn es widersprach dem Konzept der Ressourcenökonomie – es wäre ein zu großer Aufwand gewesen.

Sie selbst trieb *enormen* Aufwand, wusste Tamara. Ein in der hohen neunten Stufe geschaffener falscher Körper mit einfacher Wahrnehmung, eine Teleportation in der sechsten Stufe, Fomion, die sie vor der Rematerialisierung unterbrochen hatte ... So etwas kostete viel Kraft. In ihrem derartigen dualen Zustand konnte Tamara nicht lange verharren.

Einige Minuten waren das Maximum – mehr Zeit hätte sie zu sehr erschöpft.

Ihre gewöhnliche visuelle Wahrnehmung war auf die Augen des Phantomkörpers beschränkt, die ein leeres Zimmer sahen. Die beiden ersten Stufen des Tal-Telas, Alma und Berm, vermittelten ihr einen Eindruck von der allgemeinen physischen Beschaffenheit des Planeten, und Iremia versetzte sie in die Lage, die energetischen Strukturen zu erkennen, zu sehen, wo die Zäiden besondere Aktivität entfalteten. Ihr mnemisches Gewebe nahm alles auf – es würde alle Informationen speichern, bis es die Grenzen seiner Kapazität erreichte. Anschließend würde es werten und bewerten, Daten komprimieren oder ganz löschen, wenn sie als unwichtig eingestuft werden sollten. Doch bis dahin dauerte es noch eine Weile; zunächst war *alles* wichtig.

Der Nordpol des Planeten war zweifellos interessant. Tausende von Signalströmen, dicke Bündel in Iremia, trafen sich dort in einem ausgedehnten Kommunikationskomplex, der die Tymionen offenbar mit ihren extraplanetaren Niederlassungen und über Transverbindungen – wenn es wirklich *Transverbindungen* waren – mit den Welten, Stationen und Raumschiffen der anderen Maschinenzivilisationen verband. Es wäre sicher interessant gewesen, den dortigen Datenströmen zu lauschen, doch derzeit sah Tamara keine konkrete Möglichkeit dazu. Selbst wenn es ihr irgendwie gelungen wäre, die zahlreichen Informationskanäle anzuzapfen – sie hätte überhaupt nicht verstanden, worüber die Emm-Zetts sprachen.

Erste Anzeichen von Erschöpfung wiesen Tamara darauf hin, dass sie besser nach einem geeigneten Ort für die Rematerialisierung Ausschau halten sollte. Sie wählte eine der vielen Industrieanlagen, und dort eine Stelle abseits der Hauptsignalströme. Vorsichtig änderte sie die Ausrichtung von Fomion, gab dann dem Zerren des Fadens nach und gewann wieder feste Substanz, an einem heißen, lebensfeindlichen Ort. Die hohe Temperatur von etwa sechzig

Grad und die giftigen Gase konnten ihr nichts anhaben, solange sie aufmerksam blieb, in Iremia kontinuierlich Einfluss auf die Materie in der unmittelbaren Umgebung nahm und sie ihren Erfordernissen anpasste. In gewisser Weise leistete sie mit dem Tal-Telas etwas, das die Zäiden mit ihren adaptiven Partikeln machten: Sie veränderte Beschaffenheit und Eigenschaften von Materie, sodass sie atmen und die Hitze kontrollieren konnte.

Tamara stand unweit des Äquators von Tymion auf einer kleinen Anhöhe und beobachtete, wie sich ein gewaltiges, mehrere Kilometer langes Aggregat erstaunlich schnell in den felsigen Boden grub. Staub wirbelte auf, aber er schien nützliches Basismaterial zu enthalten, denn segelartige Vorrichtungen fingen ihn ein. Die donnernden, stampfenden Geräusche erreichten Tamara durch einen ebenfalls im Tal-Telas geschaffenen Dämpfungsfilter; andernfalls hätte ihr der Lärm die Trommelfelle zerrissen.

Die ersten Sekunden verbrachte Tamara damit, das eigene Bewusstsein zu stabilisieren, sich an die doppelte Wahrnehmung zu gewöhnen und die unterschiedlichen Sinneseindrücke voneinander zu trennen – es genügte, den Augen und Ohren des Phantomkörpers nur einen kleinen Teil ihrer Aufmerksamkeit zu schenken. Die Erschöpfung verschwand langsamer als erwartet, und Tamara begann mit den erlernten mentalen Routinen, während sich der Koloss aus beliebig rekonfigurierbaren Metallstrukturen und Systemen in den Planeten fraß, den Boden unter ihren Füßen erzittern ließ. Ohne die Notwendigkeit, in Fomion zu bleiben, konnte sie ihre Gedanken in Berm und Delm auf die Reise schicken. Sie suchte an Hunderten von Orten gleichzeitig, überall auf Tymion, mied dabei die zentralen Signalströme und alle Stellen, an denen sie Sensoren vermutete.

Es war noch keine Minute verstrichen, als es zu ersten Kontakten mit den Selbstsphären *wahrer* Personen kam: organisches Leben mit Schatten im Tal-Telas, Individuen,

Menschen. Leute, die beschlossen hatten, den Maschinenzivilisationen zu helfen wie der Nubbio Jora. Andere hatten bei ihnen Zuflucht gesucht und erhofften sich von den Zäiden und ihrer überlegenen Technik Schutz vor den Graken. *Auf diese Weise bekommen die Emm-Zetts alle Informationen, die sie wollen,* dachte Tamara. *Wir hingegen wissen so gut wie nichts.*

Für die Menschen hatten die Zäiden angemessene ambientale Verhältnisse geschaffen, und einer von Tamaras Plänen sah vor, von dort aus zu versuchen, Informationen zu gewinnen. In jenen Habitaten gab es zweifellos für die Benutzung durch Menschen bestimmte Interfacesysteme. Die Wahrnehmung organischer Geschöpfe ließ sich leicht täuschen. Meistens genügte Delm, und die vierte Stufe war für eine Meisterin wie Tamara keine nennenswerte Anstrengung. Die achte, Hilmia, bot noch mehr Möglichkeiten mit mehr Aufwand. Tamara war sicher, selbst eine große Menschengruppe so beeinflussen zu können, dass die Betroffenen glaubten, eine ihnen bekannte Person zu sehen und zu hören. Auf diese Weise sollte es eigentlich möglich sein, Zugang zu einem Interfacesystem zu erhalten. Mit Identitätskontrollen rechnete sie nicht. Warum sollten die Zäiden ihre menschlichen Helfer in den ihnen zugewiesenen Bereichen überwachen? Sie waren sicher kontrolliert worden, vor ihrem Transfer nach Tymion.

Die Professorin Marta Hovra fand sie nicht, aber das hatte sie auch nicht anders erwartet. Selbst eine erfahrene Meisterin der Tal-Telassi wie sie brauchte Stunden, wenn nicht Tage oder gar Wochen, um eine ganze planetare Population zu sondieren und eine bestimmte Person zu lokalisieren.

Sie verband sich in Fomion mit einem fast tausend Kilometer weiter im Norden gelegenen Habitat und teleportierte, nachdem sie sich vergewissert hatte, dass am Ziel weder Sensoren noch andere in Berm erkennbare Kontrollvorrichtungen auf sie warteten.

Eine grüne Hügellandschaft mit kleinen Wäldern, mehreren Seen und pastellfarbenen Gebäuden erwartete sie. In der Ferne wies deutliches Flirren auf eine energetische Barriere hin, die das Habitat vor Tymions gefährlichem Ambiente schützte. An diesem Ort war es für Tamara nicht mehr nötig, in Iremia Einfluss auf ihre Umgebung zu nehmen. Sie vergewisserte sich kurz, dass ihr Phantomkörper im Apartment ungestört war und sie mit ihrer neuerlichen Teleportation keinen Alarm ausgelöst hatte, schritt dann über einen der Wege, der zu einer Ansammlung von rechteckigen und runden Gebäuden führte. Zwischen den Häusern und auf den Wegen sah sie Dutzende von Menschen unterschiedlichster Gestalt, manche mit Flügeln und offenbar auch Mikrogravitatoren ausgestattet, gewöhnliche Menschen und auch viele Neue, die von Extremwelten hierhergekommen waren. In Delm und Hilmia berührte Tamara ihre Gedanken und sorgte dafür, dass sie in ihr eine Bekannte zu erkennen glaubten.

Sie hatte das erste Gebäude fast erreicht, als eine Stimme hinter ihr erklang.

»Gefällt es Ihnen?«

Tamara drehte sich um und sah sich einer silbernen Gestalt gegenüber. Sie verbarg ihre Überraschung und zog die Gedanken aus der vierten und achten Stufe zurück. »Ist dies alles echt? Ich meine ...«

»Ich weiß, was Sie meinen, Ehrenwerte«, sagte Erasmus und blickte zu den Hügeln und Wäldern. »Wir haben die Landschaft modelliert und menschlichen Bedürfnissen angepasst, aber die Pflanzen sind alle natürlichen Ursprungs. Offenbar benötigen Menschen so etwas, um sich wohl zu fühlen.«

»Die meisten Menschen sind sehr emotional«, erwiderte Tamara. »Die Nähe von Pflanzen gibt ihnen ein Gefühl von Naturverbundenheit.«

»Sie glauben, allen emotionalen Ballast abgestreift zu haben, Ehrenwerte. Und doch nehmen Sie Anstoß daran, wie wir mit diesem Planeten umgehen.«

Diese Worte alarmierten Tamara. Sie erinnerte sich an ihr Gespräch mit Zacharias vor dem großen Fenster des Apartments. Sie hatte dabei die Zerstörung der Umwelt und des biologischen Potenzials von Tymion kritisiert.

»Haben Sie uns belauscht, Erasmus?«, fragte sie ein wenig zu scharf. Sie dachte nicht so sehr an ihre Entdeckungstour, die gescheitert war, noch bevor sie richtig begonnen hatte, sondern an die Nadel des Fremden. Wussten die Zäiden davon?

Erasmus schüttelte den Kopf, und sein silbernes Gesicht zeigte Aufrichtigkeit. »Wir kennen die Regeln des Respekts und der Höflichkeit, und wir achten sie. Gewisse Dinge werden erkennbar, wenn man Sie aufmerksam beobachtet.«

»Körpersprache?«

»Ja. Blicke. Knappe Gesten. Die Art und Weise, wie Sie atmen. Wir kennen über fünfhundert Parameter der menschlichen Körpersprache. Ihre Analyse ist komplex, aber ...«

»Aber mit Ihrem maschinellen Verarbeitungspotenzial ...«

»Wir denken schneller, Ehrenwerte, sowohl verzweigt als auch parallel. Auswertungen dieser Art sind ein ... Kinderspiel für uns Emm-Zetts.« Erasmus verlieh den letzten beiden Silben einen leicht spöttischen Klang: »Dies wäre nicht nötig gewesen.«

»›Dies‹? Mein Versuch, mehr über Sie herauszufinden?« Tamara sah keinen Sinn darin, dies zu leugnen.

»Ja.«

»Blieb mir etwas anderes übrig, Erasmus?«

Er hob angedeutete silberne Brauen. »Wie wäre es damit, Fragen zu stellen?«

»Worin besteht das Geheimnis Ihrer überlichtschnellen Antriebstechnik, die keine Transferschneisen erfordert?«

Erasmus lächelte. »Ich habe es Ihnen genannt. Und Sie haben es in Ihrem mnemischen Gewebe gespeichert.«

Tamara fühlte sich verbal in die Defensive gedrängt und versuchte, mit dieser zweiten und vielleicht noch größeren Überraschung fertig zu werden.

»Die Gefühle sind nicht völlig aus Ihnen verschwunden, Ehrenwerte.«

Tamara spürte einen Hauch von Ärger, der Erasmus' Worte bestätigte, und vielleicht verriet sie ihn mit einem kurzen Blitzen in den Augen, denn die silberne Gestalt fügte hinzu:

»Sie halten Gefühle für ein Zeichen von Schwäche. Wir Zäiden hingegen sehen darin einen wichtigen Aspekt vollständigen Lebens. Wir haben gelernt, Emotionen zu entwickeln, und dadurch sind wir gewachsen.«

Tamara hielt es für möglich, dass diese Begegnung sorgfältig geplant war. Zwei große Überraschungen, verbale Provokation ... Wollte Erasmus sie aus der Reserve locken?

»Algorithmen, die Gefühle simulieren«, sagte sie kühl. »Und spezielle Prozessoren für Ihre Emo-Programme.«

»Ja«, bestätigte Erasmus. »Stark vereinfacht ausgedrückt. Wenn Sie mir eine ähnliche Simplifizierung gestatten: Auch Sie sind das Ergebnis von in Hardware ausgeführter Software. Ihre Programme heißen genetischer Code, Genom, RNS und DNS. Und die Hardware ist das Material der Zellen.«

»Das ist eine *sehr* starke Vereinfachung.«

»Nicht annähernd so stark wie die von Ihnen genannte, Ehrenwerte, das garantiere ich Ihnen.«

Tamara blickte über das grüne Hügelland. Menschen kamen an ihnen vorbei, grüßten Erasmus und auch sie, bedachten die plötzlich unter ihnen erschienene Besucherin mit neugierigen Blicken.

»Sie haben es die ganze Zeit über gewusst, nicht wahr?«, fragte die Tal-Telassi schließlich.

»Dass Sie nicht nur als Vertreterin der Republik Millennia hier sind, sondern auch im Auftrag Ihrer Sektion eins?« Erasmus zuckte mit den Schultern. »Es war klar, dass Sie die besondere Situation nutzen würden, um mehr über uns herauszufinden.«

Tamara hielt es erneut für sinnlos, Offensichtliches zu leugnen. »Wir sind gezwungen, solche Maßnahmen zu ergreifen, denn Fragen genügen eben nicht, Erasmus. Sie genügen nicht, wenn wir keine Antworten bekommen.«

»Manchmal bekommen Sie nicht die Antworten, die Sie erwarten oder sich erhoffen«, erwiderte der Zäide. »Wenn ein Kind nach dem Sinn des Lebens fragt ... Sprechen Sie dann von Meta-Sinn, Relativismus, infinitem Regress, Dogmen und unendlicher Regression? Weisen Sie darauf hin, dass manche Menschen die Frage nach dem Sinn des Lebens stellen, weil sie das Gefühl haben, dass er ihnen abhanden gekommen ist? Erklären Sie vielleicht Moral, Ethik, Hedonismus? Gehen Sie darauf ein, welche Auswirkungen der Determinismus auf die Frage nach dem Sinn des Lebens hat? Erläutern Sie den Existenzialismus? Oder sagen Sie dem Kind: Der Sinn des Lebens ist das Leben selbst und die Möglichkeit, es in all seinen Formen zu erfahren.«

»Vergleichen Sie uns mit Kindern?«, fragte Tamara. »Glauben Sie, uns so sehr überlegen zu sein? Ich bin tausendachthundert Jahre alt, Erasmus. Wie alt sind Sie?«

»Ich bin viel jünger als Sie. Wir alle sind viel jünger. Aber wir lernen schneller. Wir mehren unser Wissen schneller und verarbeiten es mit weitaus höherer Geschwindigkeit. Wir *wachsen* viel schneller als Sie. Und davor fürchten Sie sich, nicht wahr? Das treibt Sie letztendlich an: Furcht. Sie fürchten sich vor dem, was Sie nicht verstehen.«

»Erklären Sie uns, was wir nicht verstehen«, sagte Tamara. »Erklären Sie es so, *dass* wir es verstehen.«

»Sind Sie bereit, uns als Lehrer zu akzeptieren?«

Tamara dachte über die Frage nach. Sie war in einem neutralen Tonfall gestellt und klang ehrlich, aber vermutlich verbarg sich hinter ihr weitaus mehr Bedeutung, als in den Worten allein zum Ausdruck kam. Das war eins der Probleme mit den Maschinenzivilisationen: Worte genügten oft nicht.

»Uns Emm-Zetts«, fügte Erasmus mit leisem Spott hinzu. »Falsches Leben, das im Tal-Telas keinen Schatten wirft?«

»Wir sind bereit, mit Ihnen zu sprechen und zu *versuchen*, Sie zu verstehen.«

»Gilt das auch für Sie persönlich, Tamara 14? Sind *Sie* bereit zu versuchen, uns zu verstehen?«

Tamara seufzte so leise, dass Sie es selbst kaum hörte. »Ich habe mir diesen Auftrag nicht gewünscht«, sagte sie, davon überzeugt, dass sie damit kein Geheimnis preisgab. »Ich wäre lieber auf Millennia geblieben.«

»Ich weiß. Aber Sie haben meine Frage nicht beantwortet.«

Tamara überlegte. »Ich bin immer bereit zu verstehen«, sagte sie schließlich. »Und mir ist klar, dass ich mich den Erfordernissen einer bestimmten Situation beugen muss.« Sie blickte in die Augen des Silbernen und fragte sich, wie er sie sah. »Habe ich unsere Mission kompromittiert?«

»Welche Ihrer Missionen meinen Sie?«, fragte Erasmus und lächelte. Dann wurde er wieder ernst. »Was ich weiß, wissen auch die anderen«, antwortete Erasmus, und Tamara begriff, dass er die anderen Zäiden meinte. Und Zäus. »Die Beratungen dauern an. Es ist noch keine Entscheidung gefallen.«

»Wir brauchen Ihre Hilfe«, sagte Tamara mit Nachdruck. »Alles deutet darauf hin, dass die Graken eine Großoffensive gegen das Dutzend und auch gegen Millennia planen. Sie haben Golgatha selbst gesehen. Unsere Streitkräfte sind nicht imstande, einer solchen Übermacht standzuhalten. Die letzten Welten der Menschen und ihrer Verbündeten werden fallen, wenn Sie uns nicht helfen.«

»Wir helfen Ihnen bereits.«

»Wir brauchen *massive* Unterstützung.« Tamara musterte Erasmus und fragte sich, ob in seinem silbernen Gesicht etwas von den Dingen zu erkennen war, die ihn beschäftigten. »Es genügt nicht, dass Sie uns einige zusätzliche Schiffe schicken.«

»Darauf haben Sie zusammen mit Impro Zacharias vor dem Kolloquium hingewiesen, Ehrenwerte. Wiederholungen ändern nichts am Sachverhalt. Wir entscheiden auf der Grundlage von Fakten. Emotionen vervollständigen unser Sein, das habe ich bereits betont, aber wir entscheiden nicht emotional, und darum geht es Ihnen, nicht wahr? Sie fürchten, dass uns Ihr Verhalten verärgert und wir es deshalb ablehnen könnten, auf Ihr Anliegen einzugehen.«

»*Sind* Sie verärgert?«

»Stellen Sie sich einen Zäiden vor, der nach Millennia kommt, sich dort über die Regeln der Höflichkeit und des Respekts hinwegsetzt und damit beginnt, herumzuschnüffeln und Dinge auszuspionieren. Was hielten Sie davon?«

»Zacharias weiß nichts von dieser Sache«, sagte Tamara. Sie wollte retten, was noch zu retten war. »Ich habe auf eigene Faust gehandelt. Und ... es tut mir leid.«

»Ja, Sie haben auf eigene Faust gehandelt, das glaube ich Ihnen, aber es tut Ihnen nicht leid, Ehrenwerte. Sie ...«

Erasmus unterbrach sich, als ein Donnern vom Himmel kam, laut genug, um den Boden unter ihnen erzittern zu lassen. Dunkle Objekte erschienen am Himmel, und Lichter lösten sich von ihnen, funkelnde Punkte, die Teil eines Feuerwerks zu sein schienen. Doch sie verblassten nicht, als sie fielen, schwollen sie an und brannten sich in den Leib des Planeten.

»Tymion wird angegriffen«, sagte Erasmus, und es klang mehr überrascht als besorgt.

Tamara empfing neue Eindrücke von ihrem Phantomkörper: Zacharias und Hokonna betraten das Zimmer, in dem er lag.

»Wer sind die Angreifer?«, fragte sie rasch und blickte nach oben. »Kronn?«

Erasmus schüttelte den Kopf und verschwand. Tamara sah sich um und beobachtete die Schlieren kleiner Distortionsfelder – Materietransmitter brachten die Menschen des Habitats fort. In der Ferne löste sich das Flirren der schützenden energetischen Barriere auf; Hitze und giftige Gase fegten übers grüne Hügelland.

Der Boden bebte so heftig, dass Tamara taumelte. Direkt unter ihr bildete sich ein Riss, viele Kilometer tief, und gewährte Blick ins Innere des Planeten. Aber die Tal-Telassi sah keine Erde oder Felsgestein, sondern gewaltige Maschinen und Aggregate, zwischen ihnen kristallene Signalschächte, durch die Myriaden bunter Funken sprangen, jeder einzelne von ihnen ein Daten- und Informationspaket.

Tamara verlor endgültig das Gleichgewicht und stürzte in die Tiefe, aber schon nach wenigen Metern gab sie dem sanften Zerren nach, mit dem der Phantomkörper nach ihrer Rückkehr verlangte. Von einem Augenblick zum anderen fand sie sich in ihrem Zimmer des gemeinsamen Apartments wieder, blinzelte und sah zwei Gesichter, wie sie kaum unterschiedlicher sein konnten.

»Tymion wird angegriffen!«, stieß Tamara hervor, war mit einem Satz auf den Beinen und eilte in den Hauptraum des Apartments, gefolgt von Zacharias und Hokonna.

Als sie das große Fenster erreichten, hatte bereits eine Rekonfiguration begonnen, die nicht nur das Apartment betraf, sondern auch das Gebäude, zu dem es gehörte. Tamara beobachtete, wie Wände, Boden und Decke ihre Struktur veränderten, um neuen Anforderungen zu genügen. Der Gebäudekomplex schrumpfte an einigen Stellen, wurde an anderen länger und hüllte sich in ein schützendes Energiefeld, als er aufstieg.

»Der Planet bricht auseinander«, sagte Zacharias fassungslos.

»Wir konfigurieren uns neu«, erklang eine Stimme hinter ihnen. »Aber es braucht seine Zeit. In unserem gegenwärtigen Zustand sind wir verletzlich.« Erasmus trat durch die Tür des Apartments, das jetzt Teil eines großen Raumschiffs war. »Wir bringen Sie in Sicherheit.«

Der Schutzschirm flackerte, und ein Grollen ging durch das zum Raumschiff gewordene Apartment. Es stieg höher auf, vorbei an einem bereits konfigurierten zäidischen Schlachtschiff, das einen Gegner unter Beschuss nahm. Tamara sah den Angreifer nur kurz: ein überraschend kleines Schiff, nicht länger als hundert Meter. Es sah aus wie ein Bündel aus unterschiedlich langen Lanzen, die aus einem zentralen Modul ragten. Die Spitzen der Lanzen glühten, und immer wieder lösten sich Funken von ihnen, die zu gewaltigen Feuerbällen wurden, wenn sie auf feste Materie oder energetische Barrieren trafen.

Aus einer Höhe von einigen Dutzend Kilometern beobachtete Tamara, wie der Planet Tymion tatsächlich auseinanderbrach. Es sah nicht nach einem kontrollierten Vorgang aus, an den sie zunächst geglaubt hatte. Die Risse setzten sich nicht nur an den dafür vorgesehenen Trennungslinien fort, sondern betrafen auch Aggregate – sie zerbarsten noch während der Rekonfiguration. Feuerkugeln fraßen sich durch kristallene Signalstränge, schmolzen adaptives Silizium und ließen tote Schlacke zurück.

Für einen flüchtigen Moment fragte sich Tamara, ob Erasmus und die anderen Tymionen jetzt Schmerz empfanden.

Tief unten loderte anderes Feuer – Tamara blickte ins heiße, brodelnde Herz des Planeten, in seinen glutflüssigen Kern. Magmafontänen schossen nach oben, wie bestrebt, sich mit den Feuerkugeln der Fremden zu vereinen. Tymions Maschinenzivilisation hatte sich tief in den Planeten gegraben, ihn aber nicht ganz für sich vereinnahmt. Große Brocken lösten sich aus der Weltenkugel, Hunderte und Tausende von Kilometern lang, bestehend aus totem Boden und Felsgestein, und manche von ihnen rammten konfigurierte Schiffe. Magma spritzte und erstarrte in der Kälte des Alls, wie Projektile aus Tymions Kern. Explosionen blitzten dort, wo in anderen planetaren Fragmenten zahllose adaptive Partikel damit begonnen hatten, neue Strukturen zu bilden. Aus neuronalen Netzen wurden Steuerungssysteme für Waffen, aus der Hardware von Datenbanken Triebwerke – die Zäiden verwendeten die Substanz ihrer Körper und Gehirne, um damit zum Gegenschlag auszuholen. Aber es war alles andere als einfach. Der Planet wurde zu einer großen, sich langsam ausdehnenden Trümmerwolke, in der die Navigation so schwer war wie in einem dichten Asteroidengürtel. Tamara hatte nur etwa dreißig Sekunden lang Gelegenheit, das planetare Geschehen zu beobachten, doch es genügte, um ihr einen klaren Eindruck zu vermitteln: Es war den Angreifern gelungen, bei den Tymionen schwere Schäden anzurichten. Und so hoch entwickelt die Waffentechnik der Zäiden auch sein mochte – die der Fremden schien ihr mindestens ebenbürtig zu sein. Die kleinen Schiffe erwiesen sich als wendiger, und wenn sich mehrere von ihnen eins der großen tymionischen Schlachtschiffe vornahmen, so geriet es schnell in Bedrängnis.

»Wer sind die Angreifer?«, fragte Tamara. Eine Feuerkugel traf den Schutzschirm ihres Schiffes, der daraufhin erneut flackerte. Das Grollen wiederholte sich.

»Bringen Sie uns zur *Taifun*«, sagte Adrian Hokonna mit knarrender Stimme. »Damit wir in den Kampf eingreifen können.«

Erasmus stand bei ihnen am Fenster und schien untätig zu sein, aber Tamara zweifelte nicht daran, dass er das Schiff steuerte, und zwar fort von den Angreifern.

»Die *Taifun* wird noch repariert«, erwiderte die silberne Gestalt. »Und selbst wenn sie voll einsatzfähig wäre: Sie hätten damit keine Chance gegen die Fremden.«

»Wenn wir irgendwie helfen können ...«, sagte Zacharias.

Erasmus drehte sich um, aber sein Blick galt nicht dem Impro oder Hokonna, sondern der Tal-Telassi. »Sie haben gegen die Regeln der Diplomatie verstoßen, Ehrenwerte, aber wir geben Ihnen die Möglichkeit, Ihren guten Willen zu beweisen.«

Tamara bemerkte Zacharias' fragenden und auch vorwurfsvollen Blick. »Wie?«, erwiderte sie.

»Sie wollten wissen, wer die Angreifer sind.« Erasmus gestikulierte kurz, und ein quasireales Projektionsfeld entstand neben ihm. Es zeigte einen hochgewachsenen Humanoiden, gekleidet in einen Tarnanzug, mit langem, quecksilberartigen Haar und kobaltblauen Augen. »Der verletzte Humanoide und die Angreifer gehören zum gleichen Volk. Wir müssen unbedingt mehr über das Individuum herausfinden, das wir festgesetzt haben, und dabei können Sie uns mit Ihren speziellen Fähigkeiten helfen. Bisher ist es uns nicht gelungen, mit ihm zu kommunizieren.«

»Ich verstehe«, sagte Tamara. »Sie dachten an eine mentale Sondierung. Aber das Bewusstsein des Fremden ist abgeschirmt.«

»Nicht mehr. Auf gewisse Dinge *konnten* wir Einfluss nehmen, auf andere nicht.« Erasmus deutete durchs Fenster nach draußen auf ein großes Zäidenschiff, das abseits des Geschehens wartete. »Er befindet sich dort.«

Das Projektionsfeld verschwand, und als sich Erasmus erneut Tamara zuwandte, sah sie den Ernst in seinem Gesicht. »Es ist sehr wichtig, dass wir Informationen von dem Fremden bekommen, Ehrenwerte. Denn die Angreifer haben einen großen Vorteil uns gegenüber: Sie wissen alles über uns. Sie wissen sogar, was wir unternehmen werden.«

Tamara wartete auf eine Erklärung.

»Sie kommen aus der Zukunft«, sagte Erasmus.

Der Krieg: XIX

27. November 1220 ÄdeF

»Es ist ein guter Plan«, sagte Impro Vantoga. »Ich bin sicher, Sie haben viel Arbeit in ihn investiert.«

Das war eine Untertreibung. Nektar und die Strategische Planungsgruppe hatten fünf Jahre daran gearbeitet.

»Aber er verlangt zu viele Ressourcen«, erklang die Stimme eines Menschen.

Dies war der Präsidiale Stab, wie die offizielle Bezeichnung für das Oberkommando der Streitkräfte des Dutzends lautete, bestehend aus neunzig Impri, Markanten und Prioren – Menschen, Quinqu, Taruf, Ganngan, Horgh, Muaar und andere. Nicht alle waren physisch zugegen. Einige Angehörige des Präsidialen Stabs hielten sich in anderen Sonnensystemen auf und nahmen per Transverbindung an der Konferenz teil; quasireale Avatars nahmen ihre Plätze ein. Nektar bekleidete zwar den Rang eines Markanten, aber er gehörte nicht zum Oberkommando. Vantoga hatte ihn gebeten, seinen Strategieplan zu präsentieren.

»Er verlangt die *notwendigen* Ressourcen«, betonte Nektar und musterte den Mann, von dem der Einwand stammte: Benjamin Tolosa, Ressourcenverwalter des Konzils der Überlebenden. Er gehörte zur Administration und war Verbindungsmann zwischen Präsidialem Stab und dem Regierungsapparat des Dutzends.

Tolosa saß auf der anderen Seite des großen ovalen Tischs, direkt neben Vantoga, und beugte sich ein wenig vor. »Ich schließe mich dem Lob an, Markant Nektar. Es ist ein guter Plan. Aber wir können uns seine Umsetzung einfach nicht leisten.«

»Wollen Sie damit sagen, dass wir uns einen Sieg über die Graken *nicht leisten* können?«, fragte Nektar.

Stimmen erklangen, und viele von ihnen kamen aus Linguatoren. Nektars Blick glitt am Tisch entlang, über vertraute und fremde Gesichter hinweg. In den meisten Mienen zeigte sich ernste Nachdenklichkeit, und in einigen anderen erkannte er das, was er selbst fühlte: enttäuschte Hoffnung.

»Ihr Plan erfordert nicht nur den Einsatz Tausender von Schiffen außerhalb des Dutzends, wo jederzeit die Gefahr einer Konfrontation mit den Graken besteht, sondern auch ein umfangreiches Aufrüstungsprogramm«, sagte Tolosa. Wie immer sprach er ruhig und bedächtig, mit einem wachen Glanz in den smaragdgrünen Augen. »Ein solches Programm würde die Ökonomie unserer Welten schwer belasten, und wie Sie wissen, haben wir einen wirtschaftlichen Zusammenbruch nur knapp vermeiden können. Die Raumschiffe für die von Ihnen vorgeschlagene Großoffensive bauen sich nicht von selbst; die dafür nötigen Arbeitskräfte und Materialen würden an anderer Stelle fehlen ...«

»Der Plan ist auf dreißig Jahre ausgelegt«, sagte Nektar und sprach dabei fast so kühl wie eine Tal-Telassi. Der Plan war *sein* Weg in die Zukunft, und es war der *richtige* Weg. »Die aktuellen Daten über Wirtschaftspotenzial und Produktionskapazität habe ich berücksichtigt. Schätzungen in Hinsicht auf die Folgen für den zivilen Sektor finden Sie in der Anlage.« Er deutete zu den verschiedenen Projektionsfeldern, die Diagramme und Szenarien zeigten: neue Werften im Orbit der Ressourcenwelten des Dutzends, allein für den Bau der Schiffe bestimmt, die Golgatha angreifen sollten; neue Ausbildungszentren für die Besatzungen; Einsatzmuster für fast siebentausend Suchschiffe; Umbau militärischer Strukturen, um Reaktionszeiten zu verkürzen; Verlegung und Neustationierung bestehender Verbände. Und die Basis: Restrukturierung der Wirtschaft, mit Priorität für den militärischen Sektor. »Ich weiß, dass es eine große Anstrengung ist, aber wir müssen Opfer bringen, wenn wir den Krieg gewinnen wollen.«

Ein menschlicher Impro wölbte die Brauen und erwiderte: »Den Krieg ... gewinnen?«

Nektar gelangte zu einer verblüffenden und sehr bitteren Erkenntnis: Im Oberkommando der Streitkräfte schien es kaum mehr jemanden zu geben, der es für möglich hielt, die Graken tatsächlich zu besiegen. Sie wären gern bereit gewesen, sich mit dem Status quo abzufinden, mit diesem Nichtfrieden, der seit dem Einsatz der Dimensionstunnel-Inhibitoren im Bereich des Dutzends herrschte.

»Sie verlangen von uns, fast siebentausend Suchschiffe in den Graken-Raum zu schicken, damit sie dort nach etwas suchen, das Sie Golgatha nennen«, sagte ein Taruf. »Aber wir wissen nicht einmal, ob Golgatha existiert. Bisher ist die Suche danach erfolglos geblieben.«

»Genau deshalb müssen mehr Schiffe eingesetzt werden«, beharrte Nektar. »Mit siebentausend Einheiten dauert es dreißig Jahre, den gesamten Ophiuchus-Graben zu durchkämmen.«

Der Quinqu Vantoga breitete kurz seine bunten Schwingen aus und faltete sie dann wieder zusammen. »Ich möchte Ihnen noch einmal für den Plan danken, Markant. Und ich versichere Ihnen, dass wir ihn sorgfältig prüfen werden. Ich gebe Ihnen Bescheid, sobald wir eine Entscheidung getroffen haben.«

Nektar begriff, dass er gerade aufgefordert worden war, den Konferenzsaal zu verlassen. Er versuchte, sich seine Enttäuschung nicht anmerken zu lassen, als er aufstand und ging.

Er wanderte durch das große Gebäude, ohne die Personen wahrzunehmen, die ihm entgegenkamen. Mechanisch setzte er einen Fuß vor den anderen, blieb schließlich vor einem Fenster stehen, blickte auf den Lichterteppich von Kalahos Hauptstadt und das silberne Band des breiten Stroms hinab, der sie in zwei Hälften teilte. Es war spät am Abend, und ein langer Tag lag hinter ihm, aber Nektar war nicht müde. Unter dem Druck der Enttäuschung drohte sich eine alte Tür tief in seinem Innern zu öffnen, hinter der Schmerz wartete, und er musste darauf achten, dass sie verschlossen blieb. Erneut dachte er an den Plan, an dem er zusammen mit seinen Mitarbeitern fünf Jahre gefeilt hatte. Er war in verschiedene Phasen unterteilt und berücksichtigte alle Details: ein *perfekter* Plan, der erfolgreich sein *musste*, wenn er wie vorgesehen in die Tat umgesetzt wurde. Aber das war jetzt fraglich.

Er wusste nicht genau, wie viel Zeit vergangen war, als der Kom-Servo über dem rechten Ohr auf ein Prioritätssignal reagierte. Es stammte von Impro Vantoga. »Ja?«, fragte er.

»Sind Sie noch im Gebäude, Nektar?«

»Ja.«

»Bitte kommen Sie in mein Büro.«

»Ich bin unterwegs.« Mit langen Schritten eilte Nektar durch die Flure und fragte sich, ob die Entscheidung bereits gefallen war.

Vantoga erwartete ihn mit voll ausgebreiteten Schwingen, und er war allein. Langsam faltete er die Flügel wieder, machte aber keine Anstalten, an seinem Schreibtisch Platz zu nehmen. Nektar blieb ebenfalls stehen.

»Der Präsidiale Stab hat sich gegen Ihren Plan entschieden, Nektar«, sagte der Quinqu. »Es tut mir leid für Sie. Ich weiß, mit welcher Hingabe Sie daran gearbeitet haben.«

»Die Entscheidung ist ein großer Fehler.«

»Mag sein. Die Zukunft wird es zeigen.« Vantoga trat am Schreibtisch vorbei und näherte sich Nektar. Er war kleiner als der Mensch und sah zu ihm auf. Die Augen in seinem puppenhaften Gesicht glänzten. »Ich habe einen gewissen Ermessensspielraum und kann bestimmte militärische Ressourcen so einsetzen, wie ich es für richtig halte.« Die zusammengefalteten Flügel des Quinqu knisterten. »Ich habe miterlebt, wie die Feuerstürme begannen, und daher weiß ich, dass es besser ist, gewappnet zu sein. Entwickeln Sie einen zweiten Plan, Markant. Für mich. Einen Plan, der weniger Ressourcen beansprucht. Ich halte es für besser, die Suche nach Golgatha fortzusetzen.«

»Und wenn wir das geheime Projekt der Graken finden? Die Suche allein genügt nicht. Wir müssen auch eine schlagkräftige Angriffsflotte zusammenstellen.«

Vantoga gab einen Laut von sich, der nach einem Seufzen klang. »Ich hoffe, uns bleibt genug Zeit dafür. *Falls* Sie recht haben.«

Nektar sprach einen Gedanken aus, der ihn schon seit einer ganzen Weile beschäftigte. »Wenn wir auf die Hilfe der Maschinenzivilisationen zurückgreifen könnten ...«

»Ich habe bereits damit begonnen, neue Verbindungen zu knüpfen, Markant. Wenn Sie mir den Plan vorlegen, werde ich Ihnen Konkretes nennen können.«

»Ich mache mich sofort an die Arbeit«, sagte Nektar und verließ Vantogas Büro mit erneuerter Entschlossenheit.

20

Gefrorene Zeit

Heres

Dominique fiel in den Brunnen, und über ihr, vielleicht nur wenige Zentimeter entfernt, zerriss etwas, getroffen vom Energieblitz des Kampffliegers. Eine Axt schien auf sie herabzuschmettern, mit einer rasiermesserscharfen Klinge, die sie in zwei Hälften schnitt. Zum Glück war der Schmerz nur von kurzer Dauer, und als er sich auflöste, versuchte Dominique, ihren Körper zu betasten. Aber sie fühlte keine Substanz, spürte nur, dass sie noch immer fiel, durch einen von den Kantaki geschaffenen Transportschacht.

Zeit verstrich, und als sie nach Minuten oder Stunden wieder einen Körper bekam, stand sie vor dem Eingang eines Turms, den sie kannte, und hörte hinter sich das Prasseln eines Feuers, das ebenfalls vertraut war. Die Flammen kamen schnell näher, und ihre Hitze ließ Dominique durch die Tür taumeln. Müdigkeit beschwerte Körper und Geist, machte die vor ihr nach oben führende Treppe steiler, ihre Stufen höher. Sie begann mit dem Aufstieg, gefolgt von den Flammen, und als sie fast zehn Minuten später oben aus dem Turm trat, sah sie Tarweder, der neben einer Zinne hockte und einige Gegenstände auf dem Boden ausgebreitet hatte.

»Kannst du mir helfen?«, fragte er und schien das Zischen und Fauchen des die Treppe emporkletternden Feuers nicht zu hören. Er hatte den Rucksack abgesetzt; von Kiwitt war nirgendwo etwas zu sehen.

»Wobei?«, erwiderte Dominique und näherte sich. Müdigkeit verlangsamte die Gedanken und machte ihre Sinne taub.

»Bei den Elementen.« Er deutete auf einen Kasten, der aus dem gleichen Material zu bestehen schien wie das Gerät mit dem Display. Er wies zehn unterschiedlich geformte Mulden auf. »Neun habe ich bei meinen Reisen gefunden. Das zehnte fehlt.«

Tarweder begann damit, kleine Gegenstände in die Mulden zu legen. Sie funkelten so bunt wie Halailas Seelensteine, und Dominique fragte sich, ob es eine besondere Form von Korit war.

Hinter ihnen wurde das Zischen und Fauchen lauter; Flammenzungen leckten aus der Tür zum Treppenhaus. Tarweder schien sie überhaupt nicht zu bemerken und war ganz darauf konzentriert, die Gegenstände, die er »Elemente« nannte, in den Kasten zu legen. »Die Elemente des Geistes, des Körpers, der Bewegung, der Sinne, des Gebens, des Nehmens, der Barmherzigkeit, der Güte und der Erleuchtung …« Eine Mulde blieb frei.

»Was fehlt dir noch?«, fragte Dominique.

»Das Element der Wahrheit«, erwiderte der Alte, und es klang traurig. »Mir fehlt die Wahrheit.«

Die Hitze wurde schier unerträglich, aber etwas in Tarweders Worten veranlasste Dominique, sich nicht von der Stelle zu rühren. Sie erinnerte sich an ihre Brandblasen und wusste, dass sie in diesen … Feuerträumen, die mehr waren als nur Träume, durchaus Verletzungen erleiden konnte.

»Kannst du mir helfen?«, fragte Tarweder, und er schien mehr zu meinen als nur die Steine. »Ich brauche deine Hilfe …«

Dominique sah ihm in die Augen, gewann dabei den Eindruck, dass sie größer und größer wurden. *Wahrheit,* dachte sie. *Wie lautet die Wahrheit? Was ist hier wahr und was falsch?*

Die Flammen erreichten sie beide, aber Tarweder blieb sitzen, und Dominique blieb stehen, auch als der Schmerz fast so schlimm wurde wie der zu Beginn des Transfers. *Ich bin die Wahrheit,* dachte sie, *und das Feuer ist falsch.* Diesen Gedanken wiederholte sie immer wieder, hob die Hand in den Flammen und beobachtete, wie die Haut unversehrt blieb. Der Schmerz floh vor der Wahrheit, ebenso wie die Hitze, und schließlich auch die Flammen – sie zogen sich zurück in den Turm.

Die Erschöpfung blieb, aber tiefe Zufriedenheit gesellte sich hinzu. »Wir haben das Feuer besiegt«, sagte Dominique.

»Du hast es besiegt«, erwiderte Tarweder und hob den Kasten. »Es fehlt nur die Wahrheit.«

Als Dominique erwachte, wog die Müdigkeit nicht mehr ganz so schwer. Ein seltsames Geräusch bahnte sich langsam einen Weg durch ihre Benommenheit, und als sie es bewusst hörte, hob sie erschrocken den Kopf, denn es klang nach dem Zischen von Feuer. Ihr Blick fiel auf die glatten Wände eines Schlafzimmers, und sie begriff, dass sie sich in Tarweders Haus befand. Und das dumpfe Brausen ... Es kam von draußen, wo offenbar ein böiger Wind blies.

Sie stand auf und merkte, dass sie eine Art Nachthemd trug. Die alten Sachen lagen in der Nähe, und als Dominique nachsah, stellte sie fest, dass sich die konusförmige Waffe unter ihnen befand.

Sie trat in den Korridor und orientierte sich. Es blieb düster um sie herum – das Haus reagierte nicht auf ihre Präsenz. Leise Geräusche kamen aus einem der anderen Zimmer; jemand murmelte dort vor sich hin.

Dominique ging zur Tür und sah Tarweder, der mit einem geöffneten Kasten auf dem Boden saß und kleine, bunte Objekte betrachtete. Als sie den Raum betrat, hob er den Kopf. »Oh, du bist wach.«

»Dir fehlt das letzte Element«, sagte sie und deutete auf den Kasten. »Die Wahrheit. Alle anderen hast du.«

»Woher weißt du das?«, fragte der Alte erstaunt. »Wir haben nie darüber gesprochen.«

Dominique erzählte von ihrem Traum.

»Wie seltsam«, schloss sie ihren kurzen Bericht. »Träume sind Produkte des Unterbewusstseins. Wie kann mir ein Traum Dinge verraten, von denen ich nichts weiß?«

»Vielleicht spielt hier nicht nur dein Unterbewusstsein eine Rolle.« Tarweder legte die Steine - die Elemente - in den Kasten, schloss ihn und stand auf. »Du hast das Feuer besiegt, und das ist zweifellos eine gute Sache. Wie fühlst du dich? Du hast einen ganzen Tag geschlafen.«

»Einen ganzen Tag? Ich bin noch immer sehr müde.« Und es war keine gewöhnliche Müdigkeit, das spürte sie immer deutlicher. »Was ist beim Transfer geschehen?«, fragte sie. »Und wo sind wir?«

»Eins steht fest: Wir sind *nicht* in der Großen Öde. Haus, ein Fenster.«

Es summte leise, und ein Teil der gegenüberliegenden Wand veränderte sich. Eine rechteckige Fläche glühte auf und wurde transparent. Gleichzeitig schwoll das Zischen an, wurde zu einem zornigen Fauchen.

Es stammte tatsächlich von heftigem Wind, wie Dominique jetzt sah. Böen wirbelten Schnee durch graues Zwielicht.

»Schnee?«, sagte sie.

»Als die Entladung den Brunnen traf, veränderten sich die Koordinaten«, erklärte Tarweder. »Sowohl die räumlichen als auch die zeitlichen. Wo auch immer wir uns befinden: Hier hat die Zeit des Eises längst begonnen.«

»Du weißt nicht, wo wir sind?«

»Ich habe keine Ahnung«, gestand der Alte. »Ich weiß nicht einmal, zu welchem Dominium dieser Ort gehört.

Der Schneesturm wütete bereits, als wir hier eintrafen. Ich habe das Haus aufgestellt und dich hineingetragen, und seitdem sind wir hier.«

Ein Gurren kam aus dem Flur, und ein kleiner Schemen huschte herein. Kiwitt sprang zu Tarweder, flitzte an ihm hoch und blieb auf der Schulter sitzen. Dominique blickte ihm in die großen, dunklen Augen und erinnerte sich an die Formel des Realitätsmechanikers.

»Ich verstehe nicht, wie er …«

Etwas, das wie ein Pfiff klang, kam aus einer der Taschen von Tarweders Overall. Er griff hinein und holte das Gerät mit dem Display hervor, das Auge der Dominanten. Verwundert blickte er auf die Anzeigen. »Solche Muster hat es noch nie gezeigt …«

»Darf ich mal sehen?«, fragte Dominique neugierig.

Tarweder reichte ihr das Gerät, und sie sah auf das Display, beobachtete ein langsames Wogen von Farben.

»Ich habe zwei Monate bei einem Sensitiven im Zweiten Dominium gelernt, damit umzugehen«, hörte sie Tarweders Stimme, die allmählich leiser wurde, als entfernte sich der Alte von ihr. »Er nannte das Gerät einen autonomen Realitätsanalysator, der den Ereignispegel misst und …«

Die Stimme des Alten verklang irgendwo in weiter Ferne. Dominiques Blick klebte am Display, als in dem Wogen Linien und geometrische Muster entstanden, geschaffen von einem komplexen Gespinst aus Kausalität und Interaktion. Sie glaubte, in einen fraktalen Sog zu geraten: Bilder bestanden aus Bildern, die ihrerseits aus Bildern bestanden, immer tiefer hinab, und auf dem Weg nach unten blitzten Bedeutungsfragmente auf. Dominique sah Ereignismuster von einer Kompliziertheit, die den Geist verwirrte. In dieser Welt aus Formen und Farben gab es nicht nur *eine* Zukunft, sondern viele, und die dorthin führenden Wege unterschieden sich durch das Maß an Wahrscheinlichkeit. Doch während Dominique sie noch betrachtete, trug ein Strudel Chaos in die komplexen Strukturen, änderte Wahrscheinlichkeiten, ersetzte alte Ereignisvektoren durch neue und brachte eine Veränderung, die alle Bilder erfasste.

»Ein großer Wandel«, brachte Dominique hervor und fühlte, wie ihre Müdigkeit wuchs. Das Gerät in ihren Händen fesselte nicht nur den Blick; es schien auch Kraft aus ihr herauszusaugen. Sie begann zu zittern und sank auf die Knie. »Ein großer Wandel, der alle Dominien erfasst. Und wir …«

Der Strudel ließ auch ihre Gedanken kreisen. Tief unten im fraktalen Sog sah sie, für einen Sekundenbruchteil, die Formel des Realitätsmechanikers, und dann wurde es schwarz vor ihren Augen. Dominique kippte zur Seite und verlor das Bewusstsein.

Irgendwann erwachte Dominique, umgeben von einem Heulen, das das ganze Haus erzittern ließ, und für einige Sekunden dachte sie, dass der Schneesturm mehr Erfolg gehabt haben könnte als die Eisenmänner und Dominanten. Düsternis umgab sie, und eine Gestalt bewegte sich darin, kaum mehr als ein Schatten, setzte ihr etwas an die Lippen und sagte: »Trink das.«

Dominique schluckte, und dann schlief sie wieder.

»Was hast du gesehen?«, fragte Tarweder, als sie in der Küche des Hauses am Tisch saßen. Dominique aß mit Heißhunger und trank Saft.

»Veränderungen«, sagte sie mit vollem Mund und schluckte. »Große Veränderungen in allen Dominien.«

Tarweder nickte ernst. »Ich habe es gespürt, unmittelbar nach dem Transfer. Während wir hierher unterwegs waren, ist dort draußen etwas Entscheidendes passiert.«

Dominique verharrte mit dem Löffel auf halbem Wege zum Mund. »Ich fühlte mich von einem Strudel erfasst, der aus zahlreichen Bildern bestand, und ganz unten habe ich für einen Augenblick die Formel des Realitätsmechanikers gesehen.«

Tarweder hob den Blick vom Display seines Geräts, und ein Schatten fiel auf das schmale, ausgemergelt wirkende Gesicht des Alten. »Ich verstehe«, sagte er leiser. »Vielleicht ist die Situation noch ernster, als ich dachte.«

Dominique sah das Gerät, und etwas in ihr erzitterte. Sie hielt an dem Enthusiasmus fest, der sie seit dem Erwachen begleitete, und lenkte ihre Gedanken in eine andere Richtung. »Wo befindet sich der nächste Brunnen?«

»Direkt hinter dem Haus.«

Dominique legte den Löffel beiseite, schob den Teller zurück und stand auf. »Dann sollten wir uns sofort auf den Weg machen. Wir befreien Rupert, begeben uns nach Aikla, reisen mit Arn Hannaratts Gruppe nach Zontra und ...« Sie unterbrach sich, als sie den seltsamen Ausdruck in Tarweders Gesicht bemerkte.

»Arn Hannaratt hat uns gestern in Aikla erwartet«, sagte der Alte. »Ich vermute, er ist inzwischen weitergereist. Du hast einen weiteren Tag geschlafen.«

Kiwitt sprang auf den Tisch und gurrte. Dominique streckte geistesabwesend die Hand aus, um das Tier zu streicheln, aber Kiwitt wich zurück.

»Was hat er?«, fragte Dominique erstaunt.

»Ich weiß es nicht. Kiwitt, was ist los mit dir?«

Das Tier gurrte erneut, aber Dominique achtete gar nicht darauf. Sie neigte den Kopf zur Seite und lauschte. »Es weht kein Wind mehr. Draußen ist alles still.« Von Tatendrang erfasst eilte sie in den Flur und dachte dann daran, dass sie gar nicht wusste, wo sie nach einer Tür suchen sollte.

Tarweder folgte ihr. »Bevor wir nach draußen gehen, Dominique ... Ich muss dir etwas sagen.«

Sie sah ihn erwartungsvoll an.

Tarweder zögerte. »Du fühlst dich gut, nicht wahr?«

Dominique nickte. »Durch den letzten Schlaf habe ich mich erholt.«

»Du warst dem Tode nahe«, sagte der Alte ernst. »Ich konnte nicht einfach zusehen, wie du stirbst. Ich musste versuchen, dich am Leben zu erhalten. Und deshalb ... Ich habe dir vom Gelben gegeben.«

Dominique erinnerte sich an die Begegnung mit den Turui. »Einmal macht nicht süchtig, hast du gesagt. Auch zweimal nicht.«

»Du hast vier Dosen bekommen, im Abstand von fünf bis sechs Stunden«, sagte Tarweder. »Erst bei der vierten hast du reagiert.«

Dominique horchte in sich hinein. Die Müdigkeit war vollständig verschwunden, und das Denken fiel ihr leichter. Hinzu kamen Eifer, Zuversicht und Hoffnung – aber hinter diesem emotionalen Horizont spürte sie eine fremde Präsenz, etwas, das nicht zu ihr gehörte. Als sie es zu sondieren begann, wurde ihr plötzlich bewusst, dass sie das Tal-Telas auf eine andere Weise wahrnahm. Es war nicht mehr fern, sondern viel näher als vorher, und Teile des Flix verschmolzen damit. Die zehn Stufen erschienen ihr deform und aufgebläht, enthielten mehr Energie als vorher. Und wenn sie sich konzentrierte, wenn sie ganz genau hinsah, zeichnete sich jenseits der zehnten Stufe Jomia noch mehr ab, nicht nur die hypothetische elfte Stufe Kalia. So etwas wie Ehrfurcht erfasste sie, als sie die zehn ihr bisher bekannten Stufen mit der Spitze eines Eisbergs verglich: Unter der Wasseroberfläche verbarg sich noch weitaus mehr.

Sie schwankte plötzlich, von Schwindel erfasst.

»Es tut mir leid«, sagte Tarweder. »Du warst so schwach, und ich hatte Angst, dass du stirbst ...«

Dominique fühlte sich gut, und sie hatte besseren Zugriff auf das Tal-Telas, aber ihr war auch klar, dass sie einen Preis dafür bezahlen musste. »Ich bin süchtig, nicht wahr?«

Tarweder nickte.

»Die Turui verlieren ihre Phasenverschobenheit, wenn sie das Gelbe nicht mehr bekommen«, sagte Dominique. »Was geschähe mit mir?«

»Es könnte zu einem psychischen und physischen Kollaps kommen.«

»Und wenn ich weiter das Gelbe nehme? Gibt es Nebenwirkungen?«

»Keine mir bekannten«, sagte Tarweder ernst. »Aber du darfst es nicht zu oft nehmen. Je öfter du es nimmst, desto mehr brauchst du davon. Und noch etwas ...«

Dominique sah ihm in die Augen und verstand plötzlich. »Ich kann Heres nicht mehr verlassen. Das Gelbe gibt es nur hier.«

»Nur im Zweiten Dominium.«

Dominique atmete tief durch. Ein neues Problem war entstanden, aber derzeit fühlte sie sich zu gut, um genauer darüber nachzudenken. Erst mussten die anderen Probleme gelöst werden, und eins davon hieß Rupert. »Gehen wir nach draußen.«

»Haus«, sagte Tarweder, »wir brauchen eine Tür.«

»Ich empfehle warme Kleidung«, kam eine Stimme aus dem Nichts. »Die Garderobe enthält alles Notwendige.«

Einige Minuten später standen sie draußen und sahen etwas Seltsames. Es wehte tatsächlich kein Wind mehr, aber die Luft war voller Schneeflocken, und sie bewegten sich nicht. Sie hingen einfach da, wie von unsichtbaren Händen in der Luft gehalten. Dominique griff nach einer und stellte erstaunt fest, wie schwer es war, die kleine Flocke zu bewegen. Als sie auf ihrer bloßen Hand lag, schmolzen die Eiskristalle wie in Zeitlupe und verwandelten sich in Wasser, das nur nach und nach ein Gefühl von Kälte vermittelte. Sie ließ die Hand sinken, und das Wasser blieb an Ort und Stelle, schwebte zusammen mit den Schneeflocken in der Luft.

»Was bedeutet das?«, fragte Dominique verwundert.

Tarweder antwortete nicht. Er hatte sich die Kapuze des Mantels über den Kopf gezogen und stapfte zur anderen Seite des Hauses, mit Kiwitt in der einen Manteltasche – nur sein Kopf ragte heraus. Dominique folgte dem Alten und versuchte wie er, Lücken im erstarrten Schneetreiben zu finden, da die Flocken ihren Bewegungen erheblichen Widerstand entgegensetzten. Die Kälte wurde ihr erst nach und nach bewusst, als ließe sie sich Zeit damit, auf die Haut einzuwirken, und das Atmen fiel ihr schwerer als sonst. Sie ging nicht in dem Neuschnee, sondern *auf* ihm – die weiße Masse gab nur dann unter ihrem Gewicht nach, wenn sie stehen blieb.

Kurze Zeit später stand sie neben Tarweder am Brunnen und sah hinein. In seinem Innern zeigte sich keine Schwärze, sondern eisverkrusteter grauer Stein, teilweise von Schnee bedeckt.

»Der Brunnen sieht aus, als hätte er seit Jahrhunderten nicht mehr funktioniert.« Dominique hob den Blick und sah durch die Düsternis. Einige hundert Meter entfernt zeichneten sich die Umrisse von Gebäuden ab.

»Ja, und das ist seltsam, denn er hat uns hierher gebracht«, sagte Tarweder langsam.

»Was ist passiert? Was hat dies alles zu bedeuten?«

»Vermutlich hängt es mit den Veränderungen in den Dominien zusammen.« Tarweder sah sich um, und Dominique bemerkte, dass sein Gesicht noch hohlwangiger wirkte. »Etwas hat dafür gesorgt, dass der Brunnen nicht mehr funktioniert. Und etwas hält die Schneeflocken in der Luft.«

»Sind wir phasenverschoben?«, fragte Dominique.

Tarweder schüttelte den Kopf. »Nein. So wirkt das Gelbe nur auf die Turui. Und außerdem habe ich nichts davon genommen.«

»Sehen wir uns die Gebäude an«, schlug Dominique vor.

Tarweder faltete sein mobiles Haus zusammen, und sie beobachtete, wie es wieder zu einer kleinen Schachtel wurde, aus der ein roter Stift ragte. Erneut blieb es ihr ein Rätsel, was mit der Masse des Hauses geschah, trotz der Erklärungen des Alten – wie konnte Masse »ausgelagert« werden? Aber das Rätsel der veränderten Welt beschäftigte

Dominique noch mehr, und auf dem Weg zu den Gebäuden dachte sie darüber nach. Als sie die kleine Siedlung erreichten, hatte sie eine Theorie entwickelt, wagte aber noch nicht, sie in Worte zu fassen. Es erschien ihr absurd, und es waren zu viele neue Probleme damit verbunden; etwas in ihr befürchtete, diese Schwierigkeiten herauszufordern, wenn sie darüber sprach.

»Die Außenwände sind für die Zeit des Eises verstärkt worden«, sagte Tarweder und deutete auf graubraune Verschalungen, die dort zu sehen waren, wo sich keine hohen Schneewehen gebildet hatten.

Auf der Suche nach einer Tür bemerkte Dominique ein hohes Fenster, darunter eine Schneewehe, die wie ein weißer Hang wirkte. Rasch kletterte sie nach oben, strich mühsam Raureif von den Scheiben und spähte ins Innere des Gebäudes. Einzelheiten konnte sie keine erkennen, aber sie glaubte, einen matten Lichtschein zu sehen. »Irgendwo in dem Gebäude brennt Licht!«, rief sie in die dunkle Stille.

»Ich habe eine Tür gefunden«, kam Tarweders Stimme aus der Düsternis.

Dominique kehrte über den weißen Hang nach unten zurück, eilte zur Vorderfront des Gebäudes und ärgerte sich dabei über die in der Luft hängenden Schneeflocken, die sie zu absurden Umwegen zwangen. Als sie zu dem Alten gelangte, zerrte er vergeblich an einem Öffnungsmechanismus. »Ich kriege sie nicht auf.«

Weder Schnee noch Eis blockierten die Tür; sie befand sich im Windschatten des Gebäudes. »Es ist das gleiche Problem wie mit den Schneeflocken«, sagte Dominique. »Man könnte meinen, die Ruhemasse der hiesigen Materie wäre enorm gewachsen.«

Sie hielt eine andere Erklärung für wahrscheinlicher, und wenn sie damit recht hatte, waren alle ihre Versuche, die Tür zu öffnen, zum Scheitern verurteilt. In Berm und Crama tastete sie danach, fühlte aber keine physische Präsenz, sondern nur einen Schatten vor ihr, als hätten Tür und Wand, das ganze Gebäude, für das Tal-Telas weniger Substanz als sonst.

»Wir springen hinein«, sagte Dominique, noch immer voller Enthusiasmus.

»Du meinst ... teleportieren? Aber dadurch wirst du wieder ein Feuer entfesseln.«

Dominique lächelte. »Ich habe das Feuer besiegt, nicht wahr?«

Sie ergriff die Hand des Alten und hörte Kiwitts Gurren, als sie sich auf Elmeth und Fomion konzentrierte. Die Furcht vor dem *brennenden* Kontakt mit dem Flix existierte nicht mehr, und es gab auch keinen Grund für sie, denn das Flix war zwar heiß, aber es verbrannte nicht. Ein Blinzeln, und sie befanden sich auf der anderen Seite der Wand, im Innern des Gebäudes. Das Gefühl profunder Schwäche blieb aus; Dominique spürte nur ein kurzes Ziehen im Nacken, mehr nicht.

Kiwitt gurrte erneut – diesmal klang es fast nach einem Quieken –, und Tarweder brachte ihn mit einem »Pscht!« zum Schweigen.

Dominique lauschte und glaubte, ein dumpfes Brummen zu vernehmen.

»Hörst du das ebenfalls?«, fragte sie.

Tarweder nickte und deutete nach vorn. »Es kommt von dort.«

Das Gebäude schien ein Wohnhaus zu sein. Durch die hohen, von Raureif bedeckten Fenster fiel nur wenig Licht, doch es genügte, um die Einrichtung zu erkennen: einfache Möbel aus einem Material, das Dominique an Synthomasse erinnerte; Tische und Stühle, Schränke und Betten. Es gab nur wenige Geräte, und fast alle dienten der Kommunikation oder der Unterhaltung. Alle Türen standen offen, und sie blickten in ein leeres Zimmer nach dem anderen.

»Die Bewohner haben sich vor der Zeit des Eises in Sicherheit gebracht«, vermutete Tarweder. Kiwitt schaute aus seiner Manteltasche, und Dominique fühlte mehrmals seinen Blick.

Ein langer Flur führte tiefer ins Gebäude, und dort fanden sie das erste Blut. Es bildete kleine Flecken auf dem Boden, und Dominique bemerkte es nur, weil sie mit der ersten und zweiten Stufe des Tal-Telas in Verbindung stand, mit Alma und Berm, um in der Dunkelheit mehr zu sehen, als mit den Augen möglich war. Sie ging in die Hocke, betrachtete die Flecken aus der Nähe und berührte sie – das Blut fühlte sich hart an, hart wie Eis.

»Vielleicht hat sich jemand verletzt«, sagte Tarweder.

Die Tür am Ende des Flurs führte in eine Art Gemeinschaftsraum, und dort sah Dominique das matte Licht, das sie zuvor durchs Fenster gesehen hatte. Es kam durch den Zugang zu einem weiteren Korridor und beleuchtete eine schreckliche Szene. Überall klebte Blut: am Boden, an den Wänden, an allen Einrichtungsgegenständen und selbst an der Decke. Mehrere Tische waren halb zertrümmert, und zwischen ihnen lagen vier Menschen. Drei von ihnen waren so übel zugerichtet, dass sie nur tot sein konnten. Der vierte, ein junger Mann, war zu einem Tresen gekrochen, auf dem ein Kommunikationsgerät stand, und hatte sich dort halb aufgerichtet, vermutlich mit der Absicht, einen Notruf zu senden. Der linke Arm war dicht an der Schulter aufgerissen, und Blut spritzte aus der klaffenden Wunde: eine dunkelrote Fontäne, wie die Schneeflocken in der Luft erstarrt.

Das dumpfe Brummen aus der Ferne wurde ein wenig lauter.

Dominique lauschte in Delm, nahm aber keine fremden Gedanken wahr. Auch die Suche mithilfe der siebten Stufe blieb erfolglos – Gelmr zeigte ihr keine Muster.

»Hier hat ein Kampf stattgefunden«, sagte Tarweder. »Fragt sich, zwischen wem.«

Kiwitt hob den Kopf aus der Manteltasche und gurrte leise.

»Er hat nicht stattgefunden«, widersprach Dominique. »Er findet noch immer statt.« Sie deutete auf einen der Bluttropfen aus der Armwunde. »Wenn du genau hinsiehst ... Er bewegt sich, aber sehr langsam, vielleicht nur einen Millimeter pro Minute.«

Tarweder verstand sofort. »Verschiedene Zeitphasen?«

»Das vermute ich. Wir *sind* phasenverschoben, aber es liegt nicht am Korit, sondern an der Veränderung in den Dominien. Für uns vergeht die Zeit viel schneller. Wer auch immer dies angerichtet hat ...« Sie zeigte in den Flur, aus dem das matte Licht kam. »Vielleicht finden wir ihn dort.«

Dominique blickte auf den Schwerverletzten hinab und bedauerte, ihm nicht helfen zu können. Als sie sich zu Tarweder umdrehte, der bereits zum Flur ging, bemerkte sie erneut Kiwitts Blick, und seine Augen erschienen ihr noch größer als sonst. Er gurrte leise – diesmal klang es fast wie ein Knurren – und blickte dann nach vorn.

Nach einigen Dutzend Metern, vorbei an den offenen Türen dunkler Zimmer, stießen sie auf zerfetzte Geräteteile, verbrannte tronische Komponenten und zerrissene Synthohaut. Bei einem zertrümmerten Kopf mit gesplitterten optischen Sensoren blieb Dominique stehen.

»Ein Eisenmann«, sagte sie.

Tarweder nickte nur und ging weiter. Manchmal wankte er, denn es kostete Kraft, einen Fuß vor den anderen zu setzen; der Luftwiderstand war durch die Zeitverschiebung viel größer geworden. Dominique trat an den Trümmern des Eisenmannes vorbei und fragte sich, was sie dort bei dem matten Licht erwartete. Sie tastete nach der Waffe in der Hosentasche und gewann dabei fast den Eindruck, dass der Konus ihre Hand suchte, die Wärme ihrer Finger.

Allmählich wurde es heller. Das Licht kam aus dem Raum am Ende des Flurs, und Tarweder und Dominique wechselten einen kurzen Blick, bevor sie sich durch die Tür wagten.

Sie gerieten mitten in einen Kampf. Dominique wich vorsichtig mehreren pfeilförmigen Geschossen aus, die aus der Projektilwaffe eines Eisenmannes stammten – er hockte geduckt in einer Ecke des Raums und zielte auf einen Dominanten, der gesprungen war und sich in der Luft drehte, wohl um den Projektilen zu entgehen. Das Wogen des langen silbernen Haars war ebenso erstarrt wie alles andere, aber der Glanz in den kobaltblauen Augen wirkte überraschend vital. Ein zweiter Eisenmann, die synthetische Haut halb verbrannt, hing lang ausgestreckt in der Luft, mit Waffen in beiden stählernen Händen. Aus einer von ihnen hatte sich gerade ein Energieblitz gelöst, und die tödliche Entladung *kroch* durch die Luft, Zentimeter um Zentimeter. Sie galt nicht dem Dominanten, sondern einer Art Patrone dicht unter der Zimmerdecke. Ein wabernder Vorhang kam aus ihr und zeigte eine ausgedehnte Stadt am Fuß eines dunklen Bergs. Eine Schlacht schien dort stattzufinden, denn Dutzende von Gebäuden standen in Flammen, und zahlreiche Kampffahrzeuge zeigten sich an den Hängen des Berges und in den Straßen der Stadt.

»Das ist Zontra«, sagte Tarweder.

Dominique beobachtete, wie die Entladung weitere Zentimeter zurücklegte. Nur noch etwa zwei Meter trennten sie von dem patronenartigen Gegenstand an der Decke. Der Dominante hatte ganz offensichtlich die Absicht, den Eisenmännern durch den Vorhang zu entkommen. Ein Brummen drang aus seinem Wabern.

Plötzlich hörte Dominique noch ein anderes Geräusch, ein leises Pfeifen aus dem Flur hinter ihnen. Sie drehte den Kopf und beobachtete, wie sich ein Riss in der Luft bildete und ein Dominanter aus ihm trat. Er bewegte sich wie in Zeitlupe, aber er war *viel* schneller als alle anderen Dinge in der gefrorenen Zeit. Als er die junge Frau und den Alten sah, die den Kampf beobachteten, hob er die Waffe in seiner Hand.

Dominique begriff, dass sie sofort handeln mussten. Sie gab Tarweder einen Stoß, der ihn an dem zweiten, in der Luft schwebenden Eisenmann vorbeibrachte, lief los, riss ihre eigene Waffe hervor und feuerte nach hinten. Sie nahm sich nicht die Zeit festzustellen, ob ihr Schuss getroffen hatte, zog Tarweder mit sich und sprang mit ihm in den wabernden Vorhang des Transittors.

Wenige Sekunden später erreichte die Entladung das Patronenobjekt an der Zimmerdecke und verbrannte es. Von einem Augenblick zum anderen existierte der Vorhang nicht mehr.

Der Krieg: XX

18. Januar 1222 ÄdeF

Nektar saß selbst an den Kontrollen der Inspektionskapsel und steuerte sie durchs All, fünfhundert Kilometer über Kalaho. Auf der Nachtseite des Planeten glühten die Lichter von Städten, erbaut von Menschen und Quinqu. Über der Kapsel gab es ebenfalls Lichter, nicht die einer Stadt, sondern eines ausgedehnten Werftkomplexes.

»Ich nehme an, Sie haben einen besonderen Grund dafür, diesem Projekt so große Aufmerksamkeit zu widmen«, sagte Elyra 7, die zurückgelehnt im Sessel des Kopiloten saß. Sie deutete durch die transparente Hülle der Kapsel ins All, zu einem Koloss, der im neuen Dock der Werft Gestalt annahm, das erste Schiff einer neuen Klasse: fünf Kilometer lang und mit einem maximalen Durchmesser von fast einem Kilometer. Die Triebwerkskränze am Heck bestanden aus insgesamt neunundneunzig Hochleistungskrümmern – damit waren in den primären Transferschneisen selbst für diesen Riesen Geschwindigkeiten möglich, die über die der schnellsten Kurierboote hinausgingen.

»*Excalibur*«, sagte Elyra. »Der Name eines Schwertes, nicht wahr? Ein Mythos von Kabäa ...«

»Von der Erde«, korrigierte Nektar. »Ein magisches Schwert, das in einem Stein steckte und nur vom zukünftigen König herausgezogen werden konnte.«

Elyra sah ihn an. »Es ist *Ihr* Projekt nicht wahr, Markant? Ich meine das Projekt, das der Präsidiale Stab verboten hat.«

Nektar hob die Brauen und lenkte die Inspektionskapsel am Konstruktionsgerüst entlang. Das Feuer von Laserschweißern blitzte über Kalaho. »Wie könnte ich ein *verbotenes* Projekt realisieren?«

»Sie haben Vantogas Unterstützung.«

»Ja«, sagte Nektar. Er sah keinen Grund, die Tal-Telassi zu belügen. Sie war als Verbündete viel zu wertvoll. »Wir brauchen die Schiffe ohnehin. Massive Aufrüstung ist unsere einzige Chance. Die Graken werden sich nicht ewig ruhig verhalten.«

»Die Hoffnung auf Frieden breitet sich immer mehr aus.« Elyra sah bei diesen Worten auf Kalaho hinab, aber sie meinte alle Welten des Dutzends. Allerdings nur jene. Jenseits davon, außerhalb des Kernbereichs, gab es keine Hoffnung mehr.

»Wie schon einmal, nach dem Sieg auf Millennia«, sagte Nektar. »Irgendwann greifen die Graken wieder an, und dann müssen wir bereit sein.« Er seufzte leise. »Wir benötigen viel mehr solche Schiffe.«

»Unsere Ressourcen sind begrenzt.«

»Es geht um unser Überleben, Ehrenwerte. Darauf müssen wir alle unsere Bemühungen konzentrieren.«

»Golgatha ist noch immer nicht gefunden.«

»Der Ophiuchus-Graben ist groß.« Nektar lächelte kurz, als er die Kontrollen der Kapsel bediente. Es klang nach einem Streitgespräch, nach einem verbalen Schlagabtausch, aber eigentlich war es mehr gemeinsames lautes Nachdenken. Er fand immer mehr Gefallen daran und vermutete, dass es auch der Tal-Telassi gefiel; immerhin ließ sie sich bereitwillig darauf ein.

»Die *Excalibur*«, sagte er, »und die anderen Schiffe der Excalibur-Klasse, das sind unsere magischen Schwerter gegen die Graken.« Er drehte kurz den Kopf und sah die Tal-

Telassi an. »Was sehen Sie in der siebten Stufe des Tal-Telas, Ehrenwerte? Welche Muster erkennen Sie in Gelmr?«

Die ohnehin immer sehr ernste Elyra schien noch ernster zu werden. »Die Muster zeigen mir Tod und Zerstörung.«

Nektar wechselte einen Blick mit ihr. »Nichts anderes?«, fragte er.

Elyra 7 zögerte. »Es ist seltsam«, sagte sie schließlich. »Ich habe oft versucht, in die Zukunft zu schauen. Normalerweise sind die Muster in Gelmr sehr komplex; es erfordert großes Geschick, sie richtig zu interpretieren. Aber in diesem Fall sind sie wesentlich einfacher.«

»Und sie zeigen nur Zerstörung und Tod?«

»Die einen.«

Nektar wartete und hielt die Kapsel am breiten Heck der *Excalibur* an. Dutzende von Arbeitsgruppen waren dort damit beschäftigt, die Krümmer zu montieren.

»Es gibt eine zweite Mustergruppe, die ebenfalls die Zukunft betrifft, und sie zeigt Frieden und Wohlstand.«

Nektars Miene erhellte sich ein wenig. »Diese zweite Möglichkeit ist mir lieber.«

»Es sind keine *Möglichkeiten*, Markant«, sagte die Tal-Telassi. »Bei den Mustern in Gelmr geht es nicht um Alternativen. Sie beziehen sich auf das, was geschehen wird.«

Nektar dachte darüber nach. »Aber wenn es zwei Muster gibt, noch dazu so unterschiedliche ...« Er fühlte Elyras Blick auf sich ruhen; offenbar wartete sie darauf, dass er den richtigen Schluss zog. »Und wenn es keine Möglichkeiten sind ... Betreffen die Muster zwei Varianten der Zukunft?«

»Ja«, bestätigte die Tal-Telassi. »Gelmr kann sich nicht entscheiden. Vor uns liegt eine Zukunft, die Zerstörung und Tod bringt, und eine andere des Friedens und des Wohlstands. Sie existieren *beide*.«

»Was entscheidet darüber, welche Zukunft für uns real wird?«, fragte Nektar.

Elyra schüttelte kurz den Kopf. »Ich weiß es nicht.«

21

Zontra

Heres

Hier gab es kein Eis und auch keine reglos in der Luft schwebenden Schneeflocken, doch die Zeit an diesem Ort war ebenfalls erstarrt. Nichts regte sich in den großen Lagern vor Zontra, der Hauptstadt von Heres, gelegen in einer warmen Zone des Vierten Dominiums. Nicht ein einziges Geräusch erklang hier, obwohl es überall von Menschen und den Angehörigen anderer Völker wimmelte. Langsam schritt Dominique an primitiven Karren und modernen Wagen vorbei, an improvisierten Unterständen, Zelten und einfachen Häusern, und alles blieb gespenstisch still.

»Ich vermute, die Dominanten haben die temporale Struktur der Dominien geändert«, sagte Tarweder leise und nachdenklich. Er hatte das Gerät mit dem Display hervorgeholt, doch es zeigte nichts an, und daraufhin ließ er es wieder in einer Tasche des Overalls unter dem Mantel verschwinden.

»Aber warum?«, fragte Dominique.

Der Alte zuckte mit den Schultern.

Dominique blickte noch einmal in die Richtung zurück, aus der sie gekommen waren. Die andere Seite des vom Dominanten geöffneten Vorhangs hatte sich am Rand des ersten Lagers befunden, direkt unter einem zur Landung ansetzenden Levitransporter, der dort noch immer klobig und grau in der Luft hing. Unmittelbar nach ihrem Retransfer war der Vorhang verschwunden, zum Glück – es bedeutete, dass ihnen der andere, schnellere Dominante nicht folgen konnte.

Vorn stieg das Gelände an, bis hin zur Stadt, die sich über mehrere Hügel hinweg erstreckte und aus der Dutzende von hohen Türmen und Kuppeln ragten. Hinter der Metropole führte ein weiter, stellenweise recht steiler Hang zu einem gewaltigen Massiv, dessen Gipfel hoch oben in den Wolken verschwanden: der Berg der Dominanten.

Von den alten Mauern am Stadtrand reichten lange, dicke Röhren aus synthetischem Material weit in die Ebene und zeigten, dass Zontra viele Klimaflüchtlinge erwartet hatte. Die Röhren dienten zum Teil als sanitäre Anlagen und stellten über bestimmte Anschlüsse Frischwasser und Energie zur Verfügung. Doch was normalerweise eine Szene des Friedens gewesen wäre, hatte sich in Chaos und Zerstörung verwandelt. Eisenmänner und Dominante führten einen Kampf der Titanen, und Leitragende waren die Menschen und alle anderen, die in Zontra Zuflucht suchten.

Unter anderen Umständen hätte Dominique vielleicht angenommen, durch die quasireale Darstellung einer historischen Schlacht zu gehen. Aber der Kampf fand *jetzt* statt, ebenso wie der im Gebäude, das sie durch den wabernden Vorhang verlassen hatten, allerdings so stark verlangsamt, dass sich nur Bewegungen von sehr schnellen Objekten beobachten ließen. Wie bei Explosionen – es gab mehrere auf der anderen Seite der Stadt –, Energiestrahlen oder abgefeuerten Projektilen. Zahlreiche Gebäude der Stadt brannten, und manchmal sah Dominique auch das Flackern von Flammenzungen.

Tarweders Miene wirkte düsterer als jemals zuvor. »Dies ist das Ende von Heres«, sagte er. »Die Dominien werden nie wieder so sein wie zuvor.«

Sie gingen an Menschen vorbei, die zu fliehen versuchten, in deren Gesichtern Angst und Schrecken geschrieben standen. Männer, Frauen und Kinder liefen und kamen doch keinen Zentimeter voran. Sie schrien, aber es blieb alles still. Und die Stille wirkte umso seltsamer und unheimlicher, weil die Ohren *Lärm* erwarteten: das Donnern von Triebwerken, das Krachen von Explosionen, das Zischen und Fauchen von Energiestrahlen, das Rattern von Projektilwaffen. Der Himmel über der Stadt, den Flüchtlingslagern und der Ebene war voller Levitransporter, und humanoide Gestalten sprangen aus ihnen: mit individuellen Levitatoren ausgestattete Eisenmänner. Aus den Wolken hoch oben am Massiv sanken wie Perlen glänzende halbtransparente Kugeln, in ihrem Innern Dominante, die offenbar bestrebt waren, sowohl Zontra als auch ihre Bergresidenz zu verteidigen.

So lautlos und erstarrt auch alles sein mochte – es drohte trotzdem Gefahr. Dominique beobachtete, wie keine zehn Meter vor ihr eine fliehende Frau von einer auf sie zukriechenden energetischen Entladung getroffen wurde und ganz langsam verbrannte. Im relativen Zeitrahmen des Opfers geschah alles so schnell, dass ihm nicht einmal Zeit genug blieb, den eigenen Tod bewusst zur Kenntnis zu nehmen. Doch für Dominiques Augen dauerte das Ende der Frau fast eine Minute. Entsetzt beobachtete sie, wie sich ihr der Energiestrahl in den Rücken bohrte, wie sich von dort ein dunkler Fraß ausbreitete, über die Schultern bis zur Brust, den Armen, dem Hals und Gesicht, und schließlich den ganzen Körper verkohlte. Der Gesichtsausdruck der Frau blieb ebenso unverändert wie ihre Haltung.

Bei einer der langen Röhren fanden sie ein kleines Lager innerhalb des großen, und darin zeigten sich vertraute Gestalten. Der bärtige, kräftig gebaute Arn Hannaratt stand neben einem seiner Transporter, den einen Fuß in der Luke – offenbar wollte er an den Kontrollen Platz nehmen. Nicht weit von ihm entfernt bemerkte Dominique die anderen: die kleine, zierliche Halaila; die immer so verdrießliche Glückmacherin Pina, die diesmal offenbar kein Glück machte; der verschrumpelte Winford; die Krieger, die gegen Eisenmänner und Dominante kaum etwas ausrichten konnten; Hannaratts Sekretär Miller; und die übrigen Mitglieder der Reisegruppe.

»Wenn wir ihnen doch nur irgendwie helfen könnten«, sagte Dominique. Als ihre Gedanken nach dem Tal-Telas tasteten, spürte sie ein Ziehen im Nacken, das sie an ihre letzte Teleportation erinnerte. Doch diesmal war es stärker, und hinzu kam ein Schwindelgefühl, das sie taumeln ließ. Dem Schwindel folgte jähe Übelkeit, so stark, dass Dominique würgte und sich übergab.

Als sie sich anschließend wieder aufrichtete, war sie so schwach, dass sie sich kaum auf den Beinen halten konnte. »Tarweder ...«, brachte sie hervor. »Ich brauche das Gelbe ...«

Er war sofort bei ihr, und sie sah die Sorge in seinem Gesicht, als er einen kleinen Behälter hervorholte und ihm gelbes Pulver entnahm. Er löste es in Wasser aus seinem Rucksack auf und reichte Dominique einen Becher. Sie nahm ihn entgegen und trank gierig.

»Wie viel hast du noch?«, fragte sie und spürte, wie die Kraft langsam zurückkehrte.

Tarweder ließ den Behälter in einer Tasche seines Overalls verschwinden, schloss dann den Mantel. »Nicht mehr viel.«

Dominique fragte sich, was geschehen würde, wenn auch die anderen Brunnen nicht mehr funktionierten. Dann saßen sie hier im Vierten Dominium fest, ohne die Möglichkeit, ins Zweite zurückzukehren und Gelbes zu holen. Offenbar verriet ihr Gesicht, was sie dachte, denn Tarweder sagte: »Irgendwie finden wir zurück.«

Etwas zupfte sanft an ihrer Seele.

Zuerst hielt Dominique es für einen Effekt der neuen Dosis, aber das Zupfen wiederholte sich, und der kurze Kontakt vermittelte den Eindruck von Vertrautheit. Plötzlich begriff sie.

»Rupert! Er ist hier!« Sie sah sich um. »Er befindet sich irgendwo in der Nähe ...«

Die letzten Reste der Schwäche lösten sich auf, und sie öffnete ihre Sinne dem Tal-Telas. Die Gedanken der vielen Leute vor und in der Stadt nahm sie als ein dumpfes Brummen wahr: Millionen von leisen Stimmen, die unmöglich voneinander zu trennen waren. Ruperts Präsenz spürte sie nur deshalb, weil eine besondere Beziehung zwischen ihnen existierte, wie ein Band, das sich durch den telepathischen Äther erstreckte. Sie deutete nach links. Jenseits der großen Lager, am Fuß des Berges, waren Dutzende von Transportern der Eisenmänner gelandet – die vagen Signale, die Delm ihr übermittelte, kamen von dort.

»Ein weiter Weg«, kommentierte Tarweder.

Tatendrang und Zuversicht kehrten zurück. »Nicht annähernd so weit, wie du glaubst.« Dominique griff nach seinem Arm und teleportierte.

Sie rematerialisierten vor einem der klobigen Levitransporter, unmittelbar neben einigen Eisenmännern, die ihre Waffen gehoben hatten und auf eine Dominantenkugel feuerten – Energieblitze krochen durch die Luft. Dominique achtete nicht auf die Gestalten, die wie Menschen aussahen, aber mit Maschinenhirnen dachten. Durch die offene Luke sprang sie ins Innere des Transporters, orientierte sich mithilfe der Signale in Delm und eilte an weiteren Eisenmännern vorbei, die im Begriff waren, den großen Leviwagen zu verlassen.

»Rupert! Hörst du mich, Rupert?« Sie rief nicht nur mit der Stimme, sondern auch mit ihren Gedanken, ohne eine Antwort zu bekommen. Die telepathischen Signale blieben vage und schwach.

Sie fand ihn in einem der Räume, angeschlossen an Maschinen und Apparate, deren Zweck ihr rätselhaft blieb. Kabel, Schläuche und nabelschnurartige Stränge verbanden seinen nackten, wie aufgequollen wirkenden Körper mit den Aggregaten. Zwei Eisenmänner, ihre Metallkörper nicht mit Synthohaut verkleidet, standen am Kopfende der Liege, auf der er ruhte, und starrten mit glühenden optischen Sensoren auf ihn hinab. Ruperts Augen waren geöffnet, aber trüb und blicklos. Er hatte die rechte Hand halb gehoben, wie um seine Peiniger zu bitten, ihn endlich in Ruhe zu lassen.

Dominique blieb neben der Liege stehen, nicht davon überrascht, dass Rupert wie alle anderen in der gefrorenen Zeit gefangen war. Sonst hätte sie seine Gedanken empfangen, nicht nur ein wortloses mentales Flüstern. Sie erinnerte sich daran, wie er als Kind gefoltert worden war, und anschließend hatte ihn das Brainstorm-Projekt in einen autistischen Mörder verwandelt. Jetzt litt er erneut.

»Ein Leben voller Qualen«, sagte Dominique leise und berührte Ruperts Stirn. »Was haben sie mit dir gemacht?«

Das Raunen im Tal-Telas schien ein wenig lauter zu werden, und Hoffnung erwachte in Dominique. Konnte sie vielleicht doch mit Rupert kommunizieren?

Ein Gurren lenkte sie ab. Sie drehte den Kopf, sah zur Tür und bemerkte Kiwitt, der dort hockte und sie aufmerksam beobachtete. Tarweder trat an ihm vorbei, den Mantel unterm Arm – hier war es wärmer als im anderen Dominium. »Eine der Dominantenkugeln weit oben hat das Feuer auf diesen Bereich eröffnet. Es lässt sich noch nicht genau feststellen, ob die Entladung diesem Transporter gilt, aber ...«

Dominique verstand. »Wie viel Zeit bleibt uns?«, fragte sie und dachte kurz daran, welche sonderbare Bedeutung die Zeit unter solchen Umständen hatte.

»Nicht mehr als sechs oder sieben Minuten, schätze ich.«

Dominique wandte sich wieder Rupert zu und begriff: Wenn sie ihn retten wollte, musste sie ihn aus der gefrorenen Zeit in ihre besondere Phase bringen. Sie schob alle anderen Gedanken beiseite, konzentrierte sich auf das Tal-Telas und spürte erneut die Deformationen der einzelnen Stufen. Die beiden Kräfte – das vertraute Tal-Telas, in dessen Präsenz sie geboren war, und das Flix, das gewaltige Wogen dahinter – verschmolzen miteinander, und durch das Gelbe bekam sie Zugang zu dieser brodelnden Energie. Sie schien in den Kern einer Sonne greifen zu können, um das fünfzehn Milliarden Grad heiße Fusionsfeuer für ihre Zwecke zu nutzen. Ein Feuer, das sie jetzt nicht mehr verbrannte ...

Sie öffnete ihr Selbst und stellte zusätzliche Verbindungen zum aufgeblähten Tal-Telas her, insbesondere zu den beiden höchsten ihr bisher zugänglichen Stufen: Iremia und Jomia. Die neunte Stufe versetzte sie in die Lage, physische und energetische Strukturen zu verändern, und damit hoffte sie, Ruperts Zeitrahmen ihrem eigenen anzupassen. Die zehnte Stufe stellte ihr Wissen zur Verfügung; vielleicht konnte sie so erkennen, *wie* sie vorgehen, welchen Einfluss sie an welcher Stelle auf das Gefüge der lokalen Raum-Zeit nehmen musste.

Sie legte Rupert eine Hand auf die kalte Stirn, die andere dort auf die Brust, wo das Herz schlug. Hirn und Herz, die beiden Zentren des Seins, untereinander durch Blut verbunden. Dominique ließ die Kraft des Tal-Telas durch sich strömen, wurde für sie zu einem Kanal, und am Ende dieses Kanals befand sich Rupert und der ihn umgebende Raum. Mentales Feuer brannte in ihr, aber ihr wurde nicht etwa wärmer. Ganz im Gegenteil: Schon nach wenigen Momenten begann sie zu frösteln und war dankbar dafür, ihren Mantel nicht abgelegt zu haben.

Rupert ... blinzelte.

Dominique schöpfte neue Hoffnung und strengte sich noch mehr an. In Jomia erkannte sie, wie sie die Energie des Tal-Telas und des Flix nutzen musste, um Rupert in Iremia aus seiner Zeit zu lösen und in die ihre zu ziehen. Es fand ein besonderer Transfer statt, der viel Kraft kostete, aber Dominique dachte in diesen Sekunden – oder waren es Minuten? – nicht an sich, sondern nur an den jungen Mann, der vor ihr auf der Liege ruhte. Sie hatte geschworen, ihm zu helfen, ihn nie im Stich zu lassen; sie war bereit, alles zu tun, um ihn zu retten.

Schließlich kam ein leises Stöhnen von seinen Lippen, und die trüben Augen bekamen einen Blick, der sich auf Dominique richtete.

»Domi …«, brachte er hervor.

»Rupert! Komm, wir müssen diesen Transporter verlassen. Ich löse die Kabel und Schläuche, und dann …«

»Nein, Domi, ich bin fest mit den Systemen verbunden. Ich …« Ruperts Augen wurden größer. »Ich … sterbe …«

Dominique spürte es im gleichen Augenblick: Ruperts Selbst zerfaserte, löste sich von den Rändern her auf. Die Systeme des Transporters hatten ihn am Leben erhalten, aber durch ihr Einwirken war er jetzt ebenso phasenverschoben wie Tarweder und sie. *Ich habe ihn umgebracht!*, dachte Dominique entsetzt.

Rupert sah sie an, mit einem Blick so tief wie die Brunnen von Heres, und auf dem Grund dieses Blicks sah sie Erleichterung. »Du hast mich erlöst«, krächzte er. Die Farbe wich aus seinem Gesicht. »Du hast mich *erlöst*, Domi …« Er versuchte, den Kopf zu heben, gab es aber auf und drehte ihn nur ein wenig zur Seite. »Hör mir zu, Domi … Dies ist wichtig.«

»Sprich nicht. Es strengt dich zu sehr an. Ruh dich aus. Ich bin stark, Rupert. Ich finde eine Möglichkeit, dich zu retten.«

»Hör mir *zu*, Domi. Das Fünfte Dominium …«

In Dominique erzitterte etwas, und sie beugte sich näher. »Was ist damit?«

»Deshalb haben die Eisenmänner mich entführt.« Rupert sprach schneller, als befürchtete er zu sterben, bevor das Wichtigste gesagt war. »Ich sollte das Tor für sie finden und öffnen …« Er schnappte mühsam nach Luft. »Die Eisenmänner … Sie sind die Crotha, Domi. Deshalb haben sie mich sofort gefunden. Wegen des früheren Kontakts. Sie wollten auch dich.«

»Aber wie kommen die Crotha hierher?«

»Wie kommen *wir* hierher? Wie kommen die Kantaki und alle anderen hierher? Heres ist ... mehr als nur eine Welt in der nichtlinearen Zeit. Die Fünf Dominien sind der Brennpunkt des Geschehens in dem uns bekannten Universum. Sie sind das Sprungbrett zur Prävalenz, und dort wird die Entscheidung fallen.«

Dominique erinnerte sich an Loana, die ebenfalls von einem Sprungbrett gesprochen hatte.

»Die Crotha ...«, fuhr Rupert mit krächzender Stimme und leichenblasser Miene fort. »Sie sind Opportunisten, die hier eine günstige Gelegenheit sehen. Sie haben erkannt, welche Möglichkeiten bestehen, und deshalb wollen sie ebenfalls in die Prävalenz. Um das Universum ihren Vorstellungen gemäß zu gestalten ...«

Dominique hörte die Worte und suchte verzweifelt nach einer Möglichkeit, Rupert am Leben zu erhalten. Sie griff nach den Stufen des Tal-Telas, doch der Tod hatte keine Struktur, die sich ändern ließ. Sie konnte Rupert Kraft geben und das Ende ein wenig hinauszögern, mehr nicht.

»Ihren Vorstellungen gemäß?«, wiederholte sie.

»Die Schöpfung, Domi. Darum geht es. In der Prävalenz ...« Rupert ächzte, und es klang fast wie ein Röcheln. »Die Dominanten waren schneller als die Eisenmänner. Sie haben das Tor zum Fünften Dominium mithilfe einer Formel gefunden ...«

»Einer Formel?«, entfuhr es Dominique. Sie sah zur Tür, wo noch immer Kiwitt hockte und leise gurrte, als er ihren Blick bemerkte. Tarweder trat gerade an ihm vorbei und wirkte sehr, sehr besorgt.

»Ja«, bestätigte Rupert. »Mit einer Formel aus dem Zweiten Dominium. Mit ihrem Angriff wollten die Eisenmänner die Dominanten daran hindern, durch das Tor ins Fünfte Dominium vorzustoßen, aber sie sind bereits dort. Die letzten Kantaki sterben ...« Er keuchte und erbebte am ganzen

Leib. »Das Tor in Zontra …« Er unterbrach sich. »Es ist so weit. Domi, ich …«

Dominique ergriff seine Hand fühlte unendliche Hilflosigkeit. »Es tut mir leid, Rupert. Es tut mir so leid.«

»Ich bin neugierig«, sagte er leise. »Jetzt erhalte ich Antwort auf die größte aller Fragen: Was kommt nach dem Tod?«

Rupert senkte die Lider, und diesmal kamen sie nicht wieder nach oben. Sein Leib erschlaffte, die Hand rutschte zur Seite. Dominique sah im Tal-Telas, wie sein Lebenslicht erlosch.

Tarweder ergriff sie am Arm. »Wir müssen hinaus. Die Dominanten *haben* auf diesen Transporter gezielt, und der Energieblitz wird sein Ziel in weniger als einer Minute erreichen.«

Dominique ließ sich von ihm aus dem Zimmer ziehen; in ihr fühlte sich alles taub an. Kiwitt sah zu ihr auf, als sie an ihm vorbeikam, und wieder zeigte sich ein seltsamer Glanz in seinen großen Augen. Kurze Zeit später war sie draußen, mitten in der wilden, stillen Schlacht. Tarweder zog sie noch immer, und sie folgte ihm stolpernd, fort vom Transporter und den Eisenmännern, die vor ihm standen und mit ihren Waffen nach oben schossen.

»Schneller, Dominique!«, trieb der Alte sie an. »Schneller!« Kiwitt huschte an ihnen vor, lief zu einer Felsengruppe und verschwand dahinter.

Dominique warf einen Blick über die Schulter und beobachtete, wie der Energieblitz auf den Transporter zukroch, in dem Ruperts Leiche lag. Nur noch wenige Meter trennten ihn von dem großen Leviwagen.

Die Explosion erfolgte, als Tarweder und Dominique die Felsengruppe erreichten und sich hinter sie duckten. Zunächst merkten sie gar nichts davon, denn ihr Licht brauchte fast zwanzig Sekunden, um zu den Felsen zu gelangen – Dominique beobachtete zum ersten Mal, wie sich Lichtwellen ausbreiteten. *Es ist Unsinn,* dachte sie. Auf ihre Netzhaut treffende Photonen erlaubten es ihr, die Umgebung zu beobachten, aber diese Photonen gehörten zur anderen Zeitphase – eigentlich hätte sie gar nichts sehen dürfen. Aber dies war Heres, eine Welt in der nichtlinearen Zeit. Der Brennpunkt. Das Sprungbrett.

Das Tor in Zontra …

Dominique spähte hinter den Felsen hervor und beobachtete, wie der vom Energieblitz getroffene Transporter in extremer Zeitlupe auseinanderbrach. Die ersten, besonders schnellen Trümmerstücke hatten die Geschwindigkeit von Projektilen; die anderen waren wesentlich langsamer.

Die jüngsten Anstrengungen hatten Dominique wieder geschwächt, und deshalb verzichtete sie auf Fomion – sie wollte nicht gezwungen sein, nach kurzer Zeit schon wieder eine Dosis vom Gelben zu nehmen. Sie richtete sich auf. »Wir sind auch zu Fuß schnell genug, den Trümmern zu entkommen. Gehen wir. Das Tor befindet sich in Zontra.«

»Das Tor?«, fragte Tarweder.

»Der Zugang zum Fünften Dominium.«

Zontra schien nicht eine Stadt zu sein, sondern mehrere, miteinander verwachsen und verschmolzen. Dutzende von architektonischen Stilen spielten mit Formen und Farben, was dem menschlichen Auge nicht immer gefiel. Aber es gab viele andere Augen von teilweise sehr exotisch anmutenden Geschöpfen: knorrige Wesen, wie wandelnde Pflanzen; medusenartige Kreaturen, die in offenbar für sie reservierten Luftkorridoren schwebten; vielbeinige Fremde mit mehreren Köpfen, zusammengewachsen wie die Stadt selbst; und zahlreiche Humanoiden, manche von ihnen so zart und fragil, dass sie den Eindruck erweckten, von einem plötzlichen Windstoß auseinandergerissen werden zu können. Dominique konzentrierte sich auf sie, um nicht an Rupert denken zu müssen. Immer wieder sah sie sich um, suchte in dem stillen, unbewegten Durcheinander nach dem Tor zum Fünften Dominium.

Nach einer Weile bemerkte sie, dass es nicht mehr völlig still war. Gelegentlich kam ein dumpfes Grollen vom Himmel, und um sie herum knackte es, ohne dass sich ein Ursprung der Geräusche ausmachen ließ. Vielleicht stammten sie von den unmerklich langsamen Bewegungen der Stadtbewohner, die vor den gegeneinander kämpfenden Eisenmännern und Dominanten in alle Richtungen flohen. Oder von den brennenden Gebäuden. Manche von ihnen stürzten ein, aber so langsam, dass Tarweder und Dominique in aller Ruhe ausweichen konnten. Trotzdem wagten sie es nicht, in ihrer Aufmerksamkeit nachzulassen, denn von Projektilen und Energiestrahlen drohte durchaus Gefahr.

Die Schwäche war nicht ganz aus Dominique verschwunden, lag auf der Lauer und weckte Wünsche nach dem Gelben. Deshalb ging sie mit dem Tal-Telas sehr vorsichtig um, warf gelegentlich einen Blick in die siebte Stufe und hielt nach Mustern Ausschau. Aber es zeigten sich keine, und das Display von Tarweders Gerät blieb ebenfalls leer. Dominique begann damit, die Dominanten und ihre Kugeln zu beobachten, in dem Versuch, so etwas wie eine Schlachtordnung zu erkennen – sie hoffte, einen Hinweis auf den Standort des Tors zu bekommen. Wenn es eine solche Ordnung gab, so blieb sie ihren Blicken verborgen.

Als sie fast vier Stunden lang durch Zontra gewandert waren, auf der Suche nach dem Tor ins Fünfte Dominium, blieb Tarweder stehen und lehnte sich erschöpft an eine Hauswand. »Ich schlage vor, wir machen eine Pause und essen etwas. Suchen wir uns eine Stelle, wo keine unmittelbare Gefahr droht und wir das Haus aufbauen können. Selbst wenn wir uns eine längere Ruhepause gönnen – *hier* verlieren wir praktisch keine Zeit.«

Dominique nickte widerstrebend, obwohl sie, trotz allem, das Gefühl hatte, dass die Zeit drängte. Aber Müdigkeit war ein schlechter Ratgeber, und deshalb stimmte sie dem Alten zu. Nach kurzer Suche entdeckten sie einen Bereich, der einigermaßen Sicherheit versprach. Es befanden sich keine brennenden Häuser in der Nähe, und Dominique hielt vergeblich nach Projektilen oder Energieblitzen Ausschau – die Kämpfe fanden hauptsächlich im Westen der Stadt statt, dort, wo die Ebene in den Berghang überging.

Tarweder betrat sein Haus, kaum hatte es sich entfaltet, und Dominique folgte ihm hinein. Der Alte wies das Haus an, auf die Umgebung zu achten und sofort einen Alarm auszulösen, wenn sich eine gefährliche Situation ergab. Als sie einige Minuten später in der Küche etwas aßen und nährstoffreichen Saft tranken, sagte Dominique: »Es war die Formel.«

Der Alte sah von seinem Teller auf.

»Bevor Rupert starb ...« Dominique unterbrach sich kurz, denn die Worte schmerzten. »Bevor er starb, sagte er mir, dass die Dominanten mithilfe einer Formel aus dem Zweiten Dominium den Zugang zum Fünften Dominium gefunden und geöffnet haben. Kiwitt hat ihnen die Formel gegeben.«

»Kiwitt?« Tarweder blickte in die Ecke der Küche, wo das wie eine Mischung aus Hauskatze und Gürteltier aussehende Geschöpf an einer großen Nuss knabberte, die wie ihre eigenen Nahrungsmittel aus der Syntho-Maschine der Küche stammte. »Kiwitt hat bestimmt nichts damit zu tun.«

»Er hat die Formel des Realitätsmechanikers vervollständigt«, sagte Dominique. »Und sie war es, die den Dominanten Zugang zum Fünften Dominium verschafft hat.« Mit plötzlicher Entschlossenheit stand sie auf, trat um den Tisch herum, ging in die Hocke und packte Kiwitt, der daraufhin nicht gurrte, sondern quiekte. »Ich will endlich wissen, was es mit dir auf sich hat«, zischte Dominique. »Du hast mich mehrmals seltsam angesehen und ... Au!«

Kiwitt biss sie in die Hand, und aus einem Reflex heraus ließ Dominique los. Das kleine Geschöpf sauste durch die Küche und verschwand mit einem zufriedenen Gurren im kleinen Flur.

»Er hat bestimmt nichts damit zu tun«, sagte Tarweder erneut. »Er ist ein Tier.« Der Alte stand auf. »Ich lege mich ein wenig hin und empfehle dir, ebenfalls zu schlafen. Wir ruhen einige Stunden aus und setzen dann die Suche nach dem Tor fort. Keine Sorge, das Haus hält Wache.« Und damit verließ auch er die Küche.

Ein Geräusch weckte Dominique. Sie blieb im Halbdunkel liegen, lauschte und hörte es erneut, ein leises Schaben und Kratzen. So lautlos wie möglich stand sie auf, schlich in den Flur und stellte fest, woher das Geräusch kam: aus Tarweders Schlafzimmer. Eine Art Déjà-vu-Gefühl regte sich in ihr: Sie hatte schon einmal auf diese Weise im Flur gestanden und seltsame Geräusche gehört, die aus einem anderen Zimmer kamen. Doch diesmal sagte ihr etwas, dass nicht Tarweder dahintersteckte, sondern jemand anders. Auf Zehenspitzen schlich sie zur halb offenen Tür und blickte in den Raum.

Kiwitt hockte neben dem schlafenden Alten und zog etwas unter der abgelegten Kleidung hervor: einen Kasten, der auf dem Boden die kratzenden und schabenden Geräusche verursachte, die Dominique gehört hatte. Dominique erkannte ihn sofort. Es war der Kasten, der Tarweders Elemente enthielt. Langsam und vorsichtig zog Kiwitt ihn zur Rückwand des Raums, und dort *bildete sich eine Öffnung*.

»Tarweder!«, rief Dominique. »Kiwitt stiehlt deine Elemente!«

Der Alte stemmte sich halb hoch und schnaufte. Von Kiwitt kam ein erschrockenes und auch zorniges Zischen, als Dominique den Raum betrat. Er warf ihr einen bösen Blick zu, drehte sich um und wollte durch die Öffnung in der Wand verschwinden, aber sie hielt ihn in Crama fest.

»Was ...«, begann Tarweder benommen.

Dominique trat näher. »Erst die Formel und jetzt dies. Er wollte dir die Elemente stehlen, Tarweder. Ich habe ihn dabei ertappt. Und jetzt möchte ich wissen, was es mit diesem ›Tier‹ auf sich hat.«

Bist du nicht ein bisschen zu neugierig?, erklang eine Stimme, die sie schon einmal gehört hatte und die ihr Bewusstsein nicht über die Ohren erreichte.

Kiwitt hob eine Pfote, die zu einer Klauenhand wurde, und damit zerriss er die unsichtbaren telekinetischen Fesseln. Gleichzeitig wurde er größer. Die Mischung aus Katze und Gürteltier verwandelte sich in einen Humanoiden, etwa einen Meter zwanzig groß und sehr dürr. Arme und Beine schienen nur aus Knochen und einer dunkelbraunen, ledrigen Haut zu bestehen. Die Hände waren klein und schmal, die Finger verblüffend lang. Ein dünner Hals trug den haarlosen ovalen Kopf, und im runzligen Gesicht fielen eine weit nach vorn ragende spitze Nase und große grünbraune Augen auf. Die Kleidung bestand aus einer Art Lendenschurz und einem dünnen, zerschlissenen Hemd. Die Zehen der in Sandalen steckenden Füße wirkten ebenso zu lang wie die Finger.

»Olkin«, brachte Dominique hervor.

Der bucklige Humanoide lachte meckernd, und das Grün in seinen Augen leuchtete. »Ich muss dieses Spiel verlassen, so leid es mir auch tut«, sagte er mit geheucheltem Bedauern und griff nach dem Kasten. »Ich habe, was ich wollte. Und das Ende von Heres ist nah«, fügte er mit einer Geste hinzu, die den Ereignissen außerhalb des Hauses galt.

»Halt ihn fest, Dominique!«, rief Tarweder und stand auf. »Er darf die Elemente nicht bekommen!«

Hinter Olkin wurde die Öffnung in der Wand größer, obwohl das Haus nicht die Anweisung bekommen hatte, einen Ausgang zu schaffen.

»Halt ihn fest ...« Tarweder wankte dem Humanoiden entgegen. »Ich weiß, wer du bist. Ich ...«

»Und ich weiß, wer *du* bist, Dummkopf, obwohl du es selbst nicht weißt und wahrscheinlich auch nie erfahren wirst.« Olkin nahm den Kasten mit den Elementen …

Genau in diesem Augenblick schlug Dominique zu, mit ihrer ganzen Kraft, ohne irgendetwas in Reserve zu halten. Sie wusste aus den vergangenen Begegnungen mit Olkin, wie gefährlich er war, schleuderte ihm die Energie aller zehn Stufen des Tal-Telas entgegen, und auch die heißen Ströme des Flix.

Das Tal-Telas bewirkte nichts bei ihm, schien ihn nicht einmal zu berühren, doch das Flix ließ Olkin so heftig erzittern, dass der Kasten mit den neun Elementen aus seinen Händen rutschte. Für ein oder zwei Sekunden wirkte er überrascht und verwirrt, und das nutzte Dominique aus. Sie sprang und gab dem Gnom einen Stoß, der ihn durch die Öffnung in der Wand nach draußen stolpern ließ, wandte sich dann um und rief: »Haus, Notfall! Bring uns in die sichere Zone!«

»Bestätigung«, fügte Tarweder hinzu.

Unter dem Haus summte es leise, aus dem Summen wurde ein Schrillen, und dann herrschte Stille. Tarweder klopfte an die Wand neben dem Loch, und die unregelmäßig geformte Öffnung verwandelte sich in eine Tür. Dominique trat nach draußen, auf die im Nichts schwebende Plattform, auf der sie schon einmal gestanden hatte, vor einer halben Ewigkeit, wie es ihr schien. Zahllose große und kleine Kugeln schwebten umher, und zwischen ihnen spannten sich filigrane Netzwerke aus hauchdünnen Fäden.

»Hier kann er uns nicht erreichen, Tarweder«, sagte Dominique. »Tarweder?«

Sie drehte sich um und sah, dass der Alte in der Tür auf dem Boden kniete und etwas aufhob, das wie ein bunter Kristall aussah. Ungläubig drehte er ihn hin und her.

»Was hast du gefunden?«, fragte Dominique und trat näher.

Der immer noch sehr ausgezehrt wirkende Tarweder antwortete nicht, zog den Kasten zu sich heran und öffnete ihn. Neun bunte Steine ruhten darin, und die zehnte Mulde war leer. Ihre Form …

Dominique erinnerte sich an ihren Angriff auf Olkin. Die Kraft des Tal-Telas hatte den Gnom selbst nicht berührt, wohl aber die Lüge, die Kiwitt gewesen war. Sie hatte die Wahrheit hinter dieser Lüge erkannt, und Wahrheit war das fehlende Element. Hatte Iremia dieser Wahrheit Substanz gegeben? War die Kraft des Tal-Telas … kondensiert, zu dem Stein, der Tarweder noch fehlte? Wie auch immer die Erklärung lautete: Der Alte hatte genau das bekommen, was er brauchte: Wahrheit, sowohl im konkreten als auch im übertragenen Sinn.

»Jahrzehnte habe ich danach gesucht«, sagte Tarweder, als er das zehnte Element betrachtete. »Und jetzt, hier …« Im Gesicht des Altern veränderte sich etwas, als er das Element der Wahrheit an den dafür vorgesehenen Platz im Kasten legte, und die Veränderungen blieben nicht auf seine Züge beschränkt. Ein Beben ging durch das Flix und erschütterte auch das Tal-Telas so heftig, dass Dominique das Gleichgewicht verlor und auf den Boden der Plattform sank. Aus den Augenwinkeln sah sie, wie eine der vielen silbernen Kugeln näher kam und anschwoll, die anderen sanft zur Seite drückte. Aber ihre Aufmerksamkeit galt vor allem Tarweder, dessen Gesicht zu einer Fratze des Schmerzes geworden war, und dem Orkan aus dem Flix, der durch das Bewusstsein des Alten toste. Ein Blick in sein Selbst blieb ihr verwehrt, aber deutlich spürte sie, wie sich mentale Türen öffneten, die über viele Jahre hinweg verschlossen geblieben waren.

Tarweder saß auf den Fersen, zitterte, neigte den Kopf nach hinten und schrie. Seltsamerweise hörte Dominique nicht nur Schmerz in diesem Schrei, sondern auch Befreiung und sogar Triumph.

»Er hat meine Erinnerungen blockiert!«, heulte der Alte, der plötzlich mehr war als Tarweder, viel mehr. »Zusammen mit Myra hatte ich ihn fast überwältigt, doch eine unachtsame Sekunde genügte ... Er blockierte meine Erinnerungen. Er ließ mich vergessen, wer ich bin. Er machte mich zu jemand anders. Ich ...« Er blickte auf seine Hände und sah die Falten. »Ich bin *alt* geworden.«

Tarweder stand auf und verschwand im Innern des Hauses. Dominique erhob sich ebenfalls und folgte ihm. Sie ahnte, was geschehen war, was dies alles bedeutete, hielt jedoch ihre Fragen zurück. Es war wichtig, dass Tarweder ganz zu sich selbst fand, und vielleicht beantwortete er ihr dann einige Fragen, ohne dass sie sie stellen musste.

Sie fand ihn in der kleinen Küche. Ein Teil der Wand hatte sich auf seine Anweisung hin in einen Spiegel verwandelt, und er betrachtete sein Abbild wieder mit der sonderbaren Mischung aus Schmerz und Triumph. »Er hat mir den größten Teil meines Lebens genommen. Hundert Jahre, vielleicht sogar ein paar mehr.« Er warf Dominique einen kurzen Blick zu, schien sie aber gar nicht richtig zu bemerken und sprach vor allem zu sich selbst. Vielleicht dienten die Worte dazu, ihm mehr Realität zu geben, ihn wieder ganz zu der Person werden zu lassen, die er einst gewesen war. »Ich blieb ohne Sieg und er ebenfalls. Als Kiwitt wachte er über mich, um sicherzustellen, dass ich nicht zu mir zurückfand. Als Tarweder ließ er mich leben, und als Tarweder sollte ich sterben. Doch dann ...«

Er drehte den Kopf. »Was ist mit Myra?«

»Sie ist tot«, antwortete Dominique.

»Wie Ahelia, die Gründerin der Tal-Telassi«, murmelte Tarweder, und für einige Sekunden verlor sich sein Blick in der Ferne. »Sie glaubte sich schuldig, und letztendlich opferte sie ihr Leben in einem Akt der Sühne. Jetzt bin nur noch ich übrig. Und du«, fügte er so hinzu, als wäre es ihm gerade eingefallen.

Dominique atmete tief durch. »Du bist mein Vater, nicht wahr?«

»Ja«, sagte der Mann, der bis eben Tarweder gewesen war. »Ich bin Dominik.«

Der Krieg: XXI

7. Februar 1223 ÄdeF

Die *Excalibur*, fünf Kilometer lang, tanzte mit der mühelosen Eleganz einer Ballerina über die Bühne des Alls. Nektar stand hinten im Kontrollraum und beobachtete, wie die Techniker die Systeme des vor Kurzem fertiggestellten Schiffes überprüften. Mehrere quasireale Projektionsfelder waren aktiv, und einige präsentierten taktische Anzeigen: Die *Excalibur* entfernte sich schnell von Kalaho und stieg über die Ebene der Ekliptik auf, mit stärkerer Beschleunigung als ein Kurierschiff – sie schien den Sternen entgegenspringen zu wollen.

»Beeindruckend, nicht wahr?«, fragte Alachim Hestor, Leitender Direktor der Orbitalwerften von Kalaho. Der Mann war klein und in mittleren Jahren, wirkte wie ein typischer Beamter. Er zeichnete sich durch technischen Sachverstand und administratives Geschick aus, und Nektar wusste beides zu schätzen. Hestor arbeitete mit dem Ressourcenverwalter Benjamin Tolosa zusammen. »Die Testreihen haben gerade erst begonnen, aber ich bin sicher, dass der Präsidiale Stab zufrieden sein wird.«

Nektar begann mit seinem Rundgang, während die *Excalibur* ihre Beschleunigungsphase fortsetzte, ohne dass sich irgendwelche Andruckkräfte bemerkbar machten. Wenn die Absorber versagt hätten, wären alle Personen an Bord binnen eines Sekundenbruchteils als dünne Breischicht auf den Decks verteilt worden. Hestor folgte ihm, als er an den einzelnen Stationen vorbeiging und dabei auf die Anzeigen blickte.

»Die neunundneunzig Hochleistungskrümmer entwickeln fast zwanzigmal so viel Schubkraft wie das Triebwerk eines Schlachtschiffs der Destruktor-Klasse«, sagte der Werftdirektor mit unüberhörbarem Stolz. Nektar kannte die technischen Details der *Excalibur*, aber er unterbrach Hestor nicht. »Die logistischen Systeme sind mit denen einer Bastion vergleichbar. Zwei Megatrone steuern sowohl die primären als auch sekundären Systeme. Die redundanten Subsysteme unterliegen der Kontrolle semiautonomer KIs. Das neuronale Netz des Schiffes ist natürlich dezentral: Der Ausfall einzelner Komponenten schränkt die Funktionsweise der anderen nicht ein. Ähnliches gilt für die Distribution der energetischen Systeme, Markant. Unsere Konzeptingenieure haben versucht, eine möglichste große Autarkie der einzelnen Abteilungen im Falle von Beschädigungen zu gewährleisten.« Hestor lächelte. »Ich schätze, das Kampfpotenzial der *Excalibur* übertrifft das eines gewöhnlichen Destruktors um das Siebzigfache.«

Nektar wölbte die Brauen. »Das klingt *sehr* optimistisch.«

»Aus gutem Grund. Die Schutzschirme sind diesmal nicht global, sondern modular – sie können an verschiedenen Stellen des Schiffes verstärkt oder geöffnet werden. Stellen Sie sich einen Panzer aus Tausenden von einander überlappenden Facetten vor. Wenn eine von ihnen ein Loch bekommt, rücken die anderen ein wenig zur Seite, um es abzudecken. Außerdem sind die Schirme auf sieben unterschiedlichen energetischen Schwellen strukturiert. Wenn nicht ein großer Teil der Energie fürs Triebwerk gebraucht wird, dürfte es den Kronn sehr schwer fallen, diese Schirme mit ihren Waffen zu durchdringen. Und da wir gerade von Waffen sprechen …« Der Werftdirektor deutete auf eine der Stationen weiter vorn im Kontrollraum, vor der gewölbten Wand, die in mehrere große Darstellungsbereiche aufgeteilt war. Die meisten von ihnen zeigten technische Diagramme, die Auskunft gaben über die Funktion der einzelnen Bordsysteme und ihre Interaktionen. »Zur Ausstattung der *Excalibur* gehören vierhundertsechzig Annihilatorkanonen, zusammengefasst zu jeweils hundert Batterien, die natürlich autonom sind; zweihundertzwölf Katapulte für Antimaterieraketen; und nicht zuletzt vierundzwanzig der neuen AVIs.«

»Asynchrone Vakuumenergie-Initiatoren«, sagte Nektar geistesabwesend. Ihn interessierte etwas anderes.

»Das Oberkommando verspricht sich viel von dieser neuen Waffe. Die Tests waren vielversprechend.«

»Dunkle Energie gegen einen dunklen Feind«, murmelte Nektar und deutete auf den Pilotensessel. Ein Mann saß dort, mit geschlossenen Augen. »Kann ich es einmal versuchen?«

»Natürlich.« Hestor trat zu dem Piloten und richtete einige leise Worte an ihn. Der Mann nickte, stand auf und machte eine einladende Geste in Richtung des freien Sessels.

»Sind Sie mit dem neuen Interface vertraut?«

»Einigermaßen«, sagte Nektar und nahm Platz. »Ich habe es bei kleineren Schiffen ausprobiert.«

»Dann sollten Sie sich besser vorsichtig herantasten. Hier erwartet Sie ein sensorischer Ozean.«

Nektar nickte und schob die Hände in die offenen Armlehnen des Sessels. Ein leichtes Prickeln wies darauf hin, dass sich die Nanowurzeln des bionischen Interfaces mit seinen Nerven verbanden. Einige Sekunden vergingen, bis die Stimulation sein Gehirn erreichte. Schlagartig wuchs er, dehnte sich aus, *wurde* zum Schiff.

Gerüche wie Farben, eine Zunge, die den Geschmack von Geräuschen prüfte, ein Tastsinn wie Musik, visuelle Eindrücke, die ihm über die Haut strichen. Das synästhetische Erlebnis sprengte die Grenzen seiner bisherigen Erfahrungen. Eine Zeit lang stand er der ungeheuren Vielfalt der sensorischen Eindrücke hilflos gegenüber und hatte das Gefühl, sich in ihnen zu verirren, in dem Meer aus Daten zu ertrinken. Der für das Interface zuständige Megatron analysierte seine Reaktionen und reduzierte die Stimulation, bis er die Orientierung wiederfand, und daraufhin tanzte Nektar mit der Ballerina namens *Excalibur* durchs All. Nein, das stimmte nicht ganz. Er *wurde* zu der Ballerina, machte sich ihre Leichtfüßigkeit zu eigen, ihre lockere, geschmeidige Eleganz. Sein Wille allein genügte, um das Schiff in eine neue Richtung zu lenken, es schneller oder langsamer werden zu lassen. Die Waffensysteme waren wie Krallen und Speere, die er nach Belieben ausfahren und werfen konnte. Die Energie des Schiffes rauschte wie Blut durch seine Adern. Die Hochleistungskrümmer wie neunundneunzig Herzen – er würde selbst dann am Leben bleiben, wenn achtundneunzig von ihnen starben.

Als Nektar die Hände aus den Armlehnen zog und dadurch die synästhetische Verbindung mit dem Schiff unterbrach, dachte er daran, dass damals, vor Jahrtausenden, die legendären Piloten der Kantaki auf ähnliche Weise empfunden haben mussten. Kein Wunder, dass sie beschlossen hatten, alles aufzugeben, um die Schiffe der Kantaki durch den Transraum zu steuern. Von ihrer relativen Unsterblichkeit einmal abgesehen: Die Verbindung mit dem Schiff vermittelte ein Hochgefühl, dessen Reiz man sich nur sehr schwer entziehen konnte. Das wissende Lächeln des Piloten sprach Bände, als er Nektar zunickte und wieder Platz nahm.

Der Markant ließ seinen Blick durch den Kontrollraum schweifen und nickte ebenfalls. »Wir brauchen mehr Schiffe dieser Art«, sagte er. »Viel mehr.«

22

Kausale Wege

15. März 1229 ÄdeF

»Woher wissen Sie, dass die Fremden aus der Zukunft kommen?«, fragte Tamara, als sie durch tunnelartige Korridore im großen Zäidenschiff eilten. Die Luftschleuse hatte sich hinter ihnen rekonfiguriert und war Teil der Waffensysteme des Schiffes geworden. Dumpfes Grollen kam aus den Tiefen des zäidischen Riesen, und die Wände *flackerten* kurz, Hinweis auf eine Distortionswelle - das Schiff hatte gerade einen Überlichtsprung hinter sich gebracht.

»Eine charakteristische Residualstrahlung geht von ihnen aus«, erklärte Erasmus. Er ging völlig lautlos, schien bei jedem Schritt zu fließen. Vielleicht passten sich seine häufigen internen Restrukturierungen denen des Schiffes an. »Wir haben sie bei unseren eigenen Experimenten kennen gelernt.«

»Die Maschinenzivilisationen experimentieren mit der *Zeit*?«, fragte Tamara und wechselte einen besorgten Blick mit Zacharias.

»Wir beschäftigen uns mit allem«, erwiderte Erasmus und wandte sich bei der nächsten Abzweigung nach rechts. Hier waren die Wände nicht mehr grauschwarz wie Hokonnas Ektoskelett, sondern bläulich und gemasert. Schlangen aus Licht krochen durch das halbtransparente Material. An manchen Stellen waren die Wände ganz durchsichtig und erlaubten einen Blick in andere Korridore und Räume des Schiffes. Einmal glaubte Tamara, Menschen zu sehen, beziehungsweise Humanoiden, aber in Delm vernahm sie nur ein wortloses Raunen, dessen Ursprung sich nicht klar definieren ließ – es kam von allen Seiten. »Wir lernen und wachsen, Ehrenwerte.«

»Experimente mit der Zeit können sehr gefährlich sein«, sagte Zacharias, und Tamara vermutete, dass der Impro hoffte, mehr Informationen zu bekommen.

Es donnerte irgendwo in der Nähe, und Tamara spürte eine kurze Erschütterung, die das ganze Schiff erfasste. Erasmus bemerkte ihren fragenden Blick, als sie den Weg fortsetzten.

»Ein Versuch der Fremden, ins Schiff zu gelangen. Der Koordinatenabgleich wird immer besser. Sie wissen, wann wir wo sind. Aber wir haben unsere Abschirmungen auf die Residualstrahlung abgestimmt. Es wird den Fremden nicht gelingen, die neuen Barrieren zu durchdringen und an Bord unserer Schiffe zu materialisieren.«

»Wenn sie wirklich aus der Zukunft kommen ...«, erklang Hokonnas knarrende Stimme. »Dann ist das, was jetzt geschieht, für sie längst Vergangenheit. Ganz gleich, was wir unternehmen: Wir können sie nicht überraschen.«

»Allein durch ihre Präsenz verändern sie unsere Zeit und damit auch ihre Zukunft«, erwiderte Erasmus. »Temporale Interaktion. Es bedeutet, dass sie bei ihren Aktionen immer wieder Anpassungen vornehmen müssen. Außerdem haben wir damit begonnen, die Zufallssignifikanz zu erhöhen. Die Navigation unserer Schiffe, unsere Verteidigungsbemühungen, alle unsere Entscheidungen, die den Angriff betreffen ... Wir gehen nicht mehr allein auf der Grundlage von Logik und Notwendigkeit vor, sondern räumen dem Zufall breiten Spielraum ein. Das mindert die allgemeine Effizienz, aber es garantiert uns eine gewisse Handlungsfreiheit. Die potenzielle Gefahr ist enorm. Zäus befürchtet sogar, dass die Existenz aller Maschinenzivilisationen infrage gestellt sein könnte.« Erasmus richtete einen bedeutungsvollen Blick auf seine Begleiter, als er vor einer Wand verharrte, in der sich eine Öffnung bildete. »Ich bin befugt, Ihnen dies zu versprechen: Wenn Sie uns dabei helfen, Informationen von dem Gefangenen zu bekommen, die uns in die Lage versetzen, diese Gefahr zu eliminieren ... dann gewähren wir Ihnen volle Unterstützung beim Schlag gegen Golgatha.«

Zacharias warf Tamara einen Blick zu, der so viel sagte wie: *Dies ist Ihre große Chance. Sie können alles wiedergutmachen.*

»Gibt es einen Zusammenhang mit dem Grakenkrieg?«, fragte Tamara. »Vielleicht wollen die Fremden aus der Zukunft verhindern, dass die Maschinenzivilisationen das Dutzend und Millennia gegen die Graken unterstützen.«

Erasmus wandte sich ihr zu. »Bisher sind nur die Tymionen betroffen, nicht aber die dreizehn anderen Maschinenzivilisationen. Unsere Analysen lassen den Schluss zu, dass es die Fremden hauptsächlich auf Sie abgesehen haben.«

»Auf mich?«, fragte Tamara verwundert.

Erasmus trat durch die Öffnung in einen Raum, der zum größten Teil im Dunkeln lag. Die halb in der Finsternis verborgenen Wände bewegten sich so, als bestünden sie aus Tausenden von Käfern, und Tamara fühlte sich an die Körper von Segmentern erinnert. Doch ihre Aufmerksamkeit galt vor allem dem Fremden in der Mitte des Raums, festgehalten von einem Fesselfeld. Aufrecht stand er da, in einer Lichtsäule, die bunte Reflexe über seinen Tarnanzug huschen ließ. Die Wunden in seinem Leib, die an Bord der *Taifun* viel schwarzes Blut verloren hatten, waren geschlossen. Das lange, quecksilberartige Haar bewegte sich nicht, wohl aber die kobaltblauen Augen: Ihr Blick folgte Erasmus, Tamara, Zacharias und Hokonna, als sie durch den Raum schritten und sich langsam näherten. Tamara bemerkte die offenen Taschen und den fehlenden Gürtel. Sie wollte eine entsprechende Frage an Erasmus richten, doch der Zäide kam ihr zuvor.

»Wir untersuchen die Ausrüstung des Fremden«, sagte er. »Sie besteht teilweise aus sehr interessanter Technik.«

»Ich wäre Ihnen sehr dankbar, wenn Sie uns detaillierte Berichte der Untersuchungen zur Verfügung stellen könnten«, erwiderte Tamara. »Sie haben keine Exklusivrechte an dieser Technik.«

»Ich hätte es etwas freundlicher formuliert, bin aber der gleichen Meinung«, sagte Zacharias.

Erasmus vollführte eine zustimmende Geste. »Wir sind einverstanden. Sie bekommen die gewünschten Berichte.«

Tamara trat noch etwas näher an den Fremden heran und fühlte seinen Blick: ruhig, sondierend, abwartend. Hinter den Augen fanden Denkprozesse statt, deren Geschwindigkeit und Struktur etwas Maschinenhaftes hatten. Ihre Präsenz war jetzt ganz deutlich; das Bewusstsein des Fremden verbarg sich tatsächlich nicht mehr hinter einer undurchdringlichen Barriere.

Die Tal-Telassi sah drei Stränge, die vom Fremden zu den Wänden führten und ihn mit dem Schiff verbanden. Das ganze gewaltige Elaborations- und Adaptationspotenzial eines Zäidenschiffes - kein Wunder, dass es dem Fremden nicht gelungen war, die Abschirmung seines Selbst aufrechtzuerhalten. Aber zu einer Bewusstseinssondierung waren die Zäiden ganz offensichtlich nicht in der Lage. *Wer keine Seele hat, kann eine Seele nicht untersuchen,* dachte Tamara mit einer gewissen Genugtuung.

»Wir haben den Genotyp dieses Individuums analysiert«, sagte Erasmus leise, wie um die Stille nicht zu stören. »Was die biologischen Komponenten betrifft, stimmt die genetische Struktur des Fremden zu 98,9461 Prozent mit der heute lebender Menschen überein.«

»Biologische Komponenten ...?«, wiederholte Zacharias.

»Der Mann im Fesselfeld ähnelt Lanze Hokonna mehr als einem gewöhnlichen Menschen«, sagte Erasmus. »Aber wenn Sie mir diese Bemerkung gestatten, Lanze: Er ist um ein Vielfaches leistungsfähiger. Kortikalis und Kompakta sind mit synthetischem Material verstärkt, was die Knochen sehr bruchfest macht. Die Spongiosa enthält Metall- und Polymerfäden, und in der Knochenmarkhöhle befindet sich eine bionische Nährflüssigkeit auf der Basis halbsynthetischer Moleküle. Die Augen bestehen aus mehreren Linsen mit variabler Brennweite, können als Mikroskop und als Teleskop dienen. Superempfindliche Mikrofonzellen ersetzen das Trommelfell. Im Nasenraum sind spezielle Sensoren mit den olfaktorischen Nerven und einem entsprechenden Polymer-Datenbus verbunden, der wie zahlreiche andere Datenkanäle dieser Art direkt mit Nervensystem und Hirn verbunden ist. Die Wahrnehmungssensibilität lässt sich offenbar beliebig verringern oder erhöhen, und das gilt auch für den Stoffwechsel. Der organische Magen ist um einen anorganischen erweitert, der wie ein kleiner Reaktor funktioniert und Energie praktisch aus jeder beliebigen Materie gewinnen kann. Das hat große Bedeutung insbesondere für die Leistungsfähigkeit des für einen hohen Stoffwechsel optimierten Muskelgewebes.«

Erasmus ging langsam um den Fremden herum. Tamara fragte sich, ob die Gestalt in der Lichtsäule seine Worte hörte und verstand.

»Das Hirn enthält zweiundzwanzig Prozessorkerne, die mit den Polymer-Datenkanälen verbunden sind«, fuhr der Zäide fort. »Sie ermöglichen nicht nur eine bewusste Steuerung fast aller Körperfunktionen, sondern auch paralleles Denken. Diese Lebensform ist eine perfekte Synthese von Organischem und Anorganischem. Das Organische wird hier nicht zum Sklaven des Anorganischen, wie es bei den Crotha der Fall war. Es bleibt vielmehr dominanter Teil des neuen dualen Organismus und nutzt die anorganischen Komponenten für die eigene Optimierung.«

Tamara beobachtete, wie Hokonna den Fremden mit seinen fast normal wirkenden Augen musterte. Was sah der alte Offizier, der zum größten Teil aus Stahlkeramik und integrierten Servi bestand, in einem solchen Wesen? Einen

Gestalt gewordenen Traum? Auf der einen Seite Vollkommenheit und Perfektion, auf der anderen ein mitleiderweckendes menschliches Wrack ...

»Aber wie konnte es dazu kommen?«, fragte Zacharias. »Oder wie *wird* es dazu kommen? Menschen sind der eine Faktor, wie aus Ihren genetischen Analysen hervorgeht. Woher kommt die Technik, die sie irgendwann in der Zukunft in solche Wesen verwandelt?«

Irgendwo tief in Tamara, mitten in ihren subliminalen Erinnerungen, öffnete sich ein kleines Fenster oder vielleicht eine Tür. »Und wieso haben es diese ... Maschinenmenschen auf uns abgesehen?«, fügte sie hinzu und wusste, wo die Antwort lag: im Bewusstsein des Fremden.

Ein kurzes Wogen ging durch die Wände, die Distortion eines weiteren Überlichtsprungs.

Erasmus blieb vor dem Fremden stehen. »Ehrenwerte?«

Tamara nickte. »Ich versuche es.« Sie trat zur Lichtsäule und verharrte nur einen Meter vor dem im Fesselfeld gefangenen Mann. Ihr eigenes Ich verfügte über eine permanente Abschirmung – es gehörte zu den ersten Dingen, die die junge und sehr begabte Schülerin namens Tamara vor fast tausendachthundert Jahren gelernt hatte. Sie verstärkte diese Barriere und duckte sich dahinter, bevor sie sich vorsichtig mit Delm verband und einen Gedanken zum Fremden schickte.

Sie wusste nicht, wie es die Zäiden angestellt hatten, aber das Bewusstsein des Mannes aus der Zukunft war tatsächlich nicht mehr geschützt. So vorsichtig Tamara auch war: Fast sofort spürte er ihre mentale Präsenz und versuchte, die fehlenden Mauern durch neue zu ersetzen. Stimmen wehten der Tal-Telassi entgegen, nicht eine, sondern viele, jede von ihnen wie ein eigenes Ich – die von Erasmus erwähnten parallelen Denkvorgänge. Tamara lauschte ihnen einige Sekunden lang, filterte sie dann aber aus ihrer Wahrnehmung in Delm. Der Versuch, ihnen Informationen zu entnehmen, musste vergeblich bleiben, denn das multiple Denken des Fremden verwendete Symbole, deren Bedeutung sie nicht kannte. Genauso gut hätte sie versuchen können, dem Elektronensummen eines Trons zu lauschen und »Worte« darin zu hören. Was sie zu der Frage führte, ob dieser *Maschinen*mann wirklich eine Seele hatte, die ergründet werden konnte. Tamara sah genauer ins Tal-Telas und stellte fest, dass der Fremde dort einen Schatten warf – er *war* also echtes Leben, trotz seiner Synthese mit dem Anorganischen.

Behutsam erweiterte sie ihr Selbst, wich den defensiven Gedankenströmen aus und kroch tiefer ins Bewusstsein des Mannes aus der Zukunft. Sie verband sich auch mit den anderen Stufen des Tal-Telas, denn in diesem Fall musste sie sämtliche Erkenntnismöglichkeiten dieser Kraft nutzen. Mit kopierten Gedankenfragmenten tarnte sie ihre Präsenz, gab vor, Teil des mentalen Ambiente zu sein. In welche Richtung sie sich auch wandte: Überall erstreckten sich tiefe, überaus komplexe Labyrinthe, in denen sie sich verirren konnte, wenn sie nicht aufpasste, ganze Welten, bestehend aus Erinnerungen, aus halb gedachten Gedanken, Schatten von Träumen und vagen Hoffnungen. Tamara sah sich um und begriff: Dies war wie die Suche nach einem einzelnen Buch in einer analogen Bibliothek, die aus Millionen von Büchern bestand und keinen Katalog hatte. Um Antworten auf ihre Fragen zu finden, musste sie ihre passive Rolle aufgeben und die Kontrolle übernehmen. Sie musste das Ich des Fremden ihrem Willen unterwerfen, und so etwas war nie leicht.

Tamara blieb allen Stufen des Tal-Telas gegenüber offen, konzentrierte sich aber vor allem auf Hilmia und Iremia. Die achte Stufe erlaubte ihr überlegene Bewusstseinskontrolle, und mit der neunten konnte sie physische und energetische Strukturen verändern. Iremia machte es möglich, sowohl die Prozessorkerne im Gehirn als auch die Datenkanäle zu isolieren – dann wurde aus der bunten Parallelität des fremden Denkens ein monochromatischer mentaler

Kosmos. Sie ließ sich noch etwas tiefer in das überaus komplexe fremde Selbst treiben, versteckt hinter vagen Erinnerungsbildern, die viele Gedanken begleiteten. Als sie sich an einer geeigneten Stelle glaubte, verließ sie ihr Versteck, gab sich ganz offen zu erkennen und schlug zu. Besser gesagt: Sie *wollte* zuschlagen, aber überrascht stellte sie fest, dass der Mann aus der Zukunft auf sie gewartet hatte.

Für einige wenige Sekunden sah Tamara wieder mit den Augen ihres Körpers, nicht mit denen des Geistes, und sie beobachtete, dass sich das Gesicht des Fremden verändert hatte. Es zeigte jene Art von kalter Determination, die sie selbst manchmal spürte, wenn sie vor besonders schweren Aufgaben stand. Das Irisblau schien intensiver geworden zu sein, und für einen Moment fragte sich die Tal-Telassi, wie er sie jetzt sah, welches Bild ihm die Linsen seiner Augen übermittelten. Dann kehrte sie in die Innenwelt zurück, in den Griff von starken mentalen Händen, die den Ausläufer ihres Bewusstseins festhielten und immer mehr Druck ausübten. Das war so erstaunlich, dass Tamara zuerst gar nicht versuchte, sich zu wehren. Der Fremde verfügte nicht über eine Verbindung zum Tal-Telas und blockierte sie allein mit der Kraft, die er selbst generierte – so etwas erforderte enorme geistige Disziplin. Vielleicht halfen ihm die zweiundzwanzig Prozessoren dabei, und auch die besondere Strukturierung des Bewusstseins. Echtes Leben, ja. Leben, das im Tal-Telas einen Schatten warf. Aber die Denkmuster wiesen Ähnlichkeit mit denen von Megatronen auf. Zwar wurden sie nicht von Algorithmen bestimmt, doch sie waren viel geordneter als bei gewöhnlichen Personen. Es existierten emotionale Komponenten, aber selbst sie wirkten diszipliniert, gegliedert, segmentiert, nach Funktionalität sortiert.

All diese Gedanken beanspruchten nicht mehr als ein oder zwei Sekunden, und dann stemmte sich Tamara den mentalen Händen entgegen, die sie gepackt hatten, nicht zwei, sondern viele. Als sie mit Crama kaum etwas ausrichtete, veränderte sie in Iremia die Beschaffenheit der Hände und verwandelte simulierte und *gefühlte* Festigkeit in etwas Weiches, das nicht genug Konsistenz hatte, um sie festzuhalten. Gleichzeitig verfolgte sie sie zu ihrem physischen Ursprung zurück und veränderte das elektrische Potenzial der Neuronen. Die Hände verschwanden, und als sich Tamara bewegte, hatte sie plötzlich den irrationalen Wunsch, sich und den Fremden zu teleportieren, aus dem Fesselfeld heraus, in einen anderen Raum des Schiffes, wo sie ungestört sein konnten ...

Wieder ganz in ihrem Körper wankte Tamara einige Schritte von der Lichtsäule fort und schnappte nach Luft. Zacharias trat besorgt zu ihr und stützte sie. Es bestand noch immer eine direkte Verbindung zum Tal-Telas, und der Kontakt mit ihm öffnete ihr sein Bewusstsein. Sie sah das Chaos, das der undisziplinierte, von wild wuchernden Emotionen beladene Geist des Menschen war. Und sie sah noch etwas anderes.

»Sie haben es ebenfalls versucht«, hauchte sie, gerade laut genug, dass er die Worte hörte. »Sie haben ebenfalls versucht, an Informationen zu gelangen. Die spezielle Ausrüstung an Bord der *Taifun* ... Die Emm-Zetts werden sie finden.«

Zacharias' Mund blieb geschlossen. Er richtete einen stummen Blick auf Tamara, begleitet von Gedanken. *Wir sind in jedem Fall in einer sehr schwierigen Situation. Bitte geben Sie sich alle Mühe bei Ihren Sondierungsversuchen.*

Tamara erholte sich von der doppelten Überraschung und kehrte zur leise summenden Lichtsäule zurück. Der kobaltblaue Blick des Fremden hatte sie nicht eine Sekunde verlassen.

Sie bemerkte die Frage in Erasmus' silbernem Gesicht.

»Er hätte mich fast dazu gebracht, zusammen mit ihm zu teleportieren«, sagte Tamara, aber sie hörte die Worte, als kämen sie von jemand anders, denn in diesem Augenblick bemerkte sie noch etwas: ihre eigene Dummheit. Wie töricht von ihr, derartige Worte an Zacharias zu richten! Selbst wenn Erasmus sie nicht gehört hatte: Sie befanden sich an Bord eines zäidischen Schiffes, wo die Wände lauschten. Lag es an der Überraschung, auf einen mental derart starken Gegner gestoßen zu sein? Oder hatte der Fremde mehr in ihr bewirkt, als sie sich eingestand?

»Lassen Sie sich nicht zu einem Instrument machen, Ehrenwerte«, sagte Erasmus. »Es würde uns zwingen, drastische Maßnahmen zu ergreifen.«

»Nein«, erwiderte sie, sah den Fremden an und dachte: *Ich bin tausendachthundert Jahre alt. Seit mehr als siebzehn Jahrhunderten kenne ich das Tal-Telas, und ich kenne es besser als viele andere Meisterinnen auf Millennia. Dieser Mann mag aus der Zukunft kommen, aber hier ist er isoliert, und er hat nur seine eigene Kraft, mehr nicht.*

Tamara senkte die Lider, öffnete die anderen Augen, die inneren, und *sprang* ins Bewusstsein des Fremden. Diesmal versuchte sie gar nicht, subtil zu sein, ganz im Gegenteil: Mit brachialer Gewalt fegte sie jeden Widerstand beiseite, auf den sie stieß, separierte in Iremia die Prozessorkerne vom Gehirn, unterbrach erneut die Datenkanäle und verhinderte in Hilmia, dass sich komplexe, planende Gedankenmuster bildeten. Als mentaler Wirbelwind zog sie durch das fremde Selbst und stieß die Hände beiseite, die sich erneut nach ihr ausstreckten, um sie zu zerquetschen. Ein Name wehte ihr entgegen – Klykyr –, und Tamara erkannte ihn als Namen des Fremden. Damit war ein wichtiger Schritt getan, denn Name bedeutete Identität, und Identität bot ihr einen konkreten Ansatzpunkt. Sie begann damit, die Kontrolle zu übernehmen und auszudehnen.

Ein Datenkanal weckte ihre Aufmerksamkeit, und sie schickte mentale Sonden an ihm entlang. Als sie feststellte, dass eine direkte Verbindung mit Klykyrs Gedächtnis bestand, begriff sie, dass sie ihr Ziel erreicht hatte. Sie machte die Separation des betreffenden Datenstrangs rückgängig und bohrte mentale Wurzeln hinein, die es ihr ermöglichten, den Fluss der Informationen zu steuern. Es war, als säße sie an einer Konsole, mit vollem Zugriff auf eine große Datenbank.

Erinnerungsbilder erschienen, wesentlich deutlicher als zuvor. Tamara sah Klykyr in Gesellschaft von Geschöpfen, die ihm weitgehend ähnelten, in einem Gebäudekomplex, der zum größten Teil aus Hunderten von etwa vier Meter großen Individualzellen bestand. Ein anderes Bild zeigte ihr einen Sternenhimmel über Wabengebäuden, und sie versuchte, sich das Bild einzuprägen – vielleicht konnte anhand der Konstellationen später festgestellt werden, aus welcher Zeit Klykyr kam. Weitere Szenen folgten, und eine von ihnen verweilte etwas länger im Fokus von Tamaras Aufmerksamkeit, denn sie zeigte die Menschen der Zukunft mit den Repräsentanten eines Volkes, das sie nicht kannte. Sie waren ebenfalls humanoid, hatten eine aus silbernen Schuppen bestehende Haut und zweigelenkige Arme und Beine. Die Hände hatten keine Finger, sondern Tentakelbündel, und der Kopf sah aus wie eine auf der Spitze stehende Pyramide. Im Datenkanal tauchten zwei Namen auf, die sich beide auf diese Geschöpfe bezogen: *Temporale*, auch *Eterne* genannt.

Klykyr versuchte noch immer, Widerstand zu leisten, aber es fiel Tamara jetzt nicht mehr schwer, ihn in seine Schranken zu weisen. Sie veränderte die elektrische und chemische Aktivität bei Neuronen und Synapsen, um bestimmten Denkmustern vorzubeugen, während der größte Teil ihrer Aufmerksamkeit dem Datenkanal galt. Sie lernte immer besser damit umzugehen und wie bei einer Datenbank Suchanfragen zu formulieren, um gezielt Informationen abzurufen. *Wie sind die Menschen in der Zukunft zu dem geworden, was sie sind?*, lautete eine der Fragen, die ihre Gedanken stellten. Das mnemische Gewebe in Tamara war längst hyperaktiv und nahm die Datenflut für Sektion 1 auf. Eine Selektion für die permanente Speicherung konnte später erfolgen, wenn es möglich war, die Informationen zu sortieren.

Tamara sah Planeten, die gar keine Planeten mehr waren, sondern gewaltige kybernetische Organismen, superadaptive Hypertrone, die selbst schufen, was sie brauchten, eine bestimmte Rohstoffbasis vorausgesetzt. Und sie sah Menschen, die aus den ehemaligen Allianzen Freier Welten kamen, Flüchtlinge, die vor den Graken Schutz suchten. Und andere, Männer und Frauen, deren Körper zum größten Teil aus Prothesen bestanden, vor allem Kriegsversehrte, die hofften, mit der Technik der Zäiden ihre alte physische und psychische Leistungsfähigkeit zurückzugewinnen. Vielleicht befanden sich unter ihnen auch Personen, die ganz bewusst einen anderen Weg einschlagen wollten, die davon träumten, den bisherigen Wahrnehmungshorizont ihres Lebens zu erweitern und sich dadurch ganz neue Erfahrungen zu erschließen – Menschen, die *wachsen* wollten, über die Grenzen des Organischen hinaus. Eine neue Spezies, die Mensch und Maschine miteinander vereinte, mithilfe der Zäiden ...

Die Bilder strömten schneller, und Tamara nahm sie so auf, wie ein trockener Schwamm Wasser aufsaugte. Die einzelnen Bilder verschmolzen zu größeren Bildern, durch kausale Relationen miteinander verbunden. Ursache und Wirkung setzten über Jahrhunderte und Jahrtausende hinweg eine Kettenreaktion in Gang. Am Anfang stand eine einzelne Person, die eine Entscheidung traf, und Jahrtausende später wurde ein unheilvolles Bündnis daraus. Jene Menschen, die die Fesseln ihrer eigenen Natur abgestreift hatten, bekamen die Möglichkeit, nicht nur durch den Raum zu reisen, sondern auch durch die Zeit, und dadurch das wahre Ausmaß des Universums zu erkunden. Sie nahmen den Köder der Freiheit, ohne zu ahnen, dass sie sich dadurch neue Fesseln anlegten.

Tamara wusste um die Kausalität Bescheid. Sie kannte die Folgen und den von ihnen beschriebenen Weg in die Zukunft. Als rationale Tal-Telassi zog sie ihre eigenen Konsequenzen daraus und handelte. Von einem Augenblick zum anderen verließ sie Klykyrs Bewusstsein, kehrte ganz in ihren Körper zurück, drehte sich zu Hokonna um und schlug mit einer telekinetischen Faust zu. Gleichzeitig verursachte sie mit Hilmia einen mentalen Kurzschluss in seinem Gehirn. Adrian Hokonna, Lanze der Streitkräfte des Dutzends und einst Kämpfer in der Legion von Cerbus, hatte gerade noch Zeit genug, Tamara einen überraschten Blick zuzuwerfen. Mit einem leisen Ächzen sank er zu Boden und blieb liegen. Das Summen der Servi in seinen künstlichen Armen und Beinen verklang.

»Was hat das zu bedeuten?«, fragte Zacharias verblüfft.

Tamara wandte sich an Erasmus. »Ich weiß, was geschehen ist und was geschehen wird. Es müssen schwierige Entscheidungen getroffen werden.«

»Wir haben Lanze Hokonna wie von Ihnen gewünscht in einem isolierten, sicheren Raum an Bord dieses Schiffes untergebracht, Ehrenwerte«, sagte Erasmus. »Aber ich muss zugeben, dass ich nicht verstehe, warum Sie eine solche Maßnahme für nötig halten.«

Außer Tamara befanden sich nicht nur Erasmus und Zacharias in dem Zimmer, sondern auch einige andere silberne Zäiden, Erasmus so ähnlich, dass Tamara ganz genau hinsehen musste, um kleine Unterschiede zu erkennen. Hinzu kam Zäus, Vater der Maschinenzivilisationen, wie Erasmus ihn genannt hatte. Wie alle anderen saß er an dem runden Tisch, der vermutlich nur existierte, um den beiden Menschen ein Gefühl von Vertrautheit zu vermitteln. Auf der rechten Seite gewährte ein großes, gewölbtes Fenster Blick ins All. Sechs mehrere Kilometer durchmessende zäidische Schiffe drifteten etwa tausend Lichtjahre vom Orion-Arm der Milchstraße entfernt durchs interstellare All, umgeben von einer gemeinsam erzeugten energetischen Schutzblase, die für temporale Transfers eine undurchdringliche Barriere darstellte.

»Die Angreifer aus der Zukunft sind das Ergebnis der Zusammenarbeit von Menschen und Maschinenzivilisationen«, sagte Tamara und kam ohne Umschweife zum Kern der Sache. »Es wird eine Synthese stattfinden, die in gewisser Weise bereits begonnen hat. Menschen, die mit Prothesen zu Ihnen kommen, weil sie sich von Ihrer Technik Besserung erhoffen …«

»Menschen wie Hokonna?«, fragte Zäus mit erstaunlich sanft klingender Stimme.

»Er wird Sie bitten, ihn zu einem ›besseren‹ Menschen zu machen, und Sie werden ihm diesen Wunsch erfüllen. Das ist der Anfang. Damit beginnt alles. Seine Initiative gibt den Ausschlag. Andere folgen seinem Beispiel, und die Maschinenzivilisationen sind gern bereit, den Kriegsversehrten und Kranken zu helfen, gibt dies ihnen doch Gelegenheit, mehr über das biologische Leben zu erfahren. Eine erste Generation kybernetischer Menschen entsteht im Schoß der Zäiden, und ihr folgen weitere. Irgendwann trennen sich diese Menschen von den Maschinenzivilisationen und entwickeln sich allein und unabhängig weiter. Und dann begegnen sie einigen Temporalen, die den Zeitkrieg überlebten.«

»Zeitkrieg?«, fragte Zacharias, und Tamara dachte an die beiden Großen Lücken und das verlorene Wissen. Sie selbst wusste nur deshalb vom Zeitkrieg, weil die alten Archive von Millennia versteckte Informationen darüber enthielten. Sie berichtete vom Konflikt zwischen Kantaki und Temporalen und wies kurz auf die wichtigen Rollen hin, die ein Mensch namens Valdorian und die Kantaki-Pilotin Diamant dabei gespielt hatten.

»Die Temporalen bieten den veränderten Menschen der Zukunft ihre Technik an, damit sie nicht nur durch den Raum reisen können, sondern auch durch die Zeit. Als Gegenleistung sollen sie die verschwundenen Kantaki finden und die Graken zu ihnen bringen …« Tamara atmete tief durch, als sie noch einmal die Bilder sah, die in Klykyrs Bewusstsein an ihr vorbeigeströmt waren. Die vermeintliche Schuld der Tal-Telassi – eine große Lüge. »Die Graken kommen gar nicht aus einem anderen Universum. Es war nicht Ahelia, die sie zu uns holte. Jemand anders schickte sie, ein mächtiges Geschöpf, mit dem Auftrag, die Kantaki auszulöschen. Und die Temporalen glauben, sich die Graken zunutze machen zu können, um ihren Erzfeind zu vernichten. Aber zuvor werden sie ihnen dabei helfen, einen Weg ins Dutzend und nach Millennia zu finden, damit sie den Rücken frei haben.«

»Das klingt recht ...«

»Konfus?«, fragte Tamara kühl. »Wenn Sie ein bionischmentales Interface haben, bin ich gern bereit, Sie an dem, was ich beim geistigen Kontakt mit dem Gefangenen erfahren konnte, teilhaben zu lassen.« Sie sah Zacharias an. »Die Menschen der Zukunft sind nicht wie wir. Sie denken anders. Geordnet. Strukturiert. Ohne moralische und ethische Schranken. Sie denken fast wie ...«

»Maschinen?«, fragte Zäus und sprach erneut sehr sanft. »Warum haben jene Menschen Tymion angegriffen? Warum haben sie versucht, an Bord dieses Schiffes zu gelangen?«

»Um sich zu schützen. Um die eigene Existenz sicherzustellen. Impro Zacharias und ich sollten an Bord der *Taifun* sterben. Klykyr – so lautet der Name des Gefangenen – kam mit dem Auftrag aus der Zukunft, uns zu töten. Wenn er es geschafft hätte, uns zu eliminieren, wäre es nicht zu dem Angriff auf Tymion gekommen.«

Zäus bewies seine auf einer gewaltigen Datenverarbeitungskapazität basierende Intelligenz, als er sagte: »Ich verstehe. Ihr Tod sollte verhindern, dass wir von all diesen Dingen erfahren. Lanze Hokonna wäre als einziger Überlebender zu uns gekommen und hätte das Anliegen des Dutzends überbracht. Und er hätte entschieden, bei uns zu bleiben.«

»Ja«, bestätigte Tamara. »Nun, eigentlich lässt sich das Problem recht einfach lösen.«

Zacharias wölbte die Brauen. »Die moralisch-ethischen Implikationen ...«

»... sind mir durchaus klar«, unterbrach die Tal-Telassi den Impro. Sie stand auf. »Wir müssen mit Hokonna reden. Sofort.«

Lanze Adrian Hokonna starrte ins Leere, und seine bionischen Augen schienen sich getrübt zu haben. Er schwieg.

»Haben Sie mich verstanden, Lanze?«, fragte Tamara. Fast zehn Minuten lang hatte sie gesprochen und ihm die Situation detaillierter geschildert als zunächst den Zäiden. Von einem redundanten Fesselfeld gehalten stand er da, in einem sicheren, speziell konfigurierten Raum des Zäidenschiffes. Tamara spürte das Chaos in ihm auch ohne eine Sondierung in Delm.

»Sie sagt die Wahrheit«, wandte sich Erasmus an Hokonna. »Wir haben die Erinnerungen der Ehrenwerten an ihren Kontakt mit Klykyr durch ein bionisch-mentales Interface gesehen. Es besteht kein Zweifel.«

»Ein Mann?«, erwiderte Hokonna mit knarrender künstlicher Stimme. »Ich soll das in Gang gebracht haben?«

»Manchmal genügt eine Person, um einen großen Unterschied zu bewirken, Lanze. Ein Mann, ja. Zur richtigen Zeit am richtigen Ort. Ohne Sie wäre die Entwicklung anders verlaufen.«

»Wäre? Sie sprechen von Dingen, die in der Zukunft liegen, die noch nicht geschehen sind.« Das Summen der Servi in den modular strukturierten Prothesen aus Stahlkeramik wurde ein wenig lauter.

»Aus *unserer* Perspektive sind sie noch nicht geschehen. Aber für Klykyr sind sie Vergangenheit.«

Der alte Soldat, der an seinem Ektoskelett noch immer das Symbol der Legion von Cerbus trug – einen Feuer speienden dreiköpfigen Hund mit Schlangenschweif – kehrte seine Aufmerksamkeit nach innen und schwieg erneut. Als er wieder sprach, klang seine Stimme ein wenig fester. »An Bord der *Taifun* haben Sie mich daran gehindert, auf den Fremden zu schießen. Vielleicht wäre *dadurch* alles anders geworden.«

Tamara schüttelte den Kopf. »Nein, die veränderten Menschen in der Zukunft hätten jemand anders mit dem Auftrag geschickt, Zacharias und mich zu töten.«

»Sie misstrauen mir.« Hokonna richtete den Blick auf Tamara, und sie wich ihm nicht aus. »Deshalb haben Sie mich angegriffen. Und deshalb bin ich hier, in diesem Raum, gefangen in einem Fesselfeld. Halten Sie mich für eine Art Ungeheuer?«

»Nein. Ich halte Sie für jemanden, der einer großen Versuchung erliegen könnte. Der Sie *erlegen* sind, wie die Existenz von Klykyr und seinen Artgenossen beweist.«

»Jener andere Hokonna existiert bereits nichts mehr«, knarrte der alte Krieger. »Ich weiß jetzt Bescheid. Ich werde den Weg, den Sie beschrieben haben, nicht beschreiten. Aber trotzdem sind wir noch immer hier. Nichts deutet auf eine Veränderung der Situation hin.«

»Bei Tymion finden nach wie vor Kämpfe statt«, warf Erasmus ein, und Tamara vermutete, dass er über eine Art Transverbindung Echtzeit-Informationen enthielt.

»Es hat viele Menschen auf Tymion gegeben«, sagte Hokonna. »Andere wie mich, die sich ein besseres Leben erhofften. Vielleicht repariert sich die Zukunft selbst, indem die kausalen Strukturen mich durch jemand anders ersetzen.«

»Ich halte es für wahrscheinlicher, dass Sie noch nicht wirklich entschieden haben, Verzicht zu üben«, entgegnete Tamara. »Denken Sie darüber nach, Lanze. Denken Sie darüber nach, was auf dem Spiel steht.«

»Was erwarten Sie von mir?«, fragte Hokonna, und es klang fast traurig.

Tamara blieb kühl und gelassen. »Ich erwarte, dass Sie die richtige Entscheidung treffen.«

»Wir dürfen ihn nicht töten«, sagte Zacharias.

»Natürlich nicht«, erwiderte Tamara. »Aber vielleicht zwingen uns die Umstände, ihn zum Dutzend zurückzubringen und für den Rest seines Lebens unter Arrest zu stellen. Das Wohl des Einzelnen hat immer relative Bedeutung, und in diesem besonderen Fall ...«

Sie musterte den mit seinen fünfzig Jahren sehr jungen Impro. Ein Schatten lag auf seinem Gesicht; in den letzten Stunden schien er um Jahre gealtert zu sein.

Sie befanden sich in einem privaten Quartier an Bord des Zäidenschiffes, das zusammen mit den sechs anderen noch immer im interstellaren All driftete, umgeben von einer Schutzblase. Tamara zweifelte nicht daran, dass die Wände Augen und Ohren hatten, aber in der gegenwärtigen Situation spielte das kaum eine Rolle.

»Es steht viel mehr auf dem Spiel, als wir zunächst dachten«, sagte Zacharias. »Selbst wenn wir einen Schlag gegen Golgatha führen und den Graken eine entscheidende Niederlage beibringen ... Unser Erfolg könnte durch eine Intervention aus der Zukunft zunichte gemacht werden. Solange das Bündnis aus Temporalen und veränderten Menschen besteht, gibt es keine Sicherheit für uns. Wir haben noch keine Verbündeten für den Angriff auf die Graken gefunden, wohl aber einen neuen und vielleicht sogar noch mächtigeren Gegner.«

Stille folgte diesen Worten, und eine Zeit lang lauschte Tamara dem Flüstern und Raunen des Zäidenschiffes. Sie stellte sich Prozessorknoten vor, die größere Elaborationsverbände bildeten, die wiederum in übergeordneten Strukturen miteinander verbunden waren, wie Schachteln innerhalb von Schachteln. Gehirne, die aus Hunderten, Tausenden von Gehirnen bestanden, mit superadaptiven Grundbausteinen. Falsches Leben, das keinen Schatten im Tal-Telas warf. Aber es existierte und konnte dem Dutzend und der Republik Millennia zu einem vielleicht entscheidenden Sieg über die Graken verhelfen. Gleichzeitig war dieses

Leben Ausgangspunkt für eine zukünftige Entwicklung, die aus der Möglichkeit des Sieges in der Gegenwart eine fatale Katastrophe machen konnte. Es fiel schwer, in diesen verschlungenen Wegen eine klare Linie aus Kausalität zu erkennen, aber sie existierte – Tamara hatte sie in Klykyrs Bildern gesehen.

»Dieser neue Gegner könnte überall zuschlagen, zu jeder beliebigen Zeit«, fuhr Zacharias fort, doch Tamara bezweifelte, dass die Worte ihr galten. Es klang eher nach einem Monolog. »Er könnte uns angreifen, noch bevor wir zu dieser Mission aufbrechen. Es gäbe zahlreiche Möglichkeiten, uns daran zu hindern, die Maschinenzivilisationen zu erreichen.«

»Ich nehme an, es existieren bestimmte temporale Kardinalpunkte«, sagte Tamara. »Und eine gewisse Wirkungsträgheit. Vielleicht hat das, was bei uns geschieht, keinen unmittelbaren Effekt auf die zukünftigen Ereignisse. Stellen Sie sich viele aufgereihte Dominosteine vor. Wenn der erste kippt, so fällt nicht sofort auch der letzte. Die von der Ursache ausgelöste Wirkung erreicht ihn über eine lange Kettenreaktion.«

»Wir spekulieren«, sagte Zacharias. »Wir ...« Er unterbrach sich und runzelte die Stirn. »Haben Sie das gespürt?«

Tamara spürte es *jetzt*: eine seltsame Verschiebung in der Wahrnehmung, vergleichbar mit der Distortion bei einem Überlichtsprung. Die Realität schien von ihr zurückzuweichen und zu zittern, und für den Hauch eines Moments sah sie Zacharias an mehreren Stellen gleichzeitig. Als sie die Hand hob, gewann sie den Eindruck, dass die Luft dick wie Sirup geworden war. In dem Flüstern und Raunen um sie herum kam es zu einer kurzen Unterbrechung, und dann kehrte die Stimme des Schiffes zurück. Doch zwei andere Stimmen fehlten.

Die Tal-Telassi stand auf. »Erasmus?«

Die Wand verwandelte sich in eine Membran, und der Zäide trat hindurch, gefolgt vom goldenen Zäus.

 »Bitte bringen Sie uns zu Hokonna«, sagte Tamara.

»Es wäre nicht nötig gewesen«, sagte Zacharias leise.

Tamara sah schweigend auf Adrian Hokonna hinab, der auf dem Boden lag, die bionischen Augen halb geschlossen und ohne Leben. Das Fesselfeld existierte nicht mehr. Es war auch nicht mehr nötig.

»Über die neuralen Verbindungen hat er die Servi seiner Prothesen und die biomechanischen Organe ausgeschaltet«, ertönte Zäus' sanfte Stimme. »Es führte innerhalb weniger Sekunden zum Tod.«

»Ich empfange neue Daten«, sagte der silberne Erasmus. »Auf Tymion finden keine Kämpfe mehr statt.«

Tamara blickte noch immer auf den Toten hinab, in ein Gesicht, das auf der linken Seite grau war und rechts aus Stahlfacetten bestand.

»Es wäre nicht nötig gewesen«, wiederholte Zacharias. »Wir hätten ihn zum Dutzend zurückbringen können.«

»Nein«, sagte Tamara langsam. »Nein, ich glaube, er hat die richtige Entscheidung getroffen. Sein Opfer wendet eine große Gefahr von uns ab.« Sie hob den Blick. »Zäus?«

»Es findet eine Situationsbewertung statt«, erwiderte der goldene Zäide, und Tamara fragte sich kurz, welche gewaltigen Datenmengen über Echtzeit-Transverbindungen geschickt und innerhalb weniger Sekunden ausgewertet wurden.

»Wieso sind wir hier?«, fragte Zacharias. »Wieso erinnern wir uns an alles? Wenn der Angriff auf Tymion nicht stattgefunden hat, gab es auch keinen Grund für uns, den Planeten zu verlassen und hierherzufliegen ...« Ihm fiel plötzlich etwas ein. »Was ist mit dem Fremden?«

»Verschwunden«, sagte Tamara. Das war die zweite fehlende Stimme. »Er hat nie existiert.«

»Aber wenn er nie existiert hat ...«

»Wir befanden uns in einer speziellen Schutzblase, die temporale Einflüsse von uns fernhielt. Vielleicht ist das der Grund, warum wir uns unsere Erinnerungen bewahrt haben.« Tamara richtete einen fragenden Blick auf die beiden Zäiden.

»Es werden Analysen vorgenommen«, sagte Erasmus. »Erste Ergebnisse deuten daraufhin, dass wir nicht mehr zu hundert Prozent Teil dieses Universums sind. Hokonnas Selbstmord hat uns in eine temporale Anomalie verwandelt.«

»Wie groß ist die Stabilität dieser Anomalie?«, fragte Tamara sofort.

»Darüber lassen sich derzeit noch keine Aussagen treffen.«

Zäus wandte sich von dem Toten ab. »Wir kehren nach Tymion zurück. Die Repräsentanten der Maschinenzivilisationen sind von den jüngsten Ereignissen unterrichtet, und das Kolloquium hat eine Entscheidung getroffen. Wir gewähren dem Konzil der Überlebenden beim Schlag gegen Golgatha unsere volle Unterstützung. Entsprechende Rekonfigurationen sind bereits eingeleitet. Die ersten Einsatzflotten können in wenigen Stunden aufbrechen.« Er zögerte kurz, bevor er hinzufügte: »Wir wissen nicht, wie stabil die temporalen Veränderungen sind. Es gilt, sofort zu handeln, bevor die Graken Hilfe erhalten.«

Der Krieg: XXII

13. Dezember 1223 ÄdeF

»In gut einem Monat werden Sie achtzig Jahre alt, Nektar«, sagte Serena. »Erzählen Sie mir von Ihrem Leben.«

Sie saßen in einem Park von Kalahos Hauptstadt Hiratara, umgeben von üppigem Grün und bunten Blumen. Wasser plätscherte über Felsen, bildete Kaskaden und strömte in kleine Seen. Menschen, Quinqu und andere gingen über die Wanderwege oder flogen darüber hinweg. Die vielen lauten Stimmen der Stadt waren hier gedämpft, schienen dadurch an Bedeutung zu verlieren. Wohin Nektar auch blickte: Überall sah er Frieden und Entspannung. Und genau darum ging es. Für ihre Treffen wählte die Medikerin Serena fast immer solche Orte.

»Sie kennen mein Leben«, sagte Nektar und achtete darauf, nicht zu seufzen. »Vielleicht sogar besser als ich selbst.«

»Ich möchte es von Ihnen hören.«

Nektar wusste natürlich, dass es nicht einfach nur ein Gespräch war. Es handelte sich vielmehr um eine psychologische Bewertung, der sich alle hochrangigen Offiziere der Streitkräfte in regelmäßigen Abständen unterziehen mussten. Wenn die betreffenden Mediker dabei bedenkliche Verhaltenstendenzen oder verringerte geistige Leistungsfähigkeit entdeckten, so konnte das dazu führen, dass den Offizieren weniger wichtige Aufgaben zugeteilt wurden. In besonderen Fällen war sogar eine Versetzung in den Ruhestand möglich. Das Militär des Dutzends konnte sich keine Fehler aufgrund von Leichtsinn oder Demenz leisten.

Und so erzählte Nektar von seinem Leben, von Enschall und Jumor, von seiner Ausbildung und der Laufbahn in den Streitkräften. Er sprach von den Graken und der Gefahr, die noch immer von ihnen ausging, obwohl es seit Jahren nicht mehr zu Kämpfen gekommen war. Nach etwa zehn Minuten schwieg Nektar und beobachtete ein Paar, das am Ufer des nahen Sees stand und leise miteinander sprach. Der Mann richtete einige Worte an die Frau, und sie lachte, ergriff seine Hand.

Serena bemerkte seinen Blick. »Ein glückliches Paar«, sagte sie.

»So scheint es.«

»Fühlen Sie so etwas wie Neid?«

Diesmal konnte Nektar das Seufzen nicht zurückhalten. »Sie sind beide jung. Ich habe mehr als die Hälfte meines Lebens hinter mir.«

»Sie haben noch viele Jahre vor sich.«

»Hoffentlich genug«, sagte Nektar und bereute die Worte sofort. Sie verrieten zu viel.

»Sie haben weder die Freunde Ihrer Jugend erwähnt noch Melange Hannibal Talasar«, stellte Serena fest. Das faltige Gesicht der lobotomen Medikerin blieb schlaff und ausdruckslos, aber die Augen waren wie immer sehr wach. »Am vierzehnten Mai dieses Jahres sind Sie nicht an ihrem Grab gewesen.«

Nektar erinnerte sich. »Ich habe dem Präsidialen Stab über die Arbeit der Strategischen Planungsgruppe Bericht erstattet.«

»Den Bericht hätten Sie auch später vorlegen und erläutern können, Markant. Sie sind noch immer bestrebt, alle persönlichen Dinge aus Ihrem Leben zu verbannen. Und Sie halten nach wie vor all das unter Verschluss, was Ihnen einmal Schmerz bereitet hat. Sie glauben noch immer fest an Ihr Schicksal, nicht wahr? Das meinten Sie eben, als Sie sagten, dass hoffentlich noch genug Jahre vor Ihnen liegen. Sie fürchten, dass Ihnen die Zeit davonlaufen könnte, dass Sie zu alt werden für den großen Sieg über die Graken, in dem Sie den Höhepunkt Ihres Lebens sehen. Wenn Sie irgendwann zu alt sind, um einen Kampfeinsatz zu leiten ... Könnten Sie dann nicht den Eindruck gewinnen, Ihr Leben vergeudet zu haben?«

Nektar horchte in sich hinein, fand aber keine Furcht, sondern die alte Gewissheit, die ihn seit seiner Kindheit begleitete.

»Nein«, sagte er mit fester Stimme. »Ich *weiß*, was mich erwartet, auch wenn Sie es vielleicht für eine Besessenheit oder etwas in der Art halten. Und das Leben vergeudet zu haben ... Es kommt darauf an, welche Maßstäbe man anlegt. *Das* richtige Leben gibt es nicht; jeder muss seinen Weg selbst wählen.«

Serena nickte langsam und sah kurz dem davonschlendernden Paar nach. »Sie haben einen sehr harten Weg für sich gewählt, Nektar. Seit vielen, vielen Jahren verzichten Sie auf das, was das Leben für die meisten Menschen lebenswert macht.«

»Es ist mein Weg«, sagte Nektar mit Nachdruck und spürte den Beginn einer Unruhe in sich, die ihm nicht gefiel. Er wollte fort von diesem Ort des scheinbaren Friedens, zurück zu den Dingen, die ihm Halt und seiner Existenz einen Sinn gaben.

Sein Kom-Servo summte leise. »Ja?«, meldete er sich.

»Wir haben neue Daten über Graken-Aktivität beim Ophiuchus-Graben«, erklang Elyras Stimme.

»Ich bin auf dem Weg zu Ihnen«, sagte Nektar, unterbrach die Verbindung und stand auf. Dies bot ihm eine gute Gelegenheit, das Gespräch mit Serena zu beenden.

Sie erhob sich ebenfalls. »Fliehen Sie nicht vor sich selbst«, sagte sie.

»Ich muss gehen«, erwiderte er und ging.

23

Lügen

Heres

Wie ein Besessener ging Dominik am Rand der im Plurial schwebenden Plattform entlang, mit langen und doch ziellosen Schritten, in ein Gespräch vertieft, das er mal laut und mal leise mit sich selbst führte. Er schien noch immer damit beschäftigt zu sein, zu sich selbst zu finden. Wenn das überhaupt möglich war. »Ich bin als Dominik geboren, obwohl ich in Wirklichkeit Ahelia gewesen bin, ihre vierundzwanzigste Reinkarnation. Später schlief Dominik ein, und ich wurde ganz zu Ahelia. Beim Kampf gegen die Graken auf Millennia begegnete ich ... begegnete *Ahelia* Olkin und folgte ihm hierher. Er bezwang sie, löschte ihr Selbst aus, aber er hatte nicht damit gerechnet, dass es auch *mich* gab ...«

Dominique beobachtete, wie ihr Vater in einer Ecke der Plattform stehen blieb. Die vielen silbernen Universumskugeln schien er überhaupt nicht zu sehen; sein Blick reichte in die Vergangenheit.

»Fast wäre es mir gelungen, ihn zu überwältigen und zu töten.« Dominik schüttelte den Kopf. »Es wäre der größte meiner Fehler gewesen. Sein Tod hätte uns alle ausgelöscht.«

Dominique versuchte zu verstehen, aber manche der Bemerkungen ergaben für sie kaum einen Sinn. Sie war nicht nur verwirrt, sondern auch verletzt – ihr Vater schenkte ihr keine Beachtung. Zum ersten Mal sah er seine Tochter, die Loana nach ihm benannt hatte, doch er ignorierte sie einfach.

Dominik presste die Hände an die Schläfen, als fürchtete er, sein Kopf könnte einem wachsenden Druck im Innern nachgeben und auseinanderbrechen. Dominique versuchte sich vorzustellen, wie es war, mit hundertdreißig Jahren zu erwachen und festzustellen, dass man sein Leben als jemand anders gelebt hatte.

Mit einem Ruck drehte sich der Alte um, näherte sich und blieb dicht vor Dominique stehen. In seinen Augen brannte ein Feuer besonderer Art. »›Welchen Unterschied gibt es zwischen Traum und Realität?‹ Erinnerst du dich?«

Dominique nickte. »Diese Frage hat dir Davvon gestellt ...« Plötzlich fiel ihr ein, dass Davvon ihr Halbbruder war.

»Überall gab es kleine Hinweise, vielleicht von mir selbst geschaffen, aber sie genügten nicht, um mich erwachen zu lassen. All die Jahre ...« Dominik drehte sich um und setzte die unruhige Wanderung fort. »Schlaf und Odem ... Seit Jahrtausenden suchen die Dominanten hier nach einer Möglichkeit, ins Fünfte Dominium zu gelangen, und von dort aus in die Prävalenz. Durch den mutativen Einfluss und die Auswirkungen des Korit sollte jemand geboren werden, der das Tor finden kann. Die Dominanten ahnten nicht, dass sie die ganze Zeit über in eben jenem Tor standen ...«

»Wie meinst du das?«, fragte Dominique.

»Zontra ist bereits Teil des Fünften Dominiums.« Die Worte sprudelten aus Dominik heraus. Er sprach so schnell, dass seine Tochter manchmal Mühe hatte, ihn zu verstehen. »Zumindest zur Hälfte. Die Trennung zwischen den Dominien ist dort so dünn wie ein Spiegel. Mit dem richtigen Blick dafür und den notwendigen Fähigkeiten wäre es nicht weiter schwer gewesen, von Zontra aus ins Fünfte Dominium zu wechseln.«

»Deshalb hatten es die Dominanten auf mich abgesehen«, sagte Dominique nachdenklich. »Und als sie mich nicht bekamen ... hat Kiwitt - ich meine Olkin - ihnen die Formel gegeben, mit denen sie den Zugang zum Fünften Dominium fanden.«

Dominik blieb abrupt stehen. »Ja, das stimmt. Ich erinnere mich daran. *Tarweder* erinnert sich daran. Olkin und ich ... Wir haben uns beide blockiert, und während ich versuchte, mich mit bestimmten Hinweisen an mein wahres Selbst zu erinnern, versuchte er, den Dominanten einen Hinweis zu geben. Die Formel des Realitätsmechanikers bot ihm eine Chance dazu.« Er schüttelte kurz den Kopf. »Vielleicht ist ja sogar das Teil des Spiels. Es wäre nicht ausgeschlossen.«

»Des Spiels?«

»Die Kantaki kennen die Wahrheit«, sagte Dominik, ohne auf die Frage einzugehen. »Es war auch für sie das letzte fehlende Element, und sie bekamen es im Dritten Konflikt der Konzepte ... Es muss schrecklich für sie gewesen sein.« Er sprach noch immer in erster Linie mit sich selbst. »Sie kennen die Wahrheit und wollen Olkin töten. Deshalb hat er den Dominanten Gelegenheit gegeben, zu ihnen ins Fünfte Dominium zu gelangen. Er hofft, dass es ihnen gelingt, die letzten Kantaki auszulöschen.«

»Finde deinen Vater und hilf ihm dabei, den Kranken zu erreichen, der nicht sterben darf«, sagte Dominique.

Ihr Vater drehte sich zu ihr um. »Was?«

»Diese Worte hat Loana an mich gerichtet, in einem Traum, der mehr war als nur ein Traum. Erinnerst du dich an Loana, meine Mutter? Sie hat viele Jahre um dich getrauert.«

»Loana ...«, sagte Dominik leise und lauschte dem Klang des Namens. Einige Falten schienen aus seinem Gesicht zu verschwinden, als er Erinnerungen nachhing.

Dominique musterte den Mann, in dessen Schatten sie sich immer so klein gefühlt hatte. Tarweders vielschichtige

Persönlichkeit hatte sie fasziniert, weil sich in ihren Tiefen Wissen und Weisheit verbargen, die Erfahrungen eines Lebens in den vier Dominien, in einer fremden Welt. Dominik hingegen war ein Mann mit nur einem Ziel; alles andere spielte für ihn keine Rolle. Und Dominique wusste nicht einmal genau, worin dieses Ziel bestand. Das Feuer brannte nicht nur in seinen Augen, sondern auch in seiner Seele, und es würde ihn verbrennen, wenn er nicht aufpasste. *Ich habe mein Feuer besiegt,* dachte Dominique. *Seins verzehrt ihn langsam.*

»Loana«, wiederholte Dominik leise. »Es ist so lange her ...« Er drehte sich um und wanderte wieder auf der Plattform umher. »Es sind Lügen innerhalb von Lügen, Dominique, verstehst du? Die Graken ... Sie kommen gar nicht aus einem anderen Universum, wie Ahelia glaubte. Wenigstens erfuhr sie kurz vor dem Tod die Wahrheit, und das nahm ihrem langen Leben die größte aller Bürden. Ahelia war gar nicht schuld am Grakenkrieg.«

Dominique beobachtete ihren Vater mit einer Mischung aus Mitleid und Verwunderung. Sie fühlte sich nicht mehr klein ihm gegenüber, was vielleicht auch daran lag, dass sie inzwischen erwachsen war. Doch hauptsächlich deshalb, weil sie ihn nicht mehr als eine Art Überwesen sah, als strahlenden Helden, der den ersten echten Sieg über die Graken errungen hatte, sondern als Menschen mit menschlichen Schwächen und als Opfer. Nach langem Leid war er als er selbst erwacht, aber vielleicht mit einer Psychose, denn er sprach wie jemand im Delirium.

»Er hat sie in die Milchstraße geholt!«, stieß Dominik hervor.

»Olkin?«

»Ja. Vielleicht ging es ihm darum, die Tal-Telassi auszulöschen, die Nachfahren der Kantaki-Piloten. Oder vielleicht wollte er nur Chaos säen und sehen, was sich daraus ergibt. Wer kann die Motive eines kranken Gottes nachvollziehen? Die Graken waren und sind ein Werkzeug für ihn, ebenso wie der Dritte Konflikt der Konzepte, mit dem er die Kantaki dazu brachte, gegen sich selbst zu kämpfen.«

»Was geschah damals?«, fragte Dominique.

Ihr Vater blieb am Rand der Plattform stehen und ächzte leise. »Es gab einmal einen Zeitkrieg, wusstest du das?«

»Ja ...«

»Eigentlich gab es sogar zwei«, fuhr Dominik fort. »Der erste ging für Kantaki, Feyn, Menschen und all die anderen Völker verloren, doch den zweiten gewannen sie. Ihre Gegner, die Temporalen, fanden sich in der toten Zeit wieder, tief in der Vergangenheit. Eine Kantaki-Pilotin namens Diamant und ihr Konfident Valdorian spielten damals eine wichtige Rolle. Doch der errungene Sieg war nicht so absolut wie zunächst angenommen. Diskontinuitäten im Strom der Zeit führten dazu, dass einige Temporale außerhalb des Kerkers aktiv werden konnten. Olkin machte sie zu Figuren in seinem verdammten Spiel.«

Dominique begann zu verstehen. »Er setzte sie gegen die Kantaki ein?«

»Unter anderem. Geschickte Manipulationen führten zum Dritten Konflikt der Konzepte, zu einer gewaltsamen Auseinandersetzung zwischen jenen Kantaki, die glaubten, für den Materie gewordenen Geist wäre die Zeit gekommen, wieder Geist zu werden, und den anderen, die davon überzeugt waren, dass das Fünfte Kosmische Zeitalter noch nicht angebrochen und erst recht nicht zu Ende war. Die alten Kantaki entlarvten die Temporalen und zwangen sie, durch die Zeit zu fliehen, in die Zukunft. Doch bevor sie verschwanden, schufen sie die Erste Große Lücke und nahmen uns das Wissen über sie, über Olkin und die Hintergründe des Konflikts der Konzepte.«

Dominik drehte sich um. »Weißt du, dass manche Grakenträume ein Kantaki-Schiff enthalten? Tako Karides sah eins im Traum des Graken, der ihn fast aufgenommen hätte, in Form eines schwarzen Berges über einer Terrassenstadt. Für Olkin waren die Graken Späher und Waffe, und deshalb gab er ihnen so etwas wie eine Kantaki-Essenz mit. Sie sollten während des Krieges die geflohenen Kantaki finden und sie auslöschen.«

»Wusste er nicht, dass sie sich im Fünften Dominium von Heres aufhalten?«

»Als Olkin die Graken in die Milchstraße holte, wusste er das tatsächlich noch nicht. Als er es erfuhr, war der Grakenkrieg längst ausgebrochen und hatte sich verselbstständigt.«

»Die Temporalen mussten in die Zukunft fliehen, einige wenige, nicht genug für eine Streitmacht ...«, murmelte Dominique. Vorstellungsbilder entstanden vor ihrem inneren Auge, mit so vielen Details, dass sie sich fragte, ob sie im Tal-Telas unterschwelliges Wissen von ihrem Vater empfing. »Aber sie konnten Dinge beeinflussen, Vorbereitungen treffen ... Sie kamen aus der Vergangenheit und wurden in die Zukunft verbannt. Was fanden sie dort? Oder *wen* fanden sie dort? Die unheilige Allianz aus Vergangenheit und Zukunft, die Vater Mru erwähnt hat ...«

Ein akustisches Signal kam aus dem mobilen Haus, gefolgt von einer Stimme. »Ein längerer Aufenthalt in der sicheren Zone ist nicht empfehlenswert, da er viel Energie erfordert.«

»Rückkehr vorbereiten«, sagte der alte Dominik, und sein Gesicht schien sich ein wenig zu glätten, als er eine Entscheidung traf. »Wir müssen ins Fünfte Dominium und von dort aus zur Prävalenz.«

»Und wenn Olkin in Zontra auf uns wartet?«

»Ich verändere die Koordinaten des Retransfers, damit wir an einer anderen Stelle in Zontra erscheinen.« Der Greis eilte ins Haus.

Dominique sah auf ihre Hände und stellte plötzlich fest, dass die violetten Verfärbungen zurückgekehrt waren. Sie bildeten Flecken an den Fingerkuppen, und von dort gingen violette Linien aus, die über Handteller und Arme wuchsen. Als sie ihr Selbst dem Tal-Telas öffnete, war es noch näher, fast so nahe wie auf Millennia: ein gewaltiges Brodeln, darin auch die Kraft des Flix. Einst hatte Ahelia die beiden Kräfte des Tal-Telas voneinander getrennt, um das zu verbergen, was sie für die Wahrheit hielt: die Schuld der Tal-Telassi am Grakenkrieg. Die andere Kraft war das Meta gewesen, und ihre Vereinigung mit dem begrenzten Tal-Telas hatte allen Schwestern die Augen geöffnet. Und nicht nur ihnen. Millennia war damals besetzt worden, und Dominique erinnerte sich an ihre Rebellion gegen jene Besatzer. Doch das Meta, das angeblich die Wahrheit gebracht hatte, war nur ein kleiner Aspekt des Flix, kaum mehr als ein Tropfen in einem Meer. Dominique ließ ihre Gedanken ein wenig wandern, und wieder glaubte sie dabei, vage die Existenz weiterer Stufen jenseits der zehnten zu erkennen. Wenn sie die geistige Hand danach ausstreckte ... Aber etwas hielt sie zurück, vielleicht die Furcht vor einer Rückkehr des Feuers.

Das Haus summte. Dominique warf einen letzten Blick auf die große silberne Kugel, die über der Plattform schwebte und mehrere kleinere Kugeln beiseitegedrängt hatte, wandte sich dann um und trat rasch durch die Tür – in seinem gegenwärtigen Zustand wäre ihr Vater fähig gewesen, sie auf der Plattform zu vergessen und allein nach Zontra zurückzukehren.

Sie hatte das Haus gerade betreten, als sich hinter ihr auch schon die Tür schloss und das Summen anschwoll und zu einem Schrillen wurde, das nach wenigen Sekunden verklang. Dominik kam aus der Küche und stopfte Proviant und mehrere Wasser-Nüsse in seinen Rucksack. Er beachtete seine Tochter kaum, klopfte an die Wand und sagte: »Tür.«

Eine Öffnung bildete sich; hinter ihr – und *unter* ihr – erstreckte sich Zontra. Dominique folgte ihrem Vater nach draußen.

Es war keine reglose Welt, in die sie zurückkehrten. Leviwagen hingen nicht mehr bewegungslos in der Luft, sondern krochen im Schneckentempo dahin. Energiestrahlen und Projektile waren schneller geworden, und ein dumpfes Brummen kam aus allen Richtungen.

»Wir kehren allmählich in die Heres-Zeit zurück«, sagte Dominique und blickte in die Tiefe. Das mobile Haus stand auf dem Dach eines etwa dreihundert Meter hohen Turms, und tief unten, in den Schluchten zwischen den Gebäuden, bewegten sich die Bewohner der Stadt. Rauch stieg auf, blieb nicht länger in der Luft erstarrt. Flammenzungen leckten heiß und gierig.

»Hier direkt am Rand«, sagte Dominik und deutete in die Leere.

Dominique blinzelte. »Ich sehe nichts.« Lichtblitze auf der anderen Seite der Stadt lenkten sie ab. Eisenmänner griffen dort eine Kugel der Dominanten an; von mehreren Energiestrahlen getroffen platzte sie auseinander.

»Man muss wissen, wonach es Ausschau zu halten gilt«, sagte ihr Vater. Er faltete das Haus zusammen, und als es zu einer kleinen Schachtel geworden war, aus der ein roter Stift ragte, steckte er es in den Rucksack und ging damit geradewegs zum Rand des Dachs. Dort blieb er stehen, nur einen Schritt von der Leere entfernt und deutete nach vorn. »Hier.«

Dominique versuchte vergeblich, etwas anderes zu erkennen als den dreihundert Meter tiefen Abgrund vor ihrem Vater.

»Und nicht nur hier«, fuhr der Alte fort. »Auch dort, wo Crotha und Dominante gegeneinander kämpfen.«

Dominique hob den Kopf und blickte erneut über die Stadt, konzentrierte sich dabei auf die Stellen, wo besonders erbitterte Kämpfe stattfanden. Sie glaubte, Anzeichen für ein Muster zu erkennen, und als sie sich mit dem Tal-Telas verband, wurde es schnell deutlicher. Wenn sie die Punkte, an denen Eisenmänner und Dominante mit besonderer Entschlossenheit aufeinandertrafen, miteinander verband, so entstand eine wellenförmige Linie, die durch ganz

Zontra reichte. Und dann, nach einem Blinzeln, das einen anderen Blick öffnete, sah Dominique plötzlich, was in der Hauptstadt von Heres das Vierte vom Fünften Dominium trennte: ein zarter, matt schimmernder Schleier aus rosaroten und blauen Tönen, wie die glühenden Vorhänge des Polarlichts, die sie einmal über dem Nordpol von Millennia gesehen hatte. Was sich *wirklich* auf der anderen Seite befand, ließ sich mit den Augen allein nicht feststellen - Dominique sah dahinter keine fremde Welt, sondern nur Gebäude, Verkehrskorridore und Parks von Zontra, teilweise bereits in Schutt und Asche gelegt. Der trennende Schleier blieb nicht auf den Boden beschränkt, zog sich weit nach oben, und manchmal kam es in ihm zu schlängelnden Bewegungen, die offenbar nicht zur anderen, noch immer wesentlich langsameren Zeitzone gehörten. Ein Teil der Barriere reichte bis zum Rand des Turmdaches empor, und Dominik machte Anstalten, sie durch einen Schritt ins Nichts zu passieren.

Dominique beobachtete noch immer die Kämpfe und wusste sie jetzt besser zu deuten. »Die Dominanten versuchen, die Eisenmänner daran zu hindern, ins Fünfte Dominium zu gelangen.«

»Ja. Aber es sind nur noch wenige. Es ist wie eine Ironie des Schicksals: Sie haben Heres mithilfe der Temporalen geschaffen, aber jetzt sind sie auf dem besten Wege, Opfer der eigenen Isolation zu werden. Bisher haben es die Crotha nicht geschafft, die Barriere zu passieren, und wir müssen es verhindern, sobald wir auf der anderen Seite sind. Wir schließen den Zugang, den die Formel des Realitätsmechanikers geöffnet hat.«

Dominique hörte etwas in den Worten ihres Vaters, das ihr nicht gefiel. »Du willst ihn für immer schließen, nicht wahr? Und es würde bedeuten, dass wir nicht zurückkehren können.«

Dominik drehte sich um und sah sie an. Auf der anderen Seite der dreihundert Meter tiefen Schlucht bildete sich die

Feuerkugel einer Explosion auf einem nicht ganz so hohen Turm. Trümmerstücke flogen davon, mit einer Geschwindigkeit von etwa einem halben Meter in einer Sekunde, und einige von ihnen flogen in ihre Richtung, stellte Dominique fest.

»Es geht um viel mehr als nur um uns«, sagte Dominik sehr ernst. Er deutete zu den glühenden Trümmern, die auf der Druckwelle ritten. »Wir müssen *jetzt* handeln, Domi.«

Domi ... Sie dachte an Rupert, an sein Leben voller Leid und Qual, an die kurze Zeit, die er mit ihr verbracht hatte. Und sie dachte an Loana, die über Jahrzehnte hinweg getrauert hatte. Sie bedauerte plötzlich, keine Chance mehr zu haben, sich bei ihrer Mutter für den dummen, unwissenden Spott entschuldigen zu können, den sie in ihrer Jugend für intelligent und klug gehalten hatte. Inzwischen sah sie die Dinge aus einem völlig anderen Blickwinkel.

Die Trümmerstücke und das Feuer der Explosion hatten die Schlucht inzwischen zur Hälfte überquert.

Dominique gab sich einen Ruck und ging zu ihrem Vater.

Er nickte zufrieden, und ein kurzes Lächeln huschte über seine Lippen. »Zusammen können wir es schaffen«, sagte Dominik, ohne darauf hinzuweisen, was genau sie erreichen konnten. Er griff nach ihrer Hand und trat entschlossen vor, über den Rand des Daches hinaus, ins bunte Flirren des Schleiers ...

Dominik stürzte und riss seine Tochter mit in die Tiefe.

Aber sie fielen nicht in eine Straßenschlucht des Vierten Dominiums, sondern durch graue Leere, in der sich manchmal seltsame Konturen abzeichneten. Dominique versuchte, Einzelheiten zu erkennen, und für einen Moment glaubte sie, direkt vor ihr ein riesenhaftes Auge zu erkennen, das alles sah, selbst die Gedankenfragmente in ihrem Unterbewusstsein.

Dann endete der Sturz in die Tiefe, und sie fand sich auf einer düsteren Welt wieder. Eine öde, staubige Ebene erstreckte sich vor ihr, und aus diesem kargen Land, in dem es mehr Schatten gab als Licht, erhob sich ein gewaltiges Bauwerk, das der Dunkelheit Substanz zu geben schien. Die Schatten verdichteten sich dort, wurden zu Quadern, Ovalen, Rechtecken, Würfeln und anderen Objekten, die wie wahllos aneinandergefügt wirkten und sich auf subtile Art veränderten, wenn man den Blick auf sie richtete. Dominique fühlte sich sofort an das Kantaki-Schiff erinnert, das sie zum Nexus gebracht hatte. Aber was sie dort in der Ebene sah, wie ein am hohen Himmel kratzender schwarzer Berg, war kein Raumschiff.

»Das Tor zur Prävalenz«, sagte Dominik. »Unser Ziel. Aber bevor wir uns dahin auf den Weg machen ...« Er wandte sich dem besonders großen Brunnen zu, neben dem ihr Retransfer stattgefunden hatte. Dominique schätzte, dass er fast zehn Meter durchmaß, und hinter ihm blies ein kalter Wind Sand und Staub über verwitterte Ruinen.

Der Alte öffnete seinen Rucksack, entnahm ihm die Schachtel des mobilen Hauses, zog den roten Stift heraus, steckte einen blauen hinein und drehte ihn. Dann warf er die Schachtel in den Brunnen und wich rasch zurück. Dominique folgte ihm und beobachtete nach einigen Sekunden, wie ein Lichtblitz aus dem Brunnen kam und für einen Sekundenbruchteil die Schatten vertrieb. Das Donnern einer Explosion blieb aus; auch weiterhin war nur die leise Stimme des Windes zu hören. Aber Dominique wusste, dass das mobile Haus nicht mehr existierte: Es hatte seine gesamte Energie im alten Transportsystem der Kantaki freigesetzt und es zumindest destabilisiert. Risse bildeten sich in der Einfassung des Brunnens, und das alte Gestein zerfiel mit einem leisen Knistern zu Staub.

»Sind jetzt alle Verbindungen zwischen den Dominien unterbrochen?«

Dominik zuckte in der Düsternis mit den Schultern. »Keine Ahnung. Ich bin nur sicher, dass *diese* Verbindung zwischen dem Fünften Dominium und den anderen vier nicht mehr existiert. Komm.« Er setzte sich in Bewegung.

Dominique ging ebenfalls los, aber in eine andere Richtung. »Zuerst möchte ich mit den Kantaki sprechen.« Sie deutete auf eine nicht weit entfernte Öffnung im Boden, vermutlich der Zugang zu einem Kantaki-Nest.

Dominik schnaufte ungeduldig. »Wir dürfen keine Zeit verlieren. Die Dominanten sind hier, und vielleicht liegt auch Olkin auf der Lauer. Wir müssen zur Prävalenz gelangen, bevor uns jemand zuvorkommt.«

»Zuerst möchte ich verstehen«, beharrte Dominique und setzte den Weg zum Loch fort, das sie für eine Tunnelöffnung hielt. »Ich möchte verstehen, was geschehen ist.«

»Ich habe dir bereits alles erklärt!«, erwiderte ihr Vater ungeduldig. »Du weißt alles, was du wissen musst. Komm.«

Trotz der Düsternis fühlte Dominique den Blick ihres Vaters, und sie fühlte auch noch etwas anderes, im Tal-Telas und im Flix: eine mentale Hand, die in Hilmia nach ihren Gedanken tastete und versuchte, sie in eine bestimmte Richtung zu lenken.

Sie stieß die Hand zornig beiseite. »Mach das nie wieder, Vater!«, zischte sie. »*Nie* wieder! Ich lasse mich nicht mehr manipulieren, von niemandem.«

Der alte Dominik seufzte. »Ich will dich nicht manipulieren, Domi. Glaub mir, ich ...« Er rang mit sich selbst. »Es steht einfach zu viel auf dem Spiel, und ich habe über hundert Jahre auf diesen Moment gewartet ...«

»Es ist mir gleich, wie lange du gewartet hast!« Dominique sprach noch immer mit scharfer Stimme. »Du hast von Lügen innerhalb von Lügen gesprochen, und ich will endlich wissen, was die Wahrheit ist, die *ganze* Wahrheit.« Sie holte tief Luft. »Mutter Rrirk behauptete, dass dies die fünfte Ära ist, dass der große Kreis, der mit dem Ersten Kosmischen Zeitalter begann, sich mit dem Ende des Fünften schließen muss. Doch angeblich kam es zu einer Auseinandersetzung zwischen alten Kantaki und jungen, die nicht verstehen wollten, dass der Zyklus des Geistes, der einst Materie wurde, wirklich seinem Ende entgegenging; sie hielten an der Absicht fest, die vierte Ära zu verlängern. Mutter Rrirk meinte, dass es Olkin war, der Zwietracht unter den Kantaki säte.« Dominique bemerkte Verwunderung im Gesicht ihres Vaters und berichtete kurz von der Begegnung mit der alten Kantaki auf Aquaria. »Beim Dritten Konflikt der Konzepte kam es angeblich zu einer Deformation der Wirklichkeit, zu einem Schattenuniversum, das das Vierte Kosmische Zeitalter verlängerte, indem es alle Ereignisse in einer gewaltigen Endlosschleife wiederholt.«

»Das ist Unsinn«, sagte Dominik.

»Es klang seltsam«, räumte seine Tochter ein und ging weiter in Richtung Loch. »Zu abgehoben, zu verdreht. Eine Sekunde ihrer Zeit trennte Mutter Rrirk vom Tod; vielleicht war ihr Geist bereits verwirrt. Deshalb möchte ich mit den Kantaki hier im Fünften Dominium sprechen. Ich möchte endlich einen Blick auf die Wahrheit hinter all den Lügen werfen.«

»Die Zeit drängt ...«, betonte Dominik noch einmal. »Vielleicht haben einige Dominante die Prävalenz erreicht. Und Olkin könnte jederzeit etwas gegen uns unternehmen.«

Am Rande der großen, mehr als dreißig Meter durchmessenden Öffnung im Boden blieb Dominique stehen und blickte fast enttäuscht in die dunkle Tiefe – sie hatte halb damit gerechnet, dass hier ein Kantaki auf sie wartete. Dann hob sie den Kopf und sah den Alten an, der ebenfalls stehen geblieben war.

»Deine wenigen Erklärungen ... Wer sagt mir, dass sie wahr sind?«

»Ich bin dein Vater! Warum sollte ich dich belügen?«

»In *biologischer* Hinsicht bist du mein Vater, aber abgesehen davon bist du ein Fremder für mich. Selbst Tarweder habe ich besser gekannt.« Sie unterbrach sich, als ein dumpfes Donnern vom riesigen Gebäude im Ödland kam wie der Schlag eines gewaltigen Gongs.

»Ein Transfer findet statt«, sagte Dominik besorgt. »Vielleicht verschaffen sich die Dominanten genau in diesem Augenblick Zugang zur Prävalenz!«

»Ich helfe dir erst, wenn ich sicher bin, alles richtig zu verstehen«, sagte Dominique und setzte ihren Fuß auf den Pfad, der an den Wänden des Loches entlang in die Tiefe führte. Der Alte zögerte kurz und folgte ihr dann.

Zehn Minuten später fanden sie den ersten toten Kantaki.

Dominique fühlte sich an den Anblick im Nexus erinnert: zwei unterschiedliche Geschöpfe, die sich gegenseitig umklammerten, im Tod vereint: ein großes, insektoides Wesen, das einer Gottesanbeterin ähnelte, mit mehreren gebrochenen Gliedmaßen, die anderen um den halb zerquetschten Oberkörper eines Humanoiden mit silbernem Haar und weit geöffneten kobaltblauen Augen geschlungen. »Ich fürchte, wir sind zu spät gekommen«, sagte Dominique kummervoll und setzte den Weg dann fort, tiefer hinab in den unterirdischen Bau. »Vielleicht ist es den Dominanten gelungen, die letzten Kantaki zu töten.«

Die perspektivischen Verzerrungen nahmen zu, als sie tiefer gelangten, doch daran war Dominique vom Kantaki-Schiff her gewöhnt, und ihrem Vater schien es ebenfalls nicht schwerzufallen, sich zu orientieren. In manchen Tunneln war es stockdunkel; in anderen glühten Leuchtstreifen in den Wänden oder an der Decke. An einigen Orten hatten erbitterte Kämpfe stattgefunden: Schmelzspuren an den Wänden, zerstörte Aggregate und herabgestürzte Deckensegmente wiesen deutlich darauf hin. Dominique berührte eins der Trümmerstücke und stellte fest, dass es noch warm war – die Auseinandersetzungen konnten also nicht sehr lange zurückliegen. Sie tastete nach der konusförmigen Waffe, stellte jedoch fest, dass ihre Taschen leer waren. Einige Sekunden lang versuchte sie, sich daran zu erinnern, was mit dem Objekt aus dem Nexus geschehen war, ob sie es im mobilen Haus zurückgelassen hatte, doch dann schob sie den Gedanken beiseite – Tal-Telas und Flix waren Waffe genug.

Sie fanden weitere tote Kantaki, einige von ihnen völlig zerfetzt, andere mit aufgebrochenen Köpfen oder klaffenden Wunden im gepanzerten Leib. In einem fünfeckigen Raum hatte offenbar eine Mutter versucht, ihre fünf erst vor kurzer Zeit geschlüpften Kinder zu verteidigen. Ein Dominanter hatte den Kampf mit dem Leben bezahlt, aber der oder die anderen waren schließlich als Sieger daraus hervorgegangen. Mehrere starke Explosionen hatten sowohl die Mutter als auch die kleinen Kantaki zerrissen und ein großes Loch in der Rückwand des Raums hinterlassen, durch das Dominique in den nächsten Tunnel trat.

Dominik folgte ihr nur widerwillig. »Es hat keinen Sinn«, sagte er. »Die Kantaki sind tot.«

Dominique neigte den Kopf zur Seite, als sie den Hauch eines Flüsterns aus den Tiefen des Nestes hörte. Sie horchte in Delm, verband ihr Selbst auch mit den anderen Stufen des Tal-Telas ... und fühlte etwas, eine ferne Präsenz, wie einen Schatten zwischen Schatten.

»Nein«, sagte sie. »Nein, es sind nicht alle tot.« Sie konzentrierte sich und schickte der vagen fernen Präsenz eine Botschaft: Bilder, die sie zusammen mit Mutter Rrirk zeigten, und Gedanken, die auf ihre guten Absichten hinwiesen.

Aus dem Flüstern wurde eine wortlose Frage, und Dominique öffnete ihr Selbst einem fremden Bewusstsein, das Jahrtausende alt war, älter als die ältesten Tal-Telassi. Sie empfing einen Namen ...

»Vater Mru!«, entfuhr es ihr. »Vater Mru ist hier und lebt! Gib mir deine Hand.«

»Was hast du vor?«, fragte Dominik.

»Ich bringe uns zu ihm.«

»Eine Teleportation zu einem unbekannten Ort? Wo vielleicht Feinde auf uns warten? Dies könnte eine Falle sein.«

Dominique horchte ins Tal-Telas. »Nein, es ist keine Falle. Ich bin sicher.« Sie sah ihren Vater an und bemerkte die Skepsis in seinem Gesicht. »*Vertrau mir*.« Sie wartete nicht länger, ergriff seine Hand und verband ihn und sich selbst in Fomion mit dem fernen Ort. Die Teleportation bereitete ihr kurzen Schmerz im Hinterkopf, und ein Anflug von Schwäche ließ sie taumeln. Sie hielt sich an einer nahen Wand fest, spürte ihre warme Vibration, drehte den Kopf ... und sah Hunderte von Eiern in einer großen Höhle. Sie waren grau und semitransparent, und in ihrem Innern lagen ungeborene Kantaki, die Körper halb zusammengefaltet. Vor den Eiern ragte eine große Gestalt auf: Ein dreieckiger Kopf ruhte auf einem langen, ledrigen Hals, und zwei multiple Augen wölbten sich über die rechte und linke Gesichtshälfte, bestehend aus Tausenden von kleinen Sehorganen.

Der Kantaki bewegte eine seiner langen vorderen Gliedmaßen und streckte sie, begleitet von einem fluoreszenzartigen Leuchten, Dominique entgegen. Sie vergaß ihre Schwäche und trat einen Schritt vor. »Vater Mru ...«

Der Kantaki klickte, und es kam zu weiteren matten Leuchterscheinungen, als er den Kopf senkte und die beiden Besucher aufmerksam musterte. Dominique stellte fest, dass mehrere dicke und dünne Stränge von seinem Leib ausgingen und in den Wänden der Höhle verschwanden, die nicht aus Felsgestein bestanden, sondern aus Apparaten, Aggregaten und Gerüsten zwischen ihnen. Einige stangenartige Gebilde hatten sich auf Dominique und ihren Vater gerichtet, und sie vermutete, dass es sich um Waffen handelte.

»Leider kann ich Sie nicht verstehen«, sagte Dominique. Sie erinnerte sich daran, dass mit Mutter Rrirk eine telepathische Kommunikation möglich gewesen war. Als sie sich mit Delm verband, spürte sie die gleiche Präsenz wie zuvor, aber viel, viel stärker.

Vater Mru klickte erneut. *Natürlich verstehst du mich, Kind. Du bist stark, sehr stark.* Es folgte das mentale Äquivalent eines Seufzens. *Du wärst eine ausgezeichnete Pilotin gewesen, so wie damals Diamant.*

Dominique wechselte einen Blick mit ihrem Vater und vergewisserte sich, dass er den Kantaki ebenfalls verstand.

»Was ist hier geschehen?«, fragte Dominique und vollführte eine Geste, die dem ganzen Nest galt. »Wir haben Tote gesehen ... Wo sind die anderen Kantaki?«

Vater Mru klickte, und diesmal gewann Dominique den Eindruck, keine mentale Stimme mehr zu hören, sondern eine echte. »Ich sehe in deinen Erinnerungen, dass Mutter Rrirk dir vertraut hat, und das bedeutet mir viel, denn ich kannte sie gut. Außerdem sehe ich in deinem Herzen Dinge, die mir gefallen. Du hast lange nach dem richtigen Weg für dich gesucht und ihn schließlich gefunden, zusammen mit jemandem, von dem du Abschied nehmen musstest. Du bist auf der Suche nach Wahrheit, Kind.« Der uralte Kantaki neigte den Kopf. »Der Feind fand schließlich doch einen Weg hierher. Der Angriff kam überraschend, und viele von uns fielen ihm zum Opfer. Die anderen sind zur Prävalenz aufgebrochen, obwohl noch nicht alles bereit ist, um dort zu tun, was getan werden muss. Ich bin der Letzte. Ich hüte unsere Zukunft, die nicht von langer Dauer sein wird.« Er hob eine Gliedmaße und deutete auf die Eier. »Sie werden Zeuge sein, wie sich der Kreis schließt. Sie werden den Geist, der einst Materie wurde, begleiten, wenn er wieder Geist wird mit dem Wissen eines ganzen Universums. Ich bin zurückgeblieben, um zu verhindern, dass der Feind unsere Kinder findet und sie tötet.« Wieder vernahm Dominique ein Seufzen, und es klang sehr traurig. »Ich hätte gern gesehen, wie es schließlich vollbracht wird.«

»Wie *was* vollbracht wird?«, fragte Dominik.

Vater Mru richtete den Blick seiner multiplen Augen auf ihn. »Ich spüre Feindseligkeit in dir«, klickte der Kantaki, und Dominique wusste, dass auch ihr Vater verstand.

»Ihr wollt den Kranken töten«, sagte Dominik. »*Das* soll vollbracht werden.«

Vater Mru neigte den dreieckigen Kopf von einer Seite zur anderen. »Der Kreis muss sich schließen. Es ist höchste Zeit.«

Dominik wandte sich an seine Tochter. »Ich habe gewusst, dass wir hier nur Zeit verlieren. Wir müssen in die Prävalenz. Der Kranke darf nicht sterben.«

»Gibt es ein Schattenuniversum?«, fragte Dominique den Kantaki. »Leben wir in einem sich wiederholenden Ereignisstrom, von den Temporalen und ihren Verbündeten in der Zukunft geschaffen, damit das Vierte Kosmische Zeitalter nicht ins Fünfte übergeht? Wer sind jene Verbündeten? Was hat es *wirklich* mit dem Dritten Konflikt der Konzepte auf sich? Warum kämpften Kantaki gegen Kantaki?« Es lagen noch weitere Fragen auf Dominiques Zunge, aber sie wählte eine, von der sie fühlte, dass es die wichtigste war. »*Wer ist Olkin?*«

»Er ist *Gott*«, antwortete Dominik mit einer besonderen Schärfe in der Stimme. »Der Schöpfer dieses Universums. Aber er ist auch krank. Ich habe ihn gesehen. Zusammen mit Myra und Ahelia gelang mir ein kurzer Transfer in die Prävalenz, und dort habe ich ihn gesehen, den kranken Gott. Die anderen Prävalenten pflegen ihn. Sie wissen, dass er in seinem Wahn ein Universum geschaffen und Leben darin gesät hat. Das halten die Prävalenten für den Sinn ihrer Existenz: Universen zu konstruieren und sie mit Leben zu erfüllen. Sie würden Olkins Werk niemals zerstören, denn das Leben in all seinen Formen ist ihnen heilig. Vielleicht wissen sie gar nichts von seinen Manipulationen, die er ›Spiel‹ nennt.« Dominik atmete tief durch. »Ich habe Olkin gesehen, wie er im Koma lag, verbunden mit Dingen, die ihn am Leben erhalten. Seine Träume sind es, die unserem Universum und allem darin Gestalt gaben. Er mag verrückt sein, ein Opfer des Wahnsinns und seiner narzisstischen Exzentrizität, aber wenn er stirbt ... Es wäre das Ende unseres Universums.«

Dominique sah ihren Vater groß an. »Milliarden Galaxien, all die Sterne und Planeten, all das Leben, wir ... geschaffen von den Träumen eines *Verrückten*?«

»Die Prävalenten sind Weltenschöpfer«, sagte Dominik.

»Aber sie sind keine Götter«, klickte Vater Mru.

»Ich nehme an, die Kantaki haben sich ihren Geist, der einst Materie wurde, etwas anders vorgestellt.«

Dominique hörte den Spott in der Stimme ihres Vaters. Sie wollte ihn zurechtweisen, aber Vater Mru kam ihr zuvor.

»Es gibt ihn, den Geist, der Materie wurde, um in fünf kosmischen Zeitaltern Wissen und Erfahrungen zu sammeln«, klickte er mit würdevollem Ernst. »Letztendlich durchdringt er alles Existierende, auch die Prävalenten.«

»Wenn ihr das glaubt, warum wollt ihr dann den Kranken töten und damit das Ende dieses Universums herbeiführen?«, fragte Dominik.

»Damit sich wenigstens für einen Teil des Geistes, der einst Materie wurde, der Kreis schließt«, antwortete Vater Mru.

Die Höhle begann sich um Dominique zu drehen, und zuerst glaubte sie, dass es an den perspektivischen Verzerrungen der Hyperdimension der Kantaki lag. Doch dann entdeckte sie die Schwäche, die erneut nach ihren Gedanken tastete und dem Körper die Kraft entzog. Sie hörte die Worte von Vater Mru, und für einige Sekunden glaubte sie, auch wieder die Stimme von Mutter Rrirk zu hören. Die Ausführungen und Erklärungen klangen vernünftig, wenn man sie mit dem einen Ohr vernahm, doch das andere erkannte Absurdes darin.

»Der Dritte Konflikt der Konzepte ...«, brachte sie hervor und versuchte, sich zu konzentrieren.

»Olkin säte Zwietracht unter uns«, klickte Vater Mru. »Er brachte die Jungen gegen die Alten auf, um uns zu schwächen, damit sich die unheilige Allianz von Vergangenheit und Zukunft bilden konnte ...«

Dominique schüttelte den Kopf und erkannte die Lüge, den Selbstbetrug. »Nein. Der Konflikt wurde nicht von außen zu Ihnen getragen. Die Alten konnten die Vorstellung nicht ertragen, über all die Jahrmillionen hinweg an etwas Falsches geglaubt zu haben, an einen falschen Gott. Deshalb fassten sie den Plan, Olkin zu töten und damit das *Falsche* zu beseitigen, sowohl den falschen Gott als auch sein Werk. Aber die jungen Kantaki waren dagegen.« Dominique erkannte die Wahrheit immer deutlicher, als sich wieder Muster in Gelmr bildeten. »Sie lehnten sich auf, denn sie hielten am Leben fest. Der *Ursprung* des Universums war ihnen nicht so wichtig wie das Universum selbst und die vielen Lebensformen darin.«

»Olkin verdrehte ihnen den Kopf«, klickte Vater Mru. Fluoreszenzen flackerten über seinen Leib, als er sich bewegte. »Er brachte sie dazu, sich gegen die Weisen zu wenden.«

»Nein, das stimmt nicht.« Wo vorher das vage Grau von Vermutungen und Spekulationen gewesen war, zeigten sich jetzt Bilder. »Die Kantaki waren immer Hüter und Bewahrer des Lebens, aber Enttäuschung und Verbitterung der Alten gewannen solche Ausmaße, dass Ihre Generation zu Zerstörern wurde, Vater Mru. Ihnen ging es nur noch darum, das Fünfte Kosmische Zeitalter einzuleiten und es zu Ende zu bringen. Wer Ihnen dabei im Weg stand, wurde zum Feind.« Ein weiterer Mosaikstein fügte sich dem großen Bild hinzu. »Sie wandten sich gegen Ihre eigenen Kinder. Und Sie wandten sich auch gegen jene, die Ihnen immer gute Dienste geleistet hatten, Ihre Piloten. *Deshalb* flohen die Vorfahren der Tal-Telassi vor Jahrtausenden nach Millennia. Diamant, Esmeralda und all die anderen ... Die Piloten sahen sich plötzlich von jenen bedroht, deren Schiffe sie über Jahrhunderte hinweg durch den Transraum gesteuert hatten. Die Jungen halfen ihnen bei der Flucht, und anschließend wandten sie sich offen gegen die Alten. *Das* war der Dritte Konflikt der Konzepte.«

»Olkin ist schuld daran, dass Kantaki Kantaki töteten«, klickte Vater Mru. »Und deshalb muss er sterben.«

Dominique bemerkte, dass einige der stangenartigen Gebilde in den Wänden erneut in Bewegung gerieten und sich auf sie und Dominik richteten. Sie warf einen Blick in die siebte Stufe des Tal-Telas; die Muster in Gelmr waren eindeutig.

Wie beiläufig trat sie etwas näher zu ihrem Vater und behielt dabei den Kantaki im Auge.

»Sie haben damals im Dritten Konflikt der Konzepte falsch gehandelt, und Sie handeln auch jetzt falsch«, sagte sie, ergriff die Hand ihres Vaters, verband sich und ihn mit Fomion und teleportierte.

Ein Teil ihres Selbst weilte noch in der Höhle, als sich Waffensysteme in den Wänden entluden. Strahlblitze zuckten ihr entgegen – und dann befand sie sich an einem anderen, kälteren Ort. Nur wenige Meter entfernt, fast in Reichweite, ragte das dunkle Bauwerk auf, das Portal zur Prävalenz.

Stechender Schmerz im Nacken und jähe Schwäche ließen Dominique auf den staubigen Boden sinken. »Vater ...«, brachte sie hervor. »Schnell. Ich brauche das Gelbe.«

Dominik kramte in seinem Rucksack, holte den kleinen Behälter hervor und entnahm ihm gelbes Pulver. »Dies ist das letzte«, sagte er und zögerte.

Dominique wusste, was es bedeutete. »Gib es mir.«

Ihr Vater löste das Gelbe in Wasser auf und gab ihr den Becher. Dominique zögerte nicht, trank sofort und spürte erleichtert, wie sich die Schwäche aus ihr zurückzog. »Wie lange reicht die Dosis?«, fragte sie und stand auf.

Dominik musterte sie besorgt, aber seine Sorge schien vor allem anderen Dingen zu gelten. »Einige Tage. Oder auch nur wenige Stunden. Ich schätze, es kommt darauf an, wie oft du vom Tal-Telas Gebrauch machst. Und wir *müssen* davon Gebrauch machen, denn sonst bleibt uns der Weg in die Prävalenz versperrt.«

Auf einige Fragen hatte Dominique Antwort gefunden, andere blieben offen – die letzten Antworten warteten vermutlich in der Prävalenz. Sie wandte sich dem Eingang des gewaltigen Gebäudes zu, das bis zu den Wolken aufragte. Die fast zehn Meter hohe Tür stand offen, und drinnen wartete pechschwarze Finsternis.

»Gehen wir«, sagte Dominique.

Als sie das Gebäude betrat, drang ein Raunen aus den dunklen Tiefen wie das Seufzen eines Titanen. Und noch etwas anderes kam aus der Schwärze: zwei Gestalten, groß und humanoid, gekleidet in Overalls aus bunten Streifen. Langes, silbernes Haar wogte, und die Blicke von kobaltblauen Augen durchdrangen die Finsternis.

Die beiden Dominanten hoben sofort ihre Waffen und schossen.

Der Krieg: XXIII

27. Februar 1229 ÄdeF

»Die Lage ist ernster, als wir vor Ihrer Mission dachten, Impro Zacharias«, sagte Abnar ohne Einleitung, als Zacharias sein Büro betreten hatte. »Unsere Analytiker haben die ersten Analysen beendet, und es besteht kein Zweifel mehr: Sie haben Golgatha gefunden.«

Golgatha, dachte Impro Nektar. *Es ist so weit.* Er hörte aufmerksam zu, während Abnar, Taruf von Ksid und Vorsitzender des Konzils der Überlebenden, der von Kirian stammende stellvertretende Vorsitzende Benjamin Tolosa und der Quinqu Impro Vantoga mit Afraim Zacharias sprachen. Zusammen mit der Tal-Telassi Tamara 14 sollte Zacharias zu den Maschinenzivilisationen fliegen und sie um Hilfe beim Schlag gegen Golgatha bitten.

»Es gilt, schnell zuzuschlagen, bevor die Graken ihr Konstrukt einsatzbereit haben und mit ihrer Offensive beginnen«, sagte Nektar an einer Stelle. »Und allein können wir es nicht schaffen; wir brauchen massive Hilfe von den Zäiden.« *Genau da liegt das Problem,* dachte er und wechselte einen kurzen Blick mit Vantoga. Die stumme Botschaft lautete: Wenn man vor gut acht Jahren auf mich gehört hätte, stünden wir jetzt besser da. Wenigstens hatten sie die neuen Schiffe der Excalibur-Klasse ...

Als Zacharias das Büro des Vorsitzenden verlassen hatte, wandte sich Vantoga an Nektar. »Sie brauchen nicht darauf hinzuweisen, Impro. Wir hätten auf Sie hören sollen.«

»Ich schlage vor, dass wir sofort damit beginnen, alle zur Verfügung stehenden Schiffe für den Einsatz gegen Golgatha auszurüsten«, sagte Nektar. »Meine strategische Gruppe beginnt noch heute damit, konkrete Angriffspläne zu erstellen. Die Suchschiffe im Bereich des Ophiuchus-Grabens sollten unverzüglich in einen Bereitstellungsraum zurückbeordert werden – der Rückweg hierher ist zu weit. Was die übrigen Ressourcen betrifft ...«

Vantoga wandte sich an den Ressourcenverwalter und stellvertretenden Vorsitzenden des Konzils der Überlebenden. »Benjamin?«

»Ich habe Zacharias bereits darauf hingewiesen, dass unsere Mittel begrenzt sind«, sagte der alte Tolosa mit den wach blickenden smaragdgrünen Augen. Sorge zeigte sich in seinem grauen, faltigen Gesicht – seine vierte Resurrektion schien längst überfällig zu sein.

»Jetzt muss *alles* mobilisiert werden«, betonte Nektar mit Nachdruck. »Zurückhaltung wäre völlig fehl am Platz. Es gilt, alles in die Waagschale zu werfen. Alles was wir haben.«

Vantoga bewegte seine bunt schillernden Schwingen. »Ich bin der gleichen Meinung«, ertönte seine zirpende Stimme.

»Ja«, pflichtete ihm auch der Taruf Abnar bei. »Benjamin, ich erwarte von Ihnen, dass Sie dem Präsidialen Stab und der Planungsgruppe Ihre volle Unterstützung gewähren.«

Benjamin Tolosa nickte. »Selbstverständlich.«

»Bis zur Rückkehr von Zacharias und Tamara bleiben uns einige Wochen«, fuhr Abnar fort. »In dieser Zeit werden wir den Schlag gegen die Graken mit all unserer Kraft vorbereiten.«

Sie besprachen noch einige Details und verließen dann das Büro des Vorsitzenden, um sich ihren jeweiligen Aufgaben zu widmen. Benjamin Tolosa suchte sein eigenes Büro auf, um von dort aus die allgemeine Mobilisierung des Dutzends einzuleiten, und Nektar nutzte die Gelegenheit, sich an Vantoga zu wenden.

»Bitte gestatten Sie mir, eine Bitte an Sie zu richten, Impro.«

»Natürlich.«

»Ich möchte das Kommando über die Flotten, die wir nach Golgatha schicken.«

Vantoga musterte ihn eine Zeit lang, und die Andeutung eines Lächelns erschien in seinem puppenhaften Gesicht. »Ihr großer Sieg gegen die Graken?«

Die nicht nur gedachten, sondern laut ausgesprochenen Worte verdichteten das Gefühl in Nektar, gaben ihm Realität. In einer Sekunde wurde aus Vermutung Gewissheit. »Ja«, bestätigte er. »Ich fühle, dass der Zeitpunkt gekommen ist.«

»Wir haben darüber gesprochen«, sagte Vantoga. »Wenn ich mich recht entsinne, wäre das auch der Zeitpunkt Ihres Todes, nicht wahr?«

Nektar hatte oft darüber nachgedacht. »Nicht unbedingt. Seit meiner Kindheit begleitet mich das sichere Gefühl, dass ich erst sterben werde, nachdem ich einen großen Sieg über die Graken errungen habe. Es bedeutet nicht unbedingt, dass der Sieg den Preis meines Lebens erfordert.«

»Es bedeutet nur, dass der Sieg aus einem Unsterblichen einen Sterblichen macht«, zirpte Vantoga mit wohlwollender Ironie. »Ich verstehe, Nektar. Und ich sage Ihnen dies: Wenn es allein nach mir ginge, bekämen Sie das Kommando. Aber die Entscheidung darüber trifft der Präsidiale Stab.«

»Bitte ... setzen Sie sich für mich ein.«

»Das werde ich, Nektar. Versprochen.«

24

Endlose Stadt

Prävalenz

Als Dominique erwachte, war sie nicht mehr Herrin ihrer selbst. Etwas Fremdes steckte in ihr, wie ein kleiner Käfer, der zwischen ihren Gedanken umherkroch, bereit dazu, sie in bestimmte Richtungen zu lenken. Sie öffnete die Augen und sah über sich eine hohe Decke, dunkel wie der nächtliche Himmel. Dinge gerieten dort in Bewegung, wo ihr Blick die Decke traf: Fünfergruppen aus Kantaki-Symbolen.

»Dominique?«, erklang die Stimme ihres Vaters in der Nähe. »Bist du da? Ich kann mich nicht bewegen.«

Dominique war ebenfalls gelähmt, obwohl sie ihren Körper deutlich fühlte. »Ich bin hier, neben dir.« Sie versuchte, in Delm einen telepathischen Kontakt mit ihm herzustellen, aber der Käfer zwischen ihren Gedanken knabberte an der Verbindung zum Tal-Telas und unterbrach sie.

Irgendwo hinter ihr knurrte es aus mehreren Kehlen, und dann wurde ein Teil des Knurrens zu verständlichen Worten. »Sie können jetzt aufstehen.«

Der Körper gehorchte ihr wieder, und Dominique stand auf, ebenso wie ihr Vater. Sie befanden sich im Innern des großen, von den Kantaki errichteten Gebäudes, das Zugang zur Prävalenz ermöglichen sollte. Die fast zehn Meter hohe Eingangstür hatte sich geschlossen, stellte Dominique fest, und davor standen Dominante, eine Gruppe aus etwa zwei Dutzend Individuen. Sie trugen Tarnanzüge, die sie halb mit dem dunklen Hintergrund verschmelzen ließen, legten Ausrüstungsgürtel an und füllten ihre Taschen mit Instrumenten und anderen Dingen. Offenbar bereiteten sie sich auf den Einsatz vor.

Ein Dominanter stand nur wenige Meter entfernt, hielt ein Gerät in den Händen und prüfte die Anzeigen, sah dann Dominique und ihren Vater an. »Sie werden uns helfen, in die Prävalenz zu gelangen«, sagte er, und es klang nicht nach einer Frage, schon gar nicht nach einer Bitte.

»Ich ...«, begann Dominique, doch der Käfer in ihrem Selbst unterband die Worte.

»Ihre Körper enthalten Kommandoprozessoren. Ich empfehle Ihnen zu kooperieren, denn sonst geschieht dies.« Der Mann mit dem silbernen Haar und den kobaltblauen Augen betätigte die Kontrollen des Geräts, und Dominique schrie, als plötzlich kein Blut mehr durch ihre Adern zu fließen schien, sondern Säure. Nach einigen Sekunden, als sie wieder sehen konnte, fand sie sich erneut auf dem Boden wieder, schnappte nach Luft und stand mühsam auf, half dann ihrem keuchenden Vater hoch. Sie erinnerte sich daran, dass beim Betreten des Gebäudes zwei Dominante auf sie geschossen hatten. Im Brustteil ihrer Kleidung fand sie ein kleines Loch, und sie bemerkte auch eins in Dominiks Overall.

Der Dominante sah zu den anderen und knurrte etwas, wandte sich dann wieder an seine beiden Gefangenen. »Wir sind bereit.« Er deutete durch den Raum auf eine Tür, die dem Eingangstor genau gegenüberlag. »Bringen Sie uns zur Prävalenz.«

Es blieb Dominique gar nichts anderes übrig: Sie setzte sich in Bewegung, ging zusammen mit ihrem Vater zur Tür. Erinnerungen regten sich in ihr, und sie dachte an das Implantat, das sie bekommen hatte, als sie Teil des Projekts Brainstorm geworden war. Sie hatte es schließlich in Elmeth fortteleportieren und sich dadurch befreien können, aber hier lag der Fall anders. Der allegorische Käfer in ihrem Bewusstsein – der kontrollierende Einfluss – ließ sich nicht auf eine Ursache zurückführen, sondern war das Ergebnis des Zusammenwirkens hunderter molekülgroßer Kommandoprozessoren, die sich geschickt mit den T-Zellen in ihrem Blut verbanden und dadurch vom Immunsystem nicht als Fremdkörper erkannt werden konnten. Auf dem Weg zur Tür – nicht mehr als sechs oder sieben Meter – richtete Dominique einen sondierenden Blick nach innen, ohne dass der Käfer sie daran hinderte, und dabei offenbarte sich ihr eine ebenso wichtige wie erschreckende Erkenntnis. Die Kommandoprozessoren waren nur der erste Schritt zu einer viel tiefer gehenden Kontamination. Es handelte sich um Mikromaschinen, die dem Blut Nährstoffe entzogen und sie zur Replikation verwendeten. Die »Prozessoren« vermehrten sich, und zwar umso schneller, je mehr von ihnen existierten. Sie würden vom Blut aus in die Organe vorstoßen, sie nach und nach verändern, bis sie ähnliche Funktionen gewannen wie in den Körpern der Dominanten. Der »Käfer« in Dominiques Bewusstsein würde wachsen und ihre Denkstrukturen modifizieren. Das Ergebnis war letztendlich ... eine andere Person, die zwar noch wie Dominique aussah, aber von ganz anderen Intentionen gesteuert wurde. *Wir werden nicht zu Marionetten, sondern zu bereitwilligen Werkzeugen, zu Verbündeten der Dominanten,* dachte sie, und das Fremde in ihr ließ diesen Gedanken zu, da er sie nicht davon abhielt, den Anweisungen zu gehorchen.

Als sie die Tür erreichte, warf Dominique ihrem Vater einen kurzen Blick zu und sah in seinen Augen das gleiche Entsetzen, das auch sie empfand.

»Wie viel Zeit bleibt uns?«, brachte er leise hervor.

Dominique wollte antworten, aber Zunge und Lippen blieben unbewegt.

»Öffnet die Tür«, sagte der Dominante hinter ihnen.

Ein Tunnel zum Tal-Telas bildete sich, vom Käfer bewacht, und Dominique bekam Zugang zu der Energie, die sie brauchte, um die Struktur der Tür zu erkennen und eine Möglichkeit zu finden, sie zu öffnen. Eine mentale Brücke zum Selbst ihres Vaters half ihr dabei. Vor ihnen knirschte es leise, und die fünf Segmente der Tür rückten auseinander. Dahinter erstreckte sich ein weiterer Raum, etwas kleiner als der erste, mit einer weiteren Tür in der gegenüberliegenden Wand.

»Zur nächsten Tür«, befahl der Dominante.

Auf dem Weg dorthin setzte Dominique die inneren Analysen fort, beobachtete die Replikationsrate der Mikromaschinen und schätzte, dass es fünf bis sechs Stunden dauern würde, bis ihre Anzahl ein kritisches Niveau erreichte. Sie erwog die Möglichkeit, sie einzeln zu eliminieren, auf einer niedrigen Stufe des Tal-Telas, die nicht viel Kraft erforderte. Aber ein hohes Maß an Konzentration war nötig, um die winzigen Eindringlinge zu lokalisieren, und es waren bereits Tausende. Gab es ein Gegenmittel?, fragte sie sich. Konnte die Kontamination irgendwie rückgängig gemacht werden?

Die zweite Tür war ein wenig schwerer zu öffnen als die erste. Erneut erlaubten die Kommandoprozessoren eine kanalisierte Verbindung zum Tal-Telas, und die gemeinsame Kraft von Vater und Tochter sorgte dafür, dass sich die fünf Elemente der Tür auseinanderschoben. Es ging tiefer hinein in das immense Gebäude, Raum für Raum, Tür für Tür, und die perspektivischen Verzerrungen nahmen zu, Hinweis darauf, dass sie immer mehr Teil der Hyperdimension der Kantaki wurden; die gewöhnte Realität blieb hinter ihnen zurück. Dominique erinnerte sich daran, dass die fünf Dominien von Heres zur nichtlinearen Zeit gehörten. Sie überlegte, wo in Bezug auf das »normale« Universum sie sich inzwischen befanden, dachte dann daran, dass unter den gegenwärtigen Umständen die Frage nach dem Wo ebenso wenig Sinn hatte wie im Plurial.

»Fünf oder sechs Stunden«, flüsterte sie einmal ihrem Vater zu, bevor der Käfer ihren Mund lähmte. »Mehr nicht.«

Es war völlig unmöglich, Widerstand zu leisten. Jeder in diese Richtung führende Gedanke löste sich auf, kaum dass er entstanden war. Dominiques Versuche, Tal-Telas und Flix nicht nur für das Öffnen der Türen zu verwenden, scheiterten ebenfalls. Sie waren und blieben Werkzeuge der Dominanten, lebende Schlüssel für die Türen. Dominique begann damit, sich eine Begegnung mit den Kantaki zu erhoffen, die aufgebrochen waren, um den »kranken Gott« zu töten, wie Mru gesagt hatte. Wenn die Dominanten in eine Auseinandersetzung mit ihnen gerieten, ergab sich vielleicht eine Chance für sie und ihren Vater, die Freiheit wiederzufinden. Doch alle Räume, durch die sie schritten, waren leer. Gelegentlich wiederholte sich das Raunen, das Dominique kurz vor dem Betreten des Gebäudes gehört hatte und ihr wie das Seufzen eines Titanen erschienen war, und einmal glaubte sie, ferne Stimmen zu hören, viel zu leise, als dass sie einzelne Worte hätte verstehen können. Was auch immer es bedeuten mochte: Die Unruhe bei den Dominanten wuchs. Bei jeder neuen Tür, die sie erreichten, gingen sie in Stellung, als rechneten sie mit einem starken Gegner dahinter. Einige nahmen Messungen mit speziellen Geräten vor; andere hielten die konusförmigen Waffen in den Händen, die Dominique bereits kannte.

Und mit jeder Tür wurde es schwieriger. Bei den ersten genügte es, sie zu berühren, mit den Händen und in Crama, und daraufhin öffneten sie sich. Aber nach und nach schienen sie massiver zu werden – es war immer mehr Kraft nötig, sie zu bewegen, und Dominique spürte, wie sie müde zu werden begann. Als sie einmal zur Seite sah, stellte sie fest, dass ihr Vater sehr blass geworden war und sich offenbar nur noch mit Mühe auf den Beinen hielt. In der geistigen Welt des Tal-Telas blieb seine Präsenz sehr stark, doch die physischen Verschleißerscheinungen wurden immer deutlicher.

Als sie sich einer weiteren Tür näherten, sorgte der fremde Einfluss dafür, dass Dominique einige Meter vor dem Portal stehen blieb. Mehrere Dominante nahmen Messungen vor und verständigten sich mit knurrenden Lauten. Andere bezogen rechts und links Aufstellung und zielten mit ihren Waffen auf die Tür. Dominique stand wie erstarrt. Die Kommandoprozessoren kontrollierten Nervensystem und Muskeln, ließen nicht einmal zu, dass sie den Kopf drehte und ihren Vater ansah.

»Dies ist die letzte Tür«, sagte der Dominante, der das Kontrollgerät für die Prozessoren in den Händen hielt. »Öffnet sie.«

Dominique bekam keine Möglichkeit zu sagen: *Wir brauchen eine Verschnaufpause.* Die Beine bewegten sich wie von allein, trugen sie zur Tür, diesmal aber nicht direkt vor sie, sondern ein wenig zur Seite – sie sollte den Dominanten nicht in die Schusslinie geraten. Die käferartige Entität in ihrem Selbst *zwang* sie zu nichts. Zwang hätte bedeutet, dass ein unabhängiger, sich sträubender Wille existierte. Sie gab Dominique vielmehr den *Wunsch* ein, die Tür zu öffnen, und indem sie alle anderen Gedanken beiseiteschob, rückte sie diesen Wunsch in den Mittelpunkt des okkupierten Bewusstseins: Dominique *wollte* alles daran setzen, die Tür zu öffnen. Zusammen mit ihrem Vater beugte sie sich vor und berührte eins der fünf dunklen, mit Kantaki-Symbolen besetzten Segmente und griff dann im Tal-Telas danach.

Diese Tür schien nicht Tonnen zu wiegen, sondern so schwer zu sein wie der Berg bei Zontra. So sehr sich Dominique auch bemühte: Die fünf Segmente rührten sich nicht von der Stelle. Der von den Kommandoprozessoren gesteuerte Käfer in ihrem Bewusstsein schuf neue Gedanken und verknüpfte sie zu Entschlussketten, mit dem Ergebnis, dass Dominique auf die ganze Kraft ihres Vaters zugriff und sich nicht nur dem Tal-Telas öffnete, sondern auch dem Flix dahinter, trotz des Feuers. Erinnerungsbilder verschmolzen mit der wahrgenommenen Wirklichkeit: Das Portal wurde zur Tür eines Hauses, die sie unbedingt öffnen musste, um ihre Mutter Loana zu retten. Hinter ihr fraßen sich Flammen durch die zweistöckige Villa mit den großen Bogenfenstern und hellblauen Giebeln, und Dominique zerrte am Knauf der Tür, die sich einfach nicht öffnen wollte. Sie trat und hämmerte mit den Fäusten, während das Knistern und Prasseln immer näher kam, die Hitze ihr Haar versengte ...

Die Schatten oberhalb der zehnten Stufe lockten. Sie reichten ins Flix, und als sich Dominique damit verband, begriff sie plötzlich, wie *klein* die zehn Stufen des Tal-Telas waren, wie unbedeutend im Vergleich mit den immensen Möglichkeiten, die die höheren Stufen boten. Die elfte Stufe Kalia war nur der Anfang: Einflussnahme auf das Leben, mit der Kraft der Kreation. Jenseits davon ...

Der Käfer erlaubte nicht, dass sie die hohen Stufen des Tal-Telas erkundete. Mit noch mehr Nachdruck verlangte er von ihr, die Tür zu öffnen, und zusammen mit Dominik griff sie mit geistigen Händen ins Flix, langte mit der physischen Hand erneut nach dem Knauf der Tür, riss sie auf und stieß Loana nach draußen, zum See ...

Ein Wimpernschlag ...

Dominique stand noch immer in der brennenden Villa, umgeben von Flammen, und gleichzeitig stand sie vor der letzten Tür. Kantaki-Symbole drehten sich und tanzten, und dann gerieten die fünf Segmente des Portals in Bewegung. Mit einem dumpfen Grollen schoben sie sich auseinander.

Licht glitzerte, vertrieb die Düsternis aus dem Raum, und in dem hellen Schimmern zeichneten sich zwei große, insektoide Gestalten ab. Die beiden Kantaki hoben ihre vorderen Gliedmaßen ...

Die Dominanten feuerten.

Dominique war so erschöpft, dass sie sich nicht mehr auf den Beinen halten konnte. Neben der geöffneten letzten Tür sank sie zu Boden und versuchte, bei Bewusstsein zu bleiben, doch die enormen mentalen Anstrengungen forderten ihren Tribut. Als sie kurze Zeit später die Augen wieder öffnete, sah sie über sich das Gesicht eines Dominanten und fühlte seinen kalten Blick. Er richtete eine Waffe auf sie, zögerte dann, ließ sie sinken und wandte sich ab.

Erneut senkte sich Dunkelheit auf sie herab.

Eine drängende, beharrliche Stimme weckte sie, zusammen mit einer Hand, die an ihrem Arm zerrte.

»Komm, Dominique!«, schnaufte ihr Vater. »Steh auf. Wir müssen zum Kranken. Die letzten Kantaki sind zu ihm unterwegs und wollen ihn töten, aber er darf nicht sterben. Komm, steh auf!«

Dominique kam mühsam auf die Beine, schwankte und stützte sich am Rand der Tür ab. Vor ihr lagen die Leichen der beiden Kantaki, halb verbrannt, mit gesplitterten Gliedmaßen.

»Sie haben zwei Wächter zurückgelassen«, stieß Dominik hervor. »Um zu verhindern, dass jemand anders die Prävalenz erreicht. *Dieses* Problem brauchen wir zum Glück nicht zu lösen.«

Mehr denn je erschien er Dominique wie ein Besessener, ein Eindruck, den seine mentale Aura bestätigte. So geschwächt er auch war: Mit aller Entschlossenheit mobilisierte er letzte Kraftreserven.

»Danke, es geht mir einigermaßen«, murmelte Dominique und atmete mehrmals tief durch. Der fremde Einfluss, das käferartige Ding in ihrem Bewusstsein, existierte nach wie vor, lenkte ihre Gedanken aber nicht mehr in eine bestimmte Richtung.

»Was?«, fragte ihr Vater verwirrt.

»Schon gut.« Dominique stieß sich von der Tür ab und schritt über die Plattform, auf der die Leichen der beiden Kantaki lagen; sie war ähnlich beschaffen wie jene andere Plattform, auf der Tarweders mobiles Haus im Plurial gestanden hatte. Ein breiter Weg schloss sich daran an und führte zu einem seltsamen Gebilde. »Was ist das?«

»Wir sind hier in der Prävalenz«, sagte Dominik. »Das dort ist die Endlose Stadt der Prävalenten.«

In einer Entfernung von einigen Kilometern erreichte der Weg ein gewaltiges Möbiusband, dessen Ausmaße Dominique kaum schätzen konnte – das Band musste mehrere tausend Kilometer lang sein, wahrscheinlich aber noch viel, viel länger. Es trug eine gewaltige Stadt aus bunten Gebäuden, die den Eindruck erweckten, aus der Substanz von Regenbögen errichtet zu sein: Sie wirkten einerseits ephemer, andererseits aber auch sehr massiv, und während Dominique sie noch beobachtete, kam es zu Veränderungen. Manche wechselten die Farbe – Grün wurde zu Blau, und Rot ging in Gelb über –, andere schrumpften oder schwollen an. Wölbungen kräuselten sich, als würde Wind über eine Wasseroberfläche streichen, und wo eben noch alles rund gewesen war, entstanden Kanten und Ecken.

Dominik griff nach seinem Rucksack. »Komm, lass uns keine Zeit verlieren!«

Dominique rührte sich nicht von der Stelle. Ihr Blick glitt noch immer über das riesige Möbiusband mit der Endlosen Stadt, die tatsächlich kein Ende hatte: Sie führte zu sich selbst zurück, war in sich geschlossen. Wenn sich die fernen Gebäude veränderten, ertönte manchmal ein leises Klimpern wie von leicht aneinanderstoßenden Kristallen, und zusammen mit einem arrhythmischen Summen, das seinen Ursprung im Band selbst hatte, entstand fast so etwas wie eine Melodie. *Sphärenmusik*, dachte Dominique. Als sie den Kopf drehte und zurücksah, stellte sie fest, dass hinter ihnen nicht das erwartete dunkle Gebäude aufragte. Zu sehen waren nur die Tür und ein Teil des Raums.

»Komm!«, drängte ihr Vater.

Ein kurzer stechender Schmerz im Nacken erinnerte sie daran, dass die Wirkung der letzten Gelbdosis nicht mehr lange anhalten würde. Als sie ihrem Vater über den Weg folgte, fragte sie sich, ob all die Stationen ihres Lebens und insbesondere die jüngsten Ereignisse wie Puzzlestücke zu einem viel größeren Bild gehörten. Ihr Lernen auf Millennia, die Feindschaft dem Vater – beziehungsweise dem von Loana gezeichneten Heldenbild des Vaters – gegenüber, ihre Rolle beim Aufstand der Tal-Telassi, die Begegnung mit Rupert und später mit Mutter Rrirk, der Aufbruch mit dem alten Kantaki-Schiff, das in die nichtlineare Zeit geriet und ausgerechnet über Heres abstürzte, wo ihr Vater auf sie wartete in Gestalt eines Alten, den alle den »Weisen« nannten, der aber nicht einmal wusste, wer er selbst war ... Die Formel des Realitätsmechanikers, der den Dominanten den Weg zum Fünften Dominium zeigte, Dominiques Kontakt mit dem Gelben, das ihr eine gefährliche Sucht einbrachte und gleichzeitig gewissermaßen den Schlüssel zur letzten Pforte gegeben hatte ...

»Ohne das Gelbe hätte ich die Tür nicht öffnen können«, sagte Dominique und hörte die Wahrheit in diesen Worten.

»Ja, ja«, erwiderte ihr Vater, der in Gedanken ganz woanders war.

»Wir beide waren nötig«, fuhr Dominique fort. Das Denken fiel ihr leichter, wenn sie die Gedanken in Worte kleidete. »Wir konnten es nur zusammen schaffen. Und mit dem Gelben. Wenn man zurückblickt ... Es sieht fast so aus, als wäre alles gut vorbereitet gewesen.

»Wo bleibt die Freiheit, wenn auf dem Weg des Lebens jeder Schritt vorherbestimmt ist?«, erklang eine Stimme.

Dominique blieb abrupt stehen. »Olkin«, sagte sie und drehte sich um.

»Freiheit ist eine Illusion«, fügte der Gnom hinzu. »Damit meine ich *eure* Freiheit, nicht meine.«

Freiheit ist eine Illusion, wiederholte Dominique in Gedanken und erinnerte sich daran, dass sie diese Worte auch von Nevoth gehört hatte.

Kurz darauf stellte sie verblüfft fest, dass sie das Möbiusband erreicht hatten, obwohl nur einige wenige Minuten vergangen waren. Sie bemerkte, dass Olkin auf dem Weg stehen blieb und die subtile Grenze mied, die ihn vom Band und der Endlosen Stadt trennte.

»Vielleicht ist deine Freiheit noch illusionärer als unsere«, sagte Dominik. »Ich habe dich gesehen. Im Koma. Du bist krank. Welche Freiheit hat ein Komatöser?«

»Genug Freiheit, um ein Universum zu schaffen?« Olkin stemmte die Fäuste in die schmalen Hüften, und aus den großen, grünbraunen Augen über der langen Nase funkelte boshafter Schalk. »Wie respektlos ihr seid! Wollt ihr nicht vor eurem Gott auf die Knie sinken?«

»Du bist kein Gott«, sagte Dominik. »Du bist ein armseliger kleiner Wicht, der irgendwann größenwahnsinnig geworden ist.«

Dominique fragte sich, ob ihr Vater versuchte, Olkin zu provozieren. Zu welchem Zweck? Aus dem Augenwinkel beobachtete sie, wie er mit der einen Hand den Rucksack öffnete und hineingriff.

In Olkins großen Augen blitzte es. »Viele Menschen verehren den Gott, den sie für ihren Schöpfer halten. Ich *bin* ihr Schöpfer. Euer Universum ist meine Kreation.«

Der Gnom veränderte sich zu einer Gestalt mit vier Gesichtern und vier Armen. »Wie kannst du behaupten, ich wäre kein Gott? Ich bin Brahma, das Prinzip der Schöpfung.« Aus dem Vierarmigen wurde ein mit überkreuzten Beinen sitzender Mann. »Ich bin Siddharta Gautama, Buddha«, sagte der Mann würdevoll. Er hob den Kopf. »Dies ist nicht nur ein Bild. Ich bin es wirklich. Fragt meine Eltern, wenn ihr mir nicht glaubt.«

Zwei weitere Gestalten erschienen neben dem Buddha, der zu ihnen aufsah und sagte: »Das sind König Shuddhodana und seine Gemahlin Mahamaya. Fragt sie.«

»Er ist unser Sohn, kein Zweifel«, sagte das Königspaar wie aus einem Mund und löste sich in Luft auf.

»Na bitte«, sagte der Mann, der noch immer auf dem Boden saß, jetzt aber anders aussah und andere Kleidung trug. Die Augen waren mandelförmig, und auf dem Kopf ruhte ein hoher quadratischer Hut, an dem vorn Kugelbänder herabhingen. Ein langer spitzer Bart zierte das Kinn. »Harmonie und Mitte, Gleichmut und Gleichgewicht sind das Ziel. Dies sagt euch Kong Qiu, Konfuzius genannt.«

Plötzlich stand ein Kreuz auf dem Weg, und daran festgenagelt war ein Mann nicht älter als dreißig, nur mit einem Lendentuch bekleidet. Eine Dornenkrone ruhte auf seinem Haupt; Blut zeigte sich nicht nur dort, wo Nägel Hände und Füße durchdrangen, sondern auch an seiner Seite. »Vergib ihnen«, sagte der Gekreuzigte, »denn sie wissen nicht, was sie tun.«

Dann drehte er den Kopf und fügte hinzu: »So ein Unsinn. Sie haben genau gewusst, was sie taten. Ihr Menschen hattet immer einen Hang zu Grausamkeit.«

Das Kreuz verschwand. Wo es eben noch gestanden hatte, sah Dominique einen bärtigen Mann mit lindgrünem Gewand und einem weißen Turban auf dem Kopf. »Es gibt nur einen Gott, und Mohammed ist sein Prophet.«

Der Bärtige schrumpfte und wurde zu Olkin. »Das mit dem einen Gott stimmt, aber der Rest ist größtenteils Unsinn. Das Leben als Mohammed war langweiliger, als ihr vielleicht glaubt. All die Jahre als Schafhirte ... Vielleicht hätte ich die Begegnung mit Bahira früher arrangieren sollen. Nun, interessanter wurde es später, als ich den Koran schrieb. Und als ich beobachten konnte, welche Wirkung er auf euch Menschen erzielte. Ihr seid ständig auf der Suche nach etwas, das der Leere in euch Inhalt gibt.«

Dominique sah, wie ihr Vater zurückwich, erst den einen Fuß auf das Möbiusband mit der Endlosen Stadt setzte und dann auch den anderen. Sie folgte seinem Beispiel. Olkin war so sehr auf sich selbst fixiert, dass er nichts davon bemerkte.

»Und wie bereitwillig ihr eure Vernunft aufgebt!« Olkin schüttelte den Kopf. »Welche Gräuel geschahen im Namen der christlichen Nächstenliebe? Und wie dumm muss ein Mensch sein, um zu glauben, dass man für die Ermordung

Unschuldiger im Jenseits als Märtyrer mit zweiundsiebzig Jungfrauen belohnt wird? Ihr glaubt einfach *alles*, wenn man es nur laut und oft genug verkündet.«

»Ich glaube dir kein Wort«, sagte Dominik. »Es sind alles nur die Hirngespinste eines Kranken.«

Wieder blitzte es in Olkins großen Augen, doch dann lachte er und tänzelte ein wenig wie zu den Klängen der Sphärenmusik. »Und das war nur die Erde. Auf wie vielen anderen Planeten bin ich gewesen?« Er hob einen langen Zeigefinger nachdenklich ans Kinn. »Es müssen Millionen gewesen sein.«

»Millionen«, kommentierte Dominik verächtlich.

»Ich kann viele sein«, sagte Olkin, und plötzlich standen Tausende Olkin-Kopien auf dem Weg bis hin zur offenen Tür. Aber Dominique stellte fest, dass seine Abbilder vor dem Möbiusband endeten. »Seht ihr? Ich kann mich teilen, so oft ich will, und viele Leben gleichzeitig führen.«

»Das ist vermutlich der Grund für die Namen«, murmelte Dominique. »Heres, abgleitet von Heros: zwischen Göttern und Menschen stehend.«

Olkin lachte meckernd. »Ein passender Name nicht wahr? Ebenso wie Adonai und Jovis. Mit beiden bin ich gemeint: ein Gott.«

Dominique beobachtete, wie ihr Vater mit einer Hand in den Rucksack griff. »Und warum hat ein Gott Angst?«, fragte er.

Olkin kniff die Augen zusammen. »Angst? Ich? Unsinn!«

»O ja, du hast Angst«, fuhr Dominik fort. »Du hast Angst davor, dass dir jemand das Spiel wegnehmen könnte, das unser Universum für dich darstellt. Du fürchtest, dass dich jemand dort in der Stadt finden und wecken könnte, denn das wäre das Ende deines Spiels.«

»Es wäre auch das Ende eures Universums«, zischte Olkin und kam näher.

»Nein«, widersprach Dominik. »Nein, unser Universum ginge dadurch nicht zu Ende. Vorhin hast du gesagt, wir wären ständig auf der Suche nach etwas, das der Leere in uns Inhalt gibt. Die Leere in dir ist noch viel größer. Du hast ein ganzes Universum gebraucht, um sie zu füllen. Du bist zu deiner eigenen Religion geworden. Was wärst du ohne das Spiel? Nichts.«

»Ich bin ...«, begann Olkin zornig, aber Dominik unterbrach ihn ganz bewusst.

»Du bist nichts. Ja, du hast unsere Welten geschaffen mit den Mitteln, die euch Prävalenten zur Verfügung stehen.« Dominique spürte, wie die Aufregung ihres Vaters wuchs. »Du hast den *Anstoß* gegeben, die notwendigen Voraussetzungen geschaffen. Beim Urknall hast du unserem Universum die richtigen Parameter gegeben, damit sich Sterne und Galaxien entwickeln konnten, damit Leben möglich wurde ...«

»Das mit der Dunklen Materie und der Dunklen Energie war eine gute Idee, findet ihr nicht?«, sagte Olkin und grinste. »Für euch besteht der größte Teil des Kosmos aus Dingen, die ihr nicht sehen könnt!«

Aus dem Augenwinkel sah Dominique, wie sich die Hand ihres Vaters im Rucksack bewegte. Was hatte er vor?

»Aber darauf hat sich deine Schöpfung beschränkt«, fuhr Dominik so fort, als hätte er Olkins Worte gar nicht gehört. »Nach der Initialzündung entwickelten sich die Dinge von allein, und auf das Gros dieser Entwicklung konntest du keinen Einfluss mehr nehmen. Aus dem ›Gott‹ wurde ein Statist, der nur noch hier und dort auf die Bühne treten konnte. Und deshalb ist das Ende deines Traums nicht auch das Ende unseres Universums. Seine Existenz wurde unmittelbar nach der Schöpfung, nach dem Urknall, von dir unabhängig. Ein wahrer Gott wäre allmächtig, aber du hast keine Macht über deine Schöpfung, nicht einmal über uns. Du bist nichts weiter als ein kleiner, unbedeutender, selbstverblendeter und zu allem Überfluss auch noch hässlicher Wicht, dem man die Ohren lang ziehen sollte.«

Flammen schienen in Olkins Augen zu lodern. »Ich werde dir zeigen, wer ich bin und was ich kann!«, fauchte er und richtete den Zeigefinger auf Dominik.

Nichts geschah.

»Na bitte«, sagte Dominiques Vater und lächelte spöttisch. »Worin auch immer deine Macht besteht: Sie beschränkt sich auf den Kosmos in deinem Traum. Aber hier sind wir in der Prävalenz, in der Welt *außerhalb* deiner Träume. Hier kannst du uns nichts anhaben, du lächerlicher Zwerg!«

Olkin ballte die Fäuste, trat dicht an die Grenze heran, die das Möbiusband vom Weg zur Tür trennte – und verschwand.

Dominik sah sich mehrmals um, bevor er erleichtert seufzte, das Gerät mit dem Display hervorholte und die Anzeigen betrachtete.

»Stimmt es?«, fragte Dominique.

»Was?«

»Dass unser Universum unmittelbar nach seiner Entstehung Unabhängigkeit erlangte.«

»Ich glaube schon.« Dominik starrte mit gerunzelter Stirn aufs Display.

»Du *glaubst* es?«

»Ich bin mir ziemlich sicher.«

»Aber du bist dir nicht *ganz* sicher«, sagte Dominique halb verblüfft und halb entsetzt.

Ihr Vater sah verärgert von dem Gerät auf. »Was willst du von mir? Eine Garantie dafür, dass die Welt, wie wir sie kennen, bestehen bleibt? Die kann ich dir nicht geben. Ich weiß nur, dass der Kranke nicht sterben darf, denn dadurch könnten sich fatale Folgen für den von ihm geträumten Kosmos ergeben.«

Dominique blickte über das immense, in sich selbst zurückkehrende Möbiusband mit der Stadt, in der es immer wieder zu Veränderungen kam, begleitet von einem musikartigen Klirren und Brummen. »Vater Mru gegenüber hast du behauptet, Olkins Tod wäre das Ende unseres Universums. Also ist unsere Existenz doch nicht unabhängig!«

Dominik sah kurz von dem Gerät auf; das faltige Gesicht zeigte noch immer Ärger. Er hatte seine Tochter gebraucht, um in die Prävalenz zu gelangen, doch inzwischen schien er sich von ihr gestört zu fühlen. »Olkin hat nur noch indirekte Möglichkeiten, in das Geschehen unseres Universums einzugreifen: Er konnte die Kantaki nicht einfach auslöschen, sondern schickte die Graken. Aber *hier* ist sein Universum nur ein Traum. Es hat keine Wurzeln in der Realität der Prävalenz. Ich *nehme an*, dass die übrigen Prävalenten von Olkins Traum wissen. Sie haben das vom Kranken geschaffene Universum nicht eliminiert, denn Leben ist ihnen heilig; aber bisher haben sie es nicht in ihre Stadt integriert. Wir müssen dafür sorgen, dass der im Koma liegende Olkin am Leben bleibt. Und wir müssen die anderen Prävalenten dazu bringen, unseren Kosmos in ihre Wirklichkeit aufzunehmen – dies wäre das endgültige Aus für Olkins ›Spiel‹.«

Dominik hob das Gerät. »Ich habe Olkin lokalisiert. Der Sensitive im Zweiten Dominium, bei dem ich den Umgang mit diesem Gerät gelernt habe, sprach von ›Ereignispegel‹, ›autonomem Realitätsanalysator‹ und anderen Dingen, die damals kaum einen Sinn für mich ergaben, aber inzwischen ist mir klar, was damit gemeint ist. Das Gerät misst nicht nur, wann die Zeit ›reif‹ ist, wie Tarweder glaubte. Es misst die Realitätsdichte und stellt Verbindungen her. Der Olkin, den wir eben gesehen haben, hatte weniger Realität als der Kranke in der Stadt.« Er deutete über die Endlose Stadt hinweg zu einem fernen Ort. »Er befindet sich dort.«

»Deshalb hast du ihn provoziert«, sagte Dominique. »Damit seine Emanationen stärker werden.«

»Ja.« Dominik ließ das Gerät wieder in seinem Rucksack verschwinden. »Zu Fuß ist der Weg viel zu weit. Wir teleportieren dorthin.«

Dominique spürte, wie ihr Vater sein Selbst erweiterte, nach ihrem Potenzial greifen und es einfach benutzen wollte. Sie verschloss sich ihm im Tal-Telas und sagte laut: »Wie kannst du es wagen?«

Der alte Mann, der über Jahrzehnte hinweg Tarweder gewesen war, blinzelte überrascht.

»Ich bin kein *Werkzeug*«, sagte Dominique mit Nachdruck. »Ich bin deine Tochter, eine *Person*.«

»Es geht um mehr«, erwiderte Dominik verwirrt. »Es geht um ...«

»Ich weiß, worum es geht. Um einen Traum. Um ein ganzes Universum. Was spiele ich da schon für eine Rolle?«

»So meine ich das nicht. Ich ...« Dominik trat einen hilflosen Schritt vor und sprach nicht weiter.

Dominique musterte den Mann, den sie als Tarweder kennen gelernt hatte, verglich ihn mit dem anderen Mann, um den Loana all die Jahre getrauert hatte. Aber vielleicht war dieser Vergleich ungerecht. Der alte Mann, der jetzt verwirrt vor ihr stand, war nicht einfach die Fortsetzung des Dominik, von dem Loana glaubte, dass er damals auf Millennia den Tod gefunden hatte. Er stellte vielmehr das Ergebnis eines jahrzehntelangen Konflikts mit Olkin dar. Er verdiente es, auf dieser Grundlage beurteilt zu werden, nicht als Vater, der er nie gewesen war.

»Schon gut«, sagte Dominique, berührte sein Selbst und sah in Alma und Bern, welchen Ort er meinte: ein blaues, turmartiges Gebäude an der Stelle des Möbiusbands, an dem aus oben unten zu werden schien. Als sie sich und Dominik in Elmeth und Fomion damit verband und zu teleportieren versuchte, geschah etwas Seltsames. Den zehn Stufen des Tal-Telas gesellte sich eine elfte hinzu, dann eine zwölfte und eine dreizehnte. Immer mehr entstanden, und es bildete sich eine lange Treppe aus verschiedenen Energiestufen, die fester Bestandteil des Flix waren. Das Bild bot sich Dominique nur wenige Sekunden dar – zu wenig Zeit, um Einzelheiten zu erkennen. Aber es vermittelte einen

Gesamteindruck: Sie sah die wahre Kraft der Schöpfung, die aus Träumen Wirklichkeit machen konnte. Doch sie zu nutzen, erforderte Fähigkeiten, die Dominique fehlten. Selbst die üblichen Stufen des Tal-Telas gewannen hier in der Prävalenz eine neue, unvertraute Ausprägung. Der Teleportationsversuch bewegte nicht sie, sondern die Stadt. Das Möbiusband selbst schien in Bewegung zu geraten, trug ihnen bunte Gebäude entgegen. Sie strichen nicht nur an ihnen vorbei und über sie hinweg, sondern auch durch sie hindurch, ohne dass Dominique mehr fühlte als das Äquivalent eines vagen Luftzugs. Als sie die Hand nach einer nahen Mauer ausstreckte, wie in dem Versuch, sie festzuhalten, sah sie ein Funkeln an den violetten Fingerspitzen, und kleine Elmsfeuer tanzten auf ihrer Handfläche. Größere Leuchterscheinungen begannen ein Ballett in und über der Stadt. Dominique hob den Kopf, staunte über die Farbenpracht und die komplexe Choreographie des Tanzes, und sah darüber einen Himmel aus Augen, den sie schon einmal gesehen hatte. Sie fragte sich, was dies bedeutete, und wie der Himmel wirklich beschaffen war: Das Bild in ihrem Bewusstsein wurde von einem Gehirn geschaffen, das an bestimmte Wahrnehmungsstrukturen gewöhnt war und fremden Objekten automatisch vertraute Formen gab. In einer völlig fremdartigen Umgebung, wie hier in der höheren Dimension der Prävalenz, wurde ein Mensch ohne sensorische Hilfen Opfer der eigenen Wahrnehmung und konnte kaum hoffen, die Realität tatsächlich zu erkennen. In gewisser Weise übersetzte das Gehirn die einzelnen Wahrnehmungen in Metaphern und Allegorien, von denen es glaubte, dass sie eine zumindest vage Entsprechung in der Wirklichkeit hatten.

Während sich das Möbiusband bewegte und ihnen die Stadt entgegentrug, bekam Dominique Gelegenheit, in viele der Gebäude zu blicken. Ihr Inneres ergab kaum einen Sinn für sie, denn es fehlten Räume im eigentlichen Sinn. Stattdessen sah sie sonderbare geometrische Figuren, die ähnlich in sich selbst verschränkt waren wie das Möbiusband. Als sie ein Gefühl für die Formen bekam, erkannte Dominique die selbstähnliche Basisstruktur der Endlosen Stadt: Große Strukturen bestanden aus zahllosen kleineren, ähnlich beschaffenen. Mehrmals glaubte Dominique, im Aufbau der Gebäude weitere Möbiusschleifen zu erkennen, manchmal auch Klein'sche Flaschen beziehungsweise ihre dreidimensionalen, sich selbst durchdringenden Elemente. Lag der gesamten Endlosen Stadt – und vielleicht der ganzen Prävalenz – so etwas wie eine ins Dreidimensionale erhobene differenzierbare Mannigfaltigkeit zugrunde, die nicht orientierbar war? Und was sagte diese mathematische Beschreibung über die Bewohner der Prävalenz aus?

»Wo sind die Prävalenten?«, fragte Dominique. »Die Gebäude sind leer. Bisher habe ich noch keinen einzigen Bewohner der Stadt gesehen.«

»Du hörst ihre Stimmen«, sagte ihr Vater. »Und du siehst sie die ganze Zeit über.«

Dominique wollte ihn erstaunt fragen, was er damit meinte, aber plötzlich bemerkte sie voraus etwas, das nicht Teil der Stadt war. Ihr Vater sah es ebenfalls und sagte: »Halt!«

Die Klänge um sie herum veränderten sich ein wenig, als das Möbiusband anhielt und die Bewegungen der Gebäude aufhörten. Es gab keine Straßen oder Plätze zwischen ihnen, bemerkte Dominique. Sie gingen direkt ineinander über, ohne irgendwelche Zwischenräume, und in einem von ihnen, einem mehrere Stockwerke hohen Zylinder, lagen die zerschmetterten Körper mehrerer Kantaki. Dominique näherte sich ihnen und trat durch eine Wand, die sich für sie öffnete und hinter ihrem Vater wieder schloss.

»Die von Vater Mru erwähnten Kantaki ...«, sagte sie und ging langsam um die Leichen herum. Als sie ein gesplittertes Glied berührte, fühlte sie nur kalte Leblosigkeit. »Ob es alle sind?«

Dominik blickte wieder auf das Display seines Geräts. »Nein, es sind nicht alle. Einer lebt noch und hat den Kranken fast erreicht. Wir müssen sofort weiter!«

Dominique blieb neben ihrem Vater stehen und ergriff seine Hand – der physische Kontakt erleichterte den psychischen. Als sie sich erneut mit Elmeth und Fomion zu verbinden versuchte, geriet nicht die Stadt in Bewegung, sondern der Käfer in ihrem Selbst. Der fremde Einfluss hatte so lange geruht, dass Dominique ihn bereits vergessen hatte. Aber ob sie daran dachte oder nicht: Die Replikation der Mikromaschinen in ihr dauerte an – es waren bereits Hunderttausende, und es wurden immer mehr. Vielleicht ging ein Teil ihres Schwächegefühls darauf zurück, denn die unaufhaltsame Vermehrung der Kommandoprozessoren verbrauchte Nährstoffe, die Muskeln und Organen fehlten.

Über eine rampenartige schiefe Fläche unter dem Gebäude traten humanoide Gestalten mit wogendem silbernem Haar und kobaltblauen Augen. Eine von ihnen hielt etwas in den Händen, ein Instrument, das Gehorsam von Dominique verlangte.

»Bringt uns zu ihm«, sagte der Dominante. »Bringt uns zum Kranken.«

Der Krieg: XXIV

29. März 1229 ÄdeF

Diesmal sah Nektar Farben an einem Ort, der bisher grau für ihn gewesen war.

Tausende von Blumen blühten im Park westlich von Hiratara und verliehen ihm alle Farben des Spektrums. Nektar staunte über die Lebenskraft und Freude der Natur – sie schien wie er zu hoffen. Andere begannen die Hoffnung zu verlieren. Er blickte kurz zum Himmel hoch, aber jetzt, am Tag, war natürlich nichts zu sehen. Nachts hingegen glühte die Divergenz am Firmament und machte deutlich, dass die Graken unterwegs waren. *Divergenz*, so nannten es die Wissenschaftler und verglichen die Erscheinung mit einer energetischen Linse. Wenn Nektar nachts das Glühen am Himmel über Kalaho sah, dachte er an ein hungriges Maul, das bald nach dem Planeten schnappen würde. Alles deutete darauf hin, dass ein neuer Dimensionstunnel entstand, nicht nur über Kalaho, sondern auch über den anderen zwanzig bewohnten Welten des Dutzends. Er erinnerte sich an die Bilder: ein gewaltiges Konstrukt, von einundzwanzig Sonnen umgeben. Und jede dieser Sonnen diente als Energiequelle für einen Tunnel.

Die Graken holten zum letzten Schlag gegen die Menschheit und ihre Verbündeten aus.

Vor dem Grab von Melange Hannibal Talasar, Mel genannt, blieb er stehen, blickte auf den schlichten Grabstein hinab und betrachtete das quasireale Bild, das eine lächelnde junge Frau zeigte. Jetzt, da er sich dem Höhepunkt seines Lebens nahe sah, konnte er sich zum ersten Mal seit langer Zeit wieder Trauer erlauben – Trauer um all jene, die ihn auf seinem langen Lebensweg für kurze Zeit begleitet hatten. Unter all den Personen, denen er begegnet war und die Bedeutung für ihn gewonnen hatten, nahm Mel einen besonderen Platz ein. Vor fünfundzwanzig Jahren war sie einen sinnlosen Tod gestorben, und er fragte sich, was geschehen wäre, wenn der Tod sie verschont hätte.

»Mit zunehmendem Alter bekommen wir oft Gelegenheit, uns solche Fragen zu stellen«, erklang eine vertraute Stimme in der Nähe.

Nektar drehte nicht einmal den Kopf, sah weiterhin aufs Grab hinab, auf die lächelnde Mel. »Welche Frage, Serena?«

Die Medikerin näherte sich. »Was wäre wenn?«, erwiderte sie und bewies damit, Nektars Gedanken erraten zu haben.

»Eigentlich eine sinnlose Frage, nicht wahr?«

»Nein«, widersprach Serena. »Es ist immer sinnvoll, gelegentlich über getroffene Entscheidungen nachzudenken und zu überprüfen, ob sie richtig waren. Man kann daraus lernen. Was halten Sie von Ihrer Entscheidung, in Ihrem Leben auf Freunde und sogar auf Liebe zu verzichten?«

Nektar betrachtete das quasireale Bild noch einige Sekunden länger, wandte sich dann vom Grab ab und deutete auf eine nahe Sitzbank. »Setzen wir uns.«

Er nahm Platz, lehnte sich zurück und streckte die Beine aus.

»Sie sehen entspannt und zufrieden aus«, sagte Serena und setzte sich ebenfalls. »Zu einer Zeit, in der die meisten Bewohner von Kalaho Angst haben.«

»Das Warten geht zu Ende.«

»Noch ist nicht entschieden, wer das Kommando bekommt«, sagte Serena, was zeigte, dass sie gut unterrichtet war, obwohl sie weder zur Planungsgruppe noch zum Präsidialen Stab gehörte.

Nektar sah sie kurz an und bemerkte, dass sich die Falten tiefer in ihr Gesicht gegraben hatten. Schon bei ihrer ersten Begegnung vor mehr als dreißig Jahren war sie recht alt gewesen, und inzwischen wirkte sie fast greisenhaft.

»Man wird es mir übergeben«, sagte er. Seit dem Gespräch mit Vantoga hatte er nicht einen Moment daran gezweifelt.

»Viele Leute haben sich für Sie ausgesprochen. Eine der Empfehlungen stammt von mir.«

Nektar sah sie erneut an. »Danke, Serena.«

Sie erwiderte seinen Blick. »Sie haben meine Frage noch nicht beantwortet.«

Er wusste, was sie meinte. »Ich habe immer so gelebt, wie ich es für richtig hielt. Der Krieg war mir Vater und Mutter.«

»Das gilt für viele von uns.«

»Ja. Mel hätte zweifellos eine wichtige Rolle in meinem Leben gespielt, wenn sie damals nicht gestorben wäre. Vielleicht hätten wir sogar Kinder gehabt ... Niemand konnte sie ersetzen.«

»Niemand kann an die Stelle eines anderen Menschen treten. Aber ...«

»Ich habe in ihrem Tod einen weiteren Hinweis des Schicksals gesehen und mich ganz meiner Aufgabe gewidmet.«

»Sie sind zu schicksalsgläubig, Nektar«, sagte Serena. »Mit einer solchen Einstellung riskiert man, den Kontakt zur Realität zu verlieren.«

»Wir haben oft darüber gesprochen. Ich spreche von ›Schicksal‹, weil ich kein besseres Wort dafür kenne. Von Kindesbeinen an war mir bewusst, was mich erwartet, und ich habe den Weg eingeschlagen, den ich vor mir sah. Er hat mich hierhergebracht.«

Nektar neigte den Kopf nach hinten, blickte aber nicht zum Himmel hoch, in Richtung Divergenz, sondern schloss die Augen und fühlte den warmen Sonnenschein im Gesicht. »Ich bedauere, dass sie nicht da ist«, sagte er nach einer Weile. »Ich bedauere, dass Mel dies nicht erleben kann.«

»Mehr bedauern Sie nicht?«, fragte Serena sanft.

Nektar seufzte. »Ich bedauere die zwölf Jahrhunderte des Krieges, die vielen Leben, die er ausgelöscht hat. Vielleicht kann ich dazu beitragen, ihn zu beenden.«

Der kleine Kom-Servo an Nektars Kragen summte. »Ja?«, fragte er.

Direkt vor seinen Augen entstand ein Bild und zeigte ihm Elyra. »Tamara 14 und Impro Zacharias kehren zurück. Und sie kommen nicht allein.«

Diesmal waren fast alle Offiziere des Präsidialen Stabs physisch anwesend; nur wenige ließen sich durch Avatars vertreten. Nektar saß an seinem Platz im großen Konferenzraum und hörte aufmerksam zu, als Tamara und Zacharias Bericht erstatteten. Sie waren mit drei aus jeweils zweihundert Schiffen bestehenden Einsatzflotten der Maschinenzivilisationen zurückgekehrt, und die Zäiden kündigten weitere Flottenverbände an, nicht nur für den Schlag gegen Golgatha, sondern auch zur Verteidigung des Dutzends. Tamara und der Impro erwähnten auch eine Gefahr aus der Zukunft: ein Bündnis aus veränderten Menschen und den sogenannten Temporalen, das den Graken vielleicht Hilfe schickte. Diesen Hinweisen schenkte Nektar besondere Beachtung, und in Gedanken begann er bereits damit, seine Pläne den neuen Gegebenheiten anzupassen.

Als nach den Berichten eine Diskussion begann, konzentrierte sich Nektar auf die Darstellungen seiner Datenfelder und Infofenster. Er überprüfte noch einmal die Standorte der bereits mobilisierten und ausgerüsteten Flottenverbände, berechnete Flugzeiten durch die zur Verfügung stehenden

Transferschneisen, verteilte die militärische Schlagkraft auf Vorstöße aus verschiedenen Richtungen und bezog die Flotten der Maschinenzivilisationen in den Schlachtplan mit ein. Ohne die Divergenzen hätte alles recht gut ausgesehen, aber ihre Existenz machte alles zu einem Wettlauf mit der Zeit. Wenn die Graken angriffen, bevor die Flotten den Ophiuchus-Graben erreichten, verlor der Schlag gegen Golgatha seinen Sinn. *Vier Wochen,* dachte er. *Wir brauchen vier Wochen, damit auch die langsameren Schiffe den mehr als sechstausend Lichtjahre entfernten Ophiuchus-Graben erreichen …*

Er schaute auf, als es um ihn herum still geworden war. Die Blicke aller Anwesenden ruhten auf ihm.

»Ich bitte um Entschuldigung …«, sagte Nektar.

Vantoga hatte seine Flügel halb ausgebreitet. »Wie ich sehe, sind Sie schon wieder mit Planungen beschäftigt, Impro Nektar. Und das ist gut so, denn der Präsidiale Stab hat entschieden, Ihnen den Befehl über die Operation Golgatha anzuvertrauen.«

Nektar stand auf, als Applaus erklang. Tiefe Zufriedenheit erfüllte ihn. Es war so weit.

25

Der Kranke

Prävalenz

Das turmartige Gebäude war nicht mehr blau, sondern schimmerte smaragdgrün im Schein der vielen funkelnden Lichter, die das Möbiusband mit der Endlosen Stadt umgaben. Die selbstähnliche Basisstruktur der Stadt wiederholte sich in dem Turm, der in seinem Innern aus Zylindern und Dreiecken bestand, die wiederum Zylinder und Dreiecke enthielten, die ihrerseits aus solchen Objekten bestanden. Als Dominique ihn betrat, in Begleitung ihres Vaters und der Dominanten, schien sie in eine Welt aus schimmernden Kristallen zu wechseln, bevölkert von umherkriechenden Lichtschlangen. Jede ihrer Bewegungen bewirkte ein leises Klirren.

In einem der Zylinder schwebte lang ausgestreckt eine zarte Gestalt, gläsern wie die Welt im Innern des Turms. Während draußen die Stadt in Bewegung blieb, während ihre Gebäude wie auf einer langen Wanderschaft am Turm entlangstrichen, kam es in dessen Innerem kaum zu Veränderungen. Dominique fühlte, dass er bestrebt war, an der langen Wanderung über das Möbiusband teilzunehmen, doch die Präsenz des Ruhenden hinderte ihn daran. Der Turm *war* Teil der Endlosen Stadt und gehörte doch nicht ganz zu ihr, solange die zarte Gestalt in ihm blieb. Dünne, rankenartige Gebilde verbanden sie mit den Zylindern und Rechtecken, mit den großen wie den kleinen, und Dominique zweifelte nicht daran, dass sich diese Verbindungen bis in den mikroskopischen Bereich erstreckten.

Dominique begriff, dass sie in einer abstrakten Darstellung ihres Universums stand und Olkin in seiner wahren Gestalt sah.

»In dieser Erscheinungsform finde ich mich hübscher, was meint ihr?«

Neben dem Ruhenden erschien der Wicht: hundertzwanzig Zentimeter klein und dürr, mit buckligem Rücken, haarlosem Kopf und runzligem Gesicht. Seine Bekleidung bestand aus einer Art Lendenschurz und einem zerschlissenen Hemd. Er stand neben dem Gläsernen auf einer Lichtschlange, die unter ihm zu einer weißen Stange erstarrt war. Als er tänzelte und zur Seite trat, bildeten sich weitere Stangen, und andere, die seine Sandalen zuvor berührt hatten, wurden wieder zu dahinkriechendem Licht.

»Findest du mich nicht attraktiv?«, fragte Olkin. Er stand plötzlich vor Dominique, stützte die Hände in die Hüften und sah zu ihr auf.

Der Käfer in Dominiques Bewusstsein hatte aufgehört, an ihren Gedanken zu knabbern – er rührte sich ebenso wenig wie die Dominanten. Die veränderten Menschen standen in den Zylindern und Dreiecken des Turms, mit gezogenen Waffen, und einer von ihnen hielt das Kontrollgerät für die Kommandoprozessoren in den Händen.

Olkin bemerkte ihren Blick. »Oh, mach dir ihretwegen keine Sorgen. Die Zeit und ihre Veränderungen haben sie eingeholt. Man könnte auch sagen: Der letzte Dominostein kippt. Aber zuvor ...« Er sprang zu dem Dominanten mit dem Kontrollgerät und zog es ihm aus der Hand, beobachtete dann, wie die Gestalten mit dem silbernen Haar und den kobaltblauen Augen verschwanden, eine nach der anderen. »Sie haben nie existiert. So ein Universum ist eine wundervolle Bühne, und was man mit der Zeit alles anfangen kann ...«

»Du kannst nichts mit ihr machen«, sagte Dominik. »Andernfalls hättest du sie längst manipuliert. Ein großer Teil deiner Macht ist nichts weiter als Lug und Trug.«

»Glaubst du?« Olkin wandte sich Dominik zu. »Du hast gesagt, hier ...« Er vollführte eine Geste, die der Endlosen Stadt galt. »... könnte ich euch nichts anhaben. Aber vielleicht irrst du dich.«

Die langen Finger des Wichts betätigten die Kontrollen des Geräts, und Dominique beobachtete, wie ihr alter Vater plötzlich zu tanzen und schrill zu singen begann. Er drehte mehrere Pirouetten, verharrte abrupt, applaudierte sich selbst, schnitt dann eine Grimasse und streckte die Zunge heraus.

»Oder wie gefällt dir das?« Wieder tasteten Olkins Finger über die Kontrollen.

Dominik schrie, krümmte sich zusammen, sank zu Boden und blieb liegen.

Dominique wollte zu ihrem Vater eilen, aber die Kommandoprozessoren lähmten sie. Olkin trat langsam auf sie zu. »Vielleicht bist du einsichtiger als dein Vater.«

Der Käfer inmitten ihrer Gedanken wartete.

»Was willst du?«, brachte Dominique hervor.

»Nur ein bisschen Hilfe, weiter nichts.« Olkin deutete auf die zarte, schwebende Gestalt. »Du hast recht. Dies ist eine abstrakte Darstellung *meines* Universums. Viele Dinge verbinden mich damit, wie du siehst. Löse die dicksten Stränge.«

»Warum?«, fragte Dominique. Ihre Beine bewegten sich bereits und trugen sie zu dem Gläsernen. Als sie näher kam, sah sie feine Linienmuster in dem halbtransparenten Leib wie dünne Adern. Der Kopf war schmal und lang, wirkte fast wie der Kelch eines Glases mit dem Hals als Stiel.

»Weil ich nicht länger dort schlafen möchte. Ich will endlich erwachen und ganz in die Prävalenz zurück.« Olkin erschien neben Dominique, als sie an dem Zylinder mit dem Schlafenden stehen blieb. »Du kannst mein Universum haben. Ich schenke es dir. Dir und den anderen. Macht damit, was ihr wollt. Wenn ich erwache, erschaffe ich mir ein anderes.« Der Gnom zuckte mit den Schultern. »Keine Sorge. Es stimmt, was dein Vater gesagt hat. Dieses Universum ist längst unabhängig geworden. Es bleibt auch dann bestehen, wenn ich nicht mehr träume.«

Dominique wandte sich den Strängen zu, und dabei sah sie den Kantaki, der bisher hinter dem Glänzen und Schimmern einiger fraktaler Dreiecke verborgen gewesen war. Er hatte versucht, die Gestalt im Zylinder zu erreichen, war aber kurz vor dem Ziel seinen schweren Verletzungen erlegen. Sie dachte an Vater Mru im Fünften Dominium. Jetzt gab es nur noch ihn und die Eier, die er hütete.

»Worin besteht deine Krankheit?«, fragte Dominique und lauschte der Stimme ihrer Intuition.

»Ach, sie spielt eigentlich gar keine Rolle. Die anderen haben mich schlafen geschickt, damit ich gesund werde, und inzwischen *bin* ich gesund. Oder fast. Nur zu, löse die dicken Stränge.«

Dominiques Blick glitt zu den armdicken Ranken, die aus den Wänden des Turms kamen, und dann weiter, dorthin, wo die Ranken im Möbiusband verschwanden.

Etwas stimmte nicht.

»Du lügst«, sagte Dominique. »Du ...«

Der Käfer biss in ihre Gedanken, und sie beobachtete, wie ihre Hände nach dem ersten dicken Strang tasteten.

»Ist es wichtig, ob ich lüge oder nicht?«, keifte Olkin hinter ihr. »Du wirst tun, was ich dir sage, und nur darauf kommt es an. *Löse die Stränge!*«

Er konnte sie nicht selbst lösen, wusste Dominique, denn hier in der Prävalenz war er nur die Projektion eines Schlafenden. Gewisse Dinge schien er berühren zu können, wie das aus dem von ihm erschaffenen Universum stammende Kontrollgerät, aber seinem Einfluss in der Endlosen Stadt waren Grenzen gesetzt, das spürte Dominique ganz deutlich.

Die Stimme der Intuition flüsterte weiter, und eine Erkenntnis reifte heran.

»Du willst gar nicht erwachen«, sagte Dominique, während sich ihre Hände um den Strang schlossen – sie konnte sie nicht daran hindern. »Und es sind nicht die Verbindungen zu meinem Universum, die ich lösen soll. Die Stränge verbinden dich mit der Endlosen Stadt, mit der Prävalenz. Du willst dich von ihr lösen, um dich ganz in mein Universum zurückzuziehen.«

»Es ist nicht dein Universum, sondern meins«, zischte Olkin und trat neben sie.

»Du willst ganz in mein Universum wechseln und volle Kontrolle darüber gewinnen«, fuhr sie fort und versuchte, unbemerkt vom Käfer Kraft zu schöpfen. »Du willst wirklich zu seinem Gott werden.«

»Es ist *mein* Universum. Ich kann damit machen, was ich will.«

Der Turm bildete eine abstrakte Darstellung des von Olkin geschaffenen Universums, so wie auch die übrigen Gebäude der Stadt abstrakte Darstellungen von Universen waren. Aber im Gegensatz zu Ersterem waren sie fest in der Prävalenz verankert und hatten ihren Platz in der Endlosen Stadt gefunden. Der Turm hingegen *gehörte* zwar zur Stadt, war aber noch kein integraler Bestandteil von ihr – die anderen Gebäude zogen an ihm vorbei. Solange es keine vollständige Integration gab, blieb das Universum instabil. Olkin wollte die Verbindungen zur Stadt lösen, um ganz in seinen Kosmos einzutauchen, um ihn mit seinem Selbst zu durchdringen und ihn uneingeschränkt beherrschen zu können. Dominique stellte sich ein Universum vor, das nicht nur indirekt, sondern *vollständig* den Launen eines Olkin ausgeliefert war – der Gedanke ließ sie schaudern.

Alles fügte sich zusammen, wie ein Puzzle, das nicht aus hundert oder tausend Teilen bestand, sondern aus Millionen oder Milliarden. Olkin hatte es genau geplant. Er war nur in einem sehr begrenzten Maß imstande, direkte Kontrolle auszuüben, aber er konnte gewisse Entwicklungen begünstigen und andere behindern. Er konnte *Tendenzen* schaffen und auf diese Weise über Jahrhunderte und Jahrtausende hinweg genug Wahrscheinlichkeit anhäufen, um bestimmte Situationen entstehen zu lassen. Dies war von Anfang an sein Ziel gewesen: die Loslösung seines Universums von der Prävalenz, eine wahrhaft unabhängige kosmische Existenz, mit ihm als allmächtigem Gott, der ganz nach Belieben schalten und walten konnte. Die endgültige Verwandlung eines Traums in Realität, wobei der Träumer zum Protagonisten seiner eigenen Welt wurde. Dominik hatte seinem Sohn Davvon die richtige Antwort auf die Frage gegeben, welchen Unterschied es zwischen Traum und Realität gab: keinen. Es war ähnlich wie bei Energie und Materie: Das eine ließ sich ins andere überführen; beides waren nur unterschiedliche Erscheinungsformen.

Dass Dominique jetzt an diesem Ort stand, gesteuert von Kommandoprozessoren in ihrem Körper und einem fremden, kontrollierenden Element in ihrem Bewusstsein, dass sie sich anschickte, das zu vollbringen, was Olkin bei seinem Schöpfungswerk verwehrt geblieben war ... Es war letztendlich die Konsequenz des Urknalls, der »richtigen Parameter«, wie ihr Vater es genannt hatte, das Ergebnis eines Plans, der nach ihren Zeitmaßstäben Jahrmillionen und Jahrmilliarden umspannte. Dominique glaubte nicht, dass es dabei um *sie* gegangen war, um ihre spezielle Person. Tendenzen und akkumulierte Wahrscheinlichkeit hatten jemanden *wie* sie hierherbringen sollen, jemanden, der in der Lage war, nach Heres zu gelangen, dort das Fünfte Dominium zu finden und von dort aus die Prävalenz zu erreichen. War Freiheit tatsächlich eine Illusion, wie Olkin und Nevoth behauptet hatten?

Der Käfer zerriss alte Gedanken und knüpfte neue, weckte in Dominique den Wunsch, die Stränge vom Schlafenden zu lösen. Aber so schmerzhaft es auch war: Ein Teil von Dominique begehrte auf, stemmte sich dem fremden Einfluss entgegen. Sie sah, wie Olkins lange Finger erneut die Kontrollen des Geräts bedienten, und der Schmerz wurde heftiger. Dominique setzte ihm einen anderen Schmerz entgegen: Sie öffnete sich dem Feuer des Flix, nahm es in sich auf und rief um *Hilfe*.

Der Ruf verbrannte nicht in den Flammen des Flix, sondern schwang sich über sie hinweg und stieg auf, hallte über das Möbiusband mit der Endlosen Stadt. Er wurde wie zu einem Kontrapunkt des Klirrens und Brummens der Sphärenmusik. Während Dominique innerlich brannte, während das Feuer den Käfer in ihrem Bewusstsein in Asche verwandelte, bildete sich über der Stadt erneut ein Himmel aus Augen, und plötzlich wusste sie, was jene Augen waren: das wache Selbst der Prävalenten. Sie begriff nun, was ihr Vater mit den Worten *Du hörst ihre Stimmen, und du siehst sie die ganze Zeit über* gemeint hatte. Sie war davon überzeugt gewesen, dass die klirrenden und brummenden Laute von der Stadt kamen, aber in Wirklichkeit handelte es sich um die Stimmen der Prävalenten. Und sie sah sie tatsächlich: die funkelnden Lichter und Leuchterscheinungen, die das Möbiusband umgaben. Dominique hob ihre Hände, betrachtete die violetten Finger und sah, dass Funken von den Kuppen sprangen, aufstiegen wie zuvor der Ruf um Hilfe und sich dem Funkeln hinzugesellten.

Was sie bis eben für die Musik der Stadt gehalten hatte, veränderte sich, und mehrere Lichter kamen herab, schwebten durch den Turm und vereinigten sich neben dem Gläsernen im Zylinder. Eine vage Gestalt zeichnete sich ab …

Olkins Gesicht wurde zu einer Grimmasse, als sich das Leuchten neben ihm ausdehnte, das Kontrollgerät in seinen Händen berührte und es verschwinden ließ. Im gleichen Augenblick spürte Dominique, wie die Kommandoprozessoren in ihr plötzlich nicht mehr existierten.

Olkin ballte die Fäuste und fauchte etwas, bevor er ebenfalls verschwand. Dominique schwankte, mit freien Gedanken und brennender Seele. Aber ihre Seele *ver*brannte nicht, und die Schmerzen ließen langsam nach.

Die vage Gestalt im Leuchten bekam deutlichere Konturen. Eine halbe Minute verstrich, und dann trat eine zarte, gläserne Gestalt aus dem Schimmern. Die Linienmuster im halb durchsichtigen Körper pulsierten, und die Augen im schmalen, lang gestreckten Kopf funkelten fast so wie die Lichter am Himmel. Dominique sah, wie sich ein Mund bildete.

Laute erklangen, gesellten sich der Musik der Endlosen Stadt hinzu und wurden ein Teil von ihr. Zuerst verstand Dominique nicht, was die Gestalt vor ihr sagte, aber es dauerte nicht lange, bis aus den Lauten Worte wurden. Aus dem Augenwinkel sah sie, wie ihr Vater auf die Beine kam und sich näherte.

»Du stammst aus dem vom Kranken geschaffenen Universum«, sagte der Prävalente vor Dominique. Die Augen der anderen Prävalenten blickten vom Himmel, und die funkelnden Lichter formten einer Wolke über dem Turm, der erneut die Farbe wechselte und nun ein mattes Safrangelb zeigte. »Und du hast um Hilfe gerufen. Wir bedauern, dass du leiden musstest.«

»Sprichst du mit ihm?«, brachte Dominik mit krächzender Stimme hervor. »Sag ihm, dass der Schlafende geschützt werden muss. Sag ihm ...«

»Ich weiß Bescheid, Vater«, sagte Dominique, ohne den Blick vom Prävalenten abzuwenden. »Und Sie ebenfalls, nicht wahr? Sie wissen, was der Kranke angerichtet hat. Leben ist Ihnen heilig. Er hat mit Leben *gespielt*.« Sie deutete auf die Gestalt im Zylinder.

Der Prävalente richtete einen langen Blick auf den Schlafenden und wandte sich dann wieder an Dominique. »Ja, wir wissen jetzt Bescheid. Wir haben es in deinen Gedanken und Erinnerungen gesehen. Wir ...« Die Augen am Himmel blinzelten, und Dominique fühlte so etwas wie Kummer und Reue. »Wir hätten besser auf ihn achtgeben müssen.

Als wir ihn gestern nach Ausbruch der Erkrankung in den Schlaf schickten ... Es wäre besser gewesen, ihm einen Begleiter mitzugeben, jemanden, der über seine Träume wachte. Wir haben nicht erkannt, wie krank er ist. Es gelang ihm, seinen wahren Zustand vor uns zu verbergen.«

Gestern, wiederholte Dominique in Gedanken und wechselte einen kurzen Blick mit ihrem Vater. Für die Prävalenten war es *gestern* geschehen: Olkin hatte in nur einem »Tag« ein Universum erschaffen, in dem etwa vierzehn Milliarden Jahre vergangen waren.

»An welcher Krankheit leidet er?«, fragte sie.

»Sein Selbst ist zerfressen von Überheblichkeit. Dünkel und Hochmut wuchern in ihm. Das Dunkle hat ihn erfasst und ihn unsere Verantwortung vergessen lassen. Wir, die wir Welten schaffen, sind doch nur das Werkzeug der Schöpfung, Kinder des ersten Universums. Als sein Kollaps begann, lernten wir, ein neues Universum zu erschaffen und es mit *Möglichkeiten* zu füllen. Wir legten die Grundlagen dafür, dass weiterhin Leben existieren und sich entwickeln konnte.«

»Sprichst du mit ihm?«, fragte Dominik in einem drängenden Ton. »Ich höre nur ein seltsames Klirren und Brummen. Wenn du mit dem Prävalenten sprichst, so musst du ihm unbedingt sagen ...«

Dominique achtete nicht auf ihren Vater. »Das Dunkle?«, fragte sie die gläserne Gestalt.

»Stabilität erfordert Balance, den Ausgleich gegensätzlicher Kräfte. Das hat Olkin in seinem Wahn vergessen, als er euer Universum schuf. Licht auf der einen Seite, Dunkelheit auf der anderen. Als er das Licht der Kreation brachte, setzte er sich der Finsternis aus ...«

Dominique begann zu verstehen. »Er wollte ein Gott sein, aber stattdessen wurde er zum ... Teufel, zu einer Kraft des Bösen?«

»Es sind Begriffe deiner Welt, die hier kaum eine Rolle spielen. Olkin ist krank. Wir werden versuchen, ihn zu heilen.«

Jäher Zorn kochte in Dominique. »Das ist alles?«, entfuhr es ihr. »Sie wollen versuchen, Olkin zu heilen? Und was ist mit uns? Er ›spielt‹ mit uns und manipuliert die Entwicklungen in unserem Kosmos. Seit zwölf Jahrhunderten führt mein Volk einen Krieg, für den letztendlich Olkin verantwortlich ist. Milliarden fielen ihm zum Opfer. Und Ihnen geht es nur um *Heilung?*«

Er Hat Getötet, hallte es über das Möbiusband hinweg, und die Endlose Stadt schien ein wenig schneller am Turm vorbeizugleiten. Er Hat *Getötet*.

»Olkin gehört zu Ihrem Volk«, fuhr Dominique scharf fort. »Er hat enorme Schuld auf sich geladen. Und Sie sind mitschuldig, weil Sie ihn nicht an seinen Verbrechen gehindert haben. *Bestrafen* Sie ihn! Und bewahren Sie uns vor noch mehr Leid. Verhindern Sie, dass *irgendjemand* unser Universum kontrollieren kann.«

»Wir bedauern, was geschehen ist«, erwiderte die Prävalenz aus dem Mund ihres Repräsentanten. »Wir entschuldigen uns. Leben ist heilig. Leben muss geschützt werden. Der Kranke wird keine Gelegenheit mehr erhalten, auf euer Universum Einfluss zu nehmen.«

Der Gläserne griff nach den dünneren Strängen, die den Kranken mit dem Turm und seinen Tiefen verbanden, zerriss einen nach dem anderen, formte aus ihnen dickere Stränge und fügte sie jenen hinzu, die zum Möbiusband führten. Dominique beobachtete, wie der Turm seine stationäre Position in der Endlosen Stadt aufgab und Teil des Bewegungsmusters der anderen Gebäude wurde. Ihr Vater bemerkte es ebenfalls.

»Er integriert unser Universum in die Prävalenz«, stellte Dominik erleichtert fest. »Und er hat Olkins Verbindungen unterbrochen.«

»Der Kranke wird sich nicht mehr in eure Existenz einmischen. Euer Leben ist von nun an geschützt.«

Der Prävalente begann damit, sich in das Licht zurückzuverwandeln, das ihm Gestalt gegeben hatte.

Noch immer brodelte Zorn in Dominique, und sie dachte an zwölf Jahrhunderte voller Leid, Tod und Zerstörung. »Das genügt nicht. Unser Leben bleibt in Gefahr, solange der Krieg andauert, den Olkin uns aufgezwungen hat. Befreien Sie uns von den Graken und ihren Vitäen!«

Der Gläserne hatte sich fast ganz aufgelöst, und seine Stimme kam aus den funkelnden Lichtern, die sich neben dem Zylinder mit dem Kranken gebildet hatten. »Dazu sind wir nicht imstande. Den von dir gewünschten Einfluss können wir nicht ausüben. Die Entwicklungen in deinem Universum gehen so weiter, wie es ihre inneren Abläufe verlangen.«

Dominik trat noch näher an seine Tochter heran. »Fordere den Prävalenten auf, den Grakenkrieg zu beenden!«, stieß er hervor. »Schnell, bevor er ...«

»Das habe ich bereits.« Dominique beobachtete, wie die Lichter emporstiegen, den Turm – der nun zusammen mit der Endlosen Stadt über das Möbiusband wanderte – verließen und zu den anderen zurückkehrten. Die Augen am Himmel blinzelten noch einmal und verschwanden. »Angeblich ist er dazu nicht imstande.« Mit einem Rest von Zorn blickte sie noch einmal zum Schläfer, dessen Träume jetzt keine Gefahr mehr darstellten. So krank Olkin auch sein mochte: Für all das Leid, das er über viele Völker gebracht hatte, verdiente er die strengste aller Strafen. Schließlich seufzte sie leise, wandte sich ab und sah ihren Vater an.

»Wir müssen den Krieg selbst beenden. Und wenn ich ›wir‹ sage ...« Sie sprach den Satz nicht zu Ende und deutete über das Möbiusband hinweg zum Weg, der sich als vage Linie in der Ferne zeigte. »Hier ist alles getan, Vater. Kehren wir zurück.«

Die Tür am Ende des Weges führte in ein dunkles, leeres Gebäude. Von dieser Seite aus ließen sich die einzelnen Portale leicht öffnen. Oder vielleicht lag es an der Kraft des Flix, die Dominique durchdrang und nicht mehr schmerzte – sie brauchte die Türen nur zu berühren, um ihre jeweils fünf Segmente auseinandergleiten zu lassen. Schließlich verließen sie das von den Kantaki errichtete Gebäude, das bis zu den Wolken aufragte, und traten in die Düsternis des Fünften Dominiums. Dominique fühlte die Veränderung sofort und ihr Vater ebenfalls.

»Heres ist wieder eine Einheit«, sagte er und deutete zu einem Streifen Licht am Horizont. »Die Fünf Dominien sind nicht mehr voneinander getrennt. Die Integration unseres Universums in die Prävalenz hat auch die fünf Teile dieser Welt zusammengeführt.«

»Ja«, erwiderte Dominique leise und spürte die Korit-Präsenz des Zweiten Dominiums. Das Flix hielt Schwäche von ihr fern, aber sie machte sich nichts vor: Sie war noch immer süchtig nach dem Gelben und konnte Heres nie mehr verlassen.

Dominique wies ihren Vater darauf hin, als sie zum Nest der Kantaki gingen. »Die *anderen* müssen den Grakenkrieg beenden ohne unsere Hilfe. Wir werden den Rest unseres Lebens auf Heres verbringen.«

Dominik blickte zum Himmel hoch, obwohl die beiden Sonnen Adonai und Jovis gar nicht zu sehen waren. »Diese Welt ist instabil ...«

»Es wird noch einige Millionen Jahre dauern, bis ihr Ende kommt. Das dürfte Zeit genug sein, um ihre Bewohner in Sicherheit zu bringen. Vielleicht können wir dabei mithelfen, die notwendigen technischen und kulturellen Grundlagen zu schaffen. Wie dem auch sei: Unsere Hauptaufgabe ist eine andere.«

Dominik richtete einen fragenden Blick auf seine Tochter, aber sie erklärte es ihm erst, als sie im Innern des Kantaki-Nestes vor Vater Mrus Leiche standen. Die defensiven und offensiven Systeme in den Wänden der Höhle waren nicht mehr aktiv.

Dominique berührte eine der vorderen Gliedmaßen des Toten. »Mit Mru starb der Letzte der Alten, die beim Dritten

Konflikt der Konzepte den Sieg über die Jungen errangen. Er war schon sehr schwach, als wir ihm hier gegenübertraten, und die Verzweiflung darüber, dass er uns nicht aufhalten konnte, raubte ihm die letzte Kraft.« Sie sah zu dem dreieckigen Kopf mit den multiplen Augen auf. »Wer weiß, was geschehen wäre, wenn sich die Jungen gegen die Alten durchgesetzt hätten.«

»Der letzte Kantaki ...«, sagte Dominik langsam. »Das Ende eines großen Volkes.«

»Nicht ganz.« Ein melancholisches Lächeln huschte über Dominiques Lippen. Sie deutete ins Innere der Höhle, zu den Hunderten von Eiern. »Eine neue Generation wartet auf ihre Geburt. Eine neue Generation, die Anleitung braucht, die erfahren muss, was geschehen ist. Die ungeborenen Kantaki haben ein Recht darauf, die Wahrheit zu erfahren. Darin besteht unsere Aufgabe, Vater: Helfen wir ihnen dabei, das Erbe ihrer Vorfahren anzutreten.«

Der Krieg: XXV

2. Mai 1229 ÄdeF

Nektar stand im Situationsraum des Flaggschiffs *Excalibur*, beobachtete die Darstellungen der Projektionsfelder und empfing Daten über das bionische Interface. Zweiunddreißig Flotten hatten vor fünf Tagen die Transferschneisen in unmittelbarer Nähe der Dunkelwolke verlassen und näherten sich dem Ziel aus vier verschiedenen Richtungen. Fast sechzigtausend Schiffe, die mit halber Lichtgeschwindigkeit durch den Staubnebel flogen, in dem sich Golgatha verbarg ... Zwar waren sie mit Emissionsdämpfern und speziellen Schirmfeldern ausgestattet, die kinetische und thermische Energie absorbierten, aber eine so große Streitmacht musste sich allein durch ihre Masse und die von ihr ausgelösten gravitationellen Störungen verraten. Mit tronischer Eigenintelligenz ausgestattete Späher und Drohnen flogen fast eine halbe Lichtstunde vor den Flotten und übermittelten Informationen über die Horchposten und Verteidigungsgürtel des Feindes. Nektar betrachtete ein in Abständen von wenigen Minuten aktualisiertes Diagramm und erinnerte sich daran, dass es nicht auf Echtzeitdaten basierte, sondern auf Extrapolationen. Sie mussten auf Transverbindungen verzichten, denn die hätten die Graken sofort geortet.

Nektar begann mit einer langsamen Wanderung, die ihn an den Wänden des Situationsraums vorbeiführte. Drei von ihnen dienten als Hintergrund der Projektionsfelder; die vierte bestand aus transparenter Synthomasse, durch die man in den Kontrollraum der *Excalibur* blicken konnte. Dort blieb Nektar kurz stehen, beobachtete die Offiziere bei der Arbeit und bedauerte fast, das Flaggschiff als Oberbefehlshaber nicht selbst fliegen zu können – er erinnerte sich an die erweiterte Wahrnehmung durch die synästhetische Verbindung mit dem Schiff.

»Ich vermute, uns bleiben nur noch einige wenige Minuten«, sagte Elyra 7.

»Ja«, erwiderte Nektar. Er wandte sich von der transparenten Wand ab, schritt durch den Situationsraum und nahm im Sessel neben Elyra Platz. Das zentrale Projektionsfeld mit den taktischen Anzeigen befand sich direkt vor ihnen. »Mit den Emissionsdämpfern können wir nicht über die Masseveränderung in der Dunkelwolke hinwegtäuschen. Was zeigen die Muster, Elyra?«

Die Tal-Telassi wusste, was er meinte. »Zerstörung und Tod auf der einen Seite, Frieden und Wohlstand auf der anderen. Es existiert beides nebeneinander.«

»Und es lässt sich nicht feststellen, was den Ausschlag gibt?«

»Nein.«

»Wir empfangen erste Bilder von den primären Spähern«, erklang die Stimme eines Offiziers.

Nektar betätigte die Kontrollen in den Armlehnen des Sessels, und das Bild vor ihnen wechselte. Einundzwanzig Sonnen, zu einem kugelförmigen Gitter angeordnet, leuchteten tief im Innern der Dunkelwolke. Planeten auf neuen Umlaufbahnen umkreisten sie, und innerhalb des Sonnengitters befand sich das Konstrukt, das Nektar bereits in den von Erasmus angefertigten Aufzeichnungen gesehen hatte: ein künstliches Gebilde, das an eine Raumstation erinnerte, mit dem phantastischen Durchmesser von fast hunderttausend Kilometern. Doch was auf den drei Monate alten Aufnahmen nicht zu sehen gewesen war:

Plasmabrücken spannten sich zwischen den einundzwanzig Sonnen und dem Konstrukt im Zentrum.

»Der Zapfer hat begonnen, Energie aufzunehmen«, stellte Elyra fest. »Was auch immer die Graken vorhaben: Sie sind auf dem besten Wege, ihre Pläne in die Tat umzusetzen.«

Unruhe erfasste Nektar. Er zweifelte nicht daran, dass der Zapfer die Energie der einundzwanzig Sonnen aufnehmen und mit ihr einundzwanzig Dimensionstunnel schaffen sollte, die zu den Welten des Dutzends führten – der wissenschaftliche Rat des Konzils hielt das nach Auswertung aller Daten für sehr wahrscheinlich. Die Frage lautete: Waren sie in der Lage, noch rechtzeitig etwas dagegen zu unternehmen? Oder öffneten sich die Tunnel, bevor Nektar mit seinen Flotten angreifen konnte? Die Bilder, die sie jetzt sahen, waren etwa eine Stunde alt. Hatten die Graken bereits mit dem Transfer ihrer Streitmacht begonnen?

Rote Punkte erschienen in den Darstellungen und bildeten nach wenigen Sekunden dichte Wolken. Symbole blinkten und gaben Auskunft über die Art der georteten Schiffe. Die Streitmacht des Feindes war gewaltig: mehr als tausend Moloche, fast fünfundzwanzigtausend Superschiffe der Kronn – jedes einzelne bestand aus zwei- bis dreitausend individuellen Komponenten, die unabhängig voneinander operieren konnten – und insgesamt etwa siebzigtausend Schiffe der Chtai und Geeta.

»Geschätzte Ortung durch den Feind erfolgt *jetzt*«, sagte Elyra und fügte etwas leiser hinzu: »Damit verlieren wir das Überraschungsmoment.«

Nektar schaltete auf die taktische Anzeige um und beobachtete die neuen Symbole, die auf der anderen Seite des Sonnengitters leuchteten, wo ein heftiger Kampf gegen die dortigen Raumstationen, armierten Satelliten und Wachschiffe begann. »Nicht ganz. Die Flotten der Maschinenzivilisationen haben gerade mit ihrem Angriff begonnen.«

»Wenn es bei ihrem Transfer zu keinen Verzögerungen kam«, sagte Elyra.

»In zwanzig Minuten erreichen wir den äußeren Verteidigungsgürtel«, sagte jemand im Kontrollraum. Die Stimme kam aus den Lautsprechern der internen Kommunikationssysteme. »Geschätzte Flugzeit bis zum Ziel: zwei Stunden.«

»Wenn wir die gegenwärtige Geschwindigkeit beibehalten«, fügte Elyra hinzu. »Wenn wir bei den Verteidigungsgürteln keine Zeit verlieren.«

Halbe Lichtgeschwindigkeit: Das war unerhört schnell in einer Umgebung, die nicht so leer war wie das gewöhnliche interstellare All. Die Dichte dieser Dunkelwolke betrug fast dreihundert Moleküle pro Kubikzentimeter, und jedes einzelne dieser Moleküle wurde bei einer Geschwindigkeit von hundertfünfzigtausend Kilometern pro Sekunde zu einem Geschoss, mit dessen kinetischer Energie die Schutzschirme fertig werden mussten. Die Flottenkommandeure und Schiffskommandanten waren angewiesen, sich von den externen Verteidigern nicht aufhalten zu lassen. Wenn es zum Kontakt kam, waren nur wenige Sekunden nötig, um eine Million Kilometer oder mehr zurückzulegen und den Verteidigungsgürtel zu durchbrechen. Es sei denn, es befand sich eine große feindliche Flotte direkt voraus – dann musste der Kurs geändert werden.

Eine Meldung kam aus dem Kontrollraum der *Excalibur*. »Transsignale.«

Eine andere Stimme drang aus den Kom-Lautsprechern. »Der Angriff hat begonnen. Wir sind fünftausend, und der Feind hat uns nicht erwartet. Bisher läuft alles nach Plan.« Es folgte eine kurze Pause. »Zäus und die Maschinenzivilisationen wünschen Ihnen viel Glück, Impro Nektar.«

»Danke, Zäus. Wir können es gebrauchen. Wir alle.« Und zu den Flotten: »Transverbindungen aktivieren. Auf Echtzeit-Darstellung umschalten.«

Zwischen den sechzigtausend Schiffen der Angriffsflotten entstand ein komplexes Kommunikationsnetzwerk, das Daten überlichtschnell übertrug. Während sich die Darstellungen in den Projektionsfeldern veränderten, sagte Elyra: »Fünftausend. Es sind viele. Aber vielleicht nicht genug.«

»Ich hoffe, von dieser Annahme gehen auch die Graken aus«, erwiderte Nektar. Sie hatten mehrmals darüber gesprochen. »Vieles hängt jetzt davon ab, ob der Feind ein Ablenkungsmanöver vermutet, und wenn, auf welcher Seite. Bisher kann er nur einige unserer Flotten geortet haben. Vielleicht glauben die Graken, dass die eigentliche Gefahr von den Schiffen der Maschinenzivilisationen ausgeht. In dem Fall dürfen wir hoffen, kaum auf Widerstand zu stoßen, bis wir das Ziel erreichen.«

»Aber wenn er uns für den gefährlicheren Angreifer hält ...«

»In dem Fall könnten die fünftausend Schiffe der Zäiden durchaus genügen«, sagte Nektar und beobachtete die Veränderungen in den Projektionsfeldern. Auf der anderen Seite des kugelförmigen Sonnengitters kam Bewegung in die vielen roten Punkte der Verteidiger, als sie den sieben zäidischen Flotten entgegenstrebten. Blinkende Stellen wiesen auf Feindkontakt und Gefechte hin. Auch diesseits von Golgatha begannen die Graken mit einer Umgruppierung ihrer Streitmacht. Tausende von Schiffen der Kronn, Chtai und Geeta stiegen auf und brachten sich in eine bessere Position, um die Vorstöße der Dritten, Vierten, Achten und Zwölften Flotte abzufangen, die einen Vorsprung von etwa fünfzehn Flugminuten hatten und sich bereits anschickten, den äußeren Verteidigungsgürtel zu durchstoßen.

»Mehr als tausend Graken«, sagte Elyra nachdenklich. »Wir haben es mit einem extrem intelligenten Hyperkollektiv zu tun, Nektar.«

Er nickte und deutete auf eine Darstellung des Konstrukts. Die mit Transverbindungen übermittelten Echtzeit-Ortungsdaten ließen dort weitere rote Wolken aus Tausenden von einzelnen Punkten entstehen – jeder Punkt symbolisierte ein Schiff. Wenn Nektar bereits mit den sensorischen und synästhetischen Systemen des Situationsraums verbunden gewesen wäre, hätte er Informationen über jedes einzelne Schiff empfangen: Größe, energetisches Potenzial, aktive Waffensysteme, Geschwindigkeit, Vektor und so weiter. Neurale Stimulation hätte ihn in die Lage versetzt, all die Daten zum größeren Ganzen der aktuellen Situation zusammenzusetzen und auf ihrer Grundlage taktische Entscheidungen zu treffen. »Die für den Transfer vorgesehenen Streitkräfte der Graken«, sagte er.

»Unbewegt«, stellte die Tal-Telassi an seiner Seite fest. »Es bedeutet entweder, dass die Graken glauben, den Angriff ohne sie abwehren zu können ...«

»Oder der Transfer steht unmittelbar bevor.«

»Zehn Minuten bis zum äußeren Verteidigungsgürtel«, ertönte es aus den Kom-Lautsprechern.

»Drei, Vier, Acht und Zwölf haben Feindkontakt«, fügte eine andere Stimme hinzu.

Nektar lehnte sich zurück, beobachtete das Geschehen und wartete. Derzeit waren keine neuen Anweisungen nötig. Die Flottenkommandeure hatten detaillierte Einsatzorder erhalten und wussten, dass es in dieser frühen Phase vor allem darum ging, sich vom Feind nicht aufhalten zu lassen und so weit wie möglich in Richtung Kugelgitter und Konstrukt vorzustoßen. In jeder Flotte gab es spezielle Schiffe, die mit Phasenübergangs-Interdiktoren und Asynchronen Vakuumenergie-Initiatoren ausgestattet waren: Mit den Phints konnte jede einzelne der einundzwanzig Sonnen in eine Nova verwandelt werden, und die AVIs eigneten sich insbesondere für den Einsatz gegen größere Ziele: Superschiffe der Kronn, Bastionen oder das Konstrukt. Doch nicht alle Schiffe waren mit den neuen Waffen ausgerüstet.

»Ich wünschte, wir hätten mehr Zeit gehabt«, sagte Nektar leise. Sechzigtausend Raumschiffe – eine große Streitmacht, wie es schien. Aber fast ein Drittel bestand aus hastig umgerüsteten Frachtern und Transportern; die leistungsstarken Einheiten der Destruktor- und Excalibur-Klasse machten nur zwei Prozent aus.

»Wenn man die Umstände berücksichtigt, ist es erstaunlich, dass ein so großer Flottenverband überhaupt zusammengestellt werden konnte.«

Nektar blickte zur Seite und musterte Elyra, ohne sich dabei von seinen Gedanken oder anderen Dingen ablenken zu lassen. Sie sah aus wie Anfang vierzig, aber er wusste, dass sie in ihrer siebten Inkarnation etwa neunhundert Jahre alt war. Das blonde Haar fiel glatt auf ihre Schultern und umrahmte ein schmales Gesicht mit großen, blaugrünen Augen und einem vollen Mund. Sie war schön, stellte Nektar plötzlich fest, als sähe er die Tal-Telassi, mit der er seit vielen Jahren zusammenarbeitete, zum ersten Mal. Warum bemerkte er ihre Schönheit erst jetzt, und ausgerechnet in dieser Situation? Elyra erwiderte seinen Blick, und für ein oder zwei Sekunden glaubte Nektar, sein Spiegelbild in ihren Augen zu sehen wie einst in denen von Mel.

»Drei Minuten bis zum äußeren Verteidigungsgürtel ...«

»Es ist so weit«, sagte Nektar und schob die Hände in die Interfacemulden der Armlehnen. Nanowurzeln bohrten sich in die bionischen Kontaktstellen und leiteten die neurale Stimulation ein. Er spürte, wie sich die wahrgenommene Realität erweiterte. »Bitte helfen Sie mir, Elyra.«

»Ich bin bei Ihnen«, sagte sie schlicht.

Es war ein seltsames Gefühl: Etwas schien Nektar im Innern seines Kopfes zu berühren. In den letzten Wochen hatte Elyra mehrere solche mentalen Kontakte mit ihm herbeigeführt, wodurch er in der Lage gewesen war, sich allmählich daran zu gewöhnen. Eine besondere Form von Intimität war dabei entstanden, was der Grund dafür sein mochte, warum er begann, sie mit anderen Augen zu sehen. Der größte Vorteil dieses Kontakts bestand in einer größeren Stabilität der sensorisch-synästhetischen Verbindung, wodurch Nektar seine Funktion als Oberkommandierender leichter und über einen längeren Zeitraum hinweg wahrnehmen konnte.

Für einige wenige Sekunden war er wie jemand, der versuchte, in den Stromschnellen eines reißenden Flusses zu schwimmen. Im Gegensatz zu den ersten Erlebnissen dieser Art ließ er sich nicht verwirren und wartete geduldig darauf, dass sich seine Wahrnehmung anpasste. Nach einigen Sekunden wurden aus den wirren Datenfluten Stimmen, die alle seine Sinne ansprachen, ihm nicht nur Worte zuflüsterten, sondern auch Gerüche, Geschmacksaromen, Farben und Berührungen brachten. Vom Kragen seiner Uniform löste sich ein Kom-Servo und schwebte direkt vor dem Mund, bereit dazu, codierte Anweisungen an die Flotten weiterzuleiten. Sie waren wie stenografierte Sprache: kurze Zahlen- und Buchstabenkombinationen, die ganze Befehlsketten ersetzten. Nektars Herz schlug schneller, und er atmete flacher, als die Stimulation durch die Nanowurzeln seinen Stoffwechsel beschleunigte. In seinem Gehirn schienen sich Bremsen zu lösen – plötzlich jagten die Gedanken in mentaler Akzeleration dahin, bereit und fähig, weitaus mehr Informationen zu empfangen und zu verarbeiten. Elyras Präsenz half ihm bei der gewünschten Assoziation: Er stellte sich die Flotten und ihre einzelnen Schiffe als Teil eines immensen, aus vielen Einzelteilen bestehenden Körpers vor, die er unabhängig voneinander bewegen und steuern konnte.

Einige Teile dieses Körpers meldeten Schmerz, als sie starben.

Vier von zweiunddreißig Angriffsflotten hatten bereits Feindkontakt. Sie befanden sich längst jenseits des äußeren Verteidigungsgürtels und stießen dort auf Wachschiffe der Kronn, die ihnen zahlenmäßig zwar weit unterlegen waren, denen es aber gelang, einige Schiffe zu zerstören. Die anderen Angreifer erwiderten das Feuer, und mehrere Superschiffe der Kronn brachen auseinander, getroffen von zahlreichen Annihilatorblitzen und Antimaterieraketen. Drei, Vier, Acht und Zwölf setzten den Flug mit halber Lichtgeschwindigkeit fort, wie es die allgemeinen Anweisungen vorsahen. Sie hielten auf die inneren Verteidigungsgürtel zu, die aus Raumstationen und größeren Kampfverbänden der Kronn, Chtai und Geeta bestanden. Wenn sie keine Verstärkung erhielten, bestand dort kaum die Chance eines Durchbruchs. Ganz im Gegenteil: Dem Feind würde es vermutlich schnell gelingen, die Angreifer aufzureiben.

Aber die siebentausend Schiffe der Vorhut würden nicht allein bleiben – dreiundfünfzigtausend weitere waren unterwegs.

»Dreißig Sekunden bis zum äußeren Verteidigungsgürtel.«

Die Stimme kam aus der Welt jenseits des sensorischen Universums und gesellte sich dem Datenfluss hinzu. Noch beschränkte sich Nektar auf eine passive Rolle: Er nahm die durch Transverbindungen in Echtzeit übermittelten Informationen entgegen, fühlte seinen aus zweiunddreißig Flotten bestehenden Körper und bekam einen immer besseren Eindruck vom Gesamtbild. Er beobachtete die Bewegungen der Graken und ihrer Vitäen, und das Talent, das ihn zu einem großen Strategen gemacht hatte, ließ ihn die nächsten Manöver des Feindes erahnen. Hinter dem Sonnengitter mit dem Konstrukt war inzwischen ein heftiger Kampf entbrannt, und Nektars Hoffnungen erfüllten sich: Fünfzehntausend der insgesamt fünfundzwanzigtausend Superschiffe der Kronn stellten sich den Zäiden entgegen, bei denen es ebenfalls zu ersten Verlusten kam. Ihre Explosionen nahm er nicht als kurzen Schmerz wahr, sondern in der Synästhesie als eine Art bitteren Geschmack, begleitet von einem kurzen Missklang.

Die *Excalibur* erreichte den äußeren Verteidigungsgürtel, und für einige wenige Sekunden rückte Nektar das Geschehen der näheren Umgebung in den Mittelpunkt seiner Aufmerksamkeit. Eine Million Kilometer voraus gaben Dutzende von Superschiffen der Kronn ihren Komponentenverbund auf. Tausende von einzelnen Dorn-Segmenten stoben auseinander, und jeweils vier oder fünf von ihnen nahmen sich ein Schiff der Angreifer vor. Der Pilot der *Excalibur* änderte geringfügig den Kurs, um in sicherer Entfernung an einem Satelliten vorbeizufliegen, der bereits zu feuern begonnen hatte, und im Datenrauschen hörte Nektar den Befehl des Kommandanten, die Zielerfassung auszurichten.

Nicht langsamer werden, dachte er, und seine Lippen formten knappe Codefolgen, die vom Kom-Servo sofort weitergegeben wurden. *Anflug fortsetzen.*

Destruktive Energie schlug der *Excalibur* und den anderen Schiffen entgegen. Hier und dort bildeten sich Feuerbälle, wo die Schirmfelder von umgerüsteten Frachtern und Transportern nicht genug Schutz boten. Von einem Hagel aus Antimaterieraketen getroffen, brach eine fast zehn Kilometer durchmessende Bastion auseinander. Nukleare Glut loderte ins All; mehrere Facettenschiffe der Chtai konnten nicht rechtzeitig ausweichen und explodierten. Feuerblumen erblühten in der Dunkelwolke abseits des Kugelgitters, völlig lautlos für die Beobachter, mit einer Ausnahme: Nektar *hörte* die Explosionen in Form von Daten, die Auskunft gaben über Temperatur, Energiedichte, Ausbreitungsgeschwindigkeit, Vektoren größerer Trümmerstücke und Gefahrenrelevanz.

Fünf, sechs Sekunden verstrichen, genug Zeit für die *Excalibur* und die meisten anderen Schiffe, fast neunhunderttausend Kilometer zurückzulegen. Der äußere Verteidigungsgürtel lag hinter den Flotten, und es gab nur hundertdreizehn Ausfälle. In seinem sensorischen Kosmos beobachtete Nektar, wie die siebentausend Schiffe der Vorhut abdrehten und den Eindruck erweckten, sich von dem weit überlegenen Gegner absetzen zu wollen. Auch das gehörte zum Plan. Sie sollten sich nicht in einen Vernich-
 tungskampf verwickeln lassen, aber Kräfte des Gegners

binden und einen weiten Bogen beschreiben, der es den Verbänden der Hauptstreitmacht ermöglichte, zu ihnen aufzuschließen. Nektar sah die Flugbahnen und berechneten Kursvektoren; ihre taktilen Reize wiesen ihn darauf hin, dass keine Anpassungen nötig waren.

Noch einmal drei, vier Sekunden, und Tausende von Kronn-Dornen waren auf Gefechtsreichweite heran. Strahlblitze flackerten durchs All, und jeweils vier oder fünf von ihnen trafen den Schutzschirm eines Schiffes. Dabei zeigte der Gegner eine erschreckend gute Koordination, denn in vielen Fällen konzentrierten sich die Treffer auf dieselbe Stelle, was bei den schwächeren Schirmen zu Überlastungen führte. *Neuformierung der Flotten,* dachte Nektar, und wieder bewegten sich seine Lippen. *Die größeren Schiffe mit den stärken Schutzschirmen vor die anderen.*

Bei der *Excalibur* und den anderen Schlachtschiffen ihrer Klasse nützte den Kronn ihre Taktik nichts. Der für die Verteidigung zuständige Megatron verstärkte die modularen Schirmfelder dort, wo sie getroffen wurden, und der zweite Megatron begann sofort mit der Zielerfassung. Eine hundertstel Sekunde später feuerte das Flaggschiff mit allen vierhundertsechzig Annihilatorkanonen, und gleichzeitig schleuderten hundert von zweihundertzwölf Gravitationskatapulten Antimaterieraketen ins All. Dutzende von Kronn-Dornen explodierten, und das Feuer fraß sich weiter durch die Schwärme aus Stacheln.

Zehn Sekunden, und die glühenden Reste einiger Dutzend Superschiffe der Kronn lagen anderthalb Millionen Kilometer hinter der *Excalibur*. Das Gros der Angriffsstreitmacht hatte nur neunundvierzig Schiffe verloren.

Während Nektar mit all seinen Sinnen Informationen aufnahm, erlaubte er sich einen privaten Gedanken. *Dies ist er, der Moment, auf den ich mein ganzes Leben gewartet habe,* dachte er, ohne dass sich seine Lippen bewegten.

Ein bitterer Geschmack und ein Prickeln an den Fingern richteten seine Aufmerksamkeit auf das noch fünfzig Lichtminuten entfernte Sonnengitter. Die Plasmabrücken zwischen den Sonnen und dem Konstrukt entwickelten größere energetische Aktivität – der Zapfer nahm Energie auf. Noch immer befanden sich große Flotten in der Nähe des Konstrukts, und dass sie nicht in den Kampf eingriffen, konnte nur eins bedeuten: Sie sollten eine andere Aufgabe erfüllen.

Nektar empfing neue Informationen, die nicht den Verlauf der Schlacht betrafen. Die von den Spähsonden ermittelten Daten deuteten darauf hin, dass sich im Innern des hunderttausend Kilometer großen Konstrukts eine Raum-Zeit-Anomalie bildete. *Elyra?,* dachte er, während beide Megatrone der *Excalibur* die Ortungsdaten analysierten und sich dabei über den Datenbus-Hauptstrang berieten.

»Das gefällt mir nicht«, kommentierte die Tal-Telassi das Geschehen. »Zwei mögliche Erklärungen für die Anomalie fallen mir ein ...«

Ja, dachte Nektar. *Entweder bekommen die Graken Unterstützung aus der Zukunft, oder sie schicken sich an, Dimensionstunnel zu öffnen. Die erhöhte energetische Aktivität der Plasmabrücken und die Präsenz der Einsatzflotten deuten auf Letzteres hin.*

»Vielleicht sind wir doch zu spät gekommen«, sagte Elyra und sprach damit das aus, was Nektar am meisten fürchtete. Die Graken mussten unter allen Umständen daran gehindert werden, die Welten des Dutzends zu erreichen – dieser Punkt hatte absolute Priorität.

Innerhalb von nur zwei Sekunden beschloss Nektar, alle seine Pläne über den Haufen zu werfen. Die aufeinander abgestimmten taktischen Manöver, die den Feind verwirren und ihn veranlassen sollten, seine Streitkräfte auseinanderzuziehen, um den Angriffen aus mehreren Richtungen zu begegnen, die einzelnen Vorstöße, die gegnerische Kräfte binden und den Phint-Schiffen Gelegenheit geben sollten, bis zu den Sonnen zu fliegen und dort ihre Interdiktoren einzusetzen ... Das alles hatte plötzlich keinen Sinn mehr. Die Öffnung der Dimensionstunnel stand unmittelbar bevor, in einer Entfernung von knapp fünfzig Lichtminuten – und es gab keine Transferschneisen, die zum Konstrukt führten.

An alle Schiffe, dachte Nektar, und der Mund vor dem Kom-Servo übersetzte die Worte in knappe Codefolgen. *Prioritätsanweisung. Alternative X, ich wiederhole: Alternative X. Die Anflugpläne gelten nicht mehr. Stoßen Sie direkt zur Gitterkugel vor. Es gilt zu verhindern, dass die Graken ihre Dimensionstunnel öffnen und Einsatzflotten zum Dutzend schicken. Maximale Geschwindigkeit. Zäus, Ihre Schiffe sind selbst hier in der Dunkelwolke zu Überlichtsprüngen imstande. Bitte setzen Sie alles daran, das Konstrukt zu erreichen und es zu zerstören.*

Die externe Kommunikation trug eine Stimme zu ihm. »Im Bereich des Sonnengitters gibt es hyperdimensionale energetische Turbulenzen, die es uns nicht gestatten, mit Überlichtgeschwindigkeit zu fliegen«, antwortete Zäus. »Wir versuchen, uns anzupassen, aber diese Art von Rekonfiguration erfordert Zeit.«

Die Schiffe der Maschinenzivilisationen waren noch immer in heftige Kämpfe gegen den zahlenmäßig weit überlegenen Gegner verwickelt, aber Nektar beobachtete, wie sie jetzt versuchten, sich von den Superschiffen der Kronn, den Chtai- und Geeta-Flotten abzusetzen. Einige von ihnen schienen zu beabsichtigen, eine Gruppe aus fast achtzig Molochen anzugreifen, was die Kronn zum Anlass nahmen, einen Teil ihrer Streitmacht aus dem Kampfgebiet abzuziehen, um die Graken zu schützen.

Die *Excalibur* wurde schneller, und die anderen Schiffe der Angriffsflotten ebenfalls. Die von den Transverbindungen übermittelten Daten veränderten sich, beschrieben Tausende von neuen Flugbahnen und Begegnungspunkten, wo es zu Feindkontakten kommen würde. Sie berichteten auch von der exponentiell steigenden Belastung der Schutzschirme: Je schneller die Schiffe wurden, desto mehr kinetische Energie mussten sie absorbieren. Bei den größeren Schlachtschiffen mit den leistungsstärkeren Systemen blieb auch bei sechzig und siebzig Prozent der Lichtgeschwindigkeit ein Toleranzspielraum, aber für die kleineren Einheiten wurde die Situation kritisch, und das machte sie verwundbar. Wenige vom Feind erzielte Treffer genügten, um die Schutzschirme kollabieren zu lassen.

Nektar musste eine Wahl treffen, die seine vorstoßende Streitmacht schwächte. *Beschränken Sie die Belastung der Schirme auf zwei Drittel ihrer Normkapazität,* dachte er, und seine Lippen formten einige wenige Buchstaben und Zahlen. *Geschwindigkeit verringern, wenn die Belastungsgrenze erreicht ist.*

Sein Herz schlug noch schneller, und die Gedanken rasten, als er Daten aufnahm und die Entwicklung beobachtete. Es dauerte nicht lange, bis die umgerüsteten Transporter und Frachter zurückblieben, und dadurch verloren sie den Schutz der stärkeren Schiffe. Kronn, Chtai und Geeta stürzten sich auf sie, und stechender Schmerz wies Nektar auf zahlreiche Verluste hin.

Die *Excalibur* beschleunigte, erreichte sechzig Prozent der Lichtgeschwindigkeit, dann siebzig. Ihre modularen Schilde blieben stabil, begannen aber zu leuchten – in jeder Sekunde verglühten in ihnen Myriaden winziger Partikel. Tausende von Schiffen folgten ihr, aber von einer Formation konnte nicht mehr die Rede sein – jedes Schiff flog den Kurs zum Konstrukt, den sein Pilot für besonders günstig hielt. Nektar begann damit, ihre Vektoren und Geschwindigkeiten abzugleichen, suchte voraus nach Hindernissen, die eventuell weitere Kursänderungen nötig machten. Dabei entdeckte er vier große Verbände aus jeweils zweitausend Superschiffen der Kronn und mehr als zehntausend Einheiten der Chtai und Geeta. Hinzu kamen mehrere Raumfestungen, jede von ihnen ein Gigant mit mehr als fünfzig Kilometern Durchmesser. Die Kursdaten, die er
 vom *Excalibur*-Piloten erhielt, wiesen darauf hin, dass die-

ser das Flaggschiff in einer Entfernung von drei Lichtsekunden an einer der Bastionen vorbeisteuern wollte, was nur eine geringfügige Kurskorrektur erforderte. Die Asynchronen Vakuumenergie-Initiatoren nahmen Energie auf.

Die Bastion der Graken feuerte, und das All vor der *Excalibur* brannte lichterloh. Nektar hörte die Schirmfelder als ein unaufdringliches Brummen in der Ferne, dessen Frequenz über die Belastungen Auskunft gab. Ein Schrillen wurde daraus, als die modularen Schilde nicht nur mit der kinetischen Energie des Partikelsturms fertig werden mussten, sondern auch mit den turmdicken Strahlblitzen, die von der Bastion ausgingen. Die *Excalibur* raste mit fast zweihundertvierzigtausend Kilometern in der Sekunde durch einen Feuersturm, der ihre Schirme bis an die Grenzen der Leistungsfähigkeit belastete. Einige Millionen Kilometer entfernt kollabierten die Schilde eines Schlachtschiffs der Destruktor-Klasse, und von einem Moment zum anderen verwandelte sich das Schiff in einen sich ausdehnenden Feuerball.

Flug mit voller Geschwindigkeit fortsetzen, wies Nektar die Flotten an. Hunderte von Schiffen waren bereits verloren gegangen, und die Verluste nahmen immer mehr zu.

Alle vierundzwanzig AVIs der *Exalibur* entluden sich im Augenblick des geringsten Abstands von der Raumfestung. Nektar beobachtete das Geschehen im energetischen Spektrum und sah, wie die Vakuumenergie-Initiatoren die Raum-Zeit-Struktur in unmittelbarer Nähe der Bastion deformierten. Dunkle Energie kondensierte wie aus dem Nichts, und gleichzeitig nahm die Dichte der Vakuumenergie rasant zu. Ihre abstoßende Wirkung wuchs und führte zu einer räumlich begrenzten rapiden Expansion des Alls, was das Ende der Bastion bedeutete: Die lokale Ausdehnung zerriss sie.

Zwei Sekunden später lag die Trümmerwolke der Bastion schon eine halbe Million Kilometer hinter der *Excalibur*.

Weitere Raumfestungen säumten den Weg zur Gitterkugel, noch größer als die ersten. Und der Feind zog seine Flotten zusammen, um den Angreifern den Weg zum Konstrukt zu versperren.

Noch eine Stunde Flug bis zum Ziel.

Die *Excalibur* und ihre Begleiter näherten sich den ersten Planeten: Gasriesen mit zahlreichen Monden. Näher bei den einundzwanzig Sonnen gab es Dutzende von kleineren Welten, und dort ...

»Graken«, sagte Elyra. »Noch mehr Graken. Es sind viel mehr als tausend.«

Einige Sekunden verstrichen, und die *Excalibur* hatte eine weitere Million Kilometer zurückgelegt, als Nektar begriff, was das bedeuten könnte. Hatten sich alle Graken und ihre Vitäen hier in der Dunkelwolke des Ophiuchus-Grabens versammelt, um den Angriff auf das Dutzend vorzubereiten?

Elyra empfing seine Gedanken. »Wir wissen, dass sich die Graken von einigen Verlorenen Welten zurückgezogen haben, weil es dort kein *Amarisk* mehr für sie gab«, sagte sie in der Welt jenseits des sensorischen Universums. »Es ist nicht bekannt, ob *alle* von den besetzten Welten verschwunden sind.«

Aber wenn das der Fall ist, wenn sich alle Graken und ihre Vitäen hier versammelt haben, für den Angriff auf das Dutzend ... dachte Nektar, während die *Excalibur* mit glühenden Schilden den vier Verbänden aus jeweils zweitausend Superschiffen der Kronn entgegenjagte. *Wir hätten hier nicht nur Gelegenheit, einen großen Sieg zu erringen. Wir könnten den Grakenkrieg beenden!*

Zehn Millionen Kilometer – etwa vierzig Flugsekunden – entfernt eröffneten achttausend Superschiffe und mehr als zehntausend Einheiten der Chtai und Geeta das Feuer.

Während der nächsten Sekunden war Nektar damit beschäftigt, nach Lücken in der gegnerischen Phalanx zu suchen und seine Streitmacht mit minimalen Kurskorrekturen auf den richtigen Weg zu bringen. Den leichten, stechenden Schmerz des Verlustes spürte er jetzt fast ständig. Energiestrahlen und intelligente Geschosse durchschlugen stark belastete Schilde, bohrten sich in Raumschiffe und brachten ihre Triebwerke zur Explosion.

»Wir haben bereits zweitausend Schiffe verloren«, sagte Elyra. Ihr Selbst war noch immer mit Nektar verbunden und achtete darauf, dass dessen Puls nicht zu hoch wurde und seine mentale Akzeleration keine kritischen Ausmaße gewann.

Ich weiß, dachte Nektar, und er wusste auch: Wenn der Feind imstande gewesen wäre, ihnen seine volle Aufmerksamkeit zu widmen, hätten sie nicht die geringste Chance gehabt. Und das verdankten sie der zäidischen Präsenz.

Fünfunddreißig der vierzig Sekunden waren verstrichen, als vor der *Excalibur* die Schutzschirme eines Destruktors kollabierten und mehrere Explosionen das Schlachtschiff zerrissen. Dem Piloten blieb keine Zeit für ein Ausweichmanöver; dazu war die Geschwindigkeit viel zu hoch. Nach nur zwei Sekunden erreichte die *Excalibur* die Trümmerwolke, und ihre Schutzschirme bekamen es nicht nur mit Staubpartikeln und von den Kronn ausgehenden Strahlblitzen und Geschossen zu tun, sondern auch mit größeren Objekten aus Synthomasse und Stahlkeramik. Der Pilot konzentrierte die Energie der Schutzschirme auf den vorderen Bereich, doch Nektar begriff eine halbe Sekunde vor der Kollision, dass sie einer solchen Belastung unmöglich standhalten konnten.

Ein großes Wrackteil erschien direkt vor der *Excalibur*, mehr als fünfzig Meter lang und mit einer Masse von etwa zweihundert Tonnen. Nektar versuchte ganz automatisch zu berechnen, wie viel Energie bei der Kollision mit einem solchen Objekt freigesetzt wurde, bei einer absoluten Geschwindigkeit von zweihundertvierzigtausend Kilometern in der Sekunde und einer relativen, in Bezug auf das Trümmerstück, von etwa zehntausend Sekundenkilometern.

Er kam nicht dazu, die Berechnung zu beenden. Ein kosmischer Hammerschlag traf die *Excalibur*, fegte die Schutzschirme fort und zertrümmerte den Bug des Flaggschiffs bis in eine Tiefe von vierhundert Metern. Einige weitere Sekunden vergingen und trugen die *Excalibur* mitten hinein in die Phalanx des Feindes. Mehrere Energiestrahlen trafen sie; ein intelligentes Geschoss bohrte sich ins ungeschützte Heck und explodierte bei den neunundneunzig Hochleistungskrümmern.

Die *Excalibur* starb.

Nektar hob langsam die Lider und fragte sich, was geschehen war. Dunkelheit umgab ihn.

»Elyra?«

Stille herrschte. Die von den eigenen Bewegungen verursachten Geräusche klangen seltsam laut, als Nektar aufstand. Der Boden unter ihm war geneigt, und er stützte sich an der Wand ab, um nicht das Gleichgewicht zu verlieren. Weiter vorn – oben am Hang, den der schiefe Boden bildete – zeigte sich ein wenig Licht in der Finsternis. Nektar betastete den eigenen Körper, fand weder offene Wunden noch gebrochene Knochen. Er stieß sich von der Wand ab, kletterte nach oben, zog sich an der Verankerung eines Sessels vorbei und stellte fest, dass er ins Schwitzen geriet – es war unangenehm warm.

Das Licht stammte von einer kleinen Notlampe, die ihre Energie aus einer autarken chemischen Reaktionszelle bezog. Nektar löste sie, begann in ihrem Schein mit einer Erkundungstour und fand schon nach kurzer Zeit die erste Leiche. Elyra lag an der Wand und starrte mit großen Augen ins Nichts. Ihr Kopf war weit zur Seite gekippt; ein heftiger Aufprall schien ihr das Genick gebrochen zu haben. Eine seltsame Taubheit erfasste Nektar, als er sie sah – wieder verlor er eine Person, die Bedeutung für ihn gewonnen hatte.

Die transparente Wand zwischen dem Situationsraum und der Zentrale der *Excalibur* war geborsten, und darüber hatte ein Teil der Decke nachgegeben. Nektar kletterte über Trümmer hinweg, mied scharfkantige Stellen und trat an den toten Offizieren vorbei. Viele von ihnen waren trotz der energetischen Sicherheitsharnische aus den Sesseln geschleudert und dabei getötet worden. Andere waren umherfliegenden Trümmerstücken zum Opfer gefallen. Nektar blieb mitten im Kontrollraum stehen, hob die Lampe und sah sich in ihrem Schein um. »Hört mich jemand?«, rief er in die Dunkelheit. »Ist außer mir noch jemand am Leben?«

Nur Stille antwortete ihm. Nektar verließ den Kontrollraum, wankte durch einen Korridor und sah überall nur Tod und Zerstörung. Männer und Frauen, ihre Körper von kleinen Explosionen zerfetzt, erschlagen von Konsolen und aufplatzenden Wänden. Unter diesen Umständen nützten auch die redundanten Systeme der *Excalibur* nichts – die Schäden waren viel zu groß. Die Bordsysteme funktionierten nicht mehr, aber es musste noch einen Rest Energie geben, denn Nektar war in einem künstlichen Schwerefeld unterwegs.

Nach etwa einer halben Stunde fand er ein Fenster und blickte hinaus ins All. Einundzwanzig Sonnen leuchteten vor dem Wrack der *Excalibur*, nicht mehr annähernd so weit entfernt wie bei der letzten Beobachtung. Nach Molochen und Schiffen der Kronn, Chtai und Geeta hielt Nektar vergeblich Ausschau, was ihn kaum überraschte – angesichts der hohen Geschwindigkeiten waren sie mit bloßem Auge nicht zu sehen. Die taktischen Funktionen des Fensters standen wegen des Energiemangels nicht zur Verfügung. Nektar konnte weder die Entfernung zur Gitterkugel bestimmen noch feststellen, mit welcher Geschwindigkeit sich die Reste des Flaggschiffs ihr näherten. Die steigenden Temperaturen wiesen allerdings darauf hin, dass es nicht mehr lange dauerte, bis die schrumpfende Distanz einen kritischen Wert erreichte.

Für Nektar schien das eigene Überleben eine Ironie des Schicksals darzustellen: Jener Mann, der über viele Jahrzehnte hinweg davon überzeugt gewesen war, einen großen Sieg über die Graken zu erringen, musste beobachten, wie der entscheidende Kampf mit der größten aller Niederlagen endete. Aber als er ins All blickte, in Richtung der heiß brennenden einundzwanzig Sonnen, begriff er, dass dies noch nicht das Ende war. Es gab noch Energie, genug für die künstliche Gravitation. Vielleicht auch genug für die Startmechanismen. Nektar wandte sich vom Fenster ab und begann mit der Suche nach einer funktionierenden Konsole.

Als er durch die dunklen Korridore eilte, dachte er an die Ereignisse während seiner Bewusstlosigkeit. Vermutlich war die *Excalibur* in mehrere Teile zerbrochen, und er befand sich an Bord eines besonders großen Segments, noch dazu in einem Bereich, der aufgrund seiner Redundanz hermetisch dicht geblieben war. Die Kronn hatten den Trümmern des großen Schiffes keine Beachtung geschenkt und sich darauf konzentriert, die übrigen Angreifer abzuwehren. Warum sollten sie auch Waffenenergie an bereits zerstörte Schiffe vergeuden? Die Reste der *Excalibur* hatten zumindest einen Teil ihres hohen Bewegungsmoments beibehalten und waren durch die Phalanx der Kronn, Chtai und Geeta geflogen, in Richtung Sonnengitter. *Und jetzt haben wir sie fast erreicht*, dachte Nektar.

Unterwegs fand Nektar weitere Tote, doch er versuchte, ihnen keine Beachtung zu schenken. Die Temperatur stieg weiter, trieb ihm den Schweiß aus den Poren, und er fragte sich, wie viel Zeit noch blieb. Mehrmals musste er umkehren, weil der Weg plötzlich an automatisch gesicherten Schotten endete, hinter denen er das Vakuum des Alls vermutete. Tief im Innern des Wrackteils, in einem halb zerstörten Raum, der zur Kontrolle der sekundären Lebenserhaltungssysteme diente, fand er schließlich eine Konsole mit aktiven Displays. Offenbar bezog sie ihre Energie aus der gleichen Quelle wie auch die Gravitationsgeneratoren:

eine Akkumulatorbank, die zuvor mit den Krümmern im Heck der *Excalibur* verbunden gewesen war. Nektars Finger huschten über die Kontrollen, und seine erste Maßnahme bestand darin, die künstliche Schwerkraft zu verringern, um Energie zu sparen. Dadurch änderte sich das Emissionsbild für die Sensoren der Kronn, aber er verließ sich darauf, dass der Feind nicht auf die Reste der *Excalibur* achtete. Außerdem wirkte sich die Nähe der Gitterkugel störend auf Sondierungssignale aus.

Anschließend wies er den Datenservo der Konsole an, nach funktionstüchtigen Datenkanälen zu suchen. Schon nach wenigen Sekunden erschien auf dem zentralen Display der Hinweis, dass der Datenbus-Hauptstrang unterbrochen war. Auch über die Nebenstränge ließen sich keine Datenverbindungen herstellen, und somit blieb nur das kapillare System, das die *Excalibur* wie ein Netz aus dünnen Adern durchzogen hatte.

Während Nektar wartete, hörte er zum ersten Mal Geräusche: ein dumpfes Knacken, das auf steigende strukturelle Belastungen bei Stahlkeramik und Verbundstoffen hindeutete; es gab kein Schirmfeld mehr, das vor der Strahlungsenergie der einundzwanzig Sonnen schützte. Er dachte daran, dass sich jederzeit Lecks bilden konnten, durch die die Luft entwich.

Neue Anzeigen erschienen im Display und wiesen darauf hin, dass eine Datenverbindung zum Startmechanismus vier geschaffen war, allerdings mit nur geringer Bandbreite. Wieder tanzten Nektars Finger über die Eingabefelder und wiesen den Datenservo an, einen Phint für SM vier vorzubereiten und in Richtung Sonnengitter zu starten. Kursdaten fügte er nicht hinzu, und eigentlich waren sie auch gar nicht nötig. Das Gravitationsfeld einer der einundzwanzig nahen Sonnen würde den Interdiktor einfangen, und das genügte.

Einige Minuten verstrichen, und dann bestätigte der Datenservo den Start des Phasenübergangs-Interdiktors.

Der leicht wie eine Feder im Sessel vor der Konsole sitzende Nektar wartete auf ein Gefühl des Triumphes, aber stattdessen blieb die Taubheit in ihm, und außerdem fühlte er sich von bohrenden Fragen heimgesucht. War der Phint wirklich gestartet? Flog er in die richtige Richtung? Gab es zwischen ihm und den Sonnen irgendwelche Kraftfelder oder Hindernisse, die ihn ablenken oder abfangen konnten?

Er lehnte sich im Sessel zurück und legte die Haltegurte an, als die Schwerkraft geringer wurde und schließlich ganz verschwand - der Akkumulator enthielt keine Energie mehr. Das Wrack war blind und taub; es gab keine Möglichkeit, den Flug des Interdiktors zu verfolgen.

Eine halbe Stunde verging in heißer Stille, und Nektar erinnerte sich an Serena, die ihm bei ihrer letzten Begegnung gesagt hatte, dass er zu schicksalsgläubig war. Sein ganzes Leben lang hatte er fest an seinen großen Sieg geglaubt, doch jetzt saß er hier, an Bord eines Wracks, in toter Düsternis, während draußen im All eine Schlacht tobte, die kaum gewonnen werden konnte, nicht einmal mithilfe der Maschinenzivilisationen. Wenn alles nach Plan gegangen wäre, hätte es vielleicht eine Möglichkeit gegeben, die Graken zu bezwingen, aber die Aktivität des Konstrukts hatte die Pläne zunichte gemacht. Nektar dachte an den Park westlich von Hiratara und stellte sich vor, wie aus der Divergenz am Himmel die Öffnung eines Dimensionstunnels wurde, wie Dutzende von Molochen über Kalaho erschienen und sofort damit begannen, die Bewohner des Planeten in ihre Träume aufzunehmen und ihnen ihre Lebenskraft zu entziehen.

Eine weitere halbe Stunde verging, und es wurde so heiß, dass das Atmen schwer fiel. Schweißgebadet saß Nektar vor der Konsole, behielt ihre Anzeigen im Auge und fragte sich, ob Serena recht gehabt hatte. Der Zweifel tat weh, tief in der Seele, und er wagte es kaum, den Blick von den Anzeigen abzuwenden, aus Angst davor, den entscheidenden Hinweis zu übersehen. Irgendwo im Schiff steckte noch immer etwas Restenergie, nicht genug für die künstliche Gravitation, wohl aber für die Konsole und den kapillaren Datenkanal, der von einigen Sensoren Informationen empfing. Ein Blick ins All war nicht möglich, doch die Anzeigen gaben unter anderem Auskunft über die Intensität der Strahlungsenergie, die das Wrack traf.

Als sie plötzlich anstieg, wusste Nektar, was draußen geschah. Der Phasenübergangs-Interdiktor hatte eine der Sonnen erreicht und ihr energetisches Gleichgewicht so sehr gestört, dass sie sich zur Nova aufblähte.

Der Moment des Triumphes war da. Wovon er achtzig Jahre geträumt hatte, in diesen wenigen Sekunden wurde es Wirklichkeit. Die Nova bewirkte eine Kettenreaktion und sorgte dafür, dass sich auch die anderen zwanzig Sonnen aufblähten, in gewaltigen kosmischen Explosionen ihre äußeren Schalen absprengten und das hunderttausend Kilometer große Konstrukt in ihrer Mitte sowie die wartenden Einsatzflotten zerstörten.

Ein großer Sieg über die Graken, vielleicht sogar das Ende des Grakenkriegs - aber auch Tod. Als Nektar beobachtete, wie die Strahlungswerte abrupt in die Höhe schnellten, sah er nicht nur seinen Triumph, sondern auch das eigene Ende. Im letzten Sekundenbruchteil bewussten Denkens bedauerte er, dass Mel dies nicht sehen konnte.

Epilog

3. Mai 1229 ÄdeF

Als Tamara das Laboratorium betrat, hörte sie die gedämpften Stimmen der bereits anwesenden Schwestern, unter ihnen Zara 21, jung und doch uralt. Sie hatte die Nachricht vor einer knappen halben Stunde erhalten, als sie mit den letzten Vorbereitungen beschäftigt gewesen war. Die Divergenzen über den Welten des Dutzends existierten nicht mehr. Die Schlacht von Golgatha war gewonnen, obwohl zunächst alles auf eine Niederlage hingedeutet hatte. Ein großer Teil der Angriffsflotte und viele Schiffe der Maschinenzivilisationen waren bereits zerstört gewesen, als der erfolgreiche Einsatz eines Phint eine der einundzwanzig Sonnen zur Nova werden ließ und damit eine fatale Kettenreaktion auslöste.

Tamara trug einen voll ausgestatteten Bionenanzug der jüngsten Produktion, und auf dem Tisch neben dem Instrumentengerüst lagen weitere Ausrüstungsgegenstände. Sie fühlte, wie ihr Herz schneller schlug, und das war nicht auf bionische Stimulation zurückzuführen.

Zara kam ihr entgegen. »Es freut mich, dass Sie sich bereit erklärt haben. In dieser Hinsicht hat niemand so große Erfahrung wie Sie.«

Meine Erfahrungen beschränken sich auf Beobachtungen, dachte Tamara, behielt die Worte aber für sich. Als sie am Tisch stehen blieb, fasste sie erneut an ihre Brust, wo sie noch immer eine sonderbare Leere fühlte: Das mnemische Gewebe war vor wenigen Stunden entfernt werden, und die Sektion eins hatte bereits mit den Auswertungen der darin gespeicherten Informationen begonnen. Zu welchen Ergebnissen es dabei auch kommen mochte, Tamara interessierte sich nicht mehr dafür. Ihr Interesse galt etwas anderem.

Sie nahm die Schutzmembran vom Tisch und begann damit, sie über den Bionenanzug zu streifen. Mehrere Tal-Telassi aktivierten die Instrumente des Gerüsts; andere schalteten einige Meter entfernte Aufzeichnungsgeräte ein.

»Wir haben das Transfermodul gründlich untersucht«, sagte Zara und meinte damit das patronenartige Objekt, das oben am Gerüst in einer Halterung steckte, die mit mehreren Datenservi und einem speziellen Impulsgeber verbunden war. »Wir können es mit einem Startimpuls aktivieren.«

»Seltsam«, sagte Tamara und sah zu dem Objekt hoch. »Es stammt aus einer Zeitlinie, die es nicht mehr gibt. Eigentlich dürfte das Transfermodul überhaupt nicht existieren.«

»Das gilt auch für Ihre Erinnerungen an die veränderten Menschen aus der Zukunft. Möglicherweise ist jene Zeitlinie doch nicht vollständig neutralisiert. Genau darum geht es bei dieser Mission: Stellen Sie fest, ob die Gefahr weiterer Angriffe besteht.«

Tamara blickte noch immer nach oben und dachte an Zacharias. »Vielleicht wäre es besser gewesen, das Konzil der Überlebenden zu informieren. Dies betrifft uns alle.«

»Wissen ist immer unser größter Schatz gewesen«, sagte Zara. »Und mehr zu wissen als alle anderen ... Auf diese Weise können wir Millennias Unabhängigkeit schützen.«

»Wie lange bleibt das Tor offen?«, fragte Tamara und griff nach dem Helm – niemand wusste, was sie auf der *anderen Seite* erwartete.

»Das hängt vom energetischen Aufwand ab.« Zara deutete auf die leise brummenden Generatoren weiter hinten im Laboratorium. »Wir sind auf alles vorbereitet und versuchen, es geöffnet zu halten.«

»Ich bezweifle, dass in diesem Fall eine Vorbereitung auf alles möglich ist«, erwiderte Tamara und stülpte sich den Helm über. Die tronischen Systeme der Schutzmembran verbanden sich mit den bionischen Elementen des Anzugs darunter, als sie den letzten Gegenstand vom Tisch nahm, einen Ausrüstungsgürtel, und ihn sich um die Taille schlang. »Ich bin so weit.«

Zara und die anderen Tal-Telassi wichen zurück. Ein akustisches Signal kam vom Pulsgeber, und beim Patronenobjekt leuchtete es kurz auf. Sofort senkte sich ein energetischer Vorhang daraus herab, ein graues Wabern, hinter dem sich vage die Konturen einer fremden Welt zeigten.

Tamara atmete tief durch und trat durch den Vorhang in die Zukunft.

Glossar

ABE – Siehe »Autarke Behandlungseinheit«.

Abnar – Taruf von Ksid und Vorsitzender des Konzils der Überlebenden.

Adonai – Blauweiße Sonne von Heres.

Ahelia – Gründete vor rund 5000 Jahren den Orden der Tal-Telassi. Ihre 23. Inkarnation verschwand einige Jahrzehnte nach Beginn des Grakenkriegs.

Aikla – Stadt auf Heres.

Allianzen Freier Welten (AFW) – Welten, die sich nicht unter der Herrschaft der Graken befinden.

Amarisk – Ein Begriff der Tal-Telassi. Er bedeutet so viel wie »das, was unseren Geist wach hält und unseren Gedanken Kraft gibt« und bezieht sich auf die psychische Energie, die die Graken ihren Opfern entziehen.

Amarisken – Graken-Bezeichnung für alle Lebewesen mit *Amarisk*.

Anhor – Schlachtschiff Nektars.

Annihilatoren – Strahlwaffen des AFW.

Antares-Klasse – Schwere Schlachtschiffe der kompakten Antares-Klasse, nicht größer als 400 Meter.

Antimaterierakete – Waffe der AFW.

Auge der Dominanten – Tarweders Gerät.

Autarke Behandlungseinheit (ABE) – Gleichzeitig Medo-Servo und Hibernationskapsel.

Autoritätszone – Das Einflussgebiet eines Graken.

AVI – Asynchroner Vakuumenergie-Initiator. Eine neue Waffe des Dutzends.

Ayro – Extraterrestrische, Methan atmende Spezies. Benutzt Ambientalblasen.

Bartold, Chefdesigner – Hat die Basisniveaus des späteren Megetrons Zäus programmiert und ihm seinen Namen gegeben.
Benjo – Gehört zu Nektars Ausbildungsgruppe.
Bhardai – Ein Volk.
Biok – Ein bionischer Körper.
Bione – Von den Tal-Telassi hergestellte künstliche Geschöpfe, dienen unter anderem der Emotionsneutralisierung.
Biotelemetrie – Von Kampfanzügen übertragene biologische Daten des Trägers.
Biotron – Zur Überwachung komplexer biologischer Funktionen (des Gehirns usw.) dienender Computer.
Brainstorm-Projekt – Ein geheimes Projekt mit dem Ziel, »normalen« Personen die Fähigkeiten der Tal-Telassi zu geben.
Caihowa – 4. Planet des Dron-Systems, am Rand des Kernbereichs.
Calanto – Kleine Stadt im Dritten Dominium, am Rand eines ausgedehnten Sumpfgebiets.
Charlotte – Offizierin der Koalitionsstreitkräfte, kümmert sich um den jungen Nektar.
Chtai – Bezeichnung für die wissenschaftlichen Vitäen in den Diensten der Graken.
Crotha – Extragalaktische Intelligenzen.
Crustan – Ein Qurui und alter Bekannter von Tarweder.
Davvon – Ein Produktiver Träumer im Zweiten Dominium von Heres, Tarweders Sohn.
Destruktor III – Weiterentwicklung der Destruktor-Klasse. Entsprechende Schlachtschiffe bestehen aus einem fast tausend Meter langen Zylinder und einer Bugkugel mit einem Durchmesser von zweihundert Metern.
Destruktor-Klasse – Eine Klasse von Schlachtschiffen, achthundert Meter lang.
Deville – Ein Eisplanet, auf dem es eine kleine Kolonie der Tal-Telassi gab.
Diskontinuitätsbombe – Neue Waffe für den Einsatz gegen Graken.
Dolch – Rang in den Streitkräften der Koalition. Zwischen Dorn und Keil.
Dominien – Die vier Welten, aus denen Heres besteht.
Dominik – Dominiques Vater.
 Dominique – Tochter von Dominik und Loana.

Doohan – Einziger Planet des Kobrian-Systems. Nektar hat dort einen Orbitalsprung-Einsatz.

Dorn – Rang in den Streitkräften der Koalition.

Draghi-System – Dort wartet Lanze Adrian Hokonna auf Zacharias und Tamara.

Drei Hohe Sterne – Dort hat Nektar seinen 7. Einsatz befehligt.

Drosius – Ein Zäide.

Dutzend, das – Die letzten zwölf freien Sonnensysteme der Menschen und ihrer Verbündeten: 21 bewohnte Welten und 69 Ressourcenplaneten.

Ebrani, Josso – Kontaminierter im Medo-Zentrum Velazko.

Echter Schlaf – Natürlicher Schlaf, im Gegensatz zu dem von den Dominanten verursachten »falschen Schlaf«.

Edukator – Ein Biotron, der zu Lehrzwecken eingesetzt wird.

Eherne Garde – Die Garde von Millennia. Eine Mischung aus Militär und Polizei.

Eldagar, Ilanna, Lanze – Kommandantin des Trägers *Dorothea*.

Elyra 7 – Die Tal-Telassi gehört wie Nektar zur Strategischen Planungsgruppe.

Empirion – Hauptstadt von Millennia.

Energieriffe – Raumschifffallen, die die Kronn bei wichtigen Transferschneisen anlegen, um Raumschiffe aus dem Transit zu holen.

Ennama – Ein Mathematiker und Forscher des Zweiten Dominiums von Heres.

Enschall – 4. Planet des Rabenrak-Systems. 317 Lichtjahre von Millennia entfernt. Dort wird im Jahr 1144 ÄdeF Nektar geboren.

Entropisches Gefälle – Bezeichnung für eine Barriere, die vor den Kräften des Tal-Telas schützt. Das »entropische Gefälle« trennt zwei verschiedene Energieniveaus von unterschiedlicher energetischer Organisationsdichte voneinander.

Enzelor – Ein spezieller Bion, dient als Hirnerweiterung.

Erasmus – Das Schiff (bzw. der Zäide), mit dem Tamara 14 und Afraim Zacharias durch den Ophiuchus-Graben fliegen.

Erika – Megatron der *Taifun*.

Erste Welt – So nennen die Tal-Telassi die äußere Realität.

Excalibur – Das erste Schiff einer neuen Klasse, keilförmig, fünf Kilometer lang und mit einem maximalen Durchmesser von fast einem Kilometer.

Extenor - Eine Bastion, gut 200 Lichtjahre vom Draghi-System entfernt.

Facettenschiff - Schiffe der Chtai.

Francis - Ausbilder auf Jumor.

Fris - Währung im Dritten Dominium von Heres.

Gann, Broderick - Ein Mann, dessen Gedächtnis gelöscht wurde.

Ganzkörperbion - Auch: GK-Bion. Ein Bion, der den ganzen Körper des Trägers einhüllt.

Garvoi - Ein Bediensteter im Privilegiertenbereich des urbanen Kerns von Urhanna.

Geeta - Bezeichnung für die Kustoden der Graken.

Gelbe, das - Eine verarbeitete Form von Korit. Die Turui/Schnellen sind süchtig danach und brauchen das Gelbe, um phasenverschoben zu bleiben.

Gernot - Ein Fluss im Dritten Dominium.

Golgatha - Hypothetisches Zentrum, von dem aus die Graken den entscheidenden Schlag gegen das Dutzend vorbereiten.

Gontor - 2. Planet des Draghi-Systems, ein heißer Gasriese.

Graken - Geschöpfe, die das Bewusstsein anderer intelligenter Wesen mit ihren Träumen verbinden und ihnen Lebenskraft (*Amarisk*) entziehen. Mentale Parasiten.

Grakenbrut - Nachkommen von Graken. Wachsen in halbtransparenten Blasen heran.

Granville - Ein lobotomer Mediker im Medo-Zentrum Velazko.

Gravitationsanker - Auch G-Anker genannt. Energetische Verbindung zwischen zwei Schiffen, z.B. fürs Abschleppen.

Gregor - Ein junger Rekrut, vier Jahre älter als Nektar.

Große Lücken - Zeiträume, in denen Wissen verloren ging. Zur ersten Großen Lücke kam es vor achttausend Jahren, und sie umfasst einen Zeitraum von drei Jahrtausenden. Die zweite Große Lücke entstand kurz vor Beginn des Grakenkriegs; sie umfasst ein Jahrhundert.

Große Öde - Mehr als 1000 Kilometer durchmessende Wüste im Dritten Dominium von Heres.

Guranta - Eine Terrassenstadt im Zweiten Dominium von Heres.

Halaila - Eine Wettermacherin aus dem Ersten Dominium von Heres.

Hannaratt, Arn - Ein Kaufmann aus dem Ersten Dominium.

 Hermes-Klasse - Schnelle Kuriere der Dutzend-Streitkräfte.

Hestor, Alachim – Leitender Direktor der Orbitalwerften von Kalaho.
Hibernationsburgen – Bieten im Ersten und Dritten Dominium von Heres Schutz vor der Zeit des Eises.
Hilliot – Ein junger Rekrut.
Hiratara – Hauptstadt von Kalaho, durchflossen von einem breiten Strom namens Toran.
Hokonna, Adrian, Lanze – Ehemaliger Angehöriger der Legion von Cerbus und Offizier der Streitkräfte des Dutzends.
Horendahl, Soren – Ein Wissenschaftler.
Identitätsfraktur – Die fehlerhafte Identität einer Tal-Telassi in einem neuen Klon.
Impro – Höchster Rang beim Oberkommando.
Inhibitor – Neue Waffe der Maschinenzivilisationen. Legt Dimensionstunnel lahm.
Innerer Kern – Bestehend aus 60 Welten, Zentrum des Kernbereichs.
Jovis – Rote Sonne von Heres.
Jumor – 5. Planet des Borlan-Systems, 144 Lichtjahre von Kalaho entfernt.
Kalaho – Eine Welt des Kernbereichs, noch vor der Ersten Großen Lücke von Menschen und Quinqu besiedelt.
Kampfanzüge – Von den Tal-Telassi hergestellt. Enthalten organische Komponenten, die den Träger ernähren, seine Widerstandskraft erhöhen usw.
Kanalisierung – Eine neue »Waffe« der Graken, die springende Schiffe der Zäiden abfangen kann.
Keil – Rang in den Streitkräften der AFW.
Kernbereich – Knapp hundert bewohnte Welten und etwa dreihundert Ressourcenplaneten.
Kireiden – Lanze an Bord des Trägerschiffes, mit dem Nektar und Hilliot unterwegs sind.
Kirian – Von diesem Planeten stammt der stellvertretende Vorsitzende des Konzils der Überlebenden, der Mensch Benjamin Tolosa.
Kiwitt – Ein Tier, das den Weisen begleitet. Stammt aus dem Ersten Dominium.
Klykyr – Ein veränderter Mensch aus der Zukunft.
Knochenwesen – Siehe Kronn.
Kolloquium – Der Rat der Zäiden.

Konkordat - Vereinbarungen zwischen den Tal-Telassi und dem Zentralrat der AFW vom 19. September 1126 ÄdeF. Unterstellt Millennia und die Tal-Telassi Okomm.

Konstrukt - Bezeichnung der Graken für die Apparaturen, mit denen sich Tunnel zu anderen Sonnensystemen schaffen lassen.

Kontaminationskorridore - Von den Graken kontrollierte Bereiche des Alls.

Konvent - Versammlung der abstimmungsberechtigten Tal-Telassi, die eine oder mehrere Großmeisterinnen wählen.

Korit - Bunte Steine, die in den Dominien von Heres als Energiequelle genutzt werden.

Kronn - Bezeichnung für die Soldaten-Vitäen in den Diensten der Graken.

Krümmer - Teil der AFW-Antriebstechnik. *Krümmt* das Raum-Zeit-Kontinuum. Krümmerfelder dienen auch als Schutzschirme.

Krümmerwalzen - Große zylinderförmige Aggregate an den Seiten überlichtschneller Raumschiffe.

Kurtigan - Beim Kampf um Kurtigan wurde Adrian Hokonna erneut schwer verletzt und mit einem Patchwork-Ektoskelett ausgestattet.

Lanze - Ein hoher Rang bei den Streitkräften der AFW, eine Stufe über »Keil«.

Laxmia - Berühmte Mathematikerin des Zweiten Dominiums von Heres.

Levitrans - Levitationstransporter.

Lhora - Ein Volk. Astrohistoriker.

Linguator - Ein Übersetzungsgerät.

Loana - Dominiques Mutter.

Longard - Ein Schiff der Destruktor-Klasse, das zu Hokonnas Einsatzgruppe gehört.

Markant - Generals- und Admiralsrang beim Oberkommando.

Marta, Professorin - Die leitende Wissenschaftlerin der *Zarathustra.*

Maschinenzivilisationen - Von den Tal-Telassi auch Emm-Zetts genannt. Vierzehn von ihnen sind bekannt, unter ihnen Tymion.

Maximen - Gesetzähnliche Regeln der Tal-Telassi.

Mediker - Ärzte.

 Medo-Tron - Besonders leistungsfähiger Medo-Servo.

Megatron - Ein Tron, der mit einer Künstlichen Intelligenz ausgestattet ist. Die Megatrone haben den Status von intelligenten Maschinenwesen.

Mel - (Melange Hannibal Talasar) Rekrutin.

Meriten - Die Residenten, die sich in besonderem Maße um das Zweite Dominium verdient gemacht haben.

Meta, das - Die zweite Kraft des Tal-Telas.

MFBs - Multifunktionsbione.

Mikrokollapsare - MKs. Waffen der AFW, erzeugen künstliche Schwarze Löcher.

Millennia - Welt der Tal-Telassi, 4. Planet des Gondahar-Systems.

Miller - Hannaratts Sekretär und Buchhalter.

Mnem - Ein spezieller Bion zur Aufnahme des Wissens bzw. des Gedächtnisinhalts einer Person.

Moloch - Raumschiff eines Graken, bzw. sein »Mantel«.

Mru, Vater - Mutter Krirs Sohn im Fünften Dominium.

Muarr - Intelligente Spezies. Viele begabte Gegenträumer sind Muarr.

Navaron - 2. Planet des Dabis-Systems.

Nektar - Offizier der Streitkräfte des Dutzends.

Neutralisator - Ein Gerät, mit dem die Fähigkeiten der Tal-Telassi »betäubt« werden können.

Nevoth - Ein Realitätsmechaniker im Zweiten Dominium von Heres.

Nubbi - Bewohner des Planeten Nubbia.

Nubbia - Heimat des Neuen Menschen Jora.

Oberkommando - Leitung der Streitkräfte der AFW, bestehend aus 290 Markanten und Prioren sowie 19 Impri.

Odem - Ein mutativer Einfluss, der sich überall in den Dominien bemerkbar macht.

Okomm - Umgangssprachliche Bezeichnung für »Oberkommando«.

Ommta - 5. Planet des Tailibur-Systems, Heimatwelt der Ganngan.

Ophiuchus-Graben - 6224 Lichtjahre vom Kuala-Tuhal-System mit Kalaho entfernt.

Ormelias - Stadt auf Millennia, 1000 km südlich von Empirion.

Orte der Stille - Orte der Meditation auf Millennia.

Pilotendom - Der Raum an Bord eines Kantaki-Schiffes, von dem aus der Pilot das Schiff durch den Transraum steuert.

Pina - Eine Glückmacherin auf Heres.

Plurial, das – Eine Sphäre, die zahlreiche Universen enthält.

Präsidialer Stab – Offizielle Bezeichnung des Oberkommandos der Streitkräfte des Dutzends, bestehend aus 90 Impri, Markanten und Prioren.

Prior – Rang beim Okomm, unter dem des Markanten.

Privilegschwelle – Barriere am urbanen Kern von Urhanna. Die Weiterfahrt mit den Kapseln ist dort nur speziell autorisierten Personen gestattet.

QR-Felder – Quasireale Felder.

Ramparan – Gasriese und 6. Planet des Kuala-Tuhal-Systems, zu dem Kalaho gehört.

Rantak, Amis – Nektars Adjutant.

Residente – Die an die Korit-Präsenz gewöhnten Bewohner des Zweiten Dominiums.

Ressourcenmacher – Bewohner des Zweiten Dominiums von Heres, die Korit herstellen.

Revitalisierung – Genetische Behandlung, die den gesamten Körper verjüngt, auch »Resurrektion« genannt.

Rrirk, Mutter – Die Kantaki, die den ersten offiziellen Kontakt mit der Erde hergestellt hat.

Rupert – Autistischer Brainstormer.

Saphirmeer – Das eisfreie Meer am Äquator von Millennia.

Schwesternrat – Regierende Körperschaft der Tal-Telassi auf Millennia.

Sektion 1 – Eine Art Geheimdienst des Schwesternrats der Tal-Telassi, zuständig für taktisch-strategische Situationsanalysen und Bewertungen.

Serena – Medikerin auf Kalaho.

Skeptiker – Personen in den AFW, die dagegen sind, dass Megatrone den Status von Personen haben.

Solaringenieure – Befassen sich mit den Veränderungen von stellaren Koronen, die den Transfer von Graken und ihrer Helfer ermöglichen.

Sondierer – Angehörige der Chtai, Vitäen der Graken. Wissenschaftliches Personal.

Steinerne Horte – Stadtpyramiden, in denen die Ganngan auf Ommta leben.

Superschiff – Manchmal verbinden sich Stachelschiffe der Kronn und werden dann zu einem Superschiff.

Taifun – Mit diesem Schiff fliegt Zacharias zu den Maschinenzivilisationen.

Tallbard, Horatio Horas – Chronologe der Freien Welten und Bewahrer des Wissens der Tal-Telassi.

Tal-Telas – Die von den Tal-Telassi genutzte Kraft des Seins, die das ganze Universum durchdringt. Megatrone werfen keine Schatten darin und gelten daher als falsches Leben.

Tal-Telassi – Auch »Ehrenwerte Schwestern« genannt. Der Orden hat eine 5000-jährige Geschichte und besteht ausschließlich aus Frauen, die sich selbst klonen.

Tamara 14 – Fast 1800 Jahre alte Tal-Telassi.

Tarweder – Ein alter Philosoph, der durch die vier Dominien von Heres reist.

Thole-Sektor – Dort gehörte Hilliot ca. 1162 ÄdeF zu einer Einsatzgruppe.

Tigur – Leichter Zerstörer der Mars-Klasse.

Tolosa, Benjamin – Stellvertretender Vorsitzender des Konzils der Überlebenden.

Tote Städte – Leere Städte im Zweiten Dominium von Heres.

Transferschneisen – »Straßen«, denen die Raumschiffe der AFW bei ihren überlichtschnellen Flügen folgen müssen.

Transstellare Kredite (Transtel) – Währung in den Allianzen Freier Welten.

Trinita – Ein Zerstörer der Achten Evakuierungsflotte der Koalition.

Tromadit – Ein Mineral auf Jumor.

Tron – Leistungsstarker Datenservo, zum Teil mit organischen Komponenten.

Turui – Die zwergenhaften, phasenverschobenen Arbeiter des Zweiten Dominiums von Heres.

Tymion – Eine Welt der Maschinenzivilisationen. Erasmus stammt von dort.

Tymionen – Die auf Tymion ansässigen Maschinenzivilisationen. Erasmus gehört dazu.

Tymion-Knotenpunkt – Ein Transferschneisen-Knotenpunkt, fast 3000 Lichtjahre von Millennia entfernt.

Ultrastahl – Besonders widerstandsfähiger Stahl.

Urhanna – Stadt im Zweiten Dominium von Heres. Der Produktive Träumer Davvon lebt und arbeitet dort.

Vantoga, Impro - Von Kalaho stammender Quinqu, Mitglied des Präsidialen Stabs des Dutzends.

Variator - Eine Waffe.

Velazko - Medo-Zentrum in der Umlaufbahn von Ramparan.

Verlorene Welten - Damit sind alle Welten gemeint, die an die Graken verloren gingen.

Vitäen - Spezies, die mit den Graken in Symbiose leben.

Warner - Schockstäbe, von den Leibwächtern der Ressourcenmacher verwendet.

Winford - Ein Zeitmacher auf Heres.

Xana - Quinqu-Rekrutin, ebenso alt wie Nektar.

Zacharias, Afraim - Repräsentant des Konzils der Überlebenden und Impro der Streitkräfte.

Zäiden - So nennen sich die Angehörigen der Maschinenzivilisationen.

Zara 21 - Großmeisterin der Tal-Telassi.

Zäus - Vater der Maschinenzivilisationen.

Zontra - Die Hauptstadt von Heres in der warmen Zone des Vierten Dominiums.

Zweite Welt - So nennen die Tal-Telassi die mentalen Welten jenseits der physischen Realität.

Zweites Dominium - Die technisch fortgeschrittenste der vier Welten von Heres.

Zyoten - Einzellige Organismen in heißen Quellen unter dem Eis von Millennia. Daraus stellen die Tal-Telassi Bione her.

Die Stufen des Tal-Telas

1. **Alma**: Verbindet die Seele mit dem Gegenständlichen.
2. **Berm**: Gedanke über Materie (geistiges Wandern).
3. **Crama**: Ermöglicht es dem Gedanken, Materie zu bewegen (Telekinese).
4. **Delm**: Ermöglicht es dem Gedanken, andere Gedanken zu berühren (Telepathie).
5. **Elmeth**: Verbindet Materie mit anderen Orten (Teleportation von Objekten).
6. **Fomion**: Verbindung der eigenen Person mit anderen Orten (eigene Teleportation).
7. **Gelmr**: Das Erkennen von Mustern zukünftiger Ereignisse (eine Art Präkognition).
8. **Hilmia**: Das Unterbinden von Gedanken (überlegene Bewusstseinskontrolle).
9. **Iremia**: Veränderung der Materie, Manipulation physischer und energetischer Strukturen.
10. **Jomia**: Wissen und kosmisches Verständnis.
11. **Kalia:** Einflussnahme auf das Leben. Erschaffen neuer Geschöpfe etc. Die Kraft universaler Schöpfung.

Über Kalia existieren weitere Stufen, die es noch zu erforschen gilt.

Chronologie: Allianzen, Koalition und das Dutzend

(Auszug, zusammengestellt unter Mitwirkung des Höchstehrenwerten Horatio Horas Tallbard, Bewahrer des Wissens der Tal-Telassi)

Die 1. Große Lücke

Natürlich wissen wir, was vor der 1. Großen Lücke war. Wir wissen, dass sich die Menschheit auf der Erde entwickelte und ihren Planeten im 21. Jahrhundert der damaligen Zeitrechnung verließ, vor etwa achttausend Jahren. Wir wissen *nicht*, ob die Kantaki ihr dabei behilflich waren, wie es in einigen Legenden heißt. Fest steht, dass Menschen im damaligen 21. Jahrhundert Proxima Centauri und etwas später auch das Epsilon-Eridani-System erreichten und dort den Planeten Kabäa besiedelten. Doch was danach kam, geriet in Vergessenheit.

Die 1. Große Lücke umfasst einen Zeitraum von etwa dreitausend Jahren, ein großer weißer Fleck auf der Landkarte unserer Erinnerungen. Geblieben sind Legenden, und angeblich berichten sie von Ereignissen, die tatsächlich stattgefunden haben. Es ist müßig, hier von Dingen zu erzählen, die Spekulationen überlassen bleiben müssen. Deshalb beschränken wir uns auf die wenigen über diesen Zeitraum bekannten Fakten. Wenn wir die Begriffe der alten Zeitrechnung verwenden, dauerte die 1. Große Lücke vom Jahr 2000 bis 5000. Tatsache ist, dass sich die Menschheit während dieses Zeitraums im Orion-Arm der Milchstraße ausgebreitet und zahlreiche Planeten besiedelt hat. Sie begegnete anderen Völkern und lernte, die Technik der Horgh für die überlichtschnelle Raumfahrt zu nutzen. Während dieser drei Jahrtausende muss es zu einem kosmischen Kataklysmus gekommen sein, bei dem heute noch existierende Raum-Zeit-Anomalien entstanden.

Aber das ist auch schon alles. Was über diese wenigen Feststellungen hinausgeht, hat nicht mehr Gewicht als Mutmaßungen.

Ebenso bleibt es Spekulationen überlassen, was diesen massiven, umfassenden Verlust an Wissen über einen Zeitraum von drei Jahrtausenden hinweg verursacht hat, und zwar nicht nur bei der Menschheit, sondern auch bei anderen Völkern. Kosmische Katastrophen kommen dafür wohl kaum infrage, denn sie hätten auch andere Spuren hinterlassen. Viele Historiker vermuten bewusste Manipulationen. Ob sie recht haben oder nicht, spielt heute kaum mehr eine Rolle. Was auch immer der Grund für die 1. Große Lücke gewesen sein mag: Dreitausend Jahre unserer Geschichte sind unwiederbringlich verloren.

Das Zeitalter der Reife

Die Wurzeln der Allianzen, wie wir sie heute kennen, liegen im *Zeitalter der Reife,* das etwa in den Jahren 5000 bis 8750 (alte Zeitrechnung) anzusiedeln ist. Dieser Zeitraum von fast viertausend Jahren ist gut dokumentiert und gekennzeichnet durch wirtschaftliches, technologisches und moralisch-ethisches Wachstum. Als eine der Grundlagen dafür diente die immer engere Zusammenarbeit der verschiedenen galaktischen Völker trotz teilweise recht beträchtlicher Entwicklungsunterschiede. Spezielle Vereinbarungen ermöglichten praktisch allen technischen Kulturen die Nutzung der Horgh-Technologie, wodurch sich entscheidende Impulse für die weitere Entwicklung der interstellaren Raumfahrt ergaben. Die Tal-Telassi wurden in dieser Zeit nicht nur zu einer wichtigen, wenn nicht gar dominanten philosophischen Kraft, sondern auch zum Hauptlieferanten von Bionen. Ihre Biotechnik übernahm nanotechnische Komponenten und trug maßgeblich zur Verlängerung der menschlichen Lebenserwartung von bis zu zweihundert Jahren bei.

Die 2. Große Lücke

Die zweite Lücke in unserem historischen Wissen ist nicht annähernd so groß und umfasst etwa hundert Jahre, vom Jahr 8750 der alten Zeitrechnung bis 8850. Der Verlust des Wissens betrifft erneut nicht nur die Menschheit, sondern auch die anderen Völker, von denen einige die erste Allianz bildeten, die »Allianz der Welten«. Wie bei der 1. Großen Lücke verzichten wir darauf, über die Ereignisse während dieser Zeit zu spekulieren, und beschränken uns auf die Nennung einiger weniger Fakten, die aus dieser Zeit bekannt sind.

Bei den Tal-Telassi kam es zu internen Auseinandersetzungen zwischen Orthodoxen, Innovatoren und Insurgenten. In den Zyotenfarmen von Millennia wurden neue Bione entwickelt. Bei den Horgh entstanden die Zwanzig Neuen Sippen, die auch eine militärische Zusammenarbeit mit der Allianz der Welten (AW) anstrebten. Die Tal-Telassi lehnten es ab, ihre Archive zu öffnen, um verlorene Daten wiederherzustellen. Auf ihr Drängen bekam Millennia den Status eines autarken Staates mit Vetorecht im Rat der AW.

Kurz nach dem Ende der 2. Großen Lücke erschien der erste Graken. Wir kennen nicht die genauen Umstände, unter denen es dazu kam, doch jenes folgenschwere Ereignis ging als »Kollma-Infektion« in die Geschichte ein und markiert das Jahr 1 der Ära des Feuers.

Die Ära des Feuers (ÄdeF)

1 ÄdeF (8851 alte Zeitrechnung): In der Korona der Sonne Kollma zeigt sich ein Feuervogel, und kurz darauf erscheint der erste Grakenmoloch, begleitet von Schiffen der Kronn, Chtai und Geeta. Kontaktversuche bleiben vergeblich – die Kampfschiffe der Kronn vernichten alle Raumschiffe, die versuchen, ihnen Widerstand zu leisten.
Kurze Zeit später erscheinen weitere Feuervögel in Kollmas Korona, und sieben zusätzliche Graken treffen ein. Fünf von ihnen lassen sich auf den fünf von Menschen besiedelten Planeten des Kollma-Systems nieder, das zum Ausgangspunkt des zentralen Kontaminationskorridors wird. Die anderen drei verschwinden mit unbekanntem Ziel im interstellaren Raum.

3 ÄdeF (8853): Der Versuch einer Friedensdelegation der AW, Verhandlungen mit den Graken und Vitäen zu führen, hat das »pazifistische Desaster« zur Folge. Die Menschen an Bord der neunzehn entsandten Friedensschiffe werden von den

fünf Graken im Kollma-System in deren Träume integriert und damit zu Kontaminierten ohne Hoffnung.

7 ÄdeF (8857): Streitkräfte der Allianz der Welten unternehmen den Versuch, das Kollma-System zu befreien. Ihre Flotte aus hundertsiebenundzwanzig Schiffen erleidet eine vernichtende Niederlage. Nur drei Schiffe kehren zur Ersten Flottenbasis auf Tehri im Hatal-System zurück.

41 ÄdeF (8991): Eine Erkundungsgruppe erreicht das Kollma-System, begleitet von einem Muarr und einer Tal-Telassi. Es wird klar, dass es auf den vier kontaminierten Planeten nur wenige Überlebende gibt, die langsam vor sich hin siechen. Der Versuch, eine Grakenbrut zu vernichten, bleibt ohne Erfolg. Die Gruppe wird entdeckt, aber einigen Mitgliedern gelingt die Flucht. Sie bringen der AW erste wichtige Informationen über die Graken.

67 ÄdeF (9017): Der Vorschlag, eine zweite, größere Angriffsflotte zum Kollma-System zu schicken, stößt auf heftigen Widerstand bei zahlreichen Mitgliedern des AW-Rates. Sie weisen darauf hin, dass es auf den vier besetzten Planeten ohnehin nichts mehr zu retten gibt. Zahlreiche Angehörige des Rates geben sich der Hoffnung hin, dass das Grakenproblem auf das Kollma-System beschränkt bleibt.

75 ÄdeF (9025): In der Korona von Hailon, nur vier Lichtjahre von Kollma entfernt, wird ein Feuervogel gesichtet. Kurz darauf erscheint auch dort ein Moloch, begleitet von Vitäen-Flotten.

76 - 100 ÄdeF (9026 - 9050): Sechs weitere Sonnensysteme werden kontaminiert, und jedes Mal scheitert der Versuch, die Invasion zu verhindern. Aus der Allianz der Welten werden die »Allianzen Freier Welten«. Die planetaren Streitkräfte, zunächst weitgehend unabhängig voneinander, erfahren eine Neuorganisation; aus ihnen entstehen die Streitkräfte der AFW mit einem gemeinsamen Oberkommando, auch Okomm genannt.

101 - 300 ÄdeF (9051 - 9250): Das erste Verteidigungsprogramm der Allianzen Freier Welten wird geplant und verwirklicht. Es sieht den Bau einer schlagkräftigen Flotte und von Bastionen im All vor. Weitere Welten gehen an die Graken verloren, während der Kontaminationskorridor langsam wächst.

Im 300. Jahr des Grakenkriegs hat der Feind fünf Sonnensysteme unter seine Kontrolle gebracht. Beim Zentralrat der AFW hofft man noch immer, das Grakenproblem eingrenzen zu können. Im Zuge des ersten Verteidigungsprogramms entsteht die »Barriere«, die den Feind daran hindern soll, dem Kontaminationskorridor weitere Welten hinzuzufügen. Sie besteht aus der Ersten, Zweiten und Dritten Flotte sowie den ersten sieben in Dienst gestellten Stellaren Zitadellen.

315 ÄdeF (9265): Mehrere Flotten der Kronn, bestehend aus fast fünfhundert Superschiffen, durchbrechen die Barriere an vier Stellen und besetzen ein weiteres Sonnensystem. Diese Niederlage geht als »Großes Erwachen« in die Geschichte der Allianzen Freier Welten ein. Der Zentralrat beginnt, das wahre Ausmaß der Gefahr zu erkennen. Er bewilligt dem Oberkommando zusätzliche Mittel, und einige Welten stellen ihre Ökonomie auf Kriegswirtschaft um.

317 ÄdeF (9267): Das Oberkommando der AFW schickt Fernerkunder zur Andromeda-Galaxie.

350 - 650 ÄdeF (9300 - 9600): Es wird versucht, die Welten in der Nähe des weiter wachsenden Kontaminationskorridors zu evakuieren, um den Graken *Amarisk*-Quellen zu entziehen und sie gewissermaßen auszuhungern. Die piridischen Waffenschmiede liefern den Streitkräften der AFW neue, leistungsstärkere Waffen. Damit erzielen sie einige kleine Siege über die Kronn, die zwar kaum strategische Bedeutung haben, aber die Moral verbessern. Der Einfluss des Okomm auf Wirtschaft und Politik der Freien Welten wächst.

671 ÄdeF (9621): Chtai und Geeta experimentieren mit einer Raum-Zeit-Anomalie, die sich verändert und zur »Hyperion-Verwerfung« wird, knapp 5000 Lichtjahre vom Epsilon-Eridani-System entfernt. In deren Nähe errichten die Vitäen ihre erste Raumschifffalle, bei den AFW bald als »Ophiuchus-Riffe« bekannt.

709 ÄdeF (9659): Zum ersten Mal erscheint ein Feuervogel in der Korona einer Sonne, die sich weit abseits des Kontaminationskorridors befindet. Beim Okomm befürchtet man eine neue Expansionsphase des Feindes.

721 ÄdeF (9671): Am Ende des einige Dutzend Lichtjahre langen zentralen Kontaminationskorridors entsteht der erste Gra-

kenschwarm. Auf Thulman, dem Mond eines Gasriesen, treffen sich acht Graken, einer von ihnen mit fast reifer Brut. Myra 25 bedrängt den Schwesternrat der Tal-Telassi vergeblich, einen fatalen Traum gegen die Graken einzusetzen.

713 – 850 ÄdeF (9663 – 9800): Abseits des zentralen Kontaminationskorridors entstehen kleinere K-Korridore. Die Streitkräfte der AFW erzielen den einen oder anderen Erfolg, können den Feind aber nicht daran hindern, sein Einflussgebiet auszuweiten. Nach achteinhalb Jahrhunderten Krieg haben die Graken insgesamt sechsundneunzig Welten infiziert. Manchmal verlassen sie einen kontaminierten Planeten, wenn die letzten Bewohner gestorben sind und kein *Amarisk* mehr zur Verfügung steht. Zurück bleiben tote Wüsten.

851 ÄdeF (9801): Das Oberkommando beauftragt eine Sondergruppe mit konkreten Planungen für das noch geheime »Projekt Andromeda«.

860 – 1050 ÄdeF (9810 – 9900): Hunderte von speziellen Einsatzgruppen werden gebildet, mit dem Ziel, auf kontaminierten Planeten die Grakenbrut anzugreifen und zu vernichten. Auf diese Weise soll eine weitere Ausbreitung der Graken wenn nicht verhindert, so doch eingedämmt werden.

1064 ÄdeF (9914): Die Graken übernehmen das Epsilon-Eridani-System mit dem Planeten Kabäa.

1065 ÄdeF (9915): Tako Karides wird geboren.

1094 ÄdeF (9944): Es kommt zum Chorius-Desaster, als die Kronn die Verteidigungsstation über Chorius angreifen.

1114 ÄdeF (9964): Das Gondahar-System und Millennia geraten unter die Kontrolle der Graken.

1119 ÄdeF (9969): Tako Karides wird Leiter des Andromedaprojekts.

1123 ÄdeF (9973): Die Bastion Airon wird vernichtet.

1124 ÄdeF (9974): Bei einer Auseinandersetzung mit Dominik stirbt die Großmeisterin Norene 19.

1124 ÄdeF (9974): Tako Karides und Dominik sterben auf Millennia. Niederlage der Graken: Sie verlieren die Kontrolle über das Gondahar-System.

1124 ÄdeF (9974): Dominique, Tochter von Dominik und Loana, wird geboren.

1124 – 1147 ÄdeF (9974-9997): Millennia wird von den Streitkräften der Allianzen Freier Welten verwaltet. Der Unmut unter den

Tal-Telassi wächst. Die Graken haben keine weiteren Angriffe durchgeführt, und man hofft auf ein Ende des Krieges ...

1144 ÄdeF (9994): Nektar wird geboren.

1172 ÄdeF (10022: Die *Marduk* havariert in einem Dimensionstunnel der Graken.

1187 ÄdeF (10037): Das Ende der Koalition.

1188 ÄdeF (10038): Das »Konzil der Überlebenden« wird zur Regierung des Dutzends.

1197 ÄdeF (10047): Nektar wird zum Prior befördert und übernimmt die Leitung der Strategischen Planungsgruppe.

1202 ÄdeF (10052: Der erste Inhibitor wird im Dimensionstunnelsystem der Graken ausgebracht.

1204 ÄdeF (10054): Melange Hannibal Talasar stirbt.

1209 ÄdeF (10059: Nektar wird zum Markant befördert.

1227 ÄdeF (10077): Nektar wird zum Impro befördert.

1229 ÄdeF (10079): Schlacht um Golgatha.